Das Buch

England, im Jahre 1193.

Die schöne und mutige Marian Montrose ist im Auftrag von Königin Eleanor in Frankreich, um Informationen zu sammeln, die der Befreiung von Richard Löwenherz, des Sohnes von Königin Eleanor, dienen können.

Wieder zurück in England, wird sie von der Königin nach Nottingham Castle geschickt. Unterwegs werden sie und ihr Troß von Robin Hood und seinen Gesetzlosen überfallen. Marian kommt nichts abhanden, doch Robin küßt sie – ein Kuß, der sie erbost, den sie jedoch nicht vergessen kann. In Nottingham geht sie auf das Werben von Sir Guy de Guisbourne ein, ein Mann mit dunklen Geheimnissen in seinem Innersten. So sehr sich Marian auch bemüht, Robin zu vergessen, es gelingt ihr nicht; und als sie ihn für die Sache von König Richard Löwenherz gewinnt, lebt ihre Liebe zu ihm auf. Sowohl Guy de Guisbourne als auch Robins frühere Geliebte, Laurel, versuchen mit allen Mitteln diese Verbindung zu verhindern, zumal Guisbourne auf der Seite des verräterischen Bruders von Richard Löwenherz steht.

Als Marian erkennt, daß Robin Hood ihr treuester Verbündeter inmitten von Intrigen von Nottingham Castle ist, kann sie ihr stolzes Herz dem Mann schenken, den sie wirklich liebt ...

Die Autorin

Gayle Feyrer hat Kunstgeschichte studiert. Sie hat bereits einige erfolgreiche Romane veröffentlicht, für die sie mit Preisen ausgezeichnet wurde.

Sie lebt mit ihrem Mann und zwei Katzen in Oakland, Kalifornien.

GAYLE FEYRER

RÄUBER
DES HERZENS

Roman

Aus dem Amerikanischen
von Nina Bader

Deutsche Erstausgabe

WILHELM HEYNE VERLAG
MÜNCHEN

HEYNE ALLGEMEINE REIHE
Nr. 01/10638

Titel der Originalausgabe
THE THIEF'S MISTRESS

Besuchen Sie uns im Internet:
http://www.heyne.de

Umwelthinweis:
Das Buch wurde auf
chlor- und säurefreiem Papier gedruckt.

2. Auflage

Redaktion: Birgit Groll

Copyright © 1996 by Gayle Feyrer
Published by Arrangement with Author
Copyright © 1998 der deutschen Ausgabe
by Wilhelm Heyne Verlag GmbH & Co. KG, München
Printed in Germany 1998
Umschlagillustration: Artothek/Christie's
Umschlaggestaltung: Atelier Ingrid Schütz, München,
unter Verwendung des Gemäldes PAOLO UND FRANCESCA
von Charles Edward Halle (1846–1919)
Satz: Buch-Werkstatt GmbH, Bad Aibling
Druck und Bindung: Ebner Ulm

ISBN 3-453-13711-6

*Für meinen Mann Richard –
einen Mann der Tat*

Prolog

Marian erwachte noch vor dem Morgengrauen. Ihre Nerven vibrierten vor Anspannung. Der Traum war verschwunden, aber immer noch der Geruch von Blut in der Luft; es war ihr, als könnte sie es schmecken und sähe es als unsichtbare Farbe, die das Dunkel besudelte. Ein Flüstern, eine Art unheilvolles Rauschen drang an ihr Ohr. »Nein, das war kein Flüstern«, mahnte sie sich selbst mit kaum vernehmlicher Stimme, »es waren nur Blätter, die im Wind rauschen.« Sie setzte sich auf dem ausladenden Ast der Eiche auf und lehnte sich mit dem Rücken an dem mächtigen Stamm an, dann atmete sie mehrmals tief und gleichmäßig durch, bis das rasende Herzklopfen nachließ und der Sturm in ihrem Inneren abflaute. Bewußt setzte sie ihre ganze Willenskraft darein, ihre Angst in Erwartung und die Erwartung in kühle, ruhige Beherrschung umzuwandeln.

Beim ersten Tageslicht schnallte sie ihr Schwert um und kletterte vom Baum herunter. Sie reckte sich, um ihre Muskeln zu lockern, die nach der Nacht, die sie in ihrem Kettenhemd, zusammengekauert zwischen den Zweigen, verbracht hatte, völlig verkrampft waren. Als sie ihre Geschmeidigkeit zurückgewonnen hatte, kletterte sie wieder auf die Eiche, wo sie ihre Waffen versteckt hatte, und legte sich ihren Kurzbogen nebst Köcher griffbereit zurecht. Sie hatte diesen Baum mit Bedacht ausgewählt, da das dichte Laub ihr Schutz bot, sie aber trotzdem den Teich mitten im Wald im Auge behalten konnte. Außerdem ließ ihr das Geäst ausreichend Platz, um ihren Bogen zu spannen und die Pfeile an ihr Ziel zu schicken. Und nun wartete sie mit erzwungener Gelassenheit ab und sah zu, wie die ersten warmen Sonnenstrahlen durch das junge hellgrüne Blattwerk fielen.

Der Morgen war schon halb verstrichen, als sie in der Ferne leises Hufgetrappel vernahm. Rasch warf sie sich den Köcher über die Schulter, spannte den Bogen und prüfte die Sehne. Simon von Vitry kam, genau wie Marian es vorhergesehen hatte. Er hatte der Verlockung, den sagenumwobenen weißen Hirsch zu erlegen, nicht widerstehen können – und genau darauf hatte Marian gebaut, als sie von der Legende hörte und daraufhin ihren Plan, ihn in die Falle zu locken, entwarf.

Letzte Nacht hatten zwei Dorfbewohner, von seltsamen Geräuschen aus dem Schlaf geschreckt, unabhängig voneinander einen weißen Hirsch im Dunkel des Waldes verschwinden sehen. Am nächsten Morgen waren sie dann in der festen Überzeugung, daß es sich um ein Omen handelte, mit der Geschichte zu ihrem Herrn gerannt, da die Familienchroniken besagten, daß der erste Baron seine Ländereien bei Charlemagne als Gegenleistung für das Fell eines solch herrlichen Tieres erhalten hatte. Der gegenwärtige Vitry wußte, daß die Dorfbewohner viel zu große Angst vor ihm hatten, um ihn anzulügen. Vielleicht vermutete er sogar, daß Träume oder Fantastereien hinter der Geschichte steckten, aber er ahnte nicht, daß es sich bei der Erscheinung in Wirklichkeit um einen weißgefärbten, vor Perlenstaub schimmernden Hirschkopf handelte, den sich seine Todfeindin auf dem Rücken befestigt hatte. Zu abergläubisch, um die Berichte von der Hand zu weisen, war Vitry jedoch auch viel zu mißtrauisch, um sich mit großem Gefolge auf die Jagd zu begeben, ohne zuvor selbst nach Spuren des Fabeltieres zu suchen. Da er am Ende nicht wie ein Narr dastehen wollte, würde er zu dem Teich kommen, an dem der Sage nach das Tier zum ersten Mal gesichtet worden war. Und hier hatte Marian auf ihn gewartet.

Nun lösten sich drei Reiter aus dem Wald und kamen auf die Lichtung. Marians Blick blieb auf dem Anführer haften. Er ritt das prächtigste Pferd, und über seiner ledernen Jagdkleidung trug er einen Überwurf aus feiner scharlachroter Wolle, doch Marian hätte ihn auch ohne diese besonderen Merkmale erkannt, obwohl sie ihn nur einmal in ihrem Leben gesehen hatte, und auch da nur kurz.

Diese eine Begegnung hatte in den Palastgärten von Paris stattgefunden. Der Fremde, ein riesenhafter Mann, hatte sich von ihrer Mutter abgewandt, als Marian in Sicht kam und über den kiesbestreuten Weg auf sie zustürmte. Er glich einem tollpatschigen Bären, hatte sie damals gedacht, bis sie seinen Gesichtsausdruck und die kaum verhohlene Bosheit in seinen Augen bemerkte. Ihre Mutter hatte ihre diesbezügliche Warnung lachend als Hirngespinste einer Zwölfjährigen abgetan. Hübsch und kokett wie sie war, hatte Eva Montrose bereits sehr viel mächtigere Männer als Simon von Vitry abgewiesen. »Du hast sein Gesicht nicht gesehen«, hatte Marian zu bedenken gegeben. Dann aber hatte sie den Fremden bald vergessen – bis zu dem Tag, an dem die Outlaws, die Geächteten, ihrer Familie auf der Straße auflauerten.

Obwohl Simon von Vitrys Gesicht im Augenblick nicht von Mordlust entstellt wurde, zeugten seine Züge von Grausamkeit. Die Zeit hatte sein schwarzes Haar mit silbernen Strähnen durchzogen und seinen Körper aufgeschwemmt, doch abgesehen davon sah er noch fast genauso aus wie vor zehn Jahren.

Vitry lenkte sein Pferd an den Teich und befahl einem seiner Männer, nach dem Hirsch Ausschau zu halten. Der Mann stieg ab, und Marian wandte ihm ihre Aufmerksamkeit zu. Er war korpulent, und sein Haar lichtete sich bereits stark. Langsam umkreiste er den Teich und suchte nach Fährten oder Dungresten. Marian sah ihn nur im Profil; seine Züge waren vor Narben nahezu unkenntlich. Der andere Mann saß noch im Sattel. Er war jung und ungeduldig, und sein Blick schweifte in der Hoffnung, einen Blick auf die erhoffte Beute zu erhaschen, erwartungsvoll über die umliegenden Baumgruppen. Offenbar fiel ihm ein, daß er von oben eine bessere Sicht hätte, denn er begann, die Bäume rund um den Teich abschätzend zu mustern. Das dichte Laub der Eiche verbarg Marian jedoch vor seinen Blicken.

Der narbenübersäte Mann blieb kopfschüttelnd stehen und wandte sich dann zu Vitry. »Nichts, Mylord. Ich habe Spuren von Füchsen und anderen Tieren entdeckt, aber nicht von einem Hirsch.«

Marian hatte sich für die Begegnung mit Vitry gewappnet, aber als sie nun jenes entstellte Gesicht wiedererkannte, durchzuckte sie ein plötzlicher Schmerz und sie stieß zischend den Atem aus. Sie hätte in der beleibten, fast kahlköpfigen Gestalt schwerlich den bärtigen Wegelagerer von damals erkannt, doch die dünne, ätzende Stimme hatte sich nicht verändert – sie war wie Säure, die sich in eine Wunde frißt. »Vitry wünscht deinen Tod«, hatte er ihrer Mutter entgegengeschleudert, ehe er sie mit einem einzigen Schwertstreich tötete.

Auf diese Weise hatte Marian den Namen ihres Feindes erfahren. Sie hatte nie erwogen, sich an seinen gedungenen Mördern zu rächen, es sei denn, der Zufall spielte ihr einen von ihnen in die Hände. Die durch ihre Anonymität geschützten Outlaws, die sich in den Wäldern von Frankreich verbargen, waren ihrer Meinung nach nicht zu belangen. Doch dieser eine hatte zu den Gefolgsleuten des Barons gehört, und sie haßte ihn besonders, weil er Vitrys Kreatur war. Den anderen Mann kannte sie nicht, hegte aber hinsichtlich seines Lebenslaufes keinerlei Zweifel. Vitry hatte nur für die übelsten Gesellen Verwendung.

Erst als sie spürte, daß sich ihre innere Anspannung in unerschütterliche Gelassenheit verwandelte, wurde Marian bewußt, wie sehr sie auf diesen Augenblick gewartet hatte. Sie spannte ihren Bogen, zielte sorgfältig auf den jüngeren Mann und schoß ihm mitten ins Herz. Noch während der Pfeil sein Ziel fand, legte sie erneut auf und traf den narbenbedeckten Mann in den Hals. Nun waren beide Leibwächter tot, und der entsetzte Baron riß sein Pferd herum und wollte fliehen. Voller Bedauern schickte Marian seinem Reittier einen dritten Pfeil hinterher. Als es getroffen zusammenbrach, sprang sie mit einem Satz von dem Baum und rannte los. Ihr Opfer ließ sein verwundetes Pferd im Stich und versuchte, sich hinter den Bäumen in Sicherheit zu bringen. Marian blieb stehen und richtete rasch den Bogen auf ihn.

»Vitry«, rief sie laut. »Bleibt stehen, oder Ihr sterbt!«

Die Drohung und vielleicht auch der Klang einer Frauenstimme veranlaßten ihn, in seinem Lauf innezuhalten. Er drehte sich zu ihr um, musterte sie stirnrunzelnd und fragte sich, ob er sich vielleicht verhört hätte, denn Marian war genauso groß wie die meisten Männer. Doch der Helm, den sie trug, konnte den femininen Schwung ihrer Lippen und das sanft gerundete Kinn nicht verbergen. Den Pfeil noch immer direkt auf sein Herz gerichtet, bedeutete sie ihm, sich von den Leichen seiner Leibwächter und den am Waldesrand stehenden Pferden zu entfernen. »Vorwärts!«

»Wer seid Ihr?« fragte Vitry. In seiner Stimme schwang eine deutliche Geringschätzung mit. Seine panische Angst hatte nachgelassen, sobald er festgestellt hatte, daß sein Gegner eine Frau war. Trotzdem fürchtete er den Pfeil.

Marian trieb ihn um den Teich herum, bis sie den Platz erreichten, den sie für ihre Zwecke ausgewählt hatte, einen von Bäumen umsäumten freien Streifen Land. Sie legte den Bogen fort und zückte ihr Schwert. »Mein Name ist Marian. Ich bin Eva Montroses Tochter.«

Vitry wiederholte den Namen ihrer Mutter erst tonlos, dann laut und genüßlich, die Erinnerung auskostend. Dann zog er sein eigenes schweres Schwert aus der Scheide und schwang es drohend vor ihr. »Dann werdet Ihr auf die gleiche Weise sterben wie sie, und diesmal werde ich mein Vergnügen daran haben.«

Marian gab keine Antwort. Ihr Haß und Kummer waren zu groß, um in Worte gefaßt zu werden.

»Ich sagte ihr, daß ich sie liebte, und sie fertigte mich mit einem Lächeln und nichtssagenden Floskeln ab, als ob meine Gefühle vollkommen belanglos wären. Mir das Vergnügen zu versagen, sie eigenhändig zu töten, das war einer der schwersten Entschlüsse, den ich je gefaßt habe«, ließ er Marian wissen, während er unmerklich näherrückte. »Aber es durfte nicht der Schatten eines Verdachtes auf mich fallen. Nun, da ich sie nicht haben konnte, mußte sie sterben. Doch vorher wollte ich sie demütigen, so wie sie mich gedemütigt hat.«

Deshalb hatte er befohlen, sie zunächst zu vergewaltigen und dann zu ermorden.

Vitry wies auf die leblosen Körper, doch Marian sah nicht hin. Sie wußte, daß die Männer tot waren. »Ich selbst habe Otto diese Wunden zugefügt. Als ich herausfand, daß Ihr entkommen wart, stieß ich ihm eine Fackel ins Gesicht. Aber er versicherte mir, daß Ihr keine Ahnung hattet, daß es nicht die Outlaws waren, die sie getötet hatten – sie und die anderen.«

Sie und die anderen. Nachdem die Leibwächter unschädlich gemacht worden waren, hatten Vitrys Handlanger ihrem Vater den Bauch aufgeschlitzt und den sich vor Schmerzen windenden Mann auf dem Boden liegengelassen. Ihren drei Jahre alten Bruder hatten sie für zu jung befunden, um sich mit ihm zu vergnügen, und ihm kurzerhand die Kehle durchgeschnitten, damit sein Geschrei aufhörte. Marian selbst und ihre Mutter waren dazu bestimmt, den Männern erst einmal Spaß zu bereiten. Da der Körper ihrer Mutter üppiger und ihre Angst deutlicher zu erkennen war, sollte sie als erste an die Reihe kommen. Hilflos mußte Marian zusehen, wie drei von ihnen sich an ihrer Mutter vergingen, dann wurde der Mann, der sie festhielt, ungeduldig und zerrte sie in die Büsche, um sich dort ungestört mit ihr zu beschäftigen. Doch seine Begierde ließ ihn unvorsichtig werden.

»Wie ist Euch die Flucht gelungen?«

Diese Frage beantwortete sie ihm. »Ich habe den Mann getötet, der mich vergewaltigen wollte. Mit seinem eigenen Messer.«

»Und seid davongerannt. Also habt Ihr nicht mit angesehen, wie Eure Mutter starb, Marian?«

Sie hatte es gesehen, von einem Versteck aus, wohl wissend, daß sie gegen ein Dutzend Männer nichts ausrichten konnte.

»Ich habe Otto befohlen, ihr sein Schwert in den Leib zu stoßen. Ob Ihr wohl ebenso laut um Gnade winseln werdet, wenn ich das gleiche mit Euch tue?«

Er beabsichtigte, sie zu reizen, damit sie unvorsichtig wurde; er wollte ihr Angst einjagen. Doch seine Worte bewirkten nur, daß sich ihr Herz verhärtete. Aber da es ihren Zwecken nur dienlich sein konnte, Vitry in dem Glauben zu lassen, er habe sein Ziel erreicht, ging sie auf ihn los. Ihre Wut, so kalt sie auch sein mochte, war nicht vorgetäuscht, ihre Unachtsamkeit hingegen schon. Mit einem Hagel von Attacken und Paraden testete sie seine Kraft und suchte die Schwachstellen. Marian beging nicht den Fehler, ihn zu unterschätzen, hoffte jedoch, daß er ihr Geschick unterbewertete. Sie wußte, daß er über außerordentliche Fähigkeiten verfügte, und er hatte mehr Jahre im Kampf verbracht, als sie auf der Welt war.

Dennoch erkannte sie, als sie seinen Angriff parierte, daß Vitry seine besten Jahre bereits hinter sich hatte, ohne es selbst zu wissen. Zweifellos fürchteten sich seine Untertanen davor, ihm seine Schwächen vor Augen zu führen. Seine technischen Fertigkeiten hatten nachgelassen, und er verließ sich, da er seine Körperkraft überbewertete, zu sehr auf die bloße Wirkung seiner Klinge und setzte mehr auf die Kraft seiner Hiebe als auf behende Bewegungen. Auch seine Rückhand kam viel zu langsam. Marians größte Sorge galt dem Schwert als solchem. Aus dem Klang schloß sie zwar, daß der Stahl von minderer Qualität war als das Metall ihrer eigenen Waffe, doch die Klinge war massiver. Es bestand die Gefahr, daß ihr Schwert daran zerbrechen könnte.

Sie begann ihren wohldurchdachten Rückzug, wobei sie sich in gespielter Panik verzweifelt umblickte, lockte Vitry von der Lichtung in den Wald und brachte die Bäume zwischen sich und ihren Gegner. Hier zählten ihre Gewandtheit und Ausdauer mehr als seine Kraft. Zuerst dachte er in seiner Siegesgewißheit nicht daran, mit seinen Kräften zu haushalten, und so folgte er ihr, wohin sie ihn führte. Seine Wut wuchs, je länger sie ihn hinhielt. Doch als sein Atem schwerer ging, hatte er Verstand genug, die Absicht hinter ihrer Strategie zu erkennen, und so wich er auf die Lichtung zurück. Ihr blieb nichts anderes übrig, als ihm zu folgen.

Unvermittelt griff er wieder an, und obwohl Marian sofort auswich, streifte sein Schwert sie quer über den Brustkorb. Zwar hatten die dichten Maschen ihres Kettenhemdes das Schlimmste verhindert, doch der Zusammenprall ließ sie taumeln. Vitry nutzte seinen Vorteil und führte einen Hieb gegen ihre Beine, der einen Stiefel bis auf die Wade aufschlitzte, so daß sie sich zu Boden fallen lassen mußte. Sie war zwar auf den Füßen, ehe er sie zu fassen bekam, hatte aber Mühe, das Gleichgewicht zu halten. Die Wunde war nicht tief, doch sie verdankte es allein ihrer Schnelligkeit, daß Vitry sie nicht zum Krüppel gemacht hatte. Er kam jetzt näher, seine Attacken wurden heftiger. Simon von Vitry kannte alle schmutzigen Tricks, doch die hatte Marians Großvater ihr auch beigebracht, zusammen mit den raffinierteren taktischen Manövern. Sie wehrte den Angriff ab, raffte sich auf und konterte erneut, kämpfte konzentriert, jedoch nicht verzweifelt. Sie rechnete durchaus mit der Möglichkeit, im Kampf zu fallen, akzeptierte den eigenen Tod als Ausgleich für die Chance, Vitry eigenhändig umzubringen. Sollte sie nicht mehr nach Hause zurückkehren, würde ein Brief ihrem Großvater den Namen des Mannes nennen, der seine Enkelin auf dem Gewissen hatte. So oder so, Simon von Vitry war ein toter Mann.

Vitrys Taktik begann sich jetzt gegen ihn zu wenden. In seiner Mordlust hatte er viel zu viel Energie vergeudet, und als er einen neuen Vorstoß unternahm, stolperte er über eine Wurzel. Obwohl er sich fing, ehe sie zum Gegenangriff übergehen konnte, hatte Marian ihr Gleichgewicht und ihre Sicherheit wiedergewonnen. Sie bemerkte, daß ihm das Gewicht des großen Schwertes zu schaffen machte und seine Rückhand unsicher wurde. Absichtlich tanzte sie um ihn herum, um ihn noch mehr zu ermüden, und wartete dann auf eine Gelegenheit. Als er versuchte, ihr mit einem rückhändig geführten Streich den Brustkorb aufzuschlitzen, parierte sie den Schlag mit ihrem Schwert, drehte die Klinge blitzschnell und trieb sie, die Gunst des Augenblickes nutzend, tief in Vitrys Eingeweide. Dieser brüllte erst vor Überraschung und Zorn auf, stimmte dann aber ein gellendes Schmerzensgeschrei an, als Marian ihm das Schwert aus dem Leib riß. Eine Welle kalten Triumphs erfüllte sie, als er zu Boden fiel und zusammengekrümmt zu ihren Füßen liegenblieb, die Hände gegen die Wunde gepreßt. Als er sie anflehte, ihn zu töten, reagierte sie nicht.

Unversöhnlich wie das Schicksal selbst saß sie am Ufer des Teiches, sah zu, wie Vitry starb und fragte sich, ob es bei ihrem Vater ebenso lange gedauert hatte. Nach einer Stunde war alles vorüber. Sie erhob sich und blieb über seinen Leichnam gebeugt stehen. Obwohl ringsherum der Frühling in frischem Grün erstrahlte, fühlte sie sich, als wäre sie von tiefstem Winter umgeben.

1. Kapitel

»*Eleanor ...*
Durch Gottes Zorn Königin von England ...«
Die Feder quietschte auf dem Papier, als Eleanor den an Papst Celestin III. gerichteten Brief, den sie soeben diktiert hatte, unterzeichnete. Der hinter ihr wartende Sekretär, der ihr Anliegen in einem weitaus geschliffeneren Latein, als sie es zu formulieren imstande war, abgefaßt hatte, gab einen erstickten Laut von sich. Ein grimmiges Lächeln umspielte Eleanors Lippen. »So wird meine Unterschrift lauten«, schwor sie bei sich, »bis das Lösegeld aufgebracht und König Richard befreit worden ist.«

Niemand würde es wagen, ihr diesen Platz streitig zu machen, schon gar nicht dieser kriecherische Sekretär. Richard hatte zwar eine Frau, doch Berengaria hegte kein Verlangen nach dem Königsthron und verfügte weder über die Macht noch über die notwendigen Geistesgaben, um Richard aus den Händen jener zu befreien, die drohten, ihn zu vernichten.

Nachdem sie den Brief gefaltet hatte, ließ Eleanor heißes rotes Wachs auf die Kante tropfen und drückte ihr Siegel hinein, ehe sie dem verdrossenen Sekretär die Botschaft aushändigte. »Bring das dem Boten, der in der Halle wartet, und sag ihm, er soll den kastanienbraunen Wallach satteln«, befahl sie ihm. »Ich wünsche, daß er London unverzüglich verläßt. Dann kannst du gehen, aber sei in zwei Stunden wieder hier. Heute nachmittag werden wir noch weitere Briefe an die Bischöfe von Aquitanien und Anjou aufsetzen.«

»Sehr wohl, Eure Majestät.«

Als der Sekretär verschwunden war, wies Eleanor ihren kleinen Pagen an, Marian in ihre Gemächer zu rufen. Insgeheim ihre steifen Knochen verwünschend, erhob sie sich von ihrem Stuhl und ging im Raum auf und ab, während sie überlegte, wie sie mit ihrem Anliegen am besten an die Bischöfe herantreten sollte. Als sie im Geiste gerade die ersten Sätze entwarf, wurde sie von lieblichem Rosenduft abgelenkt. Sie hatte angeordnet, daß der Boden mit frischen Binsen ausgelegt werden sollte, und nun bemerkte sie, daß dazwischen überall rosafarbene und weiße Blütenblätter verstreut lagen. In weniger schweren Zeiten wäre ihr dieser hübsche Anblick sofort aufgefallen. Sie trat zum Fenster und blickte über die weißgetünchten Schloßmauern zu den leuchtend bunt blühenden Gärten und den üppigen grünen Obstbäumen. Sie gönnte sich einen kurzen Moment, um die laue, duftgeschwängerte Brise zu genießen. Es war bereits Juni ... und ihr Sohn war zu Weihnachten im Jahre des Herrn 1192 in Gefangenschaft geraten. Schon sechs verlorene Monate.

Ruhelos nahm sie ihre Wanderung wieder auf und ordnete ihre Gedanken. Trotz der letzten unverschämten Lösegeldforderung aus Österreich blieb zu bezweifeln, ob der Papst ihrer Bitte entsprechen und Heinrich VI., Kaiser des Heiligen Römischen Reiches, exkommunizieren würde. In dieser Frage mußte Celestin III. notwendigerweise äußerst diplomatisch vorgehen, da zwischen dem Papst und dem Kaiser ein erbitterter Streit hinsichtlich einiger Ländereien in Italien herrschte und bereits mehrere päpstliche Abgesandte ohne Reue oder Furcht vor Vergeltung ermordet worden waren.

Celestin fürchtete sich davor, seine Autorität noch weiter zu untergraben. Er konnte sich ebenso wie Eleanor das verächtliche, höhnische Lächeln vorstellen, mit dem Heinrich VI. auf seine Exkommunikation reagieren würde. Doch nicht alle seiner Vasallen teilten des Kaisers Arroganz oder dessen atheistische Haltung. Viele der Barone fürchteten sowohl um sein als auch um ihr eigenes Seelenheil. Auch wenn sich die Auswirkungen einer Exkommunikation nicht vorhersehen ließen, so war sie doch eine harte Strafmaßnahme, und der Papst hatte keine plausible Entschuldigung, um diese Sanktion noch länger hinauszuzögern. Schließlich war Richard Löwenherz ein Kreuzritter, der aus einem heiligen Krieg zurückkehrte. Für andere christliche Herrscher war seine Person unantastbar oder sollte es zumindest sein, auch wenn hier und da persönliche Animositäten bestanden. Aber wie oft im Leben bestand ein großer Gegensatz zwischen dem, was sein sollte, und dem, was war.

Allerdings habe ich mich selbst auch nie so verhalten, wie ich es sollte, sooft man es mir auch gepredigt hat, dachte Eleanor zynisch, *weder als Herzogin von Aquitanien und Königin von Frankreich noch als Königin von England.* Aus purer Abenteuerlust hatte sie an Kreuzzügen teilgenommen und die Ehe mit ihrem Blutsverwandten, dem ebenso langweiligen wie frommen Louis VII., zugunsten der Heirat mit dem skrupellosen Henry II. gelöst. Sich über Gottes Gebote hinwegzusetzen hatte sie nicht viel gekostet, aber Henry zu trotzen war sie teuer zu stehen gekommen – sechzehn Jahre in Gefangenschaft. Während der besten Jahre im Leben einer Frau war sie den Launen dieses unberechenbaren Gatten ausgesetzt gewesen. In dieser Zeit war sie gealtert, und sie hatte gefürchtet, in Gefangenschaft sterben zu müssen.

»Nun, du warst derjenige, der gestorben ist, Henry«, murmelte sie durch die Zähne. »Und dein Tod bedeutete meine Befreiung.« Gleich nachdem die Nachricht von Henrys Tod bekannt geworden war, hatte ihr Kerkermeister das Tor geöffnet, und Eleanor war geradewegs in die Welt hinausgeritten. Als Stellvertreterin ihres Sohnes, der bald zum König gekrönt werden sollte, hatte sie jeden Kerker in England öffnen lassen und allen Gefangenen die Freiheit geschenkt. Zugegeben, dieser Schachzug war wohlberechnet gewesen, dazu bestimmt, Richard Sympathien einzutragen und die Gerüchte über einen Vatermord zu ersticken, trotzdem hatte diese Tat Eleanor eine ungeheure Befriedigung verschafft. Ihr schien, als könne sie mit jeder neu geöffneten Kerkertür selber ein wenig freier atmen.

Und nun war Richard kaum vier Jahre nach seiner Krönung selbst ein Gefangener. Ihr Liebling, ihr junger goldener Löwe, saß im Turm von Dürnstein, hoch über der Donau. Auf der Suche nach ihm, die ihn durch ganz Österreich führte, hatte Richards eigener Troubadour ihn im Turm singen gehört und die zotigen Lieder weitergegeben …

Eleanor unterdrückte ein kurzes, freudloses Lachen, welches sich in ein Schluchzen zu verwandeln drohte, und grub ihre Fingernägel in die Fäuste. Das Gefängnis war gut gesichert, Richard konnte nicht fliehen. Um das geforderte Lösegeld aufzutreiben, würde sie befehlen, argumentieren, schmeicheln, drohen und, wenn nötig, sogar betteln müssen. Und sie mußte jede verräterische Verschwörung, die ihre Pläne vereiteln konnte, im Keim ersticken, ehe sie Früchte trug.

Eleanor verfügte über zahlreiche Spione verschiedenster Art. Sogar als Henry sie in strenger Haft gehalten hatte, war es ihren Informanten gelungen, sie mit Neuigkeiten aus der Welt zu beliefern, obwohl sie, fast jeglicher Autorität beraubt, kaum etwas tun konnte, um diese Informationen zu verwerten. In der Abgeschiedenheit ihrer Zelle hatte sie oft rein imaginäre Machtspiele geplant. Während dieser geistigen Schachpartien – ein Springer wurde von einem Läufer geschlagen, der Läufer wiederum geopfert, um einen Turm zu erobern – hatte sie einige flüchtige Momente lang begriffen, daß die Machtspiele der Menschen beinahe genauso verliefen. Hätte ihre Gefangenschaft noch einige Jahre länger gedauert, wäre sie vielleicht sogar bereit gewesen, den Schleier zu nehmen, den Henry ihr aufzuzwingen versucht hatte. Vielleicht. Aber mit der Freiheit hatte das Leben auch seine Süße, die Macht ihren Reiz wiedergewonnen. Und kurioserweise hatten jene symbolischen Spiele sie Geduld und auch die Feinheiten der Staatskunst gelehrt, die ihr bei ihrer Rückkehr in eine gefährliche Arena zugute gekommen waren. In diesem jetzigen Spiel hing alles vom richtigen Zeitpunkt und den richtigen Informationen ab, und die Schachfiguren konnten leicht ihr Leben verlieren.

Seit ihrer Befreiung hatte Eleanor ihr Spionagenetz ausgebaut und verstärkt, und nun boten in ganz England alle, die in ihren Diensten standen, ob der gegenwärtigen Krise ihr ganzes Geschick auf. Obwohl noch Neuling in diesem Geschäft, war Marian ihre vielversprechendste Agentin. Philip II., König von Frankreich, war einst Richards Busenfreund gewesen, doch der Neid hatte sein Herz zerfressen, bis er zum erbittertsten Feind ihres Sohnes wurde. Als sie hörte, daß die Enkeltochter eines alten Freundes in Kürze Verwandte in Frankreich besuchen würde, hatte Eleanor die junge Frau zu einer Unterredung nach Westminster befohlen und rasch deren Potential erkannt. Von ihrer gelassenen Haltung beeindruckt, teilte Eleanor Marian mit, daß sie für jede kleinste Information aus Frankreich dankbar wäre, ob es sich nun um Hofklatsch, Gerüchte oder begründete Mutmaßungen handelte. Es war offensichtlich, daß Marian mit der Reise nach Frankreich ihre eigenen Zwecke verfolgte, doch der Vorschlag weckte ihr Interesse, und so willigte sie ein. Ihre Rolle war einfach, jede Kammerzofe wäre ihr gewachsen gewesen, doch es stellte sich heraus, daß das Mädchen eine Nase für Intrigen hatte und die Fähigkeit besaß, einzelne Teile zu einem Ganzen zusammenzufügen. Da sie Aufruhr witterte, hatte sie zudem noch einen hochgestellten Pariser Höfling angeworben, für sie zu spionieren. Und es war Marian gewesen, die vor dem Angriff König Philips auf Rouen gewarnt hatte.

Sie hatte ausgezeichnete Arbeit geleistet, und Eleanor beschloß, ihr einen neuen Auftrag zu erteilen. Allerdings war es weit weniger gefährlich gewesen, sich am Rande von Philips Hof aufzuhalten, als sich mitten ins Herz von Nottingham Castle einzuschleichen. So klug sie auch war, Marian fehlte es an Erfahrung. Nichtsdestotrotz wurde dieses Spiel nur zu dem Zweck gespielt, den König zu schützen. Als Königin und Mutter würde Eleanor alles riskieren und jeden opfern, um Richard zu retten.

Das vorsichtige Klopfen an der Tür verriet ihr, daß ihr Page zurück war. Eleanor ließ ihn herein. Er kündigte Lady Marian an, und die Königin lächelte ihm zu und bedeutete ihm, draußen zu warten.

Eleanor beobachtete, wie Marian näherkam. Ihr Gang war anmutig und forsch zugleich, und mit der ihr eigenen Selbstsicherheit kniete sie nieder und bezeugte der Königin mit natürlichem Stolz ihre Ehrerbietung.

»Eure Majestät.« Ihre Stimme war tief, so kühl wie fließendes Wasser, und nur ein leichter heiserer Unterton ließ auf den darunter verborgen liegenden starken Willen schließen.

»Erhebt Euch, Marian«, sagte Eleanor, und als die junge Frau gehorchte, nahm die Königin ihr Gesicht zwischen die Hände und musterte es einen Moment lang.

Mit ihren zweiundsiebzig Jahren hatte Eleanor noch immer mit der Eitelkeit zu kämpfen, obwohl von ihrer einstigen Schönheit nichts geblieben war außer ihrem edlen Knochenbau und einer würdevollen Haltung. Unvermittelt fühlte sie einen scharfen Stich von Neid, der jedoch durch die Freude, die sie bei Marians Anblick empfand, sofort gemildert wurde. Die junge Frau war ohne Zweifel eine Augenweide. *Sie ist die Verkörperung vollkommener Schönheit*, gestand Eleanor sich ein. *Genau wie sie mochte sich mancher Minnesänger die schöne Isolde vorgestellt haben, wenn er sie in seinen Liedern besang.* Marians glatte Stirn wurde von einem Gewinde aus silbernen, mit tränenförmigen Mondsteinen verzierten Blättern bekränzt, darunter wölbten sich feingeschwungene Brauen über großen Augen von einem wundervollen weichen Blaugrau. Die sanfte Rundung von Wangen und Mund fand ihre Fortsetzung in dem schöngeschnittenen Mund, dessen kurze Ober- und volle, weiche Unterlippe in Form und Färbung an eine Rosenblüte denken ließen. Das schwere blaßgoldene Haar hing, zu zwei Zöpfen geflochten, über den kleinen, hochangesetzten Brüsten. Marian unterstrich ihren zarten Teint durch ein schlichtes graues Seidengewand mit langen, weiten Ärmeln und feingefälteltem Rock, darunter trug sie ein enges, schneeweißes, mit Silber besticktes Unterkleid.

Bezaubernd, dachte Eleanor, doch hätte diese überwältigende Schönheit leicht hohl wirken können, hätte ein anderer Geist diese perfekte Hülle bewohnt. Zwei Dinge machten Marians besonderen Reiz aus, bewahrten sie davor, einer kühlen, ausdruckslosen Statue zu gleichen und bildeten die Grundpfeiler ihrer Persönlichkeit. Eines stach sofort ins Auge. Eleanor, selbst nicht gerade von kleinem Wuchs, mußte aufblicken, um Marian in die Augen schauen zu können. Ihr jüngster Sohn, Prinz John, erreichte die Durchschnittsgröße eines Mannes und Eleanor schätzte, daß Marian ebenso groß war.

Diese Größe allein, so beeindruckend sie auch war, hätte jedoch ihre Wirkung verfehlt, hätte nicht Marians Wesen ihrer Statur entsprochen. Das einzig Weiche an ihren Augen war die Farbe. Diese Augen begegneten Eleanors Blick frei und offen; und in ihnen blitzte ein scharfer, ja, sogar trotziger Verstand. Sie glichen einem schimmernden Schwert, das nicht zur Herausforderung, sondern zum Gruße gezückt wird. Marian war eine wahre Amazone, so wie ihre Großmutter, die einst zusammen mit Eleanor an jenem unseligen Zweiten Kreuzzug teilgenommen hatte. Marie, ihre Waffengefährtin und vertraute Freundin, war eine der mutigsten und bewundernswertesten Frauen, die Eleanor je gekannt hatte. Ihrer Enkelin war die gleiche Gradlinigkeit und tiefverwurzelte Ehrlichkeit zu eigen, doch bei ihr kam noch eine durchdringende Intelligenz hinzu, die an Gerissenheit grenzte, weshalb Eleanor in ihr eine artverwandte Seele erkannte. Marians leidenschaftliches Naturell wurde von einem kühl abwägenden Verstand gezügelt – und von einem Willen, der, wie die Königin vermutete, dem ihren durchaus ebenbürtig war.

Eleanor nahm Platz und deutete auf eine Karaffe und auf Pokale aus Kristall und getriebenem Gold: »Schenkt uns etwas Wein ein, und dann setzt Euch neben mich.«

Marian goß erst für Eleanor, dann für sich selbst Wein ein und zog einen holzgeschnitzten Stuhl heran. »Der Wein ist köstlich. Sehr viel lieblicher als der, den man am Hofe König Philips zu servieren pflegte, Eure Majestät.«

»Die Winzer von Aquitanien suchen ihresgleichen«, entgegnete Eleanor, doch dann kam sie zur Sache. »Ihr habt beschlossen, Paris zu verlassen, Marian. Habt Ihr befürchtet, daß man einen Verdacht gegen Euch hegt?«

»Nein, Eure Majestät, aber meine Einladung galt nur für eine begrenzte Zeit, und ich fühlte, daß diese abgelaufen war.«

»Aber Ihr habt den Hof bereits einen Monat vor Eurer Rückkehr nach England verlassen«, bohrte Eleanor weiter.

Marian blickte ihr fest in die Augen. »Es war vereinbart, Mylady, daß ich in Frankreich auch meinen eigenen Verpflichtungen nachkommen und erst dann zurückkehren würde, wenn ich alles geregelt hätte.«

Irgendetwas an ihr war anders, dachte Eleanor voll prickelnder Neugier. Ein inneres Feuer war gelöscht oder eingedämmt worden. Sie hegte keinen Zweifel daran, daß Marian ihre Geheimnisse hatte. Eine gescheiterte Liebesaffäre vielleicht? Oder hatte der ständige Zwang, sich verstellen zu müssen, jenes Feuer abgekühlt, an das sie sich so gut erinnerte?

»Ihr habt Euch verändert, Marian. Fällt es Euch schwer, für mich zu arbeiten?«

»Ganz im Gegenteil, Eure Majestät. Manchmal kommt es mir so vor, als wäre es nur ein Spiel, dazusitzen, zu beobachten und die Gespräche anderer zu belauschen.«

Eleanor war noch nicht zufrieden. Sie hakte nach: »Aber irgend etwas stört Euch daran. Was ist es?«

Marian zögerte kurz. Doch da Eleanor den Zwiespalt ihrer Gefühle erkannt hatte, war Aufrichtigkeit geboten. »Die Information über Rouen verdankte ich dem unachtsamen Ausrutscher eines Freundes, eines Menschen, dem ich mein Vertrauen geschenkt hatte, Mylady, und der auch mir vertraute, ohne die Möglichkeit von Spionage und Verrat in Betracht gezogen zu haben. Aufgrund der Bedeutung dieser Information zögerte ich nicht, sie sofort weiterzuleiten, aber ich kann nicht ehrlichen Herzens behaupten, daß mir eine solche Entscheidung immer leichtfallen wird.«

»Ich bin sicher, Ihr werdet immer weise wählen«, erwiderte Eleanor ruhig. Nur ein Narr erwartete bedingungslose Loyalität. Ein kluger Herrscher kannte die Grenzen der Treue eines jeden seiner Untertanen; er wußte, wem er wie weit Vertrauen schenken durfte, welche Fehltritte er verzeihen und welche er bestrafen mußte. Vielleicht würde sie Marians Motive nie ganz verstehen, aber sie wußte, daß diese junge Frau sich stets von ihrem Ehrgefühl leiten lassen und nicht um des eigenen Vorteils willen oder aus Furcht heraus handeln würde. Das machte sie für die Krone wertvoller, wenn auch schwerer einzuschätzen.

»Habt Ihr Neuigkeiten von König Richard, Eure Majestät?« Die Frage war naheliegend und notwendig, diente aber gleichzeitig dazu, das unliebsame Verhör abzubrechen. Also beugte sich die Königin von England den Umständen, obgleich ihre Neugier unbefriedigt geblieben war.

»Ja. Der Kaiser hat neue Bedingungen gestellt und sich dabei einer ausgesprochen blumigen, überschwenglichen Sprache bedient, zweifellos ein Versuch, seine Ausdrucksweise seinen übertriebenen Forderungen anzupassen.« Eleanor gestattete sich ein ironisches Lächeln. »Das Lösegeld ist erneut um die Hälfte erhöht worden. Die volle Summe beläuft sich nun auf einhundertfünfzigtausend Silbermünzen.«

Marians Augen wurden groß. Nach einigen Augenblicken sagte sie: »Das ist ein ungeheurer Betrag.«

»Mehr als das Doppelte des jährlichen Einkommens der Krone. Außerdem verlangt der Kaiser, daß wir ihm als Sicherheit noch weitere Geiseln stellen, die alle aus den ersten Familien des Reiches stammen müssen.«

»Es wird schwer sein, so viele Geiseln aufzutreiben, Mylady, aber längst nicht so schwer wie das Aufbringen des Lösegeldes.«

»Das Volk liebt König Richard«, antwortete Eleanor und registrierte mit bitterer Belustigung die wilde Überzeugung in ihrer Stimme. Der strahlende Ruhm ihres Sohnes entzückte sie, obwohl sie wußte, daß sie selbst eine weisere Herrscherin war. »Das verdankt er seiner glanzvollen Krönung und seinen Heldentaten im Heiligen Land.«

»Ich zweifle nicht an der Zuneigung des Volkes zu seinem König«, versetzte Marian ruhig. »Es ist richtig, daß Richards ansprechendes Äußeres und seine Tapferkeit die Menschen für ihn eingenommen haben. Aber nicht nur König Richard, sondern auch König Henry vor ihm haben das Volk mit gewaltigen Steuern belegt, um den Kreuzzug gegen Saladin zu finanzieren. Es wird nicht leicht sein, aus ohnehin schon leeren Kassen eine so große Summe herauszupressen.«

»Ich werde das Lösegeld aufbringen, und wenn ich die Besitztümer des Adels und der Kirche enteignen und jedem

Mann, jeder Frau und jedem Kind in König Richards Reich die dreifache Steuer auferlegen muß.«

»Eure Majestät werden wohl oder übel genau das tun müssen«, erwiderte Marian trocken. »Ich sehe keinen anderen Ausweg.«

»Ich auch nicht«, entgegnete Eleanor, die ihre Gelassenheit wiedergefunden hatte. Sie würde Marian für sich gewinnen, so wie einst Marie, und auf diese Weise würde sie auch König Richard dienen. Mehr wollte Eleanor gar nicht. »Ich habe eine nicht ungefährliche Aufgabe für Euch, und wir müssen jederzeit auf Verrat gefaßt sein.«

»Wünschen Eure Majestät, daß ich nach Frankreich zurückkehre«, erkundigte sich Marian, »und soviel wie möglich über König Philips Pläne in Erfahrung bringe? Es wäre möglich, mein plötzliches Wiederauftauchen zu erklären, aber es würde mich dennoch verdächtig erscheinen lassen.«

In ihrer Stimme klang offenkundiges Widerstreben mit, das Eleanor jedoch notfalls ignoriert hätte. Flüchtig erwog sie, die Wahrheit etwas zu verschleiern, um Marian weiter auszuhorchen, entschied sich aber dagegen, da sie fürchtete, die Ergebnisse würden das Mißtrauen nicht aufwiegen, das Marian ihr entgegenbringen würde, wenn sie sie zu sehr bedrängte.

Besser, sie ließ Marian ihre Geheimnisse. Eleanor wollte eine Verbündete, keine Widersacherin, und sie hoffte, daß die Aufrichtigkeit ihrer Absichten sich auszahlte, denn in diesem Fall würde sie keine Weigerung dulden.

»Nein, ich bin froh, daß Ihr Frankreich verlassen habt, Marian, denn ich brauche Euch hier. Sicher ist Euch bekannt, daß Prinz John bereits den Versuch unternommen hat, sich an seines Bruders Statt zum König krönen zu lassen. Bislang ist ihm dies noch nicht gelungen, und nun ist Nottingham die Hochburg von Johns Macht. Ich möchte, daß Ihr das Schloß besucht und Euch dort so lange aufhaltet, wie es Euch möglich ist, ohne Verdacht zu erwecken.«

»Hoffen Eure Majestät, daß ich herausfinde, welche Ritter König Richard die Treue halten werden und welche sich aus Angst oder Habgier auf die Seite von Prinz John schlagen?«

»Ich erhoffe mir weit mehr als das.«

»Mehr? Das allein wird schon schwer zu bewerkstelligen sein.«

»Nein, Marian. Ihr habt einen scharfen Blick für Heuchler. Das wird der einfachere Teil sein.«

Marian überlegte. »Prinz John wird Euch hinsichtlich des Lösegeldes direkt oder indirekt Steine in den Weg legen wollen. Hofft Ihr, daß ich seinen Plan aufdecken kann?«

»Ja, darauf läuft es hinaus«, gestand Eleanor. »Vor einem Monat warnte uns einer der Ritter von Nottingham vor einem versuchten Anschlag auf die erste große Summe Steuergelder. Die Wachen wurden verstärkt und die Route geändert, und das Silber kam wohlbehalten in London an. Aber ich bin sicher, daß nun, wo der Kaiser seine Lösegeldforderung erhöht hat, ein zweiter Versuch unternommen wird. Nistet Euch in Nottingham Castle ein, und dann schnappt Ihr vielleicht einige Hinweise auf.«

»Was ist mit dem Ritter, der Eure Majestät gewarnt hat?«

»Er ist tot«, erwiderte Eleanor lakonisch. »Ihr seid am besten geeignet, um ihn zu ersetzen.«

Eine Warnung, gewiß. Doch wenn sie Marian richtig beurteilte, reizte sie die Herausforderung.

»So?« Ein winziges Lächeln umspielte Marians Mundwinkel. Dann fuhr sie gelassen fort: »Vielleicht überschätzt Ihr mein Geschick, Mylady. Von dem Angriff auf Rouen habe ich nur durch Zufall erfahren. Meine eigenen Bemühungen haben nichts von solcher Bedeutung ergeben; ein bißchen Klatsch, Gerüchte, die zusammenpaßten, ein neuer Informant.«

»Ein hochgestellter Höfling immerhin«, konterte Eleanor. »Ja, Ihr seid noch unerfahren in diesem Metier, aber dafür besitzt Ihr sowohl Wagemut als auf Vorsicht. Ihr habt ein Talent dafür, die richtigen Schlüsse zu ziehen, Marian, die Fähigkeit, eine Nadel im Heuhaufen zu finden. Macht Euch mit jedem, der das Schloß besucht, bekannt. Freundet Euch mit der Frau des Sheriffs an, wenn es Euch möglich ist, und versucht, durch sie etwas über ihren Mann in Erfahrung zu bringen. Ich werde Euch eine vertrauenswürdige Frau zur

Seite stellen, die Euch als Zofe dienen soll. Sie stammt aus einer wohlhabenden Londoner Kaufmannsfamilie. Ihre Manieren sind untadelig, und sie kann sich leichter unter die Dienerschaft mischen als jemand von höherem Stand und so Informationsquellen auftun, die Euch verschlossen bleiben. Auf der Straße nach Nottingham werdet Ihr und Agatha einen jungen Gentleman treffen, der als Bote zwischen uns beiden fungieren wird. Meinen Code kennt Ihr ja bereits, falls Ihr Eure Nachrichten schriftlich weiterleiten müßt.«

»Ich habe keinen Vorwand, Nottingham zu besuchen, Eure Majestät«, gab Marian zu bedenken. »Ich kann zwar auf der Reise nach Norden dort haltmachen, aber ein ausgedehnter Aufenthalt würde mich verdächtig erscheinen lassen.«

Eleanor wischte ihren Einwand beiseite. »Es gibt einen guten Grund. Euer Großvater besitzt ein Landgut in Nottinghamshire. Dort gibt es Streitigkeiten. Er hat Euch die Vollmacht erteilt, in seinem Namen zu handeln, oder besser in Eurem eigenen, da Ihr behaupten könnt, Fallwood Hall sei Euch als Teil Eurer Mitgift versprochen worden. Es ist nur verständlich, daß Ihr den Besitz inspizieren wollt. Als unverheiratete Frau könnt Ihr für Euch selbst sprechen. Natürlich wäre es einleuchtender, wenn Ihr Euren Fall dem Gericht vortragen würdet, aber da die Lösegeldangelegenheit so dringlich ist, sind die Richter sicher zu beschäftigt, um sich mit Euch zu befassen. Es ist ein guter Vorwand, um Euren Aufenthalt zu verlängern.«

Marian zögerte eine Sekunde, ehe sie sagte: »Ich habe mehrere Monate in Frankreich verbracht, Mylady. Da ist es nur recht und billig, wenn ich meine Großeltern für eine Woche besuche, ehe ich diese Aufgabe übernehme.«

Eleanor registrierte, daß dieses Anliegen nicht als Bitte formuliert worden war, und lächelte. Das Mädchen war willensstark und unabhängig. Wenn sie ihr diesen Wunsch abschlug, würde Marian annehmen – völlig zu Recht – daß sie keine ernsten Strafmaßnahmen zu befürchten hätte, wenn sie trotzdem erst nach Hause zurückkehrte, bevor sie sich auf den Weg nach Nottingham machte. Doch die Königin hatte nicht die Absicht, in diesem Punkt nachzugeben. »Ich bedaure, daß die Sicherheit des Königs hier Vorrang hat. Aber ich habe vorhergesehen, daß Ihr Eure Familie sehen möchtet, und Eure Großmutter nach London befohlen. Sie wird heute abend hier eintreffen.«

Marian blickte ihr Gegenüber lange an, und ohne den Versuch zu unternehmen, die Ironie in ihrer Stimme zu verschleiern, fügte sie sich. »Natürlich, Eure Majestät. Ganz wie Ihr wünscht.«

Marian wartete in ihrer Kammer und streichelte geistesabwesend das Brustgefieder ihres Sperberweibchens Topaz. »Am besten nimmst du sie mit nach England«, hatte Raymond gesagt. »Sie ist dir ja schon völlig ergeben. Ich wußte, daß sie mir nie ganz gehören würde, genausowenig wie du.« Seine Selbstironie hatte den Schmerz in seiner Stimme nicht ganz übertönen können. Bei der Erinnerung an ihm schüttelte Marian verwirrt den Kopf. Sie hatte ihn so sorgfältig ausgewählt. Raymond, mit seinen strahlendblauen Augen und seinem lässigen Lächeln auf eine liebenswerte Weise attraktiv, war unter den Damen des französischen Hofes für seine selbstlose Art und seine Diskretion bekannt gewesen. Er war charmant, ohne diese überzogene Affektiertheit an den Tag zu legen, die sie bei vielen Pariser Höflingen so unerträglich fand. Selbst von schneller Auffassungsgabe, hatte er sich von ihrer Intelligenz weder einschüchtern noch beeindrucken lassen. Außerdem war er sanft, ohne ein Schwächling zu sein, und diese Eigenschaft hatte sie dazu bewogen, ihm ihren Körper anzuvertrauen.

Die Vergewaltigung ihrer Mutter, die sie hatte mitansehen müssen, hatte in ihr eine tiefverwurzelte Angst vor körperlicher Liebe hinterlassen. Da sie wußte, daß sie Vitry irgendwann würde gegenübertreten müssen, wollte Marian vermeiden, daß diese unterschwellige Angst ihren Kampfgeist beeinträchtigte, und so hatte sie entschieden, daß sie darüber hinwegkommen mußte. Außerdem war ihre Angst mit Neugier gemischt. Sie wußte um die Möglichkeit ihres eigenen Todes und hatte keinesfalls als Jungfrau sterben wollen. Von Raymond hatte sie erwartet, daß er sie sanft und liebevoll in die Freuden der Liebe einführte – was auch der Fall gewesen war – und daß er sie über die Grenzen des noch unbekannten Schmerzes und der alten dunklen Ängste hinweg zur Erfüllung brachte, einer süßen, doch zugleich seltsam melancholischen Erlösung.

Sie hatte jedoch nicht damit gerechnet, daß er sich in sie verlieben würde, und als das geschah, kam sie sich fast wie eine Betrügerin vor. Ihre Spionagetätigkeit hatte sie eher als ein Spiel betrachtet, welches sie ablenken sollte, während sie darauf wartete, daß Vitry aus Italien zurückkehrte. Da sie an Philips Hof nur Bekanntschaften geschlossen hatte, die ihr nützen konnten, fand sie es um so bitterer, ihren einzigen Freund für Eleanor verraten zu müssen. Niemand hatte sie je verdächtigt, und ihm war nichts geschehen, trotzdem empfand Marian immer noch Schuldgefühle, weil sie sein Abschiedsgeschenk angenommen hatte. Aber es wäre unhöflich gewesen, seine großzügige Gabe abzulehnen, und hätte außerdem bedeutet, Topaz zurückzuweisen, die sich ihre Herrin selbst ausgesucht hatte.

Als es an der Tür klopfte, setzte sie den Vogel auf seine Stange zurück und drehte sich um. »Komm herein.«

Ihre Großmutter trat ein und blieb stehen. Marian musterte sie über die gesamte Länge des Zimmers hinweg. Vor diesem Zusammentreffen hatte sie sich mehr gefürchtet als vor der Audienz bei der Königin, obwohl sie im Gesicht der anderen Frau weder Tadel noch Kummer las. Statt dessen breitete Marie die Arme aus, und Marian flüchtete sich dankbar in die warme Geborgenheit dieser Umarmung. Dann legte Marie ihr die Hände auf die Schultern und hielt sie auf Armeslänge von sich weg. Ihr Blick war sehr viel eindringlicher als der Eleanors.

»Nun ... er ist also tot«, sagte sie endlich.

»Ja. Wenn nicht, wäre ich nicht zurückgekehrt.«

»Wir fürchteten, daß du überhaupt nicht mehr zurückkehren würdest«, erwiderte Marie mit einem Anflug von Schärfe.

»Wenn ich getötet worden wäre, wäre euch ein Brief mit seinem Namen darin zugestellt worden.«

»Ein Bogen Pergament? Ich ziehe es vor, dich am Leben statt Eva gerächt zu wissen.«

»Nun hast du beides«, stellte Marian fest.

Marie seufzte. »Nun gut ... er ist tot, von deiner Hand gestorben und nicht von der eines anderen. Wirst du mir jetzt seinen Namen nennen, Marian?«

Marian senkte den Blick. Obwohl sie immer vorgehabt hatte, ihren Großeltern eines Tages den Namen ihres Feindes zu verraten, war dieses Geheimnis im Laufe der Jahre zu einem Teil ihrer Person geworden. Und nun fiel es ihr seltsam schwer, den Namen laut auszusprechen, obwohl kein Anlaß mehr dazu bestand, ihn geheimzuhalten. Doch um der Verehrung und der Liebe willen, die sie Marie entgegenbrachte, mußte sie nun sprechen. Marian blickte ihrer Großmutter fest in die Augen und sprach den Namen aus, den sie zehn Jahre lang für sich behalten hatte. »Simon von Vitry.«

Marie formte die Worte nach, dann schüttelte sie den Kopf. »Die Familie kenne ich dem Namen nach, den Mann nicht. Hat er den Mord verübt und nicht die Wegelagerer?«

»Er hat den Befehl dazu gegeben. Die Wegelagerer und einer seiner Leute haben ihn ausgeführt. Diesen Mann habe ich ebenfalls getötet.«

Ernst und gelassen blickte Marie ihrer Enkeltochter in die Augen. »Und bist du nun zufrieden, Marian?«

»Zufrieden?« Marian holte tief Luft und erschauerte, als sie sie wieder ausstieß. »Nein. Ich würde jederzeit wieder so handeln – aber zufrieden bin ich nicht.«

Marie wartete schweigend ab, ihre ruhige Geduld wirkte zwingender als jeder Befehl. Marian kämpfte darum, die Gefühle, die sie stets absichtlich unterdrückt hatte, in Worte zu fassen.

»Ich dachte ...« Ihre Stimme schwankte und fing sich wieder. »Ich dachte, ich würde mich frei fühlen, sobald er tot ist. Aber ich habe wieder und wieder von ihm geträumt. Ich wache mit dem Wunsch auf, Vitry zu töten, und wenn mir dann einfällt, daß er ja schon tot ist, möchte ich am liebsten weinen.«

»Dann weine doch einfach.«

»Tränen sind ein Zeichen von Schwäche.« Und um weiteren bohrenden Fragen zu entgehen, erkundigte sie sich rasch: »Wie geht es Großvater? Ist er immer noch wütend?«

»Er hat dich zum Kämpfen ausgebildet. Er hat dich nach Frankreich zurückkehren lassen, obwohl er deine Motive kannte. Als er den Namen des Mannes, der seine Familie ausgelöscht hatte, nicht aus dir herausbekommen konnte, da akzeptierte er, daß du uns entweder rächen oder bei dem Versuch umkommen würdest. Ja, er ist noch wütend, aber er hat auch Verständnis.«

»Deswegen liebst du ihn auch so, nicht wahr?« fragte Marian. »Weil er dich als gleichberechtigt sieht. Weil er sowohl die Kriegerin als auch die Frau respektiert.«

»Richtig«, gab Marie zurück, schwieg einen Moment und fragte dann: »Wie hast du es getan? Ich werde ihm alles ausführlich berichten müssen.«

»Da die Königin mich anderweitig abkommandiert hat?« bemerkte Marian, deren Humor mit Bitterkeit durchsetzt war.

»Habe ich sie dir gegenüber zu sehr gepriesen, Marian? Als ich jung war, schien sie für mich all das zu verkörpern, was eine Frau ausmachen sollte. Hast du dich aufgrund meines Lobes tiefer in eine Sache hineinziehen lassen, als du eigentlich wolltest?«

»Ich habe dem, was du mir über sie erzählt hast, nichts hinzuzufügen. Für jemanden, der die Zügel der Macht in seinen Händen hat, ist ihr Griff leichter und geübter als der vieler anderer. Ich bewundere sie. Also werde ich mich auf dieses Unternehmen einlassen, da mir die Zeit dafür reif zu sein scheint. Aber danach werde ich aus ihren Diensten scheiden und nach Hause kommen. Für eine gewisse Zeit jedenfalls.«

»Gut. Dann erzähl mir jetzt, was geschehen ist, oder du läufst Gefahr, daß sich dein Großvater Hals über Kopf auf den Weg nach Nottingham macht – und du weißt ja, daß er kein Geheimnis für sich bewahren kann.«

Und so erzählte ihr Marian alles, berichtete von dem weißen Hirsch, den sie als Köder benutzt hatte, vom Tod der Leibwächter, von ihrem Schwertkampf mit Vitry. Und daß sie zugeschaut hatte, wie er starb. Sie sprach nur über die Ereignisse, nicht über ihre Gefühle, und doch fragte Marie, als sie geendet hatte: »Was hättest du getan, wenn du nicht selbst hättest Rache nehmen können? Er hätte am Fieber sterben können oder durch das Schwert eines anderen.«

Marian schüttelte den Kopf, als ob es ausgeschlossen gewesen wäre, daß er durch eine andere Hand als die ihre hätte sterben können, obwohl sie diese Möglichkeit selbst stets gefürchtet hatte.

»Dann hättest du vielleicht trauern können, Marian, anstatt dich vor Haß zu verzehren. Du dachtest, dein Haß hätte dich am Leben gehalten, aber ich glaube, daß er dich all die Jahre innerlich ausgehöhlt hat. Du hast deine Familie gerächt, kannst du jetzt nicht endlich um sie trauern?«

»Mein Haß und meine Trauer waren eins, Großmutter.«

Marie schüttelte den Kopf. »Ich verstehe dich besser, als ich Eva je verstanden habe. Du bist wie ich und wie dein Großvater in deiner Ungezähmtheit, doch in dir steckt zudem etwas, das du – neben deinem Äußeren – allein von deinem Vater geerbt hast. Auch hinter dessen liebenswertem Gesicht verbarg sich eine Seele voller Geheimnisse.«

»Weißt du, wann ich zum ersten Mal erkannt habe, daß er mich liebt? Als er eines seiner Geheimnisse mit mir geteilt hat. Er konnte ja noch nicht einmal einem Kind ein Geschenk machen, ohne es vorher eine Weile zu verstecken.« Marian sah ihre Großmutter an, und kämpfte mit einem Schmerz, den sie bislang kaum begriffen hatte. »Du hast recht, ich bin nicht wie meine Mutter. Ich habe sie sehr geliebt, aber ich finde nichts von ihr in meiner Person wieder, weder äußerlich noch innerlich. Es kommt mir vor, als wäre sie eine Blume, die aufgeblüht, verwelkt und verschwunden ist.«

Marie ließ sich auf das Bett sinken, ergriff Marians Hände und zog sie an ihre Seite. »Ich erinnere mich noch gut an Evas Lachen. Niemals habe ich ein Kind oder eine Frau gesehen, die sich so am Leben freuen konnte wie sie. Woran erinnerst du dich denn am besten, Marian?«

»Ich weiß noch, daß sie immer, wenn ich außer Rand und Band geriet, gottergeben seufzte und sagte, ich sei genau wie

du. Und doch fühlte ich, daß sie mich in solchen Momenten mehr liebte, als wenn ich versuchte, ihr Freude zu machen, indem ich das Tanzen übte oder Näharbeiten verfertigte.«
Sie hatte gewußt, daß die Wahrheit schmerzen würde. Als sich die Augen ihrer Großmutter mit Tränen füllten, sagte sie: »Das Beste scheint auch oft am meisten wehzutun.«

»Dann wirst du hoffentlich das Beste erkennen können, wenn du es findest.«

»Falls ich es überhaupt finde.«

Ihre Großmutter runzelte die Stirn, dann seufzte sie. »Ich muß dir etwas sagen, Marian. Dein Großvater wünscht, daß du möglichst rasch heiratest, sobald du zurück bist. Hast du schon einmal darüber nachgedacht?«

»Ich denke gern an das, was dich mit Großvater verbindet, oder an die Liebe, die sich meine Eltern entgegenbrachten«, erwiderte Marian. »Aber das sind Ausnahmen. Die schlimmsten Ehen, die ich gesehen habe, bedeuteten für die Frauen Gewalt und Leiden bis hin zum langsamen Tod.«

»Nur wenige Ehen bringen solche Schrecken mit sich, Marian, aber noch weniger Paare erreichen diese absolute Harmonie, die zwischen mir und deinem Großvater herrscht. Die meisten Ehen verlaufen in ganz gewöhnlichen Bahnen. Ich halte dich nicht für geeignet, ins Kloster einzutreten, obwohl manche Frauen dort ihre Erfüllung finden. Aber ich glaube, daß das Klosterleben, selbst wenn es sich um einen sehr liberalen Orden handelt, dir immer noch zu viele Zwänge auferlegt. Eine wohlüberlegte Heirat ist besser für dich, und dein Großvater wird dich mit einer so großzügigen Mitgift ausstatten, daß du unter den edelsten Rittern des Landes wählen können wirst. Aber wenn er vorher sterben sollte, werden unsere Söhne sicher nicht so freigiebig sein. Natürlich würden sie dir ihren Schutz anbieten, aber so sehr sie dich auch lieben, das Land lieben sie mehr. Ich bezweifle, daß ein Leben in Abhängigkeit sich mit deinem Stolz verträgt.«

»Großvater ist doch nicht etwa krank?« Marians Herz krampfte sich vor Schreck zusammen.

»Nein. Aber bei der letzten Wildschweinjagd kam es zu

einem Zwischenfall. Ein anderer Mann gab sein Leben, um ihn zu retten. Nun erkennt er, daß auch er sterblich ist. Die meisten seiner Angelegenheiten hat er bereits geregelt, aber da er wußte, daß du an Vitry Vergeltung üben wolltest und daß auch seine Rache in deinen Händen lag, hat er nie darauf bestanden, daß du heiratest. Aber nun, da der Gerechtigkeit Genüge getan ist, möchte er dir das Land übergeben, das er für dich bestimmt hat, um spätere Streitigkeiten zu vermeiden. Aber du brauchst einen Mann, der es verteidigt.«

Marian war traurig geworden. »Dann soll er mir das Land doch jetzt schon geben. Ich werde es selbst verteidigen.« Doch selbst wenn der Großvater zustimmen würde, wäre diese Freiheit zu teuer erkauft. Ihre Großeltern wußten, daß Marian sehr wohl imstande war, ihren Besitz allein zu verwalten, sie wußten aber auch, daß jeder Ritter ohne Land, jeder habgierige Baron, der erfuhr, daß eine unverheiratete Frau über Grundbesitz verfügte, sie sofort belagern und versuchen würde, ihre Burg einzunehmen und sie selbst zur Ehe zu zwingen, was wiederum viele Menschen das Leben kosten und dem Land einen enormen Schaden zufügen würde.

»Hör mir zu, Marian«, bat ihre Großmutter in dem Ton eines Menschen, dem sein eigener Rat zuwider ist. »Du bist immer noch schön, aber viele Frauen deines Alters sind bereits schon wieder verwitwet. Ich wünsche dir zwar weder einen Mann, der dich nur um deiner Schönheit willen nimmt, noch einen, dem es allein um dein Land zu tun ist, aber all diese Dinge vergrößern deine Auswahl.«

»Und wenn es keinen gibt, den ich heiraten möchte, welche Wahl bleibt mir dann?« wollte Marian wissen. Bei diesem Gedanken breitete sich ein Gefühl der Leere in ihr aus.

»Die Wahl unter den Besten, die zur Verfügung stehen«, erwiderte Marie ruhig. »Und du weißt ebensogut wie ich, daß nur wenige Frauen diese Wahl haben. Du mußt sorgfältig wählen, Marian, aber du darfst auch nicht zu lange warten.«

»Du hast recht. Wenn mir schon Liebe versagt bleibt, dann muß ich wenigstens sicherstellen, daß ich respektiert werde.« Sollte irgendein Mann versuchen, ihren Willen zu brechen, würde sie das gleiche mit seinem Hals tun. Sie wäre wohl gut beraten, einen Mann zu heiraten, der ihr in jeder Hinsicht unterlegen war, aber alles in ihr sträubte sich gegen diese Vorstellung. »Etwas Zeit bleibt mir ja noch. Aber sobald ich meine Mission beendet habe, werde ich über eine Heirat nachdenken.«

2. Kapitel

»Aber was ist mit Robin Hood?« Der feiste Bischof ließ dem Wirt keine Ruhe.

»Humph.« Ihr bärtiger Gastgeber, der ebenso massiv gebaut war wie der Bischof schwammig, gab einen unwilligen Laut von sich, dann preßte er die Lippen fest zusammen und musterte die lästige Kreatur in mürrischem Schweigen.

Marian nippte an ihrem Ale und bedauerte sich selbst. Ihr graute davor, einen weiteren Tag in Gesellschaft des Bischofs von Buxton verbringen zu müssen. Der Mann war nicht dumm, jedoch einzig und allein mit sich selbst beschäftigt und erinnerte sowohl körperlich als auch geistig an ein aufgedunsenes, verzogenes Kleinkind. In der Karawane war er neben ihr hergeritten und hatte unablässig auf sie eingeredet. Zuerst hatte sich sein endloser Monolog um die unvergleichliche gesellschaftliche Stellung seiner Familie gedreht, dann war er dazu übergegangen, von Feuer und Schwefel zu erzählen, welches der Herr zweifellos auf des Bischofs zahlreiche Feinde herabregnen lassen würde, und schließlich, als das offene Weideland von dichtem Wald abgelöst wurde, war er auf seine Bedenken hinsichtlich des eben erwähnten berüchtigten Outlaws zu sprechen gekommen.

Nun stieg diese quengelige Stimme noch um eine Oktave in die Höhe. »Seid Ihr *sicher*, daß keine Gefahr besteht? Ich möchte mich keinesfalls ausgeplündert und mit durchschnittener Kehle im Wald wiederfinden.«

Neben ihr auf der Bank stieß Marians neue Zofe und Verbündete Agatha ein leises Schnauben aus.

Offensichtlich wünschte sie ebenso sehr wie Marian, daß

dieses Ereignis eintreten möge, vor dem sich der Bischof so sehr fürchtete. Der Wirt ließ einen vernehmlichen Seufzer hören, der einem Knurrlaut nahekam, und grollte dann: »Euer Hals ist hier jedenfalls sicherer als in London. Wenn Ihr im Wald überfallen werdet, so wird man lediglich Euren Geldbeutel aufschlitzen ... außer Ihr jammert zu laut.«

Marian bemerkte, daß ein Schauer der Angst den Körper des Bischofs erbeben ließ, so daß die Goldstickerei auf seiner Kleidung im Licht des späten Nachmittags schimmerte. Nur selten, dachte sie spöttisch, fand man einen so kleinmütigen Geist hinter einer derart prächtigen Hülle.

»Aber ...« begann der Bischof von neuem.

»Nahezu einen Monat lang hat es auf dieser Straße keinen Überfall mehr gegeben. Es heißt, daß Robin Hood weiter nach Norden gezogen ist, nach Sherwood.«

»Aber ich hörte, daß ein Abt auf dem Weg nach Süden, von Nottingham nach London, ausgeraubt worden sei«, protestierte der Bischof.

»Nun«, der Wirt lächelte tückisch, »man sagt, daß Robin Hood im Umkreis von hundert Meilen jeden einzelnen Baum kennt. Also habt Ihr vielleicht doch Grund zur Sorge.« Er wandte ihnen seinen breiten Rücken zu und füllte für Marians Leibwächter zwei Krüge mit Ale. Diese gingen damit in den hinteren Teil des Gasthauses, ließen sich auf der Bank unter dem geöffneten Fenster nieder und tranken in kameradschaftlichem Schweigen. Es handelte sich um zwei absolut vertrauenswürdige Männer, die im Dienste ihres Großvaters standen. Baldwin war stämmig und redegewandt, Ralph hager und wortkarg. Sie führten Marians Befehle aus, ohne Fragen zu stellen, und trainierten heimlich mit ihr, damit sie ihre Fertigkeit im Umgang mit Waffen nicht verlor. Der Bischof von Buxton, inzwischen nur noch eine bibbernde Masse Fleisch, zog sich zu seinem Tisch an der Tür zurück. Diese stand offen, um die frische Brise und das warme Sonnenlicht einzulassen. Goldene Staubkörnchen tanzten flimmernd in der Luft. Marian blickte am Bischof vorbei über die leere Straße. Die Schatten wurden länger, und noch immer kein Zeichen von Eleanors Boten.

Ein leises Klimpern hinter ihrem Rücken veranlaßte Marian, sich umzudrehen. Auf dem Fensterbrett hockte ein junger Troubadour. Seine Finger liebkosten die Saiten seiner Laute und entlockten ihr die Anfangstöne einer zärtlichen Melodie. Dann hob er den Blick von seinem Instrument und sah ihr in die Augen, wobei sich seine Mundwinkel zu einem schalkhaften Lächeln verzogen. Marian war belustigt. Da sie sich nicht in einer Situation befand, wo sie auf Rückendeckung achten mußte, freute sie sich, daß es Eleanors Boten gelungen war, sie zu überraschen. Während sie ihn beobachtete, schwang er die Beine über das Fensterbrett, sprang zwischen den Leibwächtern auf die Bank und kam auf ihren Tisch zu, wobei er mit einer reinen Tenorstimme zu singen begann:

> *Die Augen strahlen sternenklar,*
> *die Lippen locken süß.*
> *Ihr Haupthaar fällt in goldner Pracht*
> *herab auf ihre Füß'.*
> *Ich würd' sie lieben ewiglich,*
> *ach, wenn sie mich nur ließ.*

»Euer Diener, Mylady, wenn Ihr es wünscht«, sagte er dann, sich höflich verbeugend. »Ich bin sicher, bei keiner anderen Dame wird mir der Dienst so süß werden.« Er war ein schlanker junger Mann mit bis auf die Schultern fallendem braunen Haar und einem geckenhaften Bärtchen. Unter den feingezeichneten Brauen lagen blaue Augen, in denen ein mutwilliger Funke glomm.

Das Spiel der zufälligen Begegnung weiterführend, fragte Marian: »Was hättet Ihr denn gesungen, wenn meine Farben dunkel gewesen wären?«

> *Die Augen leuchten kohlenschwarz,*
> *die Lippen rot wie Blut.*
> *Das glänzend dunkle Seidenhaar*
> *lockt sich in reicher Flut.*

Er summte die brünette Version in einem melancholischeren Tonfall als bei seinem vorherigen Vortrag, dann fügte er vergnügt hinzu: »Und kastanienbraunes Haar hätte ich mit Herbstlaub verglichen. Ihr seht, ich bin ein vielseitiger Mann.«

»Hat so ein vielseitiger Mann auch einen Namen?« fragte Marian, obwohl sie ihn bereits kannte.

»Alan a Dale, schöne Dame.«

»Es wäre möglich, Alan a Dale, daß Eure Dienste tatsächlich willkommen sind. Ich reite morgen nach Nottingham, und Eure Lieder würden mir auf der Reise die Zeit vertreiben.«

»Ein Lied für jede Meile«, witzelte er. »Ich folge den Spuren der Schönheit und verlange keine andere Belohnung.«

»Obwohl Ihr sie mit Freuden annehmen würdet, schätze ich«, meinte Agatha, die von ihrer Stickarbeit aufsah und ihn abwägend musterte.

»Eine Mahlzeit würde ich nicht ablehnen, gute Frau, und einen Krug Ale, um meine trockene Kehle anzufeuchten, auch nicht.« Er warf einen prüfenden Blick auf Agathas Stickerei. »Vielleicht habt Ihr auch noch etwas Garn übrig, um meinen zerrissenen Ärmel zu flicken?«

Mit gespielter Trauer hielt er ihr besagten Ärmel hin. Seine Tunika war aus glänzendem gelben Damast, aber alt und abgetragen.

»Ich habe kein passendes Garn«, brummte Agatha finster.

»Wie wäre es denn dann mit einer neuen Tunika?« schlug Marian mit vorgetäuschtem Ernst vor. »Einer, die zu diesem Seidengarn paßt.«

»Es würde eine Woche dauern, in Nottingham eine schneidern zu lassen.« Agatha spielte bereits indirekt auf die Dauer seines Dienstes an.

»Eine blaue«, stimmte Alan a Dale glücklich zu, da regelmäßige Mahlzeiten und eine neue Tunika für einen umherziehenden Troubadour ein ansehnlicher Wochenlohn waren.

»Laßt uns nach draußen gehen und den Sonnenuntergang beobachten«, schlug Marian vor. »Unter dem Apfelbaum steht eine Bank. Nach dem Essen könnt Ihr mir dann ein weiteres Lied vorsingen.«

Sie ging voran, gefolgt von Eleanors Zofe und Eleanors Boten, die nun beide für die Dauer ihres Aufenthaltes in Nottingham in ihren Diensten standen. In Begleitung dieses ihr noch unbekannten, aber dennoch interessanten Gefolges ließ sich Marian unter dem schattenspendenden Apfelbaum nieder. Das Gasthaus selbst war zwar eher primitiv, aber dafür lag es in einer wunderschönen Umgebung. Zartrosa Heckenrosen und Geißblatt verbreiteten einen süßen Duft, und ringsherum blühten roter Mohn, goldener Klee und Gänseblümchen im Gras. Marienkäfer und zartflügelige blaue Libellen schwirrten zwischen fedrigen Disteln und Fingerhutbüscheln umher.

»So, Lady Marian, nun haben wir uns glücklich zusammengefunden«, stellte Alan a Dale fest. Ein bunter Schmetterling ließ sich auf seinem Haar nieder und klappte die Flügel auf und zu.

»In der Tat«, antwortete Marian, ein Lächeln unterdrückend. »Wollen wir hoffen, daß unsere Verbindung Früchte trägt.«

»So wie aus den Blüten dieses Apfelbaumes im Sommer köstliche Früchte entstehen«, sagte Alan, an den Saiten seiner Laute zupfend, »so werden auch unsere Bemühungen zu gegebener Zeit von Erfolg gekrönt werden.«

Ihre Unterhaltung wurde im normalen Gesprächston geführt, da niemand im Inneren des Hauses ihre Worte verstehen konnte. Während Alan a Dale auf seiner Laute klimperte, besprachen sie ihre Pläne. Die eine Woche, die Alan in Marians Diensten verbringen sollte, konnte sich je nachdem, was sie in Nottingham vorfinden würden, auch auf einen Monat ausdehnen. Dann würde er unter dem Vorwand, seine Familie zu besuchen, nach London zurückkehren, in Wirklichkeit aber Eleanor alle Informationen überbringen, die sie inzwischen gesammelt hatten, und mit neuen Instruktionen zurückkommen.

Marian erkannte, daß der Troubadour über einen wachen Verstand verfügte. Ob er auch vertrauenswürdig war, das stand auf einem anderen Blatt. Die Königin hatte ihr versichert, er sei zwar ein Luftikus, aber zuverlässiger, als er aussähe. Mit seiner übermütigen Munterkeit war er das genaue Gegenteil von der Zofe, die Eleanor ihr zur Seite gestellt hatte. Die eher hausbackene, stoische Agatha verbarg ihren trockenen Humor hinter einem schroffen, kurz angebundenen Verhalten. Sie würde eine brauchbare Spionin abgeben, diese Frau, die sich so unauffällig im Hintergrund halten konnte, daß sie nahezu unsichtbar war. Die einzige wichtige Eigenschaft, die ihr abging, war ein einnehmendes Wesen. Sie war nicht der Typ, der leicht das Vertrauen anderer gewann, aber ihr gesunder Menschenverstand würde ihnen in vieler Hinsicht nützlich sein.

In Frankreich war Marian allein auf sich gestellt gewesen, und sie hatte sich noch immer nicht ganz mit der Gegenwart ihrer Begleiter abgefunden. Trotzdem hielt sie es für ein vernünftiges Arrangement, und sie war entschlossen, das Beste daraus zu machen, zumal ihre beiden Mitstreiter wesentlich mehr Erfahrung besaßen als sie selbst. Schon jetzt schätzte sie Agatha und amüsierte sich über den Troubadour. Ein persönliches Vertrauensverhältnis zu ihnen mußte sie erst noch aufbauen, aber es war unerläßlich, daß sie ihnen, was ihren Auftrag betraf, sofort vertraute. So saßen sie unter dem Apfelbaum, tauschten Informationen über die im Distrikt von Nottingham ansässigen Ritter und Priester aus und diskutierten darüber, welche Auswirkungen die Nachricht von der erhöhten Lösegeldforderung auf König Richards Freunde und Feinde haben könnte.

Sie redeten, bis es dunkel wurde, dann gingen sie wieder hinein, um das einfache Abendessen, bestehend aus Brot, Käse und dünner Hühnersuppe zu sich zu nehmen. Dazu gab es dickflüssiges, dunkelbraunes Ale. Nach dem Mahl sang Alan eine Ballade von Lanzelot, der versuchte, mit Hilfe immer neuer Heldentaten seine unglückliche Liebe zu Guinevere zu vergessen. Die traurige Geschichte ließ mehr als einen der Männer einige stille Tränen vergießen.

Marian zweifelte nicht daran, daß Alans Verführungskünste und sein gewinnender Charme ihm die Herzen der Hofdamen zufliegen lassen würden, aber während viele Frauen sein lebhaftes Wesen reizvoll finden würden, empfand sie nicht mehr bei seinem Anblick als bei dem einer hübschen Frau. Trotzdem beschäftigte sie sich insgeheim mit dem Gedanken, einen Mann wie ihn zu heiraten, einen Mann, dessen Ambitionen nicht mit den ihren in Konflikt geraten würden. Er war zwar kein Krieger, aber auch kein gewalttätiger Grobian oder ein Schwächling. Würde ihr Großvater ihr seinen Segen geben, wenn sie so weit unter ihrem Stand heiratete? Wenn sie eine Wahl traf, die ihr zwar gestattete, weiterhin Herrin ihres eigenen Geschicks zu bleiben, ihr aber sonst keinerlei Vorteile einbrachte? Wenn es sich um einen verarmten Ritter handelte, der ihm persönlich bekannt war, vielleicht, aber bei einem Habenichts von Troubadour, selbst wenn er aus guter Familie stammte? Sie konnte sich nicht vorstellen, daß ihr Großvater einer solchen Verbindung zustimmen würde, genausowenig wie sie sich vorstellen konnte, ihn überhaupt darum zu bitten. Alles in ihr sträubte sich bei dem Gedanken an eine Heirat, und doch mußte sie bald auch die ausgefallenste Möglichkeit in Betracht ziehen.

Als die Müdigkeit sie schließlich überfiel, begab sie sich in das obere Stockwerk. Dort gab es nur zwei kleine Kammern, eine für sie und Agatha, die andere hatte der Bischof von Buxton mit Beschlag belegt. Alle übrigen mußten sich mit dem Fußboden des Gasthauses zufriedengeben. Agatha hatte bereits ihre eigenen Laken über das Bett gebreitet. Marian zog sich bis auf ihr Hemd aus. Meist schlief sie nackt, aber diesmal wollte sie, falls es Schwierigkeiten gab, wenigstens ein Kleidungsstück am Leibe behalten. Dankbar schlüpfte sie zwischen die kühlen Leinendecken. Die Matratze war zwar klumpig, aber da sie seit dem Morgengrauen im Sattel gesessen hatte, ließ der Schlaf trotzdem nicht lange auf sich warten.

Mitten in der Nacht wachte Marian, die schon immer einen leichten Schlaf gehabt hatte, plötzlich auf und horchte ins Dunkel. Vom Korridor her kam ein leises Geräusch. Sie griff nach ihrem Messer, schlich sich an der sanft schnarchenden Agatha vorbei und öffnete die Tür einen Spalt. Als sie hinausspähte, sah sie den Wirt mit einer Talgkerze in der

Hand am Fenster stehen und in die Dunkelheit blicken. Die Türangeln quietschten, und er fuhr herum.

»Ihr habt mich erschreckt, Mylady«, keuchte er, dann deutete er mit der Kerze zum Fenster. »Ich dachte, ich hätte etwas gehört.«

»Hier oben?« fragte sie, ihn scharf anblickend. Sein Schlafraum lag unten.

»Vermutlich auf dem Dach«, erwiderte er leichthin. »Hier haust eine Eichhörnchenfamilie, die ständig die Speisekammer plündert. Haben ziemlich unerfreuliche Angewohnheiten, die Biester, hinterlassen ihren Dreck überall da, wo er am wenigsten erwünscht ist. Die kennen ein halbes Dutzend Wege, um sich hereinzuschleichen. Entschuldigt, daß ich Euch geweckt habe, Mylady. Schlaft gut.«

Er verschwand mit seiner Kerze nach unten, und Marian kehrte in ihre Kammer zurück. Sie glaubte ihm nicht, ohne jedoch einen plausiblen Grund für ihr Mißtrauen zu haben.

Dichtbelaubte Zweige warfen ihre kühlenden Schatten auf die Straße, die sie nach Nottingham führte. Während sie gemächlich dahinritten, nahm Alan a Dale seine Laute zur Hand und begann, an den Saiten zu zupfen. Bei dem hellen Klang runzelte der Bischof die Stirn. Marian erkannte die Melodie, es war eine recht gewagte Ballade, die aus der Feder von Eleanors Großvater William von Poitou stammte, einem wanderlustigen Grafen, der als erster Troubadour einer hochgestellten Familie eine neue Mode begründete. Doch als Alan zu singen begann, handelte sein Lied nicht von Williams verliebtem Ritter, der seiner Herzensdame eine Ballade widmete, sondern von dem Pferd des Reiters, welches die Bemühungen seines Reiters kommentiert.

> *Ich stampf' und schnaub', 's hat keinen Zweck.*
> *Er hört mich nicht, der junge Geck,*
> *Sein Geist ist, so scheint's, sehr weit weg.*
> *Was soll ich tun?*
> *Mein Fell, das sträubt sich gar vor Schreck,*
> *Oh weh, was nun?*

> *Er singt von seiner Liebe rein,*
> *die trunken macht wie edler Wein.*
> *Sucht Worte, um sie zu frein,*
> *Sie lacht ihn aus.*
> *Ich sagte gleich, er würd's bereu'n.*
> *Ich bin fein raus.*

Die leichtfertige Weise ärgerte den Bischof, der ein mißbilligendes Grunzen von sich gab. Alan, der sich an seinem Unbehagen weidete, warf Marian einen verstohlenen Blick zu und fuhr ausgelassen fort:

> *Er sagt, sie hat sein Herz betört,*
> *das ganz allein nur ihr gehört.*
> *Oh, wie er dieses Weib verehrt!*
> *Und ich hör' zu.*
> *Wie schaff ich's, daß sie ihn erhört?*
> *Dann hab' ich Ruh.*

Alan sang noch lauter und kümmerte sich nicht um die mahnenden Blicke des geistlichen Herrn, während die Karawane ihren Weg durch das sich verdichtende Waldland fortsetzte. Der Bischof, der vor Ärger hochrot angelaufen war, sah Marian strafend an, weil sie ihren übermütigen Diener nicht zur Ordnung rief. Vielleicht fürchtete er, daß Alan sie mit noch herausfordernderen Versen unterhalten könnte. Falls dem so war, so wurden seine Befürchtungen bestätigt, als Alan sang:

> *Ach, fänd' er eine Stute mir,*
> *Ich bin allein, ich armes Tier,*
> *doch nicht ganz frei von aller Gier.*
> *Jetzt bin ich dran.*
> *Doch wollt' er auch mal was von ihr,*
> *ich ließ ihn ran.*

Als die Musik verklungen war, schwieg der Sänger und verzichtete darauf, ein weiteres frivoles Lied folgen zu lassen. Nach einer Weile entspannte sich der Bischof sichtlich, und seine unwillig gerunzelte Stirn glättete sich. Zum Glück für Marian unterließ er es, sein eigenes Geschwätz wieder aufzunehmen, so daß eine Zeitlang außer Hufgetrappel und Vogelgezwitscher kein Laut zu hören war. Bislang war es ein angenehmer Ritt gewesen, bei klarem Wetter und einem warmen Wind, der die Blätter von Eichen, Lärchen, Platanen, Buchen, Weißdorne und Walnußbäumen zum Rascheln brachte. Die Wälder hier waren vielfältiger und üppiger als die des Nordens, obwohl der rauhe, karge Charakter der Ländereien ihres Großvaters sie mehr ansprachen. Dennoch lockten sie die grünen Tiefen, und Marian wünschte sich plötzlich von ganzem Herzen, sie wäre allein hier, ohne irgendwelche Verpflichtungen, und könnte in diesen Wäldern jagen und deren Geheimnisse ergründen.

Energisch schob sie diese Wunschvorstellung beiseite und gestattete sich dafür den Gedanken an ein ausgedehntes heißes Bad in Nottingham Castle, freute sich auf das Gefühl von cremigem, parfümierten Seifenschaum auf ihrer Haut. Unter den Geschenken, die Eleanor ihr mitgegeben hatte, befanden sich auch drei Stücke grüner, nach Sandelholz duftender Seife aus Kastilien. Ein wahrer Luxus. Da die Karawane nur noch ungefähr eine Stunde von ihrem Bestimmungsort entfernt war, würden sie vor Sonnenuntergang dort ankommen, und das ließ ihr genug Zeit für diesen Genuß. Heute abend oder spätestens morgen früh würde sie dann vollauf damit beschäftigt sein, sich ein Bild von den Bewohnern des Schlosses zu machen.

Die Straße vor ihnen verengte sich zu einem schattigen Pfad, und während sie weiterritten, stellte Marian bei sich fest, daß dies eine gute Stelle für einen Hinterhalt wäre. Die Bäume schlossen sich drohend über ihnen zusammen, und das Unterholz wurde immer dichter. Die Wachposten blickten sich ständig aufmerksam um, doch all ihre Vorsicht nützte ihnen nichts. Schon im nächsten Moment war die Karawane von einer Horde Outlaws umzingelt. Zwischen den Büschen hatten sie sich mit Schilden aus ineinander verflochtenen Zweigen getarnt, die jetzt nach vorne fielen und den Blick auf zwanzig mit langen Bögen bewaffnete Männer freigaben. Ein halbes Dutzend versperrte ihnen rasch den Weg, und weitere zehn hielten sich in den Bäumen versteckt und zielten mit ihren Kurzbögen auf sie. *Der Wirt ist ihr Spitzel*, begriff Marian. *Er hat die Kerze ans Fenster gehalten, um ihnen eine lohnende Beute anzukündigen.* Der Bischof verlor die Nerven und brüllte seinen Wachen zu, doch endlich anzugreifen, doch die meisten seiner Männer entschieden sich klugerweise dagegen. Nur der jüngste der Soldaten riß sein Schwert aus der Scheide, um unmittelbar darauf einen gezielten Pfeil in den Arm zu erhalten. Er schrie auf, und als sein Schwert zu Boden fiel, rührte keiner der anderen auch nur noch einen Finger.

Marian kämpfte gegen eine Welle von Angst und Übelkeit an, die sich in ihrem Körper ausbreitete, und gegen die grausamen Bilder, die ihr durch den Kopf schossen. Auch die Wut, die darauf folgte, unterdrückte sie entschlossen, da sie ihr nichts nützen würde. Sie mußte einen kühlen Kopf bewahren. Sie hätten leicht schon alle tot sein können, doch das war nicht der Fall. Nur ein Mann war verwundet worden, und seine Verletzung war nicht tödlich. Sie ließ ihren Blick über die Gesichter der Männer wandern, soweit sie sie erkennen konnte, und versuchte, ihre Absichten zu ergründen. Es waren alles harte Burschen, doch keiner von ihnen wirkte ausgesprochen blutrünstig. Also bestand die Chance, daß diese Gesetzlosen nichts weiter wollten als ihr Geld. Wenn sie sich richtig verhielten, würden sie mit dem Leben davonkommen. Und wenn die Outlaws sie nicht töten wollten, dann, so hoffte sie, gehörte Vergewaltigung vielleicht auch nicht zu ihren Praktiken. Obwohl eine Vergewaltigung im Vergleich zu einem Mord noch das kleinere Übel war, überlegte sie nüchtern.

Für den Fall, daß sie einem der Outlaws einmal wiederbegegnete, versuchte Marian, sich die Gesichter der Männer genau einzuprägen, obwohl sie von den Waffen und dem Blattwerk weitgehend verdeckt wurden. Ihr Blick wurde von einem riesenhaften Mann angezogen, der, auf einen Stab gestützt, am Rande der Straße stand und das Geschehen überwachte. Er war so hochgewachsen wie ihr Großvater, ein dunkler, asketischer Typ mit groben, wie aus Stein gemeißelten Gesichtszügen; und obwohl er zu den furchteinflößendsten Gestalten dieser Horde gehörte, bewirkte die unerschütterliche Kraft, die er ausstrahlte, daß sie ihm vertraute. Sie nahm an, daß dies der berüchtigte Robin Hood sein mußte.

Doch dann sprang ein hellhaariger Mann von einem der überhängenden Zweige herab, landete anmutig auf dem Boden und lachte, daß seine weißen Zähne blitzten. Er verfügte über eine fast greifbare magnetische Anziehungskraft, und aus der gespannten Aufmerksamkeit, die ihm die Outlaws schenkten, schloß sie, daß er und nicht der düstere Riese ihr Anführer war. Der in grünes Tuch gekleidete Geächtete übertraf die Durchschnittsgröße eines Mannes – Marian schätzte, daß er sie selbst um vielleicht zwei Zoll überragte und mochte ungefähr dreißig Jahre zählen. Schlank und dennoch kräftig und muskulös gebaut, bewegte er sich mit geschmeidigen Bewegungen auf sie zu. Seine ausgefranste Tunika unterstrich noch den Eindruck unbekümmerten Draufgängertums. Er hatte ein schmales, ovales Gesicht, das in seiner Jugend fast mädchenhaft hübsch gewesen sein mußte und dem die Jahre und die Reife eine herbe maskuline Schönheit verliehen hatten, die durch die Adlernase und den sinnlichen, spöttisch verzogenen Mund noch betont wurde. Als er auf die Gruppe zukam, trafen sich ihre Blicke kurz, ehe er seine Aufmerksamkeit den anderen Reisenden zuwandte. Während er diese, die Hände in die Hüften gestützt, musterte, bauten sich der Riese und ein junger Bursche hinter ihm auf.

»Habt die Güte und steigt ab, edle Wanderer«, bat der Outlaw mit übertriebener Höflichkeit. Nach kurzem Zögern wurde seinem Befehl Folge geleistet.

»Wer seid Ihr? Was wollt Ihr von uns?« fragte der Bischof ängstlich. Die Frage war eigentlich überflüssig, doch der Outlaw antwortete bereitwillig und bestätigte damit die schlimmsten Befürchtungen des Bischofs.

»Mein Name ist Robin Hood, guter Mann, und ich will Euer Geld – und zwar alles.« Er sprach in leichtem Tonfall, doch seine Stimme klang rauh, und in dem heiseren Unterton schwang eine sanfte Drohung mit. Seine Ausdrucksweise war die eines Edelmannes, der Tonfall verriet den Sachsen.

»Schämt Ihr Euch nicht, Gott zu bestehlen?« Der Bischof wollte anklagend klingen, brachte jedoch nur ein jämmerliches Piepsen hervor.

»Erhebt Ihr Anspruch auf gottähnlichen Status, Bischof?« spottete der Outlaw. »Nein? Ich versichere Euch, daß Euer Geld einem guten Zweck zugeführt werden wird.«

»Der Sheriff von Nottingham wird von dieser Freveltat erfahren«, kreischte der Bischof empört.

»So, wird er das? Nichts könnte mir mehr Freude bereiten, außer vielleicht dem Versuch, etwas dagegen zu unternehmen.«

Nachdem er mit dem Bischof fertig war, schlenderte Robin Hood lässig auf Marian zu. Jetzt konnte sie seine Gesichtszüge deutlicher erkennen. Das bronzefarbene Haar fiel ihm bis auf die Schultern und war hier und da von hellen Strähnen durchzogen, die sich von dem tiefen Goldton seiner Haut abhoben. Kühn geschwungene Augenbrauen wölbten sich über dunklen Augen, deren Braun im Schatten der Blätter fast schwarz wirkte und deren stechender Blick an den eines Raubvogels erinnerte. Marian war sich hinsichtlich seiner Augenfarbe so sicher gewesen, daß sie, als er näherkam, heftig zusammenzuckte. Seine Augen waren nicht braun, wie sie gedacht hatte, sondern dunkelgrün. Doch dann fiel ein Sonnenstrahl auf sein Gesicht, und sie erkannte, daß diese Augen keinesfalls dunkel waren, sondern ihr Grün so hell und warm leuchtete wie das Blau ihrer eigenen, und obwohl sie wußte, daß sie diese Enthüllung lediglich einem Lichtspiel verdankte, kam er ihr vor wie ein Hexenmeister, der einfache Erde in kostbare Edelsteine verwandeln konnte.

An Marians Seite angekommen, legte der Outlaw ihrem Pferd eine Hand auf den Hals und streichelte es beruhigend, wobei er ihr ein so unverschämtes Lächeln schenkte, daß sie dem Drang, ihm in sein überhebliches Gesicht zu schlagen, kaum widerstehen konnte. Daß es sich dabei um eine typisch weibliche Reaktion handelte, steigerte ihre Wut nur noch. Ihn an den Galgen zu bringen wäre eine weit effektivere Maßnahme, dachte sie böse.

Offenbar stand ihr dieser Wunsch und die überschäumende Wut im Gesicht geschrieben, denn sein spöttisches Lächeln wurde noch eine Spur breiter. Dann beachtete er sie nicht mehr, sondern wandte sich an Alan a Dale, der neben ihr stand.

»Ihr lächelt«, sagte er. »Wie kommt das, Troubadour?«

»Nun, Master Robin«, erwiderte Alan offen, »ich besitze nur ein paar armselige Münzen. Aber wenn Ihr mir nicht die Kehle durchschneidet, um mich für meine Armut zu strafen, dann werde ich dieses Erlebnis zu einem Lied verarbeiten – und ich denke, somit ist mein Geld gut angelegt.«

»Ihr werdet die Gelegenheit dazu sicher bekommen«, versicherte ihm der Outlaw. Dann, als wäre ihm Marians Gegenwart erst jetzt wieder bewußt geworden, drehte er sich zu ihr um. »Und Ihr, Mylady, welche Reichtümer habt Ihr bei Euch?«

Während sie ihm fest in die Augen blickte, löste Marian den Geldbeutel von ihrem Gürtel und warf ihn ihm vor die Füße. Der silberne Ring, den sie über ihrem Handschuh trug, flog hinterher. »Nichts weiter als dies«, fauchte sie mit kalter, verächtlicher Stimme. »Und Ihr werdet einen zweiten Geldbeutel sowie einige Juwelen von geringem Wert in meinem Gepäck finden.« Die Geheimfächer in Agathas bescheidenen Truhen, die die kostbareren Steine enthielten, erwähnte sie nicht, ebensowenig wie die in ihren Mantelsaum eingenähten Perlen oder die Hohlräume in ihrem Sattel. Sie bezweifelte, daß er alles entdeckte, auch wenn er noch so gründlich suchte.

»Ihr lügt, ohne rot zu werden«, meinte Robin heiter. Kochend vor Zorn funkelte Marian ihn an, widersprach aber nicht. »Ihr macht Eure Sache gut, zu gut vielleicht. Nicht wahr, John?« fuhr Robin Hood fort.

Der dunkelhaarige Riese hinter ihm zuckte lakonisch die Achseln. »Aye. Aber immerhin willst du sie ausrauben, Robin, also hat sie wenig Grund, dir dabei noch behilflich zu sein.«

»Du mußt ihr Geld nicht nehmen, Robin«, bemerkte der jüngere Mann ernsthaft. Er sah kaum älter aus als sechzehn, hatte dichtes, widerspenstiges flachsfarbenes Haar, angenehme Züge und große haselnußbraune Augen. »Der Anblick ihrer Schönheit ist sicherlich Belohnung genug.«

»Nicht ganz, Will, nicht ganz«, sagte der Outlaw obenhin. »Aber ich wüßte einen angemessenen Ausgleich.«

Ehe Marian überhaupt bemerkt hatte, daß er sich bewegte, hatte er sie schon bei den Armen gepackt und an sich gezogen. Seine Augen blitzten herausfordernd. Dann küßte er sie mitten auf den Mund, langsam und genüßlich. Verblüfft spürte Marian, daß eine Vielzahl verschiedener Empfindungen sie überschwemmte. Sie sog seinen Geruch ein, einen prickelnden männlichen Duft, der untrennbar mit dem Aroma des Waldes verbunden zu sein schien, und fühlte seinen harten Griff, den Druck seines Oberkörpers gegen ihre Brüste und die heiße, lockende Berührung seiner Lippen. Das Schlimmste war jedoch, daß es ihr auf einmal so vorkam, als würden sie sich nackt in den Armen liegen, so, als ob sich Leder, Seide und Leinen bei seiner Berührung in Luft aufgelöst hätten. Eine sengende Hitze breitete sich in ihr aus, bis sie meinte, ihr ganzer Körper würde in Flammen stehen. Ein leises Stöhnen entrang sich ihrer Kehle, und sie öffnete unwillkürlich leicht die Lippen. Nicht gewillt, diesen Betrug ihres eigenen Körpers zu dulden, zwang sich Marian mit aller Kraft, das lodernde Verlangen zu unterdrücken und sich in seinen Armen stocksteif zu machen. Genausogut hätte er nun eine Statue aus Eis in den Armen halten können.

Ihre Kälte schien seine Glut zu löschen, denn er gab sie sofort frei, trat einen Schritt zurück und sah sie mit seinen grünen Augen einen Moment durchdringend an. In seinem Gesicht zeigte sich ein seltsamer Schmerz, der gemischt war mit einem wilden Hunger. Dann bedachte er sie mit einem anmaßenden Lächeln, wandte sich ab und ging zur Spitze der Karawane zurück.

Ich könnte ihm in Sekundenschnelle mein Messer zwischen die Schulterblätter rammen, dachte Marian. *Doch diese Genugtuung wäre nur von kurzer Dauer*. Einen Moment später wären sie garantiert alle tot. Und so demütigend es auch sein mochte, letztendlich war es doch nicht mehr als nur ein Kuß gewesen. Trotzdem hatte noch nie zuvor ein Kuß sie je so aufgewühlt wie dieser. Bei der Erinnerung daran erschauerte sie und spürte, wie der Eispanzer, mit dem sie ihre Sinne umgab, Risse bekam und zersprang. Plötzlich schienen ihre Lippen, ihre Brüste, jeder Teil ihres Körpers, den er berührt hatte, Hitze auszustrahlen. Der Aufruhr in ihrem Inneren verstärkte ihren Ärger noch, und ein neuerlicher Schauer überlief sie. *Verachtung war alles, was ich dir gegeben habe*, dachte sie. *Alles andere hast du dir gestohlen.*

»Feigling«, zischte sie ihm hinterher, fühlte sich aber trotzdem nicht besser.

Er hatte sie gehört und drehte sich um. »Und ich dachte, ich hätte mich tapfer geschlagen«, erwiderte er ironisch, »wenn man bedenkt, was für einen hitzigen Gegner ich hatte.«

Auf einen Wink von ihm traten zwei Männer vor und begannen, ihre Habseligkeiten zu durchsuchen.

»Es scheint, daß der Bischof nicht ganz die Wahrheit gesagt hat, als er uns versicherte, er habe kaum Geld bei sich«, meinte Will Scarlett mit einem breiten Grinsen zu Robin Hood.

Ob dieses hinterlistigen Täuschungsmanövers schnalzte Robin traurig mit der Zunge. »Dann wird er jetzt seine gesamte Habe verlieren.«

Dem Bischof und seinem Gefolge wurden sämtliche Wertgegenstände abgenommen, doch Marians Sachen rührte niemand an. Marian konnte es zuerst kaum fassen, doch dann überlegte sie, daß wohl die meisten seiner Opfer hinsichtlich ihrer Besitztümer falsche Angaben machten, so daß Robin durch seine unverhoffte Großzügigkeit kaum Einbußen haben würde. Der Bischof war ein so lohnender Fang, daß er es sich leisten konnte, einen kleineren Fisch laufen zu lassen. Alan a Dale war, was seine magere Börse anging, vollkommen aufrichtig gewesen und bekam die Hälfte seines Silbers zurück.

»Schreibt das Lied, das Ihr mir versprochen habt«, sagte

Robin Hood zu dem Troubadour, während er Geldstücke abzählte, »dann erhaltet Ihr auch den Rest zurück.«

Dann sah er Marian an, und sein Blick gab ihr zu verstehen, daß sie, sollte sie ihm noch einmal begegnen, nicht nur mit einem Kuß davonkommen würde. Sie blickte hochmütig zurück und verließ sich dabei ganz auf die eisige Kraft ihres Willens. Robin zuckte fast gleichgültig die Achseln, obwohl das Feuer in seinen Augen unvermindert heiß loderte. Dann drehte er sich mit einer raschen Bewegung um, gab seinen Männern ein Zeichen, und im nächsten Moment waren sie wieder mit dem grünen Schatten des Waldes verschmolzen. Die Reisenden blickten sich ungläubig um, vollkommen verdutzt, wie schnell die Outlaws wieder verschwunden waren.

Marians Geldbörse und ihr Ring lagen noch immer auf dem Boden. Alan a Dale hob beides auf, wischte es sorgfältig ab und gab es ihr zurück.

»Ich frage mich, warum er die Sachen nicht genommen hat.« Marians Verwirrung milderte ihren Zorn.

»Mich wundert das überhaupt nicht, Mylady«, sagte Alan mit einem ausgesprochen mutwilligen Lächeln. »Er stahl Euch einen Kuß ... und danach wagte er nicht, noch mehr zu stehlen.«

3. Kapitel

Im Lager roch es nach Rauch, geröstetem Wildbret und frischgebackenem Brot, doch die verlockenden Düfte erweckten kein Hungergefühl in Robin, der langsam von Gruppe zu Gruppe schlenderte, dankbar, daß seine aufgesetzte Herzlichkeit in der allgemeinen ausgelassenen Stimmung unterging. Er überprüfte die Männer, die damit beschäftigt waren, die Tagesbeute zu sortieren, und fand heraus, daß eine der Kisten des Bischofs zwei Dutzend Krüge mit Wein enthalten hatte, die rasch aus ihrem Nest aus Stroh befreit und herumgereicht wurden. Dann sorgte er dafür, daß den Wachposten Fleisch und Brot, aber kein Wein geschickt wurde. Much, der Müllerssohn, zeigte ihm die für die Leute im Dorf bestimmte Summe an Silbermünzen, und Robin nickte zustimmend und erinnerte ihn daran, daß dem Wirt auch ein Anteil zustand. Mit einem der Krüge unter dem Arm machte er sich auf den Weg zu Little John, der auf den blonden Kopf Will Scarletts und die Tonsur Bruder Tucks herunterblickte. Die beiden saßen beim Würfeln und blickten grüßend auf, als er näherkam. Tuck griff dankbar nach dem Wein und trank einen großen Schluck.

»Gibt es eigentlich irgendein Laster, das du nicht hast, Bruder?« fragte der riesige Mann mit einem Anflug von Tadel.

»Wenn du von Völlerei, Trunksucht und, falls sich die Gelegenheit ergeben sollte, Wollust sprichst, dann muß ich mich schuldig bekennen. Gott wird mir schon vergeben«, antwortete Bruder Tuck und bekreuzigte sich rasch mit seiner plumpen Faust, die immer noch die Würfel umklammerte. »Aber Schande über dich, wenn du dieses gottgefällige Spiel in den Schmutz ziehst.«

»Du hast die Habgier vergessen«, bemerkte Robin, als der rundliche Mönch die Würfel warf und enttäuscht auf die niedrige Augenzahl starrte. Will Scarlett nahm sie auf, würfelte und grinste zufrieden.

»Alles, was ich beim Spiel gewinne, geht an die Armen«, schwor Tuck, »außer dem, was ich für Wein, Frauen und einen schönen gefüllten Kapaun brauche.«

»Ein gottgefälliges Spiel?« fragte John und ließ sich neben Bruder Tuck nieder, der Will die Würfel aus der Hand nahm. »Vielleicht sitzt Gott gerade mit der Jungfrau Maria und dem heiligen Georg zusammen und läßt auch die Würfel rollen, was meinst du?«

»Es ist ja wohl allgemein bekannt, daß Gott unsere Gebete erhört«, brummte Tuck, blies auf die Würfel und schüttelte sie kräftig. »Wenn ich würfele, gebe ich mich ganz in Seine Hand.«

»Dann ist er dir wohl gerade nicht gnädig«, spottete Will, als er die Augen zusammenzählte. Sein eigener Wurf war noch schlechter, und er fluchte leise.

»Blasphemie!« krähte Tuck glücklich. »Ich vermeide jegliche Gotteslästerung – außer vielleicht in Extremsituationen.«

»Extremsituationen?« wiederholte Robin zweifelnd.

»Wenn er einen Splitter im Finger hat«, erläuterte Will.

John nickte weise. »Oder wenn er sich einen vollen Humpen Ale auf den Fuß fallen läßt.«

»Beim Spiel fluche ich nie«, erklärte der Mönch. Dann dämpfte er ehrfürchtig die Stimme, und seine Augen weiteten sich. »Es gab da einmal einen Mann, der, weil er sein ganzes Vermögen beim Würfeln verloren hatte, Gott verfluchte und einen Pfeil gen Himmel schoß. Der Pfeil kam zurück und bohrte sich zu seinen Füßen in die Erde, und als er ihn aufhob, sah er, daß die Spitze mit Blut bedeckt war.«

»Da hat er zweifellos einen von Gottes kleinen Sperlingen erwischt, der gerade über ihn hinwegflog.« Robins Stimme klang plötzlich bitter. Mit einem trotzigen Lächeln griff er nach dem Wein und nahm einen tiefen Zug, ehe er den Krug wieder in Tucks fordernd ausgestreckte Hände legte.

Er bemerkte, daß John und Will einen unbehaglichen Blick wechselten, aber nicht auf die scharfe Bemerkung eingingen. Tuck, der seine kleinen Wundergeschichten liebte, sah ihn tief verletzt an. Zähneknirschend bemühte sich Robin, die Wogen wieder zu glätten. Aber Tuck hatte offenbar die Absicht, so lange zu schmollen, bis das Schicksal ihm einen Siegerwurf bescherte, der seine gute Laune wieder herstellte. Robin erhob sich und setzte seine Runde durch das Lager fort. Obwohl es ihm gelang, den Schmerz, der mit scharfen Zähnen an ihm nagte, erfolgreich zu verbergen, hielt er sich nirgendwo lange auf. Im ganzen Lager herrschte ausgelassene Feststimmung. Da die Beute bereits verteilt worden war, waren bereits weitere Würfelspiele im Gange. Trunksucht und Völlerei konnten leicht befriedigt werden, und diejenigen, die am eigenen Geschlecht Gefallen fanden, nutzten auch die Gelegenheit, um diskret ihre Wollust zu stillen.

Nun, wenn sich sein Verlangen regen sollte, konnte er sich immer noch verkleiden und Laurel in Nottingham einen Besuch abstatten, die war mehr als willig. Oder er konnte hoch nach Lincoln reiten – da gab es eine rothaarige Witwe, die ihn mit offenen Armen willkommen heißen würde. Aber diejenige, nach der sich Robin plötzlich mit allen Sinnen sehnte, war die hochgewachsene Schönheit, die er auf der Straße geküßt hatte. Ihr Bild stand ihm lebhaft vor Augen, das helle Haar, das an Sonnenlicht im Winter erinnerte, die frostkalten Augen. Was es wohl brauchen würde, um sie aufzutauen?

Robin nahm sich einen Krug Wein, der, nach seinem Gewicht zu urteilen, noch fast voll war, verließ damit das Lager und lief in den Wald. Eine Weile wanderte er einfach nur zwischen den Bäumen umher und hoffte, daß sich die magische Wirkung einstellen würde, die der Wald sonst immer auf ihn ausübte. Aber er war zu sehr in seiner rastlosen Unzufriedenheit gefangen, um sich dem ruhigen Rhythmus der Natur hinzugeben. Eine Viertelmeile vom Lager entfernt ließ er sich unter seiner Lieblingsweide nieder, deren dichter Rutenvorhang über das Ufer hinweg bis in den Fluß reichte. Er lehnte sich gegen ihren Stamm, trank einen Schluck aus dem Krug und hustete. Der Bischof mochte ja ein reicher Mann sein, aber sein Wein war eine armselige Jauche, dünn und sauer wie Essig. Trotzdem nahm er noch einen Schluck und blickte hoch in die Baumkronen, durch deren grünes Laub das Licht viel strahlender schimmerte als durch die Buntglasfenster der prächtigsten Kathedralen. Robin rutschte unruhig hin und her. Er war von einem Frieden umgeben, den er nicht zu teilen vermochte.

Es gab Zeiten, da konnte er sich, wenn ihn Sorgen oder Probleme plagten, vollkommen der leisen Musik im Wind raschelnder Blätter hingeben und mit dem Wald eins werden. Heute blieb ihm diese Fluchtmöglichkeit verwehrt. Trotzdem empfand er die Umgebung als beruhigend. Er holte tief Atem, nahm den würzigen Duft der Erde, der grünen Blätter und der wildwachsenden Blumen in sich auf, deren süßes Aroma sich mit der kühlen, reinigenden Luft, die vom Fluß herüberwehte, mischte.

Diese Gerüche hatten ihn verfolgt, als er sich in quälenden Fieberträumen auf einer schmutzigen Pritsche in Jerusalem gewunden hatte; ein Ritter von vielen, die ausgezogen waren, um dort ihr Glück zu machen und die anstelle des Landes, wo Milch und Honig fließt, nur Blut und Entsetzen, Elend und Tod vorgefunden hatten.

Als jüngstem von drei Söhnen war Robin von frühester Jugend an klargewesen, daß er sich selbst seinen Platz im Leben schaffen mußte. Ohne Hoffnung auf eine Erbschaft verlebte er eine unbekümmerte Jugend und fand sich nur widerwillig damit ab, England zu verlassen und die Wälder, die er des Nachts so gern durchstreift hatte, aufgeben zu müssen. Doch seine angeborene Abenteuerlust sowie der Wunsch, zu Wohlstand und Ansehen zu gelangen, lockten ihn schließlich ins Heilige Land, wo ein verarmter Ritter ohne Landbesitz immer noch reich werden konnte. Sofern er überlebte.

Im ersten Jahr schlug ihn der exotische Reiz fremder Länder in seinen Bann. Er erforschte Byzanz, jene gewaltige Stadt, deren prächtige Kathedralen mit Mosaiken aus Gold und bunten Steinen prunkten und deren Schlösser aus schimmerndem Marmor bestanden. In den weitläufigen kühlen Hallen sprudelten Springbrunnen, deren parfümiertes Wasser die Luft mit einem schweren Duft schwängerte. Fremdartige, verführerische Musik klang gleichermaßen durch die großzügig angelegten Gänge und die schmuddeligen engen Gassen der Stadt und vereinte sich mit dem unaufhörlichen Geschnatter in unverständlichen Sprachen. Auch die Märkte mit ihrem überwältigenden Angebot an reich durchwirkten Stoffen, grellbuntem Tand und nie gekosteten Gewürzen faszinierten ihn. Er schlenderte von Stand zu Stand, strich über die gestreiften und gefleckten Felle sonderbarer Tiere und untersuchte Waffen, deren Konstruktion ebenso merkwürdig wie tödlich war. Hier entdeckte er auch viele seltsam gearbeitete Geräte, von denen er sich nicht vorstellen konnte, zu welchem Zweck sie wohl dienen mochten. Auch die Vielfalt der Nahrungsmittel verwunderte ihn. Er öffnete eine rötlich glänzende Frucht, um in ihrem Inneren ein gefächertes Herz rubinroten Fruchtfleisches zu finden. Eine andere, orangefarben und saftig weich, liebkoste seine

Kehle mit einem sinnlichen Reiz, der an die Berührung samtigglatter Frauenhaut denken ließ. Und daß sowohl die herrlichen Früchte, die er dort kostete, als auch die rehäugigen Mädchen, mit denen er sein Lager teilte, immer neue Geheimnisse bargen, machten sie ihm nur um so süßer.

Doch in Byzanz gab es keine Schlachten zu schlagen, kein Vermögen zu gewinnen. Also zog er weiter, zu den gefahrvolleren Orten wie Tripolis, Tyrus, Akkon und Jerusalem. Vier weitere Jahre des Kampfes brachten ihm sowohl Ruhm als auch Geld ein, aber es war nie genug. Und mit jeder verstreichenden Stunde spürte er, wie die Eintönigkeit und Kargheit dieses Landes ihn innerlich mehr und mehr aushöhlte. Zuerst verloren die Blutbäder und das Elend ihren Schrecken und wurden zu grausamen, sich ständig wiederholenden Ritualen. Dann, als er lernte, seinen Gegner gleichermaßen zu fürchten und zu achten, fing er an, das Land von ganzem Herzen zu hassen. Und als die Wüste ihn mit der Zeit fast völlig aufgefressen hatte, begann er, das Blut, welches an seinem Schwert klebte, zu lieben. Sein Rot erschien ihm leuchtender als das des dunklen, schweren, süßen Weines, den er trank und der seine Lust an der Gewalt nur noch steigerte.

Eines Tages traf er auf dem Markt einen Kameraden wieder, der zusammen mit ihm ins Heilige Land gekommen war. In diesem Mann brannte ein leidenschaftliches Fieber, das eher zu einem Wallfahrer als zu einem Ritter paßte. Er war überzeugt gewesen, in Palästina die ihm verheißene Erlösung zu finden. Doch als er sich dann vollkommen mittellos und von den christlichen Lehnsherren, bei denen er sich verdungen hatte, verlassen in einem fremden Land wiederfand, schien seine einzige Hoffnung im islamischen Glauben zu liegen. All seiner Illusionen beraubt hatte er nach diesem Strohhalm gegriffen, war konvertiert und hatte sich von dieser unbekannten, feindseligen Religion vollkommen vereinnahmen lassen. Obwohl seine Stimme weich und einschmeichelnd klang, wenn er von seinem neuen Glauben sprach, leuchtete in seinen Augen ein fanatisches Feuer, und seine Finger schlossen sich wie ein Schraubstock um Robins Arm.

Dieser riß sich voller Entsetzen los und verließ eilig den Marktplatz.

Es war eine nicht ungewöhnliche Geschichte, und sie hätte ihn eigentlich nicht derart aus dem Gleichgewicht bringen dürfen. Während des katastrophalen Zweiten Kreuzzuges waren bei Satalia siebentausend Truppen einfach im Stich gelassen worden, und die halb verhungerten und durch Krankheiten geschwächten Männer waren scharenweise zu dem Feind übergelaufen, den zu bekämpfen sie in dieses Land gekommen waren. Doch bis zu diesem Augenblick waren derartige Berichte für Robin nichts weiter gewesen als tragische Schicksale, die nichts mit der Realität oder seiner eigenen Person zu tun hatten. Zuerst tat er sein Erlebnis als Prüfung seines Glaubens ab, doch je länger er sich in diesem Land aufhielt, um so weniger Unterschiede konnte er zwischen den Parteien, die sich gegenseitig um ihrer Überzeugung willen abschlachteten, erkennen. Das Land war nicht heilig, sondern verflucht. Was gab es hier denn schon außer einer endlosen, sonnenversengten Einöde von Felsen, Gestrüpp, ausgetrockneten Wasserläufen, schroffen Bergen und kahlem, unfruchtbaren Sand? Die unbarmherzig herabbrennende Sonne dörrte die Körper aus, an den Kettenhemden verbrannte man sich die Finger, so man nicht einen leinenen Überwurf darüber trug, und die Waffen scheuerten die Haut bis auf das rohe Fleisch auf. Der Durchfall war eine grausame Plage, und die Lepra fraß ohne Unterschied an den Gliedern des gemeinen Mannes und des Adeligen. Weitere Beschwerden folgten; Krankheiten, die die Haut aufplatzen und Finger- und Fußnägel verfaulen ließen. Fliegen und Flöhe fielen in Schwärmen über die Männer her und labten sich an Blut und Tränen.

Zu allem Übel tauchte auch noch kriechendes Getier auf – vielfüßige Insekten, deren Bisse wie Feuer brannten, Taranteln, die nachts das Lager der Soldaten heimsuchten. Und dann gab es Schlangen – Kobras mit dunklen Hauben, so lang wie ein Mann groß war, und unscheinbare staubfarbene Kreaturen, die noch rascher töten konnten. Niemand kannte den Namen des Tieres, das Robin beschrieb. Er hatte es erst bemerkt, als es ihn schon in die Hand gebissen hatte. Der Körper der Schlange schimmerte so weiß wie der Felsen, auf dem es zusammengerollt lag, die Tönung ihrer Schuppen ging ins Grünliche, und vier dünne Stacheln, so zart wie Schneckenfühler, krönten ihren Kopf. Ihre Augen leuchteten smaragdgrün. In ihnen schien sich alles Gift, welches ihr Körper produzierte, widerzuspiegeln. Das Tier blinzelte ihm einmal beinahe boshaft zu und schlängelte sich blitzschnell davon, noch ehe er sein Schwert zücken konnte. Robin taumelte ein paar Schritte weiter, bevor ein sengender Schmerz durch jede Faser seines Körpers schoß und die Schwäche ihn übermannte.

In der tosenden Dunkelheit seines Deliriums kam jener Ritter, der zum Islam konvertiert war, wieder zu ihm, und als der Mann ihm diesmal die Hand auf den Arm legte, konnte Robin nicht widerstehen. Der Ritter führte ihn durch die tiefsten Abgründe der Wüste, leitete ihn durch ein endloses verschlungenes Labyrinth in den Berg gehauener Gänge und brachte ihn schließlich zu einer verborgenen Festung, ehe er verschwand. Robin schritt durch die eisernen Tore der Festung, durch die polierten Bronzetüren des Palastes und dann durch die silbernen Portale, die zum Garten führten. Eine nach der anderen schlossen sich die Türen wieder hinter ihm, mit einem Laut, der ihm bis ins Mark drang. Doch vor ihm erstreckten sich helle Marmormauern; darüber wucherten üppig blühende Ranken in leuchtendem Pink und tiefem Violett. Schmale, gewundene Pfade wurden von Bäumen gesäumt, die goldene Früchte trugen. Und inmitten dieser Stätte erwarteten ihn Jungfrauen von erlesener Schönheit, die ihm alle Wonnen des Paradieses verhießen. Als Robin eintrat, bemerkte er, daß er nicht allein war. Er erkannte andere Ritter; Männer, die er längst tot geglaubt hatte, lagen auf satinbezogenen Diwanen, tranken dickflüssigen roten Wein und sogen an Haschisch- oder Opiumpfeifen. Der dichte Rauch waberte auf ihn zu, umschlang ihn mit gespenstischen Nebelarmen und zog ihn vorwärts. Robin konnte keiner der Verlockungen widerstehen, obwohl die Körper der Frauen seine Haut zerfraßen wie Säure und der Saft der frischgepflückten Früchte wie Feuer brannte.

Als er alle Freuden genossen hatte, obwohl sie ihm Höllenqualen bereiteten, als er gegessen, getrunken und von dem Gift geraucht hatte, hüllten ihn die Frauen in ein wallendes islamisches Gewand und schlangen eine seidene Schärpe um seine Hüften. Die schönste unter ihnen trat vor und zeigte ihm ein wellenförmig geschliffenes Schwert. Dann strich sie sich mit der scharfen Klinge über ihre Brüste. Blut tropfte aus der dünnen Wunde, rann über ihre Haut, nur um dann plötzlich zu verschwinden und ohne die geringste Spur zu hinterlassen. Als Robin ihr das Schwert aus der Hand nahm, spürte er, daß es sich wie ein lebendes Wesen zwischen seinen Fingern bewegte. Er wollte es fallenlassen, doch die Frau begann zu lachen; ein klingendes, metallisches Lachen voller Hohn, welches auch nicht erstarb, als er ihr den Kopf abschlug und die Glieder vom Rumpf trennte. Es war ihr Körper, der dermaßen grausam gefoltert wurde, doch er spürte all ihren Schmerz, und die unerträgliche Pein trieb ihn zum Wahnsinn. Kreischend hackte er auf die verstümmelten Überreste ein, doch das Lachen hielt an. Dann bewegten sich die blutigen Einzelteile plötzlich in einem grotesken Tanz aufeinander zu und setzten sich von selbst wieder zu einem vollständigen, makellosen Leib zusammen. Die Frau erhob sich und begann von neuem, das Schwert zu liebkosen, wobei ihre Augen wie glitzernde gelbgrüne Olivine funkelten. Der Ritter, der ihn hergeführt hatte, kehrte zurück und reichte Robin mit verzücktem Gesicht einen letzten Trank; einen Kelch, der bis zum Rand mit Blut gefüllt war. Lüstern sah er zu, wie Robin das Gefäß an die Lippen setzte. Der erste Schluck verursachte ihm Übelkeit, der zweite machte ihn benommen, der dritte berauschte ihn. Als er den Kelch geleert hatte, kam der Herr der Festung, der Alte Mann vom Berg, auf ihn zu und küßte ihn mit Lippen, die sich so trocken anfühlten wie welkes Laub, auf den Mund. Dann zischten ihm diese Lippen ins Ohr: »Geh hin und töte, mein Sohn. Und solltest du ums Leben kommen, so wisse, daß du hierhin zurückkehren wirst, in das Paradies.«

Und so war er durch die Eisentore der Festung wieder ins Freie getreten, ein Mörder, ausgeschickt, um die Seinen zu töten.

Auf einem Strohlager im Hospital der Johanniter erlangte er schließlich das Bewußtsein wieder. Die guten Brüder pflegten ihn, während Fieber und Delirium kamen und gingen. Dann verblaßten die Alpträume allmählich und wurden von tröstlicheren Visionen abgelöst. In ihnen wanderte er unter den mächtigen Eichen von Sherwood Richtung Süden, durchquerte dichte, üppige grüne Wälder und atmete die feuchte, würzige Luft, die einen fast realen Geschmack auf der Zunge hinterließ. Und wenn man ihm Wasser gab, meinte er, die klaren Waldbäche löschten seinen Durst. Obwohl er den Biß der Viper überlebt hatte und das Fieber gesunken war, zweifelten die Brüder daran, daß er am Leben bleiben würde. Der Priester erklärte ihm, ihm würde die Gnade zuteil werden, im Heimatland des Erlösers in den Diensten des Herrn sterben zu dürfen, aber Robin wußte nur eines: wenn er schon sterben mußte, dann nur in England. Sobald er kräftig genug war, um ohne Hilfe gehen zu können, verkaufte er alles, was er besaß, und machte sich auf den langen, beschwerlichen Heimweg. Er glich mehr einem Skelett als einem menschlichen Wesen, als er endlich wieder auf englischem Boden niederkniete und vor Freude zu schluchzen begann.

An dem Tag, an dem Robin aus Jerusalem zurückkehrte, rief König Henry zum Dritten Kreuzzug auf. Die Nachricht ließ Schlimmes ahnen. Robin wußte, daß nicht sein Glaube Henry dazu bewog, das Kreuz vor sich herzutragen, sondern der Wunsch, die einzelnen Gruppen, die sich um ihn herum bekriegten, zu vereinen und den Frieden in seiner Heimat zu bewahren. Doch der Versuch war von vornherein zum Scheitern verurteilt. Der König kam gerade bis zur Normandie, dann löste sich diese zerbrechliche Union in Krieg und Rebellion auf.

»Henry ist ein großer König und ein guter Menschenkenner – außer wenn es um seine Söhne geht, auf diesem Gebiet ist er ein Narr«, hatte Robins Vater seinem Sohn erklärt, als er sein Pferd sattelte, um dem König nach Frankreich zu folgen. »Schlimm genug, daß er ihnen immer wieder stückchenweise Macht und Reichtum zukommen läßt und erwartet, daß sie ihm vor Dankbarkeit die Füße küssen. Doch dann denkt er auch noch, ihnen diese Brocken wieder wegnehmen zu können, ohne daß sie ihm in die Finger beißen.«

»Aber das Allerschlimmste ist, daß der König von all seinen Söhnen, ob tot oder lebendig, diese Memme von John am meisten liebt. Er möchte Prinz John Aquitanien und Poitou, Richards wertvollste Lehen, verschaffen und ihn mit der französischen Prinzessin Alais vermählen, obwohl diese schon seit seiner Jugend Richard versprochen ist. Ich fürchte, eines Tages setzt er es sich in den Kopf, Richard zu enterben und John zum König von England zu machen. Ich habe ihm immer treu gedient, aber in dieser Sache werde ich ihn nicht unterstützen.«

Und so hatte sich Edward Atwood mit seinen beiden ältesten Söhnen aufgemacht, um sich Prinz Richards Rebellentruppen anzuschließen. Robin, körperlich und seelisch noch zu krank, um mitzureiten, war daheim geblieben, um sich um die Ländereien zu kümmern. Aber als sich sein Gesundheitszustand zu bessern begann und die Ländereien Gewinn abwarfen, sank auch gleichzeitig der Stern der Atwoods. Zwei Jahre später kehrte sein Vater als verarmter, gebrochener Mann zurück. Seine beiden Söhne waren im Kampf gefallen, und von seinem Besitz war ihm nur noch das Gut Locksley geblieben. »Du hast deinen König nicht verraten, Robin«, hatte sein Vater mit dünner, zittriger Stimme erklärt. »Es ist nur rechtens, daß wenigstens dir etwas bleibt.«

In der Hoffnung, die unliebsamen Erinnerungen verscheuchen zu können, nahm Robin noch einen tiefen Schluck Wein. Mit geschlossenen Augen lehnte er sich an den Baumstamm, als er plötzlich hörte, daß sich Schritte näherten. Der langsame Gang verriet ihm, daß es sich nicht um einen Notfall handeln konnte, und selbst wenn er den leisen Tritt nicht sofort erkannt hätte – nur einer seiner Männer würde von sich aus kommen, um nach ihm zu sehen, obwohl er offensichtlich allein sein wollte. Da er ohnehin keinen Frieden gefunden hatte, würde ihm etwas Gesellschaft nicht schaden. Little John war nicht nur der einzige, der sich das Recht herausnahm, ihn zu stören, sondern er war auch so unaufdringlich, verläßlich und beruhigend wie die Weide hinter Robins Rücken. Wenn es ihm angebracht erschien, würde John stundenlang bei ihm sitzen, ohne daß ein Wort zwischen ihnen gewechselt wurde. Aber heute abend, so ahnte Robin, würde John wohl das eine oder andere zu sagen haben.

Er öffnete die Augen und lächelte den großen Mann, der sich ihm gegenüber niederließ, vorwurfsvoll an, dann griff er nach dem Weinkrug, nahm noch einen Schluck und gab den Krug an John weiter. »Trink ruhig aus, wenn du magst.«

John probierte, verzog das Gesicht und stellte den Krug beiseite. »Der ist ja geradezu unchristlich sauer. Wenn du dich betrinken willst, Robin, dann tu das mit Ale, da bleibst du wenigstens halbwegs vernünftig. Schütte noch mehr von diesem Zeug in dich hinein, und du kommst spätestens um Mitternacht auf die Idee, daß wir Nottingham Castle überfallen sollen.«

Robin grinste. »Auf die eher unwahrscheinliche Möglichkeit hin, daß wir den Sheriff erwischen und ihn mit den Ohren an die Tore von Nottingham nageln können?«

»Auf die eher unwahrscheinliche Möglichkeit hin, daß du die grauäugige Lady wiederfindest, um ihr mehr als nur einen Kuß zu rauben. Trink nur genug von diesem Gift, dann bist du nicht mehr zu halten.«

Robin spürte plötzlich ein Prickeln auf der Haut. »Machst du dir wegen der Frau Gedanken oder wegen des Weins?«

Little John zuckte mit vorgetäuschter Gleichgültigkeit die Achseln, doch seine dunklen Augen hingen nachdenklich an Robins Gesicht. »Himmel, Rob, normalerweise küßt du ihnen höchstens die Hände, während du ihnen die Ringe abstreifst.«

Nun war es an Robin, die Achseln zu zucken. »Sie war sehr schön.«

»Nicht mehr als andere auch.«

Robin starrte ihn dermaßen ungläubig an, daß John ihm grinsend erklärte: »Ich hab's gern, wenn meine Frauen warm und willig sind. Und ich erinnere mich, daß einige der Schönheiten, die du ausgeraubt hast, nur allzu bereit waren, mit dir im Gebüsch zu verschwinden. Ich schätze sogar, daß eine oder zwei es regelrecht darauf angelegt haben. Aber diese kühle Blonde haßte dich wie die Pest. Weißt du, ich habe jedem Mann in der Gruppe in die Augen geschaut, und nur der Frau hätte ich äußerst ungern den Rücken zugedreht.«

»Ja«, stimmte Robin zu, lehnte sich zurück und schloß wieder die Augen. »Sie war wunderbar.«

Er wußte, daß ihre mit Wut gemischte Verachtung ihn ebenso angezogen hatte wie ihre Schönheit. Einen Moment lang schien sie ihm alles zu sein, was er je verloren, alles, was man ihm genommen hatte. Er hatte sich all das zurückholen wollen, hatte das unstillbare Verlangen verspürt, die zornige Abwehr, die in ihren Augen glitzerte, zu brechen und sie zu berühren, ihre Seele durch ihren Körper zu erobern. Er erinnerte sich nur zu gut an das Gefühl ihres hart gegen den seinen gepreßten Körpers, spürte erneut die seidige Beschaffenheit ihrer Lippen, die sich unter dem Druck seines Mundes öffneten. Es war zwar nur der Anflug einer Reaktion gewesen, aber er hätte schwören können, daß sein Kuß sie nicht völlig kalt gelassen hatte. »*Ja*«, dachte er, »*und hinterher hat sie mich um so mehr gehaßt.*«

»Im ganzen Lager spricht man von nichts anderem«, beharrte John.

»Ich gebe ein schlechtes Beispiel, nicht wahr?« Robin vermied es, John anzusehen.

»Beim ersten Mal bewundern dich die Männer. Beim zweiten Mal aber werden sie anfangen zu murren, und beim dritten Mal werden sie neben ihrem Anteil an Silber und Wein auch einen Anteil an den Frauen fordern. Ich habe den alten Sheriff getötet, weil er meine Tochter geschändet hat; ich will nicht selbst zu dieser Sorte Mann gezählt werden.«

Robin seufzte, und seine aufgesetzte Sorglosigkeit verschwand. Er schlug die Augen auf. »Ich weiß, John. Es war ein Fehler, der nicht wieder vorkommen wird.« Als Little John keine Antwort gab, setzte er sich ärgerlich auf. »Du glaubst mir also nicht.«

»Einen Monat vorher und einen Monat später hätte ich es dir geglaubt, aber im Moment nicht. Letztes Jahr hattest du auch so eine Phase, Rob, und du weißt so gut wie ich, daß Wein dich um den Verstand bringt.«

Robin war es, als würde sich das Blut in seinen Adern auf einmal in flüssiges Feuer verwandeln. »Ja, das weiß ich«, sagte er schließlich.

John sprach von jener Zeit, ungefähr zwei Jahre nach dem Tode seines Vaters, als er häufig sehr stark getrunken hatte, um den quälenden Erinnerungen zu entgehen. Little John kannte diese Geschichte ebensogut wie Robin selbst. Der Riese war vor ihm für vogelfrei erklärt worden, weil er den alten Sheriff umgebracht hatte, obwohl sogar John selbst zugab, daß der neue noch schlimmer war. Aber früher war der große Mann Edward Atwoods Yeoman gewesen, und er hatte Robin nicht nur Schießen und Jagen, sondern auch die Liebe zum Wald gelehrt.

»Manchmal glaube ich, daß Gott in Jerusalem all meine Gebete erhört hat, und manchmal denke ich, ich hätte einen Handel mit dem Teufel abgeschlossen.«

»Das ist doch Unsinn«, rügte ihn John. »Ich möchte stark bezweifeln, daß Gott sich die Finger schmutzig macht, indem er sich in unser unnützes Leben einmischt, und vom Teufel haben wir alle selbst genug in uns, dessen Hilfe brauchen wir nicht.«

»Wie dem auch sei, ich habe jetzt das, was ich mir am meisten gewünscht habe, und dafür habe ich alles andere verloren. Weißt du, als ich damals dem Tode nah war, habe ich immer nur von Sherwood geträumt, niemals von Locksley Castle.«

»Dieses Leben ist nicht das schlechteste«, meinte John, nun ruhiger. »Andere verdienen sich ihren Lebensunterhalt viel schwerer, wenn auch auf ehrlichere Weise. Und die, die in größerem Reichtum leben ... nun, auch wir bestehlen nur die Diebe.«

»Bevor du eben gekommen bist, habe ich gerade darüber nachgedacht, ob ich heute wohl in Locksley Hall sitzen würde, wenn mein Vater König Henry die Treue gehalten hätte, statt sich mit Richard zu verbünden«, grübelte Robin. »Oder wäre es letztendlich auf dasselbe hinausgelaufen?«

»Davon bin ich überzeugt«, versicherte ihm John. »Longchamp haßte die Sachsen, und er war sowohl päpstlicher Legat als auch Kanzler des Königs. Da Löwenherz sich auf einem Kreuzzug befand, dachte er, ganz England würde nun ihm gehören, und so teilte er es unter seinen normannischen Freunden auf.«

»Aber er brachte nur zu Ende, was König Richard begonnen hat.« Nur zu gerne hätte Robin den Wein wiedergehabt, aber der Teufel sollte ihn holen, wenn er danach griff, solange John ihn beobachtete. Statt dessen lächelte er verzerrt. »Die Ironie der Sache springt einem förmlich ins Auge. Mein Vater war ein Ehrenmann, er wäre König Henry bis zum Ende treu ergeben geblieben, wenn dieser nicht Prinz John Prinz Richard vorgezogen hätte. Also schwor er Löwenherz den Untertaneneid, Henry starb einsam und von allen im Stich gelassen, und der rechtmäßige Erbe wurde gekrönt. Doch der neue König belohnte nur die, die dem alten gegenüber loyal geblieben waren. Die Ritter und Adeligen, die als letzte in sein Heer eingetreten sind, wurden nur wenig besser als die Verräter behandelt. Mein Vater hielt es nur für gerecht, daß seine Ländereien beschlagnahmt wurden. Außer Locksley verloren wir alles, und dann nahm uns Longchamp auch das noch fort.«

Robin erinnerte sich mit quälender Deutlichkeit an den Tag, an dem die Männer des Sheriffs in den Hof geritten kamen und im Namen Longchamps Anspruch auf Locksley Castle erhoben. Das von einer Außenmauer und einem Burggraben umgebene Bauwerk war eine eher bescheidene Beute für den Kanzler, ein Brocken, den er einem seiner unbedeutenderen Speichellecker hinwerfen würde. Aber die Atwoods gehörten zu den wenigen sächsischen Familien, deren Besitz noch nicht komplett zugunsten irgendeines normannischen Lords enteignet worden war, ein Versehen, welches Longchamp zu korrigieren gedachte.

Als er sah, wie des Sheriffs Männer großspurig in der Halle umherstolzierten, mußte Robin sich zurückhalten, um seinem

Schmerz und seiner Wut nicht freien Lauf zu lassen, aber er wußte, daß es unsinnig war, sich auf einen Kampf einzulassen. Also schaute er, erfüllt von würgender Pein, zu, wie ihm Locksley weggenommen wurde, gerade als er sich an den Gedanken zu gewöhnen begann, daß es eines Tages ihm gehören würde. Schlimmer noch war der Ausdruck trostloser Verzweiflung auf dem Gesicht seines Vaters. Als Edward Atwood all seinen Mut zusammennahm und Einspruch erhob, lachten ihn die Schergen des Sheriffs nur aus und rieten ihm, an die Gnade des Königs zu appellieren. In diesem Moment hatte das Herz seines Vaters versagt, und als er, sich im Todeskampf windend, zusammengebrochen war, stießen ihn die Männer achtlos mit den Füßen beiseite, als sei er nichts als ein lästiges Hindernis, das ihnen den Weg versperrte. Als Robin bei seinem Vater anlangte, war es bereits zu spät, und bei dessen Anblick hatte er seinen rasenden Zorn nicht mehr zügeln können. In blinder Wut warf er sich auf die Feinde und hatte bereits zwei von ihnen getötet, ehe ihm klarwurde, was er getan hatte und daß er unverzüglich fliehen mußte. Obwohl er verwundet worden war, gelang es ihm, eines ihrer Pferde zu stehlen und in den Wald zu flüchten.

»Nun, Longchamp ist fort. Er ist am Ende eben zu gierig geworden«, meinte John und holte ihn mit seinen Worten in die Gegenwart zurück. Er lächelte boshaft. »Ich hätte doch zu gerne mit angesehen, wie dieses haarige kleine Kerlchen versucht hat, in Frauenkleidern aus England zu entkommen und an der Küste von einem Fischer aufgelesen worden ist.«

Robin rang sich ein Lachen ab, doch der Schmerz wollte nicht weichen. »Longchamp könnte heute noch hier sein, wenn Prinz John nicht diejenigen unterstützt hätte, die er aus ihren Positionen verdrängt hatte. Und nun ist Johns Stellung so gefestigt wie nie zuvor, und da Richard in Österreich gefangengehalten wird, könnte die ›Memme‹ bald König von England werden. Mein Vater hat alles riskiert und nichts erreicht. Er ist umsonst gestorben.«

John wartete, bis absolute Stille eingekehrt war, dann sagte er sanft: »Er war ein guter Mann. Mehr wert als die meisten. Ich vermisse ihn auch.«

Es war der einzige Grabspruch, den sein Vater je haben würde. Sein Leichnam war in ein Armengrab geworfen worden, wo seine Gebeine nun zwischen denen hunderter anderer Männer ruhten.

»Es wird dunkel, Rob. Laß uns zum Lager zurückgehen«, schlug Little John vor.

Robin verspürte immer noch keinen Appetit, wußte aber, daß er etwas essen mußte. Widerwillig stand er auf und folgte John durch den Wald zu der Lichtung. Als eine Holzplatte voll gerösteten Fleisches vor ihm niedergestellt wurde, bemerkte Robin, daß er geradezu ausgehungert war, und das Wildbret aus den königlichen Wäldern mundete wie immer vorzüglich. Dazu trank er gutes englisches Ale anstelle des sauren Weines und beteiligte sich an den Geschichten, die am Lagerfeuer erzählt wurden. Doch als er sich entkleidete und auf dem Lager seiner Baumhütte niederlegte, fand er keinen Schlaf. Aber weder die Erinnerung an seinen Vater noch der Gedanke an Locksley noch die Bilder der blutdurchtränkten Wüste Palästinas spukten ihm im Kopf herum, sondern die Frau aus der Karawane, deren Augen so hell und kühl leuchteten wie ein silberner Dolch, in dem sich der Himmel spiegelt.

Ruhelos rollte sich Robin auf den Rücken. Zumindest seine Neugier konnte er befriedigen. Morgen würde der junge Much dem Wirt seinen Anteil am erbeuteten Silber bringen und sich von ihm genau berichten lassen, was er von der Unterhaltung seiner Gäste mitbekommen hatte. Er würde Tuck nach Nottingham schicken. Niemand wußte, daß der Mönch zu seinen Leuten gehörte. Tuck konnte mit Laurel sprechen und herausfinden, wohin die Karawane wollte oder ob Nottingham ihr Endziel war – und bei dieser Gelegenheit konnte er auch gleich den neuesten Schloßklatsch aufschnappen. Vielleicht sollte er Laurel ja lieber selbst besuchen, dachte Robin. Es bestand kein Grund, sich wegen einer Frau, die für ihn unerreichbar war, das Herz zu zermartern, wo es doch willige Arme genug gab, die es kaum erwarten konnten, ihn ins Bett zu ziehen.

Mittlerweile verlangte es ihn ebensosehr nach sexueller

Befriedigung wie nach erlösendem Schlaf. Robin strich mit der Hand an seinem Körper entlang, griff nach seinem Glied und begann es zu massieren, wobei er daran dachte, wie Laurel, klein, dunkel und üppig gebaut, zuletzt auf ihm geritten war. Bei der Erinnerung an ihre heiße, sinnliche Umarmung stieß er scharf den Atem aus. Doch seltsamerweise verblaßte das Bild in gleichem Maße, in dem seine Erregung wuchs, und mit ihm verblaßte das Versprechen baldiger Erfüllung. »Ja, schneller ... fester«, murmelte er tonlos, und seine Hand gehorchte, suchte nach dem Rhythmus, der ihn zum Höhepunkt führen sollte. Doch obwohl er seinen Körper gut kannte, blieb ihm die Erlösung verwehrt. Die verlockenden Bilder, die rasche Bewegung entfachten ein Feuer, das sich aber in düsteren Rauch auflöste. Sein Streicheln wurde grober, doch auch jetzt blieb der Erfolg aus. Er ging zu einem vorsichtigen, zarten Reiben über, seine Finger glitten über seinen pulsierenden Schaft und liebkosten die geschwollene Eichel mit langsamen, sanften Bewegungen, bis sein ganzer Körper vor Verlangen vibrierte. Wieder versuchte er, das Bild von Laurels wohlgerundeten Brüsten und Hüften heraufzubeschwören, stellte sich vor, daß sie sacht an seiner Haut knabbern würde, aber die vertraute Erinnerung wollte sich nicht einstellen. Statt dessen zerfloß die schattenhafte Vorstellung langsam und verwandelte sich in ein neues Bild ...

Plötzlich wurde ihm klar, daß er sich danach sehnte, eine hochgewachsene, blonde Frau zu berühren; eine Frau, deren Haar wie Sonnenlicht auf Schnee über ihre nackten Schultern und ihre kleinen Brüste mit den vor Erregung steifen, rosigen Warzen floß. Das blaßgoldene Vlies zwischen ihren Beinen schmiegte sich an seinen dunklen Schoß, und als er in sie eindrang, erschauerte er vor überwältigender Lust. Sie blickte auf ihn herab, und in ihren kühlen Augen brannte nun ein sengendes Feuer, welches ihn an den Rand der Ekstase trieb. Ihr Körper spannte sich, als er zum Höhepunkt kam, und er hörte sie mit leiser, süßer Stimme seinen Namen flüstern: »Robin.«

Aber noch während er den Schrei erstickte, der ihn schüttelte, spürte Robin bereits, wie der Rausch abebbte und einer tiefschwarze Leere Platz machte, denn plötzlich überkam ihn die Erkenntnis, daß es keinen Namen gab, den er im Gegenzug hätte flüstern können.

4. Kapitel

Der mächtige Felsen von Castle Rock erhob sich mehr als hundert Fuß hoch über die Uferwiesen des Flusses Trent, und von dort erhoben sich die steinernen Mauern und Türme der königlichen Festung, die eins mit dem graugoldenen Gestein zu sein schienen. Die uneinnehmbare Festung war von weit her zu erkennen und konnte auf etwaige Angreifer nicht anders als furchteinflößend und bedrohlich wirken. Marian lächelte ironisch in sich hinein. Nach dem überstandenen Schrecken im Wald flößte ihr der Anblick des Hauptsitzes ihres Feindes nur Erleichterung ein.

Die Sonne ging bereits unter, als die Gruppe die Brücken, die über die grünen Wasser des Trent und seines Nebenflusses Leed führten, überquerte, den Schritt beschleunigte und den Fuß der Klippe umrundete. Dabei kamen sie an einem Gebäude vorbei, welches offenbar die Schloßbrauerei beherbergte. Der Braumeister schien nicht nur den Sheriff, sondern ganz Nottingham mit Bier zu versorgen, denn direkt neben der Brauerei lag das kleine Gasthaus Pilgrim. Das grob verputzte Haus schloß direkt an den Felsen an und öffnete sich nach hinten in eine natürliche Höhle. In diesem kühlen Raum ließen sich die Fässer sicher ausgezeichnet lagern, überlegte Marian. Draußen im Freien saßen ein paar Ritter auf einfachen Holzbänken und tranken im schwindenden Tageslicht frischgebrautes Ale. Einige der Wächter der Gruppe blickten neidisch in die Richtung des Gasthauses, doch die Gruppe bog ab und ritt weiter bergan, entlang des ausgetrockneten Burggrabens und der hohen Palisade des äußeren Schutzwalls. Am ersten Wachhaus der Zugbrücke ließen die Wachtposten der Burg die Gesellschaft ohne

Schwierigkeiten passieren. Einige wenige Schafe und Kühe grasten auf der Weide innerhalb dieses hölzernen Bollwerks. Danach bestanden die Befestigungsanlagen – Zugbrücke, Mauern und Wachtürme – nur noch aus Stein. Die Hufe der Pferde klapperten auf dem Untergrund, als sie in den mittleren Burghof einritten. Dort lagen zahlreiche, aus mit Lehm verputzten Flechtwerk errichtete Dienstbotenunterkünfte und großzügige, gepflegte Stallungen; und inmitten dieser Räumlichkeiten hatte man einen riesigen Bankettsaal errichtet, an den sich noch verschiedene Nebengebäude anschlossen. Die für den Verlauf der Reise angeheuerten Wächter stiegen bei den Ställen ab, und nur die persönliche Leibwache der Reisenden ritt weiter zu der steinernen Bastion des oberen Burghofes hoch oben auf dem Felsen. Inmitten eines kreisförmigen Walls lagen die prächtigen Gebäude, die vom Sheriff und dessen Haushalt bewohnt wurden. Zu ihrer großen Freude entdeckte Marian auch einen eingefriedeten Garten – wenn sie die karminroten und leuchtend goldfarbenen Rosen, die über die Mauer lugten, richtig deutete. Doch da sie bereits erwartet wurden, konnte sie nur einen flüchtigen Blick darauf werfen. Der Hofmarschall stand bereit, ihnen beim Absitzen behilflich zu sein, gab Befehl, das Gepäck abzuladen und bedeutete den Knechten, die Pferde in den Stall zu führen. Dann wurden sie vom Haushofmeister des Sheriffs in aller Form begrüßt, während der Verwalter dienstbeflissen um sie herumschwirrte.

Eine durchdringende Fanfare lenkte ihre Aufmerksamkeit auf die eisenbeschlagenen Pforten der Burg, die sich soeben öffneten und eine Miniaturprozession, bestehend aus einer Anzahl Pagen, gefolgt von grimmig dreinblickenden, bis an die Zähne bewaffneten Wachen, entließ. Nach einer kurzen Pause ertönte eine zweite Fanfare, dann erschienen der Sheriff und seine Frau und schritten langsam die breite Treppe hinunter bis in den Hof. Der wie einstudiert wirkende Gang erschien Marian zunächst hochmütig und affektiert, bis etwas in den zögernden Bewegungen der jungen Frau sie vor einem vorschnellen Urteil warnte. Marian blickte ihr rasch in die Augen; der ziellos umherwandernde, unsichere Blick verriet deren Blindheit. Allerdings nutzte der Mann an ihrer Seite offenkundig die Gelegenheit, seine aufwendige Kleidung aus rosenfarbenem Brokat und seine protzigen Juwelen zur Schau zu stellen. Wie ein pompöser, törichter Geck sah er aus, fand Marian.

»Ich bin Godfrey von Crowle, Sheriff von Nottingham«, stellte er sich vor, »und dies ist meine Frau, Lady Claire. Wir heißen Euch in Nottingham Castle willkommen.«

Als sie ihn genauer betrachtete, gelangte Marian zu der Ansicht, daß der Sheriff gleichermaßen auffallend und absonderlich aussah. Am merkwürdigsten erschien ihr seine Haarfarbe, ein helles, intensives Orangerot. Zudem ließ sich Sir Godfrey, der offensichtlich sehr stolz auf die glänzende, dichte Fülle war, ausgesprochen aufwendig frisieren. Sein Barbier mußte einen guten Teil seiner Zeit mit dem Erhitzen seiner Brennscheren verbringen. Des Sheriffs kurze, breite Nase stülpte sich gleich einem zierlichen Rüssel nach oben und verlieh ihm zusammen mit seinem rosigen Teint ein schweineähnliches Aussehen, ein Effekt, welcher durch den roten Brokat noch verstärkt wurde. Die vollen, wie geschwollen wirkenden Lippen und die plumpen Wangen ließen auf eine tiefverwurzelte Trägheit schließen, doch die harten Muskeln seines Körpers zeugten von regelmäßigem Training, und die frostigblauen Augen blickten kühl und berechnend. So lächerlich er auch aussehen mochte, Marian erkannte allmählich, daß er durchaus kein Narr war. Nun, da ihre anfängliche Überraschung verflogen war, signalisierten ihr all ihre Sinne Gefahr. *Schwarzes Eis*, dachte sie – ein Bild, das nicht so recht zu dem lauen Sommerabend passen wollte.

Sie schüttelte die wunderlichen Gedanken ab und wandte ihre Aufmerksamkeit Lady Claire zu, der Frau, mit der sie sich auf Eleanors Geheiß anfreunden sollte, um sie über den Sheriff auszuhorchen. Sie war nicht älter als zwanzig Jahre und somit gut zwanzig Jahre jünger als ihr Mann. Auch sie hatte ein rundes Gesicht, volle geschwungene Lippen und eine Stupsnase, doch was bei dem Sheriff schlaff und teigig wirkte, war bei ihr straff und fest. Ihre kastanienbraunen

Locken wurde von einem Goldnetz gehalten, dessen breiter Rand mit erlesenen Perlen besetzt war. Ihre weit geöffneten, leeren Augen erinnerten mit ihrem tiefen, mit verschiedenfarbigen Sprenkeln durchsetztem Blau an einen exotischen Edelstein. Als der Sheriff ihren Arm losließ, um die Gäste zu begrüßen, stellte Marian fest, daß ihr Auftreten dadurch nicht gehemmt wurde, sondern sie eher noch an Sicherheit gewann. Sie traute ihrem Mann nicht, mutmaßte Marian sofort. Ein derart verletzliches Wesen sehnte sich sicherlich nach einer Freundin. Jetzt mußte Marian nur noch ihr Vertrauen gewinnen.

Der Sheriff begrüßte zunächst den Bischof, dann wandte er sich mit einigen höflichen Floskeln an Marian, wobei seine dünne Stimme erkennen ließ, daß er in der Redekunst nicht ungeschult war. »Ich hoffe, Ihr hattet eine angenehme und vor allem sichere Reise.«

Bei diesen Worten holte der Bischof tief Luft – daß er es fertiggebracht hatte, sich so lange zurückzuhalten, grenzte an ein Wunder – und bedachte den Sheriff mit einer stark ausgeschmückten Version des Überfalls. Es dauerte nicht lange, bis Sir Godfrey sich über den quengeligen Monolog des Bischofs genauso ärgerte wie über Robin Hood. Als der Bischof seinen Wortschwall unterbrach, nutzte der Sheriff die Gelegenheit, ihm ebenso umständlich sein Bedauern auszudrücken, ehe er rasch hinzufügte: »Eine reichliche Mahlzeit steht schon bereit, und danach erwartet Euch ein weiches Nachtlager. Und morgen, Bischof, gebe ich Euch zu Ehren ein Fest. Kommt.«

Der Sheriff drehte sich um, nahm seine Frau bei der Hand und führte sie die Stufen hinauf. Drinnen überließ Sir Godfrey seine Gäste der Obhut eines unterwürfigen Kammerdieners und eilte davon. Marian bemerkte, daß es seiner Frau offenbar nicht an Vertrauten mangelte, da sich sofort ein Schwarm von Hofdamen um sie scharte. Besonders eine, Lady Margaret, hielt sich beschützend an der Seite ihrer Herrin, während diese die Ladies Joan und Anne vorstellte, dann wurde sie von anderen Pflichten in Anspruch genommen.

Der Kammerdiener geleitete Marian und die übrigen Gäste eine Treppenflucht empor. Sir Godfrey lebte im Luxus. Vor seinem Tod hatte König Henry diese Festung noch erweitern und an das ursprüngliche Gebäude zahlreiche Räume anbauen lassen, die Sir Godfrey nun reich möbliert und mit riesigen Wandteppichen sowie kunstvoll gearbeiteten orientalischen Truhen ausgestattet hatte. Der Bischof erhielt einen prächtigen, mit blumendurchwirkter Seide tapezierten Raum, Marian wurde ein etwas kleineres Gemach zugewiesen, das sie sich mit Agatha teilen sollte. Die Einrichtung der Burg entsprach der herrschenden Mode, gewiß, und der Sheriff hegte eine unübersehbare Vorliebe für prunkvolle Kleidung, aber dennoch erschien es Marian, als ob er auf eine subtile Weise seine Frau verspottete, indem er sich eine Welt voller visueller Reize schuf, an denen sie nicht teilhaben konnte. Aber vielleicht tröstete sich Lady Claire, indem sie ihre Umgebung auf die ihr verbliebenen Sinne ausrichtete. Ihr schlichtes cremefarbenes Brokatgewand hatte sich neben dem ihres Mannes zwar recht unscheinbar ausgenommen, war dafür aber aus einem besonders kostbaren, weichen Material gefertigt worden. Und Musik ... wenn die Musik ihr eine Fluchtmöglichkeit bot, welch ein Segen würde Alan dann für sie sein.

»Habt Ihr alles, was Ihr zu Eurer Bequemlichkeit braucht, Lady Marian? Euer Gepäck wird gleich gebracht.«

»Im Augenblick fehlt es mir an nichts«, erwiderte sie. »Außer vielleicht an Wasser zu einem Bad.«

»Neben der Küche gibt es ein schönes Badezimmer. Die Damen baden für gewöhnlich früh am Morgen.«

»Dann werde ich mich ihnen anschließen.« Marian trat an das hohe bogenförmige Fenster, das einen herrlichen Blick über die vom blaßblauen Licht der einsetzenden Dämmerung überfluteten Weiden und Wälder im Westen bot. Als sie nachdenklich über die steinernen Festungsmauern hinweg auf die friedliche ländliche Idylle schaute, wurde ihr plötzlich bewußt, daß sie sich nun tatsächlich mitten im Herzen des feindlichen Lagers befand. Unwillkürlich lief ihr ein kalter Schauer den Rücken herunter.

Ihr Gepäck wurde gebracht, und Sir Ralph erschien mit Topaz und stellte den auf seiner Stange hockenden Vogel dicht neben Marians Bett ab.

»Vielleicht wäre es Euch lieber, wenn Euer Vogel in die Falknerei geschafft wird?« schlug der Kammerdiener vor.

»Ich werde sie vorerst hier bei mir behalten«, teilte Marian ihm mit. »Sie ist in der Mauser und dementsprechend gereizt, daher möchte ich erst einmal selbst mit dem Falkner sprechen.« Sie war neugierig auf die Falknerei und die Vögel des Sheriffs, und sie gedachte, sich selbst davon zu überzeugen, ob der Falkner über ausreichendes Geschick verfügte, um mit einem temperamentvollen Sperberweibchen fertigzuwerden. Aber es erschien ihr klüger, die Falknerei erst am nächsten Morgen aufzusuchen, wenn sie den Ausflug zugleich nutzen konnte, um die Befestigungsanlagen des Schlosses und die Kampfausbildung der Ritter genauer in Augenschein zu nehmen.

»Wie Ihr wünscht. Falls Ihr mich noch braucht, Mylady, ich stehe zu Eurer Verfügung. Das Mahl ist bereits angerichtet.«

»Der Sheriff beabsichtigt, morgen zu Ehren des Bischofs ein Festessen zu geben?«

»Die einflußreichsten Ritter von Nottingham werden erwartet.« Der Kammerdiener leckte sich über die Lippen und begann, eine Reihe von Namen herunterzurasseln. »Sir Guy von Guisbourne, natürlich, Sir Ranulf von Wolverton, Sir Walter von Southwell ...«

Marian hörte mit einem Ausdruck höflichen Interesses zu, während sie die Namen mit den ihr bislang bekannten Informationen verglich. Also hatte sich der Bischof von Buxton zu guter Letzt doch noch als nützlich erwiesen, dachte sie. Schließlich war es seine Gegenwart, die all die Leute, die sie ohnehin überprüfen wollte, direkt in die Burg lockte.

»Ah, wunderbar! Wirklich wunderbar!« keuchte der Bischof, als ein ganzer gebratener Schwan auf einer Silberplatte aufgetragen wurde. Der edle Vogel glitt, mit seinen eigenen schneeweißen Federn dekoriert und mit leicht vergoldetem

Schnabel über einen Weiher aus grünem Teigwerk. Das Meisterwerk des Küchenchefs wurde einmal um beide Tische herumgetragen, damit die Gäste es gebührend bewundern konnten, ehe es zum Servieren vorbereitet wurde. »Euer Festmahl ist wirklich beeindruckend, Sir Godfrey.«

»Diese Scheibe bekommt der Bischof«, befahl der Sheriff, und sein Diener legte ein besonders saftiges Stück auf den Teller des Geistlichen. »Und etwas Brustfleisch für Lady Marian und Sir Ranulf.«

Der Tisch bog sich fast unter der Fülle der Speisen. Da gab es einen ganzen geräucherten Lachs, Hasen in einer Sauce aus Honig und Senf, Blätterteignester, in denen mit Pilzen gefüllte gebratene Drosseln thronten, einen Pudding aus zerstoßenem Hühnerfleisch, in Mandelmilch gekocht und mit kandierten Mandeln und Zimt garniert, Aale in Gelee, eine cremige Heringspastete, frisch gefangene Forellen und im eigenen Saft geschmorte Igel. Marian bemerkte, daß Ranulf von Wolverton dieses letzte Gericht allen anderen vorzuziehen schien.

Mit finsterem Blick bot der dunkle, vierschrötige Ritter ihr einen der Igel an. Marian lehnte dankend ab. Er bediente sich selbst, wandte sich von ihr ab und verstrickte den ihm am nächsten sitzenden Mann in ein Gespräch über die Wildschweinjagd. Lächelnd strich Marian ihren raschelnden blauen Seidenrock glatt, zufrieden, daß es Sir Ranulf offenbar widerstrebte, eine Frau, die um einiges größer war als er selbst, mit der bei Hof üblichen Aufmerksamkeit zu bedienen.

Außerdem erlaubte Sir Ranulfs unhöfliches Benehmen es ihr, ungehindert den interessanteren Gesprächen, die in der großen Halle des mittleren Burghofs geführt wurden, zu lauschen, obwohl ihr im Moment nur die Unterhaltung ihres Gastgebers von Bedeutung zu sein schien. Die Ritter, die nicht wie sie selbst verfolgten, was am Kopfende des Tisches vor sich ging, erörterten eifrig die Finessen der Wildschweinjagd. Doch die Tatsache, daß diese Männer jegliche politische Diskussion angelegentlich vermieden, ließ darauf schließen, daß das Lager deutlich gespalten war. Marian hatte erwartet, daß die Mehrzahl der Männer den Sheriff und Prinz John unterstützten und daß deren überlegene Gegenwart diejenigen einschüchtern würde, die immer noch auf Seiten König Richards standen. Darüber nachgrübelnd bedeutete sie einem der Diener, ihr von dem zarten Hasenbraten in würziger Sauce vorzulegen. Der Sheriff speiste ausgezeichnet, eigentlich sogar zu erlesen für einen Mann seines Ranges. Marian wußte, daß Sir Godfrey nur mäßig wohlhabend gewesen war, als er sein Amt als Sheriff von Nottingham angetreten hatte, und doch war die Burg aufwendig möbliert, die vielfarbigen Wandteppiche von feinster Qualität, und er trug ein kostbares, mit Goldstickerei und Perlenbesatz überladenes Gewand aus pfirsichfarbenem und grünem Brokat.

»Versucht einmal diese Aale«, forderte ihr Gastgeber den Bischof auf, offenbar bemüht, seinen Einfluß durch das Bereitstellen kulinarischer Genüsse und durch Schmeicheleien zu untermauern. Seine Absicht war leicht zu durchschauen, doch Marian hielt den Sheriff für zu klug, um Spitzfindigkeiten an den Bischof zu verschwenden. Sie ahnte schon, daß das Dessert aus einem großzügigen Bestechungsangebot bestehen würde. Aber das würde er vermutlich in privaterer Atmosphäre servieren.

Während sie an einer Käsestange knabberte, versuchte Marian erneut, sich über die starke Antipathie, die sie dem Sheriff gegenüber hegte, klarzuwerden. Obwohl er oberflächlich betrachtet auch nicht schlimmer war als Hunderte anderer Speichellecker, die zu Macht und Ansehen gelangt waren, rief dieser Mann bei ihr einen nicht zu unterdrückenden Widerwillen hervor. Ob das an seinem Äußeren lag? Doch sie kannte eine ganze Reihe sehr viel häßlicherer Männer, die sie weit weniger abstoßend fand. Marian war auch das Unbehagen nicht entgangen, welches dieser Mann bei seinen Mitmenschen auslöste. Aber ihre persönliche Abneigung war hier nicht von Belang, die Tatsache, daß Godfrey von Crowle nicht nur über Macht, sondern auch noch über eine gehörige Portion kalter Gerissenheit verfügte, hingegen schon.

»König Richard gilt als herausragender Verfechter des Christentums«, sagte der Sheriff zum Bischof. Sein Tonfall klang ungläubig. »Er soll ja ein wahrer Ausbund an ritterlichen Tugenden sein.«

»Niemand kann seine Tapferkeit in Frage stellen.« Der Bischof leckte sich Geleereste von den Fingern und blickte den Sheriff erwartungsvoll an. Die Antwort war unmißverständlich genug. Er würde mitspielen.

»Keinesfalls«, stimmte der Sheriff zu. »Aber ich muß gestehen, ich war entsetzt, als ich hörte, daß der König versucht hat, seine Schwester Lady Joanna zu zwingen, Saphadin, den Bruder unseres ärgsten Feindes Saladin, zu heiraten.«

Der Bischof schnalzte mißbilligend mit der Zunge. »Es heißt, daß er von diesem Heiden verlangt hat, zum christlichen Glauben überzutreten. Hätte er dieser Aufforderung Folge geleistet, dann hätte er die Hand der Lady erhalten und mit ihr zusammen über das Königreich von Jerusalem herrschen können.«

»Saphadin wurde der wahre Glaube nur angeboten, weil sich Lady Joanna weigerte, einen Ungläubigen zu heiraten, wie es sich für eine gute Christin geziemt.«

»Ganz recht.« Der Bischof imitierte unwillkürlich den Sprachrhythmus des Sheriffs. »Doch die undankbare heidnische Kreatur lehnte die Aussicht auf Errettung ab.«

»Und so haben die Sarazenen die völlige Kontrolle über Jerusalem behalten«, warf Sir Guy von Guisbourne ein. In seinem höflichen Ton schwang ein Hauch von Zynismus mit. Der Sheriff warf ihm einen warnenden Blick zu, den Sir Guy mit einem spöttischen Heben der Augenbrauen quittierte, ehe er sich nonchalant an seine Partnerin wandte und ihr ein Stück Schwanenbrust anbot.

»Das ist leider wahr«, fuhr der Bischof fort, der von diesem Intermezzo nichts mitbekommen hatte, und schüttelte betrübt den Kopf. »Zu guter Letzt ist es dem König nicht gelungen, die heilige Stadt zurückzugewinnen, und das Kruzifix blieb in den Händen der Gotteslästerer.«

»Löwenherz hat ruhmreich gekämpft!« Sir Walter, der älteste Ritter an der Tafel, erhob hitzigen Einspruch. »Mehr als einmal ist er ins feindliche Lager eingefallen und kehrte siegreich und unversehrt zurück.«

Obwohl sie für heldenhafte Tapferkeit größte Bewunderung hegte, dachte Marian dennoch bei sich, daß England für den strahlenden Ruhm des Königs einen entschieden zu hohen Preis gezahlt hatte. Doch sie schwieg und beobachtete, wie die Augen fast aller Ritter bewundernd aufleuchteten – um sogleich wieder gedämpft zu werden.

»Wie ich bereits sagte, Sir Walter, besteht kein Zweifel an des Königs Tapferkeit«, bemerkte der Sheriff überheblich.

Der graubärtige Ritter erwies sich als König Richards einziger Fürsprecher. Sir Walters Freimut bewirkte, daß sich die anderen nicht recht wohl in ihrer Haut zu fühlen schienen, und Marian vermutete, daß der Sheriff ihn zu eben diesem Zweck eingeladen hatte, genau wie er ihn absichtlich so weit an das unterste Ende der Tafel gesetzt hatte, wie es bei einem Mann seines Standes gerade noch zulässig war.

Nun wandte sich Sir Walter direkt an den Bischof. »Auch wenn der König Jerusalem nicht einnehmen konnte, so hat er doch Akkon zurückerobert.«

»Diese beiden Städte kann man wohl kaum miteinander vergleichen«, fauchte der Bischof unwirsch und schlug sich damit für den Moment eindeutig auf die Seite des Sheriffs.

»Natürlich nicht«, mischte sich Sir Guy von Guisbourne mit seidenweicher Stimme, die den höhnischen Klang seiner Worte verschleierte, ein. »Jerusalem ist ein Juwel von unschätzbarem Wert, die Perle unseres Glaubens; Akkon dagegen nur ein Handelshafen ... so prächtig, reich und einflußreich die Stadt auch sein mag. Aber solche weltlichen Güter kann man eben nur mit weltlichen Maßstäben messen.«

Der Bischof, bereit, sich auf einen Streit einzulassen, blies die Wangen auf, doch Marian konnte sehen, wie ein Abglanz jenes verheißungsvollen Reichtums in seinen kleinen Äuglein schimmerte. »Gewiß, Akkon ist eine bedeutende Stadt«, gab er schmollend zu, »aber es ist nicht Jerusalem.«

Neben den Schätzen von Akkon schien nun auch die einzelne Perle von Jerusalem hell zu glitzern. Marian war sich nicht ganz sicher, wie er es fertiggebracht hatte, aber Sir Guy hatte gleichzeitig den Bischof als Heuchler entlarvt und König Richards größten Triumph während seines Kreuzzuges geschmälert, indem er es so aussehen ließ, als habe der König den Wert seiner Beute gar nicht erkannt.

»Wäre König Richard etwas weniger auf seinen persönlichen Ruhm bedacht gewesen, hätte er vielleicht neben profanen Reichtümern auch noch einen Sieg für Gott erringen können«, warf der Sheriff ölig ein. »Habt Ihr schon einmal daran gedacht, edler Bischof, daß es Gottes Wille sein könnte, wenn er nun in einem österreichischem Kerker schmachtet?«

»Die Wege des Herrn sind unergründlich.« Die Worte des Bischofs bedeuteten keine Zustimmung, sondern waren lediglich eine in allen Situationen angemessene Phrase. Immer noch leicht verärgert schürzte er die Lippen.

»Habt Ihr schon die Heringspastete versucht?« fragte Guy von Guisbourne. »Sie wurde in einer Sauce aus dickem Rahm, gewürzt mit süßen Zwiebeln, Knoblauch und Anis, gebacken. Die Kruste zergeht auf der Zunge.«

In demselben Tonfall hatte er vorher die Reichtümer Akkons heraufbeschworen. Die Heringspastete war allerdings in Reichweite. Als die altvertraute Gier in den Augen des Bischofs aufleuchtete, mußte Marian schnell ein Kichern unterdrücken. Offenbar war der feiste Mann ebenso gefräßig wie habgierig. Eine hübsche Dienstmagd reichte ihm ein großzügig bemessenes Stück von der Pastete, und für den Augenblick schien der Bischof zufrieden.

»Jetzt habt Ihr mir den Mund so wäßrig gemacht, daß ich unbedingt auch etwas davon haben muß«, murmelte Lady Alix, die attraktive Witwe, mit der sich Sir Guy seinen Teller teilte. Dieser brach ein Stück von der goldenen Kruste ab und bot es ihr an. Die Lady schloß ihre Hand um die seine und ihre Lippen um seine Fingerspitzen. Die laszive Neckerei entlockte ihm ein Lächeln, doch der Funke, der in seinen Augen aufflackerte, erlosch sofort wieder.

Da Sir Guys Aufmerksamkeit offenbar voll und ganz auf seine Nachbarin gerichtet war, nutzte Marian die Gelegenheit, sich ihn genauer anzusehen, da sie ihn für den intelligentesten aller Männer an dieser Tafel hielt. Stets auf der Hut, sogar wenn er den Geboten der Höflichkeit mit spöttischem Geschick nachkam, konnte sich Guisbourne sowohl charmant als auch boshaft geben; ganz wie es seinen Absichten entsprach – oder seinen Launen, wie man am Beispiel des Bischofs erkennen konnte. Aber wenn Sir Guy imstande war, die Wogen der Empörung, die er verursachte, ebenso leicht wieder zu glätten, dann konnte er es sich auch erlauben, seinem Hang zur Bosheit nachzugeben.

Von der Königin hatte Marian nur einen Bruchteil aus seiner Vergangenheit erfahren. Guisbourne war zusammen mit Longchamp nach England gekommen und hatte dort seinen Grundbesitz erhalten, ehe Richards habgieriger Kanzler aus dem Land vertrieben wurde. Aufgrund der verstohlenen Handzeichen und Blicke, die zwischen ihnen ausgetauscht wurden, nahm Marian an, daß Guisbourne nun für den Sheriff arbeitete. Da Longchamp in Ungnade gefallen war, hatte es Sir Guy ohne Zweifel für ratsam gehalten, sich als Prinz Johns Gefolgsmann unentbehrlich zu machen – was nicht ausschloß, daß er irgendwann einmal in Richards Dienste zurückkehrte. Guisbourne mochte zwar skrupellos sein, doch der König brauchte intelligente und loyale Männer in seinem Gefolge, und nur wenige Ritter verfügten über beide Eigenschaften.

Sir Guy sah bemerkenswert gut aus. Das dunkelbraun schimmernde Kopf- und Barthaar betonte seinen bräunlichen Teint. Unter den ironisch geschwungenen Brauen bestachen die tiefgoldenen Augen mit ihrer durchscheinenden Klarheit. Der bernsteinfarbene Ton erinnerte an die Augen eines edlen Raubtiers. Beim Sprechen gestikulierte er häufig mit seinen kräftigen, schöngeformten Händen, an denen man Ringe blitzen sah. Im Gegensatz zum Sheriff wußte Sir Guy, was ihm stand, und kleidete sich mit lässiger Eleganz. Über einer engen Untertunika aus scharlachroter Seide trug er ein Damastgewand in der Farbe seines Haars. Die Schulter- und Halspartie sowie die Manschetten waren mit goldenen Ornamenten bestickt und mit Halbedelsteinen – Topasen, Granaten, Achaten, Karneolen und Tigeraugen – besetzt. Marian schätzte ihn auf ungefähr sechsunddreißig Jahre. Seine aristokratischen Gesichtszüge waren von der Art, der das Alter nichts anhaben kann. Die feinen Linien, die die Zeit hinterlassen hatte, zeugten von rücksichtslosem Ehrgeiz, beißendem Humor, offen zur Schau getragener Überheblichkeit und einem verborgenen Schmerz, von unterschwelliger Grausamkeit und nie nachlassender Vorsicht. Er war der mit Sicherheit bestaussehendste Mann in diesem Saal, und Marian hätte es nicht erstaunt, wenn er sich auch als der gefährlichste erweisen würde. Dieser Mann tötete mit Raffinesse statt mit brutaler Gewalt.

Der Bischof schluckte mit dem letzten Krümel der Heringspastete zugleich auch seinen Groll herunter und stieß einen befriedigten Seufzer aus.

Sir Godfrey beugte sich näher zu ihm und murmelte mit falscher Vertraulichkeit: »Mir sind scheußliche Gerüchte über den Bischof von Lincoln zu Ohren gekommen. Ob da wohl etwas Wahres dran ist?«

Ein Ausdruck reinster Gehässigkeit verzerrte kurz das fleischige Gesicht des Bischofs, der sich dann jedoch sofort bemühte, eine betrübte Miene aufzusetzen. »Wenn diese Gerüchte wirklich so scheußlich sind, dann entsprechen sie vermutlich auch der Wahrheit, wie ich fürchte.«

In den wortreichen Ergüssen, mit denen der Bischof von Buxton Marian während ihrer Reise gelangweilt hatte, war neben seiner Furcht vor den Outlaws und der immensen Bedeutung seiner Familie auch seine Abneigung gegen seinen frömmelnden Gegenspieler in Lincoln zur Sprache gekommen. Der Sheriff war hervorragend informiert. Die Bestechung wurde also nicht als Dessert, sondern als Hauptgericht serviert, und das in aller Öffentlichkeit. Allerdings blieb zu bezweifeln, daß die beiden den Sturz Hugh von Lincolns herbeiführen konnten. Marian bemerkte, daß Sir Guy von Guisbourne es angelegentlich vermied, irgendeine Gefühlsregung erkennen zu lassen, und sie vermutete, daß das Versprechen des Sheriffs etwas voreilig gegeben worden war. Der Bischof von Lincoln wurde wegen seiner zahlreichen guten Taten und seiner Hingabe an die Religion weithin gerühmt, seine einzige Absonderlichkeit lag in seiner Zuneigung zu einem zahmen Schwan, der ihn überallhin begleitete. *Konnte man einen Schwan als Freund betrachten?* fragte sich Marian im stillen.

»Sollte er tatsächlich in solche obszönen unheiligen Praktiken verwickelt sein, dann wäre es vielleicht angebracht, daß seine Ländereien in andere, fähigere Hände übergehen«, schlug der Sheriff scheinheilig vor.

»Unzucht«, murmelte der Bischof. »Gotteslästerung. Vielleicht auch Hexerei?«

»Prinz John wird von diesen Scheußlichkeiten erfahren.« Der Sheriff legte eine kleine Kunstpause ein, ehe er fortfuhr: »Er hat zugesagt, möglichst bald nach Nottingham zu kommen. Wenn er seine Zustimmung erteilt, werde ich eine Untersuchung der Angelegenheit in die Wege leiten.«

Der Bischof lächelte. »Ich glaube, ich hätte gerne noch ein Stück von dem gebratenen Schwan.«

Sir Godfrey gab einem Diener ein Zeichen, und dieser legte dem Bischof rasch eine weitere Scheibe auf den Teller.

Das Spiel, das hier im Gange war, wurde nicht nur für den kirchlichen Würdenträger, sondern auch für die hier versammelten Ritter gespielt, doch für die letzteren gingen die Versprechen mit Drohungen einher. Diejenigen, die Prinz John nach Kräften unterstützten, würden ihren Besitz auf Kosten derer, die das nicht taten, vergrößern können, und da der Sheriff Prinz Johns verlängerter Arm war, konnten diese Drohungen leicht Wirklichkeit werden. Diejenigen, die sich weigerten, auf Seiten des Sheriffs zu kämpfen, konnten sich nur noch an König Richards Gerichtsbeamte wenden, und diese wiederum waren vollauf damit beschäftigt, das Lösegeld zusammenzubringen, denn wenn ihnen das nicht gelang, hatten sie die längste Zeit in seinen Diensten gestanden.

»Und wann können wir mit der Ehre seiner Anwesenheit rechnen?« Ein älterer Ritter, der ganz am Ende der Tafel saß, meldete sich zu Wort. Marian hörte den metallisch-berechnenden Klang aus seiner Stimme heraus. Dieser Mann hatte mit Sicherheit einiges zu gewinnen.

»Prinz John wird im Juli erwartet«, erwiderte der Sheriff leutselig. Der Juni war bereits zur Hälfte verstrichen.

»Es wird sicher einiges zu besprechen geben«, bemerkte Sir Guy trocken, »nun, da die Lösegeldforderung erhöht worden ist.«

»Was?!« kreischte der Bischof schrill. Nach diesem entsetzten Aufschrei erhob sich ein allgemeines Stimmengewirr.

»Richtig«, bestätigte der Sheriff. »Die Summe beläuft sich nun auf einhundertfünfzigtausend Silbermünzen.«

Marian holte tief Atem, da ihr Herz unwillkürlich rascher zu schlagen begonnen hatte. Sie hatte es versäumt, Überraschung zu heucheln. Wäre die allgemeine Aufmerksamkeit jetzt gerade auf sie gerichtet gewesen, hätte sie sich leicht eine Blöße geben können. Rasch setzte sie einen ungläubigen Gesichtsausdruck auf, als ob die Nachricht sie vollkommen verblüfft hätte.

»Mir hat man bereits ein Viertel meines Besitzes genommen«, grollte Sir Ranulf, und die anderen fielen in seine Klage ein.

»Viele der kirchlichen Kunstschätze wurden eingeschmolzen, um das Geld aufzubringen«, jammerte der Bischof. »Der Kaiser wird uns noch in den Ruin treiben!«

»Das ist gut möglich ... vielleicht denkt er ja gar nicht daran, König Richard freizugeben.« Guisbourne brachte die Sache auf den Punkt. »Der Kaiser hat seinen Schwur bereits gebrochen, indem er die Lösegeldforderung erhöhte.«

Der anfängliche Tumult flaute zu einem besorgten Gemurmel ab. Jetzt begriff Marian auch, warum der größte Teil der hier anwesenden Ritter zu jenen gehörte, die immer noch auf König Richards Seite standen. Diese Männer sollten in ihrem Entschluß schwankend werden, wenn sie die Nachricht erfuhren. Heute abend warb der Sheriff Verbündete zuhauf an.

»Ich verstehe, daß dies ein schwerer Schlag für Euch war. Ihr braucht etwas Wein, um Euch zu stärken.« Sir Godfrey bedeutete seinen Dienern, den Gästen nachzuschenken.

»Wein!« Als ob sein Stichwort gefallen wäre, begann der Bischof zu lamentieren: »Oh, wenn wir doch nur gestern nicht ausgeraubt worden wären, Sheriff! Nie zuvor verspürte ich eine solche Angst. Ich war sicher, daß mir der hinterhältige Schurke die Kehle von einem Ohr zum anderen aufschlitzen würde.«

Erwartungsvoll blickte er sich um. Hoffte er etwa auf einen Leichenschmaus? fragte sich Marian verärgert. Ihr Zorn ob dieses unangebrachten Gejammers wurde von den anderen Gästen offenbar geteilt, da ein verärgertes Raunen durch den Saal lief.

Sir Guy lächelte honigsüß. »Höchst bedauerlich«, bemerkte er zweideutig.

»Es war einer der besten Weine, die Ihr je gekostet habt«, fuhr der Bischof leicht ungehalten fort. »Einige Krüge davon sollten Euch für Eure Gastfreundschaft entschädigen.«

»Allein Eure Gegenwart ist der Ehre genug«, versicherte ihm der Sheriff hastig.

Sir Godfrey hatte das Spielchen durchschaut, stellte Marian lächelnd fest. Diesmal verfolgte der Bischof mit seinem Gezeter einen bestimmten Zweck. Er wollte die ihm verlorenengegangenen Güter ersetzt haben, und von der Großzügigkeit des Sheriffs in diesem Punkt hing seine Bereitschaft zur Zusammenarbeit ab. Zweifellos hätte jeder am Tisch die List sofort durchschaut, hätten sie nicht alle dem Bischof insgeheim die Pest an den Hals gewünscht.

»Ganz zu schweigen von dem Silber, welches der Halunke mir abgenommen hat.« Des Bischofs Miene verdüsterte sich ob dieser Begriffsstutzigkeit. Voller Ungeduld blickte er den Sheriff an.

»Natürlich können wir nicht zulassen, daß Ihr auf unserem Gebiet einen solchen Verlust erleidet«, räumte dieser nun ein.

Im stillen segnete Marian die gierige Seele des Bischofs. Er hatte all die anderen daran erinnert, daß der Sheriff fehlbar war. Hohle Versprechen wogen eine handfeste Entlohnung in Gold und Silber nicht auf, sondern bewiesen nur, daß sowohl der Sheriff als auch Prinz John dringend auf die Hilfe aller verfügbaren Männer angewiesen waren.

Doch ihre Dankbarkeit war nur von kurzer Dauer.

»Ihr, Lady Marian, wurdet allerdings nicht ausgeplündert.« Der Bischof vollführte eine mißbilligende Geste. »Obwohl man die Art, wie dieser Bursche Euch entehrte, nur als schändlich bezeichnen kann.«

»Eure Wortwahl ist äußerst unglücklich, Bischof«, erwiderte Marian kalt, wütend, daß er mit seiner Bemerkung Anlaß zu neuem Klatsch und Tratsch gegeben hatte. Energisch unterdrückte sie die Unruhe, die bei der Erinnerung an den Vorfall in ihr aufstieg. »Es war eine unangenehme Erfahrung, gewiß, aber dennoch ohne weitere Bedeutung. Bis auf einen übereifrigen Wächter kam schließlich niemand zu Schaden.«

»Er hat Euch geküßt!« empörte sich der Bischof anklagend. »Mitten auf die Lippen!«

»War er wirklich so ein Rohling?« erkundigte sich Guisbournes Partnerin. Ihre großen blauen Augen blickten mit kindlicher Unbefangenheit in die Runde, doch in ihrem Ton schwang eine so unmißverständliche Anspielung mit, daß Sir Ranulf leise kicherte. Sir Guy musterte Marian mit demselben unschuldsvollen Heben der Augenbrauen, mit dem er zuvor schon den Sheriff bedacht hatte. Sein Blick war eine offene Herausforderung, sich näher über den Zwischenfall zu verbreiten.

»Eher ein Flegel als ein Rohling«, erwiderte sie und fragte dann, an Lady Alix gewandt: »Läßt ihn das in Euren Augen nun noch anziehender erscheinen?«

Die spitze Bemerkung trug ihr einen giftigen Blick seitens der Brünetten ein, die sich jedoch jeglichen Kommentars enthielt. Sir Guys klare Augen bohrten sich eine Sekunde lang in Marians, und um seine Mundwinkel zuckte es leicht.

Dann stieß der Sheriff ein bösartiges Kichern aus, und Marian bedauerte ihren Sarkasmus sofort. Seine Stimme stieß sie noch mehr ab als sein Äußeres. Oberflächlich betrachtet klang sie angenehm und kultiviert, doch darunter verbarg sich ein unangenehmer Unterton, ein leises, unheilvolles Keuchen, das aus dem lüsternen Kichern deutlich herauszuhören war. Bei diesem Laut lief es Marian kalt den Rücken herunter. Unwillkürlich blickte sie zu Lady Claire hinüber, die während des gesamten Mahles stocksteif und schweigend dagesessen hatte, und sie empfand plötzlich tiefes Mitleid mit der jungen blinden Frau, die in der sie umgebenden Dunkelheit diese Stimme zur Gesellschaft hatte.

»Wir wurden einmal auf der Straße, die durch Sherwood führt, von ihm überfallen. Er küßte mir die Hand«, sagte die Frau des jüngsten Ritters. »Ich fand ihn ausgesprochen höflich.« Lady Alix' anzügliche Bemerkung war purer Bosheit entsprungen, doch die Stimme dieser Frau klang irgendwie wehmütig.

»Er hat dir dabei die Ringe von den Fingern gezogen«, mahnte ihr Mann sie scharf.

Aber meinen Schmuck hat er mir gelassen, dachte Marian. Einen Moment lang stand sie wieder auf dem Waldweg, starrte auf das Silber hinab, welches er verschmäht hatte, fühlte seinen brennenden Kuß auf ihren Lippen und die Berührung seines Körpers, die sich wie ein Brandzeichen in ihre Haut eingeprägt zu haben schien. Rasch schüttelte sie die Erinnerung ab und zwang sich zur Ruhe.

Lady Claire erhob ihre weiche, versonnene Stimme. »Die Geschichten, die über ihn verbreitet werden, lassen ihn als einen recht galanten Mann erscheinen, aber man darf ihnen natürlich nicht zuviel Bedeutung beimessen.«

»Du solltest auf derartiges Geschwätz überhaupt nichts geben«, rügte der Sheriff stirnrunzelnd. Der schneidende Klang seiner Stimme bewirkte, daß Lady Claire zusammenfuhr. Wie ein Reh, das Gefahr wittert, hob sie den Kopf.

»Mich hat er ebenfalls einmal ausgeraubt.« Sir Walter, der ältere Ritter, der für König Richard eingetreten war, hörte sich ausgesprochen streitlustig an, so, als wolle er die anderen herausfordern, ihm zu widersprechen.

»Ach ja, Sir Walter, ich habe davon gehört. Und Ihr kanntet seinen Vater, nicht wahr?« fragte Sir Guy so leutselig, daß Marian aufmerkte.

Der graue Bart schien sich empört zu sträuben, als der Mann das Kinn vorschob. »Sir Edward war ein Edelmann, und auch gegen Robert war nichts vorzubringen, bis er mir mein Geld stahl.«

»Dieser Dieb ist der Sohn eines Ritters?« Der Bischof plusterte sich ungläubig auf.

»Er hat Euch also nicht verschont?« Ohne auf den Geistlichen zu achten, drang Guisbourne weiter in Sir Walter.

»Nicht einen Penny hat er mir gelassen, obwohl er mir zum Ausgleich ein reichliches Mahl vorsetzte«, antwortete der Ältere.

»Mich hat er angehalten, als ich gen Norden nach Lincoln ritt«, warf der jüngste Ritter ein, und auch die anderen an der Tafel erhoben ein zustimmendes Murmeln.

»Dieser verfluchte sächsische Hurensohn hat auch mich schon einmal bestohlen«, grunzte Sir Ranulf. »Fünf Silbermark hat er entwendet.«

»Hütet Eure Zunge, Wolverton«, tadelte ihn Sir Walter. »Er mag ja ein Geächteter sein, aber seine Mutter war eine vornehme und tugendhafte Dame.«

Der Bischof war mit seiner Geduld am Ende. »Das ist unmöglich. Es kann sich nicht um denselben Mann handeln, Sheriff. Dieser Räuber sagte, sein Name sei Robin Hood.«

»Genau das ist er«, beharrte Godfrey von Crowle. »Ich persönlich habe ihn für vogelfrei erklärt.«

Marian hatte zwar nicht damit gerechnet, daß er aus guter Familie stammte, aber sie war auch nicht sonderlich überrascht. Trotz seines unverfrorenen Auftretens hatten Ausdrucksweise und Benehmen des Outlaws auf eine adelige Abstammung schließen lassen. »Was für ein Verbrechen hat er denn begangen?« fragte sie. Ein Gedanke begann in ihrem Kopf Gestalt anzunehmen, und nun galt es, soviel wie möglich über diesen Robin Hood in Erfahrung zu bringen.

»Er hat vier meiner Männer getötet«, erwiderte der Sheriff.

»Nachdem sie Edward Atwood umgebracht hatten«, fauchte Sir Walter.

Sir Guy hob eine elegant geschwungene Braue. »Meinen Informationen zufolge hat sein Herz ganz einfach versagt.«

Der alte Ritter warf ihm einen angewiderten Blick zu.

»Natürlich könnte der Schock über den Verlust seines Besitzes die Ursache dafür gewesen sein«, fügte Guisbourne glatt hinzu.

»Mir scheint, daß über Locksley Hall ein Fluch liegt«, bemerkte Sir Walter schroff. »Das Gut fiel doch an Euren Mann, nachdem Robin für vogelfrei erklärt worden war, nicht wahr, Lady Alix? Und nun ist auch er tot.«

Marians Beobachtungen zufolge sah Lady Alix das durchaus nicht als Unglück an.

»Ist dafür auch dieser Robin Hood verantwortlich?« fragte der Bischof entgeistert.

»Nein, das war ein Unfall«, beruhigte der Sheriff ihn hastig. »Er ist ertrunken.«

»Auch Ambrose von Blyth wurde letzten Monat Opfer eines Unfalls«, stellte Sir Walter fest. »Es scheint, daß sich derartige Vorfälle in Nottingham plötzlich häufen.«

Marian erkannte den Namen von Eleanors früherem Agenten. Eine Gänsehaut überlief sie, als sie an die unerklärlichen Todesfälle dachte. Ob beide Männer wohl Anhänger König Richards gewesen waren?

Diesmal kam die Antwort des Sheriffs wohlüberlegt. »Unfälle sind an der Tagesordnung, Sir Walter. Und manche Männer sind offenbar unvorsichtiger als andere.«

Einen Augenblick lang herrschte Grabesstille. Blind und taub gegenüber der angstvollen Atmosphäre im Saal übte der Bischof mit scharfer Stimme laute Kritik. »Ich bin überrascht, Sheriff, daß Ihr diesem Robin Hood gestattet, auch weiterhin unglückliche Reisende auszuplündern und umzubringen, statt ihm endlich das Handwerk zu legen.«

»In den Wäldern ist er nahezu unangreifbar«, entgegnete der Sheriff heftig. »Ich habe bereits zu viele Männer bei dem Versuch, ihn in den Tiefen von Sherwood aufzuspüren, verloren. Und ich bin nicht gewillt, noch mehr Leben aufs Spiel zu setzen.«

Erneut hatte der Bischof unbewußt darauf hingewiesen, daß der Sheriff nicht unfehlbar war.

Sir Walter, den die Drohung des Sheriffs noch immer erzürnte, starrte finster vor sich hin, dann begann er von neuem zu sticheln: »Ihr mögt ja eine Reihe von Euren Leuten verloren haben, Sir Godfrey, aber andererseits müßt Ihr zugeben, daß das Morden auf den Straßen dennoch nachgelassen hat, da Robin Hood alle anderen Räuberbanden aus den Wäldern von Nottinghamshire vertrieben hat.«

»Wollte wohl alles Gold für sich behalten«, schnaufte der Bischof verstimmt.

»Er ist gerissen wie ein Fuchs«, wagte der junge Ritter einzuwenden. »Mir scheint, daß er sich keine fette Beute auf den Wegen nach Norden oder Süden entgehen läßt.«

Als Marian das hörte, formten sich ihre vagen Gedanken zu einem konkreten Plan. Sie beschloß, den Sheriff nicht über ihren Verdacht hinsichtlich des Gastwirtes zu informieren. Sollte ihr Plan fehlschlagen, konnte sie immer noch den Vorfall mit der Kerze erwähnen, wenn sie es für nötig hielt.

Dank der unbedachten Worte des Bischofs schleppte sich die Unterhaltung nur noch mühsam dahin. Sichtlich verstimmt gab der Sheriff Befehl, die Tafel abzuräumen. Marian war für diese Ablenkung zutiefst dankbar. Sie bemerkte, daß Lady Alix ebenfalls jemandem ein Zeichen gab, und einen Moment später tauchte ein dunkelhäutiger, düster blickender Zwerg auf, der mit ›Bogo‹-Rufen seitens einiger Ritter begrüßt wurde. Bogo erwies sich als Akrobat und Jongleur von überragendem Geschick. Er unterhielt sie mit seinen Kunststücken, während die Platten mit Fleisch hinausgetragen wurden, und als zwei Träger mit einer riesigen Dessertplatte erschienen, schlug er einen Salto, landete im Handstand und ließ sich die Platte auf die Füße setzen. Dann umkreiste er, die Platte auf den Sohlen seiner Pantoffeln balancierend, auf den Händen den Tisch und stellte das Zuckerwerk zur Schau. Am Kopfende des Tisches angekommen, setzte ein Diener die Platte vor dem Sheriff nieder, und Godfrey von Crowle, der seine gute Laune wiedergewonnen hatte, applaudierte begeistert und belohnte den Zwerg großzügig.

Dann befahl er, das Dessert zu verteilen. Es gab auch kleinere Leckereien wie geschmorte und kandierte Früchte, Nüsse und süße Waffeln, doch den Höhepunkt bildete ein Kunstwerk, das dem Schwan in nichts nachstand. Aus Mandelpaste, Gelee und gefärbtem Zucker hatte man einen glitzernden Teich gebildet, dessen Rand von pinkfarbenen und roten Rosen, Veilchen und grünem Blattwerk gesäumt wurde. Die Marzipanrosen waren mit aromatisiertem Zucker von derselben Farbe bestäubt worden. Die bunte Pracht entlockte dem Bischof ein genüßliches Seufzen, und der Sheriff belohnte ihn mit der größten Rose. Marian konnte der Kreation nicht allzuviel abgewinnen, erlag jedoch einem Anfall von Gier, als eine Platte mit kandiertem Ingwer herumgereicht wurde. Vorsichtig fischte sie sich ein Stück heraus.

Während sie noch die Vorfreude auf den Genuß auskostete, fing sie einen Blick aus Guy von Guisbournes bernsteinfarbenen Augen auf, die mit einem lasziven Lächeln auf ihr ruhten, und schenkte ihm ein leises Lächeln, das eher neckend als einladend gemeint war. Dann biß sie von dem Ingwer ab und ließ ihn auf der Zunge zergehen.

»Wie ich hörte, seid Ihr erst kürzlich aus Frankreich zurückgekehrt, Lady Marian«, bemerkte Lady Alix, in deren weicher, höflicher Stimme ein deutlicher Hauch von Skepsis mitschwang. Der Blick der Witwe glitt mit leichter Herablassung über Marians Erscheinung hinweg, und sie setzte sich absichtlich etwas zurecht, um die Kostbarkeit ihres Gewandes, ihre Juwelen und ihren wohlgerundeten Busen zur Geltung zu bringen.

Aufgrund ihrer Größe hatte sich Marian betont unauffällig gekleidet. Sie trug ein schlicht geschnittenes Gewand aus knisterndem blauen Zindeltaft und hatte ihr Haar mit einem einfachen weißen Schleier bedeckt, obwohl sie diesen Kopfschmuck verabscheute. Ihr Schmuck bestand lediglich aus einem einzigen Anhänger, zwei Silberringen und einem kleinen Ziermesser aus Silber und Kristall, das an ihrem Gürtel hing. Obwohl sie Juwelen um ihrer Schönheit willen liebte, empfand sie es als lästig, sie zu tragen. Bei Lady Alix hatte sie mit ihrer Aufmachung jedenfalls die gewünschte Wirkung erzielt, dachte Marian mit einem leichten Lächeln. Wie sie wohl reagiert hätte, wenn sie ihre feingefältelte Robe aus dicker karminroter Seide angelegt hätte, wie kühles, schimmerndes Feuer über ihre Haut floß?

»Werdet Ihr denn lange bei uns bleiben?« bohrte die Witwe mit honigsüßer Stimme weiter. Sie hatte ein mädchenhaftes frisches Gesicht, das nur aus riesigen blauen Augen und vollen, bebenden Lippen zu bestehen schien. Marian wußte, daß Lady Alix dreißig Jahre zählte, obwohl sie wesentlich jünger aussah. Allerdings war es offensichtlich, daß sich hinter der lieblichen Fassade ein verschlagener Verstand und ein gieriges Naturell verbargen.

Diese letzte Frage war ebenso naheliegend wie unverschämt, denn Lady Alix war die Witwe jenes Ritters, der die Klage gegen ihren Vater in die Wege geleitet hatte. Obwohl es um das kleinste und am weitesten entfernt liegende Landgut ihres Großvaters ging, stellte Marian klar, daß er keinesfalls die Absicht hatte, es aufzugeben und daß sie hier war, um seine wie auch ihre Interessen zu vertreten. Ihr Nachbar Sir Ranulf wurde allerdings plötzlich aufmerksam, als er hörte, daß William von Norford ihr Großvater war. Sie konnte sehen, wie er ihren Wert rasch von neuem einschätzte, wobei es ihm nicht allein um das kleine Gut, sondern vor allem um die Beziehungen ihrer Familie ging. Als er ihr ein Stück rosenrotes Zuckerwerk anbot, erklärte Marian ihm in aller Deutlichkeit, daß die Höhe ihrer Mitgift davon abhing, ob ihrem Großvater ihr künftiger Gatte zusagte oder nicht. Und sie war erleichtert, als er in seine frühere mürrische Grobheit zurückfiel. Nur wenige Ritter würden es wagen, sich mit einem so mächtigen Mann wie William von Norford anzulegen. Daß ihr Großvater ihr bei ihrer Wahl freie Hand gelassen hatte, blieb unerwähnt. Sie würde lieber sterben, als so einen ungeschlachten Klotz zu heiraten.

»Hättet Ihr gern noch ein Stückchen Ingwer, Lady Marian?« fragte Sir Guy.

Von der Hitze, die plötzlich in ihr hochstieg, völlig überrascht, hoffte Marian nur, daß sie nicht errötete. Wie schaffte er es nur, diese vollkommen unverfängliche Frage wie eine Aufforderung, mit ihm das Bett zu teilen, klingen zu lassen? Doch sie wich seinem Blick nicht aus und antwortete kühl: »Gerne, Sir Guy.«

5. Kapitel

Das warme goldene Licht des späten Sommernachmittags ergoß sich über die Mauern des Rosengartens. Guy von Guisbourne machte seinen Zug, dann rückte er ein Stück vom Schachbrett ab, um die Schönheit des Augenblicks auszukosten. Tief sog er den süßen Duft der Rosen ein. Einst war der alte Garten eine vernachlässigte Wildnis gewesen, und er war Lady Claire von Herzen dankbar, daß sie ihren Mann gebeten hatte, dieses herrliche Refugium wieder herrichten zu lassen, als der Sheriff noch gewillt war, ihr eine Freude zu bereiten. Sir Godfrey war seiner Frau nur allzubald überdrüssig geworden, doch der idyllische Garten bot immer noch all denjenigen Zuflucht, die Erholung vom lebhaften Treiben innerhalb der Burg suchten.

Sir Guy richtete seine Aufmerksamkeit wieder auf die geschnitzten Figürchen auf dem Schachbrett und überlegte, welche Strategie Bogo wohl verfolgen mochte. Im sanften Licht des schwindenden Tages wirkten die aus Elfenbein gefertigten Figuren wie aus purem Gold, und einen Moment lang stellte Guisbourne sich vor, daß er selbst und sein Gegenüber, die schmiedeeiserne Pergola sowie der sie umgebende Garten in Raum und Zeit erstarrt seien. Dann mußte er ob seiner seltsamen Fantasien lächeln und bemerkte, daß Bogo beim Anblick dieses Lächelns unmerklich seine Haltung veränderte, da er es auf das Spiel bezogen hatte und demzufolge Sir Guys Taktik falsch einschätzte. Obwohl unabsichtlich hervorgerufen, konnten ihm die Zweifel seines Gegners doch nur nützlich sein, also verstärkte Sir Guy sein Lächeln noch ein wenig. Aber die Anwendung derartiger Listen, so wirkungsvoll sie im Augenblick auch sein mochten, würde sich auf Dauer nicht als die geeignete Strategie erweisen, denn der Zwerg war ein ausgezeichneter Spieler.

Eine Minute später stellte Bogo seinen Bauern vor. Obwohl der Zwerg sich auf eine vorsichtige Spielweise verlegt zu haben schien, studierte Guy die Figurenaufstellung und suchte nach verborgenen Fallen. Dann entschloß er sich, auf

Risiko zu setzen und mit seinem Läufer vorzugehen – nur um unverzüglich von Bogos Turm geschlagen zu werden.

»Ein geschickter Zug«, bemerkte Guisbourne mit einem Hauch von Schärfe, doch trotz seiner Verärgerung war er ehrlich beeindruckt. Diesmal erwog er drei verschiedene Möglichkeiten des Angriffs, ehe er seinerseits einen Hinterhalt legte.

Der Jongleur verschränkte stirnrunzelnd die Arme und starrte nachdenklich auf das Schachbrett. Das Licht wurde rasch schwächer, und Guy befahl einem Diener, Fackeln herbeizubringen, da er das Spiel nicht unterbrechen und hineingehen wollte. Als die Fackeln den Garten erleuchteten, blickte der Zwerg flüchtig auf. Guy wies auf das Brett. »Ich wünschte, wir hätten häufiger Gelegenheit zu einem Spiel, Bogo. Niemand sonst bietet mir eine solche Herausforderung.« Dies entsprach voll und ganz der Wahrheit, doch Guy hoffte insgeheim, den anderen Mann durch Schmeichelei zu übergroßem Optimismus zu verleiten.

»Ich glaube, das wird sich einrichten lassen«, bemerkte Bogo leichthin, aber in seiner heiseren Stimme klang eine verdeckte Anspielung mit.

Guys Interesse war geweckt, doch er achtete darauf, nach außen hin keinerlei Regung zu zeigen. Er bezweifelte zwar, daß die Situation übermäßige Vorsicht erforderte, aber er zog persönliche Befriedigung daraus, dieses Spiel innerhalb des Schachspiels so geschickt wie möglich zu handhaben. Bogos flüchtig dahingeworfene Eröffnung konnte ja auch ein Täuschungsmanöver sein. Er, Guy, hatte Lady Alix niemals einen Antrag gemacht, und der Zwerg war nicht so dumm, von sich aus das Thema einer Heirat anzuschneiden – es sei denn, Alix selbst hatte ihren Diener zu ihm geschickt, um ihn auf die Probe zu stellen.

»So, wird es das?« Indirekt forderte er Bogo auf, sich näher über seine Absichten auszulassen.

Bogo hob spöttisch die dichten Augenbrauen. Diesen schwarzen Augen war es unmöglich, unschuldig dreinzuschauen, dachte Guisbourne. Dazu war der Mann zu intelligent, hatte zuviel gesehen und zuviel erlitten. Noch während

Guy ihn ansah, veränderte sich etwas im Gesicht des Zwerges; die Muskeln unter der Gesichtshaut begannen kaum merklich zu zucken. Hier ging es nicht nur um ein prickelndes Stückchen Klatsch oder einen raffiniert ausgeworfenen Köder, hier ging es um echten Schmerz und tiefsitzenden Zorn.

»Nun, heute nacht habe ich dem Sheriff zu dienen«, sagte Bogo mit ausdrucksloser Stimme. »Lady Alix hat mich ihm zur Verfügung gestellt.«

Da er die Vorlieben des Sheriffs kannte, empfand Guisbourne einen Anflug von Mitleid mit dem Zwerg. Sir Guy war dankbar, daß er aufgrund seines angenehmen Äußeren und seines wohlgestalteten Körpers für den Sheriff nicht von Interesse war und daß es ihm somit erspart blieb, den perversen Annäherungsversuchen ausweichen zu müssen. Nun war Bogo aber alles andere als dumm. Er hätte wissen müssen, was ihm früher oder später bevorstand. Das einzige, was Guisbourne an dieser Angelegenheit überraschte, war, daß des Sheriffs Gelüste nicht schon früher befriedigt worden waren, aber nun schien es ihm, als ob eine bestimmte Absicht dahintersteckte. Sein Verdacht hinsichtlich Lady Alix verdichtete sich, aber er kam jedem weiteren Kommentar zuvor, da er wissen wollte, was den Zwerg dazu bewogen hatte, so offen mit ihm zu sprechen.

»Deine Herrin hat dir ihre Entscheidung gerade erst mitgeteilt?«

»Sowie wir uns sicher innerhalb der Burgmauern befanden, Mylord«, bestätigte Bogo, ehe er seinen nächsten Zug machte. Guy erwog die Möglichkeiten, die der erneut versetzte Bauer ihm bot, und dachte gleichzeitig über die mißliche Lage des Zwerges nach. Er hatte zwar nicht die Absicht, sich irgendwie einzumischen, überlegte sich aber dennoch verschiedene Vorgehensweisen. Der Jongleur war kein Sklave, aber seine Stellung war so unbedeutend, daß sie ihn weder vor dem widernatürlichen Verlangen des Sheriffs noch vor dessen Zorn schützte. Guy bezweifelte, daß es Bogo gelingen würde, heute nacht aus der Burg zu fliehen, und selbst wenn er es versuchte und der Sheriff ihn aufspürte, würde die daraus resultierende Begegnung sehr viel unangenehmer sein als das, was Bogo heute nacht erwartete.

»Du tätest gut daran, dich in Geduld zu fassen.« Sir Guy setzte auf die naheliegendste, die pragmatischste Lösung. »Der Sheriff ist unbeständig in seinen Vorlieben und sucht ständig nach neuen Zerstreuungen.«

»Mylord, es ist ebenfalls bekannt, daß seine Begierde durchaus längere Zeit anhalten kann ...« Bogo warf ihm einen flüchtigen Blick zu »... wenn das Objekt derselben nur entsprechend außergewöhnlich ist.«

Guy nickte. Es gab keine Garantie dafür, daß der Sheriff eines solchen Fanges schnell müde werden würde.

»Ich habe gehört, er neigt dazu, seine Zuneigung um so extremer zu beweisen, je länger sie dauert.« Der Zwerg sah ihm fest in die Augen. »Ich bin daran gewöhnt, in meiner Würde verletzt zu werden, und ich bin auch daran gewöhnt, in verschiedenster Hinsicht mißbraucht zu werden. Aber wißt Ihr, selbst wenn ich Lady Alix' Absichten geahnt hätte, so wäre ich trotzdem gekommen.«

Guisbourne wartete mit wachsender Neugier ab.

»Die meisten Menschen bemerken überhaupt nicht, daß auch ich über Intelligenz verfüge, und wenn sie es doch tun, dann lächeln sie nur belustigt, als sei ich ein Hund, der ein neues Kunststück erlernt hat. Sie sprechen mir eben jegliche menschliche Eigenschaft ab. Ihr scheint mir der einzige Mann zu sein, der mir Verstand zubilligt.«

»Ich werde mich nicht zwischen dich und den Sheriff stellen, Bogo«, warnte ihn Guy.

»Das weiß ich«, antwortete der Zwerg. »Zumindest weiß ich, daß Ihr es im Moment nicht tun würdet, da Ihr dabei seid, Eure Macht in Nottingham auszubauen. Aber Ihr seid ein kluger Mann, sehr viel klüger als der Sheriff. Viel zu klug, wie ich finde, um einem in vieler Hinsicht so unzulänglichen Herrn zu dienen.«

Sir Guy musterte den anderen Mann eindringlich. Sein Instinkt sagte ihm, daß der Zwerg es ehrlich meinte, doch es war nicht auszuschließen, daß Lady Alix oder gar der Sheriff persönlich Bogo geschickt hatten, um ihn auf die Probe zu stellen.

»Ich möchte Euch dienen, Sir Guy«, sagte der Zwerg ruhig, aber entschieden. »Ich weiß, daß ich keinen besseren Herrn finden könnte. Nutzt und belohnt meine Fähigkeiten, und es wird uns beiden zum Vorteil gereichen. Noch nie habe ich einem Menschen meine bedingungslose Loyalität angeboten. Euch lege ich sie zu Füßen.«

»Und wie willst du mir dienen?« fragte Guisbourne.

»Im Augenblick als Euer Spitzel, Sir Guy, der sich in der Burg frei bewegen kann und der dem Sheriff in mancher Hinsicht näherkommt als Ihr selbst.«

»Was erwartest du denn als Belohnung für solche Dienste?«

»Daß Ihr mir später einmal ... wenn Ihr vielleicht selbst Sheriff von Nottingham seid ... einen Posten gebt, der sich mit meiner Menschenwürde vereinbaren läßt und daß Ihr mir gestattet, Euch in Ehren zu dienen. Wenn ich unter Eurem Schutz stehe, wird niemand mehr wagen, mich zu quälen und zu verspotten.«

Eine interessante Forderung. Keine Luftschlösser, keine zügellosen Fantasievorstellungen von Reichtum, Rache oder Befriedigung sexueller Gelüste, nein, es ging ihm um seine Würde. Würde unter seinem Schutz. Und darunter verborgen lag auch das Versprechen, innerhalb eines gewissen Rahmens selbst Macht zu erlangen. Guy lächelte. Er hatte gelernt, niemandem zu trauen, aber vielleicht konnte die absolute Treue dieses Mannes tatsächlich erkauft werden. Bogo mochte sich als einmaliger Glücksfall erweisen. Guisbourne entschloß sich, das Angebot des Zwerges anzunehmen. Aber zuvor wollte er ihn noch auf die Probe stellen. »Sag mir, warum hat sich Lady Alix entschieden, dich dem Sheriff zu überlassen?«

»Ich glaube, Ihr kennt den Grund bereits, Mylord, aber ich werde ihn Euch dennoch nennen. Meine Herrin hegt eine heftige Leidenschaft für Euch. Als Ihr dann ein flüchtiges Interesse an ihrer heiratsfähigen Tochter zeigtet, steckte sie das Mädchen ins Kloster und traf eine Absprache mit dem Sheriff, ihr den Status einer wohlhabenden Witwe zu verschaffen. Nun kann sie Euch die Hochzeit mit ihrer Tochter verwehren und an deren Stelle sich selbst samt ihrer Ländereien anbieten.« Bogo rückte seine Dame weit an den Rand des Brettes, wo sie zwar eine beträchtliche Bedrohung darstellte, zugleich aber auch selbst extrem gefährdet war. »Sie hat einen Monat lang darauf gewartet, daß Ihr ihr einen Heiratsantrag macht, und langsam geht ihre Geduld zu Ende.« Bogo betrachtete ihn erwartungsvoll.

»Diese Möglichkeit habe ich auch bereits in Erwägung gezogen.« Guy rechnete seine möglichen Verluste gegen die Eroberung der Dame auf.

»Lady Alix ist für ihr Alter immer noch eine gutaussehende und sinnliche Frau.« Bogo verzog sein Gesicht zu einem unangenehmen Lächeln. »Sie ist Meisterin im Erfinden von Ausflüchten und Täuschungsmanövern und kennt keine Skrupel, kurz, sie verfügt über viele Eigenschaften, die Ihr sicherlich zu schätzen wißt.«

»Ja … und nein.« Guisbourne ging über die seinen Worten innewohnende Unverschämtheit hinweg. »Ich bin ein großer Bewunderer von Intelligenz, aber ich lasse mich nicht gerne manipulieren, und ich möchte keine Frau heiraten, bei der ich ständig auf der Hut sein muß. Lieber verzichte ich auf die Verbindung, obwohl die Mutter eine weit lohnendere Partie ist als die Tochter.«

»Lady Alix ist die beste Partie von ganz Nottingham, aber ich kann Eure Bedenken verstehen«, meinte der Zwerg. »Die Tochter ist Eurem Zugriff entzogen, aber vielleicht finden sich in anderen Gärten ja noch Rosen mit weniger Dornen.«

»In der Tat. Ich könnte zum Beispiel Lady Marian heiraten.«

»Um eines einzelnen heruntergekommenen Gutes willen?« Verblüfft starrte Bogo ihn an. »Nehmt sie Euch und vergeßt sie dann.«

Guy stellte fest, daß er eine hitzige Antwort unterdrücken mußte. Die Intensität seiner Reaktion nahm er als Warnung, sich seine Handlungen nicht von seinem Unterleib diktieren zu lassen. Betont ruhig erwiderte er: »Nein, wegen der Verbindung mit William von Norford, die sich zu gegebener Zeit als sehr viel wertvoller erweisen könnte als alle Reichtümer. Und vielleicht erhält Lady Marian auch eine wesentlich größere Mitgift, als sie uns glauben machen möchte. Immerhin hat ihr Großvater ihr die Aufgabe übertragen, sich um seinen Besitz zu kümmern, was von tiefem Vertrauen zeugt.« Er lächelte leicht. »Es gehen Gerüchte um, daß er seine Frau im Schwert- und Bogenkampf ausgebildet hat. Ich frage mich, ob er seine Enkelin gleichfalls den Umgang mit Waffen gelehrt hat.«

»Ihr glaubt an diese Geschichten?«

Guy zuckte die Achseln. »Ich stelle es mir recht interessant vor, Lady Marian über diesen Punkt ein wenig auszufragen.« Obwohl Bogos Dame ihn lockte, hütete er sich vor unüberlegten Angriffen, die ihm später nur schaden würden, und zog statt dessen seinen zweiten Springer vor, um die Mitte zu festigen.

Gerade als er den Zug abgeschlossen hatte, trat ein Wachposten zu ihnen und verbeugte sich ehrerbietig. »Entschuldigt die Störung, Mylord, aber der Sheriff wünscht den Zwerg zu sehen«, meldete er, Bogo mit einer Mischung aus Abscheu und Häme betrachtend.

»Einen Moment noch«, befahl Guisbourne. »Warte draußen.«

»Sehr wohl, Mylord«, erwiderte der Mann und zog sich zurück.

Bogo erhob sich. »Unser Spiel bleibt nun also unvollendet«, sagte er knapp und fuhr mit dem Finger über seinen König.

»Im Gegenteil, es beginnt gerade erst.« Guy richtete die umgefallene Figur wieder auf. »Ich werde unsere Positionen im Kopf behalten, ich habe nämlich die Absicht zu gewinnen.«

»Ich freue mich bereits auf die Herausforderung.«

»Nun, da wir uns in Zukunft häufiger sehen werden, werden wir uns auch öfter dem Spiel widmen können«, meinte Guy, dann fügte er hinzu: »Ich hoffe, daß du nicht ausschließlich unangenehme Erinnerungen an diesen Abend zurückbehalten wirst.«

»Ich erwarte ja kein persönliches Vergnügen, aber sollte

ich auch nur eine Spur davon ergattern können, dann werde ich es tun«, bemerkte Bogo mit einem bitteren Lächeln. »Es verleiht mir zumindest die winzige Befriedigung, begehrt zu werden, so pervers diese Begierde auch sein mag.«

»Aber?« hakte Guy nach.

»Aber wenn die Zeit kommt, ihn zu töten, möchte ich selbst das Vergnügen haben.«

»Wenn die Zeit kommt«, bestätigte Guy, »werde ich dafür sorgen, daß du in diesen Genuß kommst.«

»Welches Gewand wollt Ihr tragen, Mylady?« erkundigte sich Agatha.

»Welches würdest du mir denn empfehlen?« fragte Marian im Gegenzug, ängstlich darauf bedacht, nicht erkennen zu lassen, daß sie ihre Entscheidung bereits getroffen hatte. Agathas Rat einzuholen erschien ihr als eine gute Möglichkeit, ein Vertrauensverhältnis zwischen ihnen zu schaffen.

»Das blaßgrüne Kleid würde Eurer Erscheinung schmeicheln, ohne allzu auffällig zu wirken«, schlug die ältere Frau vor, nachdem sie die Auswahl begutachtet hatte. »Oder nehmt das lavendelfarbene, wenn Ihr die Damen beeindrucken wollt. Es ist herrlich gearbeitet.« Bewundernd betastete Agatha die kunstvoll gefältelte Seide.

Marian schüttelte ablehnend den Kopf. »Lady Claire wartet ungeduldig darauf, Alan singen zu hören. Wenn ich das lavendelblaue Kleid trage, dann werden ihre Kammerzofen den ganzen Morgen lang über nichts anderes als die neueste Mode aus Frankreich sprechen, während Lady Claire einzig die Feinheit des Materials würdigen kann. Gönnen wir Alan a Dale seinen Auftritt. Ich werde das grüne Kleid anziehen.«

»Dazu den cremefarbenen Schleier?« wollte Agatha wissen, nachdem sie Marian in das schlichte Seidengewand geholfen und einen schmalen goldenen Gürtel um ihre Taille gebunden hatte.

»Nein, ich möchte mein Haar offen tragen. Flicht mir nur vorne Zöpfe.«

»Eine altmodische Frisur«, meinte Agatha zweifelnd, machte sich aber daran, das schwere goldene Haar zu flechten. Als sie fertig war, gab sie brummend zu: »Nun, selbst der feinste Schleier könnte Euch nicht besser stehen.«

»Danke«, erwiderte Marian, die einerseits jegliche Art von Kopfputz als unangenehm beengend empfand und andererseits auch insgeheim stolz auf ihr Haar war.

Mit Alan und Agatha an ihrer Seite begab sich Marian zu Claires Gemach. Sowie sie eingetreten waren, legten die Frauen ihre Stickerei- und Näharbeiten beiseite, um die Gäste zu begrüßen. Lady Claire streckte Marian die Hände entgegen, woraufhin diese sie ergriff, kurz drückte und sich dann auf dem Stuhl neben Claire niederließ. Erneut keimte ein Gefühl von Mitleid für die junge Frau in ihr auf, die auf ewig in der Dunkelheit gefangen war. Claire besaß eine frische Schönheit, die sie gleichermaßen lebensfroh und verletzlich erscheinen ließ und die mit der Art berechnender Unschuld, wie sie die abwesende Lady Alix zur Schau trug, nicht das geringste gemein hatte. Wie Marian, so hatte auch Claire auf einen Kopfputz verzichtet, lediglich ein schlichtes goldenes Band wand sich oberhalb der Augenbrauen um ihre Stirn. Die Fülle brauner Locken umschmeichelte ihr Gesicht, und die schillernde Seide ihres Gewandes betonte die Farbe ihrer Augen, deren leuchtendes Blau mit grünen und goldenen Pünktchen gesprenkelt war. Wunderschön geschnitten und von dichten Wimpern gesäumt, zogen diese Augen den Betrachter magisch an und ließen es um so trauriger erscheinen, daß kein Fünkchen Leben darin glomm. Doch mochte ihr Blick auch ausdruckslos über ihre Umgebung schweifen, so strahlte Lady Claire dennoch eine solche Wärme und Freundlichkeit aus, daß jedermann von ihr gefangen war. Diese Eigenschaft trat um so stärker hervor, stellte Marian fest, wenn ihr Mann sich nicht in ihrer Nähe aufhielt und ihre natürliche Fröhlichkeit unterdrückte. Ihre Kammerfrauen, besonders die rothaarige Lady Margaret, behandelten sie mit liebevoller Fürsorge, achteten jedoch darauf, ihren Schützling nicht zu sehr zu bemuttern.

Obgleich Lady Claires Fragen hinsichtlich Marians Wohlbefinden durchaus aufrichtig gemeint waren, entging es dieser nicht, daß die Frau des Sheriffs darauf brannte, den neuen Troubadour singen zu hören, und so wurde Alan bald aufgefordert, in die Mitte des Raumes zu treten und mit seinem Vortrag zu beginnen. Er stimmte sein Instrument und begann mit einem übermütigen Lied über einen jungen Ritter, der auf der Suche nach Heldentaten das Land durchstreift, zu seinem Leidwesen jedoch feststellen muß, daß sämtliche Räuber, Trolle, böse Riesen und Drachen bereits von anderen Rittern besiegt worden sind. Am Ende entdeckt ihn die Feenkönigin, wie er auf einem Hügel sitzt und sich darüber beklagt, daß ihm nie etwas Aufregendes widerfährt. Also lockt sie ihn in ihr Reich, und kein menschliches Auge hat ihn je wieder erblickt. Alan liebte solche unterschwelligen Bosheiten, das war Marian schon häufiger aufgefallen.

Als das Lied zu Ende war, lachte die Frau des Sheriffs entzückt auf und rief begeistert: »Ich bitte Euch, Sir, singt weiter. Kein Troubadour, den ich bislang gehört habe, kann es mit Euch aufnehmen.«

Alan trat auf sie zu, kniete vor ihr nieder und führte sacht ihre Hand an die Lippen. »Wenn es Euch Freude bereitet, Lady Claire, gerne. Ich habe eine neue Ballade geschrieben, die bislang noch kein Mensch kennt. Ehe mich Lady Marian in ihre Dienste nahm, bereiste ich den Süden Englands, wo mir eine traurige Geschichte zu Ohren kam, die von einem Lord, der vor Kummer den Verstand verloren hat, handelt. Daraufhin habe ich dieses Lied komponiert.« Alan erhob sich, kehrte zu seinem Platz in der Mitte des Raumes zurück, zupfte an seiner Laute und stimmte die ersten wehmütigen Töne an. Sowie sein Publikum erwartungsvoll verstummt war, hob er zu singen an.

> »Wo mag nur mein Lieb' sein? Sie ward nimmer geseh'n.
> Drunten am Fluß wollt' sie Blumen pflücken geh'n.«
> »Der Fluß nahm sie mit sich, Herr, trug sie fort in die See.«
> »Wo mag nur mein Lieb' sein? Sie ward nimmer geseh'n.«

>»Nun streichelt das Wasser ihr Gesicht einst so schön.
Faßt Mut, Herr, verzagt nicht, was geschah, ist
gescheh'n.«
»Wo mag nur mein Lieb' sein? Sie ward nimmer geseh'n.
Drunten am Fluß wollt' sie Blumen pflücken geh'n.«

Alan übertraf sich selbst. Die Melodie griff ans Herz, und die Verse ermöglichten es ihm, seine stimmlichen Möglichkeiten voll auszuschöpfen, wobei er zwischen den klagenden Tönen des trauernden Ritters und den Beteuerungen seines besorgten Knappen wechselte. Lady Claire lauschte gebannt.
»Ein herrliches Lied«, flüsterte sie schließlich. »So ergreifend.«
»Mir lief ein Schauer über den Rücken«, verkündete eine der Kammerfrauen voll wohligen Entzückens.
»Laßt mich noch einmal von vorne beginnen«, bat Alan. »Doch diesmal möchte ich, daß Ihr alle in den Refrain mit einstimmt.«
Der Vorschlag wurde begeistert aufgenommen, und Alan stimmte das Lied von neuem an. Seiner Vorgabe folgend machten die Damen ihre Sache nicht schlecht, Lady Claire jedoch hob sich deutlich aus der Menge heraus. Sie hatte eine klare, volltönende Stimme, die den reinen Tenor des Troubadours vorzüglich ergänzte, und Alan schien an dem gemeinsamen Gesang ebensoviel Gefallen zu finden wie Claire.
Als die letzten Töne verklangen, kam es Marian plötzlich so vor, als würde sie jemand beobachten. Sie wandte sich um und sah Guy von Guisbourne in der Tür stehen. Bei seinem Anblick schwankte sie zwischen der Befriedigung, seine Anwesenheit gespürt, und dem Ärger darüber, seine Ankunft nicht wahrgenommen zu haben. Er trug eine dunkelrote Tunika auf feinstem Damast, die mit weißen, golddurchwirkten Bändern verziert war. Sowie das Lied beendet war, trat er vor und begrüßte Lady Claire und ihre Damen höflich. Eine seltsame Vorahnung beschlich Marian, als er schließlich das Wort an sie richtete.
»Lady Marian«, sagte er leise, »Lady Marian, würdet Ihr

mir wohl die Freude machen, mich heute nachmittag auf den Jahrmarkt zu begleiten?«

Seine goldenen Augen beschworen sehr viel weniger harmlose Freuden herauf; Freuden, die nur sie beide teilen konnten. Eine glühende Herausforderung funkelte darin auf.

Marian lächelte. »Ich würde sehr gerne den Jahrmarkt besuchen, Mylord.«

»Dann werde ich wiederkommen und Euch abholen ... sagen wir, in einer Stunde?«

»Gut.« Ohne Zögern willigte sie ein. Zwar würde sie nun ihren täglichen Besuch beim Falkner verschieben müssen, doch die Möglichkeit, mehr über Guisbourne in Erfahrung zu bringen, wog schwerer – besonders, da der Vorschlag von ihm ausgegangen war.

»Bis dann also.« Sir Guy verbeugte sich und überließ die Damen ihrem Vergnügen.

Bewußt rief sich Marian die Tatsache ins Gedächtnis, daß der Sheriff selbst Sir Guy aufgefordert haben könnte, sie unter diesem harmlosen Vorwand auszuhorchen. Sie dachte auch an den Klatsch, der unter der Dienerschaft im Umlauf war. Agatha hatte ihr berichtet, daß er ein Auge auf Lady Alix geworfen zu haben schien. Marian entsann sich der kühlen Blicke, mit denen er beim gestrigen Festmahl jene Dame bedacht hatte, und bezweifelte, daß sie große Anziehungskraft auf ihn ausübte, doch wenn es um eine reiche Witwe ging, spielte Zuneigung oft keine Rolle mehr.

Hinsichtlich der Person Guisbournes befand sich Marian bereits in einem gefühlsmäßigen Zwiespalt und fragte sich, inwieweit sich dieser auf ihre Fähigkeit, ihre Aufgabe in Nottingham Castle durchzuführen, auswirken würde. Sie wußte, daß sie über ein natürliches Geschick, sich verstellen zu können verfügte, doch während sie mühelos zu lügen und ein Geheimnis mit größter Kaltblütigkeit zu bewahren vermochte, war sie dennoch kein Mensch, der seine Stimmungen den Gegebenheiten anpassen und seine Mitmenschen je nach Belieben blenden konnte. Und Sir Guy war nicht nur scharfsinnig und gefährlich, sondern er übte auch noch eine enorme Anziehungskraft auf sie aus. Einen Mann wie ihn hätte sie lieber zum Verbündeten denn zum Gegner gehabt, und wenn es einen Weg gab, ihn wieder auf König Richards Seite zu ziehen, dann würde sie diesen Weg finden.

Doch vorerst mußte sie Guisbourne als Feind betrachten.

»Sie hat mich als Flegel bezeichnet?« Entrüstet ließ Robin die Kleidungsstücke, die er gerade überstreifen wollte, fallen, stemmte die Fäuste in die Hüften und blickte finster auf Laurel hinunter.

»›Eher ein Flegel als ein Rohling‹, so lauteten ihre Worte, wenn du's genau wissen willst«, entgegnete Laurel nicht ohne Genugtuung. Sie saß nackt auf der Lagerstätte, schlug die Beine übereinander und betrachtete ihn aus ihren braunen Augen spöttisch. »Hattest du denn erwartet, sie würde bei der Erinnerung an deinen Kuß in Begeisterungsstürme ausbrechen? Nur der Bischof wirkte noch verstimmter als sie – außer vielleicht dem Sheriff, der notgedrungen versprochen hat, ihm seinen Verlust zu ersetzen.«

»Eine gute Nachricht. So werden wir uns an des Bischofs Verlust ein zweites Mal bereichern«, meinte Robin. Dann brummte er immer noch verdrossen: »Ich glaube, da wäre mir der Rohling doch noch lieber gewesen.«

»Sie ist kalt wie Eis. Du solltest deine Aufmerksamkeit lieber auf Lady Alix richten, wenn dir der Sinn nach einer Dame von Stand steht, Robin.« Laurel warf ihre schwarze Mähne zurück. Ihre Brüste mit den braunen, verhärteten Brustwarzen hoben und senkten sich. Diese lockende Geste weckte sein Interesse, genau wie sie beabsichtigt hatte, und für sie gab es keinen Grund, jetzt schon zu gehen. Lässig lehnte er sich gegen die Wand der Hütte und grinste sie an. Er konnte nicht verbergen, daß ihr Angebot seine Wirkung nicht verfehlt hatte.

»Eine Dame von Stand?« fragte er, Unschuld heuchelnd. »Was sollte ich wohl mit so einer faden Person anfangen?«

»Weiß ich's?« gab sie zurück, warf ihm einen begehrlichen Blick zu und spreizte die Beine. Robin betrachtete den Anblick, der sich ihm bot, mit mildem Interesse.

»Ich ziehe Frauen mit Temperament vor«, versicherte er ihr, kniete sich vor sie hin, schlang die Arme um sie und hob sie hoch. Sie war klein und stämmig gebaut, ihre üppigen Rundungen preßten sich verlockend gegen seinen Körper. Lächelnd ließ er sie sinken, bis sein hochaufgerichtetes Glied die feuchte Stelle zwischen ihren Beinen berührte.

»Du spielst mit mir«, flüsterte sie schweratmend.

»Ganz recht«, sagte er, mit seinem Tun fortfahrend, bis sie kehlig zu stöhnen begann, sich über die Lippen leckte und darauf wartete, daß er in sie eindrang. Er hielt inne. »Ich spiele mit dir.«

»Jetzt ist es genug.« Nun fuhr ihre Zungenspitze über seine Lippen, sie erforschte gierig seinen Mund, ehe sie keuchte: »Ich will mehr. Ich will alles.« Wortlos begann er, sie weiter zu erregen, fest entschlossen, herauszufinden, an welchem Punkt das Verlangen sie beide überwältigen würde.

Es war eine angenehme Art, sich den Morgen zu vertreiben, und Robin hungerte geradezu nach Ablenkung. Zu viele Gespenster suchten ihn heim, und es gab kaum Wege, sie zu verscheuchen. Doch der Zauber endete, sowie er seine Befriedigung erlangt hatte. Robin erhob sich, um sich an der Waschschüssel zu säubern, und spürte, wie die innere Unrast wieder von ihm Besitz zu ergreifen begann.

Hinter ihm sagte Laurel leise: »Dick, der Sohn des Hufschmieds, hat mich gebeten, seine Frau zu werden.«

»Dann solltest du einwilligen«, antwortete er, ohne zu zögern. »Er ist ein guter Mann.«

»Aber nicht der Mann, den ich will!« fauchte sie. »Was spricht dagegen, daß du mich heiratest, Robin? Du bist kein vornehmer Lord mehr, sondern ein Outlaw, und das wirst du bis ans Ende deiner Tage bleiben.«

»Ein Outlaw ist nicht unbedingt der geeignetste Ehemann, selbst wenn er einst ein Lord war. Wozu soll eine heimliche Hochzeit gut sein? Da bist du als Frau eines Hufschmieds besser aufgehoben.«

Er sammelte seine Kleidungsstücke auf und drehte sich zu ihr um. Mit ihrem kantigen Gesicht und den kräftigen

Augenbrauen war Laurel durchaus hübsch zu nennen, doch sie neigte dazu, oft mürrisch in die Welt zu blicken. Im Moment funkelte sie ihr Gegenüber böse an. »Finde dich lieber mit dem ab, was du heute bist, Robin Hood! Eine Frau von höherem Rang wirst du nie erobern, also gib dich mit mir zufrieden.«

Sie hatte nicht ganz unrecht. Robin hatte bereits flüchtig erwogen, ihr den Gefallen zu tun. Laurel war nicht dumm, und sie brachte ihn oft zum Lachen, doch er liebte sie nicht. Sie hatte von Anfang an gewußt, daß sie nicht die einzige Frau in seinem Leben war, genau wie sie außer ihm noch andere Liebhaber hatte. Ihm war an einer unverbindlichen Affäre gelegen gewesen, von der beide Seiten profitierten. Anfangs war auch alles gutgegangen, doch dann begann Laurel, Besitzansprüche zu stellen. Sie war zu dem Schluß gekommen, daß sie ihn mit Leib und Seele wollte – oder wünschte sich zumindest, daß er sie mit allen Fasern seines Herzens begehrte, und sie dachte, eine Heirat würde dies besiegeln.

»Nein«, sagte er entschieden und hoffte, es würde endgültig klingen. Jetzt zählte ohnehin nur noch wenig in seinem Leben, und er wollte die Leere in seinem Inneren nicht noch vergrößern.

Laurel blickte finster vor sich hin, während er sich rasch ankleidete. Fast rechnete Robin damit, daß sie ihm sagen würde, er solle sich zum Teufel scheren. Er krümmte sich innerlich, schwieg jedoch. Es wäre ein Jammer, eine so wertvolle Spionin, die sich im Haushalt des Sheriffs etabliert hatte, zu verlieren. Auch als Bettgenossin würde sie ihm fehlen, und ihr Onkel, der Braumeister, spielte bei seinen Plänen ebenfalls eine wichtige Rolle. Wenn sie in ihrem Stolz verletzt wurde, mochte Laurel rachsüchtig genug sein, um ihren Onkel gegen ihn aufzuhetzen. Aber Robin sagte trotzdem nichts. Er wollte ihr gegenüber aufrichtig bleiben. Laurel aber zügelte ihre Wut, blickte ihn schmollend an und verzog dann die Lippen zu einem kaum merklichen Lächeln. Wozu ein Feuer löschen, solange es immer noch hell aufflackerte?

Als er sich nähernde Schritte hörte, packte Robin sein

Schwert und bezog an der Tür Posten. Laurel griff nach einer Decke und langte nach ihrem Messer. Robin erkannte das schlurfende Geräusch von Bruder Tucks Sandalen auf dem Weg, doch seine Erleichterung hielt nicht lange an. Ohne triftigen Grund würde Tuck ihn nicht stören. Auf sein vorsichtiges Klopfen hin öffnete er die Tür, und der Mönch schlüpfte in die Hütte. »Was ist passiert?« wollte Robin wissen.

»Ich habe es gerade erst erfahren«, schnaufte Tuck. »Die Männer des Sheriffs haben Muchs Vater festgenommen. Du weißt doch, was für ein gebrechlicher Graubart er ist, trotzdem behaupten sie, er würde für uns arbeiten. Er soll als abschreckendes Beispiel dienen, deshalb haben sie ihn in den Kerker geworfen.«

»Wir können die Burg unmöglich angreifen«, knurrte Robin nachdenklich.

»Der Tunnel ist noch nicht fertig«, mischte sich Laurel ein und zog die Decke höher, als Tuck sie beäugte und dann rot anlief.

»Du willst ihn doch nicht etwa am hellichten Tag benutzen!« Tuck war entsetzt. »Außerdem bleibt nicht genug Zeit, selbst wenn du es wagen würdest. Sie wollen den alten Mann zum Jahrmarkt schaffen und auspeitschen, da sich die halbe Stadt heute dort aufhalten wird.«

»Wieviel Zeit haben wir denn?«

»Ich weiß es nicht, Robin. Vielleicht noch eine Stunde, ehe sie mit der Bestrafung beginnen.«

»Das reicht nicht, um einen Boten ins Lager zu schicken und die Männer herzuholen. Wir müssen ihn alleine befreien.«

»Wir beide?« fragte Tuck erschrocken. »Bist du verrückt geworden, Robin?«

»Little John ist hier, um seine Enkelin zu besuchen. Auch Will Scarlett und Hal Potter halten sich in der Nähe auf. Das muß reichen.«

»Es reicht, um uns alle an den Galgen zu bringen«, entgegnete der Mönch ängstlich.

»Was hast du vor, Robin?« fragte Laurel.

»Ich habe noch keinen Plan.«

Er gab Laurel einen flüchtigen Abschiedskuß, den sie leidenschaftlich erwiderte. Als er mit Tuck die Hütte verließ, erspähte Robin einen kleinen, robusten Karren, der langsam die Straße entlangrumpelte. Als das Gefährt näherkam, erkannte er, daß es einem Metzger gehörte, einem jungen Burschen mit lederner Schürze und einer hellroten Kappe. »Warte hier«, wies er Tuck an und lief los, um den Karren anzuhalten.

»Wieviel verlangst du für deinen Karren, deine Ware und dein Pferd, guter Mann?« fragte er.

Der Metzger musterte ihn mißtrauisch, da er eine Falle witterte. »Wieviel?« wiederholte er, im Geiste seine Würste zählend.

»Nenn einen fairen Preis, und ich schlage ein«, lockte Robin ihn. Wenn der Bursche nicht bald auf den Handel einging, würde er ihn berauben, statt ihn zu bezahlen.

»Vier Silbermünzen?« schlug dieser schließlich zaghaft vor. »Das ist er wert, wenn Ihr alles Fleisch verkauft.«

»Ich gebe dir sechs Silbermünzen«, lachte Robin, was den Metzger endgültig davon überzeugte, daß er es mit einem Wahnsinnigen zu tun hatte. »Aber ich will auch deine Kleider. Besonders diese Kappe hat es mir angetan.«

»Sechs Silbermünzen!« Als er sah, daß das Silber echt war, konnte Robin den jungen Mann nur mühsam davon abhalten, vor Freude auf der Straße herumzutanzen. Robin wechselte die Kleidung und schickte den Mann seiner Wege.

Dann kletterte er selbst auf den Karren und lenkte ihn zu Laurels Haus. Sie empfing ihn an der Tür und reichte ihm ein Bündel mit Brot und Käse, über das sich Tuck sofort hermachte. Robin begutachtete seine Neuerwerbung zufrieden und übergab Laurel den alten Klepper des Metzgers, dann pfiff er sein Pferd herbei und legte ihm das Geschirr an. »Du bist entschieden zu schön«, teilte er dem Rotfuchs mit einem bekümmerten Kopfschütteln mit. Wie zur Bestätigung schnaubte das Tier leise, und Robin mußte lachen. Mit beiden Händen kehrte er Staub und Straßenschmutz zusammen und rieb ihn in das schimmernde Fell. »Wir müssen eben beide unsere Rolle so gut wie möglich spielen. Also streng dich an, wie ein heruntergekommener alter Gaul zu wirken, Jester.«

6. Kapitel

Der Besuch des Jahrmarkts erwies sich als ausgesprochen angenehmer Ausflug. Mitten unter die Angehörigen der oberen und niedrigeren Schichten von Nottingham gemengt, schlenderten Marian und Sir Guy zwischen den Buden und den bunt dekorierten Wagen umher und begutachteten die dort ausgestellten Waren. Auf der weitläufigen Wiese drängelten sich ortsansässige Händler neben denen, die aus Lincoln und aus kleineren Städten angereist waren, um ihre Produkte hier anzubieten. Die Luft war von dem allgegenwärtigen, durchdringenden Geruch von Mist, Abfällen, Kot und Schweiß erfüllt, der durch das warme Wetter noch verstärkt wurde. Darüber lagerte sich jedoch ein sehr viel angenehmerer Duft, der von dem an die Wiese anschließenden Waldgebiet kam und einen frischen Wohlgeruch spendete, den die leichte Brise über den Marktplatz wehte. An fahrbaren Garküchen wurde ein Eintopf aus Erbsen, Bohnen und anderen Gemüsen angepriesen, eine billige und nahrhafte Mahlzeit für die, die sich nichts Besseres leisten konnten. Ferner wurden frisch gebackenes Brot, würziger Käse, saftige Früchtekuchen und Ingwergebäck sowie köstlicher Zisterziensermet und herbes Ale feilgeboten. Duftende Sommerblumen schmückten die Stirn fast aller jungen Frauen; die kostspieligeren Kränze waren zudem noch mit Satinbändern durchwunden.

Sie blieben stehen, damit Sir Guy einen davon erwerben konnte, ein aufwendiges Geflecht aus hell- und dunkelgrünen Bändern, mit weißen Rosenknospen verziert. Marian dankte ihm. Solche kleinen Aufmerksamkeiten gehörten zu den Gepflogenheiten bei Hof und wurden von den Damen erwartet, doch ihr gefiel der hübsche Kranz wirklich gut, und sie mochte die Art, wie er ihn ihr eigenhändig auf den Kopf setzte und dann ihr Haar zurückstrich. Gemeinsam gingen sie weiter und betrachteten die Stände. Einer von Sir Guys Gefolgsmännern sowie einer von Marians eigenen Leuten folgten ihnen in einigem Abstand. Der Jahrmarkt hatte außer Speisen und handwerklichen Erzeugnissen noch andere Attraktionen zu bieten, die die Menschen anlockten. Am Ende der Wiese fanden Ringkämpfe und Wettbewerbe im Bogenschießen statt. Jede freie Fläche zwischen den Zelten und Marktständen nutzten Akrobaten und Jongleure, um ihre komplizierten Kunststücke vorzuführen und die Kupfermünzen, die ihnen hingeworfen wurden, geschickt aufzufangen, doch Marian entdeckte keinen, dessen Geschick an das von Lady Alix' Zwerg heranreichte. Minnesänger trugen ihre Balladen vor, aber keiner sang so süß und rein wie ihr Troubadour, Alan a Dale.

Nachdem sie die Stände einiger Tuchhändler inspiziert hatte, wählte Marian einen weichen, blau-violetten Brokatstoff für die Tunika aus, die sie Alan versprochen hatte, und ließ ihn zur Burg schicken. Weitere Einkäufe beabsichtigte sie nicht zu tätigen, denn sie wollte sich lieber die Örtlichkeiten genauer ansehen und mehr über Guy von Guisbourne erfahren. In letzterem Punkt war sie bislang nicht sonderlich erfolgreich gewesen. Ihre sorgsam gewählten unverfänglichen Fragen waren höflich, jedoch vage beantwortet und dann mit einer Gegenfrage pariert worden, welche Marian nicht mit der gleichen Leichtigkeit zu umgehen vermochte. Geheimniskrämerei schien ihrem Begleiter offensichtlich zur zweiten Natur geworden zu sein. Für den Augenblick unterdrückte sie den Impuls, diese glatte Fassade zu durchbrechen, allerdings nicht, weil es ihr widerstrebte, noch weiterzubohren, sondern weil sie fürchtete, sein Mißtrauen zu erregen. Entmutigt blieb sie beim Stand eines Handschuhmachers stehen, doch ein oberflächlicher Blick genügte, um festzustellen, daß die Nähte unsauber ausgeführt worden waren. Sie legte die Handschuhe wieder fort und schlenderte weiter, an Auslagen verschiedenartigster Lederwaren vorbei.

»Eine armselige Auswahl, verglichen mit den Märkten von London und Paris«, bemerkte Guisbourne, während sie sich an den Buden zweier Schuhmacher vorbeischlängelten, wobei jeder der beiden Männer ihnen ein Paar weicher Lederslipper hinhielt. Seine Gesprächsthemen wechselten bewußt zwischen solch unverbindlichen Bemerkungen und gezielten Fragen hinsichtlich ihres Lebens bei den Großeltern und ihrer Eindrücke vom französischen Hof.

»In diesen Städten findet man sicherlich ein vielseitigeres Angebot und mehr Waren von gehobener Qualität. Aber es gibt überall gute Handwerker«, gab Marian zurück. »Ich habe vorhin sehr schöne purpurrot und grün gefärbte Wolle aus Lincoln gesehen, der Goldschmied in der zweiten Reihe ist ein wahrer Künstler, und die geschnitzten Schalen dort drüben sind herrlich gearbeitet. Außerdem bin ich davon überzeugt, daß der alte Mann ganz am Ende des Marktes, der Pfeile herstellt und befiedert, über größeres Geschick verfügt als all jene, die ich in London gesehen habe. Seine Pfeile werden ihr Ziel sicher nicht verfehlen.«

»Sie sind gut«, stimmte er zu. »Euer Auge ist unbestechlich, Lady Marian.«

»Ich habe nahezu zehn Jahre im Norden, nahe der schottischen Grenze gelebt, Sir Guy. Mein Großvater sorgte dafür, daß ich neben den üblichen weiblichen Fertigkeiten auch lernte, mich zu verteidigen, falls eine unserer Stellungen angegriffen werden sollte. Ich bin durchaus imstande, gute Waffen zu erkennen, wenn ich sie zu Gesicht bekomme.«

»Und wißt Ihr sie auch zu gebrauchen? Ich hörte, daß William von Norford die Frauen seiner Familie das Kämpfen lehrte.«

»Ihr habt solch bizarren Gerüchten natürlich keinen Glauben geschenkt.«

»Meine Ungläubigkeit beschämt mich nun, Lady Marian«, erwiderte Guisbourne, »da ich inzwischen vermute, daß ihr tatsächlich von einem Geschlecht der Amazonen abstammt.«

Während ihres Aufenthaltes in Frankreich, wo sie ihre Rachepläne geschmiedet hatte, war Marian darauf bedacht gewesen, ihr Geschick im Umgang mit Waffen geheimzuhalten und hatte darauf gebaut, daß ihre Familie dort nicht bekannt genug war, um derartige Mutmaßungen aufkommen zu lassen. Doch nun, da sie wieder in England lebte, war eine andere Art von Tarnung angebracht. Guy von Guisbourne stellte Fragen, auf die er die Antwort bereits kennen konnte. Dies war ein Mann, dessen ungezwungener Charme leicht in unterschwellige Drohungen umschlagen mochte, sollte er zu viele falsche Untertöne wittern – ein Mann, der zwar eventuell die Verstellungskunst seines Widersachers zu würdigen wußte, einen Betrug jedoch nicht ungestraft durchgehen lassen würde. Marian hatte bereits beschlossen, nur dann zu Lügen zu greifen, wenn es unabdinglich notwendig war, und sich im übrigen so eng wie möglich an die Wahrheit zu halten.

»Meine Großmutter kann mit Fug und Recht den Titel einer Amazone für sich beanspruchen. Es stimmt, daß sie an einem Kreuzzug teilgenommen und dort ihr Talent im Gebrauch von Waffen entdeckt hat; eine Gabe, die mein Großvater bewunderte und förderte. Es ist gleichfalls richtig, daß meine Mutter weder die Neigung noch das Geschick dazu zeigte. Ich dagegen stehe irgendwo zwischen den beiden. Ich bin stolz darauf, einen Bogen gut zu handhaben, aber ich bin gewiß nicht die einzige Frau, die sich darauf versteht. Zudem kann ich mit einem Messer oder einem Dolch umgehen, was schon ungewöhnlicher ist. Abgesehen davon ...« Sie zuckte die Achseln. »Obwohl mein Großvater sich redlich bemühte, mir die Grundbegriffe des Kampfes mit dem Kurzschwert beizubringen, bin ich kläglich gescheitert. Und was die Lanze oder den Pallasch betrifft, nun, so versichere ich Euch, daß ich nicht die Absicht hege, in einem Turnier anzutreten, Sir Guy.«

»Solltet Ihr je Eure Meinung ändern, werde ich Euch bitten, mein Zeichen zu tragen.«

»Wollt Ihr vielleicht Euren Handschuh an meinem Helm befestigen?« fragte sie zurück.

»Es müßte ein karminroter Panzerhandschuh sein, stolz leuchtend wie ein Hahnenkamm«, scherzte er und fügte, sie zur Seite ziehend, hinzu: »Laßt uns hier entlanggehen.« Wenn sie für seine Signale nicht so empfänglich gewesen wäre, dann hätte sie die leichte Beschleunigung seines Schrittes und den kaum merklichen Druck seiner Finger auf ihrem Arm vielleicht nicht bemerkt. So aber warf sie einen verstohlenen Blick auf sein Gesicht, spähte dann vorsichtig über seine Schulter und entdeckte Lady Alix, die gerade einen Ballen schimmernder Seide prüfend musterte. Unwillkürlich empfand sie einen Anflug tiefster Befriedigung darüber, die sinnliche Witwe zumindest vorübergehend ausgestochen zu haben.

»Seid Ihr sicher, daß Ihr nicht an einem Turnier teilnehmen wollt, Lady Marian?« fragte Sir Guy und schob sie, als sei dies von vornherein seine Absicht gewesen, auf den Stand eines Waffenschmiedes zu, der eine kleine, jedoch erlesene Auswahl bereithielt. »Allein um des Besitzes einer dieser Klingen willen würde es sich lohnen, Eure Geschicklichkeit im Umgang mit dem Schwert zu verfeinern.«

Da es auf seine Anregung hin geschah, gestattete sie es sich stehenzubleiben und die exzellente Handwerkskunst zu bewundern. Der Händler hatte zwei mit feiner dunkelroter Wolle bedeckte Tische aufgebaut. Auf dem ersten lagen drei Schwerter – ein sich verjüngendes Langschwert, ein gebogenes orientalisches Krummschwert und ein zweischneidiger Säbel. Sir Guy streckte die Hand aus und berührte die Waffen eine nach der anderen, und Marian stellte zu ihrer Überraschung fest, daß sie den Anblick dieser schöngeformten, kräftigen Hände, die über die Schwerter strichen, mit allen Sinnen auskostete.

»Ein prachtvolles Stück.« Sir Guy hob das Krummschwert und ließ es durch die Luft wirbeln.

»Da muß ich Euch zustimmen.«

Neben den Schwertern waren noch zahlreiche Dolche ausgestellt. Marian nahm an, daß der Waffenschmied aus London stammte, da er neben den gebräuchlichen Klingen auch einige exotische Versionen anbot, die sie noch nie zuvor gesehen hatte. Sie nahm ein aus einem durchsichtigen grünen Stein gefertigtes Messer zur Hand, dessen Griff einem Drachen nachgeformt war. Ein herrliches Stück Arbeit, jedoch schlecht ausbalanciert; der Griff war offenbar von einem Künstler mit wenig Ahnung von Waffen gestaltet worden. Es taugte nur zur Zierde. Marian legte es beiseite und untersuchte ein anderes. Sacht fuhr sie mit den Fingerspitzen über das kunstvoll geschnitzte elfenbeinerne Heft mit einer Einlegearbeit aus Gold. Das geometrische Muster wiederholte sich in der mit Gold überzogenen Lederscheide. Als sie den Dolch herauszog, stellte sie fest, daß die Klinge aus bestem sarazenischen Stahl geschmiedet war; ebenso schön wie tödlich. Sie hob die Waffe an und fühlte, wie sich das Heft förmlich in ihre Handfläche schmiegte, als würde es dorthin – und nur dorthin – gehören.

Langsam schob Marian den Dolch in die Scheide zurück und legte ihn an seinen Platz. Er war zu kostbar, um ihn aus einer Laune heraus zu erstehen, außerdem fürchtete sie, der Wunsch, ihn zu besitzen, könne ihr mittlerweile allzu deutlich im Gesicht geschrieben stehen. Der Messerschmied, der ihre Geste falsch gedeutet hatte, bot ihr ein kleines, zum Schneiden von Fleisch geeignetes Messer an, dessen Griff mit hübschen, aber minderwertigen Achaten besetzt war. Aus Höflichkeit lobte sie die Arbeit.

»Ich kann jeden Stein verwenden, den Ihr wünscht – Granat, Smaragd, Rubin – und ich kann Euch auch eine passende Scheide anfertigen. Ein würdiges Schmuckstück für eine so schöne Lady.«

Mit einem bedauernden Lächeln schüttelte Marian den Kopf und ging mit Sir Guy an ihrer Seite weiter.

»Es gibt soviele Legenden über Euren Großvater.« Guisbourne nahm das Gespräch an dem Punkt wieder auf, der ihm den größten Nutzen brachte, bemerkte Marian. Offenbar wollte er Informationen über einen Mann sammeln, der ihm sowohl zum bedeutenden politischen Gegner als auch zum mächtigen Verbündeten werden konnte. »Da fällt es schwer, die Wahrheit von der Fantasie zu trennen.«

»Mein Großvater kann weder fliegen«, versicherte ihm Marian betont ernsthaft, »noch ist er imstande, mit einem einzigen Schritt über eine Schlucht zu gehen.«

»Es betrübt mich, abermals einer Illusion beraubt zu werden«, feixte Guisbourne.

»Hingegen ist es richtig, daß er sechs Fuß und drei Zoll mißt. Ich habe in meinem Leben nur einen oder zwei Männer gesehen, die ihn überragten«, sagte sie, wobei ihr plötzlich der dunkle, schweigsame Riese, der in den Diensten Robin Hoods stand, in den Sinn kam. »Und seine Körperkraft entspricht seiner Größe.«

»Also ist er sogar größer als der König. Sehr beeindruckend. Allerdings bin ich nicht sonderlich überrascht. William von Norford ist für seine Tapferkeit bekannt ... fast ebensosehr wie für seine Loyalität.«

Nach den offenkundig zur Schau getragenen Intrigenspielen beim gestrigen Mahl sah sie keine Veranlassung, seine Anspielung zu ignorieren.

»Mein Großvater wird König Richard stets die Treue halten, so wie vormals König Henry. Und er wird in dieser Treue nie wankend werden.« Stolz schwang in ihrer Stimme mit, dann hielt sie inne und sprach zögernd weiter: »Aber obwohl er stolz darauf ist, ein Ehrenmann zu sein, so denkt er doch auch praktisch. Da der König in Gefangenschaft geraten ist, überlegt natürlich jedermann in England, was wohl geschieht, wenn er nicht zurückkehrt, selbst wenn das Lösegeld entrichtet wird.«

»Die Zukunft liegt tatsächlich im Ungewissen«, sagte Sir Guy mit der Andeutung eines Lächelns. »Es ist stets ratsam, mehrere Möglichkeiten in Betracht zu ziehen.«

Marian schwieg einen Moment, ehe sie weitersprach. Sie wollte die Wahrheit so ausdrücken, daß sie als schlichter Idealismus einer dem Großvater ergebenen Enkelin ausgelegt werden konnte, und gleichzeitig eine latente Besorgnis durchklingen lassen, aufgrund derer sie sich als Mittelsmann in dem Komplott, welches der Sheriff und Guisbourne ausheckten, anbot. »Mein Großvater wird dem rechtmäßigen König immer treu dienen«, wiederholte sie schließlich. »Sicherlich ist eine solche Ergebenheit ein Preis, der das Warten lohnt.«

»Zweifellos, obwohl ich sagen würde, seine Enkelin ist

der wahrhaft erstrebenswerte Preis«, erwiderte Sir Guy glatt. Dann, als die Yeomen von Nottingham in Sicht kamen, folgte eine weitaus erstaunlichere Bemerkung auf die oberflächliche Galanterie. »Ihr sagtet, Ihr hättet einige Erfahrung im Umgang mit dem Bogen. Wollt Ihr es mir beweisen?«

»Sehr gerne.« Die Zustimmung erfolgte prompt, obwohl sie zwischen Stolz und Widerstreben hin- und hergerissen wurde. Er führte sie weiter, zu der Stelle, wo sich die Bogenschützen von nah und fern versammelt hatten. Um ihr Können zu testen, hatten sie eine Reihe von Zielscheiben an Strohballen befestigt, und während Marian sich umsah, rannte eine Horde halbwüchsiger Burschen los, um die Scheiben ein Stück weiter nach hinten zu schieben. Guisbournes Augen wurden schmal, und Marian erkannte, daß er Vermutungen hinsichtlich ihrer Fähigkeiten anstellte. Als er sie anblickte, bat sie ihn, einen Bogen für sie auszusuchen. Er nickte, und sie war dankbar dafür, daß er ihre Aufforderung als Zusicherung, weder sich selbst noch ihn zu beschämen, auffaßte.

Nun, da ihre Absicht klar zutage trat, wichen die Yeomen ein Stück zurück und ließen Guisbourne einige der annehmbar aussehenden Kurzbogen prüfen. Er suchte einen aus und bezahlte den Besitzer dafür, daß sie ihn benutzen durfte. Der Bogen war leichter, als sie es gewohnt war, dennoch eine gute Wahl, denn er bestand aus biegsamem Holz und war straff gespannt. Sir Guy beobachtete sie, als sie den Bogen testete. Sie konnte sehen, daß ihn die ungewöhnliche Situation belustigte und ihm einen gewissen Nervenkitzel bereitete, doch wenn er sich auch seiner eigenen Überlegenheit sicher war, so zeigte er sich weder abschätzig noch feindselig, wie viele der Umstehenden. Trotzdem hätte keiner der Männer es gewagt, ihr den Schuß zu verwehren, zumal sie sich in so ranghoher Begleitung befand.

Es war eine gute Möglichkeit, ihr Können auf die Probe zu stellen. Marian wollte weder ihre wahren Fertigkeiten enthüllen noch in Verdacht geraten, sich zu verstellen. Sie konzentrierte sich auf das Ziel und spannte die Sehne, wobei sie den Ellbogen absichtlich ein wenig zu hoch hielt. Der erste Pfeil landete weit neben der Scheibe im Stroh, und sie zischte ungehalten durch die Zähne. »So schlecht schieße ich nur selten«, meinte sie, was absolut der Wahrheit entsprach. Die nächsten Pfeile trafen den äußersten Ring der Scheibe, die letzten beiden beinahe ins Zentrum. Vor Freude darüber, genau das erreicht zu haben, was sie beabsichtigt hatte, errötete sie leicht und wandte sich zu Sir Guy. Sollte er doch denken, sie sei auf diese mittelmäßige Vorstellung stolz. Für eine Frau war die Leistung recht beachtlich und verdiente ein Lob.

Er nickte, offenbar nicht verblüfft, sondern angemessen beeindruckt.

»Mein Großvater trifft mit jedem Schuß ins Schwarze, Mylord«, prahlte sie, da sie der Versuchung nicht widerstehen konnte, ihn herauszufordern.

Lächelnd nahm er die Herausforderung an, griff nach einem schwereren Bogen und schickte drei Pfeile ins Zentrum der Scheibe.

»Jetzt auf die doppelte Entfernung«, fügte sie gelassen hinzu, denn das entsprach ihrem eigenen Limit.

»So scharf sind meine Augen nicht«, lachte er. »Noch einmal die Hälfte, ja, aber auf die doppelte Entfernung lenkt Glück und nicht Können die Pfeile.« Er beugte sich näher zu ihr. »Was jedoch den Kampf mit dem Schwert angeht, so kann ich es mit jedem Gegner aufnehmen.«

Ein rauher Unterton hatte sich in seine Stimme geschlichen, der ihre Sinne erregte. Sie bezweifelte nicht, daß er mit der tödlichen Klinge umzugehen wußte. »Euer Schwert ist mir zu scharf«, spottete sie, obwohl sie nicht zu Scherzen aufgelegt war.

»Es braucht eine passende Hülle.«

Er ergriff ihre Hand, nahm ihre Finger in die seinen und hauchte einen Kuß auf ihre Knöchel; zu zart, um lüstern zu wirken, doch intensiv genug, um als etwas anderes als eine erotische Aufforderung verstanden zu werden. Die seidige Beschaffenheit seines Bartes bildete einen prickelnden Kontrast zu seinen weichen Lippen, die sich wie ein glühendes Siegel auf ihre Haut preßten.

Er hob den Kopf, und ihre Blicke trafen sich. Jenes Feuer, was Lady Alix verwehrt geblieben war, loderte nun in seinen Augen auf. Doch vielleicht hatte es ja auch einst für diese Dame gebrannt, bis sie sich ergeben hatte. Für manche Männer lag der ganze Reiz in der Eroberung einer Frau. Hatte er sein Ziel erreicht, erlosch die Glut. Auch für Guisbourne mochte die Jagd mehr zählen als das Erlegen des Wildes.

Bewußt vermied sie es, seinem Blick auszuweichen, und zwang sich, langsamer zu atmen. Sie war mit den Finessen erotischer Verführungskünste vom französischen Hof her wohlvertraut, hatte Erfahrung im belanglosen Geplänkel, verstand es, mit den Augen Einladungen abzuwehren oder herauszufordern, obwohl sie in dem Ruf stand, eine spitze Zunge zu besitzen. Woran sie nicht gewöhnt war, waren die Gefühle und das Begehren, Empfindungen mit denen sie bisher bewußt gespielt hatte, und die sie nun bei sich selbst erlebte. Um ihre Rolle erfolgreich spielen zu können, durfte sie Sir Guy weder zu schroff abweisen noch ihn zu sehr ermutigen. Doch tief in ihrem Inneren hatte sich ein kleiner Funke der Leidenschaft entzündet. Verärgert wurde sich Marian bewußt, daß sie aufgrund der starken Anziehungskraft, die er ausstrahlte, ihr rationales Denkvermögen von ihren eigenen geheimsten Wünschen beeinflussen ließ. In der jetzigen Situation mit einer unverfänglichen Neckerei zu reagieren, würde sie tollpatschig und ungeschickt erscheinen lassen, also antwortete sie mit beredtem Schweigen und einem vielsagenden Lächeln.

Er gab ihre Hand frei, und Marian sah, daß er seine Aufmerksamkeit auf jemanden hinter ihr richtete. Sie hatte nicht bemerkt, daß Sir Guys Leibwächter sich davongestohlen hatte, aber nun kehrte dieser mit einem in Gamsleder gewickelten Gegenstand zurück. Er reichte Guisbourne das Päckchen, und dieser drehte sich zu ihr um und hielt es ihr hin. »Für Euch«, sagte er schlicht.

Als sie das Geschenk entgegennahm, wußte sie, um was es sich handelte. Gewicht und Form verrieten es ihr. Seltsamerweise überkam sie eine Welle von Scham darüber, ihn mit ihrer erbärmlichen Vorstellung beim Bogenschießen getäuscht zu haben. Langsam wickelte sie das lederne Päckchen auf und entnahm ihm den Sarazenendolch in seiner vergoldeten Scheide.

»Habe ich gut gewählt?« erkundigte er sich.

»Mylord, Ihr seid bei weitem zu großzügig gewesen«, gab Marian zurück. Der Kranz war eine Sache. Es gehörte bei Hof zum guten Ton, den Damen hübsche Nichtigkeiten zu verehren. Doch der Dolch stellte für eine so kurze Bekanntschaft ein entschieden zu kostspieliges Geschenk dar, und sie bezweifelte, daß Guisbourne ein Mann war, der sich ohne Hintergedanken großzügig zeigte.

»Macht mir die Freude und nehmt es an, Lady Marian. Noch nicht einmal die Edelsteine des Goldschmieds haben ein solch verzehrendes Feuer in Euren Augen entfachen können.« Ein entschuldigendes Lächeln milderte die Intensität seiner Worte, doch seine goldenen Augen bohrten sich mit sengender Glut in die ihren.

Er war nicht so dumm zu denken, er könne ihre Gunst erkaufen. Falls er dies versuchen sollte, würde sie ihm sein Geschenk vor die Füße werfen. Obwohl der Dolch zweifellos sehr teuer gewesen war, machte nicht sein Wert den Reiz für sie aus – wie es bei einer Frau vom Schlage Lady Alix' der Fall gewesen wäre. Der Reiz – und die Bedrohung – lagen darin, daß er ihr Verlangen, den Dolch zu besitzen, erkannt und es gestillt hatte.

Das Geschenk anzunehmen war unklug. Es abzulehnen kam jedoch Feigheit gleich. »Ich danke Euch«, sagte sie schließlich, auf überschwengliche Floskeln verzichtend. »Ihr habt ausgezeichnet gewählt.«

Marian befestigte die Scheide an ihrem Gürtel. »Es paßt noch besser zu Euch als das juwelenbesetzte Fleischmesser«, erklärte Sir Guy wohlwollend.

Marian, die sich an das Gewicht der Waffe an ihrer Seite noch nicht gewöhnt hatte, empfand den Druck gegen ihren Oberschenkel als seltsam intim, allerdings nur, weil es sich um ein Geschenk von ihm handelte. Er brachte eine tief in ihrem Inneren verborgene Saite zum Klingen, so daß sie unwillkürlich daran dachte, wie es wohl sein mochte, mit einem solchen Mann verheiratet zu sein. Allerdings fragte sie sich insgeheim, inwieweit wohl das Verhalten des Ehemannes dem des Verführers glich. Guy von Guisbourne war ein Mann, der beherrschen wollte, was er zu besitzen meinte, und so könnten sich seine unausgesprochenen Versprechungen himmlischer Freuden schnell in eine Hölle auf Erden verwandeln.

»Wünscht Ihr noch irgend etwas einzukaufen, ehe wir zurückkehren?« fragte Sir Guy, als sie weitergingen.

So bald schon? Sie hatten noch längst nicht alles gesehen, und Marian überlegte, was ihn wohl zur Burg zurückziehen mochte. Nach kurzem Nachdenken entschloß sie sich, ihren Aufenthalt noch in die Länge zu ziehen. »Ja, eine der geschnitzten Holzschalen«, erwiderte sie leichthin. »Die mit dem Jagdmuster – für meine Großeltern.«

»Natürlich.« Sie meinte, ein unwilliges Zögern in seiner Antwort zu hören.

Sie drehten sich um und gingen eine andere Reihe hinunter. Obgleich es nach außen hin so wirkte, als schlenderten sie gemächlich dahin, bemerkte Marian, daß sein Schritt sie nicht zum Verweilen ermutigte. Als sie die Hälfte des Weges zurückgelegt hatten, erregte ein Geräusch Marians Aufmerksamkeit. Sie schaute in die betreffende Richtung und sah, daß am Ende des Durchganges eilig ein hölzernes Podest errichtet wurde. Das Gehämmer ging im Lärm der Menge beinahe unter. Auf den ersten Blick hielt sie das Gebilde für eine kleine Bühne, auf der Musiker und Akrobaten auftreten sollten. Dann aber teilte sich die Menge plötzlich, so daß sie den Pfahl erkennen konnte, der in der Mitte aufgestellt wurde. Ein halbes Dutzend Wachposten lungerte am Fuß der Bühne herum, und einer von ihnen wies gerade einen Zimmermann an, den Pfahl zu befestigen. Der Druck von Sir Guys Hand auf ihrem Arm verstärkte sich kaum merklich, und er versuchte, sie unauffällig vom Ort des Geschehens wegzudirigieren. »Das müssen wir uns nicht anschauen. Ich wollte den Jahrmarkt verlassen, ehe sie beginnen.«

»Findet eine öffentliche Auspeitschung statt?« fragte sie und blieb absichtlich stehen.

»Es wurde heute morgen beschlossen, nachdem ich Euch gebeten habe, mit mir hierher zu kommen.« Guisbourne runzelte die Stirn. Er machte sich nicht die Mühe, sein Unbehagen zu verbergen, obwohl sein Blick auf das Podest und nicht auf sie gerichtet war. Er holte einmal tief Atem, ehe er in seinem üblichen leichten Ton fortfuhr: »Der Bischof von Buxton war der Meinung, jemand sollte für die ihm zugefügte Demütigung bezahlen.«

»Und wer ist dieser Jemand?«

»Der Müller. Sein Sohn gehört zu den Outlaws von Sherwood.«

»Der Vater unterstützt sie demnach?«

»Wir haben ihn eine Zeitlang beobachten lassen. Wenn der alte Mann nicht ein ausgezeichneter Schauspieler ist, dann schämt er sich seines Sohnes.« Guisbourne lächelte kalt. »Der Sheriff konnte in der kurzen Zeit kein besseres Opfer auftreiben.«

»Ihr glaubt, diese Vorgehensweise wird Unfrieden stiften«, stellte Marian fest.

»Ich bin mir dessen sicher«, entgegnete er, wobei sein Blick über die unruhige Menge schweifte. »Derart drakonische Strafmaßnahmen ziehen immer ein beträchtliches Publikum an, doch die festliche Stimmung des Jahrmarktes wird durch eine so abrupte Unterbrechung empfindlich gestört werden. Zeitpunkt und Ort sind denkbar schlecht gewählt, und das Ganze wird weder als Warnung noch zur Unterhaltung dienen.«

Marian fragte sich, ob der Sheriff wohl Guisbournes Rat in den Wind geschlagen oder ihn erst gar nicht eingeholt hatte. »Der Müller ist ein alter Mann, sagt Ihr. Wieviele Hiebe hat der Sheriff denn befohlen?«

»Zwanzig.«

»Dann wird er vermutlich daran sterben.«

»Ich glaube, das liegt auch in der Absicht des Bischofs.«

»Er schätzt den Wert seiner Würde sehr hoch ein«, sagte Marian trocken. »Ich dachte, der Sheriff hätte sich bereiterklärt, ihm den Verlust zu ersetzen? Reichte ihm diese Entschädigung nicht aus?«

»Ich fürchte, der Sheriff hat gar zu sehr mit ihm gefeilscht.« Guisbourne drehte sich zu ihr um, und seine bernsteinfarbenen Augen glitzerten ironisch. »Was zur Folge hatte, daß sich der geistliche Herr gewaltig geärgert und daraufhin seinen Preis erhöht hat, woraufhin Sir Godfreys Verstimmung im gleichen Maße wuchs.«

»Also zahlt der Müller den Preis für die Launen der beiden Männer.«

»Jegliche Verbindung mit den Outlaws wird streng bestraft, und ausgepeitscht zu werden ist immer noch ein gnädigeres Schicksal als in die Hände des Folterknechts zu fallen«, erwiderte Guisbourne grimmig. »Laßt uns gehen. Ich bezweifle, daß Ihr dieses Schauspiel genießen würdet.«

»Wohl kaum«, stimmte sie zu, obwohl sie noch geblieben wäre, um sich ein Bild von der Stimmung unter den Leuten zu machen. Aber Guisbourne war offenkundig viel daran gelegen, den Jahrmarkt zu verlassen. Er führte sie einen anderen Gang entlang, fort von dem Podest. Hielt er es für gefährlich, länger hierzubleiben? Offenbar wußte noch nicht jeder Besucher des Marktes von der bevorstehenden Auspeitschung, doch die Nachricht davon verbreitete sich in Windeseile. Marian bemerkte, daß die Menge eher ruhiger als aufgeregter zu werden schien. Niemand war übermäßig daran interessiert, sich an den Qualen des Gefangenen zu weiden. Diejenigen, für die der Müller ein Fremder war, verhielten sich abwartend, diejenigen, die ihn kannten, feindselig.

Als sie sich dem Ende des Ganges näherten, schlug ihnen widersinnigerweise lautes Gelächter entgegen. Vor ihnen hatte sich eine kleine Gruppe von Menschen versammelt, aus der sich gerade zwei Frauen lösten und auf sie zukamen, ohne von den Ereignissen am anderen Ende des Jahrmarktes Kenntnis zu nehmen.

»Dieser Metzger muß plötzlich den Verstand verloren haben«, kreischte die eine ihrer Begleiterin ins Ohr. »Uns Fleisch im Wert von drei Pennies für nur einen zu geben!«

»Ich wünschte, ich wäre noch ein junges Mädchen und könnte es umsonst bekommen«, kicherte die andere. »Glaub mir, ich würde auch lieber mit einem Kuß als mit einem Penny bezahlen – besonders bei einem so hübschen Burschen wie dem. Dessen Würstchen würd' ich mir gerne mal schmecken lassen.«

»Schäm dich! Dein Mann würde dir die Ohren langziehen, wenn er dich so reden hörte.«

»Ihm gegenüber würde ich so etwas natürlich nie erwähnen, und du solltest es besser auch nicht tun«, drohte die erste. »Also, wo wollen wir unsere gesparten Pennies verprassen?«

Als sie sich umsah, erblickte die Sprecherin Sir Guy und Marian und trat ehrerbietig beiseite. Auch der Rest der Gruppe gab den Weg frei, so daß der Wagen, hinter dem ein Pferd angebunden war, sichtbar wurde. Davor war ein Tisch aufgebaut, auf welchem der Metzger seine Ware nebst Beil und verschiedenen Fleischermessern arrangiert hatte. Ein bildhübsches junges Ding mit lockigem roten Haar und heller, sommersprossenübersäter Haut stand unschlüssig vor dem Tisch, während die jubelnde Menge sie anfeuerte, auf das Angebot des Metzgers einzugehen. Sie nahm all ihren Mut zusammen und deutete auf ein saftiges Stück Kalbfleisch, welches der Metzger geschickt verpackte und vor sie auf den Tisch legte. Sie zögerte, dann beugte sie sich vor und spitzte leicht die Lippen.

Der Metzger langte über den Tisch, nahm das Gesicht des Mädchens in beide Hände und preßte seinen Mund auf den ihren, um sie lange und intensiv zu küssen.

Die Umstehenden verfolgten das Geschehen grinsend und applaudierten dann begeistert. Als er sie freigab, blieb das Mädchen zunächst schwankend stehen, offenbar war sie von der Heftigkeit des Kusses noch benommen. Der Metzger ließ das Päckchen mit dem Fleisch in ihren Korb gleiten, und sie wandte sich mit hochroten Wangen ab, Ihre Augen glitzerten ob ihres eigenen Wagemutes. Mit einem vergnügten Lächeln sah der Metzger ihr nach.

Während Marian den Kuß beobachtete, hallte der Schock des Wiedererkennens in ihrem ganzen Körper wider, so, als ob er sie an Stelle des rothaarigen Mädchens in seine lüsterne Umarmung gezogen hätte. Trotz der sackartigen Kleider, der Lederschürze und der Kappe, die sein Haar verbarg, wußte sie anhand der unverschämten Verhaltensweise sofort, wen sie vor sich hatte. Obwohl sie zuerst noch Zweifel hegte, da ihr seine Anwesenheit auf dem Jahrmarkt allzu gewagt erschien, durchzuckte sie die sichere Erkenntnis wie ein Blitz, als sie das Gesicht des Mannes sah. *Robin Hood.* Diese kühn geschwungenen Augenbrauen über den täuschend dunklen Augen, die sie mit spöttischer Vertrautheit anstrahlten, gab es nur einmal auf der Welt. Mit gespielter Unterwürfigkeit tippte er sich an seine Kappe, woraufhin sie den Blick betont ausdruckslos über ihn hingleiten ließ, als sei er wirklich der, in dessen Haut er geschlüpft war; ein Metzger mit Augen, die sich unauslöschlich in ihr Gedächtnis eingebrannt hatten. Auf seinem Gesicht zeichnete sich einen Moment lang Verwirrung ab, die rasch von demselben leeren Ausdruck, den sie zur Schau trug, abgelöst wurde.

Er hätte wie ein von Hunden gehetzter Fuchs auf der Flucht sein sollen. Statt dessen begann er, in einem heiseren, gewöhnlichen Dialekt seine Waren anzupreisen, die er mit absonderlichen Preisen versehen hatte. Eine Dame von Stand müsse nur einen Penny für Fleisch im dreifachen Wert entrichten, verkündete er, wohingegen ein geiziger Priester das Dreifache des üblichen Preises zu zahlen habe. Und ein hübsches Mädchen würde, wie ein jeder sehen könne, das beste Fleisch für einen Kuß erhalten.

Marian fiel es entsetzlich schwer, einfach weiterzugehen. Obwohl sie sich über seine anmaßende Frechheit ärgerte, zitterte sie förmlich vor Neugier. Jeder Nerv ihres Körpers war zum Zerreißen gespannt. Warum war er hier? Nur um den Sheriff zu verhöhnen? Um einen Raub zu inszenieren oder einen Anteil an der Beute der Taschendiebe, die den Jahrmarkt heimsuchten, zu fordern? Oder hatte er vor, den Müller zu befreien? Die letzte Möglichkeit war zugleich die interessanteste. Wenn es sich so verhielt, dann hätte sie gerne gewußt, wie er sein Ziel zu erreichen gedachte.

Marian versteifte sich vor Anspannung, als ein weiteres halbes Dutzend Männer des Sheriffs den in Ketten gelegten

Müller brachten. Dieser war ein kleines ältliches Männchen, dessen einstige Körperkraft rasch in Gebrechlichkeit überging. Sie zweifelte nicht daran, daß die zwanzig Hiebe ihn töten würden. Als sie Guisbourne einen verstohlenen Blick zuwarf, entdeckte sie einen Funken von Mitleid in seinen Augen, der aber sofort kalkuliertem Abscheu Platz machte. Marian verfolgte das Herannahen der Prozession mit gemischten Gefühlen. Sie hatte gerade das Podest erreicht, als weiter hinten in der Menge ein schrilles Kreischen ertönte. Jemand schrie mit sich überschlagender Stimme: »Robin Hood!« Als sich alle nach ihm umdrehten, gellte der Mann noch lauter: »Robin Hood! Es ist Robin Hood!«

Der Sprecher, ein rundlicher Mönch, sprang erregt auf und ab und wies anklagend auf den falschen Metzger. Eine Sekunde lang herrschte tiefste Stille, niemand rührte sich, dann setzten sich die Männer des Sheriffs in Bewegung. Mehr als die Hälfte von ihnen sprang von dem Podest, um die Verfolgung aufzunehmen. Sir Guy wirbelte zu seinen Dienern herum und befahl ihnen scharf: »Nehmt ihn fest.« Diese zückten gehorsam ihre Schwerter und stürzten sich auf den Outlaw.

Da seine wahre Identität nun preisgegeben war, handelte Robin Hood blitzschnell. Er packte das Beil und schleuderte es dem ersten von Guisbournes Männern mit solcher Wucht entgegen, daß dieser tödlich getroffen zu Boden sank. Dann zog er ein unter dem Tisch verstecktes Schwert hervor, sprang zurück und stieß den Tisch mit einem Fußtritt um. Das Fleisch fiel zu Boden, und einige der Umstehenden sowie ein paar gierige Hunde beeilten sich, an sich zu raffen, was sie zu fassen bekamen, und verstellten dadurch Sir Guys zweitem Diener den Weg. Der korpulente Mönch stürmte herbei und klammerte sich aufgeregt babbelnd an den fluchenden Wächter. »Der Kerl hat mich in Sherwood ausgeraubt! Ergreift ihn!«

»Wenn Ihr mich nur loslassen würdet!« brüllte der Mann ihn an, stieß den Geistlichen beiseite und bahnte sich rücksichtslos einen Weg durch das Gewühl.

Sir Guy zückte gleichfalls sein Schwert, beteiligte sich jedoch nicht an der Jagd. Er hatte trotz ihrer Fertigkeit im Umgang mit Waffen, die sie ihm kurz zuvor noch bewiesen hatte, nicht die Absicht, sie schutzlos zurückzulassen. »Kommt«, ordnete er an und nahm sie am Arm. »Ich möchte, daß die Yeomen das übernehmen.« Die Männer des Sheriffs waren bereits zu weit verstreut, um formiert zu werden, doch die Bogenschützen konnten zu einer gezielten Aktion eingesetzt werden. Marian folgte ihm bereitwillig. Beide behielten aufmerksam den Outlaw im Auge. Einige der Jahrmarktbesucher beteiligten sich an der Verfolgung, doch die meisten traten zurück und stießen anspornende Rufe aus, wobei unklar blieb, wem ihr Enthusiasmus galt.

Durch den tosenden Lärm hindurch erklang plötzlich schallendes Gelächter, welches Marian als das von Robin Hood erkannte. Sie drehte sich um und sah ihn mit einem Satz auf einen der Wagen springen. Die rote Kappe flog in den Staub, und einen Moment lang glänzte sein helles Haar in der Sonne, ehe er auf die Tische unter ihm sprang. Einen nach dem anderen warf er davon um und benutzte alles, was ihm in die Hände fiel, als Waffe gegen seine Verfolger. Der Mann, der unvermutet vor ihm auftauchte, bekam eine Handvoll Pfeffer vom Stand des Gewürzhändlers ins Gesicht, der nächste wurde mit Keramiktöpfen voll Honig bombardiert, die krachend an seinem Helm zerbrachen. Robin Hood kletterte von einem der Wagen auf das Dach einer solider gebauten Bude, um seine Häscher zu beobachten, die sich durch die Menge kämpften. Marian barst innerlich vor Heiterkeit, während sie versuchte, seinen eigentlichen Plan zu ergründen.

Plötzlich blieb Guisbourne stehen, und sie spürte, wie sich seine Finger in ihren Arm gruben. »Diese Narren«, zischte er erbost. »Merken sie denn nicht, daß er nur den Lockvogel spielt?« Fluchend verstellte er einem der Männer des Sheriffs den Weg und wies ihn an, von der Burg Verstärkung herzubeordern, dann lief er los.

Marian hob ihre Röcke, um mit ihm Schritt halten zu können. Guisbourne hatte recht. Wenn Robin Hood es einfach nur darauf abgesehen hätte, seinen Verfolgern zu entkommen, dann hätte er sich in die umliegenden Wälder geflüchtet. Doch er hielt sich parallel zu dieser verlockenden dichtbelaubten Deckung und verleitete die Männer des Sheriffs dazu, ihm weiter und weiter zu folgen. Als sie ihn trotz seiner Tarnung erkannt hatte, hatte sie keine Furcht in den Augen des Outlaws gelesen, ja, er schien sie fast herausgefordert zu haben, ihn zu verraten. Er konnte jedoch ihre Anwesenheit auf dem Jahrmarkt unmöglich vorausgeahnt haben. Sein auffallendes Benehmen war dazu bestimmt gewesen, die Aufmerksamkeit auf sich zu ziehen und von dem gefangenen Müller abzulenken. Eine erstklassig durchdachte Finte.

Als sie sich nach dem Podest umdrehte, sah sie, daß nur noch vier Männer den alten Mann bewachten. Die meisten hatten sich an der Jagd nach Robin Hood beteiligt. Immerhin schien der Müller sicher in Ketten zu liegen, und Robin Hood war eine weitaus lohnendere Beute. Der Angriff erfolgte innerhalb von Sekunden. Gleichzeitig lösten sich zwei Männer aus der Menge und stürmten auf das Podest zu, und aus dem Wald kam der dunkle Riese gerannt, um ihnen beizustehen. Die bei dem Müller verbliebenen Wachposten wurden blitzschnell überwältigt und unschädlich gemacht, dann warf sich der riesige Mann den gefesselten Müller über die Schulter und lief mit ihm auf den Wald zu. Die anderen Outlaws gaben ihm Rückendeckung.

Als ihnen klarwurde, was hier geschah, zögerten die Wächter, die Robin Hood jagten, da sie nicht sicher waren, ob sie dem Outlaw weiterhin folgen oder lieber versuchen sollten, den entflohenen Müller wieder in ihre Gewalt zu bekommen. Jubelrufe stiegen aus der Menge auf; nun war deutlich zu erkennen, auf welcher Seite die Sympathien lagen. Dann folgte ein Moment fast völliger Stille, ein nahezu greifbares Zittern der Befriedigung durchlief die Umstehenden. Sir Guy, der einsah, daß es unmöglich war, den Müller wieder zu ergreifen, nutzte den Augenblick, um den Männern des Sheriffs zuzubrüllen, sie sollten sich auf Robin Hood konzentrieren. Dessen johlendes Gelächter beantwortete Guisbournes Befehl wie ein unverschämtes Echo. Dann nahmen der Outlaw seine Flucht, die Häscher ihre Verfolgung, die Menge ihren donnernden Beifall wieder auf. Doch Marian bemerkte, daß die Menschen, die zuvor nur erwartungsvoll am Rande gestanden hatten, nun aktiv in das Geschehen eingriffen.

Guisbourne erreichte den Rand des Feldes, wo die Yeomen ihre Wettkämpfe ausgetragen hatten. »Behaltet die Grenzen des Jahrmarkts im Auge. Der Outlaw wird versuchen, sich in den Wald zu schlagen. Zehn Silbermünzen für den, dessen Pfeil ihn niederstreckt.«

Obwohl die Summe, die er genannt hatte, für die meisten der Anwesenden ein kleines Vermögen bedeutete, zeigten sich nur wenige gewillt, es sich zu verdienen. Zwar gehorchten auch die Widerwilligsten unter ihnen seinem Befehl, doch Guisbourne wußte ebensogut wie Marian, daß ihnen nicht zu trauen war.

Es dauerte einige Sekunden, bis sie Robin Hood wieder zu Gesicht bekamen. Er stand zwischen den Verkaufsständen der Weber und Tuchhändler und schleuderte seinen Verfolgern, die ihn anzugreifen versuchten, Stoffballen um Stoffballen entgegen. Bahnen karminroten und safrangelben Satins flatterten durch die Luft und hüllten die beiden Männer, die auf den Geächteten losstürmten, in glänzende Fesseln. Ein Farbenmeer ergoß sich über den lehmigen Boden, als mehr und mehr Bahnen von Wolle und Leinen, schimmernder Seide, Taft und Damast in die Gänge flogen – zuviel, als daß Robin Hood alleine sie geworfen haben konnte. Als der Tumult abebbte, waren der Outlaw verschwunden und die Männer des Sheriffs eifrig damit beschäftigt, auf der Suche nach ihm, Tische umzustürzen und Stände zu durchwühlen.

Die Menge würde ihn nun schützen, dachte Marian, entweder aus Solidarität oder aus Furcht vor Vergeltungsmaßnahmen seitens seiner Anhänger. Suchend blickte Marian zu dem schmalen Streifen Wiesengelände, der zwischen dem Marktplatz und dem schützenden Wald lag, hinüber, doch der Outlaw war noch nicht ins Freie getreten.

Bevor er verschwunden war, hatte Robin Hood kurz die Lage überprüft. Marian nahm an, daß er mehrere Fluchtwege geplant hatte und sich für den entscheiden würde, der am ungefährlichsten oder am leichtesten zugänglich war. Sie hätte jedoch am allerwenigsten damit gerechnet, daß der Outlaw unvermutet unter einem Tisch hervorspringen und direkt vor ihren Füßen landen würde, wobei ihn die Wucht des Sprunges fast aus dem Gleichgewicht brachte. Er fing sich aber sofort wieder und richtete sich, das Schwert in der Hand, mit einer raschen Bewegung auf. Marian, die genau zwischen den beiden Männern stand, verstellte Guisbourne absichtlich den Weg, indem sie so tat, als sei sie nicht sicher, welche Richtung sie einschlagen sollte. Sie wollte Robin Hood einen winzigen Vorsprung verschaffen, doch statt zu fliehen nutzte dieser den Bruchteil einer Sekunde, um spöttisch die Brauen hochzuziehen. Im nächsten Moment waren die beiden Männer in einen erbitterten Kampf verstrickt, Schläge prasselten auf den Gegner nieder und Metall klirrte gegen Metall. Der Outlaw, dessen Gesicht vor Aufregung glühte, focht mit derselben feurigen Sorglosigkeit, die er bereits bei seiner vorgetäuschten Flucht an den Tag gelegt hatte. Marian, die den Kampf gespannt verfolgte, war von der Kraft seiner Streiche und von seinen geschickten Paraden ehrlich beeindruckt, doch auch Guisbourne war kein hohlköpfiger Prahlhans. Er verfügte über eine exzellente Technik, außerdem gereichte es ihm zum Vorteil, daß er größer und schwerer als sein Widersacher war. Marian bezweifelte, daß die tollkühne Gewandtheit des Outlaws gegen Guisbournes kalte, überlegte Taktik bestehen konnte. Robin Hoods Kampfeskunst mochte ausreichen, Sir Guy herauszufordern, doch sie hielt es für unwahrscheinlich, daß er ihn besiegen konnte. Er mußte sich gewaltig überschätzt haben, da er sich mit einem zweifellos stärkeren Gegner anlegen wollte. Irgendwie empfand Marian es als eine Art ausgleichender Gerechtigkeit, daß des Outlaws Eitelkeit nun seinen Untergang herbeiführte.

Eitel mochte er ja sein, dennoch war Robin Hood kein Narr. Sowie er das ungleiche Kräfteverhältnis erkannt hatte, sprang er anmutig zurück und nutzte seine Schnelligkeit und Geschmeidigkeit, um Guisbourne dazu zu bringen, seine Energie in wirkungslosen Attacken zu verschwenden. Doch inzwischen drohte auch noch von anderer Seite Gefahr. Die Männer des Sheriffs drängten sich durch die engen Gassen des Jahrmarkts auf ihre Beute zu. Tod oder Gefangenschaft schienen Robin Hood sicher.

Da stieß der Outlaw plötzlich einen schrillen Pfiff aus. Ohne die Aufmerksamkeit von seinem Gegner zu wenden, prüfte Sir Guy schnell seine Umgebung, um sich zu vergewissern, daß sich Robin Hoods Männer nicht zum Angriff zusammengerottet hatten. Doch der Outlaw hatte nicht seine Kameraden herbeigerufen, sondern sein Pferd.

Halb hinter dem Wagen verborgen, mit traurig herabhängendem Kopf hatte der staubbedeckte Rotfuchs den Anschein erweckt, als sei er sicher festgebunden. Aber nun stellte sich heraus, daß der Knoten im Zügel sich mit einem Ruck lösen konnte. Das vorzüglich abgerichtete Pferd, dessen Qualitäten nun voll zu erkennen waren, donnerte unaufhaltsam die Gasse entlang und hätte jeden, der nicht flink genug zur Seite springen konnte, niedergetrampelt, wenn die Menge nicht ohnehin schon den Weg für Robin und Sir Guy freigemacht hätte. Nun sah sich Guisbourne gezwungen, mit einem Satz auszuweichen, als sich das Tier zwischen sie drängte. Robin Hood packte, die Gunst des Augenblicks nutzend, die Mähne seines Pferdes und schwang sich auf dessen Rücken. Mit dem Instinkt eines erfahrenen Reiters paßte Sir Guy den richtigen Zeitpunkt für sein eigenes Manöver ab, hielt sich außer Reichweite der tödlichen Vorderhufe und hetzte neben die Flanken des Tieres, um einen mächtigen Streich gegen die ungeschützte Seite seines Gegners zu führen. Doch dieser hatte den Hieb kommen sehen und wehrte ihn mit seinem Schwert ab. Die verzweifelte Parade warf ihn beinahe aus dem Sattel, doch er erlangte sofort das Gleichgewicht wieder und galoppierte davon, in Richtung der Jahrmarktgrenze, wobei sein goldenes Haar wie eine glänzende Fahne hinter ihm herwehte. Doch dann wandte er sich nicht zum Wald, wo die Mehrzahl der Bogenschützen lauerte, sondern ritt den Außenbezirken von Nottingham entgegen. Dies war die riskantere Route, da man bereits Verstärkung angefordert hatte, doch Robin rechnete damit, daß ihm die zahlreichen strohgedeckten Lehmhütten ausreichend Deckung bieten würden, bis er sich in den sicheren Wald zurückziehen konnte.

Guisbourne kletterte auf eine der stabiler gebauten Buden und brüllte den Bogenschützen zu, sie sollten doch endlich schießen. Marian konnte von ihrer Position aus nicht viel sehen, entnahm aber dem gotteslästerlichen Fluchen Sir Guys, daß das Ergebnis nicht wie gewünscht ausgefallen war. Er sprang mit wutverzerrtem Gesicht zu Boden. »Haben sie ihr Ziel verfehlt?« fragte sie, um Gewißheit zu erlangen.

»Ja. Einer, weil er ein schlechter Schütze ist, der andere mit voller Absicht. Ich sollte ihm den Arm abhacken lassen«, schäumte Guisbourne zähneknirschend. Marian hegte keinen Zweifel daran, daß er dazu fähig war. Sie sah, wie er seine eigene Wut gegen die der Menge abwog und dann beschloß, sich zu beherrschen. Schließlich hatte die unselige Entscheidung des Sheriffs, hier und jetzt ein Exempel zu statuieren, zu diesem Debakel geführt, und Guisbourne hatte nicht die Absicht, einen weiteren Aufruhr auszulösen.

Gemeinsam gingen sie zu der Stelle zurück, wo Robin Hood seinen Warentisch aufgebaut hatte, doch eine eingehende Untersuchung sowohl des Tisches als auch des Karrens ergab keinen brauchbaren Hinweis. Marian bemerkte, daß der dickliche Mönch nirgendwo zu sehen war. Trotz seines auffälligen Benehmens hatte der Outlaw nicht sicher sein können, rechtzeitig erkannt zu werden. Vielleicht war die Mönchskutte nur eine Verkleidung, und der Mann gehörte in Wirklichkeit zu Robin Hoods Bande und hatte den Auftrag gehabt, im richtigen Moment Alarm zu schlagen.

»Ein Glück, daß ich den Schurken nicht selbst verfolgt habe«, bemerkte Sir Guy voll bitteren Ingrimms, als er sich über den Leichnam seines Gefolgsmannes beugte. »Ich ziehe es vor, durch das Schwert zu sterben und nicht durch ein Beil.« Mit einer ruckartigen Bewegung riß er die Waffe an sich und schleuderte sie zur Seite, ehe er die blicklosen Augen des Mannes schloß. Einer der Leibwächter des Sheriffs eilte auf ihn zu und berichtete ihm, daß drei der ihren tot und viele weitere verwundet seien.

Abrupt wandte sich Sir Guy zu Marian um und musterte sie durchdringend. »Ihr habt diesen Mann erst zwei Tage zuvor gesehen und ihn dennoch nicht wiedererkannt?«

»Doch«, gestand Marian sofort und hob wie trotzig beschämt das Kinn. »Aber Närrin, die ich war, meinte ich, meinen Augen nicht zu trauen. Ich dachte, meine Fantasie würde mir einen Streich spielen und einen einfachen Metzger in den Outlaw verwandeln, der mich einmal beleidigt hat.«

»Hättet Ihr Euch doch nur auf Eure Augen verlassen«, sagte Guisbourne, doch seine Stimme klang nun wesentlich sanfter. Als er sich nach allen Seiten umblickte, trat ein Ausdruck tiefsten Mißtrauens auf sein Gesicht. »Wo ist dieser merkwürdige Mönch geblieben?« fragte er den letzten der Männer. »Such ihn, und wenn du ihn findest, bring ihn in die Burg, ich will ihn verhören.«

»Sehr wohl, Mylord«, erwiderte der Mann und machte sich auf die Suche; eine Suche, von der sowohl sie als auch Guisbourne nur zu gut wußten, daß sie erfolglos bleiben würde.

»Laßt uns zurückgehen«, schlug Sir Guy vor und nahm Marian am Arm. »Ich muß dem Sheriff über das, was hier vorgefallen ist, Bericht erstatten.«

Und der Sheriff, dessen war Marian sich sicher, würde die Gelegenheit beim Schopf ergreifen, Guisbourne die Schuld für seine eigene Dummheit in die Schuhe zu schieben. Allein die Tatsache, daß sich dieser während der Rettungsaktion auf dem Jahrmarkt aufgehalten hatte, stempelte ihn zum perfekten Sündenbock. Doch trotz der Verbissenheit, die sich auf dem Gesicht ihres Begleiters zeigte, zweifelte Marian nicht daran, daß er die Konfrontation mit heiler Haut überstehen würde.

Was hingegen Robin Hood betraf ... er hatte es fertiggebracht, den Müller mit nicht mehr als einer Handvoll Männer zu befreien. Ein gewagtes Unterfangen, und ein erfolgreiches dazu. Sowohl sie selbst als auch Sir Guy hatten die

Findigkeit und Intelligenz des Outlaws unterschätzt. Guisbourne war offenbar fest entschlossen, Robin zu töten. Marian allerdings spielte mehr und mehr mit dem Gedanken, ihn für ihre Sache zu gewinnen.

7. Kapitel

Im Augenblick gehörte der Rosengarten ihnen ganz allein. Die schmiedeeiserne Pergola, an der sich sonnenverwöhnte Blüten emporrankten, bot ein duftendes Refugium in der Mitte einer der Mauern. Natürlich gab es auch andere schöne Fleckchen im Garten, doch dies war bei weitem der beliebteste. Die drei Verschwörer wirkten vollkommen unverdächtig, wie sie so dasaßen. Alan zupfte während der Unterhaltung an seiner Laute, Agatha saß sittsam neben Marian und beschäftigte sich mit einer Näharbeit. Marian selbst fuhr lächelnd mit den Fingerspitzen über die untersten Triebe einer Kletterrose, fand einen Dorn, brach ihn ab und suchte nach dem nächsten. Selbst wenn sie jemand beobachtet hätte, hatte ihr Tun auf einen zufälligen Betrachter wie eine unbewußte Geste gewirkt.

Jeden Tag kamen sie hierher, gemeinsam oder ein jeder für sich allein. Es war ein herrliches Plätzchen; ideal, wenn man einen Moment für sich sein oder ein privates Gespräch führen wollte – so perfekt, daß sogar der Sheriff diesen Ort häufig für vertrauliche Besprechungen nutzte. Marian hatte die Vorzüge des Rosengartens sofort erfaßt, denn er war der einzige Platz in der Burg, der zwar leicht zu erreichen war, wo man aber trotzdem nicht Gefahr lief, entdeckt zu werden. Als sie nach einer Möglichkeit gesucht hatten, wichtige Treffen zu belauschen, war Alan auf die Idee gekommen, daß sich die Pergola ein Stück von der Wand abrücken ließ, so daß dahinter ein winziges Versteck entstand. Unter dem Vorwand, eine zu Boden gefallene Münze aufheben zu wollen, hatte er dies dann bewerkstelligt. Nun brach jeder von ihnen, so oft er herkam, die Dornen im unteren Bereich ab, um die Verletzungsgefahr, sollte sich tatsächlich einmal die Chance ergeben, das Versteck zu benutzen, möglichst gering zu halten. Marian knickte einen weiteren Dorn ab, dann hielt sie inne, um sich auf ihre augenblickliche Diskussion zu konzentrieren.

Agatha stichelte fleißig weiter, während sie sprach. »Es ist richtig, daß bislang noch niemand diesen Robin Hood verraten hat. Aber wer weiß, was kommt? Der Sheriff könnte die Belohnung so stark erhöhen, daß der eine oder andere in Versuchung gerät. Und wenn dieser Outlaw auffliegt, dann fliegen wir alle auf.«

»Ich gebe zu, darin liegt ein gewisses Risiko«, räumte Marian ein und blickte abwechselnd von Alan zu Agatha. »Aber wenn ich hinsichtlich der Person Robin Hoods richtig liege ... bedenkt, was wir gewinnen können. Wir erhalten sehr viel ausführlichere Informationen über die Bewohner von Nottingham, als wir selbst zusammenzutragen vermögen.«

Agathas Miene blieb ernst, obwohl sie zustimmend nickte. »Gewiß, ich bin sicher, Ihr habt recht. Unter der Dienerschaft ist sein Name in aller Munde, und er wird nicht voller Furcht, irgendein übereifriger Wachmann könne ihn hören und den Betreffenden melden, ausgesprochen, sondern eher ehrfürchtig. Und ich habe bereits wilde Gerüchte aufgeschnappt, die über ihn im Umlauf sind. Er soll ein gutes Dutzend hochgestellter Damen verführt haben, tolldreiste Streiche wie der heutige bilden keine Ausnahme, und er hat schon vielen Menschen mit seinen Geschenken geholfen. Ein wenig Silber erleichtert den Armen ihr Los, und es wiegt um so mehr, da es den Reichen gestohlen wurde. Der Sheriff wird verabscheut, Robin Hood dahingegen vergöttert. Er ist ein Sachse, einer der ihren, und nach der gängigen Meinung wurde ihm schweres Unrecht zugefügt. Wenn der Mann diese Sympathien nicht nutzen würde, wäre er ein Narr – und er kommt mir beileibe nicht wie ein Narr vor. Er hat seine Spione überall.«

»Und vielleicht nicht nur unter den Armen«, bemerkte Marian nachdenklich. »Es könnte noch mehr Ritter wie den alten Sir Walter geben, die über das, was dem Vater angetan wurde, so entrüstet sind, daß sie dem Sohn helfen.«

»Wir sind ja gar nicht grundsätzlich dagegen, ihn anzuwerben, Lady Marian«, versicherte ihr Alan, der sie aus seinen blauen Augen ernst ansah. »Nur solltet Ihr Euch gut überlegen, ob Ihr Euch ihm wirklich zu erkennen geben müßt. Ich kann ohne weiteres allein in den Wald gehen, um den Kontakt herzustellen. Robin Hood braucht überhaupt nicht zu erfahren, daß Ihr in die Sache verwickelt seid. Ich kann schließlich auch im Namen der Königin sprechen.«

Marian lächelte in sich hinein. Selbst wenn er sich betont vernünftig gab, haftete Alan a Dale eine Aura von Unbeständigkeit an, so daß sie sich fragte, ob Robin Hood wohl an das Angebot einer Begnadigung glauben würde, wenn es aus seinem Munde kam. Allerdings war es ebenso fraglich, ob er diesem Angebot wohl eher Glauben schenken würde, wenn es ihm von einer Frau übermittelt wurde. Nun, warum nicht, wenn diese Frau Vertraute der Königin war. Eines war sicher. Der Outlaw hegte eine Vorliebe für Kühnheit.

»Dann würde sich wenigstens nur einer von uns – nämlich ich – in Gefahr bringen«, fuhr Alan fort, seiner Laute eine neue Melodie entlockend. »Wie Ihr wißt, haben wir ja unser allererstes Treffen auch so arrangiert, daß es wie eine zufällige Begegnung aussah, damit im Falle eines Falles nicht alle in Verdacht geraten. So könnte ich auch diesmal wieder verfahren.«

»Sicher, aber inzwischen bezweifle ich, daß uns derartige Vorsichtsmaßnahmen vor einem so mißtrauischen Mann wie dem Sheriff schützen würden. Wenn er Euch zu fassen bekommt, wird er Euch foltern.« Marian blickte in die Runde. »In dieser Hinsicht können wir weder einander noch Robin Hoods Männern völlig vertrauen. Keiner von uns weiß, ob er die Folter überstehen würde, ohne die Namen der anderen preiszugeben.«

»Schon wahr, aber Ihr habt eher eine Chance, ihm zu entkommen«, erwiderte Alan, der beharrlich sein Ziel verfolgte. »Ich glaube nicht, daß der Sheriff Euch bis zu den Ländereien Eures Großvaters verfolgen würde. Einen Spion innerhalb des eigenen Herrschaftsgebietes festzunehmen ist eine Sache; einen bereits geflohenen Spitzel zu jagen eine andere.«

»Wenn Ihr in meinen Diensten stündet, würde ich zulassen, daß Ihr Euch opfert. Aber Ihr dient der Königin, genau wie Agatha und ich, und daher ist Euer Leben ebenso wertvoll wie meines«, sagte Marian bestimmt. »Zudem habe ich von uns dreien den triftigsten Grund, durch Nottingham zu reisen, da ich den Besitz inspizieren muß, der eines Tages mein Heim sein wird. Und mir wird aufgrund meines Geschlechts und meines Ranges am ehesten die Folter erspart bleiben.«

»Ich glaube kaum, daß Euch das schützen wird.« Agatha runzelte zweifelnd die Stirn. »Nicht nach dem, was mir über den neuen Folterknecht des Sheriffs zu Ohren gekommen ist.«

»Auf Gerüchte gebe ich nichts, Agatha. Außerdem gibt es eine praktische Erwägung, die wir nicht vergessen sollten. Alan ist die Kontaktperson zwischen mir und Königin Eleanor. Wenn sie entscheidet, daß sie ihn in London oder sonstwo braucht, dann muß ich ohnehin Robin Hood selbst aufsuchen.«

»Das spricht aber nicht dagegen, daß ich nicht als erster mit ihm in Verbindung treten sollte. Laßt mich herausfinden, wie gefährlich es für Euch ist, diesem Outlaw und seinen Leuten reinen Wein einzuschenken. Mich hält man nur für einen harmlosen Troubadour, der bereit ist, um eines neuen Liedes willen sein Leben aufs Spiel zu setzen.« Alan schwieg einen Moment, dann fügte er hinzu: »Außerdem hat mich Robin Hood selbst aufgefordert, noch einmal nach Sherwood Forest zurückzukommen.«

Die unterschwellige Sehnsucht in seiner Stimme gab Marian zu denken. Sie hegte den Verdacht, daß Alan sich in erster Linie seiner Kunst und dann erst der Königin verpflichtet fühlte. Er wollte Robin Hood unbedingt allein aufsuchen und ihm seine Lebensgeschichte entlocken, die er dann in seinen Balladen verarbeiten konnte.

»Er wird mir Glauben schenken, Lady Marian. Vielleicht würde mir sogar der Sheriff glauben.«

»Selbst wenn, so würde ihn das doch nicht daran hindern, Euch die Hände abzuhacken und die Zunge herauszureißen, sollte er Euch der Kollaboration verdächtigen«, bemerkte Marian.

»Dennoch klingt der Vorwand vernünftig«, warf Agatha ein. »Ein neugieriger Troubadour könnte von den Outlaws durchaus geduldet werden, sei es auch nur wegen seines Unterhaltungswertes. Und Alan hätte Gelegenheit, sich eine Meinung über sie zu bilden.«

Der Plan erschien ihr tatsächlich einleuchtend, doch Marian wollte weder ihre Autorität anfechten noch sich die Chance entgehen lassen, die Dinge selbst in die Hand zu nehmen. Sie hatte nichts dagegen, ihr Vorhaben mit den beiden anderen zu besprechen, weigerte sich jedoch entschieden, einen anderen ihren Platz einnehmen zu lassen. »Ich vertraue Eurem Urteil, Alan, aber die endgültige Entscheidung muß ich treffen. Und ich glaube, ich weiß mittlerweile soviel über Robin Hood, daß ich das Risiko eingehen kann, mit ihm Kontakt aufzunehmen.« Sie brach ab, da ihr nicht entging, daß Alan und Agatha immer noch Bedenken hatten. »Aber ich verspreche euch, nicht unvorsichtig zu sein. Ich habe gehört, wie er mit seinen Opfern verfährt, daher fürchte ich weder um mein Leben noch um meine Tugend, und ich bezweifle, daß er mich noch einmal beleidigen wird. Von Vergewaltigungen ist mir nichts bekannt. Wenn er, wie das Gerücht wissen will, mit einem Dutzend Damen von Stand geschlafen hat, so geschah das auf deren Initiative hin. Gewöhnlich führt er seine Diebereien unter dem Mantel äußerster Höflichkeit durch. Also ist höchstens meine Geldbörse in Gefahr, und das Geld, welches diese enthalten wird, ist ohnehin für ihn bestimmt. Außerdem habe ich nicht vor, sofort auf den eigentlichen Grund meines Besuches zu sprechen zu kommen, ebensowenig wie Alan dies getan hätte.«

»Ihr habt Euch demnach bereits eine Geschichte ausgedacht?« fragte Agatha, auf deren unscheinbarem Gesicht sich neu erwachtes Interesse spiegelte.

»Ja. Nachdem ich klargestellt habe, daß er meiner Meinung nach über ein ausgedehntes Netz von Spionen verfügt, werde ich ihm weismachen, daß ich mit seiner Hilfe eine bestimmte Person ausfindig machen oder einige Informationen zusammentragen will.« Sie hielt einen Moment nachdenklich inne, dann fuhr sie fort: »Als Grund dafür werde ich die unklare Rechtslage hinsichtlich des Besitzes meines Großvaters nennen. Lady Alix' Mann war einer von denen, die ihm den Anspruch auf die Ländereien streitig machen wollten. Sein tödlicher Unfall ist äußerst suspekt, ebenso wie der Tod von Eleanors Agenten Ambrose von Blyth. Letzterer ist für uns von größerer Bedeutung. Ich wüßte gerne, ob der Sheriff ihn wirklich hat umbringen lassen oder ob er seine Beteiligung an dem Komplott nur vorgetäuscht hat, um unter König Richards Anhängern Furcht zu säen. Ich kann Robin Hood über beide Todesfälle aushorchen, indem ich behaupte, ich hätte Angst, jemand würde versuchen, auch mich aus dem Weg zu räumen, um an mein Land zu gelangen. Vielleicht werde ich ihn auch über Sir Ranulf ausfragen. Der Mann hat mir zwar lediglich einmal ein Stück Konfekt angeboten, aber ich könnte so tun, als hätte er echtes – und daher eventuell gefährliches – Interesse an meiner Person.«

»Eine plausible Geschichte«, gab Agatha zu, »jedoch nicht so überzeugend wie Alan und seine Lieder.«

»Sie wird ausreichen müssen«, sagte Marian, fest entschlossen, ihren Willen durchzusetzen. Die beiden anderen brachten noch einige Einwände vor, dann wandte sich die Diskussion praktischen Dingen zu.

»Fallwood Hall ist in einem schlechten Zustand, Lady Marian«, erklärte der Sheriff, als Marian ihm mitteilte, daß sie sich ein paar Tage auf ihrem Besitz aufhalten wollte.

»Das gedenke ich zu ändern, Sir Godfrey. Und ich will dafür sorgen, daß das Gut in Zukunft gut geführt wird.«

»Obwohl die Zukunft zweifelhaft ist?«

»Die Ländereien gehören meinem Großvater, und ich denke, daß das auch so bleiben wird.«

»Bis sie in Euren Besitz übergehen?« Sir Godfrey ließ nicht locker.

»So ist es.«

»Seht Euch vor«, warnte der Sheriff mit einem tückischen Lächeln. »Lady Alix ist eine Frau, die ihre Interessen zu wahren weiß.«

»Wie schade, daß unser beider Interessen zwangsläufig in Konflikt geraten werden«, entgegnete Marian, die vermutete, daß die Bemerkung des Sheriffs sich nicht nur auf den Landsitz bezog. Sir Guy war an diesem Morgen mit Lady Alix ausgeritten, so daß sich die Dame in dieser Hinsicht augenblicklich im Vorteil wähnte.

»Nottingham Castle ist doch nicht weit entfernt«, protestierte Lady Claire, die trotz ihres leeren Blickes offen und ernst wirkte. »Ihr könnt doch sicherlich am Abend wieder bei uns sein.«

»Ich werde ja nur ein, zwei Tage fortbleiben. Hin- und zurückzureiten würde zuviel Zeit in Anspruch nehmen, es lohnt sich nicht. Ich kann die Arbeiten, die ich durchgeführt haben will, an Ort und Stelle organisieren. Wenn ich alles in Auftrag gegeben habe, komme ich zurück und werde die Annehmlichkeiten von Nottingham Castle umso mehr zu schätzen wissen.«

Marian zweifelte nicht daran, daß die Frau des Sheriffs ehrlich um ihr Wohlergehen besorgt war, hegte jedoch den Verdacht, daß Lady Claire eher die Abwesenheit des Sängers bedauerte. In diesem Punkt konnte sie Claire beruhigen und ihre Dankbarkeit gewinnen. »Würdet Ihr so freundlich sein, Mylady, und Euch während meines Aufenthaltes in Fallwood Hall um meinen Troubadour kümmern? Ich möchte den Besitz wieder herrichten lassen, und für Alan gibt es dort nicht viel zu tun. Besser, er unterhält während dieser Zeit Euch und Eure Damen.«

Der eigentliche Grund war natürlich, daß Alan a Dale weiterhin beobachten konnte, wer in der Burg ein- und ausging. Aber sie hatte ihm versprochen, ihn, sollte ihre Begegnung mit Robin Hood erfolgreich verlaufen, später als Boten zu verwenden. Ein weiser Entschluß, dachte Marian in sich hineinlächelnd. Die Erleichterung des Troubadours war deutlich zu spüren gewesen, und wer konnte schon ahnen, welche Katastrophe ausgelöst wurde, wenn sie sich zwischen einen Sänger und sein Lied stellte? Wenn Alan dem Ruhm nachjagen wollte, dann tat er das am besten unter ihrem Banner.

Mit Baldwin und Ralph bei dem halb verfallenen Landsitz angelangt, verbrachte Marian wie geplant einen Tag damit, das Gebäude und das umliegende Gelände zu besichtigen und Säuberungs- und Reparaturarbeiten anzuordnen. Der Verwalter, ein Bruder des Mannes, den ihr Großvater eingestellt hatte, war offenkundig unfähig, seine Aufgaben wahrzunehmen und wahrscheinlich unehrlich. Wenn sich die Qualität seiner Arbeit nicht bald besserte, würde sie ihn entlassen.

Gegen Mittag rief sie Sir Ralph zu sich und erteilte ihm genaue Anweisungen. »Du solltest das Gasthaus bei Einbruch der Dunkelheit erreichen. Wenn es dir gelingt, einen der Räume im oberen Stock zu bekommen, dann nimm ihn und hüte dich vor dem Wirt. Wenn noch andere Reisende dort übernachten, stellt er vielleicht selbst die Kerze ins Fenster. Wenn nicht, übernimmst du das. Und paß auf, daß er dich am nächsten Morgen nicht nach Nottingham zurückreiten sieht. Wir wissen nicht, ob es noch andere Kommunikationsmethoden zwischen ihm und Robin Hood gibt. Baldwin und ich werden dich an der Stelle erwarten, wo sich der Weg verengt; dort, wo wir schon einmal überfallen wurden. Wenn sie dich irgendwo anders überraschen, mußt du sie zu uns führen.«

Lächelnd strich sich Sir Ralph über seinen graumelierten Bart »Das dürfte sie gewaltig verwirren, Mylady.«

Marian erwiderte das Lächeln. »Allerdings. Bleibt nur zu hoffen, daß sie dich nicht auf dem Weg zum Gasthaus ausrauben statt auf dem Rückweg.«

»Normalerweise ...« Ralph seufzte. »Normalerweise würde ich hoffen, überhaupt nicht beraubt zu werden. Ich kann nur beten, daß sich dieses Unternehmen für die Outlaws *und* für Euch als lohnend erweist, Mylady.«

Am nächsten Morgen legte Marian ein praktisches Reitkleid an, wobei sie insgeheim wünschte, sie könne statt dessen ihr ledernes Männergewand tragen. Ihre Geldbörse enthielt eine Summe, die ansehnlich genug war, Robin Hood zu beeindrucken, gleichzeitig jedoch so bescheiden, daß sie den Verlust nicht bedauern würde, sollte sie ihren Zweck nicht erreichen. Sie hatte darauf verzichtet, Schmuck anzulegen, und trug auch den kostbaren Dolch, den Sir Guy ihr geschenkt hatte, nicht bei sich. Wenn sie beraubt wurde, dann wollte sie nichts einbüßen müssen, was ihr viel bedeutete.

Marian biß sich wütend auf die Lippen, als ihr unverhofft Robin Hoods Umarmung und sein fordernder Mund auf dem ihren wieder einfiel. Von der Heftigkeit ihrer Gefühle selbst überrascht zwang sie sich, ruhig durchzuatmen. Der Zorn legte sich, und Neugier trat an seine Stelle. Wieder einmal fragte Marian sich, warum er ihr außer besagtem Kuß nichts gestohlen hatte. Aus dem, was sie bislang über ihn in Erfahrung gebracht hatte, schloß sie, daß Robin Hoods kecke Galanterie im Umgang mit Frauen auf reiner Willkür beruhte. Die meisten raubte er einfach nur aus, ohne sie anderweitig zu demütigen, daher entschied sie, ihn lieber nicht mit einem so exquisiten Stück wie dem Sarazenendolch in Versuchung zu führen. Sie wählte ein schmuckloses Messer und befestigte es an ihrem Gürtel, wo es ihm sofort ins Auge fallen mußte. Zwei weitere verbarg sie; eines schnallte sie an ihren Unterarm und zog dann den Ärmel darüber, das zweite schob sie in den Schaft ihrer weichen Stiefel.

Nachdem sie den Verwalter instruiert hatte, welche Arbeiten sie noch vor Einbruch der Dunkelheit erledigt haben wollte, teilte Marian dem Mann mit, daß sie vorhatte, den Rest des Tages auf der Jagd zu verbringen, und wies ihn an, zwei Pferde zu satteln. Mit Baldwin an ihrer Seite ritt sie in den Wald hinein und folgte der Straße in Richtung Süden, wo sie später auf Robin Hood zu stoßen hoffte.

Sowie sie die dicht bewaldete Stelle, wo sie kaum eine Woche zuvor überfallen worden waren, erreicht hatten, zogen sich Marian und Baldwin in den Schatten der Bäume zurück, die die Straße säumten, und knabberten an ihren Proviantvorräten. Von hier aus konnten sie andere Reisende, die diese Strecke benutzten, beobachten, ohne daß sich jemand wunderte, daß sie hier Rast machten. Sie schätzte, daß sie vielleicht eine Stunde gewartet hatten, als eine ruhige Stimme hinter ihr sie beim Namen nannte. »Lady Marian.«

Obwohl sie nicht gehört hatte, wie der Mann sich näherte, erschrak Marian nicht. Schon bei ihrer ersten Begegnung war sie von der Lautlosigkeit, mit der die Outlaws sich bewegten, beeindruckt gewesen. Langsam erhob sie sich und drehte sich um, wobei sich Baldwin schützend an ihrer Seite hielt. Der dunkelhaarige Riese stand, nur mit einem Knüppel bewaffnet, abwartend da. »Ihr werdet Euch vielleicht an mich erinnern. Mein Name ist John Little oder Little John, wenn Euch das lieber ist.« Er lächelte; die unterdrückte Belustigung, die sich auf den Gesichtern der beiden abzeichnete, schien ihn zu amüsieren.

»Little John«, begrüßte Marian ihn freundlich. »Ihr habt demnach meine Nachricht erhalten.«

»In der Tat. Wenn Ihr mir bitte folgen wollt, Mylady. Wir wollen uns den anderen anschließen, und dann bringe ich Euch zu Robin.«

Ohne weitere Umstände begleitete er sie etwa eine Viertelmeile die Straße entlang, bis sie auf Ralph und ungefähr dreißig Outlaws, die sie bereits erwarteten, stießen. Dort nahm man Ralph und Baldwin ihre Waffen und Marian das an ihrem Gürtel hängende Messer ab und verband ihnen die Augen. Drei der Outlaws nahmen ihre Pferde am Zügel, und sie drangen tiefer und tiefer in den Wald ein. Obwohl dieses Waldgebiet Marian völlig unbekannt war, versuchte sie, anhand der Geräusche die Richtung zu bestimmen. Aber bald erkannte sie, daß Little John sie bewußt in die Irre führte, indem er im Kreis ritt, also gab sie schließlich auf. In regelmäßigen Abständen rief John drei Wachposten etwas zu, obgleich es Marian so vorkam, als ob zweimal dieselbe Stimme antwortete. Sie nahm an, daß mehr als eine Stunde verstrichen sein mochte, bis sie zunächst das Gurgeln von Wasser und dann in der Entfernung Stimmen vernahm. Bald darauf stieg ihr der Duft gebratenen Fleisches in die Nase. Gebüsch und Unterholz wurden spärlicher, und dann spürte sie unverhofft warmes Sonnenlicht auf ihrem Gesicht. Stimmengewirr und Bewegungen umgaben sie, und jemand sprang zu ihrem Pferd und packte die Zügel.

Little John entfernte die Augenbinde, und Marian stellte fest, daß sie sich auf einer großen Lichtung mitten im Wald befanden. Außer dem Trupp, der sie hierher eskortiert hatte, versammelten sich noch einmal gut fünfzig Männer um sie, die der unerwartete Besuch neugierig gemacht hatte. Obwohl viele von ihnen wie harte, finstere Gesellen wirkten, ging keine unmittelbare Bedrohung von ihnen aus, dachte Marian. Der drahtige, leicht schielende Bursche, der ihr Pferd hielt, zog seine Kappe und lächelte sie an. Beruhigt blickte sie sich im Lager um und streifte dabei betont lässig ihre Reithandschuhe ab. Rund um die Lichtung drängten sich primitive Schlafunterkünfte und eine etwas größere Hütte, die alle aus frisch geschnittenen Zweigen errichtet worden waren. Ein neues Lager also. Marian fragte sich, wie oft sie wohl von einem Ort zum anderen zogen. Ihr Blick wurde von einer Feuerstelle, über der ein Reh am Spieß gedreht wurde, angezogen. Es gab noch weitere kleinere Lagerfeuer, an denen Wild gebraten wurde, und ein provisorischer Ofen verbreitete den würzigen Geruch frischgebackenen Brotes. Marian schätzte, daß sich – diejenigen, die zur Begrüßung herbeigeeilt waren, eingeschlossen – ungefähr hundert Mann im Lager aufhielten. Sie hielt es jedoch für möglich, daß dieses Camp doppelt soviele Menschen fassen konnte.

»Wo ist er, Much?« fragte Little John den jungen Burschen, der ihr Pferd immer noch am Zügel hielt.

»Unten am Fluß, er übt sich im Kampf mit der Lanze«, erwiderte dieser. »Bislang hat ihn noch niemand ins Wasser gestoßen, was mich viel mehr wundert.«

Little John runzelte die Stirn. »Dann hol ihn bitte, und zwar schnell. Sag ihm, daß eine Dame ihn zu sprechen wünscht.«

Grinsend machte sich Much auf den Weg. Doch irgend jemand war ihm offenbar zuvorgekommen und hatte die Neuigkeit weitergetragen, denn gerade als sie abstiegen trat Robin Hood aus dem Waldstück, das ihnen direkt gegenüberlag, mit bloßem Oberkörper, die Lanze über die Schulter geworfen. Als er Marian sah, blieb er vor Erstaunen wie angewurzelt stehen. Den Bruchteil einer Sekunde lang trafen sich ihre Blicke und bohrten sich ineinander. Dann warf er die Lanze achtlos beiseite und kam mit schnellen Schritten quer über die Lichtung auf sie zu.

Augenblicklich war Marian auf der Hut. Seine abgehackten Bewegungen und der angespannte Ausdruck auf seinem Gesicht signalisierten ihr drohende Gefahr. Er strahlte die barbarische Wildheit eines Mannes aus, der nach Gewalt lechzt. Die harte, düstere Miene, die er zur Schau trug, kannte sie nicht an ihm. Zudem vermißte sie eine ihr bereits vertraute Eigenschaft. Alles Leben schien aus ihm gewichen zu sein, und erst jetzt, da sein inneres Licht erlöscht zu sein schien, wurde ihr bewußt, wie hell es einst geleuchtet hatte. Marian wich nicht zurück, als er näherkam, sondern musterte ihn eindringlich, um alle Einzelheiten in sich aufzunehmen. Seine Brust war völlig glatt, die Brustwarzen hoben sich rosig von der goldfarbenen Haut ab. Prellungen und blaue Flecke, die von dem Kampf mit der Lanze herrührten, bedeckten seine Arme und seinen Oberkörper. Sein blondes Haar glänzte feucht vor Schweiß, und als er vor ihr stand, roch sie den scharfen Dunst von Wein, der ihn umgab wie eine Wolke. Einen Moment lang blieb er regungslos stehen, und Marian bemerkte, daß seine Augen sogar im Sonnenlicht trübe und verschwommen wirkten. Dann schlang Robin Hood in der Absicht, sie zu provozieren, die Arme um sie und preßte seinen heißen Körper in voller Länge gegen den ihren.

»Ihr habt mich auf dem Jahrmarkt erkannt und nichts unternommen.« Seine Stimme klang rauh und heiser. »Die Leidenschaft muß Euch überwältigt haben, da Ihr mich hier aufsucht.« Grob und gierig schloß sich sein Mund über ihre Lippen. Seine Bartstoppeln zerkratzten die zarte Haut ihrer Wangen und ihres Kinns.

Obwohl sie sich gegen das, was nun geschah, schon vorher gewappnet hatte, empfand sie den hungrigen Ansturm seines Mundes und die Berührung seiner nackten Haut als einen überwältigenden Schock. Einen Augenblick lang bot sie all ihre Willenskraft auf, um sich in seiner Umarmung steif zu machen und dem Feuer, das durch ihren Körper züngelte, mit Zorn und kalter Verachtung zu begegnen. Doch dann entspannte sie sich, als ob sie in den Flammen, die er in ihr entfachte, dahinschmelzen würde. Langsam hob sie die Arme, um sie ihm um den Hals zu legen. Als er sie daraufhin noch enger an sich zog, ließ sie eine Hand in ihren Ärmel gleiten, und ihre Finger schlossen sich um den Griff des dort verborgenen Messers. Mit einer einzigen schnellen Bewegung riß sie es aus der Scheide und drückte die scharfe Klinge von hinten gegen seinen Hals, direkt unterhalb der Schädeldecke. Sowie das kühle Metall seine Haut kitzelte, rührte Robin Hood keinen Muskel mehr. Eine falsche Bewegung, und er war ein toter Mann. So verharrten sie einen Moment lang wie erstarrt in ihrer Umarmung. Dann lockerte sich der Druck seines gegen sie gepreßten Körpers, seine Lippen lösten sich von den ihren, doch er wagte noch nicht, sie abrupt freizugeben. Versuchsweise begann er, ein Stückchen zurückzuweichen, und Marian ließ es zu, ritzte aber mit der tödlichen Klinge leicht seine Haut, wie um ein sichtbares Zeichen seiner Niederlage zu hinterlassen. Nachdem er etwas Abstand zwischen sich und sie gelegt hatte, hob Robin eine Hand, betastete behutsam die schmale Wunde und betrachtete das Blut an seinen Fingern mit einem Ausdruck tiefster Verblüffung.

»Ihr seid betrunken«, sagte Marian kalt, obwohl sie den Druck seines Körpers immer noch wie ein glühendes Brandzeichen auf ihrer Haut spürte. Am Rande wurde ihr bewußt, daß ihre beiden Leibwächter von den Männern, die sie sofort gepackt hatten, wieder losgelassen wurden, doch sie konzentrierte ihre Aufmerksamkeit weiterhin auf Robin Hood.

Der Outlaw sah sie unverwandt an. Der dunkle, gewalttätige Funke war aus seinem Blick verschwunden, und seine Augen erschienen ihr viel verletzlicher, als sie erwartet hatte. In ihnen las Marian Erleichterung, Unmut, Reue, Belustigung, Neugier – eine Fülle von Gefühlen, die die durch den Rausch hervorgerufene Leere durchdrangen.

»Ich war auf dem besten Wege dazu, aber Ihr habt mich ziemlich ernüchtert«, entgegnete er, sich mit den Fingern durch das Haar fahrend, und warf John Little einen Seitenblick zu, den dieser mit unverhohlener Mißbilligung erwiderte, wie Marian bei sich feststellte. Auch Robin Hood mußte dies aufgefallen sein, denn er machte plötzlich einen recht niedergeschlagenen Eindruck. »Gebt mir fünf Minuten, um das zu vollenden, was Ihr begonnen habt, dann können wir uns in aller Ruhe unterhalten. Ihr seid sicher nicht ohne Grund hergekommen, nehme ich an.«

»Ich hatte allerdings einen Grund«, fauchte Marian grimmig. Sie war hinsichtlich ihres ursprünglichen Planes längst nicht mehr so zuversichtlich. Angeekelt verzog sie das Gesicht, während sie ihr Messer säuberte und in die Scheide zurückschob.

»Sie wußte über das Kerzensignal Bescheid, Rob«, mischte sich Little John ein und nickte Ralph flüchtig zu. »Ihr Ritter war es, der letzte Nacht im Gasthaus das Licht ins Fenster gesetzt hat.«

Robin Hood sah sie aufmerksam an, dann wandte er sich wieder an seinen Freund. »Bring unsere Gäste zu der alten Eiche, John. Ich komme in ein paar Minuten nach.«

Er ging in Richtung des Flusses davon, und Little John führte sie zu einem schmalen Pfad, der in eine kleinere, von einer mächtigen Eiche beherrschte Lichtung mündete. Marian ließ sich unter dem Baum nieder und bedeutete ihren Männern, es ihr gleichzutun. Little John setzte sich neben sie. Einen Moment lang warteten sie schweigend ab, dann ergriff der hochgewachsene Outlaw das Wort. »Robin befindet sich in einer furchtbaren Stimmung, und der Wein verschlimmert sie nur noch. Heute vor zwei Jahren ist sein Vater ums Leben gekommen.«

Mehr gab er nicht preis, und Marian sah ihm an, daß es ihm widerstrebte, Entschuldigungen für seinen Freund vorzubringen. Doch seine Worte erreichten ihren Zweck. Sie war schon fast entschlossen gewesen, die Idee, ihm ihre wahren Beweggründe darzulegen, zu verwerfen. Das Risiko, einen leichtsinnigen, jedoch gerissenen Mann zu beschäftigen, wäre sie eingegangen, aber auf einen leichtsinnigen Säufer wollte sie sich nicht einlassen. Doch sie war bereit, aufgrund seiner offenkundigen Wut und Trauer einige Abstriche zu machen. Als sie sich jedoch an seine unverfrorene, wollüstige Umarmung erinnerte, ballte sie erneut wütend die Fäuste. Sein Körper mochte in ihr zwar eine zögernde Hitze erweckt haben, dachte Marian kurz, aber sie würde nicht dulden, daß ein Mann sie gegen ihren Willen berührte.

Als der Outlaw wieder auftauchte, hatte sie sich wieder soweit gefaßt, daß sie ihre Gefühle unterdrücken konnte. Sein Haar war von dem Bad im Fluß immer noch naß, aber ansonsten wirkte er durchaus vorzeigbar in seiner Tunika aus dem grünen Lincolntuch, das er so schätzte. Er hatte sein rohes Benehmen völlig abgelegt und begrüßte sie mit einer Art sarkastischer, selbstironischer Höflichkeit. »Lady Marian, wie kann ich Euch helfen?«

Sie bemerkte, daß seine Augen wieder ganz klar blickten, und obwohl sie ehrlich beeindruckt war, daß er es geschafft hatte, so schnell wieder nüchtern zu werden, war sie sich noch nicht schlüssig, ob sie ihm ihren eigentlichen Plan enthüllen sollte. »Ich habe in der Tat einen bestimmten Grund, Euch aufzusuchen«, begann sie und spulte dann ihre vorbereitete Geschichte ab. Sie legte ihren Verdacht hinsichtlich der seltsamen Todesumstände von Ambrose von Blyth und Lady Alix' Ehemann dar. Dann verlieh sie der Besorgnis Ausdruck, daß es zwischen den beiden Fällen eine Verbindung geben und daß jemand versuchen könnte, ein geheimes Schachspiel zu gewinnen, indem er lästige Spieler einfach ausschaltete. Sir Ranulf vielleicht? Oder gar der Sheriff persönlich? Sie gab Robin deutlich zu verstehen, daß sie fürchtete, in diesem Spiel zum Bauern degradiert zu werden, bot ihm an, ihn für jegliche Art von Information zu bezahlen und fragte ihn, wieviel er wußte und was er noch herausbekommen konnte.

Während sie sprach, saß Robin Hood still da und beobachtete sie. »Erzählt mir alles noch einmal von vorn«, forderte er sie dann barsch auf.

»Noch einmal?« Sie wußte, daß er zugehört hatte und nicht wieder in die düsteren Alkoholnebel zurückgefallen war. Aus irgendeinem unerfindlichen Grund war er mißtrauisch geworden, dabei hatte sich Marian nicht zuletzt für diese Version der Geschichte entschieden, weil sie einleuchtend, ja, in gewisser Hinsicht sogar zutreffend war – wenn man sie nicht zu sehr strapazierte.

Sie fing also noch einmal von neuem an, doch sie hatte kaum ein halbes Dutzend Sätze hervorgebracht, da unterbrach er sie. »Ihr lügt.«

Marian musterte ihn voll unausgesprochener Feindseligkeit. »Wie kommt Ihr denn darauf?«

»Wie?« Mit hochgezogenen Brauen blickte er sie spöttisch an. »Nun, ich hätte Euch ja auch Eure kleine Geschichte weiter ausspinnen lassen können. Aber ich glaube nicht, daß uns das zu dem Punkt führen würde, den wir beide anstreben. Es erschien mir sinnvoller, Euch direkt mit der Lüge zu konfrontieren.«

»Alles, was ich Euch erzählt habe, entspricht der Wahrheit!«

»Dann sagt mir, was Ihr wirklich wollt, weil das nämlich nicht der eigentliche Grund Eures Besuches ist.«

»Den Grund habt Ihr zuvor schon einmal völlig falsch beurteilt«, herrschte sie ihn an, »und es hätte für Euch beinahe fatale Folgen gehabt.«

Obwohl es Marian so vorkam, als würde er leicht erröten, hob der Outlaw erneut die Brauen und wiederholte so wortlos seine Frage. Ihr fiel so schnell keine Ausrede ein, die er ihr abkaufen würde, und selbst wenn dem so wäre, so liefe sie doch Gefahr, sich zu sehr in ein Lügennetz zu verstricken. Sie mußte ihm entweder die Wahrheit gestehen oder ihren Plan endgültig aufgeben. Schließlich sagte sie: »Ich werde Euch sagen, was ich wirklich will, wenn Ihr mir verratet, wie Ihr darauf gekommen seid, daß ich lüge.«

»Da Ihr mich aufgesucht habt, Lady Marian, erscheint mir dieser Handel reichlich unfair«, bemerkte er in einem trägen, etwas anmaßenden Tonfall. »Ich erwarte nämlich, daß Ihr mir ohnehin die Wahrheit sagen werdet. Schließlich wollt Ihr ja nicht Eure Zeit verschwenden.«

»Robin«, mahnte Little John ihn von seiner Ecke aus sanft.

Der Outlaw wechselte einen Blick mit dem älteren Mann, dann wandte er sich wieder an seine Besucherin. »Wie dem auch sei, mir wurde soeben deutlich klargemacht, daß ich es Euch gegenüber an Höflichkeit habe fehlen lassen, Lady Marian.«

Die Bemerkung reichte beinahe an eine Entschuldigung heran, und auf mehr durfte sie wohl nicht hoffen. Seine Lippen verzogen sich zu einem leisen Lächeln, als würde er sich über sich selbst lustig machen, doch diesmal stand keine Überheblichkeit in seinen Augen, nur Einsamkeit und ein mühsam unterdrücktes Verlangen nach etwas, das sie nicht deuten konnte. Ohne Vorwarnung spürte Marian wieder lebhaft den Druck seines Körpers gegen den ihren, so, als hätte sich seine Berührung unauslöschlich in ihr Fleisch eingebrannt. Sofort senkte Robin Hood den Blick, sein offenes Gesicht verlor jeglichen Ausdruck, doch sie sah, daß er scharf den Atem einsog und merkte, daß ihn die Erinnerung an jenen Moment auch nicht kalt ließ. Doch trotz der sengenden Glut, die ihre Adern durchströmte, blieb ihre Stimme kühl und überlegt, als sie den Gesprächsfaden wieder aufnahm.

»Wollt Ihr mir dann um der Höflichkeit willen sagen, woran Ihr gemerkt habt, daß ich nicht die Wahrheit spreche?«

»Um den Geboten der Höflichkeit genüge zu tun – ich werde es versuchen«, antwortete er ebenso beherrscht, schloß die Augen und zog nachdenklich die Brauen zusammen. Einige Momente später zuckte er die Achseln. Marian wartete bis zum Zerreißen gespannt, bis er endlich zu sprechen begann. »Ihr habt nicht verlegen zur Seite geschaut oder verräterisch mit den Wimpern gezuckt, falls Ihr fürchtet, Euch dadurch verraten zu haben. Und Ihr habt Eure Mimik gut unter Kontrolle. Aber als Ihr erkannt habt, daß ich Euch Eure Geschichte nicht abnehme, da wurdet Ihr weder ärgerlich noch unsicher. Ihr habt Eure Worte zu sorgfältig gewählt und zu exakt wiederholt, das ist alles.«

»Jeder, der ein so wichtiges Anliegen vorbringen möchte, wird sich wohl vorher überlegen, was er sagen will«, konterte sie leicht gereizt, fühlte jedoch eine gewisse Erleichterung, da sich die Unterhaltung unverfänglichen Themen zuzuwenden begann.

»Trotzdem habe ich Euch durchschaut.«

»Rob hat große Erfahrung darin, Lügner zu erkennen«, warf Little John leichthin ein. Er meldete sich nur selten zu Wort, doch Marian stellte fest, daß es ihm offenbar freistand, seine Meinung zu äußern, wann immer es ihm beliebte. »Ich habe noch nie erlebt, daß er sich geirrt hat.«

»Weil ich nur dann etwas sage, wenn ich vollkommen sicher bin, daß ich recht behalte«, lächelte Robin.

Das wollte Marian nicht hinnehmen. »Aber ich ...« protestierte sie, kam jedoch nicht weiter.

»Lady Marian, bei unserer ersten Begegnung sagte ich Euch, daß Ihr sehr gut und geläufig lügt, und das trifft auch jetzt noch zu. Dennoch lügt Ihr. Ich habe versucht, Euch zu erklären, wie ich darauf komme, so gut es mir möglich war. Ihr behauptet, man könne sich seine Rede vorher zurechtlegen, ohne seine wahre Absicht damit verschleiern zu wollen. Nun gut.« Wieder zuckte er die Achseln. »Um ehrlich zu sein – ich habe anfangs nur instinktiv gespürt, daß Ihr etwas verbergt, und später Beweise dafür gefunden. Glaubt mir, es ist für Euch am besten, entweder ganz aufrichtig mit mir zu sprechen oder einfach zu schweigen. Sollten Euch in der Zwischenzeit Bedenken gekommen sein, dann werden Euch einige meiner Männer sicher zurückgeleiten, und damit wäre die Sache erledigt.«

Marian traf ihre Entscheidung. »Wie ich bereits sagte, bin ich der Meinung, daß Ihr überall in Nottingham Eure Informationsquellen habt. Es stimmt, daß ich Euch aufgesucht habe, um Euch zu bitten, auch mir diese Quellen zur Verfügung zu stellen, das heißt, Eure Leute sollen sowohl für mich als auch für Euch spionieren.«

»Ihr wollt mein Spionagenetz doch sicherlich nicht nur deshalb in Anspruch nehmen, um das Rätsel der Leiche im Burggraben zu lösen?«

»Was ich verlange, geht über derartige Fragen weit hinaus. Ich möchte, daß Ihr mir über jedermann, der die Straße nach Nottingham hinein – oder wieder hinaus – benutzt, Auskünfte einholt, ich will den Grund für ihre Reise und die Dauer ihres Aufenthalts wissen und so weiter. Außerdem bitte ich Euch, soviel wie möglich über die Haushalte in Erfahrung zu bringen, in denen Ihr Eure Leute sitzen habt – Klatsch, Gerüchte, Geheimnisse, einfach alles, was von Interesse sein könnte.«

»Ihr fordert viel, Lady Marian. Zu welchem Zweck benötigt Ihr all diese Informationen?«

»Die Nachrichten, die Ihr an mich weiterleitet, sind dazu bestimmt, Königin Eleanor bei ihren Bemühungen, König Richards Freilassung zu erwirken, zu helfen. Auch die kleinste Kleinigkeit könnte wichtig sein, denn die Königin fürchtet, daß Prinz John versuchen wird, die nächste Karawane mit dem Lösegeld zu überfallen.«

Robin zeigte keinerlei Überraschung, sondern bedachte sie nur mit einem provozierenden Grinsen, das seine weißen Zähne aufblitzen ließ. »Ich hatte selbst vor, mir die erste Summe anzueignen – leider wurde die Route geändert, und ich konnte nicht rechtzeitig herausfinden, welchen Weg die Karawane letztendlich einschlagen sollte.«

»Sobald Ihr in des Königs Namen handelt, werdet Ihr darauf verzichten müssen, einen zweiten Versuch zu wagen.«

»Und zum Ausgleich dafür, daß ich mir eine solch lohnende Beute entgehen lasse, bietet Ihr mir wohl eine Begnadigung an?«

»Die Königin schenkt mir Gehör, und sie wird sich bei Richard für Euch einsetzen.«

»Bedingungslose Amnestie für mich und alle meine Männer?« bohrte er nach.

»Ja.«

»Dazu die Rückgabe von Locksley Hall?« Als sie zögerte, fügte er schroff hinzu: »Verglichen mit dem, was meine Familie einst besaß, ist das eine sehr bescheidene Forderung.«

»Gut«, stimmte sie zu. Sie konnte nur hoffen, daß er nicht Bedingung auf Bedingung zu häufen gedachte.

ihm ausging, zu verdunkeln. Marian war es auf einmal, als säße sie plötzlich selbst im Schatten.

»Mein Vater gehörte zu den vertrauten Ratgebern König Henrys, als dieser sich aufmachte, Prinz John eigenes Land zu verschaffen. John war damals siebzehn, ein unreifes, maßlos verwöhntes, mißgünstiges und habgieriges Bürschchen. Der König versprach ihm, ihn zum Lord von Irland zu machen, und Prinz John nutzte diese Chance natürlich sofort.« Ihre Blicke trafen sich. Die Finsternis, die von Robin Besitz ergriffen hatte, spiegelte sich in seinen Augen wider, deren undurchdringliches dunkles Grün Marian den Zugang zu seiner Seele verwehrte. »Ich erinnere mich noch ganz genau. In der Osterwoche ging mein Vater mit John an Bord. Eine aus sechzig Schiffen bestehende Flotte, dreihundert Ritter und zehnmal soviel berittene Soldaten sowie ein kleines Fußvolkheer begleiteten sie. Um Weihnachten herum kehrte er zurück und berichtete von endlosen Debakeln.

Schon bei ihrer Ankunft beging Prinz John einen Fehler mit verheerenden Folgen. Die Iren dachten, er sei gekommen, um Frieden in ihr von Unruhen geschütteltes Land zu bringen. Sie schickten ihm die verdientesten Mitglieder des Ältestenrates, lauter ehrwürdige Graubärte, die ihn am Hafen willkommen heißen und ihm den Friedenskuß anbieten sollten. Doch Prinz John stand nur hohnlachend dabei, während seine unerfahrenen normannischen Speichellecker den Abgesandten die langen Bärte abschnitten. Eine schlimmere Beleidigung hätte er sich gar nicht ausdenken können. Als die anderen irischen Lords von dieser Schmach erfuhren, beschlossen sie, die Eindringlinge zu bekämpfen statt ihnen zu huldigen.

Dabei hatte mein Vater ihn mehrfach gewarnt.« Eine tiefe Wut schlich sich in Robins Stimme und ließ seine Worte um so eindringlicher wirken. »Aber Prinz John schlug seinen Rat und den der erfahrenen Krieger, die sein Vater ihm mitgegeben hatte, in den Wind. Er hörte nur auf die schmeichelnden Worte seiner jungen Günstlinge; Männer, deren kriecherische Lobhudelei mit jedem konfiszierten Landgut, mit dem er sie bedachte, noch wuchs. Er machte keine Anstalten, die drohende Rebellion im Keim zu ersticken. Statt dessen ging er nach Dublin und verpraßte dort all sein Silber bei ausschweifenden Orgien in Hurenhäusern, wo der Wein in Strömen floß. Seine Soldaten desertierten reihenweise, da der Prinz ihren Sold einbehielt und dazu benutzte, sich zu vergnügen. Als er schließlich doch gegen den König von Limerick in die Schlacht zog, mußte er feststellen, daß die Hälfte des Heeres, dem er sich gegenübersah, aus seinen eigenen Männern bestand. Nach dieser blutigen Niederlage wurde er nach Hause gerufen, allerdings nicht als Lord von Irland, sondern einmal mehr als einfacher John Lackland.

Mein Vater wagte es, die Wahrheit laut auszusprechen. Und so verhärtete sich das einst für ihn offene Herz des Königs gegen ihn, und sein gesunder Menschenverstand verwandelte sich in übertriebene Nachsicht.« Robin warf ihr ein böses Lächeln zu. »Er betete John geradezu an und machte daher alle anderen für dessen Versagen verantwortlich. Mein Vater verlor die Gunst König Henrys und dann auch König Richards, und alles nur, weil er John verabscheute und nicht auf Englands Thron sehen wollte. Das kostete ihn seine Ländereien, all seine sonstige Habe und schließlich sein Leben.« Ein großer Stein lag neben seinem Knie. Er hob ihn auf und schleuderte ihn mit solcher Wucht quer über die Lichtung, daß Marian vor Schreck fast nach ihrem Messer gegriffen hätte. Robins Haut war aschfahl vor Zorn, die Kratzer und Prellungen hoben sich wie flammende Male davon ab, und in seinen Augen loderte ein grünes Feuer, als er sie ansah. »Vielleicht versteht Ihr jetzt, warum ich für die Plantagenets keine allzugroße Liebe hege.«

Abrupt wandte er den Blick ab. Die Wut verrauchte langsam und machte einem kalten, abgrundtiefen Haß Platz, dennoch bestand die Gefahr, daß sie plötzlich wieder an die Oberfläche treten und die Anwesenden wie ein tödlicher Blitz aus einer Gewitterwolke treffen könnte.

»Ich kann nicht ändern, was geschehen ist«, sagte Marian bedächtig. Ihr war bewußt, daß sie an einen Schmerz rühren mußte, in dem viele verschiedene Stränge zusammenliefen, also kleidete sie ihr Anliegen in Worte, die seinen Kummer in für sie nützliche Bahnen lenken würden. »Aber wenn Ihr schon nicht für König Richard kämpfen wollt, so könnt Ihr doch Prinz John schaden. Er unterscheidet sich in keinster Weise von dem Siebzehnjährigen, der er einst war. In meinen Augen ist er immer noch unreif, maßlos verwöhnt, mißgünstig und habgierig.«

»Wie wahr«, sagte Little John mehr zu sich selbst, doch diese schlichten Worte sicherten ihr seine Unterstützung zu.

Marian beugte sich vor. Wie Little John bediente sie sich einfacher, schmuckloser Worte und verzichtete darauf, den Outlaw durch übertriebenes Mitgefühl überzeugen zu wollen. Statt dessen schwang in ihrer Stimme eine unverkennbare Herausforderung mit. »Wenn wir siegen, Robin von Locksley, dann habt Ihr bestimmt gute Aussichten, Euer Land zurückfordern zu können. Oder zieht Ihr es vor, weiterhin das Leben eines Robin Hood zu führen?«

Er hob den Kopf und bedachte sie mit einem seltsam rätselhaften Lächeln. »Möglich«, antwortete er, doch dann senkte er den Kopf wieder und rieb sich die Stirn, als würde ihm plötzlich der Schädel brummen. Marian konnte nicht umhin, sich zu fragen, ob Zorn oder Kummer die Ursache dafür waren; oder ob letztendlich doch der übermäßige Weingenuß seinen Tribut forderte. »Natürlich gehe ich auf Euer Angebot ein, wenn es denn ehrlich gemeint ist. Unsere Freiheit ist mehr wert als das Lösegeld für den König.« Als er erneut zu ihr aufschaute, wirkte er erschöpft. »Im günstigsten Falle wäre ich, wie Ihr schon sagtet, wieder Robin von Locksley und hätte die Begnadigung für all meine Männer erwirkt. Im schlimmsten Falle würde ich mein Leben als der beschließen, der ich nun bin: Als Outlaw in Sherwood Forest. Aber ich verlange mehr als bloße Versprechungen. Ich möchte, daß Ihr mir eine Bestätigung seitens der Königin überbringt.«

»Wenn Ihr erkennen könnt, wann ich lüge, dann müßt Ihr auch wissen, wann ich die Wahrheit spreche. Ich gebe Euch mein Wort, und zu dem pflege ich zu stehen.«

»Trotzdem könnt Ihr nicht im Namen der Königin Versprechen abgeben, genausowenig wie Eleanor für ihren Sohn bindende Entscheidungen treffen kann. Ich will irgendein königliches Unterpfand; ob es später anerkannt wird oder nicht, bleibt abzuwarten, aber wenigstens habe ich dann etwas in der Hand. In der Zwischenzeit erwarte ich, daß ich für alle Nachrichten, die ich Euch zukommen lasse, bezahlt werde – in Silber oder in Naturalien.«

Wortlos löste Marian die Geldbörse, die er ihr bei ihrer letzten Begegnung gelassen hatte, von ihrem Gürtel und reichte sie Robin Hood. Er zählte den Inhalt und grinste sie dann wieder auf seine spöttische, verschlagene Weise an. Die Schwermut löste sich so rasch auf, wie sie über ihn hereingebrochen war. »Und nun, da im Moment nichts Geschäftliches mehr ansteht, darf ich Euch und Eure Männer einladen, an unserem Festmahl teilzunehmen. Meine Nase sagt mir, daß das Wildbret jetzt durchgebraten ist, und ich für meinen Teil habe fest vor, es mir schmecken zu lassen. Wenn man mich erst einmal begnadigt hat, kann ich nicht mehr in des Königs Jagdgründen wildern, wann immer mir der Sinn danach steht.«

Mit einer einzigen flinken Bewegung sprang Robin auf die Füße und machte vor Marian eine kleine, ironische Verbeugung, überließ es jedoch Little John, die Hand auszustrecken und ihr aufzuhelfen. Dann drehte er sich um und ging ihnen voran zum Lager zurück. Sein Haar war inzwischen getrocknet und schimmerte auf den sonnenbeschienen Abschnitten des Pfades wie pures Gold. Er bewegte sich mit einer natürlichen Anmut, die Marians Interesse weckte. Sein schlanker, muskulöser Körperbau ließ auf Kraft und Geschmeidigkeit schließen, seine Haltung drückte Wachsamkeit und die Bereitschaft, schnell zu reagieren, aus. Einen Moment lang bewunderte sie still das rhythmische Spiel seiner Beinmuskeln unter der Haut und die Art, wie sich seine Hinterbacken unter dem engen Leder abzeichneten, dann zwang sie sich energisch, ihre Aufmerksamkeit auf etwas anderes zu richten. Seitdem er wieder halbwegs nüchtern war, hatte Robin Hood peinlich darauf geachtet, ihr nicht noch einmal zu nahe zu treten, obwohl er gemerkt haben mußte, daß ihre eigenen Abwehrmechanismen sie vorübergehend im Stich gelassen hatten. Seine erotische Ausstrahlung war allgegenwärtig und gehörte ebenso zu seinem Naturell wie sein unbekümmertes Wesen. Da er sie nicht verbergen konnte, bemühte er sich, sie wenigstens zu drosseln, so gut er konnte, um Marians Achtung zurückzugewinnen. Als sie die große Lichtung betraten, begann er, sie vor seinen Männern mit ausgesuchter Höflichkeit zu behandeln. John Little führte sie zu einem vorbereiteten Platz unter einem der ausladenden, schattenspendenden Bäume, die das Lager umgaben, während Robin sich unter seine Männer mischte und einige davon anwies, sie mit frischem Fleisch zu versorgen.

Das Essen war zwar einfach, jedoch schmackhaft zubereitet und reichhaltig, so daß die Mahlzeit tatsächlich einem Fest glich. Neben Wild gab es auch geschmorte Hasen, Rebhühner und anderes Geflügel sowie frischen Fisch. Große Laibe duftenden Brotes wurden herumgereicht, zusammen mit Weichkäse und würzigem Honig. Die Männer langten herzhaft zu, doch Marian bemerkte, daß wenigstens ein Dutzend Portionen zu den Wachposten herausgebracht wurden, und war froh, daß Robin die Straße im Auge behalten ließ. Zum Essen trank man Ale aus Holzbechern oder schweren dunklen Wein, den Marian bevorzugte.

Als alle an ihrem Platz saßen, blickte sie neugierig in die Runde. Ihr fiel auf, daß Robin offenbar die Männer mit den besten Manieren dazu bestimmt hatte, während der Mahlzeit in ihrer Nähe zu sitzen, und sie achtete darauf, sich mit jedem in Hörweite befindlichen Outlaw freundlich zu unterhalten. Ihre Anwesenheit verlieh dem Essen eine festliche Atmosphäre, obwohl allgemein ein rauher Ton vorherrschte. Robin schlenderte zwischen seinen Leuten umher und dämpfte ihre ausgelassene Stimmung, sowie sie ins Derbe umzuschlagen drohte. Allein die Tatsache, daß er seine Männer so gut unter Kontrolle hatte und sie durch kameradschaftliche Zuneigung lenkte, statt Furcht und Schrecken zu verbreiten, sprach für seine Führungsqualitäten und nötigte Marian stille Bewunderung ab.

Mit einem vollbeladenen Teller kam Robin dann zu ihr

zurück und setzte sich neben sie. Er goß sich Wein ein, nippte jedoch nur vorsichtig daran, wie Marian bemerkte. Sie fuhr fort, sich beim Essen aufmerksam umzublicken und suchte nach Gesichtern, die sie vom Raubüberfall und der Rettungsaktion her kannte. »Ich sehe den falschen Mönch nirgends, der mit Euch auf dem Jahrmarkt von Nottingham war«, sagte sie, an Robin gewandt. »Oder erkenne ich ihn ohne seine Kutte nur nicht?«

Er warf ihr einen Blick von solch unschuldiger Arglosigkeit zu, daß sie einen Moment an ihrer Vermutung, der Mönch könne Robins Komplize gewesen sein, zweifelte. Doch für einen Mann seines Schlages hatte er seine Verwunderung zu dick aufgetragen. »Ich hoffe, Ihr habt ihn nirgendwo hingeschickt, wo er Gefahr läuft, Sir Guy zu begegnen«, warnte sie. »Ich bin nämlich nicht die einzige, die seine Anwesenheit dort für einen gar zu merkwürdigen Zufall gehalten hat. Der Finger, mit dem er auf Euch gedeutet hat, wies zu guter Letzt auf ihn zurück.«

Nun grinste Robin sie unverhohlen an. »Ich sagte ihm, daß seine Tage als heimlicher Spion gezählt sind, aber er weigerte sich, mir zu glauben.«

»Er kann ja mit seinem Spielchen getrost fortfahren, solange er nicht in Guy von Guisbournes Nähe kommt.«

»Will erzählte mir, daß er sich seit Eurer Ankunft vor lauter Angst, Euch unter die Augen zu kommen, in der Hütte versteckt hält.«

»Weshalb sollte er wohl Angst vor mir haben?« rügte Marian.

Little John stieß ein schnaubendes Lachen aus. »Die Angst vor seiner eigenen Angst ist schon zuviel für Tucks Nerven.«

»Es gibt noch einen Grund dafür, Lady Marian«, verriet ihr Will Scarlett. »Als Ihr hier ankamt, hielt sich Tuck im Gebüsch hinter Euch verborgen. Ihr habt ihn nicht gesehen, aber er konnte sich davon überzeugen, wie geschickt Ihr mit Eurem Messer umzugehen wißt. Seit diesem Moment bibbert er vor Furcht.«

»Nun, da Lady Marian die Gegenwart unseres falschen Mönches wünscht, so soll er auch erscheinen«, meinte Robin und schickte Will los, ihn zu holen. Die anderen grinsten über das ganze Gesicht, während sie warteten, so daß Marian sich fragte, welchen Scherz sie wohl mit ihr trieben.

Der Mann, der sich bald darauf zu ihnen gesellte, trug zu ihrer Verblüffung immer noch seine Mönchskutte. Sie hatte diese Tracht für eine Verkleidung gehalten. Als Robin ihn als Bruder Tuck vorstellte, murmelte er eine Begrüßung. Welche Panik ihn auch immer dazu getrieben haben mochte, sich zu verstecken, jetzt wirkte er nur noch ein wenig nervös und offenkundig neugierig. Er nahm unter den Männern Platz und machte sich hungrig über seinen vollgehäuften Teller her.

Robin schenkte ihm Wein ein und füllte Marians Becher von neuem. Das Aroma war unverkennbar und kam ihr irgendwie vertraut war. Sie nahm einen weiteren Schluck und fragte dann: »Er schmeckt wie der Wein des Sheriffs. Habt Ihr es fertiggebracht, ihm einige Krüge aus seinem Keller zu stehlen?«

»Indirekt schon ...« brummte Robin gedehnt und wechselte einen Blick mit Will Scarlett, woraufhin dieser in prustendes Gelächter ausbrach.

»Ihr habt demnach noch nichts von den neuesten Ereignissen in der Burg gehört, Lady Marian?« fragte der junge Mann, als er wieder zu Atem gekommen war.

»Ich war gestern nicht dort.«

»Als wir uns das erstemal begegneten, stockte der Bischof von Buxton unseren Vorrat mit nahezu ungenießbarem Wein auf«, erklärte Robin mit gespieltem Ernst, wobei der Anflug eines Lächelns um seine Lippen huschte. »Im Gegenzug überreichte der Sheriff ihm einige Krüge ausgezeichneten Weines, um ihn für seinen Verlust zu entschädigen. Als wir davon erfuhren, hielten wir es nur für angemessen, den Bischof auf dem Weg nach Lincoln aufzuhalten und uns das zu nehmen, was uns von Rechts wegen zusteht.«

»Ihr habt ihn erneut ausgeraubt!« Marian konnte nicht anders, sie mußte lachen. Seine Kühnheit imponierte ihr.

»Ja, aber vielleicht gelingt es ihm, den Bischof von Lincoln dazu zu bringen, ihm das zu ersetzen, was er verloren hat«, kicherte Will Scarlett.

»Das möchte ich doch stark bezweifeln«, meinte Little John. »Sie sind erbitterte Gegner.«

»Ich weiß zufällig, daß Buxton mit Lincoln nichts Gutes im Schilde führt«, bestätigte Marian. »Während des Festmahles vor zwei Tagen schmiedete der Bischof mit dem Sheriff ein Komplott. Sie wollen Buxtons Rivalen der Hexerei bezichtigen.«

»Hexerei!« rief der Mönch empört.

»Von diesem Teil der Unterhaltung wußte ich bislang noch nichts«, sagte Robin leise, woraus Marian schloß, daß ihm andere Gesprächsthemen des fraglichen Abends bereits zugetragen worden waren.

»Bischof Hugh ist ein Heiliger auf Erden«, erklärte Bruder Tuck bestimmt.

»Er hat vielen notleidenden Menschen geholfen«, stimmte Little John zu. »Und er scheut sich nicht, seiner Meinung klar und deutlich Ausdruck zu verleihen.«

»Wir dürfen nicht zulassen, daß ihm etwas geschieht«, ereiferte sich der Mönch und sprang erregt auf, ein halb abgenagtes Hühnerbein noch in der Hand. Seine Augen glühten vor Erregung.

»Wir können ihn zumindest warnen«, beruhigte Robin den aufgebrachten Kameraden. »Und da dir soviel daran liegt, ihn zu retten, kannst du dich dem Trupp, den ich nach Lincoln schicke, anschließen.«

Der Mönch klappte erschrocken den Mund zu und setzte sich wieder auf seinen Platz, doch obwohl er vor sich hinstarrte wie ein Schaf, das zur Schlachtbank geführt werden sollte, sah Marian ihm an, daß die Vorfreude auf das zu erwartende Abenteuer stärker war als seine Bedenken. In ihr keimte der Verdacht auf, daß der furchtsam erscheinende Mönch kein so großes Sicherheitsrisiko darstellte, wie sie zunächst angenommen hatte. Er mußte sehr wohl in der Lage sein, seinen Verstand zu gebrauchen, sonst hätte Robin Hood keine Verwendung für ihn: Ihr schien, als könne Robin ihre Gedanken lesen, denn er begann, ihr von dem Leben in Sherwood Forest zu erzählen; er gab amüsante Anekdoten zum besten, in denen er die Tapferkeit und Klugheit seiner

Männer pries. Dann unterhielt er sie mit lustigen Geschichten, in denen die Possen des beleibten Bruders, ein schurkischer Baron, ein von Sorgen geplagter Braumeister, zwei Dutzend Fässer Ale, sechs Hühner und eine Kuh eine Rolle spielten.

Ihr Lachen verleitete ihn dazu, seine Erzählungen immer weiter auszuschmücken. Nun, da seine Stimme die durch Wein und unverarbeiteten Kummer hervorgerufene Schroffheit verloren hatte, ertappte sich Marian dabei, daß sie ihm gerne zuhörte. Sie hatte einen ganz eigenen Charme, dem man sich nur schwer entziehen konnte. Guisbournes Stimme dagegen klang zuweilen weich und betörend wie Seide, dann wieder kalt und schneidend wie Stahl ... ein herrliches Instrument, dessen unterschwellige Wildheit nur dann und wann durch den Mantel kultivierter Eleganz drang. Robins Stimme besaß weder die Resonanz noch die Modulationsfähigkeit wie die von Sir Guy, doch je länger Marian ihm zuhörte, desto stärker fiel ihr auf, welch feine Abstufungen er hineinlegen konnte. Der rauhe, heisere Klang beschwor den Vergleich mit einem reißenden, ungezähmten Strom herauf, der sich unaufhaltsam seinen Weg über Stock und Stein bahnt, doch die entwaffnende Wärme, die zugleich darin mitschwang, empfand Marian als so beruhigend wie das Spiel des Sonnenlichts auf sacht im Sommerwind tanzenden Blättern.

Sie lehnte sich entspannt gegen den Baum, lauschte Robins Erzählungen und nippte hin und wieder an dem süßen Wein, der sogar noch besser war, als sie ihn in Erinnerung hatte; er floß wie Feuer und Honig durch ihre Adern und verbreitete in ihrem Körper eine wohlige Wärme. Da sie sich seltsamerweise lebendiger vorkam als je zuvor in ihrem Leben, lächelte sie Robin träge an. Dieser erwiderte es mit einem kecken Grinsen, was sie zum Lachen brachte, obwohl gar kein Grund dazu bestand. *Doch es gab einen Grund*, versicherte sie sich rasch. Die Zukunft mochte zwar im Ungewissen liegen, doch sie konnte den heutigen Tag als Erfolg verbuchen. Es war ihr gelungen, den Handel nicht nur mit Silber, sondern auch noch mit dem Austausch von Informationen zu besiegeln. Sie hatte ihr Ziel erreicht, und nun, da sie gesättigt und durch Wein und angenehme Unterhaltung innerlich gewärmt war, stellte sie bei sich fest, daß es ihr widerstrebte, das Lager zu verlassen. Sie wollte hier sitzenbleiben und Robin zuhören, der gerade eine neue Geschichte begann. Dabei interessierte es sie nicht sonderlich, ob diese Geschichten auf Tatsachen beruhten oder nur seiner Fantasie entsprungen waren; die herzliche, kameradschaftliche Vertrautheit, an der sie teilhatte, schlug sie ganz einfach in ihren Bann. Sie konnte sich nicht erinnern, wann sie das letzte Mal so unbeschwert glücklich gewesen war. Seit langer Zeit schon waren ihr derart unkomplizierte, von Herzen kommende Empfindungen fremd. Robin machte Anstalten, ihren Becher noch einmal nachzufüllen, doch sie legte rasch eine Hand darüber. Der Wein war zu stark; sie hatte nicht mit der berauschenden Wirkung des Getränks gerechnet. Nun, da sie sich plötzlich schwindelig und erhitzt fühlte, mahnte sie zum Aufbruch. So angenehm der Nachmittag auch verlaufen war, wenn sie vor Einbruch der Dunkelheit wieder in Fallwood Hall sein wollte, mußte sie sich jetzt auf den Weg machen. Sie erhob sich und dankte ihren Gastgebern mit der Höflichkeit, die wahren Edelmännern gebührt, für die freundliche Bewirtung.

Robin begleitete sie zu ihrem Pferd zurück. Auf dem Weg besprachen sie die Umstände, unter denen ihre nächsten Treffen stattfinden sollten, Signale, die sie verwenden konnten und mögliche Sicherheitsvorkehrungen, die verhindern sollten, daß Marian in Verdacht geriet. »Ich werde es so einrichten, daß ich gemeinsam mit Sir Ralph in regelmäßigen Abständen meinen Besitz besuche. Ferner werde ich es mir zur Gewohnheit machen, für einen halben oder einen ganzen Tag auf die Jagd zu gehen, sobald ich mich um die anfallenden Arbeiten gekümmert habe.«

»Aber doch wohl nicht in dem Gebiet, in dem auch Robin Hood zu jagen pflegt?«

»Auf keinen Fall. Ich werde dafür sorgen, daß ich an ganz anderen Orten gesehen werde, und ich muß auch darauf achten, nicht immer mit leeren Händen nach Fallwood Hall zurückzukehren. Das ist gleichzeitig eine gute Gelegenheit, mich mit Pfeil und Bogen zu üben.« Außerdem hatte sie vor, ihre Fertigkeiten im Umgang mit dem Schwert zu verbessern, indem sie heimlich mit ihren Rittern im Wald trainierte, aber das behielt sie für sich. »Ihr seht, es wird mir nicht möglich sein, Euch stets persönlich aufzusuchen. Alan a Dale wird dann an meiner Stelle als Bote fungieren.«

Er nickte zustimmend, dann erkundigte er sich: »Seid Ihr immer noch an der Aufklärung der mysteriösen Todesfälle interessiert, von denen Ihr vorhin spracht, oder war das nur ein Vorwand?«

»Nein, ich bin wirklich ernsthaft daran interessiert – an Sir Ambroses merkwürdigem Unfall ganz besonders.«

»Ich weiß nicht, wer ihn umgebracht haben könnte. Aber es war allgemein bekannt, daß er dem König die Treue hielt. Euer Freund Guy von Guisbourne ist ein potentieller Kandidat«, fügte er mit seinem frechen und zugleich anziehenden Grinsen hinzu. »Oder einer der vielen anderen Ritter, die sich nach Kräften bemühen, im Kielwasser unseres verehrten Sheriffs ihr Glück zu machen. Was den anderen Toten betrifft – nun, Locksley gehörte einst mir. Vielleicht hat Lady Alix ja mir ihren Status als reiche Witwe zu verdanken, habt Ihr daran schon einmal gedacht?«

Marian erwog diese Möglichkeit einen Augenblick lang, dann schüttelte sie den Kopf. »Er ist erst kürzlich ums Leben gekommen. Falls es sich dabei um einen Racheakt gehandelt haben sollte, halte ich Euch als möglichen Täter für eine eher unwahrscheinliche Möglichkeit. Selbst wenn Ihr Euch an jemandem rächen wolltet, würdet Ihr – außer aus dem Affekt heraus – keinen kaltblütigen Mord begehen.« Sie schenkte ihm ein kühles Lächeln und fuhr fort: »Ich habe allerdings gerüchteweise vernommen, daß mein Freund Guy von Guisbourne dabei die Hand im Spiel gehabt haben soll.«

Robin lachte. »Ihr scheint Euch ja gerne in fragwürdiger Gesellschaft aufzuhalten, Lady Marian, obwohl der Klatsch in diesem Fall nicht zutrifft. Weder Guisbourne noch meine Wenigkeit sind für diese Tat verantwortlich, sondern Lady

Alix hat mit dem Sheriff eine dementsprechende Vereinbarung getroffen. Aber da sie es zu dem Zweck tat, ihr Bett von einem lästigen Gatten zu befreien, um für Euren Freund Platz zu schaffen, schlage ich vor, daß Ihr im Umgang mit ihm Zurückhaltung übt, falls Ihr Euch nicht mit dem Gesicht nach unten in einem Teich wiederfinden wollt.«

»Ich werde Eure Warnung beherzigen«, versprach sie, als sie bei den Pferden anlangten.

Little John erschien und brachte ihnen ihre Waffen zurück. Er zog die Augenbinden aus der Tasche, hielt dann aber inne und blickte Robin fragend an. Dieser schüttelte ablehnend den Kopf, streckte die Hände aus, um Marian beim Aufsteigen behilflich zu sein und blieb dann neben ihrem Pferd stehen und sah zu ihr auf. Zum ersten Mal, seit die Wirkung des Alkohols verflogen war, blitzte wieder unverhohlenes Begehren in seinen Augen auf. Sie war dankbar, als er den Blick senkte und ihr so Zeit gab, das unvermutete Verlangen, mit dem sie auf dieses verzehrende Feuer reagierte, zu unterdrücken. Doch er hatte seine Selbstkontrolle schnell wieder zurückgewonnen. Sie waren jetzt Verbündete im Kampf gegen einen gemeinsamen Feind. Es würde keine Entgleisungen von seiner Seite aus mehr geben, und sie mußte Sorge tragen, nach und nach seinen Respekt zu gewinnen.

Er holte tief Luft und strich sich mit einer abwesenden Geste sein wirres Haar zurück. Die dicken Strähnen glänzten blaßgolden zwischen seinen Fingern. Als er den Kopf hob und ihr wieder ins Gesicht sah, war die sengende Hitze in seinen Augen erloschen, und er schenkte ihr ein unverfälschtes, verschwörerisches Lächeln. Im strahlenden Sonnenlicht leuchteten seine Augen so grün wie die einer Katze und funkelten vor heimlicher Freude.

Ich mag diesen Mann, erkannte Marian mit plötzlicher Klarheit. *Ich habe gut daran getan. alleine herzukommen.*

8. Kapitel

»Wie lange muß ich denn noch die trauernde Witwe spielen?« fragte Alix vom Bett her. Ihre Stimme klang nun, da ihre Lust gestillt war, leicht belegt.

Guy hielt im Ankleiden inne und drehte sich um, um sie zu betrachten. Sie lag in malerischer Pose zwischen Seide und Leinen hingestreckt, die Sonnenstrahlen, die durch das Fenster fielen, verliehen ihrem dunklen Haar einen rötlichen Schimmer, und ihre blauen Augen blickten ihn unter schweren Lidern hervor lockend an. Für den Augenblick jedenfalls war sie satt und befriedigt und strahlte eine träge Sinnlichkeit aus. Er hatte sich diesmal viel Zeit mit ihr gelassen und darauf geachtet, daß sie Vergnügen an ihrer Vereinigung fand, und es war ihm gelungen, den mißtrauischen Unterton aus ihrer Stimme zu vertreiben. Er setzte ein halbherziges Lächeln auf und ließ seinen Blick mit sorgfältig berechneter Bewunderung an ihrem Körper entlanggleiten. Es fiel ihm nicht schwer, eine Begierde vorzutäuschen, die er in diesem Maße längst nicht mehr empfand. Eine gewisse Anziehungskraft war jedoch immer noch vorhanden, deren Intensität sie aufgrund ihrer grenzenlosen Eitelkeit leider gewaltig überschätzte.

Guy überlegte einen Moment, dann beantwortete er ihre Frage. »Sechs Monate, vorausgesetzt, alle bösen Zungen sind bis dahin verstummt.«

»Die nächste Zeit wird ihnen ausreichend Nahrung für andere Gerüchte liefern, so daß ich darüber in Vergessenheit gerate. Wenn schon sonst nichts anderes, so wird doch die Lösegeldforderung jedermanns Aufmerksamkeit auf sich ziehen.« Sie musterte ihn gereizt. »Prinz John will diese Woche den Sheriff aufsuchen, und ganz Nottingham wird in den wildesten Spekulationen schwelgen. Was meinst du wohl, wie dann die Luft vor Gerüchten schwirrt. Und danach ...«

»Prinz Johns Besuch beschert den Leuten eine aufregende Abwechslung vom Alltag und uns einen Vorteil, den wir leicht verspielen können, wenn wir vorschnell handeln. Dein Mann ist kaum einen Monat unter der Erde, Alix.«

Und eigentlich hätte er sich just in diesem Moment hier auf Erden seines Lebens freuen sollen, dachte Guisbourne bei sich, ließ sich jedoch seinen Unmut nicht anmerken.

Alix verzog schmollend die Lippen, doch die kleinmädchenhafte Geste verfehlte ihre Wirkung auf ihn. »Sechs Monate sind eine viel zu lange Zeit.«

»Laß uns doch den verbotenen Reiz unserer Beziehung genießen, solange wir es noch können.« Bei dieser Bemerkung mußte sie lächeln, und Guy trat zum Bett, setzte sich neben sie und begann sie langsam zu streicheln, wobei die Zärtlichkeiten sie eher beschwichtigen als erregen sollten.

»Zu lang«, murmelte sie wieder, doch ein darauffolgendes zufriedenes Schnurren milderte die Beschwerde ab.

Guy befand sich in einer verzwickten Lage. Er wußte, daß er dieses Spiel nicht endlos weitertreiben konnte. Wenn er sich weigerte, Alix zu heiraten, dann würde ihr Stolz eine empfindliche Schlappe erleiden. Sie würde sich auf die eine oder andere Weise an ihm rächen, und derjenige, den sie letztendlich ehelichte, würde sie höchstwahrscheinlich bei diesen Racheplänen unterstützen. Trotz seiner wachsenden Bedenken hatte er den Gedanken an eine Verbindung mit ihr nicht völlig aufgegeben, das konnte er sich zum jetzigen Zeitpunkt nicht leisten. Wenn er es sich zum Hauptziel setzte, seine Machtstellung in Nottingham zu festigen, war und blieb eine Heirat mit Alix der sicherste und schnellste Weg, das zu erreichen.

Er ließ seine Hände rastlos über ihren Körper gleiten. Alix räkelte sich wonnevoll unter seiner Berührung, seufzte und schloß die Augen. Ohne in dem sanften Streicheln innezuhalten betrachtete Sir Guy sie kritisch. Zugegeben, Alix war schön, voller Anmut und verfügte über erstklassige Manieren, die ihr sogar beim französischen Hof alle Ehre gemacht hätten. Doch sie verließ sich, wenn sie Männer betören und ihnen Gunstbeweise abschmeicheln wollte, allein auf ihre betont frische, mädchenhafte Art. Er fand, daß der Reiz dieser Taktik bereits zu verblassen begann. In zehn Jahren würde sie sich damit nur lächerlich machen, wenn sie in ihrer blinden Eitelkeit nicht erkannte, daß die Masche nicht mehr wirkte. Es mangelte ihr beileibe nicht an Intelligenz, doch ihr egozentrisches Wesen stand ihr im Wege. Alix würde sich stets nehmen, was sie wollte, und es dann mit beiden Händen festhalten. Er hielt es für wahrscheinlicher, daß sie ihm Steine in den Weg legen würde, statt ihm beim Aufbau seiner Karriere zu helfen. Er zog eigentlich eine Frau mit weniger – oder mit mehr – Ehrgeiz vor; eine Gefährtin, die sich entweder damit zufriedengab, seinem Haushalt vorzustehen oder die ihm half, ein Imperium aufzubauen. Natürlich war es auch möglich, daß sich Alix am Ende als überflüssig erwies – je nachdem, welcher seiner Pläne sich am ehesten verwirklichen lassen würde.

»Sechs Monate«, wiederholte er, mit der Hand über ihre glatte Hüfte fahrend. »Sechs Monate sollten ausreichen.«

Ihre dunkelblauen Augen öffneten sich und hefteten sich an sein Gesicht, und sie hob eine Hand, um das dichte Haar auf seiner Brust zu zerzausen. Verdrießlich jammerte sie dann: »Ich weiß gar nicht, warum du immer noch so unschlüssig bist. Ich habe getan, was du wolltest, und du mußtest dir nicht die Finger schmutzig machen.«

Guy regte sich nicht, zuckte noch nicht einmal erstaunt zusammen. Nur seine Hand blieb still auf ihrer Hüfte liegen, ehe er sie absichtlich fortnahm und unter ihren prüfenden Blicken eine abwinkende Geste vollführte. »So sieht es zumindest aus.« Dann holte er zum Gegenschlag aus, ohne jedoch seine Überraschung durchsickern zu lassen. »Aber der Effekt bleibt trotzdem der gleiche.«

Er erinnerte sich daran, wie honigsüß Alix' Stimme geklungen hatte, als sie beiläufig erwähnte, daß ihr Mann sich von Tag zu Tag schwächer und elender fühlte und niemand sich wundern würde, wenn er in absehbarer Zeit stürbe. Sie hatte ausgesehen wie eine Katze, die gerade Sahne geschleckt hat, dabei war ihr Mann zwar alt, aber beileibe nicht schwach und kränklich gewesen. Er hatte sofort gewußt, worauf sie hinauswollte, und ihr kurz und bündig erklärt, daß er mit dem Tod ihres Mannes nichts zu tun haben wollte, und gedacht, damit wäre die Sache erledigt. Schließlich hatte er den Vorschlag klar und deutlich zurückgewiesen, allerdings in der Absicht, sie zu warnen, nicht, sie noch anzuspornen. Aber nun schien es ihm, als ob sie seine Worte als Herausforderung aufgefaßt hatte.

Guy konnte sie in gewisser Hinsicht sogar verstehen. Sie war als junges Mädchen mit einem alternden Mann verheiratet worden und mußte dann in der Blüte ihrer Jahre mit einem Greis leben, obgleich sie es nicht schlechter getroffen hatte als viele andere Frauen auch. Guy hatte erlebt, daß Sir Otto zur Brutalität neigte, wenn er betrunken war, aber er war nicht von Natur aus und nicht über längere Zeit hinweg bösartig. Er behandelte Alix wie ein Schoßhündchen, das man je nach Lust und Laune bestrafen oder verhätscheln konnte, aber seine geistigen Fähigkeiten reichten nicht aus, um die hinter dem lieblichen Gesicht seiner Frau verborgene Intelligenz zu erkennen, die ihn so geschickt manipulierte. Ehe Guy auf der Bildfläche erschienen war, hatte sich Alix damit zufriedengegeben, ihren Mann heimlich zu beherrschen und ihre erotischen Gelüste anderswo zu stillen. Er war wohl kaum ihr erster Liebhaber gewesen, aber, wie es schien, der erste, den sie wirklich liebte. Nun mochte es ja sein, daß sie in ihrer Eitelkeit das Ausmaß seiner Leidenschaft überschätzt hatte – doch genausogut konnte *er* das Ausmaß *ihrer* Vernarrtheit in ihn überschätzt haben. Vielleicht steckte hinter den jüngsten Ereignissen kühle Berechnung statt hitziger Gefühle. Immerhin hatte auch der Haß auf ihren Ehemann all die Jahre leise geschwelt und war plötzlich mit voller Stärke aufgeflammt, und auf einmal war der schwerfällige, langweilige und ungehobelte Gatte ein Mühlstein an Alix' Hals geworden – und eine ständige Qual für ihren Körper, da er bis zuletzt ein triebhafter, unersättlicher Mann geblieben war.

»Ich habe es für dich getan«, murmelte Alix und fügte, als Guisbourne spöttisch die Augenbrauen hob, rasch hinzu: »Für uns – denk doch nur daran, was wir beide gemeinsam erreichen könnten!«

»Oh, und ob ich daran denke«, versetzte er mit einem provozierenden Lächeln.

Selbst wenn Alix' leidenschaftliche Zuneigung zu ihm

echt sein sollte – wenn diese Leidenschaft starb, dann war es möglich, daß auch er sterben mußte, um durch einen neuen Liebhaber ersetzt zu werden. Es hieß ja, daß ein zweiter Mord wesentlich leichter fiel als der erste. Er wußte nicht, was letztendlich der Auslöser gewesen war, aber sie hatte indirekt die Initiative ergriffen, hatte den Stein ins Rollen gebracht, der zum Tode ihres Mannes führte. Guy hatte immer gemeint, sie zu kennen, aber sie hatte sich als sehr viel skrupelloser erwiesen, als er je vermutet hätte.

Sorgsam darauf bedacht, seine Gedanken vor ihr zu verbergen, blickte er sie nachdenklich an, als sie plötzlich mit unerwarteter Schärfe sagte: »Eine vorteilhafte Partie wirst du nicht machen können – nicht in Nottingham.«

Guy entschied sich, bis zum äußersten zu gehen. »Tatsächlich nicht?«

Alix erhob sich, hüllte sich in die seidene Decke und schlenderte müßig durch den Raum. Bei dem Schachbrett blieb sie einen Moment stehen, strich mit dem Finger über die glatte Kante und spielte gedankenverloren mit den Figuren herum. Alix spielte gut genug, um ihren Mann gewinnen zu lassen, ohne daß es diesem auffiel. Sie war eine gute Strategin, hatte ab und zu sogar geniale Einfälle, aber es mangelte ihr an der nötigen Ausdauer.

»Du hast versucht, mich mit diesem Bauerntrampel, dieser riesigen Amazone eifersüchtig zu machen, nicht wahr?« fragte sie lauernd. Die Wut, die er aus ihrer Stimme heraushörte, schien ihm nicht nur vorgetäuscht zu sein.

Eifersucht oder Blindheit? Marian war eine schöne Frau, die sich trotz ihrer Größe anmutig zu bewegen wußte, doch Alix betrachtete ihre eigene zerbrechliche Erscheinung, ihr geziertes Wesen und ihre weiblichen Listen als ihre wirksamsten Waffen, und ihre zahlreichen Erfolge bei Männern bestärkten sie noch in dieser Ansicht. So wußte sie die Reize einer Frau, die sowohl ihre körperlichen als auch ihre geistigen Vorzüge nicht zu verbergen suchte, kaum zu würdigen.

»Ein guter Schachspieler weiß, wie er seinen Gegner in die Enge treibt.« Sir Guy lächelte, als hätte er wirklich einzig und allein die Absicht gehabt, ihre Eifersucht zu schüren.

»Aber mußtest du zu diesem Zweck unbedingt eine so plumpe Figur einsetzen?« Alix strich immer noch um das Schachbrett herum. Ein verschlagenes Lächeln spielte um ihre Lippen, als sie einen schwarzen Springer vorrückte, damit einen weißen Bauern schlug und diesen vom Brett schnippte. »Such dir beim nächstenmal bitte einen würdigeren Köder aus.«

Guisbourne ging, seinen aufkeimenden Zorn mühsam zügelnd, langsam auf sie zu. Alix drehte sich zu ihm um. In ihren Augen glitzerte unverhohlener Triumph. Er lächelte, zog sie an sich und drehte ihr mit einer Hand den Arm auf den Rücken, während er ihr mit der anderen den Mund zuhielt. Sie starrte ihn fassungslos an, dann loderte nackte Wut, die der seinen in nichts nachstand, in ihren Augen auf und Guy spürte, wie ihn eine Welle der Erregung überflutete. Vorsichtig lockerte er seinen Griff und gab ihren Mund frei. »Madam, wollt Ihr mir bitte verraten, was Ihr getan habt?« sagte er mit unheilvoller Höflichkeit.

»Gar nichts!«

Guisbourne beobachtete, wie ihr rührender Gesichtsausdruck rasch umschlug und sie versuchte, erschrocken und unschuldig zu wirken. Sie riß die Augen weit auf, und ihre Lippen begannen, höchst effektvoll zu zittern. Er zog einen Temperamentsausbruch dieser falschen Kindlichkeit bei weitem vor. Grob verstärkte er den Druck auf ihr Handgelenk, und in seiner seidenweichen Stimme schwang eine nicht zu verkennende Drohung mit, als er seine Frage wiederholte. »Was hast du getan, Alix?«

Keuchend vor Schmerz wand sie sich in seinem Griff, dann gab sie nach. »Ich habe nur einen Mann für sie gefunden; einen, der auch nicht viel schlimmer ist als der, den ich hatte.«

»Wen?« herrschte er sie an. »Seinen Namen will ich wissen!«

Alix schrie vor Angst leise auf. Er hatte zwar nicht vor, ihr noch weiteren Schmerz zuzufügen, doch es konnte nicht schaden, wenn sie damit rechnete. »Sir Ranulf ... es war nicht allzu schwer, ihn zu überreden.«

Wolverton besaß im Norden Land, welches an den Besitz von Marians Großvater grenzte. Er war kürzlich erst seiner Machtposition in Nottingham enthoben worden und besaß nicht genug Verstand, um sich gegen seine Widersacher zur Wehr zu setzen. Eine vorteilhafte Heirat bildete für ihn die beste Möglichkeit, sein Ansehen zu festigen. Sir Ranulf plante offenbar, Marians Großvater vor vollendete Tatsachen zu stellen, um ein kleines, jedoch strategisch wichtiges Stück Land sowie einen mächtigen Verbündeten im Norden zu gewinnen.

»Mittlerweile dürfte er sein Ziel erreicht haben«, fauchte Alix, deren mädchenhafte Züge sich plötzlich zu einer Fratze verzerrten.

Das Gefühl ihrer eigenen Macht schien sie tatsächlich berauscht zu haben. Oder er hatte einfach nur das Ausmaß ihrer Skrupellosigkeit unterschätzt, so wie ihr verstorbener Mann. Guisbourne spürte, wie er vor Zorn darüber, daß sie einmal mehr versuchte, ihn zu manipulieren und ihn somit zwang, etwas gegen sie zu unternehmen, innerlich zu kochen begann. Gleichzeitig empfand er tiefen Abscheu vor einer Frau, die es fertigbrachte, einer Geschlechtsgenossin einen solchen Ehemann aufzuzwingen. Dann lächelte er leicht. Eigentlich sollte er ihrem Einfallsreichtum Anerkennung zollen. Ihr Racheplan war perfekt. Ein solches Schicksal hätte auch er an ihrer Stelle einem Feind zugedacht ... oder einer nutzlosen Schachfigur.

»Wenn du dir einbildest, ich würde wie alle anderen nach deiner Pfeife tanzen, dann irrst du dich gewaltig.« Seine Hände schlossen sich um ihren Hals, er senkte mit voller Absicht seinen Mund auf den ihren herab und küßte sie: bis sie vor Verlangen die Besinnung zu verlieren drohte, dann stieß er sie unsanft auf das Bett zurück. »Wenn du das begriffen hast, dann können wir noch einmal über eine Heirat reden. Eher nicht.«

Wortlos drehte er sich um und verließ den Raum. Draußen im Vorhof rief er seine Leute zusammen. Er würde von seiner Burg noch mehr Männer kommen lassen müssen, ehe er Sir Ranulf aufsuchte und im Namen des Sheriffs Einspruch erhob. Er hielt es für unwahrscheinlich, daß Godfrey dumm genug gewesen war, seine Zustimmung zu dieser Entführung zu geben. Wie Marians Großvater würde er von dieser Angelegenheit wohl erst erfahren, wenn es zu spät war.

Guy wunderte sich über sich selbst. Warum mischte er sich da eigentlich ein? Doch dann stieg das Bild von Wolverton, der sich grunzend über Marian wälzte, vor seinem geistigen Auge auf, und er wurde von neuem von heißer Wut übermannt. Mühsam rang er um Beherrschung. So anziehend er Marian auch fand und so widerlich ihm der Gedanke auch war, daß Sir Ranulf sie ins Bett nahm, er durfte nicht vergessen, daß sein Plan zu ihrer Rettung bislang äußerst dürftig war. Immerhin ging er mit seinem Vorhaben ein großes Risiko ein. Doch dann tat er seine Bedenken mit einem unterdrückten Fluch ab. Er hatte einen großen Fehler gemacht, als er sich mit Alix eingelassen hatte. Der Rausch der Macht vernebelte ihre Sinne. Aber dieses Spiel mußte sie verlieren – um jeden Preis.

»Ich nehme an, Ihr seid mit dem Ergebnis zufrieden, Mylady?« fragte der Verwalter, dessen anzüglicher Blick über ihren Körper glitt, während er ihr zu den Stallungen folgte.

Marian warf einen leichten Mantel über ihr Seidenkleid, ehe sie den Mann verächtlich musterte. Ihr mißfiel die kriecherische Art, mit der er um sie herumscharwenzelte. »Der Zustand des Gutes hat sich deutlich verbessert«, bemerkte sie in neutralem Tonfall. »Sir Ralph wird hierbleiben, um Eure Arbeit weiter zu überwachen. Ich selbst gedenke in einigen Tagen zurückzukommen, um mich persönlich von den Fortschritten zu überzeugen.«

Die Bemühungen des Verwalters, sich bei ihr einzuschmeicheln, waren von vornherein zum Scheitern verurteilt. Marian hatte fest vor, ihn zu entlassen und durch einen fähigeren Mann zu ersetzen. Doch sie sah nicht ein, warum er nicht noch den durch seine Nachlässigkeit entstandenen Schaden beheben sollte, während sie sich nach einem geeigneten Nachfolger umsah. Sie traute dem Verwalter zwar immer noch nicht über den Weg, aber unter Sir Ralphs wachsamen Auge würde ihm nichts anderes übrigbleiben, als mit seiner Arbeit fortzufahren.

»Wollt Ihr vielleicht einige meiner Leute mitnehmen, wenn Ihr zur Burg zurückreitet, Mylady? Ich habe angeordnet, daß sich fünf Mann bereithalten. Sie warten bei den Ställen, falls Ihr ihre Begleitung wünscht.« Der Verwalter tänzelte unterwürfig um sie herum und warf immer wieder nervöse Blicke über seine Schulter.

Marian war schon im Begriff, sein Angebot ungehalten abzulehnen, doch dann besann sie sich eines besseren. Für eine Frau ihres Standes schickte es sich nicht, mit nur einem Leibwächter auszureiten. Eine größere Eskorte konnte ihr eventuell von Nutzen sein, denn ihr Kommen und Gehen würde weniger Aufsehen erregen, wenn sie in Situationen wie dieser auf die Etikette achtete. So erklärte sie sich mit dem Vorschlag einverstanden, und der Verwalter rief die fünf Männer herbei, deren Gesichter zwar alles andere als vertrauenerweckend wirkten, die aber dafür um so besser bewaffnet waren. Auch ihre Rüstungen waren gut gepflegt. Marian dagegen trug lediglich den Dolch bei sich, den Sir Guy ihr geschenkt hatte. Er hing am Gürtel ihres weißen Seidengewandes, und die Goldintarsien funkelten in der Sonne. Die Männer warteten, bis sie aufgestiegen war, dann ritten sie hinter ihr und Baldwin her. Der Verwalter ließ das Tor öffnen, und die kleine Gruppe machte sich auf den Weg nach Nottingham Castle.

Der Morgen war kühl und klar. Die Straße wand sich durch ein von grünen und fahlbraunen, brachliegenden Feldern unterbrochenes Waldgebiet, und Marian genoß die milde Wärme der Sonne auf ihrer Haut, die sachte Brise und das durch den Straßenschmutz gedämpfte Hufgetrappel. Ihre Begleiter richteten sich nach dem Tempo, welches sie vorgab, und Marian stellte träumerisch fest, daß sie nicht so schnell vorankamen wie geplant. Sie zwang sich, ihr Pferd zu einer rascheren Gangart anzutreiben. Das leise Unbehagen, das sie bei dem Gedanken beschlich, sich wieder innerhalb der Burgmauern und in der Nähe des Sheriffs aufhalten zu müssen, bestärkte sie noch in ihrer Entschlossenheit, ihre Mission erfolgreich durchzuführen. Die unbestimmte Vorfreude, die sich bei dem Gedanken, Guy von Guisbourne wiederzusehen, in ihr ausbreitete, war hingegen schon ein angenehmeres – wenn auch irritierenderes – Gefühl. Insgeheim hoffte sie, daß es ihr gelingen würde, einen Weg zu finden, den Sheriff zu stürzen, ohne Guisbourne mit ins Verderben zu reißen. Mit sehr viel Glück konnte sie ihn vielleicht genau wie Robin Hood auf ihre Seite bringen. Guisbourne würde der Königin ein wertvoller Verbündeter sein. Eine Sekunde lang stiegen die Bilder der beiden Männer vor ihr auf, die so verschieden waren wie Licht und Schatten.

Die Hälfte der Strecke lag bereits hinter ihnen, als sie um eine Biegung kamen und sich einer Gruppe von Rittern gegenübersahen, die ihnen auf offener Straße rasch näherkamen. Marian schätzte ihre Stärke auf etwa zwanzig Mann. Einen von ihnen erkannte sie an seinem Reittier, einem prachtvollen grauen Hengst, den sie zuvor schon einmal bewundert hatte. Es war der Anführer von Sir Ranulfs Leuten. Ob es an ihrer Abneigung gegen Sir Ranulf lag oder an der gespannten Aufmerksamkeit, die die Bande unverhohlen zur Schau trug, Marian lief bei ihrem Anblick ein prickelnder Schauer über den Rücken. Sie witterte Gefahr. Laut rief sie nach Baldwin, spürte instinktiv, daß er zu ihr eilen wollte, um sie zu schützen, dann hörte sie einen unterdrückten Aufschrei. Als sie sich umdrehte, sah sie, daß Blut aus seinem Mund floß. Einer der Männer, die der Verwalter ihr mitgegeben hatte, hatte sein Schwert gezückt und es Baldwin hinterrücks durchs Herz gestoßen. Marian unterdrückte den Kummer und die aufsteigende Panik, die sie zu überwältigen drohten, als ein anderer Reiter sein Tier an ihre Seite trieb und sie grob am Arm packte. Der Dummkopf trug keinen Helm. Ohne Zögern zog sie den Sarazenendolch aus der an ihrem Gürtel befestigten Scheide und schlitzte ihm damit die Kehle auf. Ein Blutschwall sprudelte aus der Wunde, benäßte ihr Gesicht und besudelte ihr Gewand.

Energisch gab sie ihrem Pferd die Sporen, riß es herum

und jagte los, fort von der Straße und quer über die Felder. Mit lautem Gebrüll machten sich die treulosen Wächter an die Verfolgung. Einige von ihnen kamen ihr bedrohlich nahe. Dennoch hatte sie eine reelle Chance, ihnen zu entkommen, ihr Pferd war schnell und ausdauernd, aber sie wußte nicht, welche Richtung sie einschlagen sollte. Nach Fallwood Hall zurückzukehren wagte sie nicht, denn es bestand die Gefahr, daß der Verwalter inzwischen auch Sir Ralph umgebracht hatte. So galoppierte Marian geradeaus über die Felder, auf das nächstliegende Waldstück zu, wo ihre Behendigkeit ihr gegenüber den schwerfälligeren Männern einen gewissen Vorteil verschaffen würde. Flüchtig suchte sie den Boden nach Hindernissen ab, dann warf sie einen Blick über ihre Schulter, um festzustellen, wieviel Vorsprung sie vor ihren Verfolgern hatte. Ihr Magen zog sich vor rasender Wut und nagender Furcht zusammen, als sie sah, daß einer der von ihrem Verwalter gedungenen Männer zu ihr aufschloß. Er ritt einen kräftigen Schimmel, der sehr wohl in der Lage war, ihr Pferd einzuholen. Das Schild hoch erhoben, um einen etwaigen Angriff von ihrer Seite abzuwehren, schoß der Mann an ihr vorbei, beugte sich vor, packte ihre Zügel und brachte ihr Pferd mit einem Ruck zum Stehen. Die anderen schlugen sofort einen Bogen und kreisten sie ein, um ihr den Fluchtweg abzuschneiden.

Der Mann, der ihr in die Zügel gegriffen hatte, verlangte ihre Waffe. Als sie ihm das Messer ausgehändigt hatte, schlug er ihr brutal mit der flachen Hand ins Gesicht. Zwar taumelte sie unter der Wucht des Schlages, aber sie schaffte es, das Gleichgewicht zu bewahren und sich im Sattel zu halten. Sie setzte sich auch nicht zur Wehr, als sie gefesselt wurde. Jede Verletzung, die sie jetzt davontrug, schmälerte die Chancen zur Flucht, die sich später vielleicht ergeben würden. Sowie ihre Hände gebunden waren, begannen die Männer, lüstern ihren Körper zu betasten. Mit zusammengebissenen Zähnen ertrug Marian die schweren Hände, die unsanft ihre Brüste und Schenkel kneteten. Wenn sie für Wolverton bestimmt war, dann würden sie es nicht wagen, ihren Spaß über eine bestimmte Grenze hinaus zu treiben.

»Ich weiß, in wessen Auftrag ihr handelt«, zischte sie ihnen zu, da sie hoffte, sie würden ihr die Augenbinde wieder abnehmen, wenn sie sich lange genug mit ihr vergnügt hatten, doch nichts dergleichen geschah. Als sie weiterritten, lauschte sie angestrengt ins Dunkle, um die Richtung ausmachen zu können. Die Anstrengung, sich zu konzentrieren, half ihr, die Furcht und das entsetzliche Gefühl der Hilflosigkeit zu verscheuchen. Sie bemerkte, daß sie eine Zeitlang der Straße folgten und dann über eine Zugbrücke in den Vorhof einer Burg einritten. Jemand zerrte sie vom Pferd und stieß sie über den Hof ins Innere des Gebäudes.

Der Gestank halbverfaulter Binsen schlug ihr entgegen und würgte sie in der Kehle, dann drang ein stechender Geruch nach verschwitztem Leder in ihre Nase, als eine behandschuhte Hand ihr die Augenbinde abnahm. Marian blickte sich rasch um und stellte fest, daß die Burg genauso verwahrlost aussah, wie sie roch, dafür war sie um so besser bewacht. Angewidert riß ihr der Anführer den blutdurchtränkten Mantel herunter und warf ihn zusammen mit der Augenbinde und ihrem Dolch auf den Tisch. Einen Moment lang fürchtete sie, ihr schmutzbespritztes Kleid würde folgen, doch ihre Entführer hatten offensichtlich Angst vor Wolverton, wenn sie ihn auch ebenso offensichtlich nicht respektierten. Der Ritter nickte zur Treppe hinüber, woraufhin zwei Männer sie an den Armen packten und mit sich schleiften. Sie setzte sich erbost zur Wehr, doch die Männer stießen sie so roh nach vorne, daß sie stolperte, dann zerrten sie sie die Stufen empor. Am Treppenabsatz angelangt, führten sie sie in eine geräumige Kammer und warfen sie auf ein Bett an der Wand. Einer von ihnen schob den schweren Riegel von innen vor, dann stellten er und sein Gefährte sich an der Tür auf und beäugten sie mit einer Mischung aus Hohn und erbittertem Groll.

Marian erhob sich, trat ans Fenster und schaute über die umliegenden Wälder. Sie konnte weder den Burghof noch die Straße sehen und fragte sich, ob das in der Absicht Sir Ranulfs gelegen hatte oder rein zufällig geschehen war. Während sie ihren Blick suchend durch den Raum schweifen ließ, versuchte sie, einen beunruhigten, verwirrten Eindruck zu erwecken, da ihr bewußt war, daß ihre beiden Wächter sie scharf beobachteten. Es befanden sich ohnehin kaum genug brauchbare Waffen in Reichweite. Die Truhe, die am Fuße des Bettes stand, war verschlossen und so schwer, daß sie sie nicht vom Fleck bewegen konnte. Dasselbe galt für den vor die andere Wand geschobenen Tisch. Darauf stand ein tönerner Weinkrug und davor ein kleiner Stuhl. Ein kräftiger Schlag mit dem Weinkrug, direkt in das Gesicht des Angreifers oder auf dessen Hinterkopf, könnte selbigen vorübergehend ausschalten. Im Geiste schätzte sie das Gewicht des Tonkruges ab und schüttelte resigniert den Kopf. Dann hörte sie draußen ein Geräusch und machte sich bereit, dem Feind gegenüberzutreten.

Ein Wächter öffnete die Tür, und Sir Ranulf trat ein. Marian warf ihm einen verstohlenen Blick zu und sah, daß er Verstand genug hatte, keine Waffe zu tragen. Aber vermutlich würde er sie, obwohl ein Mann bereits tot war, immer noch unterschätzen oder davon ausgehen, daß pures Glück und nicht Geschick ihre Hand gelenkt hatte. Er blieb stehen und starrte sie so finster an, als ob sie für diese Entführung verantwortlich sei. Nun, sie hatte einen seiner Männer umgebracht. Vermutlich war ihn dieses Unternehmen schon teurer zu stehen gekommen, als er gedacht hatte. Er befahl den Wächtern, draußen Posten zu beziehen, und verriegelte die Tür wieder hinter ihnen.

»Mein Großvater wird Euren Kopf auf einen Speer spießen und öffentlich zur Schau stellen«, sagte Marian kalt. Tränen und Flehen würden ihn nur noch mehr anstacheln. Noch hatte sie allerdings keine Ahnung, was ihn zu seinem Tun trieb. Wolverton leckte sich nervös über die Lippen, doch in seinen Augen stand ein Ausdruck tierhafter Halsstarrigkeit. Er war fest entschlossen, jedes Risiko einzugehen. Sie bezweifelte, daß er vernünftigen Argumenten zugänglich sein würde.

»Besser eine Heirat und ein friedliches Bündnis als eine entehrte Enkelin«, meinte Sir Ranulf höhnisch.

Entehrt. Das Wort traf sie wie ein Schlag, obwohl sie

nichts anderes erwartet hatte. Wolverton würde keine Zeit damit verschwenden, sie zu umwerben, wenn er der Meinung war, sie durch Demütigungen gefügig machen zu können. Er hatte die Absicht, sie zu vergewaltigen, da er annahm, daß sie danach lieber sanft wie ein Lamm zur Trauungszeremonie gehen würde, als für den Rest ihres Lebens als ›gebrauchte Ware‹ zu gelten. Dennoch – da war noch etwas anderes ...

Sie sah Wolverton unerschrocken in die Augen, während sich ihre Gedanken überschlugen. Woher kam der falsche Ton? Er hatte sich angehört, als würde er jemand anderen zitieren, als hätte man ihm Worte in den Mund gelegt, die ihm selbst nicht behagten. Konnte der Sheriff ihn dazu überredet haben? Aber warum? Doch dann mußte sie plötzlich an Lady Alix und an die Warnungen, die sie erhalten hatte, denken. Wenn Lady Alix schon der Mut gefehlt hatte, die lästige Rivalin endgültig zu beseitigen, dann konnte sie sich durchaus überlegt haben, daß Marian durch die erzwungene Heirat mit einem unerträglichen Grobian ebensogut aus dem Weg geräumt würde. Eine hübsche Strafe für eine Nebenbuhlerin, die es gewagt hatte, ihr in die Quere zu kommen ...

Sie konnte die Heirat nicht vermeiden. Sir Ranulf würde mit Leichtigkeit einen skrupellosen Priester auftreiben, der die Zeremonie trotz ihrer Proteste durchführte. Er verfügte über die Macht dazu, und der Sheriff würde sich, nachdem alles vorüber war, zweifellos hinter ihn stellen, so wie auch Prinz John für den Sheriff Partei ergreifen würde. Eleanor würde zwar Einspruch erheben, aber nur im Falle der Rückkehr König Richards würde man ihr, Marian, gestatten, ein Bittgesuch zu stellen, um ihre Freiheit wiederzuerlangen. Das bedeutete monatelange Qual, wenn nicht mehr.

Wolvertons Blick wurde glasig, ein Ausdruck von Ekel mischte sich mit wachsender Lust. Es war der Gedanke an eine Vergewaltigung, nicht ihr Körper, der ihn reizte. Seine Augen wanderten zum Bett hinüber, dann wieder zu ihr. Wortlos entledigte er sich seiner Robe und entblößte einen gedrungenen, untersetzten Körper mit einer Matte schwarzen, wolligen Brusthaares und einem schlaffen, fleischigen Penis. Leise grunzend begann er, sich mit streichelnden Bewegungen zu erregen.

All ihre kühlen Überlegungen waren hinfällig. Sie würde es nicht dulden, diesem Widerling anzugehören, nicht einen einzigen Tag lang. Eher würde sie ihn umbringen. Wenn ihr das gelang, mußte sie allerdings noch seinen Männern entkommen. Aber zuerst galt es, sich Sir Ranulfs zu entledigen.

»Leg dich hin!« schnarrte Wolverton und wies mit einer Kopfbewegung zum Bett. Seine Hand hielt in ihrer Tätigkeit inne. Sein Glied war inzwischen steif geworden, sein Atem ging schneller, und eine dicke blaßrosa Zunge lugte zwischen seinen Lippen hervor.

Langsam löste Marian die Schnüre ihres Mieders. Wenn sie sich auszog, dann signalisierte das ihre Bereitschaft, sich zu ergeben, und verschaffte ihr einige wertvolle Sekunden Zeit zum Nachdenken. Außerdem würden sie die langen Röcke nur in ihrer Bewegungsfreiheit einschränken.

»Du kannst es kaum noch erwarten, was, mein Täubchen?« keuchte er schweratmend. In seinen kleinen, abstoßenden Schweinsäuglein glomm Vorfreude auf.

Langsam streifte Marian das Kleid ab. Sie wußte, daß sie in diesem kurzen Moment extrem verletzlich war, aber ihre Sorge erwies sich als unbegründet, Wolverton machte keine Anstalten, sich auf sie zu stürzen. Gezielt warf sie ihm das Gewand über den Kopf und ergriff, während er sich ungeschickt von der Kaskade glänzender Seide zu befreien versuchte, den Weinkrug. Als es ihm gelungen war, das Kleid beiseite zu werfen, schwang sie den Krug hoch und schmetterte ihn ihm mit solcher Wucht ins Gesicht, daß sein Nasenbein brach und er eine klaffende Schnittwunde über dem Auge davontrug. Wolverton brüllte vor Schmerz und Wut laut auf und schlug beide Hände vor sein blutüberströmtes Gesicht. Marian packte den Stuhl, der zu leicht war, als daß sie dem Gegner damit ernsthaften Schaden zufügen konnte, und hieb ihn Sir Ranulf über den Kopf. Das Holz splitterte, und Wolverton kreischte erneut wütend auf, taumelte aber nur leicht unter der Wucht des Schlages. Draußen erhoben seine Männer ein wüstes Geschrei. Ein Anflug von Panik schoß durch Marians Körper, doch zum Glück brachte Wolverton die Wachposten mit wilden Verwünschungen zum Schweigen. Vor Scham und Raserei war sein Gesicht hochrot angelaufen. Er rechnete immer noch nicht damit, in diesem Kampf zu unterliegen, sonst hätte er seine Leute zu Hilfe gerufen, um sie zu bändigen. Aber ihm war mittlerweile klargeworden, daß sie sich nicht widerstandslos ergeben würde. Der Wunsch, sie zu töten, stand deutlich in seinen Augen geschrieben, doch sie war sicher, daß er es nicht wagen würde, so weit zu gehen. Schlimmstenfalls würde er sie bewußtlos schlagen. Dann senkte Wolverton den Blick und ließ den Kopf hängen, um den Schmerz, den seine gebrochene Nase ihm bereitete, ein bißchen zu lindern. Der einzige Vorteil, den ihr der Schlag mit dem Weinkrug gebracht hatte, war, daß Sir Ranulf das Blut in die Augen rieselte und seinen Blick trübte. Knurrend wie ein gereizter Hund wischte er sich mit dem Arm darüber, um wieder klar sehen zu können. Marian stand nur noch eine einzige Waffe zur Verfügung – Sir Ranulf selbst. Sie mußte seine Kraft gegen ihn verwenden. Der Raum war zwar nicht allzu groß, doch die Entfernung vom Bett zu der gegenüberliegenden Wand reichte aus, um die nötige Beschleunigung zu erzielen. Sir Ranulf wachsam im Auge behaltend, wich Marian zurück, als er um das Bett herumkam, und suchte auf dem binsenbedeckten Fußboden nach sicherem Halt. Ganz langsam bewegte sie sich rückwärts, bis sie die Wand an ihrem Rücken spürte. Wolverton bleckte die Zähne, und ein häßliches Grinsen trat auf sein Gesicht. Er war sicher, sie in die Enge getrieben zu haben. Wie um sich zu schützen, hob sie die Arme und tat so, als würde sie vor Furcht erstarren. Schnaubend stürmte Wolverton vorwärts, ging wie ein wilder Stier mit gesenktem Kopf und ausgestreckten Armen auf sie los. Ein letztes Mal schätzte sie den Abstand ab, dann stemmte sie den rechten Fuß fest in den Boden, um das Gleichgewicht halten zu können, und entlastete den linken. Als er sie fast erreicht hatte, griff Marian nach seinem Haar und krallte die Finger in die schmierigen Strähnen, ehe sie mit dem linken

Fuß nach ihm trat und ihn von den Beinen holte. Im nächsten Moment sprang sie beiseite und riß Wolverton nach vorne, wobei sie seinen Schwung dazu benutzte, seinen Kopf an ihrem Körper vorbei gegen die Wand zu knallen. Er stieß einen japsenden Laut aus und brach zusammen. Sofort warf sich Marian auf ihn, grub die Finger in die Haarbüschel über seiner Stirn, zog seinen Kopf mit einem Ruck nach oben und schlug ihn dann, so fest sie konnte, auf den Boden. Der erste Aufprall wurde durch die dicken Binsen abgemildert, Wolverton schielte benommen zu ihr hoch, und sie sah, daß reinstes Entsetzen in seine Augen trat. Nach sechs weiteren Schlägen traf sein Kopf auf den harten Steinboden, kurz darauf war er tot, seine Schädeldecke zertrümmert, und Blut und Hirnmasse klebten in den Binsen.

Die Wächter hämmerten von außen gegen die Tür. Marian erwog, ob sie sie überrumpeln und die Tür öffnen sollte. Draußen befanden sich lediglich zwei Gegner. Mit etwas Glück würde es ihr gelingen, ein Schwert, ein Messer oder gar ein Kettenhemd, das sie zur Tarnung benutzen konnte, an sich zu bringen. Die Chance, sich eines der Pferde zu bemächtigen, war zwar nur gering, aber wenn ihr dieses Vorhaben mißlang, konnte sie wenigstens einen oder zwei von Wolvertons Männern töten, ehe sie überwältigt wurde. Sogar mit einem Schwert bewaffnet, konnte sie unmöglich gegen all die Feinde ankommen, die sich noch in der Burg aufhielten. Wenn sie sich zu diesem Schritt entschloß, erwartete sie ein sehr viel qualvollerer Tod als der, den sie sich durch einen gezielten Stich ins Herz selbst geben konnte, doch sie zog es vor, im Kampf zu sterben. Dann hörte sie jedoch, wie sich weitere Personen der Tür näherten und das ärgerliche Stimmengewirr anschwoll. Die Gelegenheit zur Flucht war vertan, aber vielleicht gab es noch eine andere Möglichkeit zur Rettung.

»Wolverton ist tot«, verkündete sie durch die geschlossene Tür, sich des Risikos, das sie einging, voll bewußt. Sie hätte ja auch vorgeben können, ihn als Geisel zu halten, doch sie fürchtete, seine Männer würden sich weigern, ihre Befehle entgegenzunehmen und darauf bestehen, mit Sir Ranulf persönlich zu verhandeln.« »Ich verlange, daß der Sheriff und Sir Guy von Guisbourne hergeholt werden! Auf der Stelle! Ich werde niemanden zur Rechenschaft ziehen, der nur auf Geheiß seines Herrn gehandelt hat.«

Einen Moment lang herrschte Stille, dann brach die Hölle los. Die Männer hatten sich offenbar entschlossen, die Tür aufzubrechen, denn sie warfen sich wieder und wieder mit voller Kraft dagegen. Da ihnen die Belohnung, die Wolverton ihnen zweifellos versprochen hatte, entgangen war, wollten sie sich nun an Marian schadlos halten; wollten ihre Lust und ihren Blutdurst an ihr stillen. Wenn nur ein einziger heller Kopf unter ihnen war, dann würden sie später behaupten, Marian habe Sir Ranulf getötet, nachdem dieser sie geschändet hatte, und dann ... sich selbst erhängt vielleicht? Der Sheriff würde vermutlich die ganze Angelegenheit mit dem Mantel des Schweigens zudecken. Auch wenn die Spuren der Mißhandlungen nicht zu übersehen waren, ihre beiden Leichen würden ihn der Pflicht entheben, diesen Entführungsfall eingehender zu untersuchen.

Marian wischte ihre blutverschmierten Hände an dem Gewand ab, das Sir Ranulf achtlos beiseite geworfen hatte, dann breitete sie es über seinen Leichnam. Während sie wieder in ihr eigenes weißes Kleid schlüpfte, schätzte sie ab, wie lange die Tür dem Ansturm wohl noch standhalten würde. Wenn sie nicht bald nachgab, würden die Männer einen Rammbock einsetzen.

Dann wurde das Gejohle und Gefluche plötzlich von einem neuen Lärm abgelöst. Eine Welle durcheinanderbrüllender Stimmen flutete durch die Halle, gefolgt von metallischem Waffengeklirr. Draußen ertönten schrille Schmerzens- und Todesschreie. Marian wartete ab. Wilde Hoffnung stieg in ihr auf und ließ ihr Herz schneller schlagen, als der Tumult abzuebben begann.

Guy von Guisbourne bat sie, die Tür zu öffnen. Sprachlos vor Erstaunen schob Marian den Riegel zurück und stieß die Tür weit auf. Sir Guy blieb, den Helm in der einen, sein blutverklebtes Schwert in der anderen Hand, auf der Schwelle stehen und sah sich im Raum um. Mit einem Blick erfaßte er, was geschehen war. Als er sich zu ihr umdrehte und ihr ins Gesicht blickte, leuchtete Bewunderung in seinen Augen auf.

Die abgrundtiefe Erleichterung, die Marian bei seinem Anblick empfand, breitete sich wie ein berauschender Trank in ihrem Körper aus. Eine ungeheure, triumphierende Befriedigung, diesen Schrecken überlebt zu haben, überkam sie, und sie lächelte ihren Retter dankbar an.

Gleichzeitig bemerkte sie, wie die Bewunderung in seinen Augen von heißer Begierde verdrängt wurde, und obwohl ihr nicht entging, daß er versuchte, seiner Gefühle wieder Herr zu werden, spürte sie, wie das Feuer auf sie übersprang, den kalten Panzer, den sie um ihr Herz gelegt hatte, durchbrach und tief in ihrem Inneren einen wilden Sturm auslöste. Sie hatte stets mit kühler Berechnung Rache genommen oder getötet; sich nie von Emotionen leiten lassen, daher erschütterte sie ihre heftige Reaktion auf diesen Mann um so mehr. Ihr Lächeln verschwand, und sie blieb regungslos, mit zum Zerreißen gespannten Nerven, abwartend stehen.

»Marian ...« flüsterte er weich, beinahe zärtlich.

Zuerst dachte sie, er wolle sie beruhigen, dann hielt sie das Wort für eine Aufforderung. Schließlich begriff sie, daß es als Einladung gemeint war. Sie sollte ihm zu verstehen geben, daß sie ihn ebenso wollte wie er sie. Sie brauchte jetzt im Gegenzug nur seinen Namen auszusprechen.

Sein Blick hielt dem ihren einen Augenblick stand, dann wanderte er langsam an ihrem Körper entlang und hinterließ überall, wo er verweilte, ein glühendes Mal ... auf ihrer Schulter, ihren Brüsten, ihrem Bauch, ihrem Unterleib. Es war ein Blick, unter dem sie sich auf einmal nackt vorkam. Ihre Brustwarzen verhärteten sich und begannen schmerzhaft zu pochen, das Blut rauschte siedendheiß durch ihre Adern, und ein Nebel des Verlangens umgab sie. Seine Lippen öffneten sich leicht; Marian konnte förmlich spüren, wie sein Mund sich weich über den ihren legte und seine Zunge ihn gierig erforschte. Sie spürte, wie sich seine harten Schenkel gegen ihr weiches Fleisch preßten, wie er sie an sich zog und sie die Arme hob, um sie um seinen Nacken zu schlingen. All dies hätte ebensogut Realität sein können, so lebhaft spiegelte ihr ihre Fantasie diese Ereignisse vor. Aber er rührte sich nicht von der Stelle, sah sie nur schweigend an, und in seinen bernsteinfarbenen Augen züngelte eine leidenschaftliche Flamme auf.

Die Verlockung schien ihr nahezu übermächtig zu werden, doch für sie war es noch zu früh, ihre eigenen Empfindungen waren ihr zu fremd, als daß sie mit beiden Händen nach dem gegriffen hätte, was er ihr anbot. Trotzdem konnte sie sich aus seinem Zauberbann nicht befreien. Wenn er sie jetzt küssen wurde ...

Guisbourne wartete, hoffte mit allen Fasern seines Herzens, daß sie von sich aus auf ihn zugehen möge. »Zwei Männer haben Euch bereits unerwünschte Aufmerksamkeit geschenkt«, meinte er sanft. Seine Stimme klang verführerisch und leicht ironisch zugleich. »Ich möchte nur ungern der dritte sein.«

Zwei? Dann fiel ihr Robin ein, der sie zweimal gegen ihren Willen geküßt hatte. Verwirrt und immer noch leicht benommen schüttelte sie den Kopf. »Nein«, hauchte sie beinahe unhörbar und wich ein Stück zurück.

Guy faßte ihre Antwort so auf, wie sie gemeint war, nämlich als Zurückweisung, und die lodernde Glut in seinen Augen erstarb. Er rang sich ein gezwungenes Lächeln ab und sagte betont sachlich: »Ich werde Euch nach Nottingham Castle bringen. In meiner Begleitung seid Ihr sicher. Aber meiner Meinung nach ist es am besten, wenn es so aussieht, als stündet Ihr sowohl unter des Sheriffs als auch unter meinem Schutz, das wird andere Ritter davon abhalten, einen neuerlichen Versuch zu wagen.«

»Ich denke, nur wenige würden sich überhaupt auf ein so zweifelhaftes Unternehmen einlassen – es sei denn, sie wären dazu ermutigt worden«, meinte Marian nachdenklich.

»Eure Gedanken gehen in die richtige Richtung«, bestätigte Sir Guy.

»Dann habe ich wohl eher mit einer neuen Taktik statt mit unsinnigen Wiederholungen dieser Tat zu rechnen.«

»Ihr tätet gut daran, auf der Hut zu sein, Lady Marian. Jeder Schutz hat seine Grenzen.«

»Ich werde mir Eure Warnung zu Herzen nehmen.«

»Dies hier habe ich draußen gefunden.« Guisbourne hielt ihr den Dolch hin, den er ihr auf dem Jahrmarkt gekauft hatte. Die Klinge wies immer noch Blutflecken auf. »Wie ich sehe, hattet Ihr Gelegenheit, ihn zu gebrauchen.«

»Er hätte eine würdigere Feuertaufe verdient.« Marian nahm ihm die Waffe aus der Hand und fügte ruhig hinzu: »Sollte sich zwischen uns eine Beziehung entwickeln, dann möchte ich nicht, daß an ihrem Anfang Blutvergießen steht.«

Einen Moment lang schien er aus dem Konzept geraten zu sein, dann wurden seine Augen schmal, und Marian, die soeben an Lady Alix gedacht hatte, sah ihm an, daß auch ihm diese Dame eingefallen war. Guisbournes Blick wich dem ihren nicht aus. Nach kurzer Überlegung antwortete er: »Blut kann das stärkste Band überhaupt zwischen zwei Menschen sein – oder aber das schwächste. Aber Ihr habt recht, es schadet mehr, als daß es verbindet.«

Marian, die ihre Fassung und ihr sicheres Auftreten zurückgewonnen hatte, verließ an seiner Seite die Stätte des Gemetzels. Leichen türmten sich vor der Tür ihres Gefängnisses, weitere lagen in der Halle und einige wenige auch im Burghof. Als sie ins Freie trat, fröstelte sie seltsamerweise in der warmen Sommersonne. Ein oder zwei von Sir Ranulfs Männern drückten sich unbehaglich an der Burgmauer herum. Nach Wolvertons Tod hatten diejenigen, die ihren Hals retten wollten, Sir Guy die Tore geöffnet und somit die Hauptlast seines Zorns auf ihre weniger wankelmütigen Kameraden gelenkt. Guisbourne war absolut Herr der Lage. Er gab Befehl, die Pferde herbeizuschaffen und teilte seine Leute in zwei Parteien ein, von denen eine weiterhin Sir Ranulfs Burg bewachen und die andere mit ihm und Marian nach Nottingham Castle zurückreiten sollte.

Ich stehe in seiner Schuld, dachte Marian. *Jetzt muß ich einen Weg finden diese Schuld zu bezahlen ohne mich zu kompromittieren.*

9. Kapitel

Der Sheriff stand auf und hob seinen Weinkelch. Seinem Beispiel folgend erhob sich Marian zusammen mit den anderen Gästen an der Tafel, um in den Trinkspruch einzustimmen. Sir Godfreys Stimme dröhnte weithin vernehmlich durch die Halle. »Auf unseren Prinzen ... und den zukünftigen König von England!«

»Prinz John!« Die Hochrufe klangen zwar laut, aber dennoch hohl in Marians Ohren. Auf den Gesichtern der Anwesenden zeichnete sich gekünstelte Ehrerbietung und aufgesetzte Fröhlichkeit ab, und sie fragte sich, ob Prinz John wohl imstande war, den Unterschied zu erkennen. Soweit sie wußte, hatte ihm – abgesehen von seinem Vater – noch nie jemand reine, unverfälschte Zuneigung ohne jedwede Hintergedanken entgegengebracht, und er war nicht der Mensch, der leicht die Herzen seiner Untertanen gewann.

Prinz John war weder als Mann noch als angehender Monarch eine eindrucksvolle Erscheinung. Das goldene Diadem auf seinem Kopf schimmerte im Kerzenlicht und ließ sein schlammfarbenes Haar stumpf und glanzlos wirken. Seine eng beieinanderstehenden Augen wiesen dieselbe unbestimmte Farbe auf und blickten trübe. Er hatte eine fahle Haut, verschwommene Züge in einem breiten, flächigen Gesicht, auf dem, selbst wenn er sich wie jetzt relativ entspannt gab, ein grämlich-verdrießlicher Ausdruck lag. Marian ließ sich von seinem prächtigen Gewand aus scharlachrotem Brokat und Goldstoff nicht darüber hinwegtäuschen, daß sein Körper bereits schwammig und seine Muskeln bereits schlaff zu werden begannen, obwohl er jünger war als die meisten seiner Gäste. John musterte die Gesellschaft mit offener Herablassung, doch die anmaßende Autorität stand ihm schlecht zu Gesicht, da ihm die beherrschte Würde und die Ausstrahlung, die seiner Mutter und seinem Bruder zu eigen waren, völlig abging. Zwar hielt Marian den Prinzen nicht unbedingt für dumm, aber er hatte zu lange als einfacher John Lackland, dem Macht und eigenes Land verwehrt geblieben waren, leben müssen. Eifersüchtig wachte er darüber, daß man ihm die gebührende Ehre erwies und war trotz des Mißtrauens, das ihm anhaftete wie die schweren parfümierten Öle, mit denen er sich einzureiben pflegte, sehr empfänglich für Schmeicheleien. Auch seine Habgier konnte er nur schwer verbergen. Er schätzte mit den Augen das gesamte Inventar ab, als ob es ihm schon gehören oder zumindest bald in seinen Besitz übergehen würde. Die Ritter und Barone würden diesen Mann zweifellos fürchten, ohne ihm jedoch eine Spur von Achtung entgegenzubringen. Aber sie wußten so gut wie er selbst, daß alles, was noch zwischen Prinz John und der Macht stand, die er anstrebte, im Augenblick sicher in einem Kerker in Österreich gefangensaß. Und wenn es nach dem Prinzen ging, dann würde Richard in diesem Kerker vermodern und John sich selbst zum König krönen lassen.

Das heutige Fest war eines Monarchen wahrhaft würdig; die Vielfalt der erlesenen Speisen war größer, die Ausrichtung prunkvoller als bei dem Mahl, das der Sheriff gegeben hatte, um den Bischof von Buxton für seine Zwecke zu gewinnen. Die Fülle der kunstvoll auf silbernen Platten arrangierten Gerichte sollte Prinz John beeindrucken und die Gäste in Erstaunen versetzen. Nachdem verschiedene Trinksprüche auf den Prinzen ausgebracht worden waren und jeder wieder seinen Platz eingenommen hatte, brachten zwei Diener eine riesige Pastete heran und setzten sie vorsichtig in die Mitte der Tafel. Als die Kruste aufgeschnitten wurde, schwirrten die im Inneren der Pastete gefangenen kleinen Singvögel heraus und flatterten mit nervösen Flügelschlägen aufgeregt durch die große Halle. Vier von des Sheriffs Falknern warteten in jeder Ecke des Raumes. Sowie sich die angsterfüllten Vögel alle in Freiheit befanden, befahl der Sheriff, die Falken loszulassen. Die räuberischen Jäger, die seit Tagen kaum etwas zu fressen bekommen hatten, stiegen auf und begannen, ihre Beute mitten in der Luft zu schlagen. Doch der Beifall erfolgte nur spärlich, und die Gäste rutschten unbehaglich auf ihren Stühlen hin und her, da sie wußten, wie leicht auch ihnen ihre Habe oder gar ihr Leben genommen werden konnte, wenn ihre vorgetäuschte Ergebenheit gegenüber John allzu dick aufgetragen und somit durchschaubar wurde. Das Essen begann in einer Atmosphäre gezwungener Fröhlichkeit.

Eine blutbesudelte Feder schwebte herab und landete neben Marians Teller. Als sie in die Runde blickte, stellte sie fest, daß jemand anderes weit unappetitlichere Überreste der zerfleischten Beutetiere abbekommen hatte. Lady Alix' türkisblaues Kleid und ihre milchweiße Haut waren mit purpurroten Spritzern übersät. Die Witwe gab ein geziertes, sprödes Lachen von sich, doch ihre Augen glitzerten vor unterdrücktem Ärger. Für den Bruchteil einer Sekunde kreuzte sich ihr Blick mit dem Marians, dann setzte sie eine gelangweilte Miene auf, sah zur Seite, als habe sie ihre Rivalin gar nicht bewußt zur Kenntnis genommen, und wandte ihre Aufmerksamkeit wieder Prinz John zu. Seit sie wieder in Nottingham Castle weilte, hatte Marian sich häufig unter die Hofdamen gemischt und versucht, soviel wie möglich über die Witwe in Erfahrung zu bringen. Einige äußerten sich freimütig zu diesem Thema, andere verhielten sich zurückhaltender, aber keine von ihnen hatte viel für Alix übrig. Zwar schien sich niemand sicher zu sein, inwieweit sie in die Entführung verstrickt war, doch offenbar verdächtigten sie fast alle Frauen der Mittäterschaft. Marian trug Geschichten über die Verführungskünste, die amourösen Affären und kleine Grausamkeiten der Witwe zusammen, doch keine dieser Aktionen kam der mißlungenen Entführung an Niedertracht gleich – abgesehen von dem kürzlichen Hinscheiden ihres Mannes, bei dem sie ihre Finger im Spiel gehabt haben sollte. Es sah so aus, als habe Alix vor kurzem eine gewisse Macht erlangt und sei gewillt, diese auch zu nutzen.

Marian hatte noch keine konkreten Rachepläne gegen Lady Alix geschmiedet, sie wußte nur, daß sie, sollte sich eine entsprechende Gelegenheit bieten, diese beim Schopfe ergreifen würde. Das tückische Vorhaben der Witwe war zwar gescheitert, aber Baldwin, der ihrer Familie seit Jahrzehnten mit absoluter Treue gedient hatte, war bei dem Versuch, die Entführung zu vereiteln, ums Leben gekommen. Sir Ralph hatte den verräterischen Verwalter erschlagen, allerdings wog dessen Tod den Verlust eines geschätzten, tapferen Gefährten bei weitem nicht auf. Marian lechzte danach, Lady Alix diese hinterhältige Tat heimzuzahlen, sah aber ein, daß es absurd wäre, ihre zimperliche Widersacherin einer physischen Konfrontation auszusetzen. Sie bezweifelte, daß die Frau auch nur rudimentäre Kenntnisse im Umgang mit Pfeil und Bogen besaß, geschweige denn, daß sie andere Waffen zu gebrauchen wußte. Alix' Macht lag in der Fähigkeit, andere Menschen zu manipulieren, sie dazu zu bringen, das auszuführen, was sie wünschte. Im Augenblick mußte Marian sich mit dem Gedanken trösten, daß Alix ob der gescheiterten Entführung garantiert vor Wut schäumte.

Eine Idee erschien ihr besonders verlockend, wenn auch nur wegen der teuflischen Ironie, die sie beinhaltete. Sollte sie ihre Mission erfolgreich durchführen können, dann würde ihr Königin Eleanor – und vielleicht auch der König selbst – eine Bitte gewähren. Wenn Lady Alix dann immer noch unverheiratet war, würde ihr Richard einen neuen Gatten aussuchen und dabei vielleicht Marians Vorschläge in Erwägung ziehen. Marian kostete die Vorstellung einen Augenblick lang genüßlich aus, ehe sie den Gedanken verwarf. Zwar würde sie die Frau nur allzu gerne mit einem ungeschlachten Rohling vermählt sehen, war aber nicht gewillt, eine königliche Gunst so zu vergeuden. Auch konnte sie es vor ihrem Gewissen nicht verantworten, durch eine solche Eheschließung vermutlich den Tod besagten Rohlings mit herbeizuführen. Lady Alix hatte sich schon einmal eines unerwünschten Ehegatten entledigt; den nächsten, den man ihr aufzwingen würde, erwartete vermutlich ein ähnliches Schicksal. Marian schaute zum anderen Ende der Tafel, wo Alix mit Prinz John flirtete, und überlegte, daß sich die Witwe mit ähnlichen Plänen hinsichtlich ihrer Person tragen mochte. Sicherlich würde sich Alix nun, da das Unternehmen fehlgeschlagen war, an ihr rächen wollen, und sie tat gut daran, ein wachsames Auge auf die Lady zu haben.

Obwohl Prinz John die koketten Annäherungsversuche der Lady Alix sichtlich genoß, war es Marian nicht entgangen, daß sein Blick häufig in die Runde schweifte und immer wieder – viel zu oft, als daß es Gutes verheißen konnte – zu Lady Claire zurückkehrte. Irgend jemand würde dem Prinzen heute nacht zu Willen sein müssen, seine Unersättlichkeit auf erotischem Gebiet war im ganzen Land bekannt. Aber eines stand jetzt schon fest: Seine Wahl würde auf keinen Fall auf Marian selbst fallen. Seine Augen glitten gleichgültig über sie hinweg, als würde sie überhaupt nicht existieren. Als sie ihm vorgestellt worden war, hatte Marian peinlich darauf geachtet, den Prinzen, der vielleicht schon in naher Zukunft ihr König sein konnte, mit äußerster Höflichkeit zu begrüßen, hatte dann jedoch erleichtert zur Kenntnis genommen, daß ihre Körpergröße ihn abstieß. Er hatte sich nicht die geringste Mühe gegeben, seine Abneigung zu verbergen. Marian lächelte in sich hinein und hielt sich mit voller Absicht kerzengerade, während sie sittsam den Blick senkte. Noch ehe sie den Prinzen überhaupt zu Gesicht bekommen hatte, hatte sie schon alles in ihrer Macht liegende getan, um zu verhindern, daß sie seine Aufmerksamkeit erregte. Sie hatte ein dem Anlaß entsprechend elegantes, kostbar besticktes Gewand ausgesucht, dessen zarter silbergrauer Farbton ihrer Erscheinung zwar schmeichelte, jedoch längst nicht so aufreizend wirkte wie das Karminrot ihres Lieblingskleides. Ihr Haar hatte sie mit einem von einer schlichten Silberkordel gehaltenen weißen Schleier bedeckt. Zum Glück hatten sich aber all diese Vorsichtsmaßnahmen als überflüssig erwiesen, und Marian atmete insgeheim auf. Sie wußte nicht, wie sie seine Berührung hätte ertragen sollen.

Mit Sir Guy dagegen verhielt es sich schon anders. Marian registrierte zufrieden, daß er sie hin und wieder bewundernd ansah. Offensichtlich wußte er unauffällige Eleganz zu schätzen. Er hatte sowohl sie als auch Lady Alix während des gesamten Abends mit derselben distanzierten Höflichkeit behandelt; von der Herzlichkeit, die er zuvor an den Tag gelegt hatte, war nichts mehr zu spüren. Nachdem er soviel riskiert hatte, achtete er nun wieder sorgfältig darauf, keine der beiden Frauen zu offenkundig zu bevorzugen. Ihm blieb ohnehin keine Zeit für müßiges Geplänkel, da der Prinz den

Mittelpunkt seiner Aufmerksamkeit bildete, von dem er sich nie sehr weit entfernte.

Der Sheriff machte Bogo und den anderen Akrobaten ein Zeichen, woraufhin diese in die Mitte des Raumes hüpften, wo sie Saltos schlugen, mit ihren Leibern kunstvolle Pyramiden bauten, Schwerter schluckten und mit brennenden Fackeln jonglierten. Nachdem sie die Anwesenden einige Minuten lang mit ihren Kunststücken unterhalten hatten, bedeutete Sir Godfrey ihnen mit einer gebieterischen Handbewegung, die Vorstellung zu beenden. Ein weiterer Wink läutete den Hauptgang des Festmahls ein. Marian beobachtete interessiert die Fülle vielfältigster Gerichte, die die Diener einmal um die Tafel herumtrugen und dann vor den Gästen niedersetzten, und bemühte sich, die blutige Drohung, mit der das Fest begonnen hatte, aus ihrem Gedächtnis zu streichen. Sie lächelte belustigt, als die Diener ihr eine Schar wohlduftender Monster präsentierten. Am besten gefielen ihr die grotesken, Wasserspeiern nachempfundenen Kreaturen, jede für sich ein kleines Kunstwerk aus akribisch zu Schuppen, Fängen und Klauen geformten Pastetenteig, der einen zarten geschmorten Igel umschloß. Der jüngst verstorbene Sir Ranulf hätte sich darauf gestürzt wie ein hungriger Wolf, dachte sie voll bitterem Sarkasmus. Danach folgte ein Dutzend Basilisken auf großen Silberplatten, die der Küchenchef geschaffen hatte, indem er Kopf und Vorderteil eines Ferkels an einen Kapaun geheftet hatte. Andere Kreationen waren ebenso aufwendig, wenngleich längst nicht so bizarr. Da gab es ein Nest aus knuspriggoldenem Backwerk, gefüllt mit Vögeln, die aus weißem Fischfleisch und gemahlenen, blanchierten Mandeln gebildet worden waren, komplett mit winzigen vergoldeten Schnäbeln und hellroten Beeren an Stelle der Augen. Statt eines Schwanes hatte der Koch diesmal einen farbenprächtigen Pfau zubereitet. Er hatte das Tier gehäutet und gebraten, dann wieder in sein schimmerndes Federkleid gehüllt und den herrlichen grünblauen Schweif zu einem Rad geschlagen.

Auf Prinz Johns Geheiß hatte der Sheriff Wildbret aus den königlichen Beständen auftragen lassen, zusammen mit ganzen gebratenen Ochsen, Lämmern und Wildschweinen. Von der Küste waren Tümmler und Robben ins Landesinnere geschafft worden und bereicherten nun als besondere Leckerei die Tafel. Prinz John aß gierig und ließ sich wieder und wieder nachlegen, wobei er die teigumhüllten Köstlichkeiten den Fleischgerichten vorzog. Der Sheriff verfeinerte seinen Braten mit großen Mengen mit Zimt und Nelken gewürzten Honigs. Als er erneut in den Topf langte, der neben seinem Platz stand, und eine großzügige Portion des goldenen Sirups auf seinem gerösteten Lamm verteilte, wandte sich Marian angewidert ab. Sie konnte zu stark gesüßtes Fleisch nicht ausstehen, da war ihr der saftige Lachs in einer mit ihrem geliebten Ingwer und nur einem Hauch von Honig angemachten Sauce vom Geschmack her wesentlich lieber. Der gebratene und dann glasierte Fisch ruhte in einem Bett aus pinkfarbenen Rosenblüten, umgeben von dunkelgrünem Blattwerk.

Immer wieder wurden neue Platten herumgereicht, und der Wein floß in Strömen. Trinksprüche, Loblieder und leere Floskeln wechselten sich mit immer neuen Schlemmereien ab. Prinz John winkte bescheiden ab, als Sir Godfrey vor versammelter Menge seine Tugenden und Heldentaten rühmte. Der Sheriff, offensichtlich darauf aus, den Prinzen in den Himmel zu heben, spielte seine Rolle recht gut, wenn man bedachte, welch dürftige Vorlage ihm zur Verfügung stand. Er konzentrierte sich auf die Reisen, die Prinz John kürzlich kreuz und quer durch England geführt hatten. Während dieser Zeit hatte er seine Autorität gefestigt und freigiebig Geschenke verteilt, immer darauf bedacht, sich zwar großzügig, jedoch nicht verschwenderisch zu zeigen und angesichts der enormen Steuerlast, die dem Volk auferlegt worden war, um das Lösegeld zusammenzubekommen, nicht mit seinem Wohlstand zu protzen. Wenn er nicht gerade damit beschäftigt war, den Prinzen lauthals zu preisen, beugte sich Sir Godfrey immer wieder zu John hinüber und redete leise auf ihn ein, wobei er ständig zustimmend nickte. Sein ganzes Gebaren drückte unterwürfigen Respekt aus.

Marian bemerkte, daß Sir Guy sich in vielen Punkten vorsichtig auf die Seite des Sheriffs stellte. Da er es nicht fertigbrachte, einem Narren so offen um den Bart zu gehen wie Sir Godfrey, und da er sich auch nicht mehr anmaßen wollte, als ihm zustand, verhielt sich Guisbourne eher reserviert, gab von Zeit zu Zeit wohlüberlegte Kommentare ab und belohnte jede halbwegs geistreiche Bemerkung aus Prinz Johns Munde mit in blumige Worte gefaßten Komplimenten. Es war eine gefährliche Gratwanderung zwischen wohldosierter Schmeichelei, auf die es John zwar ganz offensichtlich angelegt hatte, die aber in übertriebener Form seinen Verdacht erregen würde, und vornehmer Zurückhaltung, die dem Prinzen ebensosehr mißfallen könnte, sollte er die dahinter verborgene Kälte spüren. Für Sir Guy kam dieses Benehmen schon kriecherischer Anbiederei gleich, doch Marian kannte Guisbourne gut genug, um die Selbstdisziplin zu bewundern, mit der er sich jeglicher Anzüglichkeit enthielt. Verschwunden war die spöttische Verachtung, die er gegenüber dem Bischof von Buxton an den Tag gelegt hatte.

Der Sheriff fuhr fort, den Prinzen mit Lobeshymnen zu überhäufen, die jedoch in erster Linie dazu gedacht waren, die Gäste in ihren Ansichten über John zu beeinflussen. Sir Godfrey wollte offenbar ein alchimistisches Wunder vollbringen und Schmutz in Gold verwandeln. Die Ritter, die bislang nur widerwillige Ergebenheit gezeigt hatten, sollten dazu gebracht werden, dem Prinzen mit absoluter Loyalität zu dienen. Also ließ der Sheriff in seinen Sermon immer wieder bösartige kleine Seitenhiebe gegen König Richard einfließen, um dessen strahlenden Glanz zu trüben. Anfangs reagierte Prinz John auf die Schmähungen mit dem angemessen betrübten Gebaren eines weisen Mannes, der nicht umhin kann, die bittere Wahrheit zu akzeptieren. Doch nachdem er eine ansehnliche Menge Wein konsumiert hatte, trat ein streitlustiges Glitzern in seine kleinen Augen, und er forderte den Sheriff mit Blicken und Gesten auf, sich zu immer ausgefeilteren Bosheiten zu versteigen. Der Sheriff ging denn auch rasch zu seinem Lieblingsthema über und kam auf des Königs Machenschaften mit den Sarazenen zu sprechen. Als er innehielt, um Atem zu schöpfen, ergriff Sir Guy das Wort.

Unterdrückter Groll schwang in seiner Stimme mit, während er seiner Besorgnis hinsichtlich des Fehlens eines Erbens Ausdruck verlieh und König Richards Vorliebe für Knaben als möglichen Grund dafür nannte, daß er vielleicht niemals einen Sohn haben würde. Prinz John lauschte diesen Anzüglichkeiten mit sichtlichem Vergnügen und bedeutete dann dem Mundschenk, ihnen Wein nachzuschenken. Nachdem er seinen Kelch mit einem Zug zur Hälfte geleert hatte, blickte er nachdenklich in die Runde und versuchte, die Stimmung unter den Anwesenden einzuschätzen.

Die Gäste hatten von vornherein mit heftiger Kritik an König Richard gerechnet, und die meisten gingen auf die Verunglimpfungen wohlweislich gar nicht erst ein. Nur der erzürnte Sir Walter machte gegenüber dem jungen Ritter, der neben ihm saß, eine unvorsichtige Bemerkung darüber, daß Richard immer noch der rechtmäßige König sei. Als dem Prinzen diese Worte zu Ohren kamen, sprang er mit vor Zorn hochrot angelaufenen Wangen auf. »Ich habe schon viele Menschen sagen hören, die Herrschaft meines Bruders stünde unter einem bösen Fluch«, verkündete er pathetisch. »Die Wahl meines Vaters fiel auf mich. Mich wollte er auf Englands Thron sehen, mich und sonst niemand.«

Was für ein Narr, dachte Marian verächtlich. Der Prinz hatte mehr getrunken, als er vertragen konnte, und plauderte in diesem Zustand Dinge aus, die besser ungesagt blieben.

Jegliche Unterhaltung brach ab, als Prinz John finster von einem zum anderen blickte. »König Henry hat meinen Bruder noch im Tode öffentlich angeklagt. Als der Leichnam meines Vaters in der Abtei von Fontrevault aufgebahrt lag, kam Richard, um ihm die letzte Ehre zu erweisen. Mein Bruder war von grausamen Triumph erfüllt, da er glaubte, die Krone sei ihm nun sicher. Und wie er da kniete, den Kopf in falscher Ehrerbietung gesenkt, da schoß Blut aus den Nasenlöchern und dem Mund des Toten, strömte über sein Gesicht und rieselte zu Boden. So hat der König noch aus dem Jenseits meinen Bruder Richard, den Verräter, mit einem grausamen Fluch belegt.« Wieder schweifte sein Blick über die im Saal versammelten Ritter. »All diejenigen, die einst meinem

Vater die Treue geschworen haben, sollten ihre Knie jetzt vor mir beugen.«

Niemand war dumm genug, diese aus der Luft gegriffenen Behauptungen offen anzuzweifeln, noch nicht einmal Sir Walter. Marians ohnehin schon geringe Meinung von dem Prinzen sank noch um ein paar Grade. Sie hegte den Verdacht, daß er mittlerweile selbst an seine eigenen Hirngespinste glaubte. Einen geschickten Lügner hätte sie da schon eher respektiert als diesen jämmerlichen Komödianten. Prinz John konnte Richards Fehler anprangern, so oft er wollte, er würde dadurch nicht erreichen, daß seine eigenen Schandtaten in Vergessenheit gerieten, dazu standen sie den Anwesenden noch allzu lebhaft vor Augen.

Sicher, es war Richard gewesen, der die Rebellion gegen König Henry angeführt hatte. Aber John galt als der erklärte Liebling seines Vaters, und es war der Verrat seines jüngsten Sohnes, an dem der König letztendlich zerbrochen war. Nachdem Richard den Vater überwältigt und dessen geliebte Geburtsstadt niedergebrannt hatte, war der Wunsch nach Vergeltung heiß durch König Henrys Adern geflossen und hatte an seinem Herzen genagt. So hatte er verlangt, daß man ihm eine Liste mit den Namen all derer, die sich auf Richards Seite geschlagen hatten, vorlegte. Doch als er an oberster Stelle dieser Liste den Namen Prinz Johns las, des Sohnes, dem zuliebe er sich überhaupt erst zu solchen Torheiten hatte verleiten lassen, da verwandelte er sich von einem Augenblick zum anderen in einen kraftlosen, gebrochenen alten Mann. Er hatte sich abgewandt, sein Gesicht zur Wand gedreht und verkündet, man solle ihn in Ruhe lassen, er wolle nichts mehr hören, da es nichts mehr auf der Welt gäbe, was ihn noch berühren könne. Danach wehte nur noch ein leises, unaufhörliches Gemurmel durch das Schloß. »Schande ... Schande über einen besiegten König.«

Doch die bitterste Ironie der ganzen Angelegenheit lag in der Tatsache, daß König Henry seinen eigenen Untergang schon vorhergesehen hatte, als John noch ein Kind war. Er hatte sogar für den Winchester Palace ein Fresko in Auftrag gegeben, das diese Vision darstellen sollte. Das Bild zeigte einen riesigen Adler mit weit ausgebreiteten Schwingen, der von vier gerade flügge gewordenen Jungtieren bedrängt wurde. Zwei der kleinen Adler rissen an den Flügelspitzen des Vaters, ein weiterer hatte sich in dessen Bauchgefieder festgekrallt, und der letzte hackte nach seinen Augen. König Henry hatte kein Hehl daraus gemacht, daß er sich selbst als den Adler und seine Söhne als die erbarmungslosen Jungen sah. Er hatte gewußt, daß sie ihm solange zusetzen würden, bis sie ihn vernichtet hatten – und daß sich derjenige, der seinem Herzen am nächsten stand, am Ende als der heimtückischste von allen erweisen würde.

Während sie in das von Wut und Haß zur Fratze verzerrte Gesicht von Prinz John schaute, entschied Marian bei sich, daß der Leichnam seines Vaters ihn wohl einzig und allein deshalb nicht in Blut ertränkt hatte, weil er sich erst in der Abtei hatte sehen lassen, als König Henry von den Nonnen von Fontrevault bereits bestattet worden war. Besser, der ruhmsüchtige Richard saß auf Englands Thron als die prahlerische Schlange John, dachte Marian wieder einmal, und am besten wäre dem Land mit der mutigen, tatkräftigen Königin Eleanor gedient.

»Hoch lebe Prinz John!« Der Sheriff brachte just in dem Augenblick einen neuerlichen Toast aus, als die Stille der ohnehin schon gezwungenen Atmosphäre den Todesstoß zu versetzen drohte. Die Gäste hoben ihre Weinkelche und stimmten halbherzig ein, ehe sie wieder unbehaglich auf ihren Plätzen herumrutschten. In der Hoffnung, die Situation noch zu retten, blickte Sir Guy den Pagen, der auf den Prinzen zueilte, um dessen Kelch nachzufüllen, drohend an. Als sich der Junge erschrocken zurückgezogen hatte, beugte sich Guisbourne zum Sheriff hinüber und flüsterte ihm etwas ins Ohr. Sir Godfrey gab rasch ein Zeichen, das Dessert aufzutragen, und alle Anwesenden hoben, für jede Ablenkung dankbar, gespannt die Köpfe.

Auf einem großen Tablett wurde die raffinierteste und extravaganteste Überraschung des ganzen Abends hereingebracht. Der gesamte Zuckervorrat von ganz Nottinghamshire war aufgebraucht worden, um ein kleines Einhorn aus

Marzipan zu kreieren, das in einem Bett von Rosenblüten ruhte. Der detailgetreu geformte Kopf des Fabeltieres lag im Schoß eines hübschen jungen Mädchens von etwa vierzehn Jahren, das für Prinz John bestimmt war. Sie war die Tochter eines Schweinehirten, hatte Marian von Agatha erfahren, bäuerlicher Abstammung zwar, aber zartgliedrig und schlank, mit einem Schopf herrlicher goldener Locken, und sie war noch Jungfrau, was eine eingehende Untersuchung durch die Hebammen bestätigt hatte. Ein paar junge Galane trugen das Tablett durch den Raum, und die Ritter zückten unter dröhnendem Gelächter ihre Messer, um auf das Einhorn einzustechen. Als die Platte bei Prinz John angelangt war, brach der Sheriff das gedrechselte Horn ab und überreichte es seinem königlichen Ehrengast. Prinz John beäugte das Mädchen lüstern und bot ihr dann die Leckerei an. Die Kleine streckte die Hände danach aus, umklammerte das Marzipanhorn und führte es an die Lippen. Die Ritter johlten vor Vergnügen, als sie begann, die Spitze abzuknabbern.

Obwohl der Prinz von seiner niedlichen Trophäe recht angetan zu sein schien, bemerkte Marian, daß er Lady Claire erneut einen verstohlenen Blick zuwarf. Zu Beginn des Abends war er noch auf Lady Alix' gezierte Annäherungsversuche eingegangen, doch zu fortgeschrittener Stunde blieb sein Blick öfter und öfter auf Claire haften, die strahlend und mit erhitzten Wangen in ihrem korallenfarbenen Seidenkleid an der Tafel saß. Ihre hellen, blicklosen Augen wirkten heute wie fremdartige Juwelen. Vor Beginn des Mahles hatte Alan für die Gäste gesungen; hatte geistreiche und witzige Lieder vorgetragen, die die Spannung im Saal lösen sollten, und war dann zu Liebesballaden übergegangen, bei denen mehr als eine der Damen heimlich aufseufzte. Auch danach war Claire trotz der gedrückten Atmosphäre euphorisch geblieben, sie sog die Nacht mit all ihren Geräuschen und Gerüchen geradezu in sich auf. Ihr reines, unverfälschtes Entzücken zog alle Aufmerksamkeit auf sich, und ihre Blindheit machte es ihr unmöglich, das Schicksal, welches sie erwartete, rechtzeitig zu erkennen, um ihm eventuell entgehen zu können. Marian beobachtete, wie Prinz John sie abschätzend musterte, seine Augen glitzerten hinter den halb geschlossenen Lidern, und ein selbstherrliches Lächeln umspielte seine Lippen.

Marian spürte, wie sich jeder Muskel ihres Körpers kampfbereit spannte. Sie mußte all ihre Willenskraft aufbringen, um den aufkeimenden Zorn zu unterdrücken und einen kühlen Kopf zu bewahren. Wenn Prinz John die Frau des Sheriffs begehrte, dann würde er sie auch bekommen. Sir Godfrey würde sicherlich keine Einwände erheben. Marian blickte den Sheriff forschend an, las in seinem Gesicht jedoch weder Eifersucht noch Unmut. Nur ein flüchtiger Ausdruck von Berechnung huschte darüber, als würde sich Sir Godfrey bereits ausmalen, welche Vorteile er zu erwarten hätte, wenn er dem Prinzen seine Frau überließ. Sein Lächeln wirkte ebenso schlüpfrig wie das Prinz Johns, und Marian begriff, daß Claires mißliche Lage ihrem Mann ein geradezu grausames Vergnügen verschaffte, und daß sie nicht ahnte, was auf sie zukam, erhöhte für ihn den sadistischen Reiz dieser Angelegenheit nur noch. Marian überlegte, ob er vielleicht sogar darauf verzichten würde, sie vorher zu warnen, so daß Claire mitten in der Nacht von einem Fremden überrascht wurde – obwohl der unverkennbare Geruch nach Moschus und Rosenöl, der Prinz John umgab, ihr verraten würde, mit wem sie es zu tun hatte. Nein, Claire mußte unbedingt eingeweiht werden. Der Prinz mochte ja weniger perverse Vorlieben hegen als Sir Godfrey, aber egal wie er sie auch behandelte, er würde erwarten, daß Claire die Nacht genoß oder wenigstens Lust vortäuschte, die sie nicht empfand.

Bei dem Gedanken an die hilflose Frau stieg eine Welle von Abscheu in Marian hoch, und sie sah den Sheriff mit einem Blick an, in dem tödliche Verachtung lag. Zwar hatte sie mit der Tochter des Schweinehirten aufrichtiges Mitleid, aber sie kannte das Mädchen nicht, wohingegen sie Claire sehr gern hatte. Fast war sie versucht, Lady Alix bei ihren Bemühungen, den Prinzen einzuwickeln, Glück zu wünschen, wenn die Verbindung gerade dieser beiden Menschen nicht eine Vielzahl von Gefahren mit sich bringen würde. Die betont weibliche, klebrigsüße Art der Witwe würde ihm mit Sicherheit zusagen, und er würde das Gift, das von ihren Lippen troff, mit Wonne aufsaugen und auf ihren Wunsch hin ihren Feinden ins Gesicht speien.

Marian wußte, daß der Prinz an ihrer Person kein Interesse hatte, also würde es nichts fruchten, wenn sie versuchte, ihn von Claire abzulenken. Außerdem war ihr dieses Spiel zu gefährlich, sie konnte es nur gewinnen, wenn sie dabei verlor. Hatte sie erst einmal sein Verlangen geweckt, dann konnte sie sich nicht mehr mit ein paar koketten Bemerkungen aus der Affäre ziehen. Bestenfalls würde eine direkte Zurückweisung ihn so verstimmen, daß seine Begierde zwar verflog, aber vor seiner Rache wäre sie dann immer noch nicht sicher. Und falls er beschließen sollte, sie gegen ihren Willen zu besitzen, würde keiner der hier anwesenden Männer ihn davon abhalten. Wie würde sie reagieren, wenn ihr erneut eine Vergewaltigung drohte ... bei diesem Gedanken schossen ihr plötzlich blitzartig verschiedene übelkeiterregende Bilder durch den Kopf; Erinnerungen an den Tod ihrer Mutter und die Tätlichkeiten Sir Ranulfs stürmten auf sie ein und hüllten sie in einen roten Nebel. Wenn sie jedoch Prinz John tötete, würden die Konsequenzen dieser Tat ihre Familie zerstören. Da soviel auf dem Spiel stand, zwang sich Marian mit aller Kraft dazu, sich zu beherrschen und sich ihren Ekel nicht anmerken zu lassen.

Aber Prinz John wollte sie ja gar nicht, und dafür war sie dankbar. Trotz ihrer unerwarteten Beschützerinstinkte ging ihre Zuneigung zu Claire nicht so weit, daß sie gewillt war, ihren eigenen Körper zu opfern. Marian sah zu der Tochter des Schweinehirten hinüber, die immer noch an dem Horn des Fabeltieres aus Marzipan leckte, und hoffte, daß der hingerissene Gesichtsausdruck nicht allein daher rührte, daß sie die unbekannte Süßigkeit genoß. Für das Mädchen wäre alles viel leichter, wenn sie die Bedeutung der obszön anmutenden Geste, die sie da vollführte, verstünde und die heutige Nacht als Gelegenheit betrachtete, ihr Glück zu machen, selbst wenn dieses Glück mit Schmerzen verbunden war. Wenn der Prinz sie nicht in sein Bett nahm, würde höchstwahrscheinlich einer der Ritter ihre Jungfernschaft für sich fordern.

Inzwischen war sich Marian sicher, daß der Prinz auf das Mädchen verzichten würde. Er lehnte sich näher zu Sir Godfrey und flüsterte diesem etwas ins Ohr, dann musterte er Claire voll wollüstiger Gier, noch ehe der Sheriff zustimmend genickt hatte. Marian war heilfroh, daß Alan von seinem Platz an einem der weiter entfernten Tische aus nicht verfolgen konnte, was hier vor sich ging. Entschlossen bemühte sie sich, ihre wachsende Besorgnis zu unterdrücken. Sie sah keine Möglichkeit, Claire zu schützen.

»Es ist mir eine Freude, Euch zu Diensten sein zu können, Mylord«, sagte der Sheriff und fügte hinzu: »Aber zuvor haben wir noch eine Kleinigkeit zu besprechen.« Mit einem leichten Kopfnicken deutete er vage in Richtung des Rosengartens. Marian spürte, wie ihr ein Schauer freudiger Erregung über den Rücken lief. Genau auf diese Gelegenheit hatte sie gehofft und dementsprechende Vorkehrungen getroffen. Wenn sie den richtigen Zeitpunkt abpaßte, konnte es ihr gelingen, ungesehen in den Garten zu schleichen und sich hinter der Pergola zu verbergen, noch ehe das Treffen stattfand. Der Garten wurde nur bewacht, wenn sich der Sheriff dort aufhielt, und im Moment würden die anderen Gäste sich wahrscheinlich weiterhin in der Halle vergnügen. Sie hielt es für unwahrscheinlich, daß außer Sir Guy und Lady Alix irgend jemand ihr Verschwinden zur Kenntnis nehmen würde, und deren Aufmerksamkeit galt heute abend ausschließlich dem Prinzen. Als sie einen Blick Agathas auffing, gab Marian das verabredete Signal. Sie hob eine Hand und strich damit über ihr silbernes Halsband; eine Geste, die sie niemals in irgendeinem anderen Zusammenhang anwenden würde. Zur Bestätigung rückte Agatha ihren Schleier zurecht und blickte sich unauffällig in der Halle um, um Alan a Dale ausfindig zu machen. Marian verließ sich darauf, daß ihre beiden Verbündeten ihr Bestes tun würden, um sicherzustellen, daß sie den Garten ungehindert betreten und wieder verlassen konnte.

Ärger und ungeduldige Erwartung hatten Marian den Appetit verdorben, doch sie fuhr fort, Süßigkeiten zu knabbern und lauschte angestrengt, um soviel wie möglich von der Unterhaltung, die der Sheriff, Guy und Prinz John führten, mitzubekommen. Einige leise Bemerkungen konnte sie zwar nicht verstehen, aber soweit sie das beurteilen konnte, drehte sich das Gespräch nur um unwichtige Dinge, die jeder im Raum hätte hören dürfen. Sir Guy versuchte immer noch, die Mundschenke möglichst unauffällig wegzuscheuchen. Der Rest der Mahlzeit verlief ohne besondere Vorkommnisse, aber Marian mußte nicht mehr allzu lange warten. Prinz John, den die Aussicht auf ein erotisches Abenteuer, welches ihm sehr viel köstlicher erscheinen mußte als das erlesene Marzipan, das zum Dessert serviert worden war, offensichtlich ein wenig ernüchtert hatte, wollte anscheinend alle anderen Angelegenheiten so schnell wie möglich abhandeln. Bald erhob sich der königliche Gast, und die anderen Gäste ließen ihren Nachtisch im Stich, um ihm zu folgen. Doch Prinz John blieb müßig in der Nähe des Ausganges stehen, war jedoch diplomatisch genug, um den höhergestellten Rittern höflich eine gute Nacht zu wünschen. Marian behielt den Korridor im Auge und sah Alan davonhuschen, um sich davon zu überzeugen, daß die Luft rein war. Sie wartete noch eine knappe Minute, ehe sie ihm rasch folgte. Tatsächlich hatte der Sheriff einen Wachposten aufgestellt, der aber nicht vor dem Tor stand, sondern ziellos auf- und abpatrouillierte. Alan hatte den Mann bereits in ein Gespräch verwickelt und ihn so geschickt in eine Ecke dirigiert, daß er dem Tor den Rücken zukehrte. Aus Alans Gestik schloß Marian, daß er die anstößige Szene mit dem Mädchen und dem Einhorn in lebhaften Bildern nachstellte. Mit klappernden Augenwimpern imitierte er die Tochter des Schweinehirten, wie sie an dem einem Phallus nachempfundenen Horn leckte und knabberte. Der Wächter kratzte sich in der Leistengegend und brach immer wieder in schallendes Gelächter aus, dabei entging ihm völlig, daß Marian über den Korridor schlich und im Rosengarten verschwand.

Sie lief auf direktem Weg zu der Pergola und holte das moosgrüne Tuch, das Agatha dahinter verborgen hatte, aus seinem Versteck und schlang es um sich, so daß ihr helles Gewand und der weiße Schleier bedeckt waren. Dann legte sie sich flach auf den Boden, robbte auf die kleine Nische zu und zwängte sich hinein. Der Plan war einfach, aber relativ sicher; die größte Gefahr bestand darin, bei dem Versuch, das Versteck unbemerkt wieder zu verlassen, ertappt zu werden. Im Falle einer Entdeckung mußte sie mit ernsten Konsequenzen rechnen – höchstwahrscheinlich drohte ihr und ihren Gefährten die Todesstrafe. Marian hielt einen erleichterten Seufzer zurück, als sie sich zusammengerollt hatte, ohne sich an den Dornen gestochen oder die Haut zerkratzt zu haben. Das Gefühl nahender Gefahr beschleunigte ihren Herzschlag und trieb das Blut rascher durch ihre Adern. Eine wohlvertraute Erregung hatte von ihr Besitz ergriffen. Absichtlich atmete sie mehrmals tief durch, da sie wußte, daß sie sich beruhigen mußte, sonst würde sie noch vor lauter ungeduldiger Erwartung einen folgenschweren Fehler begehen.

Sie mußte einfach nur ruhig liegenbleiben. Sogar am hellichten Tag war es nahezu unmöglich, dieses Versteck zu entdecken, es wurde von der rosenberankten Pergola fast völlig verdeckt. Wenn der Blick eines zufälligen Besuchers nicht gerade an der Blütenpracht oder an der kleinen, zum Verweilen einladenden Sitzbank hängenblieb, dann schweifte er bewundernd über die Vielzahl verschiedener Pflanzen und Ziersträucher, mit denen der Garten prunkte – oder suchte nach demjenigen, mit dem er sich an diesem Ort verabredet haben mochte. Marian und ihre beiden Mitverschwörer hatten schon einmal die Probe aufs Exempel gemacht und Alan, angetan mit seinen hellsten Kleidungsstücken, in das Loch kriechen lassen. Zwar war sein hellblaues Wams inmitten all der Blüten und des grünen Blattwerks nur ab und an einmal aufgeblitzt, jedoch nur dann, wenn Marian und Agatha sehr genau hinsahen. Und des Nachts würde das dunkle Tuch jeden unsichtbar machen, der sich hier verbarg.

In der Ferne hörte sie Lärm und sich rasch nähernde Schritte. Marian hielt den Atem an, als einige Wächter durch den Garten streiften; folgte mit den Augen den Bewegungen ihrer Fackeln und lauschte ihren Stimmen, während die

Männer den Garten oberflächlich durchsuchten. Danach setzten sie die an den Mauern befestigten Fackeln in Brand und verschwanden wieder. Einen Moment lang herrschte Stille, dann erklangen leisere Stimmen und leichtere Schritte, die auf dem kiesbestreuten Pfad knirschten. Mehrere Gestalten tauchten auf, von denen sie von ihrer Position aus aber nur die Silhouetten erkennen konnte. Die Männer blieben stehen, und Marian hörte, wie sie leise miteinander sprachen. Doch sie verstand die Worte nicht. Insgeheim verwünschte sie ihr Pech. Der Garten war ziemlich klein, und sie hatte gehofft, die Unterhaltung unabhängig davon, wo sich die Sprecher befanden, problemlos verfolgen zu können. Aber sie redeten entschieden zu leise, vielleicht, weil sie von Natur aus vorsichtig waren, vielleicht aber auch, weil sich noch einer der Wächter in Hörweite befand. So drangen nur undefinierbare Wortfetzen an ihr Ohr. Marian erkannte den weichen, katzenhaft schnurrenden Tonfall Sir Guys, dann die keuchende Stimme des Sheriffs, doch der erste deutlich zu verstehende Satz kam aus dem Munde Prinz Johns, der vor Ärger lauter sprach als beabsichtigt. »Ich wüßte nicht, was es da noch groß zu diskutieren gibt. Ihr kennt meine Wünsche bereits. Ihr braucht sie nur noch zu erfüllen.«

Offenbar war die Geduld des Prinzen in der kurzen Zeit, die seit dem Mahl verstrichen war, auf eine harte Probe gestellt worden. Während sie langsam auf die Pergola zugingen, ergriff der Sheriff das Wort. Seine Stimme klang servil und beruhigend zugleich. »Ich bin stets bemüht, Eure Befehle zu Eurer Zufriedenheit auszuführen, Mylord. Aber um das tun zu können, muß ich nicht nur Eure Wünsche kennen, sondern auch Eure Pläne, und Ihr solltet die meinen erfahren und Eure Zustimmung dazu erteilen.«

»So, sollte ich das? Ich finde, es reicht, wenn ich erfahre, daß Ihr sie erfolgreich durchgeführt habt«, erwiderte John, blieb neben dem Rosenbusch stehen und knickte mit einer hastigen Bewegung eine Blüte ab. Marian, die stocksteif dahinterlag, spürte, wie der ganze Busch vibrierte.

»Mylord ...« begann der Sheriff von neuem.

Prinz John schniefte vernehmlich. Ob er an der Blüte schnupperte oder ob dieser Laut Geringschätzung ausdrücken sollte, das konnte Marian nicht sagen. »Wenn Ihr schon der Meinung seid, es gäbe etwas Dringendes zu besprechen, dann hättet Ihr damit wenigstens bis morgen früh warten können.«

»Mylord, ich bin sicher, daß Ihr Euch morgen früh genüßlich im Bett räkeln wollt.« Des Sheriffs Stimme troff geradezu vor giftiger Süße. Marian konnte sich das anzügliche Grinsen, welches seine Worte begleitete, nur zu gut vorstellen.

Ein leises Geräusch ertönte, so, als würde Prinz John die feuchten Lippen spitzen. Dann erkundigte er sich mit falschem Zartgefühl: »Was Lady Claires Blindheit betrifft ... da ihr das Augenlicht fehlt, dürfte ihr Tastsinn wohl um so besser entwickelt sein.«

»Ich denke, Ihr werdet keinen Grund zur Klage haben, Mylord. Aber ...« Nun haftete dem öligen Tonfall des Sheriffs etwas Drängendes an. »Ich bin sicher, daß sie noch dabei ist, sich zum Zubettgehen fertigzumachen. Wir können die Zeit ebensogut nutzen, um jetzt über alles zu reden. Es gibt noch einige Dinge zu klären, und dann müßt Ihr Euch heute nacht nicht mit unerfreulichen Gedanken herumschlagen ... oder gar morgen.«

»Nun gut«, brummte Prinz John, nur teilweise besänftigt, ließ sich auf der Bank neben der Pergola nieder und bemerkte: »Ich vertraue darauf, daß Ihr diese zweite Gelegenheit besser zu nutzen versteht als die erste.«

»Letztes mal wurde die Route kurzfristig geändert«, rechtfertigte sich der Sheriff sofort. »Ich kann nichts unternehmen, wenn ich nicht weiß, wann denn nun das Lösegeld endgültig abgeschickt werden soll und auf welchem Weg es transportiert wird.« Eine Sekunde lang bröckelte die Fassade, und Sir Godfrey zeigte sein wahres Gesicht, als er gereizt hinzufügte: »Schließlich kann ich ja keine Wunder vollbringen.«

»Ich erwarte auch keine Wunder«, fauchte Prinz John, doch sein Tonfall verriet, daß er genau das tat, seine Hoffnungen aber ständig betrogen sah. »Ich erwarte nur kompetentes Handeln.«

Einen Augenblick lang zögerten die beiden anderen Männer, ehe Guisbourne zu sprechen begann. »Die wichtigsten Waffen, die uns zur Verfügung stehen, sind Informationen. Unser Treueschwur gebietet es uns zwar, notfalls auch unbewaffnet für Euch zu kämpfen, Mylord, aber Ihr solltet uns um des Sieges willen so gut ausrüsten, wie Ihr könnt. Je schärfer unsere Schwerter sind, desto erbitterter werden wir kämpfen.«

»Jawohl, Mylord, wir müssen alles wissen, was Ihr in Erfahrung bringen könnt – die Route, die der Lösegeldtransport einschlagen wird, den genauen Tag, die Anzahl der Wächter, die ihn begleiten.« Der Sheriff schloß sich eilig Guisbournes Forderung an. »Ich kann meine Männer jederzeit bereithalten, aber Ihr müßt mir sagen, wann und wo sie zuschlagen sollen. Es wäre am besten, wenn wir uns des Lösegeldes bemächtigen könnten, ehe die Karawane durch Nottingham kommt.«

»Ich versichere Euch, daß ich Euch die notwendigen Informationen beschaffen werde, Sir Godfrey. Ich habe vielerorts meine Spione sitzen. Wenn ich weiß, was ich wissen will, werde ich eine Taube losschicken.«

»Eure Tauben sind zwar schnell, Mylord, aber schon mehr als eine hat ihr Ziel nie erreicht.«

»Dann sende ich Euch einen Boten, der Euch alles Wissenswerte mitteilen wird – Sir Stephen, Ihr kennt ihn vom Sehen«, erwiderte Prinz John. In ihrem Versteck lächelte Marian in sich hinein. Ehe der Prinz abreiste, würde auch sie Sir Stephens Gesicht kennen. Ein zänkischer Unterton schlich sich in Johns Stimme, als er fortfuhr: »Fügt diese Waffe Eurem Arsenal hinzu und setzt sie klug ein. Ihr müßt das Lösegeld um jeden Preis in Euren Besitz bringen.«

»Ja, Mylord«, versprach der Sheriff.

»Ihr solltet Euch lieber Mühe geben, denn wenn Ihr versagt, erhaltet Ihr keine Entschädigung für die Steuern, die Nottinghamshire als Beitrag zur Lösegeldsumme bereitstellen muß. Wenn Euer Vorhaben aber gelingt, sollt Ihr das Doppelte an Silber bekommen.«

»Ihr seid großzügig wie immer, Mylord.«

»Und vergeßt nicht, daß nicht der Schatten eines Verdachts auf mich fallen darf, egal, wie Ihr den Raubüberfall in Szene setzt. Das ist von äußerster Wichtigkeit, Sir Godfrey.«

Eine absurde Bedingung, dachte Marian verächtlich. Ob er nun schuldig war oder nicht, man würde ihn in jedem Fall verdächtigen. Es war ihr unerklärlich, wie er überhaupt etwas anderes annehmen konnte.

Dennoch beruhigte ihn der Sheriff sofort. »Ja, ich verstehe. Und ich habe auch bereits einen Plan. Niemand wird auf den Gedanken kommen, daß Ihr in die Sache verwickelt seid.«

Aus der kurzen, jedoch vielsagenden Pause, die auf diese Worte folgte, zog Marian ihre eigenen Schlüsse. Der zutiefst enttäuschte Prinz John wollte sich schützen, indem er nicht zu erfüllende Forderungen stellte. Auf diese Weise wollte er dafür sorgen, daß letztendlich ein anderer für die Geschehnisse verantwortlich gemacht wurde. Vorsichtig hakte er nach: »Und wie lautet Euer Plan?«

Des Sheriffs Stimme strotzte nur so vor Selbstgefälligkeit. »Es gibt einen Outlaw, der ganz Nottinghamshire unsicher macht. Er lebt in Sherwood und ist überall in der Gegend für seine Unverfrorenheit bekannt.«

»Sein Name ist sogar mir schon zu Ohren gekommen«, meinte Prinz John hämisch. »Er nennt sich Robin Hood und sitzt Euch wie eine Laus im Pelz, Sir Godfrey.«

»Wir konnten ihn bislang noch nicht aufspüren und unschädlich machen, das gebe ich zu«, warf Sir Guy ein. »Aber dafür haben wir einen Weg gefunden, uns sein Treiben zunutze zu machen.«

»Wenn wir die Karawane überfallen, werden wir uns so verkleiden, daß es aussieht, als hätten Robin Hood und seine Bande das Lösegeld gestohlen. Er ist nur ein Outlaw, ein Ausgestoßener ohne jegliche Rechte. Wer sollte sich wohl die Mühe machen, diesen Fall noch näher zu untersuchen, wenn die Lösung auf der Hand liegt?«

Eine Flut widersprüchlicher Empfindungen durchzuckte Marian; Ärger stritt sich mit der widerwilligen Anerkennung, die sie dem gerissenen Plan zollen mußte.

Prinz John schwieg einen Moment nachdenklich, und als

er wieder zu sprechen begann, schwang eine Art wohlwollender Belustigung in seiner Stimme mit. »Ich bin sehr zufrieden.«

»Mylord«, murmelten der Sheriff und Sir Guy wie aus einem Munde.

Wie zu sich selbst fuhr der Prinz fort: »Ich brauche dieses Geld, um die Gunst des Kaisers zu erkaufen. Er hat keinen Grund, Richard freizulassen, wenn man ihm genauso viel dafür zahlt, daß er ihn weiterhin festhält.«

»Besonders wenn es Königin Eleanor nicht gelingt, die volle Lösegeldsumme aufzubringen – was ihr schwerfallen dürfte, wenn Ihr das Silber raubt, das zu diesem Zweck bestimmt war.«

»Natürlich gibt es auch noch andere Druckmittel«, bemerkte Sir Guy. »Aber es ist gut möglich, daß des Kaisers Habgier letztendlich die Oberhand gewinnt, und dann wird er tun, was Ihr von ihm verlangt, mein Prinz.«

Ohne auf ihn zu achten sprach Prinz John versonnen weiter: »Die Gesundheit meines Bruders hat während des Kreuzzuges sehr gelitten, und er sitzt schon seit langer Zeit in diesem Kerker. Die Winter dort sind härter als in England. Wind, Hagel, Schnee …« Er zählte die Naturgewalten so genüßlich auf, als würde er die Speisenfolge eines erlesenen Festmahles verkünden.

Als Sir Guy wieder das Wort ergriff, hörte Marian dem Klang seiner Stimme an, daß sich ein Lächeln auf seinem Gesicht ausbreitete. »Dann schlage ich vor, Mylord, daß wir hineingehen und einen letzten Toast ausbringen – auf die Winterstürme und auf den klaren Himmel, der auf sie folgt.«

»Ja«, stimmte Prinz John zu und erhob sich von der Bank. »Und danach werde ich mich zu Bett begeben, denke ich.«

Der Sheriff stieß ein ausgesprochen unangenehmes Kichern aus, und die drei Männer verließen gemeinsam den Garten. Marian harrte noch ungefähr eine Stunde in ihrem Versteck aus. Sollte sie gesehen werden, wie sie zu ihrem Gemach zurückkehrte, dann durfte niemand ihr Tun mit dem des Prinzen in Verbindung bringen. Hatte sie es erst einmal geschafft, aus dem Garten herauszukommen, so war sie relativ sicher. Wenn einer der Wächter sie in leicht aufgelöstem Zustand durch die Halle eilen sah, würde er höchstwahrscheinlich annehmen, sie hätte sich mit ihrem Liebhaber getroffen. Doch dieser Trugschluß war hinfällig, falls er mißtrauisch wurde und sie dann keinen Galan vorweisen konnte. Aber sie hatte Glück, niemand bemerkte sie. Agatha und Alan erwarteten sie schon ungeduldig, als sie den Raum betrat.

»Ein voller Erfolg!« flüsterte sie freudestrahlend und gab dann wortwörtlich wieder, was sie erfahren hatte, nur Lady Claires trauriges Los ließ sie aus. Diesen Schock konnte sie Alan ersparen, wenn auch nur bis zum nächsten Morgen.

Trübes, fahles Morgenlicht drang in den Raum, der Himmel war wolkenverhangen und grau. Marian beobachtete Alan, der rastlos auf- und abtigerte, und wechselte dann einen besorgten Blick mit Agatha, die den Troubadour gleichfalls über ihre Stickereiarbeit hinweg musterte. Alans Gesicht war aschfahl, seine Züge wirkten spitz und verhärmt, und seine Augen glitzerten sowohl vor Wut als auch von unterdrückten Tränen. Einmal sah er zehn Jahre jünger aus, im nächsten Augenblick dagegen zehn Jahre älter. Am Fenster blieb er stehen und starrte blicklos hinaus, ehe er fast unhörbar murmelte: »Man sollte ihnen bei lebendigem Leib die Haut abziehen, allen beiden.«

Marian war geneigt, ihm zuzustimmen, doch es beunruhigte sie, daß Schmerz und Wut bei ihm gefährlich nahe unter der Oberfläche brodelten. Seine Zuneigung zu Lady Claire ging bereits jetzt schon viel zu tief. In Alans momentaner Verfassung mußte diese Schwärmerei unweigerlich die Aufmerksamkeit des Sheriffs erregen, selbst wenn der Troubadour keine Dummheit beging. Bislang war die Beziehung zwischen den beiden ja noch rein platonisch, aber Marian war nicht entgangen, daß Claire Alans Gefühle offensichtlich erwiderte. Sie kannte Sir Godfrey nicht gut genug, um seine Reaktion vorhersagen zu können, es war möglich, daß er vollkommen gleichgültig blieb, aber ebensogut konnte er auf sadistische Vergeltungsmaßnahmen sinnen. »Alan, Ihr müßt nach London reiten.«

»Nein«, sagte er entschieden, den Kopf mit einem Ruck hebend. Hinter dem Tränenschleier blitzten Trotz und blanker Haß auf.

»Oh doch!« zischte sie ihn an. »Ihr habt derselben Herrin die Treue geschworen wie ich. Wir alle dienen in erster Linie der Königin.«

»Ich kann Lady Claire nicht allein lassen«, protestierte er.

»Ihr könnt sie auch nicht beschützen. Sie ist die Frau des Sheriffs und Prinz John nun einmal der Thronerbe. Ich gebe zu, daß sich diese Männer alles andere als ritterlich verhalten haben, aber Ihr könnt nichts gegen sie unternehmen, und das wißt Ihr ebensogut wie ich.«

Kochend vor Zorn wirbelte Alan zu ihr herum. »Ihr habt Sir Ranulf für weniger getötet!«

»Er hatte kein Recht auf mich und auch keine Familie mehr, die seinen Tod rächen könnte. Doch ich hatte Glück, daß mir nach der Tat Schutz von höherer Stelle angeboten wurde. Niemand wird es wagen, mich zur Rechenschaft zu ziehen. Aber derjenige, der mich beschützt hat, muß sich einer noch stärkeren Macht unterordnen, und dieser Macht ist Lady Claire zum Opfer gefallen. Sie ist das Eigentum des Sheriffs, und er kann mit ihr verfahren, wie es ihm beliebt. Wenn sie ihn wegen der Demütigung, die er ihr zugefügt hat, umgebracht hätte, dann hätten zwar viele Menschen vollstes Verständnis für sie gezeigt, aber dennoch würde sie die volle Härte des Gesetzes treffen – zumal Prinz John hier das Gesetz verkörpert. Er würde sie schon allein wegen ihres Widerstandes bestrafen. Und wenn sie sich gegen John selbst zur Wehr gesetzt hätte, würde das zweifellos die Todesstrafe nach sich ziehen.«

»Also hättet Ihr Euch in Euer Schicksal gefügt, wenn Ihr an Claires Stelle gewesen wärt?«

»Ja, ich hätte die Kraft aufgebracht, diese Nacht zu erdulden, so wie sie es getan hat. Wenn ich mich nämlich geweigert hätte, hätte der Zorn des Prinzen nicht nur mich, sondern auch meine gesamte Familie getroffen.« Marian fröstelte beim Klang ihrer eigenen Stimme. Bei der Vorstellung, sie könnte gezwungen werden, dieser Kreatur zu Willen zu sein, zog sich ihr Magen schmerzhaft zusammen, und doch – es gab so viele Wege, sich zu rächen. *Ich würde ihn trotzdem hinterher töten, irgendwie,* dachte sie grimmig, *sogar wenn ich zu so einem verabscheuenswürdigen Mittel wie Gift greifen müßte.*

»Nein, Ihr würdet ihn umbringen«, stellte Alan fest, dessen Blick nicht von ihrem Gesicht wich. »Ihr würdet einen Weg finden.«

»Ihr werdet nach London gehen«, befahl sie scharf, da sie sich ärgerte, daß er ihre Gedanken so mühelos lesen konnte. »Ihr müßt der Königin von Prinz Johns Besuch berichten, und Ihr müßt ihr mitteilen, daß ich Robin Hood angeworben habe. Erklärt ihr auch, welche Absprachen wir mit ihm getroffen haben.«

Alan starrte sie lediglich an. Wenn sein Leid ihm nicht so deutlich im Gesicht geschrieben stünde, dann hätte Marian versucht, ihn mit einem Köder zu locken; hätte ihm vielleicht gestattet, Robin Eleanors Unterpfand zu überbringen. Aber im Augenblick würde ihn eine so plumpe Bestechung nur noch mehr verletzen. Besser, der Kreis schloß sich wieder und Eleanors Gunstbeweis gelangte aus ihren, Marians, Händen in die Robin Hoods. Bei dem Gedanken an ein Wiedersehen mit ihm verspürte sie eine prickelnde Erregung, doch Alans Elend trübte ihre aufkeimende Vorfreude.

Agatha legte ihre Stickerei zur Seite. »Sie ist die nächste Zeit erst einmal in Sicherheit, Alan. John hat vor einer Stunde die Burg verlassen.«

John war abgereist und wurde zu gut bewacht, als daß Alan es wagen würde, ihn anzugreifen. Doch der Sheriff bildete immer noch eine Zielscheibe für seinen Zorn. Marian wußte, daß – im Gegensatz zu ihr selbst – Gewalttätigkeit nicht in Alans Naturell lag, aber er war durchaus imstande, aus einem Wutanfall heraus eine unüberlegte Tat zu begehen. Sie hielt es für einen glücklichen Umstand, daß der Sheriff jegliches Interesse an seiner Frau verloren hatte und sich ihr wahrscheinlich nicht selbst nähern würde. Es sei denn, die Tatsache, daß sie mit Prinz John geschlafen hatte, verlieh seiner so lange vernachlässigten Frau plötzlich einen neuen Reiz, dachte sie bedrückt. Das war ein Punkt, der den Sheriff in seiner Haltung Claire gegenüber beeinflussen konnte, das und die Freude daran, ihr unmittelbar nach diesem schrecklichen Erlebnis weitere unerwünschte Intimitäten aufzuzwingen. Es sähe Sir Godfrey ähnlich, Erniedrigung auf Erniedrigung zu häufen.

»Ihr werdet nach London gehen, Alan«, wiederholte Marian bestimmt. »Dort werdet Ihr so lange bleiben, wie die Königin Euch braucht, und dann mit den Nachrichten, die sie uns zukommen lassen will, und dem Pfand für Robin Hood zurückkehren.«

Alan fuhr sich mit beiden Händen durch das Haar und setzte eine so gequälte Miene auf, daß Marian von Mitleid und Furcht zugleich ergriffen wurde. »Ihr könnt Claire nicht helfen, Alan, und alles, was Ihr unternehmt, könnte uns in ernste Gefahr bringen. Ihr müßt der Verlockung, Euch zu rächen, unbedingt widerstehen.«

»Es geht mir nicht allein um Rache. So sehr ich diese Männer auch leiden sehen möchte, vor allen Dingen will ich Claire Trost spenden.«

»Eure Gegenwart würde ihr mehr schaden denn nützen. Ihr begebt Euch in Gefahr und reißt sie mit, da Ihr nicht in der Lage seid, Eure Gefühle zu verbergen.« Daß gerade diese Gefühle zweifellos zu den wenigen Dingen gehörten, an die Claire sich klammern konnte, behielt Marian wohlweislich für sich. »Ihr reist heute noch ab. Hoffen wir, daß Ihr Eure Selbstbeherrschung zurückgewonnen habt, wenn Ihr wiederkommt.«

Alan gab sich geschlagen. Er konnte noch klar genug denken, um einzusehen, daß seine Anwesenheit in Nottingham Castle Claire tatsächlich in Schwierigkeiten bringen konnte. Bedrückt senkte er den Kopf und nickte, dann sah er Marian ernst an. »Seid ihr eine Freundin, Lady Marian, so gut Ihr könnt.«

10. Kapitel

Während des Rittes bemühte sich Marian, sich bestimmte Orientierungspunkte einzuprägen ... verschiedene Baumgruppen, einen verdorrten Stumpf, einen ungewöhnlich geformten Felsblock. Vielleicht würde sie irgendwann einmal imstande sein, Robins Lager alleine zu finden. Unbemerkt dorthin zu gelangen hielt sie allerdings für unmöglich. Auf dem gesamten Weg durch Sherwood war sie immer wieder den Wachposten begegnet, die Robin hatte aufstellen lassen und die sie näher und näher an das Lager heranführten. Die Männer grüßten sie inzwischen ehrerbietig und waren offenbar gern bereit, ihr behilflich zu sein. Als sie nach Robin fragte, erbot sich Bruder Tuck tapfer, sie selbst zu ihm zu bringen. Er führte sie bis zum Ufer des Flusses, wo ein anderer Mann sie erwartete und ihnen einen schmalen Pfad zeigte, der sich bergan weiter in den Wald oberhalb des Flusses schlängelte. Tuck dankte ihm und begleitete sie weiter, wobei er unaufhörlich auf sie einredete. Ihr fiel auf, daß er sich für einen so korpulenten Mann erstaunlich behende bewegte.

»Jetzt ist es nicht mehr weit«, sagte er, nachdem sie ungefähr eine Viertelmeile zurückgelegt hatten. »Dort hinten, bei dem kleinen Wasserfall. Es ist wunderschön dort. Ich gehe oft dorthin, um zu beten.«

Marian musterte den Mönch mißtrauisch. Er strahlte eine merkwürdige Mischung aus Unschuld und listiger Verschlagenheit aus, und es fiel ihr schwer, seine Kutte als etwas anderes als eine Verkleidung zu betrachten. Trotzdem schien sich hinter seiner fröhlichen Art ein durchaus ernsthaftes Wesen zu verbergen. Sollte sie jetzt etwa glauben, daß Robin auch zu dem kleinen Wasserfall kam, um dort zu beten?

Sie hatten gerade eine Lichtung betreten, als Little John zwischen den Bäumen vor ihnen auftauchte. Er nickte Tuck einen knappen Befehl zu, woraufhin sich dieser sofort in Richtung des Lagers zurückzog. Absichtlich machte Marian ein paar Schritte nach vorne, doch John, der wie ein älterer Waldgeist vor ihr aufragte, versperrte ihr den Weg.

»Robin hat mir gesagt, daß er allein sein will«, sagte er in einem freundlichen, aber unnachgiebigen Tonfall.

»Ich bringe wichtige Neuigkeiten«, erwiderte sie ruhig.

»Die können wohl noch ein bißchen warten.« John ließ sich nicht erweichen. »Ich schlage vor, ich bringe Euch jetzt ins Lager und hole Euch einen Krug mit kühlem Ale. Ihr braucht eine kleine Erfrischung.«

Ein unangenehmer Gedanke beschlich sie, den sie sofort in scharfe Worte faßte. »Laß mich durch. Wenn er schon wieder betrunken ist, möchte ich mich gerne persönlich davon überzeugen.«

»Er hat nicht getrunken«, versicherte ihr Little John gelassen. »Rob war nicht mehr betrunken, seit er diese Abmachung mit Euch getroffen hat, und es ist der Wein, den er nicht vertragen kann. Ale macht ihm nichts aus.«

»Geh zur Seite, John.« Marian war klar, daß sie es auf einen Machtkampf ankommen lassen mußte. Obwohl sie glaubte, daß er die Wahrheit sprach, herrschte doch kein Vertrauen zwischen ihnen. Er gehörte zu Robins Männern, nicht zu ihren, und er würde zweifellos lügen, um ihn zu schützen – wenn nicht jetzt, dann ein andermal. Er durfte keinesfalls denken, sie sei leicht zu beeinflussen oder in die Irre zu führen. »Geh zur Seite«, wiederholte sie.

Little John blickte sie forschend an. »Nun, vielleicht soll es so sein«, meinte er dann geheimnisvoll und tat, wie ihm geheißen.

Marian ging an ihm vorbei über die Lichtung und folgte dem Pfad, der zum Fluß führte. Um sie herum erhoben sich anmutige, schlanke Bäume gen Himmel, deren Rinde alle Farbschattierungen von Braun und Grau aufwiesen. Das Blattwerk über ihr bildete einen üppigen Baldachin; die leise im Wind raschelnden Blätter tauchten den Pfad in ein mattgrünes Licht und teilten sich hin und wieder, um strahlendblauen Himmel freizugeben. Marians ungeduldige Gereiztheit verflüchtigte sich langsam, während sie weiterschlenderte. Die sachte Brise streichelte sanft ihre Haut, und sie konnte spüren, wie sich der Knoten in ihrem Inneren zu lösen begann. Das Gefühl plötzlicher Entspannung und

Loslösung von allen Sorgen kam so überraschend, daß es sie gleichermaßen überwältigte und beruhigte. In der Ferne rauschte und gurgelte der Wasserfall und verwob das Gezwitscher der Vögel und Gewisper der Blätter zu einem betörenden Lied. Die feuchte Kühle des Wassers mischte sich mit den anderen Gerüchen des Waldes, dem Duft von Erde und Steinen, Rinde und Laub, Gras und Blumen zu einem köstlichen Parfüm. Marian fing erstmals an, ihre Umgebung bewußt wahrzunehmen, als sie gemächlich den Hügel hinabstieg. Sonnenlicht und Schatten malten ein sich ständig veränderndes Mosaik auf den Boden, und aufgrund ihres neu erwachten, geschärften Bewußtseins erschien ihr jedes Blatt, jede Ranke und jeder fedrige Farnwedel als ein in Gold getauchtes Kunstwerk. Inmitten des dichten Flechtwerks von Gebüsch und Unterholz tauchten ab und zu satinschwarze, unergründliche Tiefen auf, Wildblumen funkelten wie lebende Edelsteine in ihrem glänzenden grüngoldenen Bett, und unter ihr plätscherte der Fluß dahin, dessen schillernde ineinanderfließende Farben an im Wind flatternde Satinbänder erinnerten; saphirblau, schiefergrau, silbern und malvenfarben, rostbraun und dunkelgrün.

Als Marian am Ende des Pfades angelangt war, hatte sie die Schönheit dieses Fleckchens Erde völlig in ihren Bann geschlagen, obwohl sie nicht hätte sagen können, was es denn nun genau von anderen schattigen, von Eichen, Ulmen, Linden und Birken umgebenen kleinen Lichtungen im Wald unterschied. Obwohl der Wasserfall zum größten Teil von dicht beinanderstehenden Weiden verdeckt wurde, erhaschte sie einen Blick auf einen Vorsprung aus gelbbraunem Sandstein, über den glasklares Wasser floß und sich in einen schäumenden See ergoß. Merkwürdigerweise lullte das Rauschen des Wasserfalles, obgleich es ziemlich laut war, sie stärker ein als die tiefste Stille. Zarte Farnpflanzen wogten gleich graziösen Tänzerinnen um ihre Füße, das Ufer war von einem dicken, federnden Moosteppich bedeckt, Schilf raschelte leise im Wind, und dazwischen blühten fragil anmutende Passionsblumen. Goldener Klee und Frauenschuh leuchteten hell im saftigen Gras auf, und das glänzende Rosa und Violett von Riedgrasblüten, Fingerhut und Bittersüß warf einen rosigen Hauch über das satte Grün. Ein friedlicher kleiner, dicht mit weißen Wasserlilien bewachsener Stausee, der wie ein achtlos in den Wald geworfener Hochzeitskranz wirkte, bildete einen Nebenarm des Wasserfalls. Marian holte einmal tief Atem; der heitere Friede und die Vorfreude, die sie durchströmten, vereinigten sich in ihrem Inneren zu einem beglückenden Hochgefühl, so wie Honig und Wein zu einem einzigen berauschenden Strom verschmelzen konnten. Es wunderte sie nicht, daß Robin an diesem Ort allein sein wollte, aber sie war immer noch fest entschlossen, ihn zu finden. Er war nirgendwo zu sehen, allerdings lag der Wasserfall noch hinter den Weiden verborgen, erst als sie sich einen Weg durch den dichten Vorhang der sanft hin- und herschwingenden Zweige bahnte, kamen die Wasserkaskaden und das schroff gezackte Felsgestein in Sicht.

Robin lag nackt auf einem in Sonne gebadeten Felsen an einer seichten Stelle des Wassers. Auf den ersten Blick kam es ihr so vor, als sei auch er aus gelbem Sandstein gemeißelt; die Konturen seines schlanken und doch kräftigen Körpers, die breiten Schultern, der Schwung von Waden und Schenkeln, alles wirkte wie von Künstlerhand geformt. Dennoch war er keine leblose Skulptur, sondern hatte sich in sinnlicher Hingabe verloren. Den Kopf nach hinten geworfen lag er lang ausgestreckt da und streichelte selbstvergessen sein Geschlecht. Vor Schreck blieb sie wie angewurzelt stehen, wandte sich jedoch nicht ab, da sie sich dem Zauber dieser erotischen Vision nicht entziehen konnte. Nur sein Glied ragte steif in die Höhe, der Rest seines Körpers war völlig entspannt. Seine Hand bewegte sich in einem langsamen Rhythmus, und er schien seine Umgebung, das Gurgeln des Wassers und die klare, reine Luft mit allen Poren aufzusaugen. Eine seltsame Leichtigkeit breitete sich in Marian aus, als ob die Atmosphäre dieses Platzes, die Wärme der Sonne und das friedliche Rascheln des Blattwerks ein Band zwischen ihnen bilden würde, gesponnen aus menschlichem

Verlangen, das sich in überwältigendes Entzücken verwandelte und das Blut rascher durch ihre Adern trieb.

Robin, der ihre Anwesenheit spürte, öffnete die Augen, und über das Wasser hinweg trafen sich ihre Blicke. Er hielt in seinem Tun inne, und Marian meinte plötzlich, das rasende Pochen ihres Herzens müsse in der Stille deutlich zu vernehmen sein. Zuerst dachte sie, er habe sie überhaupt nicht erkannt, dann schien es ihr, als könne er kaum glauben, daß sie wirklich vor ihm stand. Verblüffung und Erstaunen, gefolgt von einem Ausdruck reiner Freude, lagen auf seinem Gesicht. Marian war gar nicht bewußt geworden, daß sie den Atem angehalten hatte, nun holte sie tief Luft und sog die beseligende Wärme, die Hitze aufsteigender Begierde in sich ein wie ein berauschendes Gift. Ein köstliches Schwindelgefühl ergriff von ihr Besitz. Wohl wissend, daß sie ihn beobachtete, nahm Robin seine unterbrochenen Liebkosungen wieder auf. Das träge Auf und Ab seiner Hand glich einem Zauberspruch; jede streichelnde Bewegung spann ein seidenes, unsichtbares Netz der Lust um sie beide.

Wie in einem Traum gefangen ging Marian auf ihn zu, als würde sie einem unhörbaren Ruf folgen. Große Steine wiesen ihr den Weg über das sprudelnde Wasser bis hin zu dem Felsen, wo er auf sie wartete. Sein Körper war von der Sonne dunkelgolden getönt und glänzte vor Schweiß, die Muskeln spannten sich unter der glatten Haut, und sein Blick heftete sich fest auf ihr Gesicht, als sie neben ihm niederkniete. Seine Augen, grün wie das junge Laub der Bäume, glitzerten hell und voller Leben.

»Marian«, sagte er leise, sprach lediglich ihren Namen aus. Forderte nichts.

Versunken streckte sie eine Hand aus. Robin stöhnte leise auf, als sie über seinen Oberschenkel strich, dessen Muskeln unter ihrer Berührung erbebten. Seine Haut fühlte sich samtig und erhitzt an. Er wartete ab, ohne sich zu rühren. Das wilde Hämmern ihres Herzens beantwortete seine unausgesprochene Frage, ihre Hand blieb still auf seinem Bein liegen. Sie konnte sich auf einmal nicht mehr regen, konnte noch nicht einmal die Hand wegziehen. So begann er von neuem, sein Glied in dem langsamen, lockenden Rhythmus zu massieren, der sie wie hypnotisch anzog. Ihr Atem ging schwerer, während sie ihm fasziniert und gebannt zusah. Ein leichter Wind kam auf und liebkoste ihre Haut; schien nicht nur über ihren Körper zu streichen, sondern sie zu durchdringen. Ihre Nerven vibrierten vor bebender Erregung, die ihr Echo in seinem Innersten fand.

Robin schloß die Augen und seufzte. »Kühl.« Die sachte Brise hüllte sie beide ein, vermischte sich in subtiler Harmonie mit der Musik des Flusses, dem Rascheln der Blätter und seiner weichen, beschwörenden Stimme. »Du bist so kühl wie der Wind.«

Wieder erschauerte er, und die sengende Hitze, die seine Haut ausstrahlte, setzte ihre Hand in Flammen, so wie ihre kühle Ausstrahlung sein Feuer anfachte. Allein dieser kurze Körperkontakt bewirkte, daß ein Funke davon auf sie übersprang und ein schmerzhaftes Pochen in ihrem Unterleib auslöste. Er beschleunigte seinen Rhythmus, sein Körper spannte sich unter ihrer Hand, und Marian sog scharf den Atem ein. Dann schlug er die Augen auf, in denen ein hellgrünes Licht aufflackerte, und sah sie an.

»Robin«, flüsterte sie und sprach damit das letzte Wort des Zauberspruches aus.

Marian war es, als würde ein reißender Strom sie mit sich tragen. Sie streckte den Arm aus, um sein hoch aufgerichtetes Glied zu berühren, das sich in ihre Hand schmiegte, als sei es eigens dafür geschaffen. Die zarte Haut fühlte sich an wie über Stahl gespannter Satin. Ihre Finger schlossen sich darum, und sie begann, ihn sanft zu liebkosen. Robin keuchte leise, bäumte sich auf und krallte sich an den Kanten des Felsens fest. Sie spürte, wie sein Glied in ihrer Hand zuckend anschwoll, bis sein Samen wie eine Fontäne hoch in die Luft spritzte, und hörte Robins unterdrückten Aufschrei, dann wurde auch sie vom Rausch der Ekstase mitgerissen, wurde eins mit ihm und der Natur.

Nach und nach lichtete sich der Nebel, der ihre Sinne verdunkelte. Ihr rasselnder Atem beruhigte sich, und die Stimme des Waldes hallte nicht länger in ihrem Kopf wider, sondern flüsterte und wisperte ihr etwas ins Ohr, Geschichten des Wassers und des Windes, der Vögel und der Bäume. Verzückt und verwundert zugleich seufzte Marian leise. Immer noch hafteten Spuren seines Samens in ihrer Hand, so tauchte sie die Finger ins Wasser und ließ die erfrischende Flüssigkeit über ihre Haut rinnen.

Robin richtete sich auf und schaute sie einen Augenblick lang stumm an, dann rutschte er von dem Felsen herab, sank vor ihr auf die Knie und zog sie in seine Arme, ehe er mit beiden Händen ihr Gesicht umfaßte. Seine Lippen berührten sacht die ihren; ein Kuß, in dem sowohl Dankbarkeit als auch ein verstecktes Angebot lagen. Marian ergab sich seiner Umarmung, ließ widerstandslos zu, daß er sie auf den Felsen niederdrückte und seufzte noch einmal leise, als er ihren Körper zu erforschen begann. Durch die schwere Seide ihres Kleides hindurch spürte sie die Wärme seines Mundes, der über ihre Brüste glitt, während er mit einer Hand der Rundung von Gesäß und Schenkeln folgte.

Im selben Moment, als erneut eine Flamme heißen Verlangens in ihr aufzüngelte, wurde Marian mit grausamer Heftigkeit in die Realität zurückkatapultiert. Das, was sie und Robin soeben geteilt hatten, schien überhaupt nicht mit ihrer Person verbunden gewesen zu sein, sondern kam ihr vor wie ein aus dem geheimen Lebensnerv des Waldes geborener Traum. Doch nun löste seine zärtliche Berührung tief in ihrem Inneren einen Sturm von Gefühlen aus, die sie nie zuvor gekannt hatte; ein erbarmungsloses Feuer der Begierde, das sie zu verzehren drohte.

Marian stieß ihn von sich und sprang mit einem Satz auf. Ihr wurde bewußt, daß sie am ganzen Leibe zitterte. Auf einmal empfand sie die friedliche Idylle der kleinen Lichtung als bedrohlich. Langsam wich sie zurück, immer noch in dem unsichtbaren Netz des Verlangens gefangen, das ihre Glieder lähmte. Als sie einen weiteren Schritt zurücktrat, spürte sie den Rand des Steines unter ihrem Fuß und schrak zusammen, als würde hinter ihr ein tödlicher Abgrund klaffen.

»Marian«, sagte Robin weich, und sie blieb folgsam stehen, als stünde sie immer noch unter seinem geheimnisvollen Zauberbann. Er stand auf und legte ihr sanft die Hände auf die Schultern. Marian erschauerte unter der Berührung und fröstelte plötzlich trotz der Wärme. Ihr Kleid schien ihr mit einemmal unerträglich schwer und beengend am Körper zu kleben. Am liebsten hätte sie es auf der Stelle abgestreift, um sich nackt zu Robin auf den warmen Felsen zu legen und sich dort, auf diesem harten, glatten Bett mit ihm zu vereinigen.

»Marian«, wiederholte er und fügte dann hinzu: »Hab' keine Angst.«

Daß er diese Worte laut aussprach, erschreckte sie nur noch mehr. Doch Furcht war etwas, das sie für gewöhnlich energisch zur Seite zu schieben pflegte; eine Unannehmlichkeit, mit der man sich erst auseinandersetzte, wenn die Krise bewältigt war. Warum nur war sie jetzt nicht in der Lage, die in ihr aufkeimende Panik zu unterdrücken?

»Es liegt an diesem Ort«, erklärte Robin. »Er ist verwunschen.«

Auch Marian hatte den Zauber gespürt und war ihm erlegen. Doch ehe Robin zu sprechen begonnen hatte, war sie der festen Überzeugung gewesen, daß die Magie von der Stimmung des Augenblicks hervorgerufen worden war, vom Zusammentreffen verschiedener Faktoren wie der Schönheit eines bestimmten Fleckchens Erde und der behutsam wachsenden Zuneigung zwischen zwei Menschen. Nun hatten seine Worte diese Begegnung jeglicher Bedeutung und Marian damit ihrer Persönlichkeit beraubt. Zorn mischte sich in ihre Furcht, und Zorn war eine wirkungsvolle Waffe.

»Laß mich los!« befahl sie mit schneidender Stimme.

Sofort gab er ihre Schultern frei.

»Es hätte also genausogut jede andere Frau sein können«, behauptete sie anklagend.

Robin schüttelte den Kopf. »Es war uns beiden vorbestimmt, uns hier zu begegnen.«

»Nichts war vorbestimmt. Es liegt an diesem Ort, das hast du selbst gesagt.«

Die Wut verlieh ihr zwar Kraft, doch es war nackte Angst,

die sie dazu veranlaßte, sich abrupt umzudrehen und die Flucht zu ergreifen. Sie lief über die Steine zurück, schob die Weidenzweige beiseite und rannte dann den Pfad entlang, bis sie die kleine Lichtung mitten im Gehölz erreicht hatte. Dort blieb sie einen Moment stehen, ehe sie sich zu Boden sinken ließ und sich mit dem Rücken an den Stamm einer Linde lehnte. Ihr Atem ging schwer und keuchend. Sie hatte immer noch nicht genügend Abstand zwischen sich und Robin gelegt. Es bestand die Gefahr, daß er ihr folgte, doch es wäre ungleich peinlicher, auf einen seiner Männer zu stoßen, ehe sie sich wieder in der Gewalt hatte. Fest entschlossen, ihre Selbstbeherrschung so schnell wie möglich zurückzugewinnen, zwang sich Marian dazu, mehrmals tief durchzuatmen.

Als sie nach einigen Minuten aufblickte, sah sie ihn auf der gegenüberliegenden Seite am Waldrand stehen. Er hatte sich inzwischen wieder angezogen, und blickte mit seinen dunklen Augen fragend zu ihr herüber. Ihr Herz tat vor Schreck einen kleinen Sprung. Die Entfernung zwischen ihnen betrug nur ein paar Fuß. Sie hätte ihn eigentlich kommen hören müssen, da sie ihr Gehör ebenso sorgfältig geschult hatte wie er seine Fähigkeit, sich lautlos zu bewegen. Jetzt benebelten diese unerwünschten und beängstigenden Gefühle, die sie für Robin entwickelt hatte, sogar schon ihre Sinne.

Vom Schatten der Bäume aus beobachtete Robin sie schweigend. Ein Sonnenstrahl verwandelte sein Haar in gesponnenes Gold, huschte dann über sein Gesicht und ließ die scheinbar dunklen Augen leuchtendgrün aufblitzen. Ein Lichtspiel, weiter nichts, und doch haftete dem Vorgang ein Hauch von Magie an. Marian betrachtete ihn, als würde sie ihn zum ersten Mal bewußt wahrnehmen, und erkannte, daß Robin trotz seiner irdischen, sinnlichen Schönheit manchmal wirkte, als sei er kein gewöhnlicher Sterblicher. Sie konnte sich gut vorstellen, daß Elfenhände dieses Gesicht gemeißelt, den Augenbrauen ihren kühnen Schwung verliehen und die volle, leicht gebogene Unterlippe gestaltet hatten, so daß das Normale zu etwas Besonderem wurde. Dieser Mann strahlte einen seltsamen Zauber aus und wußte ihn ebenso geschickt einzusetzen wie alle anderen Waffen, über die er verfügte, dessen war sich Marian sicher. Hatte er dies nicht bereits getan?

Der Outlaw kam quer über die Lichtung auf sie zu, doch Marian, die sich wieder unter Kontrolle hatte, zuckte mit keiner Wimper. Er setzte sich neben sie auf den Boden, achtete jedoch darauf, ausreichend Abstand zu halten, damit sie sich nicht bedrängt fühlte. Als Marian ihn jetzt anschaute, sah sie nur einen überwältigend gutaussehenden Mann. Welche absurden Bilder hatte ihr ihre überreizte Fantasie da nur vorgegaukelt?

»Fühlst du dich hier besser?« erkundigte er sich.

Die Frage kam ihr zunächst merkwürdig vor, doch dann wurde ihr bewußt, daß von dieser Lichtung, so hübsch und landschaftlich reizvoll sie auch war, kein so starker Zauber ausging wie von jener Stelle am Wasserfall. Sie hatte den magischen Kreis verlassen und fühlte sich nun zwar sicher, aber gleichzeitig war ihr, als hätte man sie um etwas betrogen.

»Marian, ich möchte nicht, daß du denkst, ich würde wegen dem, was zwischen uns geschehen ist, jetzt Druck auf dich ausüben.« Sein Tonfall schwankte zwischen respektvoller Höflichkeit und liebevoller Vertrautheit. »Ich habe dir zwei Küsse gestohlen. Sieh dies bitte nicht als weiteren Diebstahl an.«

Marian schüttelte abwehrend den Kopf. Als was wollte er den Zwischenfall denn sonst bezeichnen? Bildete er sich etwa ein, sie hätte aus freien Stücken so stark auf ihn reagiert? Ihr war ja gar keine andere Wahl geblieben.

»Betrachte es doch als ein Geschenk des Waldes an uns beide. Du solltest dankbar dafür sein.«

»Sag du mir nicht, was ich fühlen oder denken soll!« fauchte sie wütend. Sie konnte nicht fassen, was sie soeben getan hatte – mit diesem Mann, den sie kaum kannte. Mit absoluter Klarheit erinnerte sie sich an das Pochen seines Gliedes in ihrer Hand, an seinen heftigen, pulsierenden Orgasmus und an die Freude, die sie durchflutet hatte, als sie seine Ekstase teilte.

»Marian«, sagte er leise – forderte, bat um etwas, das sie ihm nicht geben wollte.

»Rühr mich nicht an«, zischte sie, obwohl er keine Anstalten gemacht hatte, die Hand nach ihr auszustrecken. Bittere Enttäuschung mischte sich mit ihrem Zorn, und sie kam sich plötzlich vor, als sei sie in tausend Stücke zersprungen. Sie sehnte sich verzweifelt danach, das zu Ende zu bringen, was sie begonnen hatten; sehnte sich nach der endgültigen Vereinigung ihrer beider Körper. Und doch wußte sie nicht, ob sie ihn, sollte er sie jetzt berühren, umarmen oder mit dem Messer auf ihn losgehen würde. Das in ihrem Inneren tobende gefühlsmäßige Chaos versetzte sie in helle Angst. Schutzsuchend schlang Marian die Arme um sich und wiegte sich wie ein kleines Kind hin und her.

Robin kniete neben ihr nieder, faßte sie aber immer noch nicht an. »Hast bislang immer du die Bedingungen diktiert?« fragte er leise.

Marian versuchte krampfhaft, sich selbst einzureden, daß seine Frage ohne Belang war. In Frankreich hatte sie sich einen Liebhaber genommen, und dieser Mann hatte sie in die Freuden körperlicher Liebe eingeführt. Sie hatte – wenn auch nur für kurze Zeit – jene absolute Leidenschaft erfahren, die zwischen Mann und Frau möglich war. Doch nie war sie fähig gewesen, ihre Empfindungen mit dem Mann zu teilen, der sie ihr verschaffte, und so war diese Beziehung nur ein bloßer Austausch von Zärtlichkeiten geblieben – hohl, trotz aller Intensität. Mehr hatte sie nicht verlangt, und mehr war sie auch nicht zu geben bereit gewesen. Doch in Robin spürte sie eine Bereitschaft zur Hingabe, die tiefer ging als alles, was sie sich je gestattet – oder gar gewünscht – hatte. Nur der Wunsch nach Rache war eine ebenso mächtige Triebkraft, aber diese Macht hatte sie stets genutzt, statt ihr zu erliegen.

Als ob er ihre Gedanken lesen könne fuhr er fort: »Kennst du das Gefühl, neben dir selbst zu stehen und doch ganz du selbst zu sein?«

»Im Kampf«, meinte sie nachdenklich. »Oder wenn ich an jemandem Rache genommen habe.« Doch selbst dann hatte sie nie vollkommen die Kontrolle über sich verloren, auch wenn sie den Ausgang der Dinge nicht beeinflussen konnte. Zehn Jahre lang hatte sie auf einen einzigen Schwertstreich, auf die Vernichtung eines einzigen Mannes hingearbeitet. Nun war Simon von Vitry tot, und sie fühlte sich seitdem wie ausgebrannt Von dem Ort, an dem sie seinen Leichnam zurückgelassen hatte, war sie eine lange, leere Straße entlang zurück ins Leben gewandert, die sie schließlich hierher geführt hatte.

»Demnach hattest du den Tod zum Gefährten«, sagte er sanft. »Ich weiß, wie das ist.«

»Wirklich?« fragte sie höhnisch.

»Oh ja.« Er blickte sie ernst an, und in seinen Augen las sie, daß er wußte, wovon er sprach. »Aber ich liebte das Leben mehr.«

Ihr war, als hätte er ein Urteil über sie gefällt. Und doch spiegelte sich keine Anklage auf seinem Gesicht wider, nur der Wunsch nach Verständnis. Er bot ihr die alles umfassende Vertrautheit an, die wahre Freunde und Liebende verband. »Ich habe selber Angst gehabt«, gestand er unerwartet. »Der Wald greift auf viele verschiedene Arten nach meiner Seele. Ich habe mich nie gewehrt, wenn er mich in seinen Bann zog, wollte mich dem Zauber gar nicht entziehen. Aber wenn der Wald mich dann wieder freigegeben hat, denke ich oft darüber nach, was passiert, wenn ich mich einmal auf ewig darin verliere. Und manchmal wünsche ich mir, daß es so kommt.«

Ein kalter Schauer lief Marian über den Rücken, und sie ging zum Angriff über. »Dann ist der Wald verflucht. Ein Ort heidnischer Hexerei.«

Daraufhin sah er sie so vorwurfsvoll an, daß sie beschämt den Blick senkte. Scham war ein Gefühl, das sie nicht oft verspürte, und der letzte Rest von Zorn und Furcht verflog mit einem Schlag.

»Daß hier eine Macht herrscht, die der meinen überlegen ist, bedeutet nicht unbedingt, daß dieser Ort unter dem Bann des Bösen steht.« Robin schenkte ihr ein bitteres Lächeln, dann wurden seine Züge weicher. »Wir können den Platz auch als ein verlorenes Stück des Gartens Eden bezeichnen, wo alle ohne Schuld sind. Bruder Tuck wird dir bestätigen, daß die Lichtung heilig ist. In der Nähe des Wasserfalls hat er einen kleinen Altar aus Steinen aufgebaut und mit Blumen geschmückt.«

Marian fiel ein, daß Tuck ihr gesagt hatte, er würde dorthin gehen, um zu beten.

»Dieses Fleckchen Erde übt nur auf bestimmte Menschen einen bestimmten Reiz aus. Längst nicht alle meiner Männer haben es gefunden, obwohl es doch so einfach zu entdecken ist.« Nun berührte er sie doch, nahm ihr Gesicht zwischen seine Hände und sah sie eindringlich an. »Du hast gesagt, es hätte genausogut jede andere Frau sein können. Ich dagegen glaube, daß jede andere Frau außer dir lediglich einen Pfad gefunden hätte, der sie eine halbe Meile flußabwärts geführt hätte statt direkt an meine Seite.«

Er küßte sie nicht, obwohl sie erneut heiße Begierde in seinen Augen aufflackern sah. Da sie aber inzwischen die Kraft gefunden hatte, ihren eigenen wilden Hunger nach ihm zu unterdrücken, machte sie sich los und stand auf. Sie hatte ihn ursprünglich allein sprechen wollen, doch nun wünschte sie von Herzen, seine Männer wären hier und würden ihr Ablenkung – und Sicherheit – bieten. »Ich habe Nachrichten aus Nottingham, deswegen bin ich auch hierhergekommen.«

»Gut, dann laß uns zum Lager zurückgehen.« Widerspruchslos akzeptierte er ihre Entscheidung, erhob sich und ging an ihrer Seite den Pfad entlang. Dann blieb er plötzlich stehen, drehte sich zu ihr um und sah sie besorgt an. »Ich habe übrigens gehört, was geschehen ist – mit Wolverton.«

»Es ist gar nichts geschehen, außer daß ich ihm den Schädel eingeschlagen habe«, erwiderte sie scharf.

Robin nickte. Ein feines Lächeln spielte um seine Lippen. Dann glomm etwas in seinen Augen auf, ein kleiner grüner Funke, den sie noch nie dort gesehen hatte. »Guisbourne hat dich nach Nottingham zurückgebracht, nicht wahr?«

»Nachdem er selbst einige Männer unschädlich gemacht hat.«

»Ist er ...«

Die unvollendete Frage als solche stellte bereits eine Beleidigung dar. Woher nahm dieser Geächtete das Recht, sie quasi zu verhören? Der erneut in ihr aufsteigende Ärger trieb sie dazu, die Antwort auf eine Frage zu geben, die er gar nicht explizit gestellt hatte. »Sir Guy hat mich noch nicht einmal geküßt – aus Rücksicht darauf, daß bereits mehr als ein Mann mir gegenüber zudringlich geworden ist.«

Robin errötete leicht, wich jedoch ihrem Blick nicht aus. Marian wirbelte herum und marschierte vor ihm her zum Lager zurück. Die Verwirrung, die sie ob des Scharfsinns, mit dem Robin die unterschwellige erotische Spannung zwischen ihr und Guisbourne witterte, ergriffen hatte, wurde von nagendem Zorn verdrängt. Sie konnte nur hoffen, daß er mit seinem untrüglichen Instinkt ihre innere Zerrissenheit nicht sofort spürte. Unterschied sich das, was sie empfunden hatte, als Guisbourne sie aus den Fängen Sir Ranulfs befreite, denn so sehr von ihren momentanen Gefühlen? Offensichtlich entwickelte sie nun, da ihr Rachedurst gestillt war, ganz andersgeartete Leidenschaften. Sie mußte unbedingt vorsichtiger sein, durfte sich nicht mehr gehenlassen.

Robin beschleunigte seinen Schritt, um sie einzuholen, und es herrschte einen Augenblick lang peinliche Stille zwischen ihnen. Marian zwang sich, ein wenig langsamer zu gehen. Nach einiger Zeit fragte er zögernd, jedoch mit echter Neugier: »Also stimmt es, daß dein Großvater die weiblichen Mitglieder seiner Familie zu Kriegerinnen ausgebildet hat? Seitdem du mir dein Messer an den Hals gesetzt hast, habe ich darüber nachgegrübelt, ob du ein Schwert wohl ebensogut zu gebrauchen weißt.«

Erst jetzt erkannte Marian, daß sie ihm weit mehr über sich verraten hatte als in ihrer Absicht lag. »Ja«, antwortete sie, in der Hoffnung, diese eine Silbe möge unbekümmert und gelassen klingen. Dann fügte sie in betont sorglosem Tonfall hinzu: »Sowohl meine Großmutter als auch ich verfügen über einiges Geschick im Umgang mit Waffen.«

Es störte sie nicht, daß er ihr Geheimnis nun kannte, denn sie legte Wert auf seine Achtung, aber ihr mißfiel, daß sie ihre Worte nicht sorgfältig genug gewählt hatte. Fehler dieser

Art durften ihr auf keinen Fall noch häufiger unterlaufen; das, wozu sie sich heute beim Wasserfall hatte hinreißen lassen, war schon schlimm genug. Abermals verspürte Marian einen Anflug von Furcht, was ihren Zorn von neuem schürte. Sie warf Robin einen verstohlenen Seitenblick zu. Er hatte sein Erstaunen weit besser verborgen als sie erwartet hatte, doch wenn sie daran zurückdachte, wie geschickt er die Verhandlung mit ihr geführt hatte, dann konnte sie seine Fähigkeit, seine wahren Gefühle zu verschleiern und seine Mitmenschen zu manipulieren, nur still bewundern. Er machte einen so gradlinigen, offenen Eindruck, trotzdem wußte sie immer noch nicht, wieviel davon tatsächlich seinem Wesen entsprach und wieviel er bewußt kultivierte, weil er es als Mittel zum Zweck betrachtete.

Ohne sich anmerken zu lassen, wie aufgewühlt er innerlich war, wartete Robin geduldig, bis Marian unter den weit ausladenden Zweigen der mächtigen Eiche Platz genommen hatte. Sie selbst hatte diese Stelle ausgewählt, als sie am Lager angekommen waren. Der Baum stand auf einer kleinen Anhöhe am Rande der Lichtung, so daß sie sich zwar in Sichtweite von Robins Männern befanden, diese jedoch ihre Unterhaltung nicht mit anhören konnten. Robin ließ sich ihr gegenüber nieder und hielt gerade soviel Abstand zu ihr, daß sie nicht übermäßig laut zu sprechen brauchten. Dann bedeutete er Little John, sich zu ihnen zu setzen, und beobachtete, wie Marian sich umdrehte, um ihn zu begrüßen. Nach außen hin wirkte sie vollkommen ruhig und gelassen, als sie ihre Röcke glattstrich und ein freundliches Lächeln aufsetzte. John zögerte, da er ihren Unmut spürte, doch dann setzte er sich und nickte ihr höflich zu.

Was für eine hübsche Vorstellung sie hier gaben, dachte Robin bei sich. Marian war für seine Männer zu einer Symbolfigur geworden, die für Begnadigung, Freiheit und Hoffnung stand. Sie wußte das und verhielt sich dementsprechend, wobei sie ihn und John als Statisten benutzte. Ein wohlüberlegter Schachzug, wie es schien, doch er war überzeugt, daß sie diesen offen einzusehenden Platz aus einem ganz anderen Grund ausgesucht hatte. Sie wollte unbedingt vermeiden, mit ihm alleine zu sein, und verwendete ihre beachtliche Willenskraft als Schutzschild gegen ihn. Die Männer, die ihr fröhlich zuwinkten, bemerkten keinen Unterschied in ihrem Verhalten. Schließlich war Marian eine Lady, und sie erwarteten nicht, daß sie jedesmal mit ihnen zusammen aß oder lachend mitten unter ihnen saß. Sie bewunderten ihre fast königlich anmutende Würde und betrachteten die Ehrerbietung, die sie ihr entgegenbrachten, als ein Geschenk, welches später einmal an sie zurückfallen würde.

Nur Little John ahnte, daß etwas vorgefallen war, so wie er auch sofort spürte, wenn sich die Windrichtung änderte oder wenn unter den Männern Unstimmigkeiten herrschten. Einem so feinfühligen Menschen mußte Marians verändertes Benehmen zwangsläufig auffallen. Zwar hatte sie ihre natürliche Autorität weitgehend zurückgewonnen, doch der Tonfall ihrer Stimme und ihr ganzes Gebaren zeugten von innerer Anspannung. Robin fühlte, wie John ihn forschend musterte, wich dem Blick des Freundes aber aus. Er mußte seine eigene Autorität wahren und durfte dieses Bündnis mit Marian nicht aufs Spiel setzen, nur weil er sie vielleicht falsch eingeschätzt hatte. So hörte er aufmerksam zu, während sie das Gespräch, welches sie in Nottingham Castle belauscht hatte, wortgetreu wiedergab.

Little John zog ein finsteres Gesicht, als er von den Absichten des Sheriffs erfuhr, doch Robin bemerkte nur ironisch: »Dann ist es wohl an uns, dafür zu sorgen, daß diese Lüge zur Wahrheit wird. Ich finde, darin liegt eine gewisse ausgleichende Gerechtigkeit.«

John lächelte grimmig. »Gut, wir werden sie mit ihren eigenen Waffen schlagen, und es wird sie doppelt schwer treffen, wenn wir das Silber an den König weiterleiten.«

»Prinz John wird die genaue Route des Lösegeldtransportes in Erfahrung bringen. Der Sheriff soll dann den Diebstahl arrangieren, und zwar möglichst ehe die Karawane durch Nottingham kommt.« Ein sarkastischer Funke glomm in Marians Augen auf. »Als Zeichen seines guten Willens wird der Sheriff auch seinen Tribut entrichten und nach London schicken – und sich dann die doppelte Summe aus dem Schatz wiederholen. Der Rest geht an John, der sicherlich seine eigenen Taschen füllen will, den größten Teil davon jedoch dazu verwenden wird, den Kaiser zu bestechen.«

»Will er ihn bezahlen, damit dieser König Richard noch länger gefangenhält, oder will er den Tod seines Bruders erkaufen?« Little Johns Stimme glich einem tiefen, bösen Knurren.

Robin schüttelte den Kopf. »Ich glaube nicht, daß der Kaiser es wagt, Richard umzubringen. Die anderen Herrscher könnten sich dann gegen ihn wenden. Aber ich traue ihm durchaus zu, daß er auf Zeit setzt und vielleicht hofft, daß sich Richards Gesundheitszustand ohne sein Zutun verschlechtert.«

»Außerdem könnte er, wenn er die Gefangenschaft des Königs verlängert, versuchen, noch mehr Silber aus England herauszupressen«, warf Marian ein.

Johns Augen sprühten Feuer. »Nicht auszudenken, wenn alles für König Richards Freilassung aufgebrachte Geld letztendlich dazu benutzt wird, ihn weiterhin als Geisel zu halten.«

Marian hob spöttisch die Augenbrauen. »Prinz John fand dieses Arrangement äußerst erheiternd.«

»Vielleicht gelingt es Königin Eleanor ja wirklich, die genaue Route geheimzuhalten, aber wir müssen trotzdem damit rechnen, daß Prinz John sie herausbekommt. Im günstigsten Fall würden wir den Überfall verhindern und den Sheriff als Mittäter entlarven. Wenn das nicht klappt, müssen wir den Männern des Sheriffs das Silber wieder abjagen und dafür sorgen, daß es sicher in London eintrifft.« Robin runzelte die Stirn, während er darüber nachdachte, welche seiner Informationsquellen er anzapfen sollte.

»Wir müssen entweder selbst die Route herausfinden oder den Sheriff und seine Leute ständig unter Beobachtung halten, wenn die Zeit kommt«, meinte Marian.

Robin zauderte, dann gestand er: »Ich habe einen Spion direkt in Nottingham Castle sitzen, der von unschätzbarem Wert für uns sein könnte.«

»Nur einen?« gab sie kühl zurück.

Robin hielt ihrem durchdringenden Blick stand, ging jedoch auf ihre Bemerkung nicht ein, sondern fuhr bedächtig fort: »Der Sheriff setzt manchmal Tauben ein, um Nachrichten weiterzuleiten.«

»Das habe ich auch schon gehört.« Marian begriff sofort, worauf er hinauswollte. »Jemand muß diese Tauben schließlich versorgen.«

»Die Familie hegt aus gutem Grund einen Groll gegen den Sheriff. Der Vater fürchtet Sir Godfrey zu sehr, um sich an ihm zu rächen, aber sowohl seine Frau als auch sein Sohn haben uns schon Informationen verschafft. Prinz Johns Tauben tragen eine besondere Markierung, und der Junge überbringt dem Sheriff häufig die Botschaften.« Robin zuckte die Achseln. »Leider hat er nicht die nötigen Kenntnisse, um den Code kopieren zu können, also haben uns die Nachrichten als solche nichts genützt, wir konnten nur aus dem Zeitpunkt ihres Eintreffens und aus dem, was Cobb erlauscht hat, Rückschlüsse ziehen. Da Ihr in der Burg lebt, habt Ihr bessere Möglichkeiten als ich, die Botschaften zu kopieren und sie eventuell sogar entschlüsseln zu lassen. Prinz John wird vermutlich die Tauben einsetzen, um dem Sheriff Nachrichten zukommen zu lassen.«

Marian schüttelte den Kopf. »Es wurde davon gesprochen, doch der Sheriff meinte, das Risiko, den Vogel zu verlieren, sei zu groß.«

»Mag sein. Aber auf jeden Fall wird Prinz John eine Taube losschicken, um seinen Boten anzukündigen. Ich habe noch nie jeden einzelnen Reisenden, der die Straße benutzt, angehalten, und wenn ich jetzt damit anfange, könnte das Verdacht erregen.«

»Er sagte, er würde Sir Stephen als Boten nehmen. Er hat einen verkrüppelten Arm, die Folge eines Schwertstreiches, ist aber ansonsten unauffällig. Braunes Haar und blaue Augen.«

»Dann werden wir also ein wenig länger als geplant in diesem Lager bleiben und die Straße im Auge behalten. Die Neuigkeiten, die er dem Sheriff bringen soll, könnten uns schon reichen. Doch wenn der Prinz seinen Plan in letzter Minute ändert, setzt er mit Sicherheit eine Taube ein, weil sie schneller ihr Ziel erreicht als ein berittener Bote. Aber eines ist sicher: Die Nachricht wird kodiert sein.«

»Ich kann sie entschlüsseln. Es hängt nur davon ab, wieviel Zeit mir zur Verfügung steht, um die Nachricht zu studieren.«

»Und davon, wie kompliziert der verwendete Code ist?« Robin mußte lächeln, weil sie sich ihrer Sache gar zu sicher war.

»Und natürlich auch davon, wie kompliziert der verwendete Code ist«, räumte sie ein.

»Bruder Tuck kann alles kopieren, was wir entdecken, und wir sind sehr geschickt darin, nach etwas zu suchen, ohne daß der Betreffende es merkt. Es hat wenig Sinn, eine Botschaft zu entschlüsseln, wenn die Gegenseite weiß, daß wir sie kennen. Aber da Ihr nun eine Kontaktperson in der Burg habt, besteht die Chance, daß Ihr dem Feind zuvorkommt.« Er hielt einen Augenblick inne, dann fügte er hinzu: »Aber geht bitte mit äußerster Vorsicht zu Werke.«

Aus ihrem Gesichtsausdruck entnahm er, daß sie diese Warnung für absolut überflüssig hielt, doch Robin lastete die Sorge um seine Helfer zu stark auf der Seele, als daß er hätte schweigen können. »Der Junge heißt Cobb, der Name der Frau ist Margaret. Sie ist Schneiderin und fertigt oft für die Frau des Sheriffs Kleider an, also wird es Euch nicht schwerfallen, mit ihr in Verbindung zu treten. Bringt ihr ein kleines Geschenk mit, Früchte oder Blumen vielleicht, und sagt ihr, es sei eine Gabe des Waldes. Dann weiß sie, daß Ihr zu uns gehört.«

»Was für einen Groll hegen sie denn gegenüber dem Sheriff?« fragte Marian beiläufig.

Robin schielte zu John hinüber. Der hochgewachsene Mann zog die buschigen Brauen zusammen, dann sagte er: »Cobb ist vor einiger Zeit schwer gestürzt und hat sich dabei das Bein gebrochen. Der Arzt meinte zuerst, er könne das Bein schienen, doch der Junge würde für den Rest seines Lebens hinken. Doch einer der Kammerdiener berichtete dem

Sheriff von diesem Fall und erwähnte auch, daß Cobb großes Glück gehabt hätte, sein Bein behalten zu können. Als nächstes hatte Sir Godfrey eine längere Unterredung mit dem Arzt, und als dieser sich das Bein das nächste Mal ansah, behauptete er, der Bruch sei schlimmer, als er zunächst angenommen habe, und er müsse das Bein abnehmen, sonst liefe Cobb Gefahr, Wundbrand zu bekommen. Der Vater hatte zuviel Angst, um zu widersprechen. Die Mutter erhob Einwände, doch die Männer des Sheriffs brachten sie fort und hielten sie solange fest, bis der Arzt ihrem Sohn das Bein abgenommen und die Wunde ausgebrannt hatte. Es war noch keine Woche vorbei, und Cobb litt immer noch entsetzliche Schmerzen, da gab der Sheriff Anweisung, den Jungen in sein Bett zu bringen.«

»Das reicht aus, um einen lebenslangen Haß hervorzurufen«, sagte Marian, als John geendet hatte.

»Margaret und Cobb arbeiten jetzt seit fast einem Jahr für uns und haben dabei tagtäglich ihr Leben riskiert«, fügte Robin hinzu, um etwaige Zweifel zu zerstreuen.

John nickte zustimmend. »Beide sind verschwiegen, und wenn sie uns helfen können, den Sheriff zu stürzen, werden sie es mit Freuden tun.«

»Ich werde Kontakt mit ihnen aufnehmen. Wenn der Junge mir die Botschaften bringen kann, bevor der Sheriff sie zu Gesicht bekommt, dann ist er in der Tat unbezahlbar«, sagte Marian. Robin, der sie aufmerksam beobachtete, bemerkte das kühle Glitzern, das in ihre Augen trat, während sie die Vor- und Nachteile gegeneinander abwog. Dann, als ihr einfiel, daß er sie ins Vertrauen gezogen hatte, ohne die versprochene Bestätigung seitens der Königin erhalten zu haben, fügte sie leise hinzu: »Danke.«

»Keine Ursache«, erwiderte er trocken.

»Wir alle wissen, daß die Route noch in letzter Minute geändert werden kann, also müssen wir unsere Pläne auf diese Möglichkeit abstimmen und möglichst flexibel bleiben.« Marian fuhr mit ihren praktischen Erwägungen fort. Beim Sprechen sah sie ihn unverwandt an, doch die ruhige Stimme und der feste Blick waren nicht dazu gedacht, eine Verbindung zwischen ihnen zu schaffen, sondern sollten genau das verhindern.

Die Tatsache, daß sie ihm so nah und gleichzeitig ferner war denn je, schmerzte Robin zutiefst. Ihre kühle Art, die er als so aufreizend, so unwiderstehlich und dennoch so seltsam beruhigend empfunden hatte, war eisiger Kälte gewichen, die ihn erschauern ließ. Er hatte einen schwerwiegenden Fehler begangen, und doch hatte er nichts weiter getan, als auf die Schwingungen zwischen ihnen zu reagieren, und zwar nicht mit Druck, sondern lediglich mit einem Angebot. Auch jetzt noch bezweifelte er, daß er, gefangen in der Umarmung des Waldes, überhaupt hätte anders handeln können. Nur ihr Widerstand hatte schließlich den Zauberbann gebrochen, sonst ...

»Ich muß zurückreiten.« Marian erhob sich anmutig.

Er wußte, daß sie es kaum erwarten konnte, das Lager – und ihn – zu verlassen, und dieses Wissen saß wie ein Stachel in seinem Herzen. Sie streckte John eine Hand hin, die er behutsam ergriff, als sei er seit jeher ihr auserwählter Begleiter. Robin faßte diese Geste als das auf, was sie war, nämlich als neuerliche Zurückweisung, die er zu akzeptieren hatte. So stand er auf, sah sich gebieterisch um wie ein König, der sein Reich überblickt, und beobachtete, wie John sie zu den Pferden führte. Sie drehte sich nicht mehr um.

Eine Welle von Bitterkeit schlug über ihm zusammen. Er hatte in seinem Leben schon zu viel verloren, und nun verlangte er mehr, als er je bekommen würde. Locksley Hall lag im Bereich des Möglichen, wenn er Glück hatte, aber diese Frau nicht. Von dem Moment an, wo er Marian zum ersten Mal gesehen hatte, verkörperte sie für ihn all das, was ihm genommen worden war – und er hatte sich alles wieder zurückholen wollen. Doch nun war Marian Kameradin und Verbündete für ihn, und er wünschte sich weit mehr von ihr als nur gestohlene Küsse. Er wollte die ganze Frau, mit Leib und Seele.

Selbst wenn er begnadigt würde, dürfte er es dann wagen, sich Hoffnungen zu machen? Er war sicher, ohne zu wissen, warum, daß sie eine weit größere Mitgift mit in die Ehe brachte als nur den eher armseligen Landsitz Fallwood Hall. Sie würde sich zwar auch dann nicht weniger selbstbewußt geben, wenn sie arm wäre wie eine Kirchenmaus, aber irgend etwas an ihrem Auftreten, eine Art unbeugsamer Würde, bestätigte ihn in seinem Verdacht, daß sie über weit mehr Landbesitz verfügte, als sie zugab. Wenn er alle seine Ländereien zurückerhalten würde, dann vielleicht ... aber er hatte sich nichts weiter ausbedungen als lediglich Locksley Hall, da er gedacht hatte, daß dies ohnehin das Äußerste war, was Richard einem für vogelfrei erklärten Verräter zubilligen würde, selbst wenn dieser ihm unschätzbare Dienste geleistet hätte. Und nun verbot ihm sein Stolz, mehr zu erbitten.

Marian war für ihn unerreichbar.

Dennoch war sie zu ihm gekommen ... hatte das reinste aller Vergnügen mit ihm geteilt. Würde die Leidenschaft sie zu ihm zurücktreiben? Würde sie ihn wenigstens zum Liebhaber erwählen, wenn ihre Gefühle schon nicht über den erotischen Bereich hinausgingen? Und doch – diese Leidenschaft, die sie füreinander empfanden, war weit stärker als das, was viele Eheleute verband. Er konnte sich nicht vorstellen, wie sich jemand einer solchen Macht entziehen konnte, aber genau das hatte sie getan. Die Intensität des Geschehenen hatte ihr Angst eingejagt ... und sie war kein Mensch, der sich von seinen Ängsten beherrschen ließ. Er wollte, daß sie sich ergab, aber aus freien Stücken und nicht als besiegte Gegnerin.

Aber er mußte sich mit dem Gedanken vertraut machen, von vornherein alles zu akzeptieren, was sie ihm anbot. Er wußte nämlich, daß er sie schon jetzt zu sehr liebte, um etwas zurückzuweisen, was sie ihm freiwillig gab.

11. Kapitel

Die Morgensonne tauchte die steinernen Mauern in ein warmes, helles Licht. Marian hatte das Mieder ihres Gewandes zugeschnürt und nahm nun auf einem Stuhl Platz, damit

Agatha sie frisieren konnte. Da Marian oft auf den lästigen Schleier verzichtete, hatte ihre Gefährtin beschlossen, das lose fallende Haar als Herausforderung an ihren Einfallsreichtum zu betrachten. Marian hielt sich kerzengerade, während sich die andere Frau mit den dicken Flechten befaßte, und bemühte sich, ihre Ungeduld hinter einer Maske aufmerksamen Interesses zu verbergen. So chaotisch ihr Gefühlsleben im Augenblick auch sein mochte, es galt nun, sich auf wichtigere Dinge zu konzentrieren. »Sag mir eines, Agatha: Meinst du, wir können dieser Schneiderin und ihrem Sohn trauen?«

Da sie schon darauf bestanden hatte, Robin Hood alleine anzuwerben, hatte sich Marian in diesem Fall dazu entschieden, Agatha den ersten Kontakt mit der bewußten Familie zu überlassen.

Agatha fuhr fort, mit flinken Fingern ein Netz aus feinen Zöpfen zu weben, welches Marian wie ein Schleier über den Rücken fiel. »Ich glaube schon, Lady Marian. Beide werden von dem Wunsch nach Vergeltung innerlich aufgezehrt. Die Mutter ist eine kühl abwägende Person, die unbeirrbar ihre Ziele verfolgt; ihr Sohn, Cobb, ist zwar noch jung, aber seine Kindheit ging an dem Tag zu Ende, an dem man ihm sein Bein genommen hat. Natürlich sind wir ein gewisses Risiko eingegangen, indem wir unsere wahren Absichten zu erkennen gegeben haben, aber ich finde, die Chance, Prinz Johns Botschaften in die Hände zu bekommen, wiegt jedes Risiko auf.«

Marian vermied ein zustimmendes Nicken, da Agatha gerade den nächsten Zopf in Angriff nahm. »Ich brauche nicht viel Zeit, um die Nachrichten abzuschreiben, es sei denn, ich muß besondere Vorkehrungen treffen, damit der Sheriff nicht merkt, daß jemand sie gelesen hat.«

»Ich habe den Jungen gefragt, wie diese Botschaften eigentlich aussehen. Er ist zwar nicht darin geübt, auf versteckte Feinheiten zu achten, aber selbst ein ungeschultes Auge kann äußere Markierungen oder Siegel erkennen. Ihm ist nur aufgefallen, daß die Briefe sehr klein gefaltet sind, also handelt es sich um kurze Nachrichten. Ausführlichere Mitteilungen werden per Kurier geschickt.«

»Wenn er recht hat, dann bereitet uns also einzig und allein die Entschlüsselung des Codes noch Sorgen«, murmelte Marian. »Es hängt von der Gunst des Augenblicks ab, ob wir die Botschaften überhaupt zu sehen bekommen. Cobb darf nicht von seinem üblichen Tagesablauf abweichen, um sich mit einem von uns treffen zu können, und die Zeitspanne zwischen dem Eintreffen der Nachricht und dem Weiterleiten an Sir Godfrey muß so kurz wie möglich sein.«

»Cobb erledigt häufig Botengänge für seinen Vater oder seine Mutter, also wird sich leicht ein Vorwand finden lassen. Margaret hat mich zum Beispiel gebeten, ihr eines von den Kleidern, die Ihr Euch in Paris habt anfertigen lassen, auszuleihen, damit sie nach diesem Muster ein neues Gewand für Lady Claire nähen kann.«

»Nimm das lavendelfarbene, es ist nach der neuesten Mode geschnitten. Du kannst es ihr eigentlich jetzt gleich bringen.« Marian sah zu, wie Agatha vor der großen Truhe niederkniete und das sorgfältig gefaltete Gewand herausnahm. Dann fragte sie, da sie nicht die ganze Verantwortung auf die Ältere abwälzen wollte: »Möchtest du, daß ich dich begleite?«

Agatha schüttelte den Kopf. »Ich würde lieber erst ein stärkeres Vertrauensverhältnis zwischen ihr und mir aufbauen. Kommt doch nächstes Mal mit.«

»Es wäre ratsam, wenn wir ihr auch einen Auftrag erteilen würden«, meinte Marian. »Ich werde sie bitten, mir ein Kleid zu schneidern, und ich werde sie dafür großzügig entlohnen.«

Agatha legte sich das lavendelfarbene Gewand über den Arm, drehte sich um und musterte Marian mit neu erwachter Aufmerksamkeit. »Sie ist im Umgang mit Nadel und Faden wirklich geschickt, und sie ist sehr stolz auf ihre Arbeit. Wenn Ihr sie aufsucht, dann nehmt doch den Stoff mit, den die Königin Euch gegeben hat, und laßt Euch daraus ein Kleid schneidern.«

»Ein guter Vorschlag«, stimmte Marian sofort zu. »Auf diese Weise wird ihr die Gegenwart der Königin Tag für Tag bewußt sein.«

Agatha nickte bekräftigend und machte sich auf den Weg zur Schneiderin.

Sowie die andere Frau den Raum verlassen hatte, seufzte Marian erleichtert auf. Sie war froh, daß sie einen plausiblen Grund gefunden hatte, um Agatha fortzuschicken, da sie nur ungern auf einen fadenscheinigen Vorwand zurückgegriffen hätte. Alan hielt sich zum Glück immer noch in London auf, dachte sie bei sich. Sie sehnte sich verzweifelt danach, eine Zeitlang allein zu sein, wollte aber vermeiden, daß irgend jemand davon erfuhr. Zwar war sie noch nie übertrieben gesellig gewesen, aber ihre beiden Gefährten hatten einen weit schärferen Blick für erste Anzeichen seelischer Qual als die meisten anderen Menschen. Eine halbe Stunde der Einsamkeit, fern von diesen Adleraugen, die jeden ihrer Schritte zu verfolgen schienen, war zu einem kostbaren Gut geworden. Sie empfand beinahe eine Art von Dankbarkeit gegenüber Sir Ranulf, da sie seinen mißglückten Entführungsversuch als Entschuldigung für etwaige Veränderungen in ihrem Verhalten vorbringen konnte. Ihr Gefühlsleben war völlig aus dem Gleichgewicht geraten; ein Zustand, der sie zutiefst beunruhigte. Sie konnte gerade jetzt keine derartige Verwirrung gebrauchen. Überall in Nottingham lauerten Gefahren, und jegliche Ablenkung, die ihre Wachsamkeit schmälerte, konnte sich als fatal erweisen.

So unbeteiligt wie möglich versuchte Marian, den Konflikt, in dem sie sich momentan befand, zu überdenken. Die vergangenen zehn Jahre lang hatte sie ihr ganzes Leben auf ein einziges Ziel hin abgestimmt und dieses auch erreicht. Simon von Vitry war tot, ihre Familie gerächt. Doch nach dem Tod ihres Erzfeindes hatte sich in ihr eine tiefe Leere ausgebreitet. Obwohl sie zuerst geplant hatte, unverzüglich nach Hause zurückzukehren, hatte sie sich dann doch entschlossen, den Auftrag der Königin anzunehmen, da sie sich davon eine neue Herausforderung, einen neuen Lebensinhalt versprach.

Und nun übten plötzlich zwei Männer auf einmal eine fast magische Anziehungskraft auf sie aus. Keiner von ihnen war eine gute Wahl, obwohl sie beide grundverschieden waren. Beiden gemeinsam war die Ausstrahlung von Macht, Charisma, Intelligenz und ein leidenschaftliches Wesen. Beide betrachteten sie als ihnen ebenbürtig und bewunderten ihre Willensstärke. Einer gehörte zum feindlichen Lager, der andere war ein Geächteter. Aber selbst wenn der eine ein Verbündeter und der andere ihr gleichgestellt sein würde – beruhte der Reiz dieser beiden Männer nicht lediglich darin, daß sie ihr die Möglichkeit boten, wieder ins Leben zurückzukehren, nachdem sie sich jahrelang nur mit dem Tod beschäftigt hatte? Tief in ihrem Inneren existierten verborgene Quellen, die zwar eingedämmt, jedoch noch nicht völlig versiegt waren. Nur Besessenheit und pure Willenskraft hatten diese Quellen bislang am Sprudeln gehindert. Sollte die kurze Zeit, die verstrichen war, seit sie Vitry getötet und ihr Versprechen eingelöst hatte, schon ausreichen, um andere unterdrückte Leidenschaften wieder aufflammen zu lassen?

Wenn sie jetzt wieder in Frankreich wäre, ob sie sich dann auf dieselbe Weise zu Raymond hingezogen fühlte? Wenn sie das zugrunde legte, was sie in seinen Armen empfunden hatte – und die Tatsache, daß sie nicht den leisesten Wunsch verspürte, ihn wiederzusehen – dann lautete die Antwort sicherlich: Nein. Ein ironisches Lächeln spielte um Marians Lippen. Sie hatte immer angenommen, das volle Ausmaß sexueller Begierde kennengelernt zu haben, mußte jetzt jedoch erkennen, daß sie lediglich von den Schwingen der Lust gestreift worden war, wenn sie das, was sie bisher erlebt hatte, mit den überwältigenden neuen Erfahrungen verglich, die ihr inzwischen zuteil geworden waren. Diese unbekannten Gefühle, die sie überschwemmten, erschreckten sie nicht wenig. Die eiserne Selbstdisziplin, die sie sich selbst anerzogen hatte, begann zu bröckeln, und obwohl sie sich bislang noch zu keiner übereilten Tat hatte hinreißen lassen, verabscheute sie schon den bloßen Gedanken daran, daß sie die Kontrolle über sich verlieren könnte.

Halt, mahnte sie sich. Das, was sie fürchtete, war ja bereits eingetreten. Zwar war sie mit Guy von Guisbourne noch nicht zu weit gegangen, aber der Zauberbann von Robins Leidenschaft hatte sie über ihre Grenzen hinausgetrieben.

Nichts von alldem, was sie in Frankreich erlebt hatte, kam dem gleich, was Robin und sie miteinander geteilt hatten. Nichts ließ sich mit der bloßen Berührung seiner Hand, die sich durch die Seide ihres Gewandes hindurch in ihre Haut gebrannt hatte, vergleichen – außer vielleicht jenem erregenden, elektrisierenden Moment zwischen ihr und Guy, damals, als sie Wolverton und dessen Handlanger überwältigt hatten.

Über sich selbst belustigt, schüttelte sie den Kopf, als sie sich an die Welle der Erleichterung erinnerte, die sie überflutet hatte, als sie das letzte Mal aus Sherwood zurückgekehrt und Guisbourne die Stufen von Nottingham Castle heruntergekommen war, um sie zu begrüßen. Er hatte ihr die Hand entgegengestreckt, um ihr beim Absteigen behilflich zu sein, und sie hatte sich sicher und geborgen gefühlt. Sicher. Ein Gefühl, das in diesem Zusammenhang völlig fehl am Platze war. Guisbourne war immer noch ihr Feind, Robin dagegen stand auf ihrer Seite. Guy war der bei weitem gefährlichere und unbarmherzigere der beiden Männer; ein Mensch voller Geheimnisse, dessen Verschlossenheit ihr dennoch vertrauter war als Robins offenes, freimütiges Wesen. Nur wenigen Menschen würde es je gelingen, hinter den dunklen Vorhang von Guisbournes Seele zu blicken. Robins Glanz färbte auf seine gesamte Umgebung ab und wärmte sie, doch seine Ausstrahlung blendete Marian so sehr, daß sie sich vorkam wie eine Motte, die hilflos um eine Lichtquelle herumflattert.

Sie hatte, obgleich sie es nie zugegeben hätte, Angst, Robin erneut gegenüberzutreten, da sie der ständig wachsenden Anziehungskraft zwischen ihnen nichts entgegenzusetzen hatte. Angst! Ihre eigene Unsicherheit, ihr Zögern stießen sie ab und versetzten sie gleichzeitig in hellen Zorn. Ihr Leben lang hatte sie sich dem, was sie fürchtete, entschlossen gestellt. Es lag nicht in ihrer Natur, vor etwas davonzulaufen. Doch sie sah nur einen einzigen Weg, ihre eigenen verborgenen Leidenschaften zu verstehen und zu beherrschen: Sie mußte ihren Erfahrungsschatz auf erotischem Gebiet, mußte ihr Wissen erweitern. Auf keinen Fall würde sie sich noch länger von ihrer Angst leiten lassen.

Ich werde mit Guisbourne ins Bett gehen, dachte Marian, ohne deswegen übermäßige Skrupel zu verspüren. Sie wußte auch um die Gefahr, der sie sich mit dieser Entscheidung aussetzte. Sie konnte sich ebenso leicht in Guisbournes dunklem, lockenden Netz verfangen wie in dem goldenen, welches Robin im Wald um sie gesponnen hatte.

Und was war mit dem Netz, das sie selber webte? Bei der Vorstellung, erneut einen Treuebruch begehen zu müssen, geriet ihr Vorsatz ins Wanken. Als sie sich einverstanden erklärt hatte, für Eleanor in Frankreich zu spionieren, hatte sich Marian als Beobachterin und Drahtzieherin, aber bestimmt nicht als verführerische Sirene betrachtet. Und doch war sie – wenn auch unabsichtlich – in genau diese Rolle geschlüpft, als sie sich mit Raymond eingelassen hatte, und dieser spezielle Verrat lag ihr heute noch schwer auf der Seele. Deswegen hatte sie auch Guisbourne nicht über einen gewissen Grad hinaus ermutigen wollen, und nun schmiedete sie Pläne, ihn kaltblütig zu verführen.

Nein, vielleicht aus Berechnung heraus – aber sicherlich nicht kaltblütig. Sie würde bestimmt nicht über ein derartiges Manöver nachdenken, wenn sie Guisbourne nicht auch als Mann attraktiv finden würde, und daß sie wußte, was für ein gefährlicher Widersacher er sein konnte, steigerte den Reiz nur noch. Aber so eigennützig und egoistisch ihre Motive auch sein mochten, sie konnte in diesem Fall nicht nur an sich denken und die Konsequenzen, die aus einer Affäre mit Guisbourne erwachsen konnten, einfach hinnehmen. Egal wie sich diese Beziehung entwickelte, sie würde ihre Mission beeinflussen. Eine Zurückweisung oder eine gescheiterte Affäre würde sie zu sehr treffen, als daß sie sich mit allen Sinnen auf die Vorgänge in der Burg konzentrieren konnte, aber eine leidenschaftliche Beziehung würde sie womöglich in noch größere Konflikte stürzen. In Nottingham war sie in erster Linie die Agentin Königin Eleanors, und in dieser Funktion hatte sie von Anfang an gehofft, Guisbourne wieder auf König Richards Seite ziehen zu können. Wenn sie es für möglich hielt, dieses Ziel zu verwirklichen, dann mußte sie irgendwann einmal das Risiko eingehen, Sir Guy reinen Wein einzuschenken, und wenn sie nicht mit ihm ins Bett ging, dann konnte sie sich ihm nur als Vermittlerin nähern, die ihm Wohlstand und eine gehobene Position anbot, wenn er sich auf seine Untertanenpflicht gegenüber Richard besann. Doch wenn sie ein Liebespaar wurden, würde er sie vielleicht verdächtigen, ihn mittels ihrer körperlichen Reize in ihr Netz locken zu wollen. So sehr sie es auch genoß, ihn in seiner Rolle als ihr Gegenspieler herauszufordern, sie wollte sich nicht der Möglichkeit berauben, eine echte Freundschaft aufzubauen – oder eine Leidenschaft im Keim zu ersticken, die vielleicht von Dauer sein konnte.

Sicher, Guisbourne dachte eventuell gar nicht daran, die Verbindung, die er durch den Sheriff zu Prinz John aufgebaut hatte, aufzugeben. Sie mußte das Risiko, sich zu erkennen zu geben, sorgfältig gegen das, was sie zu gewinnen hoffte, abwägen. Trotzdem gedachte sie, um sein Vertrauen zu werben, und deswegen mußte sie möglichst aufrichtig und ehrlich erscheinen. Es gab da etwas, das sie ihm anbieten konnte, um ihn zu überzeugen; etwas, womit sie ihm sagen konnte: »Sieh her, ich vertrete in dieser Sache nicht nur die Interessen der Königin, sondern auch meine eigenen.« Das war die Möglichkeit einer Heirat. Marian lief ein kalter Schauer über den Rücken, als sie sich fragte, ob sie da nicht auf einem gar zu dünnen Seil tanzte. Überhaupt von einem Bündnis zu sprechen, bedeutete zugleich, daß sie zugeben mußte, über eine Mitgift zu verfügen, die eines Edelmannes würdig war, und sie wollte nicht, daß bei ihrer ersten Begegnung gleich ein materieller Anreiz im Vordergrund stand. Leidenschaft bildete den eigentlichen Grund für ihr Handeln; einen Ehemann zu finden war eine bittere Notwendigkeit.

Dennoch ließ es sich nicht vermeiden. Ihr Großvater wollte seine Angelegenheiten regeln, und sie mußte ihren Verpflichtungen gegenüber der Familie nachkommen. Guisbourne wußte, daß ihr Großvater dem König treu ergeben war, und wenn er hoffte, William von Norford über seine Enkelin für Prinz Johns Sache zu gewinnen, dann mußte er auch wissen oder zumindest vermuten, daß sie ihrerseits hoffte, *ihn* beeinflussen zu können. Es wäre eventuell ratsam, erst einmal im Namen ihrer Familie mit ihm zu sprechen und Königin Eleanor aus dem Spiel zu lassen. Wenn Guy willens war, das Lager zu wechseln, dann lag eine Heirat mit ihm im Bereich des Möglichen.

Ansonsten kam ja auch niemand in Frage. Außer einem tollkühnen, charmanten Outlaw hatte kein anderer Mann sie sowohl körperlich als auch geistig so sehr angezogen, weder auf den Ländereien ihres Großvaters noch am französischen Hof. Das Ausmaß ihres Interesses an Guy von Guisbourne konnte sie zum jetzigen Zeitpunkt noch nicht beurteilen, aber sie machte weder ihm noch sich selbst etwas vor, wenn sie ihn als Bewerber in Betracht zog. Wenn es Guisbourne einzig und allein um die Herausforderung, um die Jagd ging und sie für ihn den Reiz verlor, sowie er sie erobert hatte, dann kam er für sie als Ehemann nicht mehr in Frage. Doch Marian fürchtete sich weit mehr davor, daß er, obwohl er zu den wenigen Männern gehörte, die ihre Stärke zu schätzen wußten, als ihr Liebhaber versuchen würde, sie zu beherrschen und ihren Willen zu brechen. Aber sollte Guisbourne sie auch in der Ehe so respektieren, wie er es jetzt tat, dann würde sie kaum einen besseren Mann finden.

Ganz gewiß nicht Robin, dachte sie, selbst wenn er begnadigt würde und seinen Titel und sein Land zurückerhielte. Schon allein in dieser Weise an ihn zu denken war töricht. Als Marian sich sein Bild ins Gedächtnis rief, stellte sie fest, daß es ihr schwerfiel, ihn außerhalb von Sherwood zu sehen; ihn von der Erde, dem Felsgestein, den dichtbelaubten Bäumen, dem sachte plätschernden Wasser und dem hellen Licht zu trennen. Er gehörte dorthin, war ein Teil des Waldes, ein naturverbundener Geist, den man nicht mit gewöhnlichen Sterblichen vergleichen konnte.

Energisch verbannte Marian ihn aus ihren Gedanken.

Ebensogut konnte sie sich in die Sonne selbst verlieben.

Marian führte den Weinkelch an die Lippen und sah sich rasch in der von Fackeln erleuchteten Halle um, da sie Sir Guy im Auge behalten wollte. Während sie an dem mit Honig versetzten Wein nippte, beobachtete sie unauffällig, wie er sich mit der Anmut einer wachsamen Raubkatze unter den Gästen des Sheriffs bewegte, senkte jedoch sofort den Kopf, sowie er in ihre Richtung blickte. Sie fand, daß er in seiner bernsteinfarbenen Brokattunika, die von edelsteinbesetzten Spangen gehalten wurde, ausgesprochen gut aussah. Wie immer ließen sie sein Äußeres und die Aura von Überheblichkeit, die ihn umgab, nicht unbeteiligt.

Als sie das nächste Mal aufblickte, war Guisbourne stehengeblieben, um sich mit dem alten Sir Walter zu unterhalten, dem vielleicht letzten Fürsprecher König Richards unter den Rittern und Baronen von Nottingham. Auf seinem Gesicht zeichneten sich Belustigung und ein Hauch von Bosheit ab, während er dem alten Mann aufmerksam zuhörte. Marian richtete ihr Augenmerk auf die Musikanten und überlegte angestrengt, welchen Ausgang dieses Spiel wohl nehmen mochte. Sir Walter war ein rechtschaffener, unbescholtener Mann, der leider über nicht allzu große Geistesgaben verfügte, sonst hätte er sich nicht unter dem Dach des Sheriffs so unverblümt für König Richard eingesetzt. Marian fragte sich, ob Sir Godfrey Lord Walter wohl als Sinnbild des ewigen Narren in Rang und Würden belassen und ihn so der Lächerlichkeit preisgeben würde. Oder würde er Sir Walters Tod arrangieren und somit die Stimme der Opposition zum Schweigen bringen, um eine – wenn auch trügerische – Einigkeit zu schaffen? Die weisere Entscheidung wäre, ihn am Leben zu lassen, dachte sie, solange er nicht zu unbequem wurde. Er war unter den hier anwesenden Männern sehr beliebt, und obwohl die meisten von ihnen sich scheinbar auf die Seite Prinz Johns geschlagen hatten, bestanden doch noch erhebliche Zweifel an der Glaubwürdigkeit ihres Treueschwurs. Sir Walters Tod würde sowohl Furcht als auch Unmut unter der Bevölkerung schüren und eher Rebellion denn unterwürfigen Gehorsam zur Folge haben. Sir Guys gönnerhafte Art, mit dem alten Baron umzugehen, ließ darauf schließen, daß Sir Walter langsam isoliert werden sollte. Ob Guisbourne wohl mit dem Sheriff über das heikle Thema gesprochen, vielleicht sogar eine Strategie entwickelt hatte? Dem Sheriff mangelte es nicht an Raffinesse, doch er bediente sich lieber der Verbreitung von Angst als Waffe anstatt auf Spott zu setzen.

Als Marian sich von diesem Gedanken losriß und den Kopf hob, war Sir Guy bereits weitergegangen. Suchend ließ sie den Blick über die Menge schweifen und entdeckte ihn ganz in ihrer Nähe. Er sah sie unverwandt an, und diesmal schlug sie nicht die Augen nieder, sondern lächelte ihn herausfordernd an. Guy erwiderte das Lächeln und kam langsam auf sie zu. Während sie ihn beobachtete, verspürte Marian ein Kribbeln auf der Haut, das zu gleichen Teilen von einer gewissen Vorfreude und einem leisem Unbehagen hervorgerufen wurde. Als sie über seine Schulter spähte, erhaschte sie einen Blick auf Lady Alix, die ihr ostentativ den Rücken zukehrte und mit einem der jüngeren Ritter schäkerte. Einen Moment später stand Guisbourne vor ihr, beherrscht und höflich wie immer. Nur in seinen Augen glomm ein undefinierbarer Funke auf.

»Ihr seht heute abend hinreißend aus«, sagte er, wobei sein feuriger Blick das Kompliment noch unterstrich.

Sie hatte ihr Bestes getan, um seine Bewunderung zu erringen. Extra für diesen Anlaß hatte sie ihr auffälligstes Gewand gewählt, ein weichfallendes, kunstvoll gefälteltes karminrotes Kleid, und Agatha gebeten, ihr rote Rosenknospen in den dicken blaßgoldenen Zopf zu flechten, der ihre Stirn bekränzte. Im Geiste hatte sie die Situation in allen Variationen durchgespielt, hatte sich eine Reihe verbaler Herausforderungen und Rückzieher zurechtgelegt, die schließlich mit ihrer Kapitulation enden sollten. Sie wußte, daß sie trotz seiner größeren Erfahrung auf sexuellem Gebiet durchaus imstande war, ihren Plan erfolgreich in die Tat umzusetzen, doch plötzlich erweckte der Gedanke, Sir Guy mittels gezierter weiblicher Listen und Ränke dazu zu bewegen, sie zu verführen, ihren Widerwillen. Ein solches Verhalten paßte besser zu Lady Alix, die gleich einer tückischen Schlange Männer in ihre Falle lockte. Marian beschloß, ihre Taktik zu ändern.

»Ich habe keine allzu große Erfahrung auf dem Gebiet der

Liebe«, teilte sie Sir Guy kurz angebunden mit. »Dagegen würde ich gerne etwas unternehmen.«

Einen Augenblick lang schien es Guisbourne vor Überraschung die Sprache verschlagen zu haben, dann zuckte ein feines Lächeln um seine Mundwinkel, und seine goldenen Augen leuchteten auf.

Sie hatte seine Neugier geweckt, indem sie als Frau die Initiative ergriffen hatte. Er hätte es vermutlich vorgezogen, selbst den ersten Schritt zu tun oder es zumindest zu glauben, aber das Geständnis ihrer Unerfahrenheit wog die Kühnheit des Angebotes wieder auf. Guisbourne, der sich mit Sicherheit auf sein amouröses Geschick einiges einbildete, würde es sich zum Ziel setzen, ihr Lehrmeister zu werden – und hoffen, daß kein Mann vor oder nach ihm an ihn heranreichte.

»Wollt Ihr das wirklich?« fragte er.

»Ja«, antwortete sie schlicht, wohl wissend, daß die Dinge sehr viel komplizierter waren als es den Anschein hatte. »Ich halte Euch nämlich für einen Mann, der über mannigfaltige ... Talente verfügt.«

»Was aber nur das halbe Vergnügen ausmacht«, erwiderte er provozierend.

Marian senkte den Blick, als sie mit einer Mischung aus Verlangen und Verzweiflung an jenen erregenden Moment am Wasserfall zurückdachte, als Robin nackt auf dem sonnenüberfluteten Felsen gelegen hatte. Es war ein hoher Maßstab, an dem sich Sir Guy messen lassen mußte. Trotzig sah sie Guisbourne direkt in die Augen. »Nur das halbe Vergnügen?« wiederholte sie.

»Ahh ...« murmelte er, unmerklich näherrückend. Seine glühenden Augen erinnerten sie an in der Dunkelheit flackernde Fackeln, und plötzlich verspürte sie den Wunsch, gemeinsam mit ihm in dieser Dunkelheit zu verbrennen. Ihre eigene Begierde wuchs, und sie hörte, wie sein Atem schneller ging; ein Laut, den sie fast als greifbare Liebkosung empfand. Sie hielt seinem Blick unbeugsam stand, obwohl das schmerzhafte Pochen zwischen ihren Schenkeln immer heftiger wurde.

»Ich will dich jetzt. Sofort«, flüsterte er, noch ein Stückchen näherrückend, und ein Ausdruck so unverhüllter Wildheit trat auf einmal in seine Augen, daß Marian beinahe fürchtete, er würde sie hier und jetzt, ungeachtet der anderen Leute im Saal, auf der Stelle nehmen.

Sie brach den Blickkontakt ab und holte tief Luft. Als sie ihn wieder anzusehen wagte, war das Feuer in seinen Augen merklich schwächer geworden. Ihn in ihre Gemächer mitzunehmen war zwar nicht unmöglich, wäre jedoch in ihrer momentanen Lage eine gefährliche Dummheit gewesen, und sie wollte ihn keinesfalls auf seine Burg begleiten. Guisbourne zog die Augenbrauen hoch. »Wenn es unumgänglich notwendig ist, kann ich ... nur vielleicht ... noch bis morgen warten.«

»Gut, dann morgen«, stimmte sie zu. »Wo können wir uns treffen, ohne eine Stunde später Gesprächsthema von ganz Nottingham zu sein?«

»Ich denke, ich weiß da ein geeignetes Plätzchen.« Er schenkte ihr erneut ein geheimnisvolles Lächeln. Offensichtlich genoß er die Situation in vollen Zügen. »In der Zwischenzeit will ich die süße Qual der Erwartung auskosten.«

Mit Sir Ralph an ihrer Seite folgte Marian Guisbournes Wegbeschreibung, wobei sie sich nach einigen Orientierungspunkten richtete, die er aufgezählt hatte. Ein Obstgarten voller Apfelbäume, die bereits kleine grüne Früchte trugen, zeigte ihr, wo sie die breite Straße nach Norden verlassen mußte. Von da aus sollte sie dem schmalen Bach folgen, der sich durch eine saftige, mit Birken und Linden durchsetzte Wiese schlängelte. Ein Eisvogel schoß über das Wasser hinweg, und Schwärme von Faltern, buntgescheckten Schmetterlingen und gelbschwarzen Hummeln flatterten und summten zwischen den Blumen umher. Überall inmitten des dichten Grases leuchtete es rosa, violett und hellrot auf; Marian entdeckte Glockenblumen, Fingerhut, Weiderich und Bittersüß. Tiefgrünes Schilf, Büsche von Brennesseln und zartblaue Vergißmeinnicht säumten die Ufer des Wasserlaufes. Das Spiel von Licht und Schatten malte bizarre Bilder auf den Boden, als der Baumbewuchs langsam dichter wurde und die offene Wiese in ein Waldgebiet überging.

Als sie die große verdorrte Eiche erblickte, die am Fuße einer Anhöhe stand, bat Marian Ralph, bei dem Baum auf ihre Rückkehr zu warten, und ritt allein weiter. Er stellte sicherlich seine Mutmaßungen hinsichtlich der Person an, mit der sie sich treffen wollte, doch sie hoffte, daß es zu viele Möglichkeiten und verschiedene Gründe gab, als daß er zu einem sicheren Schluß kommen konnte. Sie hatte auch nicht vor, Agatha oder Alan einzuweihen, wenn es nicht unbedingt sein mußte. An einem Ring mächtiger Felsbrocken wandte sie sich gen Norden und ritt eine weitere halbe Meile neben dem Flüßchen her, an dessen Ufern nun dichte, mit unzähligen kleinen weißen Blüten übersäte Brombeersträucher wucherten. Sie folgte den Windungen des Wassers, bis sie einen mit Kriechpflanzen bewachsenen Hügel aus goldfarbenem Gestein erreichte. Dort sah sie, wie das Flüßchen plötzlich in einem schmalen Riß in den Felsen verschwand, um unterirdisch weiterzuplätschern. Das war der letzte Wegweiser. Nachdem sie ihr Pferd um den Hügel herumgelenkt hatte, kam sie auf eine kleine Lichtung, die auf der einen Seite von hohen Bäumen, auf der anderen von Felsen umschlossen wurde. Hier erwartete sie Guisbourne bereits. Er trug eine schlichte bronzefarbene Brokattunika, darüber ein Cape aus geschmeidigem Leder und enganliegende Lederhosen. Hinter ihm gähnte eine von Blattwerk halb verborgene dunkle Öffnung; der Eingang einer Höhle.

»Lady Marian.« Sir Guy kam auf sie zu, um sie zu begrüßen, und half ihr mit ausgesuchter Höflichkeit vom Pferd, was ihr ein Lächeln entlockte. Er erwiderte das Lächeln mit jenem wohlvertrauten lasziven Hauch von Spott, der sie gleichermaßen amüsierte und erregte. Für diesen Moment ging sie auf sein Spiel ein, streckte ihm die Hand hin und folgte ihm, als er sie zu der Höhle führte und sie hereinbat, als befänden sie sich in seiner Burg.

Marian trat in die Dunkelheit und spürte, wie ein kalter Luftzug über sie hinwegwehte. Sie blieb einen Augenblick stehen, bis sich ihre Augen an das Dämmerlicht gewöhnt hatten, dann erkannte sie einen engen Durchgang, der zwischen schiefen Felswänden steil nach unten führte und dann eine abrupte Kurve beschrieb, so daß der Höhleneingang und somit der letzte Lichtschimmer außer Sicht geriet. Die Dunkelheit verursachte ihr Unbehagen, und sie unterdrückte den Impuls, die Finger um den Griff ihres Messers zu schließen.

»Geh weiter. Es ist nicht mehr weit«, sagte Guy hinter ihr leise. Seine Stimme klang tröstend und ein wenig belustigt. Sie wußte nur zu gut, daß er absichtlich darauf verzichtet hatte, eine Fackel mitzunehmen, da Gefahr und Furcht ihrem erotischen Abenteuer noch einen zusätzlichen Reiz verleihen würden. Marian warf ihm über die Schulter hinweg einen bösen Blick zu und hätte ihn beinahe scharf angefaucht, da derartige Spielchen ihr Verlangen abkühlten, statt es anzufachen. Dennoch schlug sie seine Gegenwart in den Bann, und als sie ihn ansah, rauschte ihr Blut wie flüssiges Feuer durch ihre Adern.

Entschlossen drang sie in die finstere Schwärze vor, folgte der abfallenden Biegung der Wand. Alle Geräusche klangen hier unten seltsam verzerrt. Ihre Schritte und Atemzüge hallten gespenstisch von dem Gestein wider, und die akustische Täuschung bewirkte, daß Guy nicht nur hinter ihr herzugehen, sondern ihr gleichzeitig aus dem Bauch der Höhle entgegenzukommen schien. Als sie um die Ecke gebogen war, sah sie Lichtstrahlen über die Wände huschen, aber es handelte sich hier nicht um Tageslicht, sondern um das Flackern von Flammen. Zu ihrer Linken öffnete sich der Gang in eine geräumige natürliche Felskammer, geschaffen von einem uralten unterirdischen Strom, dessen Wasserstand inzwischen längst abgesunken war. Direkt vor ihr, am anderen Ende der Höhle, entdeckte sie ein tiefschwarzes Loch, das zweifellos in weitere unerforschte Tiefen führte; bedrohlich und faszinierend zugleich.

Guy, der Herr dieser verborgenen Welt, geleitete sie in die Kammer. Er war auf ihren Besuch vorbereitet – oder hatte vor ihr schon andere Frauen hierhergebracht. Ein weiches Federbett war über den harten Boden gebreitet, ein weiteres diente als Kissen. Früchte, Brot und Wein standen auf einem Sims bereit. All diese Annehmlichkeiten wurden von erlesenen Bienenwachskerzen beleuchtet, die eines Königs oder Kardinals würdig gewesen wären, ein Luxus, der in dieser primitiven Umgebung geradezu dekadent wirkte. Die goldenen Flammen tauchten die Kammer in ein warmes Licht, tanzten über die geriffelten Steinwände und fingen sich in dem metallischen Glanz von Guisbournes Brokattunika. In dem sanften Schein schienen die Konturen seines Gesichts wie aus Bernstein gemeißelt. Seine riesigen, von einem Goldrand umgebenen Pupillen wurden von den goldenen Flammen belebt, und einen flüchtigen Moment lang brannten seine Augen wie reines Feuer, ehe sich erneut ein dunkler Schatten davorlegte.

Marians Nerven waren unerwarteterweise bis zum Zerreißen gespannt. Abrupt wandte sie sich ab und begann, ihr blaßgrünes Gewand aufzuschnüren. Es erschreckte sie, daß sie bereits jetzt über alle Maßen erregt war. Sie machte sich rasch, aber nicht so geschickt, wie sie gewünscht hätte, an ihrem Mieder zu schaffen. Guisbourne trat hinter sie und ergriff ihre Hände. Sein Körper schmiegte sich sacht gegen ihren Rücken, und sie wurde sich plötzlich des Duftes, den er verströmte, deutlich bewußt. Moschus und Sandelholz vermischten sich mit dem Weihraucharoma der Kerzen. Obwohl sie sich kaum berührten, strahlte Guy eine Hitze aus, die ihre Haut durch die Seide hinweg zu versengen drohte. Die kühle Luft der Höhle streichelte ihren Nacken, als er ihre Haarflut sanft zur Seite schob und ihren Nacken küßte. Seine Lippen glitten über die bloße Haut, sein Bart fühlte sich erstaunlich weich an. Dann spürte sie, daß nicht nur sein Mund, sondern die heiße, feuchte Spitze seiner Zunge ihre Wirbelsäule entlangfuhr und hörte, wie er zischend den Atem einsog. Ein leises Keuchen entrang sich ihrer Kehle, als sie ein Schauer des Entzückens überlief.

Langsam wanderten seine Hände an ihrem Körper entlang und lösten die letzten Bänder ihres Gewandes, doch statt es ihr von den Schultern zu streifen, umfaßte er nur ihre Brüste und liebkoste mit Daumen und Zeigefinger durch den Stoff hindurch ihre Brustwarzen, die sich unter der Berührung sofort verhärteten. Einen Moment lang verharrte er regungslos in dieser Stellung, kostete die Vorfreude auf das Kommende mit allen Sinnen aus. Dann nahm er sein Tun wieder auf, streichelte ihre Brüste, bis ihr ganzer Körper vor Verlangen schmerzte und sie nur noch von dem Wunsch beherrscht wurde, die störende Seide beiseite zu schieben, um seine Hände auf ihrer bloßen Haut zu spüren.

Wie um auf ihre unausgesprochenen Sehnsüchte zu antworten stieß er einen leisen, kehligen Laut aus, trat einen Schritt zurück, ergriff den Saum ihres Kleides und zog es ihr über den Kopf. Die Seide fiel raschelnd zu Boden, und Marian schob es mit dem Fuß zur Seite. Ihre Haut prickelte, da der schwere Schleier ihres Haares über ihren bloßen Rücken strich und tief in ihr ein merkwürdiges, beunruhigendes Gefühl auslöste. Ihr Atem ging rascher, und sie begann zu zittern, obwohl er sie kaum berührt hatte. Bei jenem ersten Mal in Paris hatte sie sich hauptsächlich von ihrer Neugier leiten lassen, hatte nicht allzuviel erwartet und war daher auch nicht enttäuscht worden. Doch diese bebende, ungeduldige Vorfreude, die sie einerseits dazu trieb, sich umzudrehen und in Guisbournes Arme zu werfen, ihr andererseits jedoch befahl, still stehenzubleiben und abzuwarten, welch seltsamen Zauber seine nächste Berührung auf sie ausübte, diese Erfahrung war ihr bislang verwehrt geblieben.

Guy, dem ihre Reaktion auf seine Zärtlichkeiten nicht entgangen war, begann, sie mit quälender Langsamkeit am ganzen Körper zu streicheln. Seine kräftigen, geschickten Hände – die Hände eines erfahrenen Schwertkämpfers – glitten über ihre Arme, ertasteten die durch den Umgang mit Pfeil und Bogen gefestigten Muskeln, strichen dann über ihre Schultern, den Rücken hinunter und folgten dem Schwung von Taille und Hüften, ehe sie auf ihrem Gesäß liegenblieben.

»Allein die Art, wie du durch den Raum gehst, wirkt erregend auf mich. Du bewegst dich wie eine Königin«, sagte er und fügte mit einem leichten Lächeln hinzu: »Die Königin der Amazonen – majestätisch und selbstsicher.«

Er zog sie an sich, drückte sie behutsam auf das Federbett nieder, das auf dem harten Steinboden lag, und bettete ihren Kopf auf das Kissen. Dann strich er noch einmal mit seinen Lippen sacht über die ihren, trat einen Schritt zurück und blickte auf sie nieder – ein Dämon mit unergründlichen Augen, der diesen geheimnisvollen Ort bewohnte. Sein Lederumhang flatterte von seinen Schultern wie ein vom Rumpf getrennter schwarzer Flügel, seine restliche Kleidung folgte. Die flackernden Kerzenflammen schienen über seinen entblößten Körper zu züngeln und tauchten ihn in purpurrotes und goldenes Licht. Marian blickte ihn voll andächtiger Bewunderung an. Für einen Mann seiner Größe bewegte sich Guisbourne mit erstaunlicher Anmut. Die ausgeprägten Muskeln an Armen und Oberkörper verrieten den Krieger, die kräftigen, wohlgeformten Schenkel und Waden den Reiter. Das dunkle Haar auf seiner Brust hob sich wie eine Rauchwolke von der olivgoldenen Haut ab, und aus dem dichten Wald zwischen seinen Beinen ragte sein erigiertes Glied stolz erhoben hervor. Dieser Anblick jagte Schauer der Wollust durch Marians Körper, und sie machte Anstalten, sich zu erheben und einladend die Hände nach ihm auszustrecken.

»Nein«, murmelte er, wobei er einen Schritt zurückwich. »Du hast mein Blut schon zu sehr in Wallung gebracht.« In ihr keimte der Verdacht auf, daß er die absolute Kontrolle behalten wollte, sowohl über sie als auch über sich selbst. Doch sie hatte sich bewußt auf dieses Abenteuer eingelassen, also fügte sie sich dieses eine Mal ohne Widerstand.

Wieder beugte sich Guy über sie, sein Mund schloß sich um ihre Brustwarze, und er knabberte vorsichtig an ihr, während seine Hände über ihre Brüste, den Rippenbogen und schließlich über ihren flachen Bauch strichen; dann folgte er mit den Lippen der Spur seiner Finger, und seine Zunge leckte spielerisch über ihren Bauchnabel. Dann endlich wagten sich seine forschenden Hände in tiefere Regionen, glitten wie ein Hauch über die zarte Haut an der Innenseite ihrer Schenkel und tasteten sich unendlich langsam zu ihrer intimsten Stelle vor.

»Bleib ganz ruhig.« Sein Flüstern wurde von den Wänden der Kammer hohl und unheimlich zurückgeworfen.

Seine Finger gruben sich in das blaßgoldene Dreieck zwischen Marians Beinen, dann begann er, die dahinter verborgene feuchte Höhle genüßlich zu erkunden. Marian wand sich leise keuchend unter seinen kundigen Händen und schnappte überrascht nach Luft, als er sich vorbeugte, ihre geschwollenen Schamlippen spreizte und mit der Zunge über ihr erhitztes Fleisch fuhr.

Eine Welle der Lust schlug über Marian zusammen. Sie drängte sich voller Verlangen enger gegen ihn, konnte von seiner gierigen Zunge gar nicht genug bekommen. Seine Zähne schlossen sich ganz sacht um die kleine Knospe, die unter seiner Berührung anzuschwellen schien, bis Marian den exquisiten Schmerz kaum noch zu ertragen vermochte. Ihre Hüften pumpten wild, sie preßte ihren Unterleib gegen seinen heißen Mund, der sie zu verschlingen drohte, und schrie laut auf, als die Welt um sie herum in einem durcheinanderwirbelnden Flammenmeer versank.

Als sie die Augen wieder öffnete, rechnete sie insgeheim damit, daß sich auf seinem Gesicht der übliche Ausdruck feinen Spottes abzeichnete, doch sie hatte sich geirrt. In seinen Augen las sie die gleiche alles versengende Begierde, die in ihrem Inneren loderte. »Bitte faß mich an«, flüsterte er nahezu unhörbar und stieß vernehmlich den Atem aus, als sich ihre Hand um sein pralles, pulsierendes Glied schloß.

Ihre Nägel krallten sich in seine Schultern, und sie zog ihn fest an sich; hieß die dunklen Flammen willkommen, die Guisbourne in ihrem Inneren anfachte. Ihr hungriger Mund eroberte den seinen, sie klammerte sich an ihm fest, als sei er der rettende Felsen in einer tosenden See und spreizte die Beine, als er in sie eindrang.

Er nahm sie mit einem einzigen heftigen Stoß, der ihr durch Mark und Bein ging. Marian rang keuchend nach Atem. Ihre Augen öffneten sich weit, und er wandte den Blick nicht von ihr, kostete ihre völlige Hingabe aus. In diesem Moment glich er einem Dämon, der darauf aus war, sie zu überwältigen und in sich aufzusaugen, um dann seinerseits vom Feuer der Lust verzehrt zu werden. Wie von Sinnen bäumte sie sich unter ihm auf, strebte nach dem endgültigen Gipfel, nach der Erlösung, die sie die Welt um sie beide herum vergessen lassen würde. Nie gekannte Empfindungen durchströmten sie; wilder und erschreckender als alles, was sie je im direkten Kampf mit einem Gegner gefühlt hatte, denn diesmal hatte sie keine Möglichkeit, sich zu verteidigen, sondern war seinen Attacken hilflos ausgeliefert. Wie ein wildes Tier schlug sie ihm die Zähne in die Schulter und spürte den kupfrig-metallischen Geschmack seines Blutes auf der Zunge, als sie vom Höhepunkt geschüttelt wurde. Guy stieß einen unterdrückten Schrei aus und ließ den Gefühlen, die er so lange im Zaum gehalten hatte, freien Lauf. Mit weit aufgerissenen Augen, in denen ein höllisches Licht zu glühen schien, starrte er auf sie hinab, während sich die heiße Flut seines Samens in sie ergoß, und sein Gesicht verzerrte sich im Schock der Erfüllung. Marian fiel in seinen Schrei mit ein, als sie von neuem in einem schwarzen Strudel versank.

Es kam ihr vor, als seien Ewigkeiten verstrichen, als Guy sich schließlich von ihr herunterrollte und still neben ihr liegenblieb. Dann begann er, während ein Nachbeben der Lust durch ihren Körper lief, sie erneut zu streicheln. Halb benommen sah Marian zu, wie diese kräftigen Hände, die er so geschickt einzusetzen wußte, über ihre Haut glitten. Der sanfte Kerzenschein tauchte ihn in ein goldenes Licht und verlieh ihm das Aussehen eines heidnischen Götzen.

Langsam löste sie sich aus dem warmen, beseligenden Nebel, der sie einlullte, und kehrte in die Wirklichkeit zurück. All die Fragen, die sie letztendlich in Guisbournes Arme getrieben hatten, drangen mit grausamer Klarheit wieder auf sie ein. Aber sie wollte sie nicht beantworten, jetzt noch nicht. Marian schloß die Augen und überließ sich ganz der Stimmung des Augenblicks. All ihren quälenden Problemen konnte sie sich auch später stellen. Als Guy eine intimere Liebkosung wagte, schlug sie die Augen auf, begegnete seinem herausfordernden Blick und zog ihn an sich, um sich erneut in seiner Umarmung zu verlieren.

12. Kapitel

»Was, wenn König Richard ...« setzte Bogo an.

Guy brachte ihn mit einer raschen Geste zum Schweigen, die auf jeden unbeteiligten Zuschauer wie der beiläufige Griff nach einer Schachfigur wirken mußte. »Ein junges Liebespaar«, murmelte er. »Sie betreten gerade den Garten.«

Da Bogo keinen Grund sah, warum er seiner Neugier nicht freien Lauf lassen sollte, spähte er über die Schulter hinweg zu dem jungen Ritter und seiner Begleiterin hinüber, die den Pfad entlanggeschlendert kamen. »Sie scheinen nicht sonderlich entzückt zu sein, uns hier vorzufinden, und sie wünschen sich sicherlich, daß wir unseren Schachkrieg an einem anderen Ort austragen und dieses verborgene Paradies der Liebe überlassen«, kommentierte er und strich mit dem Finger zart über eine Rosenblüte neben ihm.

»Daran besteht kein Zweifel, aber wir werden trotzdem nicht weichen.« Mit voller Absicht lehnte Guy sich zurück und musterte das Pärchen mit einem wohlberechneten Ausdruck belustigter Herablassung. Er setzte darauf, daß seine unerwünschte Aufmerksamkeit die beiden dazu veranlassen würde, sich schleunigst nach einem anderen lauschigen Plätzchen umzusehen, und er behielt recht. Nachdem die jungen Liebenden einen flüchtigen Rundgang unternommen hatten, ohne einen geeigneten Schlupfwinkel zu finden, flüsterten sie kurz miteinander und verließen den Garten wieder.

»Was geschieht, wenn König Richard siegen sollte?« nahm Bogo den Faden wieder auf. »Wenn Ihr Prinz John jetzt zu augenfällig unterstützt, wird es Euch nie gelingen, Richards Vertrauen zurückzugewinnen. Prinz John ist vielleicht ein wenig zu optimistisch, was seine Chancen angeht.«

Aus Bogos Tonfall schloß Guisbourne, daß der Jongleur davon ausging, daß er, Sir Guy, diese Möglichkeit bereits in Erwägung gezogen hatte.

»Mag sein«, erwiderte er, da er nicht gewillt war, Bogo die klare Antwort zu geben, auf die dieser offenbar aus war. Lächelnd spielte er einen Moment lang mit seinem König, ehe er statt dessen den Turm vorzog. Seine Spielweise konnte nur als aggressiv bezeichnet werden. Er hatte sich zu einer gewagten Strategie entschlossen, da er wußte, daß nur Kühnheit über verborgene Schwächen hinwegtäuschen konnte. Schließlich galt es, Bogo bei der Stange zu halten, ohne ihm mehr als nur das Nötigste zu verraten. »Es kann nichts schaden, solange hinter dem Sheriff zu stehen, bis John den Sieg davonträgt.«

»Ihr seid auch hinter Sir Godfreys Rücken noch zu sehen, und zwar um so deutlicher, je mehr Zeit ins Land geht.«

»Ich habe immer noch einigen Einfluß auf Longchamp«, sagte Guy; eine Bemerkung, die Bogo sehr wohl dergestalt auslegen konnte, daß er zwar viel über die politischen Absichten der führenden Köpfe von Nottingham in Erfahrung gebracht, jedoch längst nicht alles verwertet hatte. »Die Basis der Macht verlagert sich ständig. Wenn König Richard triumphieren und Longchamp wieder in sein Amt einsetzen sollte, dann habe ich gute Aussichten, meine Stellung festigen zu können.«

»Die Steuergelder, die Longchamp eingetrieben hat, haben Richard sehr genützt – England dagegen nur geschadet«, meinte Bogo nachdenklich.

Guy nickte. »Der Mann ist nicht dumm, und er betet den König geradezu an. Vielleicht reichen Richard diese Gründe aus, um Longchamp wieder in Gnaden aufzunehmen, obwohl er hierzulande so verhaßt ist. Aber Löwenherz hat sich noch nie dafür interessiert, was das Volk denkt und wünscht. England hat ihm zwar die Königswürde verliehen, aber sein Herz hängt lediglich an Aquitanien und Anjou.«

»Sollte König Richard freikommen und es dennoch vorziehen, seinen Aufenthaltsort einmal mehr ins Ausland zu verlagern, dann wird England erst recht zum Tummelplatz für Machtkämpfe.«

Bogo hatte seine Zukunft untrennbar mit der von Guy verbunden, und nun wollte er zumindest andeutungsweise erfahren, wie diese Zukunft aussehen würde. Er verlangte die Zusicherung, daß seine Dienste belohnt werden würden – in welcher Form, das mußte sich erst noch herausstellen.

Aber er sehnte sich mit allen Fasern seines Herzens danach, ein einziges Mal sein Leben selbst gestalten zu dürfen.

Guy betrachtete weiterhin das Schachbrett, obwohl sein nächster Zug bereits feststand. Es kam ihm seltsam vor, daß ausgerechnet er im Begriff stand, eine Verbindung, die sich eventuell einmal zu einer echten Freundschaft entwickeln konnte, zu diesem Mann aufzubauen. Der Zwerg würde sicherlich einen treuen Diener abgeben, wenn nicht mehr, und obwohl Guy zum jetzigen Zeitpunkt seine Worte und Andeutungen sehr sorgfältig wählte, fühlte er dennoch eine merkwürdige Seelenverwandtschaft zwischen sich und dem Jongleur. Bogo tastete sich an ihn heran – wie Guy es vor langer Zeit mit einem anderen Mann getan hatte – um ein freundschaftliches Band zwischen ihnen zu schaffen. Aber es lag nicht in Guisbournes Natur, einem anderen Menschen leicht sein Vertrauen zu schenken. In seinem ganzen Leben hatte er nur zwei Männern vorbehaltlos vertraut. Der eine hatte es verdient, der andere nicht.

Wenn er sich entschloß, alles auf eine Karte – in diesem Fall auf Bogo – zu setzen, dann tat er gut daran, diesen Mann nie anzulügen, wenn es sich vermeiden ließ. Der Zwerg war scharfsinnig, und er verlangte Respekt. Ein ziemlich hoher Preis, wenn man es recht bedachte. Bogo mochte ja gierig sein, aber eine falsche Münze würde er nicht akzeptieren. Ein stolzer Mann wie er würde, das wußte Guy mit tödlicher Sicherheit, jeglichen Betrugsversuch rächen.

Also keine Lügen ... allerdings konnte er die Hüllen, die die Wahrheit verschleierten, nach und nach entfernen; eine Kriegslist, die der Zwerg nicht nur hinnehmen, sondern sogar erwarten würde. Es gab da einige Dinge, die zu offenbaren er noch nicht bereit war – und es konnte nichts schaden, wenn Bogo annahm, daß jede neuerliche Enthüllung den Beweis für ein wachsendes Vertrauensverhältnis darstellte. Guy lächelte in sich hinein. Diese Taktik kam der Wahrheit sogar recht nahe. Nun, er selbst würde diesmal das Tempo und die Art der Vertrauensbeweise bestimmen. Jetzt war es an der Zeit, mit dem ersten zu beginnen. Es war anscheinend materieller Wohlstand, den Bogo am meisten zu schätzen wissen würde. Obwohl diese Stufe des Spiels nur mit den Plantagenets zu gewinnen war, wollte Guy dem Jongleur eine zweiseitige Münze hinwerfen; ein persönliches Geständnis auf der einen Seite, welches auf der anderen Seite die unbedingte Notwendigkeit seiner Strategie darlegen sollte. Er sah dem Zwerg fest in die Augen und sagte freimütig: »Ich fahre wahrscheinlich besser, wenn ich mich an Prinz John halte. Sogar mit Longchamps Unterstützung kann ich in der Hierarchie von Richards Günstlingen nie so hoch aufsteigen wie ich es möchte.«

»Nein?« Bogo hob eine buschige Augenbraue. »Und warum nicht?«

»Wir hatten einst eine heftige Auseinandersetzung. Wegen eines Knaben. Der zukünftige König wurde in seiner Eitelkeit gekränkt.«

Der Zwerg blickte ihn verblüfft an. »Ich wußte ja gar nicht, daß Ihr derartige Vorlieben hegt.«

»Das tue ich auch nicht – was diesen Streit nur um so grotesker erscheinen läßt.« Guy winkte unwillig ab. »Es ist ein Vergnügen, das ich ab und an gekostet, jedoch nie bewußt gesucht habe. Nur bei Frauen hebt sich mein Speer von alleine, der Junge hätte erst einmal dafür sorgen müssen, aber ich war gern bereit, mich überreden zu lassen.«

Bogo grinste, dann fragte er: »Wann und wo fand dieses Ereignis statt?«

»Vor genau zehn Jahren, in Paris. Ich war zu einem Bankett eingeladen, von dem ich wußte, daß es sich zu einer zügellosen Orgie auswachsen würde, und ich hatte mich verspätet. Der Gastgeber war für die Qualität der Speisen und des Weines, den er reichte, bekannt – und für die Art, wie er seine Gäste zu unterhalten pflegte. Als ich dort eintraf, waren die meisten Frauen bereits ... beschäftigt, und die übriggebliebenen gefielen mir nicht. Also wartete ich ab und hoffte, daß eine der attraktiveren Damen bald verfügbar sein würde. Doch auf einmal tauchte dieser Junge auf. Er war kein Lustknabe, sondern der Sohn eines Kaufmanns, dessen ansprechendes Äußeres ihm Zutritt zur guten Gesellschaft verschafft hatte. Er sah wirklich ungewöhnlich gut aus, hatte dunkle Locken, Augen wie ein waidwundes Reh und eine samtweiche Haut, und er strahlte eine fast feminine Sanftheit aus, ohne daß er lächerlich gewirkt hätte. Doch hinter der Fassade kindlicher Unschuld verbarg sich ein durch und durch verderbtes Wesen.«

»Eine Mischung, die äußerst anziehend wirken kann«, bemerkte Bogo mit einer Spur von Schärfe.

Guy lächelte sardonisch. »Ich habe anfangs auch nicht mehr getan, als diese außergewöhnliche Schönheit wohlwollend zur Kenntnis zu nehmen, aber der Junge näherte sich mir von sich aus, und ich war, wie ich schon sagte, durchaus willens, mich verführen zu lassen. Was ich nicht wußte, war, daß König Richard, damals noch ein junger Prinz, in der vorhergehenden Nacht ein Auge auf dieses Bürschchen geworfen hatte. Er war eigens deshalb zurückgekommen, um diesen Preis für sich zu fordern. Der Junge und ich hatten uns ein ungestörtes Plätzchen gesucht, und er fing gerade damit an, mich zu ›überreden‹, als der Prinz ankam und sofort versuchte, die Aufmerksamkeit des Jungen auf sich zu lenken. Er leitete aus seiner Machtstellung das Recht dazu ab, sich zu nahmen, was er wollte, und er konnte aufgrund seiner Eitelkeit eine Zurückweisung nicht ertragen. Richard ist ein attraktiver Mann, aber er sieht sich als auserwählter Ritter Gottes, als strahlender und unwiderstehlicher Held. Trotzdem zeigte sich der Junge herzlich wenig beeindruckt von der Chance, die sich ihm da bot, und entschied sich dummerweise dafür, sich an mich zu halten.«

»Ihr seht wesentlich besser aus als der König.«

Guy hob ironisch die Brauen. »Vielleicht zog er einfach nur einen Mann mit dunklem Haar und dunklen Augen einem Blonden vor. Oder es mißfiel ihm, daß Richard bereits fast bis zur Besinnungslosigkeit betrunken war, oder er genoß einfach nur den Zank um seine Person.«

»Wie dem auch sei, die Situation war lächerlich. Richard wollte den Jungen. Der Junge wollte mich. Ich wollte es nicht auf eine Auseinandersetzung ankommen lassen, obwohl es meinem Ego schmeichelte, daß man mir vor Richard den Vorzug gab. Aber es gab keinen halbwegs ehrenhaften Weg mehr, diesen saftigen, wenn auch widerspenstigen Happen den geifernden Fängen des königlichen Löwen zu überlassen. Es hätte auch keinen Sinn mehr gehabt, jetzt einen Rückzieher zu machen, denn Richards verletzter Stolz konnte nur dann wiederhergestellt werden, wenn er den Jungen sozusagen als Siegespreis gewann. Alles schien auf einen Kampf hinauszulaufen, und ich konnte es mir nicht leisten, als Feigling dazustehen. Mangelnde Tapferkeit ist das, was Löwenherz am wenigsten vergibt. Aber ein Kampf mit ihm konnte eine Feindschaft nach sich ziehen, die über bloße Eifersucht weit hinausgeht. Sollte ich ihn besiegen, würde er mich hassen, sollte er merken, daß ich mit Absicht unterliege, würde er mich verachten, und er war betrunken genug, um mich zu töten, falls er siegen sollte. In der Zwischenzeit hatte sich eine beträchtliche Menschenmenge um uns versammelt; die eine Hälfte der Gaffer feuerte uns an, die andere versuchte, einen Kampf zu verhindern.«

Guy hielt inne, da eine Flut von Erinnerungen auf ihn einstürmte. Bogo eroberte einen Bauern und tappte ihn gegen seine Hand. »Ihr habt nun wirklich genug Spannung aufgebaut.«

»Für das glorreiche Finale vielleicht schon zuviel«, meinte Guy mißbilligend. »Der hübsche Junge stand dabei ... und kicherte. Es gefiel ihm, Anlaß für einen erbitterten Kampf zu sein; unser Verlangen nach ihm, unsere unverhohlene Eifersucht trugen nur zu seiner Belustigung bei. Plötzlich erkannte Richard, daß er sich zum Narren machte, drehte sich auf dem Absatz um und stolzierte hinaus. Ich blieb mit dem Jungen zurück, der nun zu schmollen begann, weil er sich um den Nervenkitzel gebracht sah. Ich schäumte vor Wut und hätte ihn am liebsten auch einfach stehengelassen, doch er legte es darauf an, meine Leidenschaft zu erobern. Ich ging dann im Bett ziemlich grob mit ihm um, um ihn für all den Ärger zu bestrafen, den er verursacht hatte, aber auch das gefiel ihm.«

Guy sah Bogo in die Augen. Der Zwerg zuckte nur die Achseln. Er zeigte kein Mitleid, schon gar nicht, wenn dies offenbar nicht erwünscht war.

Guisbourne fuhr fort: »Richard hegt seitdem einen tiefverwurzelten Groll gegen mich. Eine Niederlage im Turnier oder im ehrlichen Zweikampf hätte er ohne weiteres hingenommen, aber auf erotischem Gebiet verschmäht zu werden, das verzeiht er nicht so leicht. Doch er war nicht so dumm, mich diesen Vorfall in irgendeiner Weise büßen zu lassen, und er hat mir auch nie Steine in den Weg gelegt. Er belohnte meine Tapferkeit auf dem Schlachtfeld oder nahm Bestechungsgelder von mir – Löwenherz hatte noch nie Hemmungen, fremdes Geld zu verwenden, um seine Kreuzzüge zu bezahlen – aber seit jenem Zwischenfall existiert eine unsichtbare Grenze zwischen uns, die ich nie übertreten werde. Dasselbe gilt allerdings auch für viele andere seiner Männer – ein weiterer Grund, seinen Bruder zu unterstützen. Der König hält seine Ratgeber auf Distanz. Selbst Longchamp hat nur bedingt Einfluß auf ihn. Löwenherz regiert und erwartet, daß alle anderen seinen Befehlen gehorchen und ihn ansonsten vorbehaltlose Bewunderung entgegenbringen.« Guy schwieg einen Augenblick, ehe er weitersprach. »Er würde zwar meine Fähigkeiten und meinen Verstand eher zu würdigen wissen als John, aber auch weniger geneigt sein, davon Gebrauch zu machen.«

»Ihr wirkt lange nicht so besorgt, wie ich vermutet hätte, wo doch der Ausgang des Ganzen so im Ungewissen liegt. Wenn der König zurückkehrt, wer garantiert Euch denn, daß er Eure Ländereien in Nottingham nicht einfach enteignet?«

Guy hob lächelnd die Hände und spreizte die Finger; eine Geste, die besagte, daß sein Schicksal in den Sternen stand. Aber sein Blick wich dem des Zwerges nicht aus, und in seinen Augen tanzte ein mutwilliger Funke.

Dann geschah dasgleiche wie an dem Abend, an dem Bogo ihm angeboten hatte, für ihn zu spionieren. Einer von Sir Godfreys Wachen kam, um den Zwerg in das Bett des Sheriffs zu befehlen. Bogos Gesichtszüge wirkten plötzlich verzerrt, und Guy entnahm daraus, daß Johns Besuch den Sheriff dazu inspiriert hatte, neue Formen der Erniedrigung zu erfinden. Doch dieser Wachposten machte den Eindruck, als fühle er sich nicht recht wohl in seiner Haut. Er war ein einfacher Mann, für den der Gipfel erotischen Vergnügens darin bestand, eines der Küchenmädchen ins Heu zu ziehen. Daß sein Herr tatsächlich eine solche Kreatur in sein Bett nahm, das bestürzte ihn und stieß ihn zugleich ab, und er scharrte verlegen mit den Füßen, als er Bogo aufforderte, ihn zu begleiten. Mit einem tückischen Lächeln begann der Jongleur, den Mann in noch größere Verwirrung zu stürzen, indem er ihn mit einem Haufen eindeutiger und indirekter Fragen bestürmte. Sir Guy konnte nur hoffen, daß der Wachposten seine Gefühle besser verbergen konnte, wenn er Godfrey von Crowle gegenüberstand, sonst würde er früher oder später in einem der Verliese von Nottingham Castle enden.

Endlich leistete Bogo dem Befehl Folge, stand auf und grinste Guy an, als er seinen Springer antippte. »Es ist noch zu früh, den König zur Kapitulation zu zwingen.« Mit einer obszönen Geste in Richtung des Wächters entfernte er sich.

Nachdenklich sah Guy dem Zwerg nach. Er fragte sich, inwieweit die Einstellung seines Körpers wohl auch auf seine Seite übergegriffen hatte. Wenn man ihn tief genug verletzte, mochte Bogo eine perverse Befriedigung daraus ziehen, das zu vernichten, was er am meisten begehrte. Guy hatte sich von klein auf dazu erzogen, immer nur mit dem Schlimmsten zu rechnen, obwohl er wußte, daß dieses krankhafte Mißtrauen ihn genauso blenden konnte wie blindes Vertrauen. Bogo hatte bislang sein Wort gehalten. Guy achtete peinlich genau darauf, den Zwerg nicht häufiger oder seltener zu treffen als zuvor, und dann auch nur zum Schachspiel. Während sie nach außen hin in das Spiel vertieft schienen, hatte Bogo ihm alles berichtet, was er dem Sheriff ablauschen konnte. Sir Godfrey hatte Guy das Ausmaß seines Ärgers über Marians Rettung nicht merken lassen. Der Sheriff hatte von vornherein über die geplante Entführung Bescheid gewußt, aber ob diese Informationen von Sir Ranulf oder Lady Alix stammten, das hatte Bogo nicht herausbekommen können. Nachdem der Sheriff seine Zustimmung zu Marians Entführung gegeben hatte, sah er sich hinterher gezwungen, Sir Guy als ihren selbsternannten Beschützer zu akzeptieren, was zweifellos das beste war, was er nach Sir Ranulfs Tod hatte tun können. Dennoch nagte diese Kehrtwendung, zu der Guy ihn getrieben hatte, an ihm. Aber Marian war in Sicherheit; diejenigen, die vielleicht den Zorn ihres fernen Großvaters um der Möglichkeit eines Bündnisses mit einem der mächtigsten Männer des Nordens in Kauf genommen hätten, würden nun sicherlich nicht riskieren, seinen *und* des Sheriffs Zorn auf sich zu ziehen, indem sie einen zweiten Versuch wagten. Wenn Guy über Marian nachdachte, kam er immer wieder zu dem Schluß, daß es für ihn besser wäre, wenn er wartete, bis entweder John oder Richard fest auf dem Thron saß, ehe er sich eine Frau nahm.

Marian Montrose war immer noch nicht die beste Wahl, aber selten zuvor hatte ihn eine Frau dermaßen fasziniert. Alix hatte ihm zwar im Bett Lust bereitet, aber abgesehen davon fand er, daß sie nur Unruhe stiftete. Eine unterwürfige, aber tüchtige Frau war akzeptabel, eine kluge Partnerin wünschenswert. Wenn er Alix heiratete, würde er ständig um sein Leben fürchten müssen, und er wollte wirklich nicht, daß sich ihm jedesmal die Nackenhaare sträubten, sobald er sein eigenes Haus betrat. Mit einer ständigen Herausforderung konnte er leben, mit einer ständigen Bedrohung nicht.

Und Marian mit ihrer unwiderstehlichen Mischung aus Geradlinigkeit und Zurückhaltung stellte eine Herausforderung dar. Hinter ihren kühlen Gebaren verbarg sich sengende Leidenschaft, unter dem Eispanzer loderte ein verzehrendes Feuer. Nur wenige Frauen hatten ihn bisher so stark erregt. Unverhofft wurde er von der Erinnerung an ihr Treffen in der Höhle überwältigt, spürte die seidige Flut ihres Haares unter seinen Händen ... die kleinen, festen Brüste, die sich mit verhärteten Warzen in seine Handflächen schmiegten ... den salzigen Geschmack ihrer Haut auf seiner Zunge und die erstaunliche Kraft ihrer Muskeln, als sie ihn umklammert hatte.

Entschlossen verdrängte er diese Bilder und unterdrückte das Ziehen in seinen Lenden. Wieder erwog er mit kühler Berechnung die Vor- und Nachteile einer Verbindung mit

Marian Montrose. Sexuelle Leidenschaft war kein ausreichender Grund, eine Frau zu heiraten, die nur über eine armselige Mitgift verfügte. Aber wenn ihr Großvater ihm genug Land anbieten würde und er von der Macht William von Norfords profitieren konnte, dann wäre eine solche Verbindung nicht nur verlockend, sondern auch noch sinnvoll. Die Heirat mit ihr würde sich sogar als noch größerer Vorteil erweisen, wenn Richard König blieb, da ihn dann auch der ältere Plantagenet nicht einfach beiseite schieben konnte. Trotzdem bezweifelte Guy, daß er unter Richards Herrschaft das erreichen würde, wozu ihn sein Ehrgeiz trieb, ungeachtet all seiner guten Beziehungen. Doch andererseits war es möglich, daß König Richard den Anhängern seines treulosen Bruders Rang und Besitz nahm, und wenn Guy dazugezählt werden sollte, dann wäre er eine denkbar schlechte Partie, und Norford würde ihm die Hand seiner Enkelin verweigern. Er fragte sich, ob es Marian am französischen Hof wohl gefallen würde. Er glaubte zwar nicht, daß ihr der übertriebene Pomp zusagte, der dort betrieben wurde, aber ihre Manieren waren untadelig und würden auch den Ansprüchen der französischen Höflinge genügen. Doch er spürte instinktiv, daß sie den rauhen, ungezähmten Charakter der englischen Landschaft immer allem anderen vorziehen würde. Ihm war aufgefallen, wie sich ihre Miene plötzlich belebte, wenn sie von den Ländereien ihrer Familie sprach. Aber obwohl er sich mit Longchamp eine Hintertür offengelassen hatte, wußte er, daß er den Bogen seiner Glaubwürdigkeit überspannte, wenn er sich jetzt schon offen als Verbündeter präsentierte. Dennoch – sobald es den Anschein hatte, als seien Prinz Johns Pläne zum Scheitern verurteilt, konnten einige wenige wohlüberlegte Bemerkungen schon ausreichen, damit sich das Blatt zu seinen Gunsten wendete und wenn er in die Familie Norford einheiratete, brachte ihm das weitere Pluspunkte ein. Auch unter Richards Herrschaft konnte er seine ehrgeizigen Ambitionen in England noch verwirklichen. Löwenherz hegte nur mäßiges Interesse an England und würde das Regieren daher höchstwahrscheinlich anderen überlassen. Aber es stand zu befürchten, daß er das Land aufgrund seines unstillbaren Hungers nach Ruhm an den Bettelstab bringen würde. Seine Kreuzzüge in das Heilige Land verschlangen Unsummen.

Guy schob den schwarzen Springer müßig auf dem Brett hin und her, während er seinen Gedanken nachhing. Seine frühere Freundschaft mit Geoffrey Plantagenet hatte ihm zumindest das Wohlwollen Prinz Johns eingetragen, was er durch sein momentanes Bündnis mit dem Sheriff zu sichern gedachte. Momentan war seine Stellung relativ gefestigt, und er würde dafür sorgen, daß sich daran auch weiterhin nichts änderte. Aber mit jeder neuen Begegnung erschien ihm die Vorstellung, zur treibenden Kraft im Leben von Henrys jüngstem Sohn zu werden, weniger verlockend. Der Prinz hatte mehr als einmal verkündet, daß er für die Intelligenz als solche wenig übrighatte. Wenn man ihm einen raffinierten Plan erläuterte, dann maß er dessen Wert einzig und allein an den Erfolgsaussichten, anstatt dem wachen Verstand, der ihn ausgeklügelt hatte, Bewunderung zu zollen. Nun würde sicherlich kein Herrscher endlose Mißerfolge ungestraft hinnehmen, aber er sollte wenigstens in der Lage sein, zwischen einer unzureichend durchdachten Idee und schlichtem Pech zu unterscheiden.

Da es dem Prinzen schon an der nötigen Urteilskraft mangelte, wünschte Guy insgeheim, er wäre wenigstens schwach genug, um sich dem Willen anderer, klügerer Männer zu unterwerfen – *eines* anderen Mannes, um genau zu sein. Die Kontrolle über John wäre etwas, wofür es sich zu kämpfen lohnte. Aber der Prinz pflegte seine Gunst meist dem zu gewähren, der ihm gerade am besten zu schmeicheln wußte, und er liebte es, seine Anhänger gegeneinander auszuspielen. John mochte ja ein Schwächling sein, aber er war auch äußerst verschlagen. Guy wußte, daß er sehr wohl imstande war, den Schmeichler zu spielen, doch er wollte seinen Weg nach oben seinem Verstand und nicht seiner flinken Zunge verdanken. Tatsache war nun einmal, daß die notwendigen Methoden, um Prinz John zu manipulieren und in die richtige Richtung zu lenken, praktisch von jedem anderen auch angewandt werden konnten. So mußte er ständig damit rechnen, daß seine Pläne von irgendeinem Hohlkopf zunichte gemacht würden, der es einfach besser verstand, dem Prinzen um den Bart zu gehen. Es würde ein ermüdendes Unterfangen werden, John nach dem Mund zu reden und gleichzeitig unauffällig die Zukunft Englands zu gestalten.

Aber wenn er seine Ambitionen nur eine Stufe zurückschraubte, dann gewann der Gedanke, sein Spiel mit John als König von England zu spielen, an neuem Reiz. Er, Guy, brauchte John nur gerade so weit schönzutun, um sich die Kontrolle über Nottinghamshire zu sichern. Hier zu herrschen war ein Ziel, das sich durchaus verwirklichen ließ, und vielleicht würde er ja lernen, sich damit zufriedenzugeben. Wenn er und Sir Godfrey mit ihren Intrigen gegen Richard Erfolg hatten, würden sie in Johns Gunst steigen, und wenn er sich Sir Godfreys zum geeigneten Zeitpunkt entledigte, würde Guy vermutlich sein Nachfolger im Amt des Sheriffs werden. Godfrey mußte sterben. Seine Vorlieben waren zu widernatürlich und, da sie an Besessenheit grenzten, auch zu gefährlich, als daß Guy dieses Bündnis noch lange aufrechterhalten wollte. Früher oder später mußte der Sheriff einmal zu weit gehen. Wenn der Reiz leicht verfügbarer Zeitvertreibe wie Bogo zu verblassen begann – wer konnte ahnen, zu welchen Greueltaten er imstande war, um seine Lust zu befriedigen? Er hatte bereits einige seiner Diener foltern, ja , sogar verstümmeln lassen. Nur wenig verließen lebend seine Folterkammer. Wenn Guy den Sheriff am Leben ließ, dann würde er im Laufe der Zeit immer stärker in Verdacht geraten, an den Perversitäten des Mannes beteiligt zu sein. Guisbourne wollte gefürchtet, aber nicht verachtet werden.

Aber im Augenblick konnte ihm Godfrey von Crowle noch von Nutzen sein. Er war sein Sprungbrett zum Gipfel der Macht und zugleich ein kaum zu überwindendes Schutzschild. Guy wußte, daß er selbst – im Moment jedenfalls – in den Augen des Sheriffs noch keine Bedrohung darstellte, aber er war sich darüber im klaren, daß er auf der Hut sein mußte. Wie leicht konnte Crowle sich gegen ihn wenden! Er hoffte nur, daß Bogo etwaige Anzeichen für einen Sinneswandel Sir Godfreys rechtzeitig bemerken würde, denn er legte wahrhaftig keinen Wert darauf, sich in der berüchtigten Folterkammer von Nottingham Castle wiederzufinden.

Guisbourne wußte, daß Mord einem Menschen neue Wege erschließen konnte. Er wußte aber auch, daß Mord genausogut alte Wege zu blockieren vermochte. Er selbst hatte Zeit seines Lebens kaltblütig und mit Umsicht getötet. Wie viele andere Ritter hatte auch er den Blutdurst kennengelernt, der sich in einer Schlacht so häufig einstellt, aber er war stolz darauf, daß er sich vom Rausch des Tötens nie hatte überwältigen lassen, so wie Godfrey. Auch Alix war seiner Meinung nach auf dem besten Wege, dieser Sucht zu verfallen. Dennoch hatte auch er einmal in seinem Leben einen Racheakt von ganzem Herzen ausgekostet und sich so einen Weg versperrt, ohne zu wissen, wohin er führte. Diese Rache war ihn teuer zu stehen gekommen – obgleich er den vollen Preis, den er dafür zu zahlen hatte, nie würde ermessen können. Guy starrte auf das Brett, ohne die Felder und Figuren bewußt wahrzunehmen. Unwillkürlich fragte er sich, ob er wohl, wenn er Geoffrey Plantagenet das Leben geschenkt hätte, jetzt wohl in Brittany die Machtstellung innehätte, die er sich hier aufzubauen versuchte. Vielleicht würde er jetzt mit Geoffrey anstatt mit John Pläne schmieden, seinen Bruder, den König, weiterhin in Gefangenschaft zu halten.

Seltsam, dachte Guy, den schwarzen Springer zwischen den Fingern drehend. *So viele wichtige Entscheidungen in meinem Leben wurden über einem solchen Brett gefällt.* Beim Schachspiel hatte er Geoffrey Plantagenet kennengelernt und ihm den Lehnseid geschworen. Der Count von Brittany war Guy als der perfekte Lehnsherr erschienen, eher Freund als Gebieter. Nein, korrigierte er sich, eher noch mehr als ein Freund, da Geoffrey Guy einmal anvertraut hatte, er stünde ihm näher als seine leiblichen Brüder. Und Guy, der in dieser Äußerung einen Fingerzeig des Schicksals gesehen hatte, hatte ihm geglaubt. Geoffrey war gewitzter und von wesentlich rascherer Auffassungsgabe gewesen als Richard oder John. Er wußte einen klugen Ratschlag zu beherzigen und legte keinen Wert auf Schmeicheleien, obwohl er selbst die Gabe hatte, andere Menschen mittels süßer Lügen in eine Falle zu locken – und diese Tricks auch noch genoß. Vom Verstand her waren sie sich beide sehr ähnlich, aber wiederum verschieden genug, um sich hervorragend zu ergänzen. Geoffrey verfügte über ein nicht zu übertreffendes Talent, Menschen zu manipulieren, Guy hingegen war der bessere Stratege von beiden. Fünf Jahre lang hatten sie zusammengearbeitet, hatten Ränke geschmiedet und sich köstlich über den Erfolg ihrer Listen amüsiert. Gemeinsam waren sie Bündnisse eingegangen und hatten jene Schlachten geplant, die Brittanys Grenzen ständig erweiterten. Guy besaß wieder eigenes Land und eine eigene Burg, und es sollte noch mehr folgen.

Aber es sah so aus, als würde Geoffrey niemals mehr als Brittany sein eigen nennen können. Obwohl Guy hochfliegende Pläne hegte – und wußte, daß es Geoffrey genauso ging – schienen die ehrgeizigen Hoffnungen recht weit hergeholt. Der junge Henry, des Königs rebellischer Namensvetter, stand in der Thronfolge an erster Stelle. Richard an zweiter. Nach Geoffrey kam nur noch John. Dann hieß es eines Tages, daß der älteste Bruder gestorben und Löwenherz nun der Thronerbe sei. Also trennte nur noch ein Leben Geoffrey von der Krone von England. Wie leicht konnte auch Richard sterben. Geoffrey mangelte es nicht an Mut, aber ihm fehlte die maßlose Selbstüberschätzung und der ungestüme Stolz, der Löwenherz zueigen war. Es konnte so viel geschehen, und wenn Richard starb, würde Geoffrey König werden. Und dieser Aufstieg in der Rangfolge mußte seinen Einfluß zwangsläufig wachsen lassen. Wenn er zusätzlich zu dem, was er bereits besaß, noch Anjou hinzugewann, verdoppelte sich seine Macht. Als König Henry seine Söhne nach Angers zitierte, um das Imperium der Plantagenets neu aufzuteilen, ritten Geoffrey und Guy frohen Herzens zu dieser Unterredung. Aber trotz aller guten Vorzeichen sollte Geoffrey leer ausgehen. Der alte Adler, immer darauf bedacht, seine habgierigen Jungen unter der Knute zu halten, stand im Begriff, denselben Fehler zu wiederholen, der schon einen ältesten Sohn dazu getrieben hatte, sich gegen ihn aufzulehnen. Zwar billigte er Englands neuem Thronerben durchaus ein gewisses Maß an Befehlsgewalt zu, trachtete jedoch gleichzeitig danach, seine tatsächliche Macht zu schmälern, indem er erklärte, Richard solle die Grafschaft Poitou und das Herzogtum Aquitanien nicht an Geoffrey, sondern an den jungen Lord Lackland abtreten. Richard erhob Einwände, versuchte, Henry umzustimmen, und als alles nichts fruchtete, verließ er Angers im Zorn und widersetzte sich offen dem Befehl seines Vaters, was dazu führte, daß der Weg für die nächste Rebellion geebnet wurde.

Guisbourne verstand immer noch nicht, warum Geoffrey seinen Brüdern gegenüber immer benachteiligt worden war. Keiner von ihnen hatte den scharf kalkulierenden Verstand der Eltern geerbt. Aber Guy hatte sich oft gefragt, ob Henry und Eleanor diesen Sohn wohl deshalb am wenigsten liebten, weil er ihnen wesensmäßig am ähnlichsten war – verschlagen und berechnend, jedoch ohne das innere Feuer, das sowohl im König als auch in der Königin brannte. Aber auch Prinz John verfügte weder über besondere Geistesgaben noch über Charakterstärke, und trotzdem vergötterte König Henry ihn. Falls Richard starb, war es Henry durchaus zuzutrauen, daß er die natürliche Erbfolge mißachtete und versuchte, seinen Lieblingssohn auf den Thron zu bringen. Und so war Geoffrey, der sich all dessen wohl bewußt war, voller Verbitterung nach Brittany zurückgekehrt.

Nach dem Fiasko von Angers hatte es Guy für noch wichtiger erachtet, seine Stellung in Brittany zu festigen. Geoffrey hatte ihm eine bestimmte Burg versprochen, die entscheidend dazu beitragen würde, Guys Machtstellen auszubauen. Wie schon sein Vater vor ihm pflegte der Count von Brittany seine Höflinge mit der Verheißung von Wohlstand und Ansehen bei der Stange zu halten. Er liebte es, ihnen kleiner Bröckchen hinzuwerfen und dann lächelnd zuzusehen, wie sie gierig danach schnappten. Guy kannte diesen Charakterzug seines Freundes nur zu gut, hatte jedoch immer angenommen, daß er selbst davon verschont bleiben würde, da er für Geoffrey zu wertvoll war, als daß dieser seine Spielchen mit ihm treiben würde. Das war ein Irrtum gewesen. Obwohl er wußte, wie sehr Geoffrey es genoß, mit Listen und Täuschungsmanövern zu arbeiten, hatte er sich, wie viele andere auch, vom Charme eines Plantagenets blenden lassen. Zwar war ihm die Burg niemals direkt zugesagt worden, aber Geoffrey hatte immer wieder dementsprechende Andeutungen fallengelassen. Guy, der ohne jeglichen Landbesitz in Geoffreys Dienste getreten war, besaß inzwischen ein kleines, aber blühendes Gut, das er jedoch dringend vergrößern mußte, wenn er seine derzeitige Position halten wollte. So begann er, der Frau den Hof zu machen, die er heiraten mußte, um dieses Ziel zu erreichen. Schlimmer noch, er begann, sich in sie zu verlieben. Die ebenso schöne wie geistreiche Marguerite wäre eine ausgezeichnete Partie gewesen. Als seine Verhandlungen soweit gediehen waren, daß er sich sicher fühlte, teilte er Geoffrey seine Absicht mit – eigentlich eher beiläufig, da er nie an dessen Wort gezweifelt hatte. Doch der Count von Brittany klärte ihn in einem Tonfall, der milde Überraschung und Bedauern zugleich ausdrückte, darüber auf, daß die Ländereien an einen anderen fallen würden. Er sagte, der Besitz sei von zu großer Bedeutung, um sinnlos vergeudet zu werden.

Vergeudet. Wohlweislich hatte Guy sein Temperament gezügelt und, obwohl er innerlich vor Zorn kochte, nicht nur nachgegeben – etwas anderes blieb ihm gar nicht übrig – sondern den Entschluß auch noch gutgeheißen. Er sagte, Geoffrey habe in Anbetracht der Hintergründe in diesem Fall eine weise Entscheidung getroffen. Der Count von Brittany, zu diesem Zeitpunkt bereits Vasall König Philips, wollte das Band zu Frankreich verstärken. Wenn Philip genug Druck auf König Henry ausübte, konnte er den alten Adler möglicherweise dazu bringen, Anjou an Geoffrey abzutreten. Daher setzte der Count alles daran, König Philips Gunst zu erringen, und überhäufte dessen Höflinge mit reichen Gaben. Um Guy versöhnlich zu stimmen, hatte Geoffrey ihm sofort eine Entschädigung angeboten, ein weniger wertvolles Landgut, und versprochen, daß weitere Belohnungen folgen sollten ... bald. Er setzte es als selbstverständlich voraus, daß Guisbourne ihm trotz allem die Treue halten und sich mit dem zufriedengeben würde, was er bekommen konnte. Schließlich boten sich seinem Lehnsmann sonst keine besseren Chancen. Also hatte Guy tatenlos zugesehen, wie seine Verlobung und damit alle seine Hoffnungen platzten. Der Count von Brittany hatte die Guy zugedachte Burg samt den zugehörigen Ländereien – und Marguerite – einem seiner Günstlinge gegeben, einer kümmerlichen Pariser Höfling, der weder die Burg noch Marguerite zu würdigen wußte. In diesem Moment starb der letzte Rest von Vertrauen, welche Guy in Geoffrey Plantagenet gesetzt hatte, und er begrub die Hoffnung, jemals selbst über ein kleines Imperium in Brittany zu herrschen. Schon jetzt zählte für Geoffrey die Freundschaft mit König Philip mehr als alles andere, und Philips Höflinge, Männer von hohem Rang, die über Reichtum und Macht verfügten, arbeiteten darauf hin, Guy aus ihrem Kreis zu entfernen, während Geoffrey nur lächelte und ihn mit nichtssagenden Floskeln und weiteren leeren Versprechungen hinzuhalten suchte. Geoffrey wußte sehr wohl, daß Guy wütend auf ihn war, aber er ahnte nicht, welch giftiger, tödlicher Haß in seinem einstigen Freund brodelte.

Ein einziges Mal in seinem Leben hatte Guy einem Menschen seine vorbehaltlose Loyalität geschenkt – und war hintergangen worden. Geoffrey hatte ihn wie einen Dummkopf behandelt und sich dadurch selbst ein Armutszeugnis ausgestellt. Hätte seinen Verrat nicht ganz so offenkundig genossen, dann hätte Guy vielleicht darauf verzichtet, ihn zu töten. Wenn er heute an die damaligen Ereignisse dachte, fragte er sich manchmal, ob Geoffrey nicht im Grunde genommen ein Opfer seiner eigenen Intrigen geworden war, aber damals hatte er, beherrscht von einer Wolke schwarzer Wut, Rache geschworen. Als Geoffrey sich eine Zeitlang in Paris aufhielt, reiste Guy, der bis zuletzt den getreuen Vasallen spielte, ihm nach, und dort folgte der junge Count von Brittany seinem älteren Bruder alsbald ins frühe Grab. Mit einem betrübten Kopfschütteln hatte der Arzt als Todesursache den übermäßigen Genuß von Aalen diagnostiziert.

Geoffrey hatte noch nie widerstehen können, wenn Aale serviert wurden. Niemand kam auf die Idee, es könne sich um einen geschickt durchgeführten Mord handeln, denn alle Gäste, die von dem verdorbenen Fisch gegessen hatten, waren erkrankt – einschließlich Guy selbst, der sich gerne eine Nacht lang in Magenkrämpfen gewunden hatte, um sich von jeglichem Verdacht reinzuwaschen. Er hatte sich tatsächlich an der Platte mit den Aalen zu schaffen gemacht, aber es war Geoffreys Weinkelch gewesen, der das todbringende Gift enthalten hatte.

Das alles lag nun acht Jahre zurück. Nach diesem Verrat hatte Guy beschlossen, nie wieder einem Menschen so rückhaltlos zu vertrauen, wie er Geoffrey vertraut hatte. Stirnrunzelnd drehte er den weißen Springer zwischen den Fingern und mahnte sich einmal mehr, im Umgang mit Bogo Vorsicht walten zu lassen, dann schüttelte er den Kopf. Ein gesundes Mißtrauen war immer angebracht; zwei so verschiedene Persönlichkeiten wie den Zwerg und Geoffrey Plantagenet über einen Kamm zu scheren, war dagegen nur ein weiterer schwerer Fehler. Bogo hatte keinen Grund, Guy zu verraten, es sei denn, sein eigenes Leben wäre in Gefahr, und wenn es so weit käme, dann stünden sie hier ohnehin auf verlorenem Posten. Aber wenn Guys Pläne in England nicht so reiche Früchte trugen wie erwartet, dann würde der Jongleur die Möglichkeit, sich in Frankreich ein neues Heim zu schaffen, sicherlich sofort ergreifen. Im Augenblick wußte Bogo alles, was er wissen mußte. Später sollte er dann die volle Wahrheit erfahren. Wahre Ehre existierte immer noch, auch wenn sie immer seltener zu finden war, und Guy war sicher, daß der Zwerg sein Vertrauen nicht mißbrauchen würde, solange Guy zu seinem Wort stand.

Vertrauen. Ehre. Rare Tugenden. Auf ihre Art unbezahlbar. Nur wenige Dinge waren ihren Preis wert, obwohl es Fälle gab, wo er sich dazu durchrang, diesen Preis zu bezahlen. Schon früh in seinem Leben hatte er auch andere Werte schätzen gelernt. Das nackte Überleben stand dabei an oberster Stelle, gefolgt von dem Wunsch nach Vergeltung, und wenn diese launische Hure, die man gemeinhin Schicksal nannte, einem wohlgesonnen war, konnte man eventuell beides haben. Blicklos starrte Guy auf das Schachbrett nieder, während eine Welle dunkler Erinnerungen ihn überflutete und in einem Wirbel von Haß, Rachegefühlen und Verrat zurück in die Vergangenheit riß.

Als Kind konnte er nicht begreifen, warum sein Vater ihn nicht liebte. Seit seiner frühesten Jugend hatte die dunkle, bedrohliche Gestalt von Guillaume von Guisbourne sein Leben beherrscht, nur darauf aus, ihn zu demütigen und seinen Willen zu brechen. Gefangen in einem Netz aus Hunger nach Zuwendung, Angst und hilfloser Wut hatte sich Guy verzweifelt danach gesehnt, die Liebe und Anerkennung seines Vaters zu erringen, und sich oft gefragt, warum ihm das nie gelang. Er war ein besserer Reiter als alle anderen Jungen seines Alters, lernte schnell und zeichnete sich bald durch sein Geschick im Gebrauch der verschiedensten Waffen aus. Seine Mutter brachte ihm das Schachspiel bei, und er konnte sich rasch rühmen, jeden Mann, der in der Burg seines Vaters lebte, darin schlagen zu können. Er strebte nach Perfektion auf allen Gebieten, da er wußte, das alles andere Schläge oder beißenden Spott nach sich zog. Doch obwohl er stets vorzügliche Leistungen erbrachte, wurde sein Erfolg mit kalter Verachtung quittiert.

Als er zwölf Jahre alt war, verprügelte ihn sein Vater einmal erbarmungslos, weil er gewagt hatte, ihm in dem sarkastischen Tonfall, den er seiner Mutter abgelauscht hatte, Widerworte zu geben. Seine Mutter trat dazwischen und bekam gleichfalls einen Teil der Schläge ab. Guys Wunden begannen zu eitern, und er fürchtete, am Fieber zu sterben. Doch er genas, und während seine Wunden langsam verheilten und er wieder zu Kräften kam, saß seine Mutter an seinem Bett und spielte mit ihm Schach. Bei dieser Gelegenheit erzählte sie ihm flüsternd die Wahrheit über seine Herkunft. Guillaume von Guisbourne war nicht sein Vater. Guy war der Sohn eines anderen Mannes. Guisbourne wollte zwar seinen guten Namen um jeden Preis schützen, verabscheute jedoch das Kind seiner treulosen Frau.

Guy flehte seine Mutter an, ihm den Namen seines wirklichen Vaters zu verraten, doch sie weigerte sich. »Er ist tot«, erklärte sie mit Nachdruck. »Du brauchst dich seiner nicht zu schämen, er stammt aus einer besseren Familie als Guisbourne und war in jeder Hinsicht ein besserer Mann als er.«

Aber wie konnte Guy ihr glauben? Er sah an ihren leuchtenden Augen, hörte an der Leidenschaft, die in ihrer Stimme mitschwang, daß sie diesen Mann immer noch liebte. Zuerst war er überzeugt, daß sein Vater noch am Leben sein müsse, da sonst diese Liebe längst erloschen wäre. Dann kam er zu dem Schluß, daß der Mann sicherlich schon lange tot war, denn sonst hätte seine Mutter ihre Gefühle besser verborgen. »Was ändert das heute noch?« fragte er. »Sag mir seinen Namen.«

»Guillaume würde die Familie sofort mit seinem Haß verfolgen; er ist ein harter, unbarmherziger Mensch, der die Vergangenheit nicht ruhen lassen kann. Ganz sicher ist er nie gewesen, aber er verdächtigt seinen eigenen Bruder, der noch vor deiner Geburt im Kampf gefallen ist, der Vaterschaft. Es ist besser so. Er war seit jeher eifersüchtig auf seinen Bruder und hat mich oft beschuldigt, ihn in mein Bett genommen zu haben. Also habe ich eine Lüge gestanden, ich konnte damit ja niemandem mehr schaden. Aber in der letzten Zeit schlägt er mich oft, damit ich zugebe, daß ich gelogen habe. Der Gedanke, daß du indirekt doch von seinem Blut sein könntest, ist ihm unerträglich. Doch die Wahrheit hat er nie auch nur erahnt. Dein leiblicher Vater war jünger als ich, ein noch unerfahrener Mann, den Guisbourne niemals als möglichen Rivalen in Betracht gezogen hätte, obwohl er in vieler Hinsicht reifer und verständiger war als viele andere seines Alters. Außer ihm habe ich nie einen Mann geliebt, und nur um seinetwillen habe ich mein Ehegelübde gebrochen – aus Liebe. Aber Guisbourne würde mich am liebsten als Hure von Babylon hinstellen, wenn er nur könnte.«

Er war also ein Bastard. Sogar nach so langer Zeit erinnerte sich Guy noch gut an die Vielzahl widersprüchlicher Empfindungen, die diese Enthüllung in ihm hervorgerufen hatte. Die Wahrheit war demütigend für ihn und bewirkte, daß er plötzlich einen heftigen Zorn gegen seine Mutter verspürte, der ihn zu überwältigen drohte ... und verflog. Danach strömte ihn eine Mischung aus Erleichterung, Dankbarkeit und befreitem Haß, und er fühlte sich wie erlöst. Nun durfte er wenigstens ohne Gewissensbisse jenen Mann hassen, der ihm das Leben zur Hölle gemacht hatte. Aber wer war denn nun sein wirklicher Vater? Guy bat seine Mutter erneut, ihm den Namen zu nennen, und schwor ihr bei allem, was ihm heilig war, daß er diesen Namen niemals preisgeben würde, doch ohne Erfolg.

»Du mußt vorsichtig sein. Guisbourne darf noch nicht einmal vermuten, daß du weißt, daß er nicht dein Vater ist, sonst würde er dich noch häufiger schlagen, als er es jetzt schon tut. Wenn er Verdacht schöpft, wird er versuchen, den Namen aus dir herauszuprügeln, daher ist es besser, wenn du ihn nicht kennst. Aber wenn du älter und stärker bist, werde ich dir die Wahrheit sagen.«

Doch noch im selben Jahr starb sie, als sie ein totes Baby zur Welt brachte. Nun war Guy das einzige Kind, alle anderen Schwangerschaften hatten mit einer Tot- oder Fehlgeburt geendet. Guy war der einzige Erbe von Guisbournes Besitz, seiner Burg und seinen Ländereien. Er nahm sich die Worte seiner Mutter zu Herzen und ließ Guillaume nie merken, daß er die Wahrheit kannte, und da er den Mann aus tiefster Seele verabscheute, erfüllte ihn dieses Geheimnis mit einer gewissen Freude.

Nachdem sie zu Grabe getragen worden war, erbat sich Guy ein Andenken an seine Mutter. Er wußte bereits genau, was er haben wollte: Einen der Ringe, die sie ständig getragen hatte. Manchmal, wenn sie von seinem Vater gesprochen hatte, hatte sie wie unabsichtlich dieses Schmuckstück berührt. Vielleicht maß er einer nervösen Geste zuviel Bedeutung bei, doch er wollte gar zu gern glauben, daß dieser Ring ein Geschenk von seinem leiblichen Vater war. Er war sehr ungewöhnlich. Im Dämmerlicht sah der Stein aus wie ein matter Achat, dunkelbraun und leicht marmoriert. Die Fassung, eine herrliche Filigranarbeit, bestand aus reinem Gold. Hielt man den Stein jedoch ans Tageslicht, so entpuppte er sich als ein schimmernder schwarzer Opal mit violetten, tiefblauen, scharlachroten und goldenen Sprenkeln. Da er Guillaume nur zu gut kannte, langte Guy zuerst nach einer kostbaren Rubinbrosche und fragte, ob er sie als Erinnerungsstück behalten dürfte. »Soviel sind deine Erinnerungen nicht wert«, höhnte Guisbourne und entriß ihm die Brosche wieder. Als nächstes griff Guy nach einem Perlenanhänger, zog die Hand jedoch rasch zurück, als Guisbourne ihn finster anfunkelte. Dann hob er einen kleinen Smaragd auf, daß, daß der ältere Mann die Stirn runzelte, und legte ihn wieder fort. Schließlich griff er zögernd nach dem Opal. »Den hier vielleicht?« fragte er in einem Ton, der entmutigt klingen sollte. Wieder verneinte Guillaume. Guy unterdrückte seine aufkeimende Panik, schlug die Augen nieder und ließ den Blick über die restlichen Juwelen gleiten, ehe er einen anderen Ring mit einem großen, eckig geschliffenen Topas aussuchte und beobachtete, wie sich das Licht darin fing. Sein angeblicher Vater versuchte indessen, sich den Opalring anzustecken, doch dieser war für eine Frau angefertigt worden und paßte noch nicht einmal an seinen kleinen Finger. Guy fürchtete immer noch, er würde ihn trotzdem behalten. Seine Hand schloß sich fester um den weit wertvolleren Topas, und ein leises Lächeln spielte um seine Lippen; ein Lächeln, von dem die Leute sagten, es gleiche genau dem seiner Mutter. »Gib das her?« fauchte Guillaume, ließ den Opalring fallen und entwand Guy den Topasring. Guy bemühte sich, ein mürrisches Gesicht aufzusetzen, als er den Topasring losließ und die begehrte Beute mit der anderen Hand fest umklammerte. Sowie der alte Guisbourne den Schmuckkasten an sich genommen und den Raum verlassen hatte, probierte Guy den Ring an. Er paßte, doch die Filigranfassung fand er zu feminin, also beschloß er, den Ring zunächst an einer Kette um den Hals zu tragen. Später, wenn er erwachsen wäre, würde er den Stein dann neu fassen lassen.

Guy betrauerte seine Mutter aufrichtig, aber nur allzu bald wurde sein Schmerz von Angst abgelöst. Es war noch kein voller Monat verstrichen, da begann Guillaume von Guisbourne schon, nach einer neuen Frau, neuem Land und einem neuen Erben Ausschau zu halten. Eines Abends beim Essen blickte Guy auf und sah, daß Guillaume ihn anstarrte. In seinen Augen loderte glühender Haß auf, und Guy las darin, daß sein Tod eine beschlossene Sache war. Was zuvor nur ein unterdrückter Wunsch gewesen sein mochte, wandelte sich jetzt zu dem unwiderruflichen Entschluß zum Mord. In Guillaumes Augen flackerte ein tödlicher Funke, der zu einem kalten Licht erstarb, dann senkte Guisbourne den Blick und lächelte in sich hinein. Von diesem Tag an beobachtete Guy jeden seiner Schritte und schmiedete insgeheim Fluchtpläne, doch Guillaume kam ihm zuvor, indem er ihn schon bald darauf seinem Lehnsherrn als Geisel auslieferte.

Bertran von Anjou war einst ein mächtiger Mann gewesen, aber er hatte weder Söhne noch Enkel, die das Geschlecht fortführen konnten. Er stand alleine einer Horde habgieriger Vasallen gegenüber, die in der Hoffnung, sich seines gesamten Besitzes bemächtigen zu können, wegen eines umstrittenen kleinen Stückchens Land eine Fehde gegen ihn führten. Bislang hatte Bertran gesiegt; ein alter Löwe, der gegen eine Schar geifernder Schakale ankämpfte. Nach der letzten Schlacht hatte er von all jenen, die sich gegen ihn erhoben hatten, eine Geisel gefordert, um die vereinbarte Waffenruhe zu sichern, während er seine Truppen zusammenzog. Und Guillaume von Guisbourne hatte ihm seinen erstgeborenen Sohn und Erben gebracht.

Guy begriff sofort, daß Guillaume sich seiner entledigen wollte, und eine eiserne Faust schloß sich um sein Herz. Bertran würde ihn als wertvolle Geisel betrachten und er würde weniger gelten als der geringste seiner Diener. Guillaume hatte nicht die Absicht, widerstandslos zuzulassen, daß der illegitime Bastard seiner verstorbenen Frau eines Tages all seine Ländereien erbte. Er würde die Waffenruhe vorsätzlich brechen, und Bertran von Anjou würde seinen angeblichen Sohn an den Zinnen des Burgwalls aufknüpfen, während Guisbourne insgeheim frohlockte. Dann würde Guisbourne sich wieder verheiraten und mit seiner neuen Frau eigene Söhne zeugen.

Guillaume begleitete ihn persönlich zu Bertran von Anjous Burg und versuchte unterwegs, ihn mittels falscher Versprechungen in Sicherheit zu wiegen. Zwei in Verwesung übergegangene Leichen hingen bereits an den Zinnen, als sie ihr Ziel erreichten. Aber Guillaume war unvorsichtig gewesen. Guy hatte ein Gespräch zwischen ihm und zwei weiteren von Bertrans Vasallen mit angehört. Diese Männer beabsichtigten gleichfalls, ihre Geiseln zu opfern, weil sie hofften, die umstrittene Burg, die nur noch von einer geringen Anzahl und von zahlreichen Kämpfen bereits geschwächter Ritter gehalten wurde, einnehmen zu können. Sowie sie diesen Plan erfolgreich durchgeführt hatten, würden sie Bertrans eigene Festung belagern. Guy kannte das genaue Datum des Überfalls, die Anzahl der beteiligten Männer und die Strategie, nach der sie vorgehen wollten. Ihm wurde ein Turmzimmer zugewiesen, von dessen Fenster aus er seinen Vater davonreiten sah. Sowie Guillaume außer Sicht war, verlangte Guy, Bertran zu sehen, ohne jedoch einen Grund dafür anzugeben. Der Wächter ging anfangs nicht auf diese Forderung ein und erwiderte, sein Herr sei zu beschäftigt, um sich von einem Knaben stören zu lassen, aber Guy war immerhin Guillaumes Erbe, und schließlich ging der Mann, um mit Bertran zu sprechen. Kurze Zeit später kam er zurück und befahl Guy, ihm zu folgen. Er wurde in Bertrans Privatgemächer geführt.

»Was ich zu sagen habe, ist nur für Eure Ohren bestimmt.«

Die Wächter durchsuchten ihn noch einmal gründlich und fesselten seine Hände, ehe sie auf Bertrans Geheiß den Raum verließen. Der alte Mann saß allein vor seinem Schachbrett. Guy streckte die gebundenen Hände aus und schnippte mit dem Fingernagel gegen einen Bauern. »Ich bin weniger wert als diese Figur«, sagte er leise, dann berichtete er detailgetreu alles, was er über Guillaumes Komplott wußte.

Der alte Mann hörte aufmerksam zu, aber als Guy geendet hatte, blickte er ihn finster an. »Glaubst du, du kannst dein Leben retten, indem du deinen eigenen Vater verrätst?«

Guy entsann sich der Leichen, die an den Burgzinnen baumelten, und ihm war, als würde sich ein dunkler, gähnender Rachen vor ihm auftun und ihn verschlingen. Schon sah er sich selbst dort hängen und langsam verfaulen, während die Krähen das Fleisch von seinen Knochen pickten und Maden in seinen Augenhöhlen nisteten. Seine Stimme klang hohl und schien aus weiter Ferne zu kommen, als er antwortete: »Natürlich kämpfe ich um mein Leben. Aber ich denke, Ihr werdet mich vermutlich trotzdem töten, um mich als warnendes Beispiel hinzustellen. Ihr habt nichts zu gewinnen, wenn Ihr mich am Leben laßt.«

»Und wenn ich dir mein Wort gebe?«

»Dann werde ich, falls ich am Leben bleibe, wissen, daß Ihr ein Mann von Ehre seid.«

Bertrans Stimme wurde schneidend. »Vielleicht bist du ja gerade dabei, mir eine andere Falle zu stellen. Wer sagt mir denn, daß du mich nicht dazu verleiten sollst, meine Männer an einem bestimmten Ort zu versammeln, während meine treulosen Vasallen mich an einer anderen Stelle angreifen? Wenn ich alle meine Ritter ausschicke, um eine weniger bedeutende Burg zu verteidigen, werde ich statt dessen vielleicht hier attackiert. Baue nur nicht darauf, daß du in Sicherheit bist, wenn dein Vater versucht, diese Festung zu stürmen.«

Guy hob den Kopf und blickte dem alten Mann fest in die Augen. Er sah keinen Hoffnungsschimmer mehr, aber er würde tun, was in seiner Macht stand, um Guillaume von Guisbourne mit ins Verderben zu reißen. »Alles, was ich Euch gesagt habe, entspricht der Wahrheit. Guisbourne ist nicht mein Vater. Er wünscht meinen Tod, und ich bin kein Lamm, das sich ohne Gegenwehr zur Schlachtbank führen läßt. Dieser Mann ist ebenso mein Feind wie der Eure.« Danach erzählte er Bertran alles, was er bislang für sich behalten hatte, obwohl er damit die Ehre seiner toten Mutter besudelte. Aber er mußte Bertran davon überzeugen, daß er einen triftigen Grund hatte, sich an Guillaume von Guisbourne zu rächen.

Als er seine Geschichte zu Ende gebracht hatte, erhob sich

Bertran und drehte Guys Gesicht zum Licht hin ... um ihn auf seine Aufrichtigkeit hin zu prüfen, dachte Guy bei sich. Aber der alte Mann flüsterte nur kaum vernehmlich: »Du hast seine Augen.«

Guy runzelte die Stirn. Guillaume von Guisbournes Augen waren schmutzigbraun und vom Schnitt her vollkommen anders als die seinen.

»Dieser Goldton ist sehr selten«, erklärte Bertran. »Die Augen meiner Frau hatten die gleich ungewöhnliche Farbe, die sie auch an meinen jüngsten Sohn vererbt hat. Andre starb vor Jahren im Heiligen Land. Er ging gegen meinen Willen fort, kurz nach der Hochzeit deiner Mutter. Ich hatte ihm untersagt, sie zu heiraten, sie war fünf Jahre älter als er und bekam nur eine bescheidene Mitgift. Aber nachdem er fort war, habe ich mich oft gefragt, ob ich nicht einen schweren Fehler gemacht hatte.«

»Der Ring«, murmelte Guy. »Er hängt an der Kette um meinen Hals.« Bertran nestelte mit zitternden Fingern an der Kette herum und zog den Anhänger unter Guys Tunika hervor. Guy spürte, wie ihm ein eiskalter Schauer über den Rücken lief. All die wirren Fäden seines Lebens liefen nun bei diesem Mann zusammen.

»Ja«, flüsterte Bertran ehrfürchtig. »Dieser Ring gehörte meiner Frau. Ihr Vater brachte ihn von einem Kreuzzug mit und schenkte ihn ihr, und auf dem Totenbett gab sie ihn dann an Andre weiter.«

Da schloß Bertran von Anjou seinen Enkel in die Arme.

Auf dieser Weise hatte Guy sein eigenes Leben gerettet und sich an dem Mann gerächt, der ihn vernichten wolle. Guillaume von Guisbourne fiel im Kampf gegen seinen Lehnsherrn, und sein gesamter Besitz ging auf Guy über. Zwar konnte Bertran ihn nicht offiziell als seinen Enkel anerkennen, hatte ihn aber dennoch als seinen Erben eingesetzt. Fünf Jahre lang lebte Guy in dem Glauben, sein Leben würde wieder in geordneten Bahnen verlaufen ... bis eine neuerliche Revolte all seine Träume zunichte machte. Sein Großvater – und Guy mit ihm – schlugen sich in dem Streit zwischen König Henry und Königin Eleanor auf die falsche

Seite, und in dem darauffolgenden Chaos starb Bertran von Anjou, und Guy verlor seine gesamte Habe. Er war gerade siebzehn Jahre alt und besaß nichts außer seiner Rüstung und seinem Schwert. Den Ring seiner Mutter tauschte er gegen ein Pferd ein und versuchte fortan als einsamer Ritter sein Glück bei Turnieren, wo er Reichtum und Ansehen zu gewinnen hoffte. Seine Kraft und Geschicklichkeit bildeten eine gute Voraussetzung für die Zukunft, aber obgleich er sich nach Kräften bemühte, gelang es ihm nicht, festen Boden unter die Füße zu bekommen, und die meisten seiner Hoffnungen lösten sich in Nichts auf. Und dann spielte er eines Nachts Schach mit Geoffrey Plantagenet ...

Guy lächelte bitter, als er seine Gedanken mit Gewalt von der Vergangenheit löste und sich auf die Gegenwart konzentrierte. Wieder saß er vor einem Schachbrett, wieder lag ein unvollendetes Spiel vor ihm. Wenn es so etwas wie das Schicksal gab, dann war es unberechenbar. Er würde sich diesmal nicht auf sein Glück verlassen, sondern die Dinge selbst in die Hand nehmen, und daher mußte er sich mehrere Möglichkeiten offenhalten und durfte nicht alles auf eine Karte setzen.

Bedächtig stellte er die Figuren wieder auf, um das Spiel mit Bogo später fortzusetzen, dann streckte er aus einem Impuls heraus die Hand aus und nahm den nächsten Zug des Zwerges vorweg. Den naheliegendsten und klügsten Zug, dachte Guy. Er war gespannt, ob Bogo ihn übernehmen würde – oder ob er ein anderes Manöver ersann, entschlossen, eine Falle zu umgehen, die es gar nicht gab.

13. Kapitel

Ein leises Klopfen ertönte an der Tür. Marian öffnete und sah sich einem schlanken Halbwüchsigen gegenüber, der sich auf eine Krücke stützte. Eher beiläufig registrierte sie, daß sein rechtes Bein in einem Stumpf am Knie endete, denn sie hielt den Blick auf sein koboldhaftes Gesicht gerichtet.

Cobb, der Sohn des Taubenpflegers, hatte kastanienbraunes Haar und dunkle, leicht schrägstehende Augen. Seine feinen Züge wurden von einem energischen Kinn und ausgeprägten Wangenknochen beherrscht, und auf seiner Nase tummelten sich helle Sommersprossen. Zur Begrüßung senkte der Junge leicht den Kopf; eine Geste, die den Anschein von Unterwürfigkeit erweckte, doch dann hob er den Blick und sah sie aus seinen großen braunen Augen ernst an. Der Eindruck kindlicher Unschuld wurde durch diese Augen Lügen gestraft, die so kalt und ruhig wirkten wie die eines Mannes, der in seinem Leben schon viel Elend gesehen hat. Tief darin brannte eine kleine, verzehrende Flamme, die von fanatischer Entschlossenheit zeugte. Marian wich seinem Blick nicht aus. Sie und dieser Junge verstanden einander ohne Worte.

Cobb deutete auf die Seide, die über seinem Arm lag. »Ich habe etwas für Euch, Lady Marian«, sagte er. Als sie ihm das Seidengewand abnahm, fühlte sie, wie er ihr einen schmalen Pergamentstreifen in die Hand drückte.

»Komm herein, dann gebe ich dir das Geld für deine Mutter mit.«

»Ich habe nicht viel Zeit, Mylady«, warnte Cobb. Seine Stimme klang vollkommen gelassen, und das kalte Glitzern in seinen Augen rührte von freudiger Erwartung her, nicht von Furcht.

»Es wird nicht lange dauern«, versicherte sie ihm obenhin und winkte ihn herein.

Cobb manövrierte sich durch die Tür. Sowie sie hinter ihm ins Schloß gefallen war, reichte Marian die gefaltete Nachricht an Agatha weiter und kramte dann in ihrer Tasche nach Tinte, einer Schreibfeder und Pergament. Agatha ging mit der Botschaft zum Fenster und untersuchte sie auf irgendwelche verräterischen Merkmale wie zum Beispiel ein unauffällig daran befestigtes Haar oder Wachsspuren, die die Ränder zusammenhielten.

»Der Sheriff spricht oft davon, auch mit anderen Verbündeten mittels Brieftauben zu kommunizieren, aber bislang gehen die Vögel nur zwischen ihm und dem Prinzen hin und her. Mein Vater erhält ab und zu Anweisung, die Botschaften, die wir abschicken, zu versiegeln, aber längst nicht immer«, berichtete Cobb. »Und die, die wir bekommen, tragen keine sichtbaren Zeichen.«

»Du hast recht«, stimmte Agatha zu, aber erst, nachdem sie das Pergament sorgfältig inspiziert hatte, dann gab sie Marian, die ihre Utensilien auf der flachen Truhe ausgebreitet und sich einen Stuhl herangezogen hatte, die Botschaft zurück. »Ich kann auch nichts erkennen, aber das Licht wird schwach.«

In der Tat stand die Sonne bereits tief am Himmel und tauchte den Raum nur noch in mattgoldenen Glanz. »Wir halten es vorsichtshalber noch an die Kerze«, sagte Marian zu Cobb, um ihn so weit wie möglich in das Geschehen miteinzubeziehen. Dann zündete sie ein kleines Wachslicht an und prüfte das Pergament in dem hellen Schein noch einmal genau, ehe sie es geschickt entfaltete und nach darin verborgenen Fallen suchte, ohne jedoch irgendwelche zu entdecken. Sie glättete die Botschaft vorsichtig, überflog sie flüchtig und begann dann, die codierte Nachricht auf ihr eigenes Pergament zu übertragen. Sie bestand aus einer einzigen Zeile aufeinanderfolgender Buchstaben, ohne erkennbaren Abstand zwischen einzelnen Worten. Je kürzer die Nachricht, desto schwieriger war es, den Code zu entschlüsseln, grübelte sie, und wenn sie gar zu kurz ausfiel, war es vielleicht sogar unmöglich. Der einfache Text bescherte ihr ein kniffliges Stück Arbeit, aber daß sie die Identität des Absenders kannte, verschaffte ihr einen kleinen Vorteil. Die Botschaft lautete:

AGBOXVSWYUFLTZFUHBADHEDNFBGBLQBLGOFGMWGM

Während Marian sie abschrieb, unterhielt sich Agatha leise mit dem Jungen, stellte ihm Fragen über sein Leben und seine Familie, erhielt aber nur einsilbige Antworten. *Er will nicht abgelenkt werden*, dachte Marian. Sie konnte förmlich spüren, wie sich Cobbs Augen in ihren Rücken brannten und wußte, daß er sich sehnlichst wünschte, ihre Kenntnisse zu haben, um seine eigenen Rachepläne stärker vorantreiben zu können. Agatha hatte recht, wenn sie darauf beharrte, mehr über die Familie in Erfahrung zu bringen. Vielleicht würde sich das einmal als nützlich erweisen?

Marian kopierte den letzten Buchstaben, faltete das Pergament sorgfältig wieder zusammen und gab es Cobb zurück, der es schnell in seiner Tasche verstaute. Dann reichte sie ihm eine Geldbörse, die genug Silber enthielt, um dieses Kleid und noch ein weiteres zu bezahlen. Sie tat es ohne großen Aufhebens, da sie wußte, daß das Geld zweifellos dankend angenommen werden würde, es Cobb und seiner Familie aber nur sekundär um die Bezahlung ging. Schon bei der flüchtigen Begrüßung an der Tür hatte Marian erkannt, daß der Junge sein Leben geben würde, um den Sheriff zu vernichten. Nur die Folter oder eine massive Bedrohung seiner Angehörigen konnten ihn dazu bringen, ihre Sache zu verraten. Aber Marian wollte ihm seine Rache wenigstens mit ein wenig Silber versüßen.

Als sie die Tür öffnete, sagte sie: »Richte deiner Mutter aus, daß ich mit dem Kleid sehr zufrieden bin. Die Arbeit ist einer Königin würdig.« Es hielt sich niemand in der Halle auf, der mithören konnte, und niemand hätte diese Worte als etwas anderes als ein Lob ausgelegt, dennoch strahlte der Junge ob der Anerkennung und der versteckten Andeutung, schenkte ihr ein kleines verschwörerisches Lächeln, und die verborgene Flamme in seinen Augen glomm noch einmal auf. Marian erwiderte das Lächeln und fügte hinzu: »Ich habe mich noch nicht entschieden, was deine Mutter mir als nächstes anfertigen soll. Aber komm in ein, zwei Tagen wieder, dann gebe ich dir noch einmal eine Bahn Stoff mit.«

Cobbs Augen leuchteten triumphierend auf. »Danke, Mylady, ich werde es ausrichten«, erwiderte er und verbeugte sich, so gut es ihm mit seiner Krücke möglich war. Dann huschte er trotz seiner Behinderung erstaunlich gewandt davon.

Marian schloß die Tür hinter ihm, setzte sich und begann, den Code im Licht der Kerze zu studieren. Agatha beschäftigte sich einige Minuten lang mit einer Stickereiarbeit, dann legte sie den Rahmen fort und betrachtete schweigend den Sonnenuntergang. Marian bewunderte ihre unaufdringliche Gegenwart und ihre unerschütterliche Geduld. Plötzlich stellte sie fest, daß sie Alan und sein Lautenspiel vermißte. Nie hätte sie vermutet, daß sie eines Tages Musik der Stille vorziehen würde, während sie arbeitete, aber der Troubadour verfügte über die besondere Gabe, die atmosphärischen Schwingungen seiner Umgebung in subtile Töne umzusetzen und Anspannung in heitere Ruhe zu verwandeln. Dann verblaßten die Gedanken an Alan und Agathas Nähe, und Marian vertiefte sich in die Aufgabe, das Rätsel des Codes zu lösen. Da ihr Sir Stephens Name bekannt war, versuchte sie, ihn aus den Buchstaben herauszulesen. Die ersten Entschlüsselungsversuche schlugen fehl, und sie gelangte zu dem Schluß, daß der Name in der Botschaft nicht enthalten war. Sie verwarf noch verschiedene Möglichkeiten, änderte die Anordnung der Buchstaben und verdrehte sie, weil sie hoffte, ein Bruchstück zu finden, das einen Sinn ergab. Dann traf sie die Erkenntnis plötzlich wie ein Blitzschlag, alles fügte sich nahtlos ineinander, und Marian lachte leise auf, als ihr ein Wort in die Augen stach. Rasch entzifferte sie den Rest, dann murmelte sie mehr zu sich selbst: »Er ist wirklich ganz der Sohn seiner Mutter.«

Ihre Stimme war kaum zu hören, dennoch reagierte Agatha sofort. »Ihr habt die Lösung gefunden?«

Vor Stolz strahlend drehte sich Marian um und sah ihre Komplizin an. »Es ist eine kleine Abwandlung von Eleanors bevorzugtem Code. Ich glaube, Prinz John hat sich diese umgekehrte Version selbst ausgedacht und sich dabei für äußerst gerissen gehalten.«

Agathas Lippen kräuselten sich belustigt. »Erklärt es mir.«

Marian breitete das Pergament mit der Geheimschrift auf der Truhe aus. Unter die verschlüsselte Zeile hatte sie einen sich wiederholenden Begriff geschrieben, und darunter stand die eigentliche Botschaft:

AGBOXVSWYUFLTZFUHBADHEDNFGBGLQBLGOFGMWGM
NHOJECNIRPNHOJECNIRPNHOJECNIRPNHOJECNIRP
MYMESSENGERDEPARTSINTWODAYSSTANDREADYNOW
(BOTE REIST IN ZWEI TAGEN AB HALTET EUCH BEREIT)

»Kannst du die zweite Zeile lesen?« fragte sie Agatha.

Agatha blickte die Nachricht einen Augenblick lang an, dann rief sie: »Natürlich, das heißt ›Prinz John‹ rückwärts. Immer wieder die gleichen zehn Buchstaben.«

»Richtig«, bestätigte Marian. »›Prinz John‹ rückwärts. Das ist der Schlüssel.« Sie hielt inne und buchstabierte laut: »NHOJECNIRP. Der erste Buchstabe der eigentlichen Botschaft heißt *M*. Der erste Buchstabe des Schlüssels lautet *N*. *M* ist der dreizehnte Buchstabe des Alphabets, *N* der vierzehnte.«

»Ich verstehe«, unterbrach Agatha. »Zählt man sie zusammen, so erhält man den kodierten Buchstaben *A*. Das Ergebnis ist größer als sechsundzwanzig, also geht man zum Anfang des Alphabets zurück. Das leuchtet mir alles ein, aber wie seid Ihr auf den Schlüssel gekommen?«

»Eleanor hat häufig Abwandlungen ihres Namens als Schlüssel benutzt, also habe ich dengleichen Trick bei der Nachricht ihres Sohnes angewandt. Mir ist aufgefallen, daß der Code viele Buchstaben enthält, die am Ende des Alphabets stehen, also setzt sich der Schlüssel vornehmlich aus Buchstaben der Alphabetsmitte zusammen.«

»Rückwärts?« hakte Agatha nach.

»Vielleicht verwechselt der Prinz rückwärts mit hinterlistig«, gab Marian zurück. »Die Anweisung ist klar und deutlich formuliert, ohne irgendwelche Zweideutigkeiten. Prinz John schickt seinen Boten – höchstwahrscheinlich Sir Stephen – in zwei Tagen los. Das gibt uns genug Zeit, die Nachricht an Robin Hood weiterzuleiten. Er kann demnach frühestens in drei Tagen damit rechnen, besagten Ritter auf der Straße, die nach Nottingham führt, abzufangen.«

Agatha nickte. »Der Bote braucht sich nicht zu beeilen. Die volle Lösegeldsumme ist noch immer nicht aufgebracht worden.«

»Ich werde morgen nach Fallwood Hall reiten. Ralph kann Robin ausrichten, daß er nach Sir Stephen Ausschau halten und ihn, wenn möglich, festhalten soll. Bruder Tuck besitzt die notwendigen Fähigkeiten, um dessen Botschaft zu kopieren.« Dann runzelte sie die Stirn. »Aber wenn er sie nicht entschlüsseln kann, wird er auch kaum imstande sein, verborgene Fallen zu entdecken.«

»Diese Nachricht enthält keine«, meinte Agatha nachdenklich. »Dennoch ist es angebracht, Vorsicht walten zu lassen. Vielleicht gehen sie nur mit den unwichtigen Botschaften so sorglos um. Ihr könntet versuchen, den Mönch zu unterweisen, damit er weiß, wonach er suchen muß. Es wäre zu gefährlich, wenn Ihr jeden Tag die Straße nach Süden benutzt, bis uns der Fisch ins Netz gegangen ist.«

Marian trug Kerze und Pergament zum Fensterbrett und verbrannte die Nachricht. Der Code hatte sich unauslöschlich in ihr Gedächtnis eingebrannt. »Ich werde ihn alle Tricks lehren oder warten, bis ich die Botschaft selbst entziffern kann.«

Agatha nickte zustimmend.

»Ich werde morgen das Lager der Outlaws aufsuchen.« Marian sprach in entschiedenem Tonfall, doch sie war sich bewußt, daß die bloße Aussicht auf diesen Besuch ihre Gefühle in Wallung brachte. »Geh bitte und sage Sir Ralph, er soll sich bereithalten. Wir reiten morgen früh los.«

Agatha wandte sich abrupt ab und machte sich auf den Weg. Sowie sie allein war, begann Marian, ruhelos im Raum auf- und abzugehen. Der Sheriff hatte Sir Guy mit irgendeinem unbekannten Auftrag fortgeschickt, und sie hatte ihn seit seinem flüchtigen Abschiedsgruß nicht mehr zu Gesicht bekommen. Auch in Robins Lager hatte sie sich seither nicht mehr blicken lassen. Sie konnte nicht sagen, was denn nun ihr Widerstreben, ihm erneut gegenüberzutreten, eigentlich auslöste – Weisheit oder Feigheit – aber sie wollte auch vor sich selbst weder als Närrin noch als Feigling dastehen. Immer wieder redete sie sich ein, daß für sie gar kein Grund bestünde, Robin aufzusuchen. Sie wollte erst abwarten, bis Alan mit einem Unterpfand Königin Eleanors aus London zurückgekehrt war. Das allerdings würde sie Robin Hood persönlich übergeben müssen, aber der offizielle Charakter dieses Besuches würde ihr als Schutzschild dienen – jedenfalls so lange, wie sie beschützt werden wollte.

Widersprüchliche Empfindungen kämpften in ihrem Inneren miteinander. Ein Teil von ihr wollte die Konfrontation möglichst lange hinauszögern, ein anderer Teil wollte die Stärke von Robins Anziehungskraft auf sie testen, da sie ja nun das sinnliche Erlebnis mit Guisbourne als Vergleichsbasis benutzen konnte. Und schließlich und endlich wollte sie ihn ganz einfach nur wiedersehen. Sie war sich lebhaft bewußt, daß hinter ihrer Abneigung, nach Sherwoods Forrest zu reiten, eigentlich eine gewisse Vorfreude schlummerte. Das Hämmern ihres Pulses war nicht mißzuverstehen. Marian fragte sich, was sie eigentlich am meisten fürchtete – daß die Intensität der Gefühle, die Robin in ihr auslöste, schwächer geworden war oder das Gegenteil. *Besser für mich, wenn ersteres der Fall wäre,* dachte sie. *Guisbourne ist schon Herausforderung genug für mich.* Sie paßten vom Wesen und vom Temperament her wesentlich besser zusammen, und sie sollte lieber all ihre Kraft darauf verwenden, ihn zu einem Seitenwechsel zu bewegen.

Einen Moment lang starrte sie gedankenverloren aus dem Fenster. Der Outlaw hatte als Gegenleistung für seine Dienste eine Begnadigung verlangt, die ihm die Königin zweifellos auch gewähren würde. Das einzige, was sie und Robin im Grunde genommen verband, war die Erfüllung dieses Vertrages. Doch die innere Anspannung, die ihren Körper erzittern ließ, widerlegte diesen sachlichen Gedanken.

Marian blieb im Sattel sitzen und beobachtete, wie Robin am Rande der Lichtung entlang auf sie zukam. Aus der Entfernung wirkte er irgendwie körperlos, als sei er im Begriff, sich aus dem Wald heraus zu materialisieren. Das Spiel von Licht und Schatten tanzte über seinen Körper, und als er in den Sonnenschein hinaustrat, glänzte sein Haar tiefgolden auf. Marian fühlte, wie ihre Haut zu prickeln begann, als er sich ihr näherte. Ihr war, als würde aller Zauber des Waldes, das

Rascheln der Blätter im Wind, der Duft des Erdbodens, das leise Gurgeln des Wassers und die geballte Kraft der Natur in diesem Mann zusammenlaufen.

Und dann stand er vor ihr, sehr lebendig und unzweifelhaft ein Mensch aus Fleisch und Blut. Die seltsamen grünen Augen fixierten sie mit einem intensiven und zugleich fragenden Blick, und ihr kam es so vor, als könne sie direkt in sein Herz schauen. Es war zuviel. Seine unausgesprochene Frage forderte ihr eine Antwort ab, die zu geben sie nicht bereit war. Sie hatte mit vorsichtiger Zurückhaltung gerechnet, und seine direkte Art verwirrte sie. In seinen Augen blitzte ein Funke auf, den sie nicht recht zu deuten vermochte – Schmerz? Ärger? – dann verwandelte sich der strahlende Glanz, der ihn umgab, plötzlich in eine glitzernde Rüstung, ein dichtgewebtes, undurchdringliches Kettenhemd, an dem jeder Blick, jede versöhnliche Geste wirkungslos abprallen mußte. Der elementare Waldgeist war verschwunden und durch einen im politischen Ränkespiel durchaus beschlagenen Ritter ersetzt worden, der sich höflich, verbindlich und befehlsgewohnt gab. Die glatte Fassade wirkte so überzeugend, daß der Wald um sie herum einen Augenblick lang zu verblassen schien und sie meinte, sich in einem prunkvollen Schloß zu befinden, wo Höflinge und Leibwächter bei ihrem Treffen zugegen waren. Dann erschien ein lässiges Lächeln auf dem Gesicht des Ritters, und er wurde wieder zu Robin Hood, dem Anführer der Outlaws – spöttisch, draufgängerisch und verschlagen wie ein Fuchs.

Sein Blick blieb flüchtig auf ihren Händen haften, dann streckte er ihr seine eigene Hand hin, um ihr beim Absteigen behilflich zu sein. Marian war dankbar, daß sie die Lederhandschuhe, die sie beim Reiten trug, noch nicht abgestreift hatte, und vermutete, daß er genauso froh war wie sie, jeglichen Hautkontakt vermeiden zu können.

So formvollendet wie ein Kavalier bei einem Tanzvergnügen geleitete er sie über die Lichtung hin zu einer riesigen Eiche und machte seine Männer auf ihre Anwesenheit aufmerksam. Robins Anhänger, an derartige Vorstellungen schon gewöhnt, lächelten nur, doch Marian bemerkte den

Spott, der sich hinter Robins untadeligem Benehmen verbarg, und biß erbost die Zähne zusammen. Mit einem gezwungenen Lächeln auf den Lippen nahm sie unter den ausladenden Ästen des Baumes Platz und schickte sich an, einmal mehr die Königin des Waldes zu spielen. Robin betrachtete sie mit einem undefinierbarem Gesichtsausdruck, und als Marian dies bemerkte, wurden ihre Augen schmal. Wieviele Frauen, ob von Adel oder aus dem gemeinen Volk, mochten sich ihm wohl schon an den Hals geworfen haben, daß er annahm, sie sei ebenso leicht für ein amouröses Abenteuer zu haben?

Dann tauchte Little John aus dem Wald auf und wurde aufgefordert, sich zu ihnen zu gesellen. Als Robin sich wieder zu Martin umdrehte, schien er vollkommen gelassen und höflich, und das höhnische Glitzern war aus seinen Augen verschwunden. Little John setzte sich und streckte seine langen Beine aus, während Marian von Cobb und der Nachricht, die einen Boten Prinz Johns ankündigte, berichtete. Sie war schon im Begriff, nach Bruder Tuck zu fragen, doch Robin kam ihr zuvor. »Wir müssen diesen Boten unbedingt abfangen. Meine Leute behalten die Straße ohnehin schon ständig im Auge, aber ich will die Anzahl der Wachposten trotzdem erhöhen.«

»Wir können uns diese Gelegenheit nicht entgehen lassen, aber wir sollten der Botschaft dennoch keine übermäßige Bedeutung beimessen«, warnte Marian. »Inzwischen dürfte Alan a Dale Eleanor die Strategie des Sheriffs erläutert haben, also kann diese Nachricht leicht auf falschen Informationen basieren, die sie Prinz Johns Spionen absichtlich untergeschoben hat. Oder aber sie hat nachträglich ihre Taktik geändert. Wir wissen ja nicht, wie nah der oder die Spione des Prinzen ihr kommen.«

»Sie werden höchstwahrscheinlich ohnehin die Route noch einmal ändern«, meinte Little John.

»Ja, aber wir dürfen in diesem Fall nichts als sicher voraussetzen, so wahrscheinlich es auch klingen mag«, beharrte Robin. »Und selbst wenn die Route geändert wird und wir weitere anderslautende Informationen zusammentragen

können, so liefert uns diese Botschaft trotzdem wichtige Hinweise. Wir müssen sie unbedingt in die Finger bekommen.«
Während der Unterhaltung sah er Marian immer wieder forschend an, um sich ihrer Zustimmung zu vergewissern. Seine Augen schimmerten so dunkelgrün wie das Wasser des Flusses an seiner tiefsten Stelle und ebenso unergründlich. Es war ihr unmöglich, seine wahren Gedanken zu lesen.

»Ich bin auch der Meinung, daß wir versuchen sollten, diese Nachricht abzufangen«, sagte Marian bestimmt.

Little John blickte gen Himmel und prüfte den Stand der Sonne. »Will sollte eigentlich schon hier sein und uns berichten, wer bislang die Straße benutzt hat.«

»Uns ist zu Ohren gekommen, daß letzte Nacht ein Ritter im Gasthaus übernachtet hat«, warf Robin ein. »Aber er hatte keinen verkrüppelten Arm.«

»So schnell kommt er noch nicht«, bemerkte Marian, die froh war, ihre Spannung abbauen zu können, indem sie ihre Pläne mit den anderen durchsprach. »Ich glaube auch nicht, daß der Bote schon morgen hier durchkommt. Aber ihr solltet besser weder besagten Ritter noch sonst irgend jemanden ausrauben, sonst könnte unser Wild versucht sein, einen Umweg zu machen.«

»So einen großen Haken kann er gar nicht schlagen, daß er uns entgeht«, lachte Little John.

»Wir können zwar darauf hoffen, daß wir ihn an seinem verkrüppelten Arm erkennen, aber es wäre falsch, sich hundertprozentig darauf zu verlassen, daß es sich bei dem Boten wirklich um Sir Stephen handelt. Prinz John könnte ja einen Grund gefunden haben, jemand anderen zu schicken«, sagte Robin.

»Vollkommen richtig«, stimmte Marian ihm zu. »Jeder Mann, der in den nächsten Tagen die Straße nach Nottingham benutzt, ist verdächtig.«

»Wenn er bis zum Gasthaus kommt, können wir ihn von da aus unauffällig verfolgen.« Robin blickte über die Lichtung und fügte hinzu: »Da kommt Will von seinem Beobachtungsposten zurück.«

Marian schaute zu dem jungen Sachsen hinüber, der gerade vom Pferd stieg. Robin winkte ihn heran, und er kam auf sie zu, ließ sich neben Little John nieder und nickte Marian ehrerbietig zu, ehe er sich an Robin wandte. »Etwas kommt mir merkwürdig vor. Erinnerst du dich an den Ritter, der letzte Nacht im Gasthaus geblieben ist? Er ist heute morgen weitergereist, und wir haben ihn seitdem nicht mehr zu Gesicht bekommen.«

»Wer ist denn sonst an deinem Beobachtungsstand vorbeigekommen?«

»Ein Farmer mit seiner Frau und einigen Körben voller Kohlköpfe. Ein alter, alleinreisender Mann mit einem Karren voller Schweine – er hat letzte Nacht auch im Gasthaus geschlafen. Henry Stout und sein Sohn kamen ziemlich früh am Morgen vorbei. Das waren die einzigen, die ich kannte. Ach ja, einen Hausierer habe ich auch noch gesehen.«

»Unser Mann könnte versuchen, die Straße zu umgehen«, überlegte Little John. »Aber wir hätten ihn inzwischen entdecken müssen. Vielleicht hat er bei irgendeinem Bauernhaus angehalten, um sein Pferd zu versorgen ... oder schnarcht betrunken unter einem Baum.«

»Will?« Robin rieb sich stirnrunzelnd mit den Fingerspitzen über die Lippen. »Wer von den Männer, die du nicht erkannt hast, ist ungefähr in der Zeit vorbeigekommen, in der du mit dem Ritter gerechnet hast?«

Will dachte angestrengt nach. »Die meisten passierten meinen Ausguck am Morgen. Der Mann mit den Schweinen kam am frühen Nachmittag und der Hausierer eine Weile später, kurz bevor Much mich abgelöst hat. Ungefähr vor einer Stunde.«

»Ist dir irgend etwas an diesen Leuten aufgefallen?«

Will zog die Brauen zusammen, wodurch er noch jünger aussah. »Nun ... der Schweinezüchter hatte ein prächtiges Pferd vor seinen Karren gespannt.«

»Gut genug, als daß es einem Ritter gehören könnte?«

Little John stieß ein heiseres Kichern aus. »Willst du mir weismachen, daß sich dieser Ritter deiner üblichen Tricks bedient?«

Robin grinste unverschämt. »Warum denn nicht? Ich habe

nie behauptet, der einzige Mann in England zu sein, der seine gottgegebenen Geistesgaben seinen Zwecken entsprechend zu nutzen versteht.«

»Die meisten Ritter würden sich nicht zu einer solchen Verkleidung herablassen«, spottete John. »Sogar du würdest dich dagegen sträuben, einen Schweinezüchter zu spielen, Rob.«

»Ich könnte meine Würde vorübergehend vergessen, wenn es die Umstände erfordern. Vielleicht befördert unser Mann noch etwas Wertvolleres als Ferkel.«

Little John und Robin nickten einmütig, dann wandte sich Robin mit hochgezogenen Brauen an Marian.

Marian konnte ihm die Gedanken vom Gesicht ablesen. »Kein Geld, sondern eine Botschaft? Prinz Johns Mann sollte erst heute aufbrechen, so schnell kann er unmöglich vorankommen.«

Robin beugte sich vor. Seine Augen funkelten, und ein leises Lächeln spielte um seine Lippen. »Ihr habt gesagt, daß Euch ihre Kommunikationsweise recht einfach vorkamen. Eine abgefangene Nachricht würde wenig Schaden anrichten, wenn der Jäger erst dann nach dem Wild Ausschau hält, wenn es schon lange wieder verschwunden ist.«

»Ihr habt recht«, gab sie, über sich selbst verärgert, zu. »Prinz John schien mir ein solcher Narr und die Botschaft so simpel zu sein, daß ich einen eventuellen Zeitfaktor im Code gar nicht in Betracht gezogen habe.«

Robins Lächeln verbreitete sich zu einem strahlenden Grinsen, dann schaute er Will Scarlett an und wurde schlagartig ernst. »Warum runzelst du die Stirn, Will? Wo ist der Haken?«

»Nun, ich habe mir den Schweinezüchter genau angesehen, Robin. Es war ein alter, verhutzelter Mann mit einem grauen Bart. Ich nehme an, jemand, der sich eine solche List ausdenkt, ist auch in der Lage, seine Rolle überzeugend zu spielen – aber so gut nun auch wieder nicht.«

»Das würde nur wenigen gelingen«, sagte John, Robin verstohlen zuzwinkernd.

»Als König Richard in Wien in die Enge getrieben wurde,

versuchte er, sich seinen Häschern zu entziehen, indem er sich als Küchenjunge verkleidete. Aber es fehlte ihm an der nötigen Unterwürfigkeit, er benahm sich nicht wie der Knecht, sondern wie der Herr.« Robins Stimme klang belustigt. »Sein Stolz verriet ihn.«

»Seine Größe könnte auch ein wenig dazu beigetragen haben«, fügte Marian trocken hinzu. »Der König ist alles andere als unscheinbar.«

Will grinste ihr zu, dann drehte er sich wieder zu Robin um. »Dieser Graubart war jedenfalls bescheiden genug für einen einfachen Schweinebauern. Ein klapperdürrer Wurzelzwerg von einem Mann war da, Rob. Mit Sicherheit kein verkleideter Ritter. Auch kein Geistlicher, würde ich sagen.«

»Wie steht's mit dem Hausierer?«

»Oh, das war ein großer, kräftiger Kerl. Saß ziemlich ungelenk im Sattel, aber vielleicht gehörte das nur zu seiner Rolle. Sein Pferd war ein alter Klepper, kein Ritter würde so eine Schindmähre reiten.«

»Auf seinem eigenen Pferd wäre er zu sehr aufgefallen, also hat er mit dem Alten die Tiere getauscht. So hätte ich es jedenfalls gemacht«, meinte Robin. »Wenn er in Nottingham angelangt ist, kann er den Tausch leicht rückgängig machen.«

Marian erschien diese Theorie zwar recht an den Haaren herbeigezogen, aber noch im Bereich des Möglichen. »Sie haben beide die Nacht im Gasthaus verbracht.«

Robin, dem ihre zweifelnde Miene nicht entging, spann den Faden fort. »Der Ritter könnte dort auf die Idee gekommen sein. Wir wissen zwar nicht genau, ob es sich wirklich um Prinz Johns Boten handelt, aber ich lasse diesen Hausierer nicht ungeschoren davonkommen.«

»Es kann durchaus sein, daß Eure Vermutung richtig ist«, räumte Marian ein. Schließlich war diese List weniger bizarr als der weiß angemalte Hirschkopf, mit dem sie Simon von Vitry ins Verderben gelockt hatte. Sie nickte zustimmend. »Ich möchte auch nicht, daß uns der Mann entwischt.«

Robin sprang anmutig auf die Füße. »Wir können uns in nordwestlicher Richtung durch den Wald schlagen und die

Stelle, wo wir den letzten Hinterhalt gelegt haben, noch vor ihm erreichen.«

»Ich komme mit«, sagte Marian, die gleichfalls aufstand. »Vielleicht kann ich ihn identifizieren, wenn er zu Prinz Johns Leuten gehört.«

Eigentlich bestand dazu überhaupt kein Anlaß. Wenn nichts geschah, was seinen Verdacht widerlegte, würde Robin den Mann ohnehin zum Lager bringen und seine Habseligkeiten durchsuchen. Aber die plötzliche Aufregung war ansteckend, und sie wollte unbedingt an diesem Abenteuer teilhaben.

»Aber nicht in diesen Kleidern«, meinte Robin. Seine Stimme drückte keine Ablehnung aus, sondern enthielt lediglich einen guten Rat. Sein Blick kreuzte sich mit dem ihren, und in seinen Augen leuchtete ein kameradschaftlicher Funke auf. »Will, du bist ihr von der Statur her am ähnlichsten. Kannst du Lady Marian ein Paar Lederhosen leihen?«

»Und irgend etwas, um ihr Haar zu bedecken«, fügte Little John hinzu, der Robins Autorität zwar nicht in Frage stellte, aber offenkundige Mißbilligung zur Schau trug. »Und Ihr werdet Euch im Hintergrund halten, nicht wahr, Lady Marian?«

Robin musterte sie nachdenklich, und ein Anflug von Besorgnis malte sich auf seinem Gesicht ab.

»Ich verspreche, daß ich alle Befehle befolgen und mich nicht vordrängen werde«, versicherte ihm Marian, die zwischen Ärger und Belustigung hin- und hergerissen wurde. Sie hatte in der letzten Zeit wenig Gelegenheit gehabt, ihr übliches Trainingspensum zu bewältigen, und sehnte sich nach etwas Bewegung. Forschend blickte sie Little John an, der immer noch die Stirn runzelte. »Das Risiko, daß man mich erkennt, ist ziemlich gering.«

Der hochgewachsene Mann sah immer noch aus, als sei ihm nicht ganz wohl bei dieser Sache, und kalte Wut stieg in Marian hoch. Sie hatte angenommen, von den Männern voll und ganz akzeptiert worden zu sein. Doch ihr Zorn verflog, als sie sich klarmachte, daß sie bislang nur ihre Fähigkeit, ein Messer geschickt zu handhaben, unter Beweis gestellt hatte.

Ihr haftete zwar der Ruf einer Amazone an, aber der bloße Ruf genügte hier nicht. »Wir ziehen doch nicht in eine Schlacht«, sagte sie schneidend. »Und selbst dafür bin ich ausgebildet worden.«

»Davon bin ich überzeugt, Lady Marian«, erwiderte Little John ernst. »Aber trotzdem läßt sich der Wunsch, Euch zu beschützen, nur schwer unterdrücken – um Euret- wie auch um unseretwillen.«

Robin dagegen wirkte nur noch freudig erregt. Und, wie sie vermutete, gespannt darauf, sie in Wills engen Lederhosen zu sehen.

Will rannte los, um sein zweites Paar zu holen, und Little John brachte Marian zu der Hütte, wo Kleidung und Vorräte aufbewahrt wurden. Will kam zurück, als John ihr gerade erklärte, welche Truhe was enthielt, und die Männer ließen sie allein, damit sie sich in Ruhe umziehen konnte. Marian entkleidete sich rasch. In einer der Truhen fand sie ein weiches Leinenhemd, das sie unter der Tunika und zu den engen Hosen, die Will ihr gebracht hatte, tragen konnte. Die Lederkleidung war hervorragend gegerbt, das Material war fest und doch geschmeidig. Sie bezweifelte, daß Robin genug zusammenstehlen konnte, um alle seine Männer einzukleiden, und dies war nicht die Arbeit eines Stümpers. Solch ausgezeichnet verarbeitetes Leder hatte sie bislang in Nottingham noch nicht gesehen und nahm daher an, daß es vermutlich aus Lincoln stammte. Ein weiterer Beweis für Robins Verbindungen. Er hatte für alles, was der Wald oder seine Raubzüge ihm nicht lieferten, andere Quellen aufgetan, und sie fragte sich, wie weit sein Netz wohl reichte. Je weiter, desto besser, dachte sie lächelnd.

Auch eine Haube und ein Brusttuch, das ihr zipfelig bis auf die Schultern fiel und das sie über der Tunika tragen konnte, waren vorhanden. Sie flocht ihr Haar zu zwei dicken Zöpfen und band es mit einem Lederriemen hoch. Die schlichten, schmucklosen Schuhe, die sie für den Ausritt angelegt hatte, paßten hervorragend zu der männlichen Kleidung. Marian streckte sich wohlig – froh, ihr unbequemes Seidengewand loszusein. Einen Augenblick lang wünschte sie sich sehnlichst, wieder zu Hause zu sein, wo sie tragen konnte, was sie wollte, ohne Anstoß zu erregen. Dann befestigte sie ihre Messer am Gürtel, ihr Jagdbogen nebst Köcher hingen noch am Sattel ihres Pferdes.

Marian tritt neben Robin in nordwestlicher Richtung vom Lager fort. Das Waldgebiet wurde hin und wieder durch saftige Wiesen aufgelockert, auf denen Blutweiderich, gelbes Leinkraut, Augentrost und viele andere Blühplanzen wuchsen. Bunte Schmetterlinge flatterten von Blüte zu Blüte. Ab und an wurden sie von leisen Pfiffen begrüßt, oder ein Mann trat aus dem Dickicht und winkte ihnen zu. Marian war von der Weitläufigkeit des Gebietes, welches Robin mit Wachposten versehen hatte, beeindruckt und fragte sich, wie sie alle untereinander in Kontakt bleiben konnten. Selbst einer ganzen Armee wäre es nicht möglich, unbemerkt in Robin Hoods Herrschaftsbereich einzudringen.

Sie gelangten zu einer kleinen, hinter einer Reihe uralter Eichen verborgenen Lichtung. Dort wurden die Pferde so angebunden, daß sie von der Straße aus nicht mehr zu sehen waren, und die meisten der Männer verstreuten sich im Gebüsch. Robin gab Anweisung, das älteste der Pferde, einen kastanienbraunen Wallach, abzusatteln und befahl einigen Männern, in die zu beiden Seiten der Straße aufragenden Bäume zu klettern. Dann schwang er sich flink und gewandt auf eine riesige Eiche, deren Zweige weit über die Straße reichten. Marian beobachtete das Spiel seiner Bein- und Wadenmuskeln, während er höher und höher kletterte. Dann konnte sie nicht mehr widerstehen und zog sich am nächstliegenden Ast hoch. Robin sah ihr zu, und sie las ihm vom Gesicht ab, daß er sich gerade noch davon abhalten konnte, ihr eine scharfe Warnung zuzurufen. Statt dessen wies er auf einen anderen Ast, wo sie sich besser verbergen konnte. Marian nahm seinen Vorschlag mit einem kühlen Lächeln an, kletterte höher und rutschte fast bis zum äußeren Ende des dichtbelaubten dicken Astes. Während sie es sich so bequem wie möglich machte, wurde hoch oben in dem gegenüberliegenden Baum ein Seil befestigt, dessen loses Ende Robin neben sich am Ast locker festband.

Danach unterhielten sie sich nur noch gedämpft miteinander, bis ein junger Mann von seinem Posten zurückkam und meldete, daß der alte Bauer mit den Schweinen in Sicht war. Robin gab Will Scarlett ein Zeichen, er möge sich mit dem Mann befassen. Will winkte zur Bestätigung mit seinem Hut, sprach mit einem seiner Leute und wies dann alle anderen an, sich zurückzuziehen. Mit vor der Brust verschränkten Armen blieb er allein auf der Straße stehen und wartete auf seine Beute.

Als der Alte um die letzte Biegung kam und Will erblickte, der ihm den Weg versperrte, blickte er sich sofort ängstlich um. Marian wußte nicht, ob er die in den Bäumen und Büschen verborgenen Männer bemerkt hatte, aber sie sah ihm an, daß er ihre Anwesenheit zumindest erahnte. Er hielt seinen Karren kurz vor Wills Füßen an und musterte den jungen Sachsen mißtrauisch.

»Seid Ihr einer dieser Wegelagerer, Mann?« fragte er schließlich mit grämlicher Miene. »Oder warum steht Ihr mir sonst im Weg?« Obwohl er sich um einen bestimmten Tonfall bemühte, konnte er nicht verhindern, daß seine Stimme zitterte.

»Oh nein, heute nicht, Sir. Heute bin ich ein Pferdehändler, der das prächtige Tier vor Eurem Wagen bewundert.«

»Ich habe keinen Grund, ihn herzugeben«, quengelte der alte Mann, wobei seine Blicke von einer Seite zu anderen schossen, als suche er nach einer Fluchtmöglichkeit. »Überhaupt keinen Grund.«

Will lächelte unentwegt, strich dem Pferd über die Flanke und fuhr ungerührt fort: »Dieser Hengst ist ein Reittier und sicher nicht daran gewohnt, einen Karren zu ziehen. So einem edlen Pferd darf man solch niedere Arbeit nicht lange zumuten, daher nehme ich an, daß Ihr es nur vorübergehend dazu benutzt. Zufällig besitze ich genau das richtige Pferd für Eure Zwecke. Ihr könnt es im Tausch gegen dieses hier haben.« Er schnippte mit den Fingern, woraufhin vier Männer den kastanienbraunen Wallach herbeibrachten, der zwar durchaus geeignet war, den Wagen zu ziehen, seinem Artgenossen jedoch in keiner Hinsicht das Wasser reichen konnte.

Der alte Bauer schwieg verschüchtert und leistete keinen Widerstand, als zwei Männer das edle Roß von seinem Geschirr befreiten und an seiner Stelle den Kastanienbraunen vor den Karren spannten. Will und die beiden anderen Männer kletterten unterdes auf den Wagen und durchsuchten ihn rasch, fanden aber nichts von Bedeutung. Nachdem die Pferde ausgetauscht worden waren, inspizierte Will die Ferkel und deutete dann auf ein gutgenährtes, rosiges Exemplar. Einer der Männer zerrte das empört quiekende Tierchen vom Wagen und bedachte dann den Alten mit einem teuflischen Grinsen. »Das behalte ich als kleinen Ausgleich. Ihr habt ein gutes Geschäft gemacht.«

Will trat zur Seite, und der Bauer rumpelte davon, wobei er ein finsteres Gesicht zog, um seine rechtschaffene Entrüstung auszudrücken, was ihm jedoch nicht ganz gelingen wollte. Marian sah ihm die Erleichterung darüber deutlich an, daß ihm nichts Schlimmeres widerfahren war.

Der Alte war schon lange außer Sichtweite, als ein anderes Signal ihnen den Hausierer ankündigte. Marian glitt rasch in den Schatten der Zweige zurück. Auch die Männer verschwanden wieder im Gebüsch, und auf der kleinen Lichtung herrschte plötzlich gespannte Stille. Marian blickte sich um, weil sie wissen wollte, ob Robin auch den Hausierer einem seiner Leute überließ, aber es war offensichtlich, daß er beabsichtigte, diese Angelegenheit höchstpersönlich in die Hand zu nehmen.

Ihr erster Gedanke beim Anblick des Hausierers, der auf einem klapprigen Apfelschimmel dahergeritten kam, war, daß der Alte gut damit gefahren war, als er diesen altersschwachen Gaul gegen das Pferd, das Will ihm gegeben hatte, eintauschte, da ihn der Handel nur ein Ferkel gekostet hatte. Dann erkannte sie den Mann. Es war nicht Sir Stephen mit dem verkrüppelten Arm, sondern Sir Thomas mit der liebenswürdigste von Prinz Johns Rittern. Als sie nach unten schaute, fing sie Robins Blick auf. Seine Augen funkelten übermütig. Lautlos formte sie mit den Lippen den Namen des Ritters nach, und sein Grinsen wurde breiter. Das Seil locker in der Hand verlagerte er sein Körpergewicht etwas nach vorne; sein Blick wanderte zwischen Marian und dem sich nähernden Hausierer hin und her, und sein Gesicht drückte eine so schalkhafte Vorfreude aus, daß sie ihm unwillkürlich zulächelte. Robin paßte exakt den richtigen Zeitpunkt ab, stieß sich dann von seinem Ast ab und griff in der letzten Sekunde hoch, um Marian flüchtig in die Wade zu zwicken. Dann stieß er einen gellenden Kriegsschei aus und schwang sich an dem Seil durch die Luft.

Der Hausierer zuckte zusammen, als Robin unvermutet direkt vor ihm aus dem Baum gesegelt kam, legte seine nachlässige Haltung ab und saß plötzlich kerzengerade und kampfbereit im Sattel. Marian bemerkte, wie er alle Muskeln anspannte und instinktiv sein Pferd zur Seite reißen wollte, aber er beherrschte sich sofort und zügelte seinen schwachen Klepper.

Robin beschrieb einen eleganten Bogen um Mann und Pferd herum. Der Hausierer drehte sich im Sattel um und sah ihm nach, bis er wieder nach vorne kam und im Vorbeilaufen Sir Thomas' Hut schnappte. Dieser blieb reglos auf dem Pferd sitzen, während Robin ihn noch einmal umkreiste, um sich dann hinter ihm aufs Pferd zu schwingen, während um ihn herum Beifall aufbrandete und seine Männer aus ihren Verstecken hervorkamen.

»Du hast Glück, Hausierer«, sagte Robin, den Hut des Mannes auf seinen eigenen Kopf drückend. »Du wirst heute abend in Sherwood Forest geradezu königlich speisen, und es wird dich nicht einmal allzuviel kosten.«

»Ich trage ohnehin nicht viel Geld bei mir«, betonte der Hausierer.

»Eine ehrliche Antwort würde mir als Anzahlung schon genügen. Wieviel ist ›nicht viel‹?«

Sir Thomas, der Hausierer, löste seine magere Börse von seinem Gürtel und warf sie Robin über seine Schulter hinweg zu. Dieser fing sie auf und befingerte sie mit einer Hand. »Solche Reichtümer hast du dabei? Davon kannst du ohne weiteres ein köstliches Mahl von Wildbret aus den königlichen Beständen bezahlen.«

Marian hielt sich am Ende des Trupps, als sie zum Lager zurückritten, sorgsam darauf bedacht, nicht aufzufallen. Als sie an der Lichtung anlangten, kam Much auf sie zu. Robin beugte sich vor und wechselte ein paar Worte mit ihm, dann verlangsamte er sein Tempo, um an ihrer Seite zu reiten.

»Alan a Dale ist im Gasthaus eingetroffen, während wir unterwegs waren.«

»Woher wißt Ihr das? Haltet Ihr Euch auch Brieftauben?« fragte sie interessiert, da sie erfahren wollte, wie schnell Informationen bei ihm anlangten.

»Wir benutzen Pfeile«, antwortete Robin lächelnd. »Sie sind mit verschiedenen Farben markiert. Ich habe schon einige Zeit nach Alan Ausschau halten lassen.«

Marian nickte nur, da sein kompliziertes Spionagenetz ihr Bewunderung abnötigte. Alans Auftrag in London erwähnte sie mit keinem Wort, obgleich sie sicher war, daß Robin davon wußte. Sie hoffte nur inständig, daß Alan ein Zeichen von Königin Eleanor bei sich hatte.

»Ich habe vor, Sir Thomas bis morgen hierzubehalten«, erklärte Robin. »Es kann ihm nichts schaden, eine Nacht an einen Baum gebunden zu verbringen. Morgen werden meine Männer Alan auf der Straße abfangen und gleichfalls ins Lager bringen. In den Augen von Prinz Johns Boten ist er dann nichts weiter als ein anderer unglücklicher Gefangener. Wir lassen die beiden Männer dann gemeinsam frei, und wer weiß, welche Informationen Alan Sir Thomas entlocken kann, wenn der ihn als Leidensgenossen betrachtet.«

»Ausgezeichnet. Ich wollte Euch ohnehin schon bitten, Sir Thomas festzuhalten«, entgegnete Marian. »Ich muß noch heute abend zu meinem Landgut zurückkehren, vorzugsweise mit einigen greifbaren Beweisen meiner Jagdkünste, und ich möchte wieder in Nottingham Castle sein, ehe Sir Thomas dort ankommt. Ich werde Fallwood Hall früh am Morgen verlassen.«

»Gut, gut. Die beiden werden rechtzeitig zum Abendessen, durchnäßt und schmutzbedeckt, in der Burg eintreffen«, grinste Robin. »Und ich werde anordnen, daß einige frisch erlegte Hasen an Eurem Sattel befestigt werden, damit Ihr beweisen könnt, daß Ihr heute nachmittag achtbaren Vergnügen nachgegangen seid.«

»Äußerst achtbaren Vergnügen, in der Tat.«

»Mir gereicht der heutige Nachmittag nicht gerade zur Ehre. Meine Raubzüge waren in der letzten Zeit nicht so erfolgreich, wie sie hätten sein sollen, aber wenigstens wird diese Geschichte meinen angeschlagenen Ruf in Nottingham ein bißchen aufpolieren.« Robin lächelte sie an, so daß seine weißen Zähne blitzten. »Ich werde zwar weiterhin die Straße nach London bewachen lassen, aber ich habe vor, die Mehrzahl meiner Männer während des nächsten Monats in Sherwood zusammenzuziehen. Ich möchte auf alles vorbereitet sein. Wie ich den Sheriff kenne, wird er versuchen, den Lösegeldtransport nördlich von hier zu überfallen, und ich möchte nicht unnötige Meilen zurücklegen müssen, nur um ihm das Handwerk zu legen.« Sollte sie ihn dringend sprechen wollen, fügte er hinzu, dann könnten sie sich an dem Felsen treffen, wo sein erster Wachposten auf der nördlichen Route Richtung Lincoln zu finden war. »Obwohl wir Euch ohnehin entdecken, wenn Ihr durch den Wald reitet.«

Robin blickte zu der Lichtung hinüber, wo sich seine Männer um den Gefangenen scharten und offenbar auf einen Schabernack aus waren. Sir Thomas' Habseligkeiten kreisten bereits von Hand zu Hand. Robin nickte zu einem kleinen Seitenpfad hinüber. »Reitet zwischen den Bäumen hindurch, dahinter liegt eine Hütte. Ich schicke Tuck zu Euch herüber, er soll Euch zur Hand gehen. Abgesehen von meiner Wenigkeit ist kein anderer als er geschickter darin, verborgene Schätze aufzuspüren.«

Als Marian ihr Pferd wendete, glitt sein Blick ein letztes Mal über sie hinweg, und in seinen Augen leuchtete kameradschaftliche Bewunderung auf. »Ihr seht aus, als ob Ihr Euch in dieser Art von Kleidung wohler fühlen würdet als in eleganten Seidengewändern.«

Marian, die seine Bemerkung als Kompliment wertete, errötete leicht und gab dann zu: »Das tue ich auch.«

»Dachte ich's mir doch.« Robin bedachte sie mit einem kecken Grinsen und gesellte sich dann zu seinen Männern.

Marian ritt langsam den schmalen Pfad entlang, der sie zurück zur Hütte führte. Dort stieg sie ab und band ihr Pferd an. Drinnen rückte sie als erstes den kleinen Tisch zum Fenster, um möglichst viel Licht zu haben, zog einen Schemel heran und suchte in ihrer Satteltasche nach Tinte und Feder. Sie hatte gerade alles Notwendige auf dem Tisch zurechtgelegt, als es vorsichtig an der Tür klopfte. Marian öffnete und ließ Bruder Tuck ein, der sich anfangs vor Verlegenheit wand und kaum einen zusammenhängenden Satz hervorbrachte, sich dann aber beruhigte und mit vor Neugier funkelnden Augen zuhörte, als sie ihm erklärte, welche verborgenen Fallen eine Botschaft enthalten konnte.

Die waren bald dermaßen in ihr Gespräch vertieft, daß sie kaum bemerkten, wie Robin die Hütte betrat. Grinsend deutete er auf die vielfach geflickten, armseligen Kleider des Boten, die er über dem Arm trug. »Unser Freund dürfte ein wenig frieren. Er sitzt nur mit seiner bloßen Haut bekleidet unter einem Baum, und ich bin fast versucht, an diesem Zustand vorerst nichts zu ändern.« Mit diesen Worten ließ er die ledernen Beutel, die der Mann bei sich gehabt hatte, zu Boden fallen. »Was dies hier betrifft – er hat mich erst schief von der Seite angesehen, als ich ihm das größte Bündel wegnahm, aber ob das unabsichtlich geschah oder ob er mich mit diesem Blick bewußt in die Irre führen wollte, das kann ich nicht sagen.«

»Da er schon mit seiner Verkleidung solchen Aufwand betrieben hat, nehme ich an, daß er Euch mit seiner Reaktion täuschen wollte«, sagte Marian.

»Ich wollte ihn nicht zu offenkundig ausfragen, und ich möchte auf jeden Fall vermeiden, ihn merken zu lassen, daß wir nach einer Botschaft suchen. Wenn wir sie nicht selbst finden können, werde ich ihn allerdings eingehender verhören müssen. Er weiß natürlich, daß wir seine Sachen durchsuchen.« Robin ließ sie alleine, und Marian machte sich daran, die Kleidungsstücke zu untersuchen, während Bruder Tuck das größte Bündel öffnete. Es enthielt ein bunt gemischtes Warensortiment – einige schmutzige Satinbänder, edelsteinbesetzte Kupferbroschen und eine Anzahl Holzpuppen, die mit einem Lederriemen zusammengebunden waren. Tuck legte alles beiseite und widmete sich dem nächsten Beutel. Seidene und lederne Geldbörsen kamen zum Vorschein. Seufzend begann Tuck, jeden einzelnen aufzuschnüren und zu durchsuchen.

»In seinen Kleidern ist jedenfalls nichts versteckt«, meinte Marian, nachdem sie jedes einzelne Stück auf geheime Taschen hin geprüft und alle Säume Zoll für Zoll sorgfältig abgetastet hatte. Sie schob die Kleidung zur Seite und widerstand dem Drang, alles an Tuck weiterzureichen, damit der Mönch es ein zweites Mal untersuchte und ihr so auch Gelegenheit gab, dasselbe mit den Sachen, die er vor sich liegen hatte, zu tun. Aber soweit sie es beurteilen konnte, verfügte er sowohl über die Geduld als auch die Geschicklichkeit, Verstecke aufzuspüren. Wenn die erste Untersuchung nichts ergab, konnten sie die Sachen immer noch austauschen.

Doch da stieß Tuck einen leisen Freudenschrei aus. Er hatte den Riemen, der die hölzernen Puppen zusammenhielt, gelöst und eine dazwischen verborgene kleine Geldbörse entdeckt. Als er sie öffnete, rollte ein halbes Dutzend glitzernder tiefroter Steine in seine Handfläche. »Heilige Mutter Gottes«, murmelte er andächtig. »Rubine!«

Als er die Steine etwas eingehender betrachtete, fügte er mit weitaus geringerer Begeisterung hinzu: »Allerdings von schlechter Qualität.« Mit einem boshaften Grinsen hielt er Marian die Juwelen hin. »Entweder hat er uns unsere Aufgabe entschieden zu leicht gemacht oder er hat uns gewaltig unterschätzt.«

Marian warf die Steine in die Luft und fing sie geschickt wieder auf. »Dies hier sollten wir finden. Dann wollen wir nach dem suchen, was noch irgendwo verborgen sein muß.« Tuck machte sich erneut an dem großen Beutel zu schaffen, während Marian den kleineren leerte. Er enthielt den Proviant des Hausierers – ein Stück Käse, Brot und ein klebriges Johannisbeertörtchen. Ferner fand sie ein fleckiges Hemd, eine schmutzige, zerrissene Hose und einige verfilzte Strümpfe.

»Ich glaube, das brauchen wir nicht weiter zu beachten.«

Marian ließ Essen und Kleidung achtlos fallen, ohne sich die Mühe zu machen, sich alles genauer anzusehen. Tuck schaute sie fragend an. Auf seinem rundlichen Cherubsgesicht malte sich Neugier ab. »Der Beutel ist interessant. Er ist zwar klein, besteht aber aus erstklassigem Leder«, erklärte sie. »Und das Futter ist gut verarbeitet.«

Sie griff in den Beutel und tastete das Futter sachte ab. Vorder- und Rückenteil fühlten sich weich und nachgiebig an, und es war offenbar nichts darunter verborgen. Seitenteile und Boden waren aus einem einzigen Stück gefertigt. Marian entdeckte zwar keine auffällige Ausbuchtung, doch ein dickes Stück Pergament ließ sich zwischen Futter und Leder problemlos verstecken. Am dicksten war der Boden.

»Ich muß die Naht auftrennen«, sagte sie. »Könnt Ihr sie hinterher wieder sauber zusammennähen? Ich fürchte, ich kann besser mit einem Schwert als mit einer Nadel umgehen.«

»Einer unserer Männer war früher der beste Schneider von Lincoln. Er kauft für uns das Leder ein und verarbeitet es selbst, und er wird die Naht so sauber flicken, daß niemand etwas merkt.«

Marian blickte auf die Hose, die sie trug. Die Qualität der Näharbeit entsprach der des Leders. Beruhigt griff sie zu ihrem schärfsten Messer und trennte fein säuberlich einen Teil der Naht auf, bis eine kleine Öffnung entstand.

»Laßt mich einmal Eure Hände sehen«, forderte Tuck sie auf und hielt seine eigene plumpe kleine Hand hoch.

Marian drückte ihre Handflächen flüchtig gegen die seinen, dann nickte sie. »Eure sind kleiner.«

»Und auch gewandter, möchte ich behaupten.«

»Ich glaube, die Botschaft ist zwischen Futter und Boden versteckt.« Sie reichte Tuck den Beutel und sah zu, wie sich der Mönch auf die Unterlippe biß, konzentriert die Stirn runzelte und vorsichtig eine Hand in den Schlitz schob.

»Hah!« rief er, als er auf etwas Hartes stieß. »Ich habe es!«

»Laßt sehen«, flüsterte sie aufgeregt. Aber es kostete ihn eine weitere Minute, zwei zusammengefaltete Bögen ans Tageslicht zu befördern, die er ihr hinhielt. Sie waren zwar versiegelt, aber sonst nicht weiter gesichert, und Marian kannte sich mit Siegeln aus. Behutsam löste sie das Wachs, ohne es zu beschädigen, und breitete dann die Dokumente auf dem Tisch aus. Es handelte sich um eine Karte und um eine lange, codierte Nachricht, die aus mehreren Reihen von Großbuchstaben bestand. Sie gab die Karte an Bruder Tuck weiter und bat: »Bitte kopiert das, so schnell Ihr könnt.«

»Ich werde keine überflüssigen Schnörkel hinzufügen«, versprach Tuck und machte sich ans Werk. Seine Feder kratzte rasch und sauber über das Pergament.

Marian schrieb unterdessen die verschlüsselte Botschaft ab, prüfte noch einmal, ob ihr kein Fehler unterlaufen war und legte sie dann zur Seite. Da sie die Lösung noch vom vorigen Mal her im Kopf hatte, überflog sie die Zeilen kurz, jedoch ohne Erfolg. Sie war überzeugt, daß der Prinz wieder nach seiner altbewährten Methode verfahren war, doch diesmal konnte sie mit dem Schlüssel ›NHOJECNIRP‹, ›Prinz John‹ rückwärts gelesen, das Geheimnis nicht enträtseln, auch dann nicht, als sie, statt am Anfang der codierten Nachricht zu beginnen, nacheinander bei jedem einzelnen Buchstaben ansetzte. Das Problem ließ sich einfach nicht erfassen, obwohl sich ab und an eine gewisse Klarheit herauszukristallisieren schien; ein Wort oder der Teil eines Wortes Gestalt annahm, um sich dann wieder in wirren Unsinn aufzulösen. Ihr kam der Gedanke, daß hier vielleicht zwei Schlüssel angewandt worden waren, um den Text in eine vielschichtigere Form zu bringen. Angesichts dieser komplexen Schwierigkeit stieg eine Art widerwilliger Bewunderung in ihr auf, als sie erneut versuchte, die Botschaft zu entwirren. Doch bald seufzte sie entmutigt auf, da nichts, was sie probierte eine Bedeutung ergab. Unter anderen Umständen hätte sie diese Herausforderung an ihre Intelligenz noch mehr angespornt, aber heute wollte sie vor Einbruch der Dunkelheit wieder in Fallwood Hall sein, und die Zeit drängte. Sie hatte den Code immer noch nicht geknackt, als Tuck sich vernehmlich räusperte, um sie wissen zu lassen, daß er seine Arbeit beendet hatte. Marian sah auf, woraufhin der Mönch zufrieden lächelnd seine Feder absetzte und ihr stolz das Original und seine Kopie zur Begutachtung hinhielt. »Schlicht und schmucklos«, meinte er.

Marian verdrängte den komplizierten Code für einen Moment aus ihren Gedanken, richtete ihre Aufmerksamkeit auf die Karte und suchte nach Fehlern oder Ungenauigkeiten. »Perfekt«, lobte sie schließlich. »Klarer und deutlicher als das Original.«

»Unnötige Verzierungen lenken nur ab«, strahlte Tuck, dann fügte er hinzu: »Aber mir gefallen sie trotzdem.«

Marian faltete Karte und Botschaft wieder zusammen und begann, beides sorgfältig neu zu versiegeln. Bruder Tuck verfügte erstaunlicherweise über die Gabe, schweigen zu können, wenn es angebracht war, und er saß regungslos dabei, während sie arbeitete. Als sie fertig war, stellte sie fest, daß ihre Befriedigung darüber, gute Arbeit geleistet zu haben, von der immer noch nicht entschlüsselten Nachricht, die auf sie wartete, getrübt wurde. Voller Erbitterung betrachtete sie das Pergament.

»Es wird spät, Mylady«, murmelte Bruder Tuck. »Wartet doch bis morgen, Ihr habt ja die Kopie.«

Er hatte natürlich recht, doch der Mißerfolg wurmte sie.

»Ich werde jetzt den Schneider holen«, sagte Tuck. »Wenn er die Naht auf der anderen Seite auftrennt, bedeutet das zwar zusätzliche Näherei für ihn, aber ich kann die Papiere bequemer wieder verstauen.«

Marian dachte einen Moment lang nach. Der Mönch hatte sich zwar trotz seines ulkigen Gebarens als durchaus brauchbar erwiesen, aber sie mußte sich jetzt konzentrieren, und das gelang ihr am besten, wenn man sie allein ließ. Sie sah ein, daß die Dokumente so schnell wie möglich zurückgelegt werden sollten, doch sie wollte nicht gleich zwei Männer in der Hütte haben, während sie sich mit dem Code beschäftigte. »Wenn der Ritter sicher gebunden und bewacht ist, dann könnte der Schneider auf der anderen Lichtung oder unten am Fluß arbeiten, wo er nicht gesehen werden kann«, schlug sie vor und sah, daß der Mönch sofort begriff. Da sie ihn loswerden wollte, fügte sie hinzu: »Warum geht Ihr nicht zu Robin und bringt ihm die Juwelen, damit er sieht, daß wir wenigstens einen Erfolg vorzuweisen haben.«

»Ich warte lieber noch ein wenig, Lady Marian. Wenn wir die Papiere wieder eingenäht haben, dann kann Robin unserem Hausierer die Rubine unter die Nase halten, ihm seine restliche Habe wiedergeben und lauthals verkünden, daß wir seinen versteckten Schatz gefunden haben. Sir Thomas wird sich bestimmt diebisch freuen, wenn er feststellt, daß wir seinen Köder so bereitwillig geschluckt haben.« Grinsend schob er Karte und Nachricht an ihren Platz zurück und packte die Bündel wieder ordentlich zusammen. »Ich passe auf, daß er mich nicht zu Gesicht bekommt.«

Als Tuck die Hütte verlassen hatte, sprang Marian auf, ging rastlos auf und ab und kämpfte gegen ihre ständig wachsende Gereiztheit an, während verschiedene Buchstabenkombinationen in ihrem Kopf durcheinanderwirbelten. Sie wollte keinesfalls morgen noch einmal in das Lager zurückkehren, und sie wollte auch nicht das Glück herausfordern, indem sie die kopierte Nachricht mitnahm. Wenn sie erst nach Einbruch der Dunkelheit nach Fallwood Hall zurückkäme und behauptete, in ihrem Jagdfieber die Zeit vergessen zu haben, so würde das keinen Verdacht erregen, dennoch zog sie es im Augenblick vor, nichts zu tun, was aus dem Rahmen fiel. Trotzdem würde sie eine verspätete Heimkehr in Kauf nehmen wenn sie nur sicher wäre, den Code bald entschlüsseln zu können. Andernfalls wäre es klüger, in ein paar Tagen wiederzukommen und ihr Werk zu beenden; eine Geduldsprobe, die nur schwer zu ertragen sein würde, obwohl sie sich streng mahnte, daß sich die Nachricht ohne weiteres als bedeutungslos erweisen konnte.

Sie ist in der Tat nutzlos, wenn du sie nicht entschlüsseln kannst, schalt sie sich selbst.

Versonnen starrte sie auf die auf dem Tisch liegende Karte; erhoffte sich davon einen Hinweis auf die verwendete Geheimschrift. Die Karte zeigte das nördliche Gebiet von Nottinghamshire, umriß die Landschaft und führte die größeren Städte sowie den Verlauf der Flüsse auf. Einige seltsame Markierungen standen entweder für sehr kleine Orte oder für signifikante Gebäude. Aber sie konnte keine Rückschlüsse auf das Buchstabengewimmel der Nachricht ziehen und folgerte daraus, daß sie die Botschaft entschlüsseln mußte, um die Karte verstehen zu können.

Marian stellte sich eine Abfolge neuer, zum Teil abstruser Versuche vor, die anfangs so aussahen, als könnten sie einen Sinn ergeben, erkennbare Worte formen, und die sich letztendlich doch in einem unzusammenhängenden See verschiedener Buchstaben auflösten. Langsam begann sie sich innerlich gegen diese Theorien zu sträuben, die eine Art Eigenleben anzunehmen schienen, immer mehr zum Abstrakten hinführten und sie dadurch von ihrem Ausgangspunkt, nämlich dem, was sie von dem Verfasser dieser Nachricht wußte, entfernte. Vielleicht hatte sie einen Fehler gemacht, als sie den Schlüssel, nachdem sich der erste Teil nicht anwenden ließ, zerlegt hatte, anstatt das vollständige Original an allen Stellen des Textes auszuprobieren. Also griff sie auf ›NHOJECNIRP‹ zurück und begann von neuem.

Sie merkte sich, wo sich Worte zu formen begannen und dann wieder verschwammen, markierte die Stelle und ging weiter, wandte den ›NHOJECNIRP‹-Schlüssel erfolglos an, bis sich erneut ein gewisser Sinn ergab. Plötzlich fiel ihr auf, daß dies immer in einem bestimmten Abstand passierte; einem Abstand, der vierzehn Buchstaben umfaßte und nicht zehn wie in ›NHOJECNIRP‹. Dann stellte sie fest, daß dies immer genau bei ›NHOJ‹ der Fall war.

Marian zwang sich, die Augen von dem Pergament abzuwenden und ihre Gedanken zu ordnen. Da sich zumindest andeutungsweise eine Bedeutung ergeben hatte, als sie den gesamten Schlüssel benutzte, mußte dieser das Wort *John* enthalten, aber vierzehn Buchstaben lang sein. Krampfhaft überlegte sie, was wohl in Prinz Johns Kopf vorgegangen sein mochte. Welche Gedanken hatten ihn beherrscht? Worauf wollte er hinaus? Und auf einmal kannte sie die Lösung. Glasklar stand ihr der Schlüssel vor Augen, am liebsten hätte sie sich sofort auf die Nachricht gestürzt, aber sie befahl sich, im Geiste die Buchstaben noch einmal nachzuzählen. Es waren und blieben vierzehn. Marian schloß die Augen und kostete den Augenblick voll aus, dann sagte sie leise zu sich selbst: »John werde König«. Sie schlug die Augen wieder auf und las die Nachricht noch einmal Wort für Wort langsam durch. Die Vorstellung, daß sie nun, da sie diese überheblichen Schlüsselworte kannte, die Absichten seines Verfassers zunichte machen konnte, erfüllte sie mit tiefer Genugtuung.

Die Botschaft nannte die letzten größeren Städte, in denen noch Lösegeldsummen eingezogen wurden, und den Tag, an dem die scharf bewachte Karawane London verlassen sollte. Ferner beschrieb sie sowohl die offizielle Route als auch die heimlich geplante, die der Zug letztendlich nehmen würde. Indem sie den Text mit den Einzelheiten auf der Karte verglich, gelang es Marian, sich die beiden Routen einzuprägen, die dem Sheriff in Kürze vorliegen würden.

Wieviel sie allerdings von diesen Mitteilungen würde verwenden können, hing von den Umständen ab. Sie mußte damit rechnen, daß in letzter Minute noch Änderungen vorgenommen wurden. Doch die Botschaft enthielt auch die Namen von neuen Verbündeten, die Prinz John im Norden gewonnen hatte und die er bei Bedarf zu Hilfe rufen konnte – Informationen, die für Eleanor von unschätzbarem Wert waren. Als letztes folgte eine Liste aller Wertsachen und der genauen Summen, die bislang zusammengetragen worden waren – zweifellos eine an Sir Godfrey gerichtete Warnung, sich nicht zu freizügig daran zu bedienen.

»Ah«, murmelte Marian, »aber wer kann schon sagen, was im Durcheinander eines gewalttätigen Überfalls alles verlorengeht ... und wer diese Schätze aufzufangen gedenkt.« Dennoch nahm sie an, daß Prinz John den Sheriff für jeden Edelstein, jede Münze und jede Perle, die auf der Liste aufgeführt waren, zur Rechenschaft ziehen würde.

Sie legte die kopierten und entschlüsselten Botschaften beiseite und reckte sich zufrieden. Wenn sie jetzt aufbrach und scharf ritt, würde sie nicht viel später als geplant in Fallwood Hall ankommen und konnte dann am nächsten Morgen nach Nottingham Castle zurückkehren. Doch obwohl sie nun ihr Ziel erreicht hatte, verspürte sie unerklärlicherweise keine große Lust, das Lager der Outlaws zu verlassen. Marian schalt sich insgeheim eine Närrin. Sie konnte sich ja schlecht an dem bunten Treiben beteiligen, da sie Gefahr lief, von Sir Thomas erkannt zu werden. Ein Bad im Fluß kam gleichfalls nicht in Frage, dachte sie, während sie Brusttuch und Tunika ablegte, obwohl ihr das sicher guttun würde. Sie ließ die Kleidungsstücke neben sich auf die Holzbank fallen und begann, die Lederhosen aufzuknöpfen, dann blickte sie erschrocken auf, als plötzlich die Tür aufgerissen wurde. Robin, der ebenso bestürzt wirkte wie sie, stand auf der Schwelle. Seine Augen wurden dunkel, während er den Blick über ihren Körper gleiten ließ.

Dieser armseligen Hütte haftete keine magische Aura an wie jener kleinen Lichtung im Wald. Der Zauber dieses Augenblicks bestand in dem Funken, der von Robin auf Marian übersprang. Die Luft vibrierte auf einmal vor unterdrücktem Verlangen, während sie beide sich mehr und mehr in einem dichten Netz leidenschaftlicher Gefühle füreinander verstrickten. Marian spürte Robins Blick wie eine greifbare Berührung über ihre Haut streicheln.

Er wartete auf etwas, sie konnte es förmlich fühlen. Er stand dort in der Tür und wartete auf eine Reaktion von ihrer Seite. Seine ganze Körperhaltung drückte eine unausgesprochene Frage aus. Einen Moment lang schienen sich Realität und Erinnerung zu vermischen, und sie befand sich wieder in Sir Ranulfs Burg. Guisbourne stand in einer anderen Tür, und die Luft um sie herum war nicht vom Duft des warmen Erdbodens und des Laubes erfüllt, sondern von kaltem Granit und heißem Blut. Guy stand unbeweglich da, seine tiefe Stimme rief leise ihren Namen ...

»Marian«, flüsterte Robin lockend und holte sie so wieder in die Gegenwart zurück; zurück zu diesen grünleuchtenden Augen, die sie mit erbarmungsloser Zärtlichkeit ansahen. Guy hatte sie damals mit den Blicken ausgezogen und ihre bloße Haut liebkost, Robin beraubte sie nicht nur ihrer Kleider, sondern ihrer gesamten Persönlichkeit, so daß ihre Nerven bloßzuliegen schienen und ihr ganzer Körper von fast schmerzhaft intensiven Empfindungen durchflutet wurde. Sein brennender Blick schuf eine unerträgliche Intimität zwischen ihnen, bis sie meinte, ihn tief in sich spüren zu können. Die Sinnestäuschung war so vollkommen, daß sie ihn wie gebannt anstarrte, während ihr das Herz bis zum Hals schlug.

Nein! dachte sie. Sie wollte selbst wählen, und ihre Antwort konnte nur in einem Nein bestehen. Alles andere wäre eine Kapitulation, die der völligen Unterwerfung gleichkam. Entschlossen bot sie all ihre Willenskraft auf, um sich umzudrehen und ihm den Rücken zuzuwenden – wenn auch nur, um sich selbst zu beweisen, daß sie dazu in der Lage war.

Mit einer raschen, nahezu lautlosen Bewegung trat Robin hinter sie. Als Marian die Hitze, die seine Haut ausstrahlte, an ihrem Rücken spürte, erstarrte sie vor aufsteigender Wut und fast qualvoller Erwartung. Sie keuchte erschrocken auf, als seine Fingerspitzen über ihre nackte Haut glitten und überall eine feurige Spur hinterließen. Unwillkürlich schloß sie die Augen und streckte sich wohlig unter seinen Händen, da ihr war, als würde jeder Knochen in ihrem Leib langsam schmelzen. Warm und feucht preßten sich seine Lippen gegen ihren Nacken und wanderten an ihrem Rückgrat hinunter. Die sachte Berührung traf sie wie ein Blitzschlag, und plötzlich spiegelten ihr ihre überreizten Nerven erneut eine andere Wirklichkeit vor. Robins Lippen wurden zu Guys, und das aus Zweigen geflochtene Dach der Hütte verwandelte sich in die undurchdringlichen Felsmauern der vom Kerzenschein erhellten Höhle. Guy lag nackt neben ihr; die Flammen warfen gespenstische Schatten über seinen Körper, die im schwachen Licht zu tanzen schienen. Marian sehnte sich beinahe verzweifelt danach, die Hände nach ihm auszustrecken und im sicheren Hafen der Dunkelheit Schutz zu suchen. Dann glitt Robins heiße Zunge über ihren Hals, und die Vision wurde von der Erinnerung an jenen Moment völliger Hingabe dort am Wasserfall verdrängt. Robin lag der Länge nach ausgestreckt auf dem Felsen im Wasser, sein Körper und sein Gesicht waren in goldenes Sonnenlicht getaucht und sein Geist in glühender Ekstase gefangen. Sie brauchte nur die Hand auszustrecken, und dann ...

Robins Hände strichen über ihren Körper hin, woben ihr

schimmerndes Netz und verhexten sie, bis ihr die Kontrolle über die Geschehnisse zu entgleiten begann. Er umfaßte ihre Brüste und fuhr mit den Fingerspitzen kaum merklich über die aufgerichteten Brustwarzen, was in ihrem Inneren eine pulsierende Begierde auslöste. Ihre Haut glühte, ihr Schoß brannte vor ungestilltem Verlangen, und in der nächsten Sekunde würde sie ...

Aus einem plötzlich aufwallenden Wutanfall heraus fuhr sie herum. »Nein!«

»Ja«, flüsterte er.

»Nein!« fauchte sie, ihre Selbstbeherrschung wie eine scharf geschliffene Klinge gegen ihn einsetzend. Die Zurückweisung traf ihn tief, das sah sie ihm an.

Seine Augen hatten sich dunkel verfärbt, nur tief drinnen loderte eine kleine grüne Flamme auf, die Zorn und unstillbaren Hunger zugleich ausdrückte, und seine Hände schlossen sich mit eisernem Griff um ihre Oberarme. Obwohl Marian vor Schmerz zischend den Atem ausstieß, hieß sie diese unvermutete barbarische Wildheit willkommen, da sie ihren Zorn nur schürte. Jeder Muskel ihres Körpers straffte sich kampfeslustig. Lieber Gegenwehr leisten als sich widerstandslos ergeben, dachte sie grimmig. Doch während sie sich noch für den bevorstehenden Kampf wappnete, huschte plötzlich ein Anflug von Scham über Robins Gesicht und löschte die sengende Begierde. Mit gesenktem Blick hob er entschuldigend die Hände und trat einen Schritt zurück. Sichtbare Zuckungen liefen durch seine hochgereckten Arme, so daß er krampfhaft die Hände zu Fäusten ballte. Einen Moment lang blieb er so stehen, immer noch am ganzen Leibe zitternd, dann wirbelte er herum und verließ hocherhobenen Hauptes die Hütte.

Entsetzt starrte Marian ihm nach, dann rang sie keuchend um einen letzten Rest von Selbstbeherrschung, um die unkontrollierten Schauer, die sie überliefen, unterdrücken zu können. Insgeheim verwünschte sie Robin dafür, daß er zunächst ihr Verlangen entfacht und sie dann doch alleingelassen hatte. In ihr stritten sich Vernunft und hilfloser Ärger, obgleich sie, wenn sie ganz ehrlich zu sich war, zugeben mußte, daß alles, was aus diesem Ausbruch überwältigender Leidenschaft erwachsen konnte, unweigerlich in einer Katastrophe enden würde. Trotzdem wollte eine verräterische Schwäche, die sie nicht erklären konnte, sie dazu treiben, ihm zu folgen und ihn zurückzurufen.

Gleichermaßen sich selbst wie auch Robin verfluchend, streifte Marian die Lederhosen ab. Sie hatte zugelassen, daß ihre persönlichen Probleme die Mission, der sie sich verschrieben hatte, gefährdeten. Rasch schlüpfte sie in ihr eigenes Unterhemd und das Seidengewand, dann verstaute sie Tinte, Schreibfeder und Pergament wieder in ihrer Satteltasche und warf sie sich über die Schulter. Da sie innerlich immer noch vor Zorn kochte, schloß Marian die Augen und atmete solange tief und gleichmäßig durch, bis der tosende Sturm ihrer Gefühle abgeflaut war.

Nun wußte sie mit umstößlicher Sicherheit, daß die Begegnung mit Robin am Wasserfall ein Band zwischen ihnen gewoben hatte. Sie konnte nicht leugnen, daß sie sich zu Guy von Guisbourne stark hingezogen fühlte, aber diese Anziehungskraft reichte bei weitem nicht an das heran, was sie für Robin von Locksley empfand. *Aber es reicht, um ihn zu heiraten*, dachte Marian mit kühler Berechnung. Nur wenige Paare erfuhren jemals das Ausmaß an Leidenschaft, welches Guisbourne und sie geteilt hatten, und Guy war mit Sicherheit der bessere Verbündete. Wichtiger noch, er würde nicht zusätzlich zu ihrem Körper auch ihre Seele vereinnahmen. Plötzlich wünschte sie von Herzen, sie hätte sich Guy nicht in der Höhle, sondern direkt auf dem Boden von Wolvertons Burg hingegeben. *Hätte ich doch damals nur zugelassen, daß er mich küßt*, dachte sie. Vielleicht wäre sie dann von diesem Moment an für alle anderen Versuchungen unempfänglich geworden, und jener magische Pfad im Wald hätte sie von Robin fort statt zu ihm hingeführt.

Heute bedauerte sie heftig, diesen Pfad je betreten zu haben.

Als sie ins Freie trat, hatte sie sich wieder hinter ihrem üblichen Panzer frostigen Hochmuts verschanzt. Robin, der im Schatten einer Eiche auf sie wartete, machte Anstalten, ihr entgegenzugehen, doch ihr abwehrender Blick hinderte ihn daran.

»Ich hätte nie versucht, dich zu etwas zu zwingen, was du nicht willst«, beteuerte er. Seine Stimme klang rauh und belegt. »Du sollst nur endlich zugeben ...« Er brach abrupt ab und schaute sie fast flehend an.

Es war eine Lüge, dachte sie. Er versuchte mit jeder Berührung, mit jedem Blick, sie zu etwas zu zwingen, wozu sie nicht bereit war. Also antwortete sie auch mit einer kühlen Lüge. »Es gibt nichts, was ich zugeben müßte. Sicherlich könnt Ihr Eure primitive Lust auch anderswo stillen.«

Der plötzliche Schmerz, der in seine Augen trat, erfüllte sie mit grimmiger Befriedigung. Wenn sie ihn nur tief genug verletzte, dann würde er seine Seele wieder vor ihr verschließen, und sie müßte sich nicht länger irgendwie schuldig fühlen ...

»Du darfst bloße Lust nicht mit Liebe verwechseln«, sagte er leise. »Ich liebe dich nämlich.«

Seine Worte hatten nichts Forderndes, sondern waren lediglich ein Geständnis. Marian kam es so vor, als würde sie sich von neuem in dem unergründlichen See seiner Augen verlieren, wenn sie ihn nur eine Sekunde länger ansah. Trotzdem hielt sie seinem Blick voll eisiger Verachtung stand, bis er den Kopf senkte. »Ich habe die Papiere in der Hütte vergessen«, bemerkte sie tonlos, wandte sich ab und blinzelte in die untergehende Sonne. »Es wird Zeit zum Aufbruch. Bald ist es dunkel.«

Robin hob ruckartig den Kopf, und Marian zwang sich, in seine dunkel umwölkten grünen Augen zu sehen, die ihr ein Geheimnis enthüllt und es dann zurückgefordert hatten. »Ja«, erwiderte er dumpf. »Du reitest in die Nacht.«

14. Kapitel

Lady Alix preßte eine Hand gegen ihr Mieder, lehnte sich über den Tisch und fragte mit vor süßer Bosheit triefender Stimme: »Verratet mir eines, Alan ... hat Robin Hood Euch über Lady Marian ausgefragt, während Ihr Euch in seiner Gewalt befandet?«

Alan, der gerade eine heitere Erzählung zum besten gab, geriet ins Stocken und errötete leicht. Glücklicherweise ließ sich sein offenkundiges Unbehagen allein auf die Impertinenz zurückführen, die Lady Alix seiner Herrin gegenüber an den Tag legte.

Sir Thomas, der neben ihm saß, legte verwirrt den Kopf zur Seite. »Warum sollte er denn?« Er warf Alan a Dale einen fragenden Blick zu. Anscheinend hatte der Troubadour einige Kleinigkeiten ausgelassen, als er von der ersten Begegnung mit dem Outlaw berichtet hatte. Marian fragte sich, wieweit er diese Geschichte wohl ausgeschmückt haben mochte, um den Ritter während ihrer gemeinsamen Reise zurück nach Nottingham zu unterhalten und ihm unauffällig Informationen zu entlocken. Sir Thomas war jedenfalls von Alan angetan genug gewesen, um ihn beim Essen an seiner Seite zu halten. Er hatte mehrfach erklärt: »Der junge Bursche hat mich immer dann zum Lachen gebracht, wenn ich gerade besonders niedergeschlagen war.«

»Der Outlaw schien ja großen Gefallen an ihr gefunden zu haben, und er steht in dem Ruf, ein äußerst galanter Mann zu sein«, meinte Lady Alix so gedehnt, daß es schon beinahe obszön klang. »Obwohl Lady Marian ihn als Rohling bezeichnet hat.«

»Flegel«, berichtigte Marian obenhin. »›Rohling‹ war, glaube ich, Eure Wortwahl, Lady Alix.«

Guisbournes bernsteinfarbene Augen leuchteten auf, und sein Blick suchte über die Tafel hinweg den von Marian. Auf seinem Gesicht spiegelte sich Besorgnis, gemischt mit sarkastischer Belustigung wieder, und Marian lächelte ihm zu, weil sie ihm zu verstehen geben wollte, daß seine Besorgnis überflüssig war. Er sollte nicht auf die Idee kommen, daß die Erinnerung an Robin Hood sie immer noch in Unruhe versetzte.

Lady Alix, der der Blickwechsel nicht entgangen war, ließ nicht locker. »Ihr müßte es doch wahrhaft unerträglich finden, daß dieser unverschämte Outlaw sich ständig in Euer Leben drängt, Lady Marian.«

Insgeheim verwünschte Marian das gehässige Geplapper dieser Frau. »Glaubt mir, ich weiß mit dererlei Belästigungen gut fertigzuwerden, Lady Alix«, antwortete sie, ihrem kühlen Tonfall eine unterschwellige Drohung verleihend. Dann fuhr sie leichthin fort: »Alan bedarf Eurer Sympathie mehr als ich. Schließlich war ich in dieses unselige Abenteuer nicht verwickelt, und mein Troubadour ist unversehrt, wenn auch leider ärmer entkommen.«

»Er sieht mir nicht übermäßig angeschlagen aus«, bemerkte Lady Alix schneidend.

»Meine Laute hat ein wenig gelitten, aber ich bin zum Glück mit heiler Haut davongekommen«, scherzte Alan. »Doch um meiner Geldbörse einen Gefallen zu tun, werde ich, ehe ich die nächste Reise unternehme, ein Lied für Robin Hood komponieren. Er scheint meinen Weg andauernd zu kreuzen.«

»Auf Eurer Reise nach London hat er Euch jedenfalls nicht aufgelauert«, giftete der Sheriff.

»Wenn er das getan hätte, Mylord, hätte ich besagtes Lied noch vor meiner Rückreise geschrieben. Vielleicht hätte er dann meinen Geldbeutel gefüllt, statt ihn zu erleichtern.« Alan unterstrich seine Erzählung mit schwungvollen Gebärden, und seine Augen schweiften unablässig über die versammelten Gäste, ohne jedoch länger als den Bruchteil einer Sekunde an jedem einzelnen hängenzubleiben.

Marian musterte Alan nachdenklich. Er wirkte für ihren Geschmack eine Spur zu unbekümmert. Daß der Troubadour es genoß, nun, da das Abenteuer für ihn glimpflich verlaufen war, sich durch die dramatische Schilderung seiner Erlebnisse in den Mittelpunkt zu setzen, war begreiflich. Daß er die Begegnung in kein allzu schlechtes Licht rückte, interessierte sie nicht sonderlich. Es war immer ratsam, sich so nahe wie möglich an der Wahrheit zu orientieren, wenn man ein Täuschungsmanöver im Sinn hatte. Aber es bereitete ihr Sorge, daß er Lady Claire nach außen hin behandelte wie eine völlig Fremde. Obwohl Claire über seine Rückkehr zweifellos überglücklich war und ihr Gesicht vor stiller Freude leuchtete, wirkte sie blasser und abgespannter als zum

Zeitpunkt von Alans Abreise. Viel von ihrer sprühenden Energie war verlorengegangen, da sie in ständiger Furcht vor ihrem Gatten zu leben schien. Sie zuckte jedesmal zusammen und verstummte, wenn sie seine Stimme oder nur seine Schritte hörte, und sie fühlte sich in seiner Gegenwart sichtlich unwohl. Marian bemerkte, daß es sie eine immense Willenskraft kostete, selbst flüchtige Berührungen seitens des Sheriffs ohne erkennbaren Widerwillen zu dulden.

Marian war bei Alans erster Begegnung mit Claire nicht zugegen gewesen und konnte daher nur vermuten, daß die Wiedersehensfreude ihm einige spontane Gefühlsregungen entlockt hatte. Als sie selbst ihn kurze Zeit später gesehen hatte, verrieten ihr weder seine Worte noch seine Mimik, ob seine frühere Besorgnis hinsichtlich Claires Wohlergehen noch fortbestand. Nur eine künstliche Fröhlichkeit, die nicht zu seinem unkomplizierten, warmen Wesen passen wollte, ließ darauf schließen, daß sie ihm mehr bedeutete, als er zugeben mochte. Der Sheriff und sein Gefolge würden Alans betont förmliches Benehmen lediglich als Beweis höfischer Manieren werten, aber der falsche Unterton stieß Marian unangenehm auf. Eigentlich sollte sie erleichtert sein, daß Alan seine Gefühle so gut zu verbergen verstand. Statt dessen aber keimte ein böser Verdacht in ihr auf. Trotz seines leichtfertigen Gehabes glaubte Marian nicht, daß Alans Zuneigung zu Claire nur oberflächlicher Natur war, und es mißfiel ihr, daß er sich nun auch ihr gegenüber verstellte, so zwingend notwendig es anderen gegenüber auch sein mochte. Nun, vielleicht konnte er ja seine Gefühle nur auf diese Weise vollständig kontrollieren. Sie sollte für diese Haltung Respekt empfinden, statt sich mit unnötigen Befürchtungen herumzuquälen.

Sir Thomas' dröhnendes Lachen riß sie aus ihren Grübeleien. »Ach, ich bin ehrlich gesagt überzeugt davon, daß Robin Hood den jungen Alan einzig und allein mir zuliebe gefangengenommen hat. Er wollte nicht, daß ich ganz ohne Gesellschaft nach Nottingham zurückmarschieren muß.«

Als Marian sah, wie der Troubadour vollkommen ungezwungen in das Gelächter mit einstimmte, stieg ehrliche Bewunderung in ihr auf. Voll ungläubigen Spottes hob sie die Augenbrauen und nippte an ihrem Wein. Wie sonderbar, daß Sir Thomas, ohne es zu wissen, den Nagel auf den Kopf getroffen und erraten hatte, warum Robin Alan in sein Lager hatte verschleppen lassen. Unwillkürlich dachte sie an den kostbaren weißen, mit Eleanors Zeichen bestickten Seidenschal, den der Troubadour im Futter seines Wamses eingenäht aus London mitgebracht hatte. Sicherlich hatte Robin Alans Kleidung und Habseligkeiten durchsucht. Er hätte den ihm versprochenen Beweis von Eleanors Einverständnis behalten und ihr somit einen neuerlichen Ritt ins Lager ersparen können. Wollte er sie damit zwingen, noch einmal zu ihm zurückzukehren, oder weigerte er sich, sich Eleanors Autorität zu beugen? Wie dem auch sei, sie fungierte hier als Eleanors Stellvertreterin, und als solche hatte sie die Pflicht, Robin den Schal vor den Augen seiner Männer feierlich zu überreichen.

»Es war sehr aufmerksam von ihm, mir einen Begleiter zur Seite zu stellen«, fuhr Sir Thomas fort. »Ich wünschte nur, er hätte mir auch mein Pferd gelassen, es war ohnehin nur eine jämmerliche Kreatur. Wenigstens mußte ich nicht splitternackt nach Nottingham zurückwandern. Der Outlaw versah mich mit Kleidern – und mit Stiefeln. Aber es waren Alans Lieder, die mir den langen Weg erleichtert haben, auch wenn mich meine Füße morgen elendiglich schmerzen werden.«

Marian bemerkte, wie Lady Alix erst ihr und dann Sir Guy einen raschen, abschätzenden Blick zuwarf, sich dann wieder auf Sir Thomas konzentrierte und ihn aus großen, umflorten Augen bewundernd ansah. Als sie sich zu ihm beugte, machte sie sich nicht die Mühe, ihre schwellenden Brüste mit der Hand zu bedecken. »Ihr seid ein außergewöhnlicher Mann, Mylord ... daß Ihr eine solche Tortur auch noch mit einem Lächeln auf den Lippen ertragen habt. Das zeugt von ungeheurem Mut.«

»Oh, ich hatte einen gewaltigen Zorn auf diesen Schurken, das dürft Ihr mir glauben, Lady Alix.« Sir Thomas plusterte sich bei ihrem Lob ein wenig auf und schielte dabei in

Alix' tiefen Ausschnitt. Die Witwe schenkte ihm ein Lächeln voll mädchenhafter Unschuld. »Aber ich bin ja ohne einen Kratzer davongekommen, da fällt es nicht schwer, solch ein Abenteuer im nachhinein von der lustigen Seite zu sehen. Außerdem haben mir ja Alans Lieder den Fußmarsch versüßt. Trotzdem kann ich nicht behaupten, daß es die Laune hebt, wenn man ohne Proviant und ohne einen Tropfen Wasser die Straße entlangtrotten muß.«

»Dabei ist es Euch wesentlich besser ergangen als mir«, beschwerte sich Alan scherzhaft. »Ihr wurdet gezwungen, ein köstliches Mahl von Wildbret zu verspeisen und es mit erlesenen – wenn auch gestohlenen – Weinen hinunterzuspülen, wohingegen ich mich lediglich mit ein wenig Wasser und Brot für den Rückweg stärken konnte.«

»Robin Hoods Tafel ist zugegebenermaßen gut gedeckt – auf Prinz Johns Kosten. Aber vielleicht wird sich der Outlaw irgendwann einmal selbst am Bratspieß wiederfinden.« Sir Thomas blinzelte Alan verstohlen zu, dann widmete er sich wieder Lady Alix, deren Charme er sich offenbar nicht entziehen konnte. Selbstgefällig erklärte er: »Dieser Dieb ist zwar schlau, aber nicht annähernd so schlau, wie er meint.«

Ein feines Lächeln spielte um Marians Mundwinkel. Zu ihrer großen Erleichterung hatte Sir Thomas nicht bemerkt, daß die Papiere, die er in seinem Gepäck versteckt hatte, entdeckt und kopiert worden waren. Sie war auch froh, daß der Ritter sich nur allzu gern von Lady Alix einwickeln ließ. Obwohl Alix ihn nur benutzte, um Sir Guy eifersüchtig zu machen und ihre Eitelkeit zu nähren, würde sie diese neue Eroberung doch den Abend lang beschäftigen – mit etwas Glück sogar für mehrere Tage. Marian bemerkte, daß Sir Guy die Witwe in ihrem Tun unmerklich ermutigte, indem er ihr jedesmal, wenn sie mit Sir Thomas flirtete, einen finsteren Blick zuwarf – woraufhin diese noch stärker auf die Annäherungsversuche des Ritters einging. Als sich Alix das nächstemal zu Sir Thomas beugte und ihn mit den Blicken geradezu verschlang, zwinkerte Guy Marian verschwörerisch zu.

Sir Thomas, von Alix' Reizen überwältigt, bat Alan, ein

Liebeslied anzustimmen. Alan griff bereitwillig nach seiner
Laute, zog einen Stuhl in die Mitte des Raumes und entlockte dem Instrument ein paar wehmütige Töne, um sein Publikum in die richtige Stimmung zu versetzen. Dann begann er,
mit weicher, sehnsuchtsvoller Stimme zu singen.

> *Im Traum nur bist du völlig mein,*
> *allein bei Nacht uns nichts mehr trennt.*
> *Im Traum, da sollst du bei mir sein,*
> *wo der Wind mir deinen Namen nennt.*
>
> *Wie wünscht' ich, nah bei dir zu sein,*
> *daß meine Lipp' die deine fänd'.*
> *Im Traum nur bist du völlig mein,*
> *allein bei Nacht uns nichts mehr trennt.*

Recht gewagt, dachte Marian, während sie der Ballade lauschte. Und doch handelte es sich nur um ein trauriges Klage-
lied, wie es so viele davon gab. Sie sah keinerlei argwöhni-
sche Blicke, und nicht nur Lady Claires blinde Augen
schimmerten tränenfeucht, als Alan erneut anhob:

> *Der Tag beschert uns bitt're Pein,*
> *der Liebe Feuer uns verbrennt.*
> *Doch bricht die Dunkelheit herein,*
> *so ist uns etwas Glück vergönnt.*
> *Im Traum nur bist du völlig mein,*
> *allein bei Nacht uns nichts mehr trennt.*

Nach dem Essen forderte Guy sie zu einem Spaziergang im
Rosengarten auf. Sie mußten auf der Hut sein, da andere auf
die gleiche Idee gekommen waren. Marian stellte erleichtert
fest, daß ihr geheimer Versammlungsort bereits besetzt war.
Sie wäre sich vorgekommen, als würde sie sich selbst belauschen, wenn sie sich mit Guy dorthin zurückgezogen hätte.
Also schlenderten sie die schmalen Pfade entlang, bis sie sicher waren, daß niemand mehr in Hörweite war. Guy zog

sie in den Schatten einer rosenüberwucherten Mauer, führte ihre Hand an die Lippen und küßte sie – nach außen hin nicht mehr als die Höflichkeitsbekundung eines Gentlemans gegenüber einer Lady, obwohl seine Zunge dabei sacht über ihre Handfläche strich. Marian erschauerte, da sie sich an andere, weitaus intimere Berührungen von seiner Seite erinnerte.

Doch plötzlich schob sich das Bild eines anderen Mannes zwischen sie und die Wirklichkeit, und sie begann zu frösteln. Entschlossen verdrängte sie den Gedanken an Robin und konzentrierte ihre Aufmerksamkeit auf den Mann, der ihr sowohl wertvoller Verbündeter als auch tödlicher Feind sein konnte.

»In den nächsten zwei Tagen muß ich mit dem Sheriff und seinem Gast einiges besprechen. Aber wenn alles gut verläuft, bin ich danach frei.« Guy sprach leise und ruhig, doch in seinen goldenen Augen tanzten kleine, zärtliche Fünkchen. »Wirst du mich noch einmal treffen ... in der Höhle?«

Marian senkte den Blick, griff aber nach Guisbournes Hand, da sie nicht wollte, daß er ihre Reaktion als Zurückweisung oder gezierte Sprödigkeit auslegte. Seine Finger schlossen sich sanft um die ihren, als würde er auf eine Antwort warten. Sie mußte etwas sagen, aber was? Sie zog diesen Mann als möglichen Ehepartner in Betracht, also mußte sie inmitten aller Lügen und Täuschungsmanöver zumindest in einigen Punkten mit der Wahrheit herausrücken, um den Grundstein für eine gemeinsame Zukunft, so unsicher sie auch sein mochte, zu legen. Trotzdem wußte Marian, daß sie einem so gefährlichen und verschlagenen Mann wie Sir Guy gegenüber erst dann Geständnisse riskieren würde, wenn sie sich seiner Antwort halbwegs sicher sein konnte. Sie hob den Kopf, sah ihm direkt in die Augen und sagte fest: »Du weißt, auf welcher Seite meine Familie steht, und daran wird sich auch in Zukunft nichts ändern.«

»Uns beide verbindet ein bestimmtes Vergnügen – die Freude an der Fleischeslust«, murmelte Sir Guy, wobei er sie enger an sich zog. »Und das ist die einzige Bindung, die uns beide interessieren muß – im Augenblick jedenfalls.«

»Was, wenn ich mehr verlange?« fragte sie keck, doch die Dreistigkeit wurde sofort von einem bangen Angstgefühl abgelöst. Zwar hatte sie in ihrer Situation durchaus das Recht, gewisse Forderungen zu stellen, dennoch fürchtete sie, sie könnte etwas tun, was sich später nicht wieder gutmachen ließ. Was, wenn sie das gewann, was sie erstrebte?

»Tust du das denn?« entgegnete er. Die bernsteinfarbenen Augen wurden schmal, und er blickte sie auf einmal so durchdringend an, daß sie sich zwingen mußte, diesem Blick standzuhalten. Nur wenige Menschen verstanden es, hinter ihre äußere Fassade zu blicken, und Marian wußte nicht recht, wieviel sie ihm offenbaren sollte.

»Ich weiß es nicht.« Ehrlichkeit war in diesem Fall wohl der beste Weg. Und dann fügte sie hinzu, da sie sich schon lange zuvor entschlossen hatte, eine erneute Aufforderung anzunehmen: »Aber ich werde dich in der Höhle treffen.«

Guy nickte, ohne den Blick von ihr zu wenden. Alles hatte sich geändert, und doch war alles beim alten geblieben. Schließlich hatte sie nur eingewilligt, sich auf ein weiteres Abenteuer einzulassen. In Guys Stimme schwang Verlangen und ein kaum merkliches Zögern mit, als er leise sagte: »Vielleicht wirst du dann eine Antwort finden.«

Drei Nächte lang träumte sie von Guisbourne; furchteinflößende, seltsame Träume, in denen sie ein unterirdisches Labyrinth suchte, welches der Höhle, die er ihr gezeigt hatte, zwar ähnlich, insgesamt jedoch viel verwinkelter war. In der ersten Nacht folgte sie den endlos geschwungenen Gängen tief, tief nach unten, bis sie ihn endlich in dem von Kerzen erleuchteten Herzen der dunklen Höhle fand. Er nahm sie in die Arme, zog sie fest an sich und küßte sie. Im flackernden Kerzenschein drückte er sie dann auf den kalten Steinboden nieder. Marian hungerte nach seiner Berührung, ihr Blut rauschte ihr siedendheiß durch die Adern, und als sie an sich herunterblickte und feststellte, daß der Saum ihres fließenden Gewandes Feuer gefangen hatte, achtete sie nicht darauf. Auch Guisbourne lächelte lediglich, schlang die Arme um sie und zog sie auf sich herab. Marian überließ sich willig seiner Umarmung, während das Feuer höher und höher züngelte und sie beide schließlich in sengender Ekstase verzehrte.

In der zweiten Nacht erinnerte sie sich hinterher nur daran, daß sie durch den Wald gerannt war, während das strahlende Sonnenlicht über ihren Körper strich und ihr eine sengende Qual bereitete, der sie verzweifelt zu entkommen versuchte. Voller Angst floh sie wie von Sinnen blindlings durch das Dickicht, suchte nach der Höhle, in der sie in Sicherheit war. Plötzlich tauchte der dunkle Eingang vor ihr auf, wo Guy stand und auf sie wartete. Marian erwachte just in dem Moment, in dem er sie in seinen Armen auffing, und die Fußschritte eines unsichtbaren Verfolgers, die sie erst jetzt bewußt wahrnahm, verstummten.

In der dritten Nacht, der Nacht vor ihrem vereinbarten Treffen mit Guisbourne, träumte sie erneut, daß sie durch die Tunnelgänge im Felsgestein irrte, die sich tief in das Herz der Erde wanden, bis sie die Höhle wiederfand. Die Kerzen brannten nicht mehr, qualmten aber noch, als ob er eben noch hiergewesen sei, doch die Höhle selbst war leer. Eine Flut von Empfindungen stürmte auf sie ein – Zorn, Kummer und Furcht – denn wenn sie nur einen Moment früher gekommen wäre, hätte er hier auf sie gewartet, und sie wäre in seinen Armen, in der Dunkelheit, sicher und geborgen gewesen. Noch während sie unschlüssig in der verlassenen Höhle stand, begannen die Felsmauern um sie herum zu rumpeln und zu vibrieren und dann mit lautem Getöse einzustürzen. Marian rollte sich schutzsuchend in der hintersten Ecke zusammen, bedeckte den Kopf mit den Armen und zitterte vor Angst, wohl wissend, daß schon bald die Sonne in die Höhle fallen und sie verbrennen würde ...

Marian befreite sich aus den Klauen des Traumes, als jemand gegen die Tür hämmerte. Sie sprang mit einem Satz aus dem Bett. Die abrupte Bewegung brachte das kleine Talglicht auf dem Tisch zum Tanzen, und auch ihr Puls schlug heftig und unregelmäßig. Auch Agatha erhob sich und starrte mit weit aufgerissenen, furchterfüllten Augen in die Dunkelheit. Marian warf sich rasch ein leichtes Gewand über, ging zur Tür und legte zögernd die Hand auf den Riegel. Sie hatte nicht die geringste Lust, ihn beiseite zu schieben, doch durch die geschlossene Tür hin und her zu brüllen hielt sie für absurd. Vorsichtig zog sie den Riegel zurück, öffnete die Tür einen Spalt und sah sich einem der Wachposten des Sheriffs gegenüber, der seine behandschuhte Faust drohend erhoben hatte. Bei Marians Anblick ließ er die Hand sinken und starrte sie finster an. »Was wollt Ihr?« fragte sie kalt.

»Der Sheriff will Euch sprechen«, lautete die grollende Antwort.

»Wie bitte? Mitten in der Nacht?« Obwohl ihre Stimme schneidend klang, bestand kein Zweifel daran, daß sie dem Befehl Folge leisten würde.

»Auf der Stelle.« Die Augen des Mannes glitzerten hämisch, sein Tonfall beinhaltete eine unausgesprochene Drohung, aber das hieß noch nicht, daß er etwas wußte. Allerdings würde er sich nicht anmaßen, so mit ihr zu sprechen, wenn der Sheriff nicht wirklich erzürnt wäre.

»Ich bin in einer Minute fertig«, entgegnete Marian betont gelassen.

»Ihr solltet Euch besser beeilen«, schnaubte der Wächter barsch, und sie schlug ihm die Tür vor der Nase zu.

Marian und Agatha kleideten sich rasch an und frisierten ihr zerzaustes Haar, so gut es ging, ehe sie dem feindseligen Wachposten gegenübertraten. »Führt uns zum Sheriff«, befahl Marian gebieterisch, um ihn in seine Schranken zu weisen, und sie wäre ihm auch vorangegangen, wenn sie gewußt hätte, ob sich Sir Godfrey in der Halle oder in seinen eigenen Gemächern aufhielt. Erleichtert stellte sie fest, daß der Wächter in Richtung Halle ging, doch als sie den Sheriff erblickte, verwandelte sich ihre Erleichterung in bleischwere Furcht. Sir Godfreys Schweinsgesicht war hochrot angelaufen, und seine Augen funkelten wie schwarzes Eis. Neben ihm stand Guy von Guisbourne, dessen unbeugsame Selbstkontrolle Marian noch mehr erschreckte als die rasende Wut des Sheriffs. Sonst erkannte sie nur einige wenige Soldaten und noch weniger Höflinge, aber Lady Alix drückte sich gegen eine Wand und beobachtete die Szene schadenfroh. Sir Thomas, dessen Bett sie wohl geteilt hatte, stand neben ihr und musterte sie voll unerwarteter Abneigung, doch sie bemerkte seinen angewiderten Blick überhaupt nicht. Marian, die sah, daß Alix vor Mißgunst und boshaftem Triumph förmlich strahlte, zweifelte nicht daran, daß sie es war, die das aufgedeckt hatte, was den Sheriff zur Weißglut brachte – um welche Art von Verbrechen es sich auch handeln mochte.

Marian erwog rasch alle Möglichkeiten, die ihr durch den Kopf schossen. Wenn jemand ihre Habe durchsucht hätte, wäre ihr das nicht entgegen. Cobb hatte sich seit Tagen nicht mehr blicken lassen, und weder er noch seine Familie waren hier zu sehen. Das Geheimversteck im Rosengarten konnte nicht mit ihr in Verbindung gebracht werden, und sie konnte sich nicht vorstellen, wie Lady Alix von ihrem Treffen mit Robin Hood erfahren haben sollte, da niemand ihr bis zum Lager hätte folgen können, ohne von seinen Männern entdeckt zu werden. Alles lief also auf eines hinaus ...

»Euer elender Troubadour hat meine Frau geschändet.« Der Sheriff schäumte vor Wut. »Was wißt Ihr über diesen Verrat? Habt Ihr im vielleicht wissentlich Vorschub geleistet?«

Also hatte sie die Stärke von Alans und Claires Gefühlen doch unterschätzt und Alans Selbstkontrolle überschätzt und damit das Ganze als oberflächliche Schwärmerei abgetan. Marian straffte sich und wandte sich voll kalten Hochmuts an Sir Godfrey. Betonte Arroganz mochte ihn ja noch mehr verärgern, aber offenkundige Furcht wäre seine niedrigsten Instinkte zum Vorschein bringen. Kurz und schroff erklärte sie: »Ich wußte natürlich, daß er Lady Claire verehrte, aber ich habe mich nie eingemischt, wenn er Frauen von Stand ein wenig schöntat, weil ich es für absolut harmlos hielt. Ich bin ebenso entsetzt wie Ihr von diesem unfaßbaren Treuebruch. Ich dachte, er hätte mehr Verstand!«

Marian sprach mit solcher Entschiedenheit, daß der Sheriff ihr zunächst Glauben schenkte, doch dann sah sie, wie sich seine Gesichtszüge verhärteten und eine böse Flamme in seinen Augen auflodere. Ihr fiel ein, was sie über die düsteren Verliese von Nottingham Castle und über Sir Godfreys Folterknecht gehört hatte. Eine lähmende Furcht ergriff sie, die sich dann jedoch in nackte Wahrheit verwandelte. Sie konnte nur beten, daß sich nichts von dem Gefühlssturm, der in ihrem Inneren tobte, auf ihrem Gesicht widerspiegelte, und sie war Agatha für ihre stoische Selbstbeherrschung von Herzen dankbar. Die Augen des Sheriffs hafteten unverwandt auf ihr, und hinter der blaßblauen Eisschicht flackerte ein unheiliges Feuer.

Dann trat Guy vor und murmelte dem Sheriff etwas ins Ohr, woraufhin das Feuer in Sir Godfreys Augen noch einmal aufzüngelte und dann erlosch. Der Sheriff blickte sie einen Moment lang finster an. Dann schien irgendein Gedanke die Flamme wieder anzufachen, aber diesmal galt sie nicht Marian. Es kam ihr so vor, als würde sich der Sheriff gerade genüßlich eine besonders grausame Szene ausmalen. Schließlich sagte er: »Lady Margaret hat den beiden ein Treffen ermöglicht. Sie wird für diese Tat von mir bestraft werden ...«, er hielt inne, um ihr ein tückisches Lächeln zu schenken, » ... gemeinsam mit Eurem Troubadour.«

Ein eiskalter Schauer lief Marian über den Rücken, und trotz ihrer heimlichen Erleichterung wurde sie von einer Welle der Übelkeit geschüttelt. Sir Guys Eingreifen hatte ihr zwar vermutlich das Leben gerettet, aber dafür das einer anderen Frau auf entsetzliche Weise zerstört. Lady Margaret war diejenige von Claires Kammerfrauen, die ihrer Herrin am nächsten stand – und diejenige, die der Willkür des Sheriffs am stärksten ausgeliefert war, da ihre Familie arm und ohne Einfluß war. Niemand würde sich zu ihrem Verteidiger aufschwingen ... und Alans Benehmen war ohnehin nicht zu rechtfertigen.

»Euer Glück, daß Ihr mit der Sache nichts zu tun habt«, herrschte der Sheriff sie an und entließ sie mit einer geringschätzigen Handbewegung.

»Wo befindet sich Alan a Dale jetzt? Ich würde ihn gern sehen«, verlangte Marian, bemüht, ihre Stimme fest und gleichmütig klingen zu lassen, obwohl Guisbournes Augen ihr eine unmißverständliche Warnung sandten.

»Niemand wird ihn sehen. Ich habe ihn in das dunkelste Verlies der Burg sperren lassen«, erwiderte der Sheriff hämisch, dann sah er sie an und lächelte. »Und dort ist er ebenso blind wie mein geliebtes Eheweib.«

Marian bemühte sich krampfhaft, das Entsetzen zu verbergen, welches sie bei dem Gedanken befiel, Alans Folter könne schon begonnen haben. Vielleicht hatten ihn die Schergen des Sheriffs bereits geblendet? Die Farbe wich aus ihrem Gesicht, und sie schluckte heftig. Aus der Wortwahl Sir Godfreys und seinem eisigen, obszönen Grinsen entnahm sie, daß die ewige Dunkelheit, von der er sprach, bislang nur metaphorisch gemeint war. Seine nächsten Worte bestätigten diese Vermutung und beraubten sie zugleich jeglicher Hoffnung. »Euer Troubadour bedauerte Lady Claire ob ihrer Blindheit. Er wird sein Mitleid noch bereuen, denn ich werde ihm sein Augenlicht, seine Hände und seine Stimme nehmen. Er soll jeden Körperteil verlieren, mit dem er mich beleidigt hat, und ganz zuletzt wird er den Tod erleiden.«

Angesichts dieser Grausamkeit begannen Marians Augen zornentbrannt zu glitzern, doch sie senkte sofort den Blick und blieb, am ganzen Leibe zitternd, regungslos stehen. Sie mußte all ihre Willenskraft aufbieten, dieses Scheusal nicht hier und jetzt umzubringen.

»Bringt Lady Marian in ihre Kammer zurück und sorgt dafür, daß sie dort auch bleibt«, befahl der Sheriff unwirsch. Marian, die sich wieder vollkommen in der Gewalt hatte, hob stolz den Kopf, als er den Männern, die sie hierhergeführt hatten, ein Zeichen gab. Sir Godfrey mußte ihre unterdrückte Wut gespürt haben, denn als die Männer vortraten, fügte er mit einem abfälligen Grinsen hinzu: »Aber gebt acht, daß sie euch nicht den Schädel einschlägt.«

Die Wächter machten Anstalten, sie zu umringen, doch diesmal schritt Marian hocherhobenen Hauptes vorneweg, ohne sich um sie zu kümmern. Agatha folgte ihr schweigend. Eiligen Schrittes geleiteten die Wächter die beiden Frauen zu ihrem Raum, und Marian verriegelte unverzüglich die Tür hinter ihnen, was jedoch kaum dazu beitrug, das Gefühl absoluter Hilflosigkeit zu mindern. Rastlos marschierte sie auf und ab, erwog mögliche Rettungsmaßnahmen und eine eventuelle Flucht und stieß entmutigt den Atem aus, als ihr klarwurde, daß die Situation hoffnungslos war. Mit etwas Glück und dem Vorteil des Überraschungseffekts könnte sie sich vielleicht durch die Reihen der Männer schlagen, die den Weg zwischen ihrem Gemach und dem Verlies bewachten. Aber sie bezweifelte, daß sie und ihre Gefährten, geschweige denn Lady Claire und Lady Margaret, danach lebend aus der Burg herauskommen würden. Sie, Marian, stand in den Diensten der Königin, deren Befehle absolute Priorität hatten, und die Chancen, den geplanten Überfall auf den Lösegeldtransport zu vereiteln, standen gut. Aber Alans Tod war ihrer Meinung nach ein zu hoher Preis. Erneut verwünschte sie den Troubadour dafür, daß er sich auf diese ausweglose Liebesbeziehung eingelassen hatte. Andererseits verstand sie aber auch, daß Alan, da er Claire liebte, es nicht ertragen konnte, sie hilflos einem solchen Ungeheuer wie dem Sheriff von Nottingham ausgeliefert zu sehen; gefangen in einer Ehe, die für sie die Hölle sein mußte. Sie hätte darauf bestehen sollen, daß er in London blieb, fern von jeglicher Versuchung, dort hätte er wenigstens Eleanor von Nutzen sein können.

Aber handelte sie denn so viel vernünftiger? Ihre Liaison mit Sir Guy war zwar nicht ungefährlich, aber harmlos im Vergleich zu dem, was Alan sich erlaubt hatte – es sei denn, sie würde als Spionin entlarvt. Und was war mit Robin? Eigentlich war es unverzeihlich, daß sie sich so weit hatte gehen lassen, sich in seinen goldenen Fangstricken zu verfangen. Das Risiko, das sie eingegangen war, indem sie ihn in Eleanors Namen anwarb, war gerechtfertigt gewesen. Das Risiko, das sie persönlich eingegangen war, erschien ihr nun als schierer Wahnsinn.

Trotzdem keimte bei dem Gedanken an ihn ein schwacher Hoffnungsschimmer in ihr auf. Wenn sie Robin irgendwie benachrichtigen könnte, würde er vielleicht einen Weg finden, Alan zu retten. Wieder schüttelte sie den Kopf. Die Zeit reichte nicht aus, und der Sheriff würde sie bespitzeln lassen. Jeder, mit dem sie oder Agatha sprach, würde in Verdacht geraten, und so konnte Robins Spionagenetz wegen nichts und wieder nichts zerstört werden. Eine Rettungsaktion auf einem Jahrmarkt war eine Sache, in die Verliese des Sheriffs einzudringen etwas ganz anderes. Robin konnte ihr nicht helfen.

Agatha saß ruhig da und beobachtete, wie Marian erregt durch das Zimmer ging. Schließlich fragte sie heiser: »Meint Ihr, wir könnten ihn bestechen ... den Folterknecht?«

»Um Alan zu verschonen?« fragte Marian erstaunt.

Agatha schüttelte den Kopf. »Um ihm einen raschen Tod zu gewähren.«

Marian musterte sie scharf, doch auch auf Agathas Gesicht zeichnete sich keine echte Hoffnung ab. »Nein. Wir haben beide schon gehört, wieviel ... Freude der Folterknecht an seiner Arbeit hat. Ihm ist Blut allemal lieber als Gold.«

»Zumindest wird er nicht nach verborgenen Geheimnissen suchen«, sagte Agatha. »Man hält ihn lediglich des Ehebruchs für schuldig.«

»Wir alle schweben in großer Gefahr. Der Sheriff beabsichtigt, uns hierzubehalten, aber nicht, weil er uns der Komplizenschaft verdächtigt, sondern weil er in der Furcht und dem Leid schwelgt, das er selbst erschafft. Der Folterknecht wird Alan so lange quälen wie irgend möglich. Wer weiß, was er aus eigenem Antrieb verrät, wenn die Schmerzen unerträglich werden«, gab Marian grimmig zu bedenken.

»Er kann uns wohl kaum verraten, wenn er keine Stimme mehr hat«, meinte Agatha brüsk. »Ihr habt den Sheriff gehört. Der Folterknecht wird Alan die Zunge herausreißen.«

»Sicher, aber zu allerletzt, sozusagen als krönenden Abschluß. Ich glaube, sie werden ihn erst blenden oder gar entmannen, ehe sie ihm die Stimme oder die Hände nehmen.«

»Vielleicht überschätzt Ihr ja die subtile Raffinesse des Folterknechtes, Mylady. Als letztes werden sie Alan entmannen.«

Marian setzte sich erschöpft hin. Ihr Blick suchte den von Agatha, und sie fragte voll wilder Entschlossenheit: »Hast du irgendeine Art von Gift bei dir? Vorzugsweise etwas, das mit Verspätung wirkt ... und schmerzlos. Wenn Alan einen raschen Tod erleiden soll, dann müssen wir dafür sorgen.«

»Nein, ich habe nichts dergleichen im Gepäck«, entgegnete Agatha, dann nickte sie vielsagend zur Tür hin, vor der der Wachposten stand. »Außerdem würde man Euch wohl kaum gestatten, Alan zu besuchen.«

»Das nicht, aber ich habe gehört, daß der Sheriff gelegentlich auch andere zusehen läßt, wenn sein Folterknecht sich mit einem Opfer befaßt, und zwar meistens dann, wenn er einen bestimmten Zweck damit verfolgt. Er könnte uns in das Verlies schaffen lassen, um uns einen kleinen Vorgeschmack von dem zu geben, was auch uns erwarten könnte. Wenn ich dann die erstbeste Gelegenheit nutze ...«

»Selbst wenn Ihr Alan zu Gesicht bekommt, wie wollt Ihr ihm das Gift denn unbemerkt verabreichen?«

»Ich brauche ihm nur einen Schöpflöffel Wasser zu reichen, das fällt nicht auf.«

»Wenn ich der Sheriff wäre, würde ich Euch vorsichtshalber selbst vorher einen Schluck trinken lassen.«

»Ich könnte mein Taschentuch mit Gift tränken, es dann trocknen lassen, im Kerker wieder einweichen und über Alans Gesicht auswringen.«

»Wo sollen wir denn dieses Gift herbekommen? Es muß wie ein natürlicher Tod aussehen, wie Herzversagen oder ähnliches. Ob uns Cobb und seine Mutter helfen können?«

»Wir dürfen sie nicht in diese Sache hineinziehen. Es würde Robins Netz in Gefahr bringen.«

»Sein Spionagenetz ist ohnehin in Gefahr, wenn Alan redet.«

Marian bemühte sich, klar und logisch zu denken. »Gift ist dennoch die beste Möglichkeit. Wenn sie herausbekommen, daß ich Alan getötet habe, dann werden sie nicht nur vor Zorn kochen, weil ich sie um ihren Spaß gebracht habe, sondern sie werden sich auch fragen, warum wir wegen eines einfachen Troubadours unser Leben aufs Spiel setzen. Vielleicht kommt es dem Sheriff in den Sinn, auch mich der Folter zu unterwerfen – oder dich – um herauszufinden, ob wir andere Motive außer bloßem Mitleid hatten. Oder um uns zu bestrafen, weil wir es gewagt haben, ihm die Stirn zu bieten und seine Autorität zu untergraben.«

»Oder auch nur um des bloßen Vergnügens willen«, bemerkte Agatha trocken.

Marian nickte. Sie hatte beide in des Sheriffs Augen gesehen. Seine perversen Begierden lagen bereits jetzt nahe an der Grenze zum Wahnsinn, und sie hatte Angst, sich allein auf die Macht ihres Großvaters zu verlassen und mit Vergeltungsmaßnahmen von seiner Seite zu drohen. Bei all ihrer Freundschaft zu Alan sah sie es doch nicht ein, dem Sheriff gleich drei Opfer statt einem in die Hände zu spielen. Sogar wenn Sir Godfrey noch soweit bei Verstand war, sie selbst ungeschoren zu lassen, so würde er sich doch nichts dabei denken, Agatha an ihrer Stelle zu foltern.

Als sie der älteren Frau in die Augen schaute, sah sie, daß sie das gleiche dachte, sah aber auch, daß Agatha trotz aller Argumente, die dagegen sprachen, bereit war, dieses Risiko einzugehen. »Gut möglich, daß sie nur vermuten, Alan sei auch Euer Liebhaber gewesen und Ihr wärt willens, den Zorn des Sheriffs auf Euch zu lenken, um ihm Leid zu ersparen. Zweifellos denken viele schon so. Und Lady Alix wird das Gerücht mit Freuden schüren, um Euch weiter in Mißkredit zu bringen.«

»Ein Liebhaber, der mich hintergangen hat – und ich soll ihm auch noch Qualen ersparen?«

Agatha lächelte leise. »Ja, aus Liebe tut man vieles. Die Geschichte ist ebenso glaubwürdig wie die Version, nach der Ihr eine Spionin seid, die ihn zum Schweigen bringen wollte, damit er sie nicht verrät.«

Marian grübelte verzweifelt nach. Es mußte sich doch eine andere Lösung finden lassen. »Du hast doch mit einigen der Wächter und mit der Dienerschaft gesprochen. Weißt du niemanden, der eventuell in Alans Nähe kommt und den wir bestechen können?«

»Vielleicht einer der Wächter ...« überlegte Agatha laut, dann schüttelte sie den Kopf. »Ich kenne einen oder zwei, denen man weniger riskante Aufträge erteilen könnte, aber so eine heikle Sache ... nein.«

»Außerdem traue ich es den Wächtern durchaus zu, daß sie uns verraten, um Sir Godfreys Gunst zu erringen.«

Agatha hob ruckartig den Kopf. »Ob Sir Guy es tun würde?«

Marian blickte sie aufmerksam an und fragte sich, ob ihre Affäre mit Guisbourne bereits bekannt war. Sie hatte angenommen, sie vor Agatha verborgengehalten zu haben – nicht die gegenseitige Anziehungskraft natürlich, die war nicht zu übersehen, sondern das Stelldichein in der Höhle. Nein, Agatha wußte nicht alles, entschied sie. Allein Guys Einmischung heute abend rechtfertigte eine solche Frage. Plötzlich wurde ihr bewußt, daß sie Lady Margaret vorübergehend aus ihren Gedanken verdrängt hatte. Aber sowohl Alan als auch ihre Mission unterlagen allein ihrer Verantwortung. Ein Gefangener mochte ja zufällig sterben, aber schwerlich gleich zwei. »Sir Guy hätte wohl eher Gelegenheit dazu als ich. Aber wenn der Verdacht dann auch auf ihn fallen würde …« Marian schüttelte hilflos den Kopf. »Nein, er würde es nicht tun. Ich müßte irgendwie mit ihm in Kontakt treten, und allein das würde schon Mißtrauen erwecken. Für ihn steht hier zuviel auf dem Spiel. Er würde nicht verraten, daß ich ihn darum gebeten habe, dessen bin ich mir sicher, aber er würde mich für eine Närrin halten, wenn ich ein solches Risiko einginge.« Und wenn es ohnehin schon kaum Hoffnung gab, dann wollte sie wenigstens vermeiden, daß Guisbourne sie für dumm oder unvorsichtig hielt. Noch schlimmer wäre, wenn er Verdacht schöpfen würde.

Marian ließ sich neben Agatha auf das Bett sinken. Einen Moment lang starrten sich die beiden Frauen schweigend an; jede hoffte, der anderen würde die rettende Idee kommen. Aber beide wußten sie nicht mehr weiter. Da sie sich das Schreckliche, was auf Alan zukam, nicht länger ausmalen mochte, dachte Marian darüber nach, was sich aus den Trümmern noch retten ließ. Wenn alles vorüber, Alan tot und ihr Plan nicht aufgedeckt war, dann würden Agatha und sie Nottingham Castle zwar ungehindert verlassen können, aber alles, was sie bisher erreicht hatten – und Alans entsetzliches Ende – wären umsonst gewesen. Sie hatte Lady

Margarets Qualen auf ihrem Gewissen; auch das für nichts und wieder nichts. Vielleicht konnte Robin ja aufgrund der Informationen, die er bereits besaß, den Überfall auf die Lösegeldkarawane doch noch verhindern, er verfügte über eigene Spione innerhalb der Burgmauern und würde den Sheriff überwachen lassen.

Allerdings hätte er eine weitaus bessere Chance, wenn sie weiterhin das Geschehen in Nottingham Castle im Auge behielte und die Nachrichten, die sie abfangen konnte, entschlüsselte. Nur – würde es nicht verdächtig wirken, wenn sie hierblieb? Weshalb sollte sie in den Augen der anderen noch bleiben und sich um ihr Landgut kümmern, nachdem ihr Troubadour vom Sheriff von Nottingham zu Tode gemartert worden war?

Im Augenblick konnte sie rein gar nichts unternehmen. Wenn Alan tot war, würde ihr Rachedurst sie aufrechterhalten, aber jetzt verspürte sie nur ein entsetzliches Gefühl der Hilflosigkeit. Während sie reglos auf dem Bett saß, stahl sich das erste schwache Licht des neuen Tages durch das Fenster; eines Tages, der nur Leid und Schrecken mit sich bringen würde.

Guy saß vor dem Schachbrett, drehte einen Bauern zwischen den Fingern und wünschte, daß Bogo zurückkommen würde. Stirnrunzelnd versuchte er, sich darauf zu konzentrieren, neue Strategien zu entwickeln, doch die verschiedenen Züge wirbelten in seinem Kopf wild durcheinander. Das Spiel war gegen Mittag unterbrochen worden, da Bogo den Befehl erhalten hatte, sich im Verlies einzufinden. Seitdem war Guy in regelmäßigen Abständen zum Schachbrett zurückgegangen, scheinbar, um die Figurenaufstellung zu studieren, und nun ging die Sonne langsam unter. Als er in der Ferne Schritte hörte, blickte er rasch von dem Brett auf, aber es waren nur zwei von Lady Claires Kammerfrauen, die den Garten betraten; totenblaß im Gesicht und mit vom Weinen geröteten, verquollenen Augen. Sie blieben bei seinem Anblick wie angewurzelt stehen, dann zwangen sie sich dazu, ihren flüchtigen Rundgang fortzusetzen, schnupperten hier und da an einer Blüte und huschten schließlich eilig in Richtung Burg zurück.

Im ganzen Gebäude hatte heute eine unnatürliche Stille geherrscht, während sich der Sheriff in den Verliesen vergnügte. Alle ahnten, daß dieser Tag einen Wendepunkt darstellte. Der Sheriff hatte seinen perversesten Trieben nachgegeben, und es war anzunehmen, daß er von nun an nur noch nach weiteren Abgründen des Schreckens streben würde. Sogar Lady Alix hatte am Morgen blaß und kränklich gewirkt. Ihr Sieg wurde durch die Erkenntnis getrübt, daß sich der Sheriff jederzeit auch an ihr vergreifen konnte. Einen Moment lang erwog Guy die Vorteile, die ihm daraus erwachsen würden. Er konnte Godfrey weismachen, daß Alix ihm den Mord an ihrem Mann gestanden hatte, und behaupten, dies sei aus einer an Besessenheit grenzenden Leidenschaft heraus geschehen, und er habe mit der ganzen Sache nicht das geringste zu tun. Godfrey wußte wahrscheinlich schon, daß Alix hinter dem Tod ihres Gatten steckte, also konnte Guy die Gelegenheit nutzen, ein lästiges Hindernis auf seinem Weg nach oben für immer zu entfernen. Andererseits haßte er Alix nicht so sehr, als daß er sie den Händen des Folterknechts hätte überantworten mögen, und selbst wenn er das täte – Alix verfügte über ausreichend Macht, ein solches Unterfangen zum Risiko werden zu lassen. Allerdings war er ein weit größeres Risiko eingegangen, als er des Sheriffs Zorn von Marian abgelenkt hatte. Zwar war Godfrey noch nicht völlig von Sinnen gewesen, aber wenn Guy nicht eingegriffen hätte – der Sheriff war in seinem Rausch von Rachedurst und Lust zu allem fähig, was die unglückliche Lady Margaret gerade jetzt am eigenen Leibe erfuhr. Und der Troubadour war ohnehin schon ein toter Mann, dem nur noch unendliche Qualen bevorstanden, bevor er von allen Schmerzen erlöst wurde.

Guisbourne studierte die Figuren auf dem Brett und entschloß sich endlich zu dem Zug, der ihm am sichersten schien. Wieder vernahm er Schritte, und diesmal war es Bogo, der durch den Rosengarten auf ihn zukam. Guy konnte aus dem verschlossenen Gesichtsausdruck des anderen

Mannes keinerlei Rückschlüsse auf dessen Gemütszustand ziehen; erst als der Zwerg ihm gegenüber Platz nahm, bemerkte er, daß die Muskeln des schwärzlichen Gesichtes nervös zuckten, ein sicheres Zeichen von psychischer Belastung. »Lady Margaret ist tot«, sagte Bogo schließlich. Ihre Blicke trafen sich kurz, dann senkte der Zwerg den Kopf und gab vor, seine Aufmerksamkeit einzig und allein auf das Schachbrett zu richten, wobei er eine Hand fest gegen sein rechtes Auge preßte. Zwar war niemand außer Guy in der Nähe, der ihn hätte beobachten können, doch offensichtlich haßte er es, eine persönliche Schwäche auch nur andeutungsweise zu erkennen zu geben. Nach einer Weile blickte Bogo auf und zischte: »Ich glaube, gegen Ende hat der Sheriff völlig den Verstand verloren, und sein Folterknecht war seit jeher nicht bei Sinnen.«

»Daß er Lady Margaret hat foltern und töten lassen, das wird ihm erheblich schaden. Die Männer werden sich gerade jetzt, wo er dringend Verbündete braucht, von ihm abwenden«, sagte Guy. »Mit dem Troubadour dagegen hätte er nach Belieben verfahren können.«

»Ich hoffe nur, daß dieser junge Esel in Stücke gehackt wird, wenn ich seinetwegen noch einmal in den mörderischen Sog von Sir Godfreys Blutrausch gerissen werde«, grollte Bogo.

»Alan a Dale ist demnach noch am Leben?«

»Oh ja, er lebt, und all seine Körperteile sind noch vollständig vorhanden, wenn auch nicht mehr unversehrt. Im Augenblick dient er dem Sheriff noch als Werkzeug, um Lady Claire in Angst und Schrecken zu versetzen. Für heute haben sie Schluß gemacht; teilweise wegen des Todes von Lady Margaret, mit dem sie trotz aller Grausamkeiten, die ihr zugefügt wurden, nicht gerechnet haben, aber auch, um sich selbst ein wenig zu erholen. Der Sheriff möchte, daß seine Frau die ganze Nacht lang Zeit hat, sich die Qualen auszumalen, die ihrem Liebhaber noch bevorstehen.«

»Erzähl mir, was passiert ist«, forderte Guy den Zwerg auf. Vielleicht konnte Bogo die schrecklichen Erlebnisse besser verarbeiten, wenn er ihm davon erzählte, und außerdem wollte Guy wissen, zu welchen Teufeleien sich der Sheriff inzwischen hinreißen ließ.

Bogo warf ihm einen verstohlenen Blick zu, dann begann er zu sprechen. »Früher waren es körperliche Abnormalitäten, die die Lust des Sheriffs entfacht haben. Sicher, grausam war er schon immer, aber in der letzten Zeit haben sich seine Vorlieben geändert. Es ist noch nicht lange her, da hat er diesen Jungen, Cobb heißt er, zu dem gemacht, was er haben wollte, und dasgleiche hatte er jetzt mit Lady Margaret vor. Ich glaube, sein neues Vergnügen wird darin bestehen, gesunde Körper zu deformieren, statt auf Krüppel zurückzugreifen. Geschöpfte wie ich würzen seine Mahlzeiten dann nur noch. Normalgewachsene Menschen werden in ständiger Furcht vor ihm leben, und diese Furcht wird seinen Appetit nur noch steigern.«

»Er hat Lady Margaret verstümmeln lassen?«

»Auf furchtbare Weise«, bestätigte Bogo. »Er wollte sie sozusagen als Spielzeug behalten, und sein Folterknecht ließ seinem Erfindungsreichtum freien Lauf. Der Mann ist noch schlimmer als der Sheriff, wenn es darum geht, sich an den Schmerzen seiner Opfer zu weiden. Am Ende wünscht er sie natürlich zu töten, obwohl Lady Margarets Tod eher ein Unfall war. Der Sheriff zwang sie zuerst, die Vorbereitungen mit anzusehen, dann befahl er, sie zu blenden, wie er es ihr angedroht hatte. Danach vergnügten sich die beiden Männer ein paar Stunden lang mit halbherzigen Quälereien, und schließlich begann der Folterknecht, sie zu zerstückeln. Der Schmerz war dann zuviel für sie, und sie starb. Für sie war es eine Gnade, denn am Ende wäre sie nur ein verstümmelter Klumpen Fleisch, eine hilflose, jammernde Kreatur gewesen.«

»Und du mußtest alles miterleben?«

»Schlimmer noch«, fauchte Bogo, und nun flammte tiefer Haß in seinen Augen auf. »Ich mußte dem Sheriff zu Willen sein, während er den Folterknecht bei seiner Arbeit beobachtete. Wieviel ich sah, hing immer von meiner jeweiligen Position ab. Später gab er seinen Leibwächtern Anweisung, Lady Claire herzubringen, mit der er dann ebenso verfuhr. Er beschrieb ihr genau, was jeden einzelnen gellenden Schrei verursachte, während er sie nahm, und versprach ihr, daß Alan a Dale morgen dasselbe widerfahren würde. Ab und an legten sie eine Pause ein, um dem Troubadour einen Vorgeschmack von dem, was ihn erwartete, zu geben. Der Folterknecht überlegte laut, ob er vielleicht noch süßer singen würde, wenn er ihn erst einmal entmannt hätte.«

»Ich bezweifle, daß er soviel Glück hat wie Lady Margaret und rasch in die ewige Dunkelheit hinübergleitet.«

»Ihm steht weit Schlimmeres bevor. Da sich Lady Margaret nun außerhalb seiner Reichweite befindet, will Sir Godfrey den Troubadour an ihrer Stelle am Leben halten. Der Folterknecht darf ihn zurichten, wie er will, solange er ihn nicht umbringt, und wenn er mit ihm fertig ist, wird Alan a Dale blind, taub und stumm in einer Zelle dahinvegetieren, ein arm- und beinloser Torso, der nur dazu da ist, die abartigen Gelüste des Sheriffs zu befriedigen. Vielleicht nimmt Sir Godfrey ja Lady Claire gelegentlich mit, wenn er in den Kerker geht, um sich dort zu amüsieren.«

Bogo hob den Kopf. Furcht und Abscheu stand in seinen schwarzen Augen, als er voller Inbrunst flüsterte: »Warum sollte Sir Godfrey nicht jetzt sterben? Ihr wollt ihn früher oder später ja doch töten, und die Welt wäre ohne ihn ein weitaus besserer Ort. Jeder in seiner Umgebung haßt ihn. Niemand in der Burg wird seinen Tod für etwas anderes als einen glücklichen Unfall halten – außer dem Folterknecht, und ich verbürge mich dafür, daß er seinem Herrn nur allzu bald folgen wird. Wenn wir zusammenarbeiten, können wir es so aussehen lassen, als ob die beiden sich in einem wahnsinnigen Mordrausch gegenseitig umgebracht hätten.«

Guy dachte einen Augenblick nach, dann schüttelte er den Kopf und erwiderte mit ruhiger Stimme: »Es ist noch zu früh. Auch ich sähe ihn lieber heute als morgen tot, aber zum jetzigen Zeitpunkt hätten wir keinerlei Vorteil davon. Ich will mich Sir Godfreys nicht entledigen, ehe ich nicht ganz sicher bin, daß Prinz John mich zu seinem Nachfolger ernennt. Das einzige, was mich in des Sheriffs Gefolge hält, ist sein Einfluß auf den Prinzen. Wenn ich Sir Godfreys Amt übernehme und mit weniger grausamer Hand regiere, werden die Menschen in Nottingham dankbar sein. Aber wenn ein anderer seinen Platz einnimmt, werde ich wahrscheinlich als Mittäter bestraft.«

Bogo nickte, doch seine Augen füllten sich mit Besorgnis. Guy selbst fühlte sich trotz der schrecklichen Steigerung von Sir Godfreys sexuellen Gelüsten nicht persönlich bedroht – solange er nicht ein Betrugsmanöver riskierte und dabei verlor. Noch war Godfrey soweit bei Verstand, daß er sich seine Opfer nicht wahllos aussuchte. Die wahre Gefahr drohte nur seinen hilflosen, von ihm abhängigen Untertanen. Da Guy vermeiden wollte, daß Bogo seinen Entschluß bereute, begann er, den Zwerg in seine Pläne hinsichtlich des Überfalls auf den Lösegeldtransport einzuweihen, erläuterte ihm die Einzelheiten und wies mehrfach darauf hin, daß das Ereignis unmittelbar bevorstand. Auch er wollte Godfrey so schnell wie möglich loswerden. »Aus allen Ecken Englands treffen bereits Schiffsladungen ein, aber dieser Transport hier wird der bedeutendste sein. Der Kaiser schickt ein paar seiner Ratgeber, um das zu zählen, was bislang zusammengebracht worden ist. Sie müßten in Kürze in Richtung London aufbrechen.« Bogo, der von seinen düsteren Gedanken abgelenkt worden war, entspannte sich sichtlich und lächelte über Guisbournes List, die Männer des Sheriffs als Robin Hoods Outlaws zu verkleiden.

»Gebt nur acht, daß er sich das Lösegeld nicht zurückstiehlt«, spottete der Zwerg grimmig und rückte seinen Springer vor.

»Das wäre wirklich eine Ironie des Schicksals, nicht wahr?« Guy erwiderte Bogos Lächeln. »Aber ich werde das Gebiet, in dem Robin Hood und seine Bande üblicherweise ihr Unwesen treiben, umgehen.« Stirnrunzelnd betrachtete er den Springer und zog seinerseits einen Bauern. »Die Sonne geht unter, wir sollten lieber Schluß machen. Wir können das Spiel ja morgen beenden.«

»Wenn ich nicht anderweitig beschäftigt bin.« Bogo erhob sich und musterte das Brett ein letztes Mal nachdenklich. »Ihr seid weit stärker beunruhigt als Ihr zugeben mögt«, stellte er fest, seinen Turm nach vorne rückend. »Schach.«

Marian und Agatha hatten ihre Kammer den ganzen Tag nicht verlassen dürften, und außer den Dienern, die ihnen ihr Essen brachten, durfte auch niemand zu ihnen. Das Frühstück wurde ihnen von einem mageren kleinen Ding gebracht, das zu verstört war, um auch nur ein einziges Wort herauszubringen, und das beinahe das Tablett hätte fallenlassen, ehe es eilig zur Tür hinaushuschte. Doch die Abendmahlzeit servierte ihnen eine dunkelhaarige junge Frau, die ab und zu auch an der Tafel des Sheriffs bediente. Sie flirtete ganz ungeniert mit den Wächtern, als diese ihr die Tür öffneten, und betrat den Raum so langsam, daß es einer Unverschämtheit gleichkam. »Ich bin Laurel«, stellte sie sich flüchtig vor, doch der forschende Seitenblick, den sie Marian zuwarf, veranlaßte diese, sich das Mädchen genauer anzusehen.

Laurel, der Marians Aufmerksamkeit nicht entgangen war, hob das Kinn und sagte leise: »Wir dachten, es würde Euch interessieren, daß Euer Troubadour den heutigen Tag ohne ernste Verletzungen überstanden hat, und das bedeutet, daß er heute nacht frei sein wird. Robin wird dafür sorgen.«

Marian und Agatha blickten sich wortlos an; zwischen Hoffnung und der Furcht vor einem besonders hinterlistigen Verrat hin- und hergerissen. Aber wenn Alan geredet hätte, würde sich der Sheriff nicht mit überflüssigen Spielchen abgeben, sondern sie auf direktem Weg in sein Verlies schaffen lassen.

»Danke«, stieß Marian schließlich hervor und registrierte erstaunt, wie gepreßt ihre Stimme klang.

»Ich muß gehen«, sagte Laurel, fuhr jedoch fort, Marian prüfend zu mustern. In ihren Augen stand weder Angst, bei einem Komplott ertappt zu werden, noch Stolz, daran teilhaben zu dürfen, sondern lediglich eine Art mürrischer Herablassung, die überhaupt keinen Sinn ergab. Marians Mißtrauen war geweckt – bis ihr bewußt wurde, wie genau ihr Körper, ihr Gesicht und ihr Haar in Augenschein genommen wurden. Da wurde ihr schlagartig klar, wer und was Laurel war. Die üppig gebaute junge Frau mit dem eckigen, von großen dunklen Augen und vollen Lippen beherrschten Gesicht und der Masse wirren schwarzen Haares strahlte eine fast greifbare, arrogante Sinnlichkeit aus.

Sie ist Robins Geliebte ... oder wäre es gerne, dachte Marian bei sich.

Sofort tadelte sie sich für derartige Vermutungen. Laurel lebte in der Burg und hatte Marian zusammen mit Sir Guy gesehen. Sie konnte ja auch Guisbournes ehemalige Geliebte sein, was sie zu einer nicht zu unterschätzenden Gefahr werden lassen würde. Aber aus der Tatsache, daß Laurel ihr Robins Botschaft überbracht hatte und aus der besitzergreifenden Art, mit der sie über ihn redete, schloß Marian, daß sie Ansprüche auf den Outlaw erhob und fragte sich, was Robin gesagt oder getan haben mochte, um diese unterdrückte Feindseligkeit in der Frau zu schüren.

Laurel bedachte sie mit einem zufriedenen Lächeln, dann drehte sie sich um und verließ den Raum. Sowie sich die Tür hinter ihr geschlossen hatte, wandte sich Marian strahlend an Agatha. Die Nachricht, die Laurel ihnen gebracht hatte, zählte weit mehr als das Betragen der Frau. Die Erleichterung und Dankbarkeit, die sie durchströmten, hätten sie beinahe dazu gebracht, laut aufzujubeln.

Agatha nahm ihre Hand und drückte sie. »Jetzt können wir nur beten, daß sein Vorhaben gelingt«, flüsterte sie.

15. Kapitel

Ein herber Biergeruch schwängerte die Luft, als der Braumeister Robin und Little John über den Hof führte. Der stämmige Mann blieb am Seiteneingang des Brauhauses stehen, blickte unbehaglich von einem zum anderen und holte dann tief Luft, um sein Gejammer wieder aufzunehmen. Er deutete auf den oberen Burghof von Nottingham Castle, der sich drohend über ihnen erhob und die Stadt von dem hohen Felsen aus ebenso zwingend beherrschte wie die fahle Scheibe des vollen Mondes den wolkenverhangenen Mitternachtshimmel. »Die ganze Schinderei diente eigentlich nur dem Zweck, den Sheriff selbst anzugreifen«, beschwerte er sich. »Warum sollte ich mein Leben und mein Geschäft aufs Spiel setzen, nur um einen hübschen, geschwätzigen Troubadour zu retten, der sich mit Sir Godfreys Frau vergnügen wollte?«

»Schweig! Kein Wort mehr!« unterbrach ihn Robin scharf. Er hatte daran gedacht, seinen Plan, den Sheriff zu ermorden, ebenfalls heute nacht auszuführen. Es war eine äußerst wirksame Methode, ihn daran zu hindern, das Lösegeld zu stehlen. Aber da er keine Ahnung hatte, welche Auswirkungen diese Tat auf seine Abmachung mit Marian haben würde, hatte er den Gedanken widerwillig fallengelassen. »Der Troubadour hat uns geholfen. Selbst wenn der Durchgang nur ein einziges Mal benutzt werden kann – es wird heute geschehen, und mit dem Sheriff rechnen wir später ab. Geh weiter.«

Der Braumeister murrte unwillig vor sich hin, dann gab er nach und öffnete ihnen die Tür. Er entzündete eine Kerze und führte die beiden Männer in die stille Brauerei. Schwaches Mondlicht drang durch die Ritzen im Dach, und das Talglicht flackerte und rußte im Windzug, als die drei durch die engen Reihen zwischen den übereinandergestapelten Fässern gingen. An der hinteren Wand des Raumes riß der Braumeister eine weitere Tür auf, die zu der kleinen Kammer führte, in der die Arbeitsgeräte aufbewahrt wurden. Unter einem Haufen Sackleinwand zog er vier zusammengerollte Seile hervor, hielt sie Robin hin und verkündete: »Jedes ist fünf Faden lang, mehr als genug für die Mauern. Und jedes ist am Ende mit einer Schlaufe versehen, wie ich gesagt habe.«

Robin griff nach den Seilen, reichte zwei davon an John weiter und entrollte die anderen beiden auf dem Fußboden. »Zu lang«, meinte er, nachdem er sie eingehend begutachtet hatte, lächelte dem Braumeister zu, zückte sein Schwert und hackte die zwei Seile in der Mitte durch. Danach knoteten er und Little John sie an den Enden wieder zu Schlaufen und rollten sie auf. Als sie fertig waren, nickte Robin dem Braumeister zu. »Die Tür.«

Der Mann verkeilte einen stabilen Pfahl über einer Truhe und unter einem schweren Holzregal, drückte grunzend mit aller Kraft darauf und schaffte es beim ersten Versuch, das Regal ein Stück von der Wand wegzurücken. Er langte in die Öffnung, entfernte die Holzpflöcke aus den Trägern, dann zog er an dem Paneel, das er so gelockert hatte, und machte es los.

Robin schickte sich an, in die Dunkelheit hinabzusteigen, besann sich aber und wandte sich noch einmal an John. »Was ist mit den Pferden?«

»Sie stehen alle an den vereinbarten Stellen«, erwiderte John. »Ich habe mich selbst darum gekümmert. Sechs hier, eines hinter dem oberen Burghof, zwei hinter der Mauer des mittleren und eines am Seitentor des äußeren Walls.«

»Wozu das denn?« wollte Robin wissen.

»Du mußt die Tollkühnheit nicht immer auf die Spitze treiben«, erwiderte John gelassen. Seine dunklen Augen musterten Robin unverwandt, und ein Hauch von Mißbilligung stand darin zu lesen. »Es ist manchmal besser, das Schicksal nicht herauszufordern.«

Wortlos, aber kampfbereit gab Robin den Blick zurück. Er hatte weder Wein noch Ale getrunken, fühlte sich jedoch allein von der erregenden Vorfreude auf das Abenteuer wie berauscht. Der Braumeister, der die plötzliche Spannung zwischen den beiden Männern zwar spürte, aber nicht verstand, trat verlegen einen Schritt zurück. Da ließ Little John mit einer für einen Mann seiner Größe überraschend fließenden Bewegung den Fuß vorschnellen und trat Robin in die Kehrseite. Düster lächelnd fügte er hinzu: »Dann läufst du auch nicht Gefahr, unsanft auf eben diesem Körperteil zu landen, wenn du von einer Burgmauer springen mußt.«

Robin warf sich der Länge nach auf den Sackleinwandhaufen und brach in schallendes Gelächter aus, das nicht enden wollte, als er den verwirrten Ausdruck auf dem Gesicht des Braumeisters bemerkte. John beobachtete ihn unaufhörlich lächelnd, bis Robin sich beruhigte und sich langsam entspannte. Er genoß die stille Freude, die immer dann in ihm aufstieg, wenn John versuchte, ihn vor den Folgen seines

Ungestüms zu bewahren. Little John hob die dunklen Brauen; eine indirekte Frage, ob Robin nun zur Vernunft gekommen sei. Robin stieß ein trotziges Schnauben aus. Er wollte verdammt sein, wenn er sein wildes Naturell zu stark zügelte; das war seiner Meinung nach der sicherste Weg, Schiffbruch zu erleiden. Doch als er aufstand, umarmte er John kurz, um ihm für seine unerschütterliche Kraft und Weisheit zu danken. Der Braumeister, der sich darauf nun gar keinen Reim mehr machen konnte, blickte unschlüssig von einem zum anderen. Robin legte den Kopf schief, blinzelte dem Mann zu und schlug vor: »Bemuttere ihn doch statt meiner, John Little, wenn das dein Gewissen beruhigt.« Kichernd schob er den Braumeister vorwärts und folgte ihm in die Dunkelheit.

Der lange, niedrige Durchgang öffnete sich in eine geräumige Kammer aus Felsgestein, voller verborgener Winkel und Spalten. Der Tunnel führte zu einem anderen Loch über ihren Köpfen. Einer nach dem anderen schoben sie sich mühsam hindurch, auf die nächsthöhere Ebene, und krochen durch eine Reihe enger, gewundener Gänge, die sich weiter nach oben schlängelten. Die Decke war so niedrig, daß sie nur gebückt gehen konnten und daher langsam vorankamen. An einigen Stellen fiel der Gang kurzfristig nach unten ab, führte aber nach wenigen Metern immer wieder aufwärts. Hier und da gabelte sich der Weg auch in verschiedene düstere Seitenarme, aber der Braumeister bestimmte die Richtung, indem er die flackernde Kerze an die Wand hielt, bis er die in den Felsen gemeißelten Wegweiser entdeckte.

Ein eigentümlicher strenger Geruch erfüllte die Luft, doch das Atmen fiel Robin längst nicht so schwer, wie er befürchtet hatte. Langsam und stetig kletterten er und seine Gefährten durch die schmalen dunklen Tunnel weiter nach oben, wobei ihnen ab und zu ein kühler Windhauch, der um ihre Nasen wehte, den Beweis lieferte, daß noch andere Verbindungen zur Außenwelt existierten. Dort, wo man auf natürlichem Wege nicht mehr weiterkam, waren Nischen in den Stein geschlagen und Felsbrocken fortgeräumt worden, um den Zugang zu einer weiteren Höhle über ihnen freizugeben. Man hatte kurze Pflöcke in die Ritzen geschlagen und mit Seilen verbunden, so daß eine provisorische Strickleiter entstand, die auf die nächste Ebene führte. Robin glitt geschmeidig wie eine Katze durch den engen steilen Gang, dann ruhte er sich einen Moment lang auf dem steinigen Boden aus und beobachtete gemeinsam mit dem Braumeister, wie sich Little John schwerfällig hinter ihnen hindurchzwängte.

John funkelte seine grinsenden Zuschauer böse an und sagte: »Höhlen sind für kleingewachsene Menschen gemacht – oder für Ungeheuer.« Er zog sich durch das Loch und grollte weithin vernehmlich: »Braumeister, warum hast du nicht mehr Steine wegschlagen lassen?«

»Ruhe!« antwortete der Braumeister. »Die Akustik hier unten spielt uns so manchen Streich. Meist ersterben die Laute schnell, aber manchmal werden sie erstaunlich weit getragen. Also seid lieber still.« Er setzte sich erneut in Bewegung und sagte dann brummig: »Ihr werdet die Arbeit, die wir hier geleistet haben, hoffentlich zu schätzen wissen.«

»Ich weiß eure Bemühungen wohl zu würdigen«, antwortete Little John, »obwohl ich der Meinung bin, daß ihr mit Steinen besser umgehen könnt als mit Holz. Ihr hättet zum Beispiel diese Leiter besser befestigen und weniger Seil verwenden können, und die Knoten sind auch zu lasch geknüpft. Aber ich wundere mich, daß die Felsen hier unten nahezu trocken sind. Ich hatte gedacht, wir müßten über feuchtes, glitschiges Gestein kriechen.«

»Wohin habt ihr denn die Steine geschafft, die ihr hier herausschlagen mußtet?« erkundigte sich Robin.

»Unter dem Brauhaus haben wir ein Loch gegraben und es dann nach und nach mit dem Geröll gefüllt. Keiner von den Männern des Sheriffs hat je bemerkt, wie tief das Loch in Wahrheit war, und keinem ist aufgefallen, daß wir es langsam wieder zugeschüttet haben.«

Robin folgte dem Braumeister auf dem Weg nach oben, und John bildete die Nachhut. Fast eine Stunde lang kletterten und krochen sie durch das Tunnelsystem, bis sie an einem Steinhaufen anlangten, der ihnen beinahe den Weg versperrte. Die pyramidenförmig übereinandergeschichteten Steine reichten vom Boden der Höhle bis knapp zur Decke und wurden von hölzernen Pfählen gestützt. Der Braumeister drehte sich um und gebot ihnen mit einer Handbewegung Schweigen, ehe sie sich um die aufgestapelten Steine herumschlängelten und noch einmal ungefähr zehn Fuß Weg zurücklegten. Dann bogen sie ab und krabbelten einer nach dem anderen in eine natürliche Nische, die so niedrig war, daß ein Mann nur gebeugt darin stehen konnte. Drei dicke Balken waren zwischen Decke und Boden verkeilt und mit Seilen zusammengebunden worden.

Der Braumeister wies auf die Steinpyramide hinter ihnen und gestand verlegen: »Da habe ich einen groben Fehler gemacht. Wir konnten Laurels Klopfsignale nicht richtig orten und hätten uns beinahe durch den Fußboden der Küche gegraben. Laurel sagte, sie konnte unsere Kerzen schon riechen und das Scharren deutlich hören, und sie hatte Angst, daß wir jeden Augenblick von einem der Köche entdeckt werden würden. Sie hat dann ein vollbeladenes Tablett fallengelassen, um uns am Weiterarbeiten zu hindern. Einen ganzen saftigen Fasan für die Tafel des Sheriffs hat sie verdorben.«

Er hielt die Kerze so, daß das Licht auf Robins Gesicht fiel, da er fürchtete, diesem könnte die langatmige Erzählung mißfallen. Als Robin ihm zunickte, fuhr er fort: »Sie ist dafür bestraft worden, und wir mußten die Arbeit drei Monate ruhen lassen, bis sie wieder zum Küchendienst eingeteilt wurde. Schließlich hat sie einen Pfeil durch eine Ritze im Fußboden der Vorratskammer geschoben und uns so den Weg gewiesen.« Er deutete auf einen im Kerzenschein schwach glänzenden Gegenstand, der aus der Decke ragte, und erklärte: »Genau hier.«

»Ihr alle habt eure Sache ausgezeichnet gemacht«, lobte Robin. »Du und Laurel ganz besonders. Nun bring uns hier heraus.«

»Als wir durch den Boden gestoßen sind«, bemerkte der Braumeister ruhig, »mußten drei Mann diesen Stein hochhalten, während die anderen die Balken befestigt haben.«

»Ha«, lachte Little John, ging auf die Balken zu, schob die

Arme dazwischen, stemmte die Hände fest gegen den Stein und hob ihn um gut zwei Zoll an, wodurch die Balken sofort gelockert wurden. »Schwer ist er nicht«, grunzte er, »bloß unhandlich.«

Robin und der Braumeister entfernten die Balken, woraufhin Little John den Stein, der zwei Fuß im Quadrat messen mochte, vorsichtig absetzte. Robin schob den Kopf durch das so entstandene Loch, richtete sich auf, bis er bis zur Brust in der Vorratskammer stand. Er sah sich aufmerksam um, dann sprang er mit einem Satz in den kleinen Raum. Little John folgte ihm auf dem Fuße.

Auch der Braumeister richtete sich in der Öffnung auf und machte Anstalten, gleichfalls ganz aus dem Loch zu klettern. Robin Hood bedeutete ihm jedoch mit einer Kopfbewegung, wieder zurückzukriechen, und Little John beugte sich zu ihm hinab und flüsterte: »Warte hier und paß gut auf. Halte auf jeden Fall das Seil parat. Wenn die Männer des Sheriffs uns folgen und dabei auf dieses Loch stoßen, nimmst du dir am besten eines der Pferde und reitest in den Wald, dort werden sich unsere Leute um dich kümmern.«

John und Robin klopften sich gegenseitig den Schmutz ab, fanden die weißen Überwürfe, die Laurel aus der Wäschekammer entwendet hatte, und legten sie an. Über ihrer ledernen Jagdkleidung getragen, würden diese Umhänge keine genauere Musterung bestehen, aber sie waren besser als gar nichts. Laurel war oft angewiesen worden, den Kerkermeistern Essen und Bier zu bringen, und sie hatte Robin den Weg genau beschrieben. Auf den ersten Blick schien die gesamte Umgebung gottverlassen zu sein, dennoch schlichen die beiden Männer vorsichtig hinter den Küchen vorbei, da es gut möglich war, daß selbst zu dieser späten Stunde noch jemand dort arbeitete. Keiner der Köche war in Sicht, doch plötzlich tauchte ein bewaffneter Wächter in der Tür auf und blickte sich mißtrauisch nach allen Seiten um. Robins Hand schloß sich um den Griff seines Schwertes, doch der Mann hatte sie offensichtlich nicht gehört. Statt dessen huschte er verstohlen zu einem der erkalteten Öfen, öffnete die Klappe und entnahm ihm ein darin verstecktes großes Stück Fleisch. Vielleicht hatte er ja mit einem der Küchenmädchen angebandelt und erhielt nun gelegentlich einen besonderen Leckerbissen.

Vorsichtshalber wartete Robin trotz seiner inneren Unruhe noch zwei Minuten, ehe er mit John an seiner Seite die Korridore entlangeilte und schließlich die Stufen ausfindig machte, von denen Laurel gesprochen hatte und die tief in das Herz des Felsens hinabführten. Während der ganzen Zeit begegneten sie keiner Menschenseele, erst als sie um eine fackelerleuchtete Ecke spähten, sahen sie den Pförtner auf einem grobgezimmerten Stuhl direkt neben der Tür zu den Verliesen sitzen. Robin nickte John zu. Gemeinsam traten sie lächelnd ins Licht und marschierten auf den Mann zu. Dieser blickte auf, als sie sich näherten, und wollte gerade das Lächeln erwidern, doch dann erstarrte er und griff nach seinem Schwert. Robin sprang auf ihn zu, holte aus und versetzte ihm einen kräftigen Hieb gegen seinen Schwertarm, während Little John seine riesige Tatze über den Mund des Mannes legte und seinen Unterkiefer quetschte. Als John ihn hochzog, leistete der Pförtner keinen Widerstand mehr, sondern starrte seinen Peiniger nur aus vor Entsetzen geweiteten Augen an und wand sich in dessen schmerzhaften Griff.

»Siehst du diesen Mann da?« fragte John, indem er das Gesicht des Pförtners zu Robin drehte. »Das ist Robin Hood, und du bist doch sicherlich hocherfreut, ihm heute nacht helfen zu dürfen, nicht wahr?«

Da der Mann weder sprechen noch zustimmend nicken konnte, bewegte Little John seinen Kopf ein paarmal ruckartig auf und ab. »Ja, ich sehe, daß du nur allzu gern bereit bist, uns zu helfen.«

Robin nahm ihm den Schlüsselring ab, öffnete die Verliestür und ging den anderen voran einige steinerne Stufen hinunter. Die Luft hier unten war naßkalt und abgestanden, sehr viel unangenehmer als zuvor in der Höhle, und ein widerlicher Gestank nach fauligen Abfällen, Urin und Blut stieg den Männern in die Nase. Sie gingen schweigend weiter, bis zu einem breiten tunnelartigen Gang mit einer hohen, schrägen Decke. Im flackernden Kerzenlicht erkannten sie drei schwere, eisenbeschlagene Türen und einen Wärter, der mit dem Rücken an die den Zellen gegenüberliegende Wand gelehnt auf dem Boden saß. Er balancierte einen mit Bier gefüllten großen Holzbecher auf den Knien und blickte auf, als er die Schritte hörte. Er war bereits so betrunken, daß sein Kopf leicht von einer Seite zur anderen schwankte. Seine anfängliche Verwirrung legte sich, als der Pförtner bemerkte, und er hob lächelnd seinen Becher und flüsterte verschwörerisch: »Ich habe genug Bier beiseite schaffen können, daß es für uns alle reicht. Es ist gut versteckt.«

»Du hast auch einen wichtigen Gefangenen gut versteckt, wie ich hörte«, sagte Robin fröhlich zu dem am Boden sitzenden Wärter.

»Diesen Sänger?« Verächtlich schnaubend deutete der Wärter auf die gegenüberliegende Tür, ohne den Kopf zu heben. »Der soll wichtig sein? Diese Memme kann ja noch nicht einmal ein Schwert über seinen Kopf schwingen, und als er seinen Dolch gezückt hat ...«, der Mann grinste lüstern, » ... da hat er leider das falsche Ziel damit getroffen.«

»Für uns ist der Troubadour jedenfalls wichtig genug«, versicherte ihm Robin. »Was glaubst du wohl, warum wir hier sind?«

Der völlig aus der Fassung geratene Wärter faßte seine ungebetenen Gäste genauer ins Auge und rappelte sich dann mühsam hoch.

»Wer seid ihr? Warum hat euch der Pförtner hier hereingelassen?« fragte er barsch und zog seine Schwert.

Weder Robin noch John reagierte auf die drohende Geste. John ließ lediglich den Pförtner los und versetzte ihm einen heftigen Stoß, so daß er nach vorne taumelte. »Frag ihn doch selbst.«

Der Wärter glotzte den verängstigten Pförtner sprachlos an. Dieser murmelte nur leise: »Es ist Robin Hood.«

Robin und John hatten immer noch nicht zu ihren Waffen gegriffen. Sie lächelten ihre Widersacher bloß unverwandt an. »Willst du jetzt das Schwert freiwillig wieder wegstecken?« fragte Robin schließlich beinahe freundlich. »Oder muß ich nachhelfen?«

Der Wärter schielte unbehaglich zu dem Pförtner hin, dann legte er sein Schwert auf den Boden und wich ein Stück zurück.

»Schließ die Tür auf«, befahl Robin.

Der Mann tat, wie ihm geheißen, dann trat er zur Seite. Little Johns drohend auf ihn gerichteter Blick schüchterte ihn sichtlich ein. Robin stieß die Tür auf und betrat die Zelle, wohl wissend, daß sein Körper im Kerzenschein, der vom Gang in den dunklen Raum drang, nur als verschwommene Silhouette zu erkennen war. Das schwache Licht fiel auf Alan a Dale. Seine Kleidung war zerrissen, Gesicht und Hände blutverschmiert, aber soweit Robin das beurteilen konnte, hatte der Troubadour keine Knochenbrüche davongetragen. Absichtlich verlieh er seiner Stimme einen rauhen Klang und donnerte in einem scharfen, keinen Widerspruch duldenden Ton: »Wie steht's mit Lösegeld, Spielmann? Entweder zu zahlst, oder ab auf die Folterbank mit dir!«

Alan erhob sich unsicher und beäugte ihn mißtrauisch. »Lösegeld?« erwiderte er bitter. »Für mich?«

»Dann Wergeld.«

»Wergeld?« wiederholte Alan dumpf, als die dunkle Gestalt näherkam und ihn umkreiste. »Meine Familie besitzt keine Reichtümer, und ich zweifle daran, daß der Sheriff mich gehen läßt – egal um welchen Preis. Also schleppt mich schon zur Folterbank, wenn es das ist, was Ihr wollt.«

»Nein, es muß sich um Lösegeld handeln. Ein unbewaffneter fahrender Musikant wie du hat sicherlich nie einen Gegner im Kampf niedergestreckt und ist deswegen Lösegeld schuldig. Und wie ich hörte, hast du eine Stimme aus purem Gold, mit der du zahlen kannst.« Robin trat hinter Alan und drehte sich um, so daß das Licht auf sein grinsendes Gesicht fiel.

»Robin!« rief Alan verblüfft und schlang die Arme um seinen Retter. »Wo kommst du denn her? Bist du aus der Luft herabgeschwebt?«

Robin zwinkerte ihm zu und flüsterte: »Nein, aus den Felsen hervorgekrochen.«

Er führte den Troubadour in den Gang hinaus. Als Alan den Wärter erblickte, schrak er entsetzt zurück. »Dieser Kerl ist ein wahrer Teufel in Menschengestalt. Obwohl – verglichen mit dem Folterknecht ist er noch sanft wie ein Lamm. Aber er hat alles nur erdenkliche getan, um meine Schmerzen noch zu verschlimmern«, zischte er und streckte anklagend seine zerschundenen Hände aus.

Robin schenkte dem Wärter ein beinahe liebevolles Lächeln, dann wandte er sich an Little John. »Mir scheint, unser Freund hier ist mit Leib und Seele bei seiner Arbeit. Ein glücklicher Bursche, findest du nicht?«

»Sehr glücklich – noch«, grollte John finster.

Alan riß sich zusammen und herrschte den Pförtner streng an: »Wo ist Lady Claire? Bring uns sofort zu ihr!«

Der Pförtner griff nach einer Talgkerze und führte die Gruppe tiefer in die dunklen Gänge. Nach etwa zwanzig Schritten gelangten sie in ein geräumiges unterirdisches Gewölbe. Der Pförtner blieb stehen und zeigte auf eine Tür. »Das hier ist ihre Zelle.« Er trat zurück und drängte sich eng an die Seite des Wärters. Beiden war bewußt, daß Little Johns wachsames Auge auf ihnen ruhte. Robin bemerkte, daß John unwillkürlich eine Hand an sein Schwert legte.

Alan packte die Schlüssel und machte sich an dem Zellenschloß zu schaffen. Robin nahm die Kerze und leuchtete ihm, während der Troubadour die Tür öffnete, so schnell es ihm seine zitternden Hände erlaubten, und blindlings in den großen kahlen Raum stürzte. Robin beobachtete ihn von der Schwelle aus. Das schwache Kerzenlicht malte gespenstisch tanzende Schatten an die Wand, erhellte die Zelle jedoch so weit, daß er das in einer Ecke aufgeschüttete Strohlager erkennen konnte, auf dem eine Gestalt in einem zerfetzten, mit Flecken übersäten Seidenkleid kauerte, die sich bei den ungewohnten Geräuschen erschrocken umdrehte. Alan eilte auf sie zu, blieb aber wie angewurzelt stehen, als die Frau ihm entgegenrief: »Alan, wie um alles in der Welt bist du entkommen?« Da setzte er sich wieder in Bewegung, warf sich auf das Strohlager und riß Lady Claire in seine Arme. Von der Freude, sie endlich wieder halten zu dürfen, schier überwältigt, wiegte er sie sachte hin und her, dann strich er ihr die zerzauste Lockenmähne zurück.

»Claire, woher wußtest du, daß ich es bin? Woher wußtest du, daß ich wieder frei bin?« Alan bedeckte ihr Gesicht mit kleinen, zärtlichen Küssen.

»Ach, Alan, wenn du dich doch nur hören würdest!« Claires Gesicht war verschwollen und tränenüberströmt, doch sie lachte leise und erwiderte Alans Liebkosungen. »Ich kenne deine Schritte in- und auswendig. Du würdest hier nicht so leichtfüßig hereinplatzen, wenn dich nicht jemand befreit hätte. Aber nun erzählt mir, was geschehen ist.«

»Ich weiß es selbst nicht so genau. Aber draußen vor deiner Zelle warten Robin Hood und Little John, und das erklärt eigentlich alles.«

Da kniete Robin neben ihr nieder, ergriff ihre Hand und küßte sie. »Lady Claire, Euer neues Heim wird längst nicht so komfortabel sein, wie Ihr es gewohnt seid, aber immer noch angenehmer als Euer momentaner Aufenthaltsort.«

»Ich bin dankbar für jede Art von Zuflucht, die Ihr mir gewährt, Robin von Locksley« erwiderte Claire sanft. »Jeder Raum in dieser Burg ist nichts weiter als ein grauenhaftes Gefängnis.«

Robin schaute sie an. Trotz ihrer Blindheit kam es ihm so vor, als könne sie direkt in sein Innerstes sehen, und ihr Vertrauen rührte sein Herz. »Ich bin froh, daß Ihr meinen Schutz annehmt«, sagte er, ihre Hand behutsam in die von Alan legend. Der Troubadour half ihr auf, doch sie schwankte ein wenig, sowohl vor Erschöpfung als auch deshalb, weil so viel auf sie einstürmte, vermutete Robin.

»Ich weiß immer noch nicht, wie du nun hierhergekommen bist«, murmelte sie, an Alan gewandt.

»Später werdet Ihr alles erfahren, Mylady, aber jetzt haben wir andere Dinge zu tun«, warf Little John ein, zückte sein Schwert und trieb die Wärter gegen die Wand zurück, dann blickte er Robin fragend an. »Was sollen wir mit diesen beiden Halunken hier anfangen?« erkundigte er sich.

»Wir lassen sie am Leben, damit sie dem Sheriff ein Liedchen vorsingen können«, schlug Robin leichthin vor. »Er wird ihnen süßere Töne beibringen als wir.«

»Schärft mein Augen, wetzt meine tödliche Klinge«, sang Alan leise vor sich hin, als Little John die beiden Männer unter Zuhilfenahme seines Schwertes in Claires Zelle drängte.

»Da können sie stundenlang schreien, ohne daß sie jemand hört«, meinte Robin tückisch lächelnd.

»Das wissen wir nur allzu gut«, bestätigte Claire und schuf so unbewußt eine gedrückte Atmosphäre.

»Wartet«, unterbrach John, dessen Stimme plötzlich rauh und belegt klang. »Ich habe eine bessere Idee.« Er ging an der äußersten Zelle vorbei und bückte sich, um einen Metalldeckel zu lüften. Ein fauliger Gestank schlug ihnen entgegen. »Der Sheriff von Nottingham verfügt über seine eigene kleine Hölle. Ich habe einen Vorgeschmack davon bekommen, als ich hier gefangengehalten wurde. Sperr sie da hinein, es wird ihnen sicher gefallen. Dort ist Platz genug für zwei, und sie können sich bis zum Morgengrauen heiser brüllen.«

»Ah ... wirklich sehr gemütlich«, schnurrte Robin, in die undurchdringliche Dunkelheit unter ihm spähend. »Tatsächlich der Vorhof zur Hölle. Ein angemessener Verwahrungsort für zwei Lakaien des Teufels.«

Alan wirkte im fahlen Licht plötzlich blaß und kränklich, und seine Gesichtszüge verhärteten sich, als er den Wärter anblickte. »In dieses übelriechende Loch hat er mich in der ersten Nacht gesteckt, und ich habe ihm jedes Wort geglaubt, als er sagte, er würde mich hierlassen, damit ich bei lebendigem Leibe dort verrotte.«

Der Pförtner nahm Johns Entscheidung unbewegt hin, doch der Wärter krümmte und wand sich bei dem Gedanken, in das nach Fäulnis und Verwesung stinkende Loch gesperrt zu werden. Robin empfand keinerlei Mitgefühl für Menschen, die die Grausamkeit des Sheriffs noch unterstützten, und zwang sie unbarmherzig, in die Finsternis hinabzusteigen. Dann schlug Little John, dessen Gesicht ob der Erinnerung an seine eigene Haftzeit hart und verbittert wirkte, den Deckel wieder zu.

»Ein Jammer, daß der Folterknecht nicht auch hier ist«, sagte er bedauernd, »obwohl das einzige dunkle Loch, in dem ich ihn gerne sähe, sein Grab wäre.«

Robin führte sie aus dem Verlies heraus. Auf dem Weg blieb er immer wieder stehen, strich mit dem Finger über eine kunstvolle Steinmetzarbeit an der Wand und bewunderte die meisterhafte Ausführung.

»Sollten wir uns nicht lieber ein bißchen beeilen?« drängte Alan, dem das gemächliche Tempo mißfiel.

»Eile ist im Augenblick nicht vonnöten«, entgegnete Robin, den die wohlvertraute Euphorie erfüllte, die mit einem jeden gewagten Abenteuer einherging. »Es ist niemand hier, also können wir uns ungestört noch ein Weilchen in diesen Räumen aufhalten. Ihr wollt doch sicherlich nicht so schnell an diesen Ort zurückkehren – es sei denn, England hat seinen König wieder.«

»Es sei denn, wir kommen noch einmal zurück, um dem Sheriff die Kehle durchzuschneiden«, meinte Little John leise, aber voller Inbrunst.

Bei seinen Worten hob Lady Claire den Kopf. Sie sagte nichts, aber auf ihr gewöhnlich so sanftes Gesicht trat ein Ausdruck grimmiger Befriedigung.

Die kleine Gruppe huschte weiter durch die Hallen und Korridore der Burg. Einmal blieben sie stehen, da sie in der Ferne Stimmen hörten, die jedoch alsbald verstummten. Nach kurzer Zeit hatten sie die Vorratskammer erreicht. Robin öffnete die Tür, schlich zu dem Loch im Boden, beugte sich hinein und fragte gedämpft: »Bist du noch da, Braumeister?«

»Allerdings, wenn auch äußerst ungern«, flüsterte die rauhe Stimme zurück.

»Wir müssen doch nicht etwa da hinuntersteigen?« fragte Alan in einem Ton, der an seinem Unbehagen keinen Zweifel ließ. »Das sieht genauso schlimm aus wie das Verlies, in das man mich geworfen hat.«

»Aber Alan, riechst du denn die frische Luft nicht? Wir stehen am Eingang einer Höhle, die irgendwo ins Freie führt«, erklärte ihm Claire.

»Wir können auch direkt am Rand des Burgwalls entlanggehen, dann den äußeren Hof überqueren und durch die kleine Seitentür verschwinden«, schlug John vor, der den ursprünglichen Plan etwas abändern wollte.

»Gute Idee«, stimmte Robin fröhlich zu. »Ich für meinen Teil nehme den Weg über die Mauer zum mittleren Burghof.«

»Du gehst ein vollkommen überflüssiges Risiko ein«, widersprach John ungehalten. Das Funkeln in seinen Augen verhieß nichts Gutes, als er hinzufügte: »An deiner Stelle wäre ich mir nicht so sicher, daß deine Streiche irgend jemanden beeindrucken. Ich frage mich, was du dir eigentlich beweisen willst.«

Der Tadel schmerzte, aber er traf Robin nicht so tief, wie es der Fall gewesen wäre, wenn er nicht noch andere Gründe für sein Verhalten gehabt hätte. »Je mehr Lärm ich mache, desto besser, denn dann wird man Lady Marian nicht so schnell verdächtigen.«

»Oder Laurel«, warf der Braumeister ein.

»Oder Laurel«, echote Robin. »Ich habe vor, die Wasserfässer umzustoßen, die braven Bürger um ihre Nachtruhe zu bringen und die Wachtruppe des Sheriffs aufzuscheuchen. Ihr habt eine Stunde Zeit, das sollte ausreichen, um durch den Tunnel zu kriechen und euch in Sicherheit zu bringen.«

John hob erst Alan, dann Claire hoch und reichte sie durch das Loch an den Braumeister weiter. Dann drehte er sich um und versuchte erneut, Robins Übermut zu dämpfen.

»Mußt du denn gleich so drastische Maßnahmen ergreifen?«

»Zumindest wird dann niemand unter Alpträumen leiden«, entgegnete Robin, dessen Augen trotzig zu glitzern begannen. »Bring Alan und Lady Claire sicher von hier fort. Ich treffe euch dann in Sherwood Forest.«

Robin wartete in dem Vorratsraum, bis Little John den Stein wieder hochgehoben und verankert hatte, dann trat er auf die betreffende Stelle, um sich zu vergewissern, daß der Brocken auch hielt und der Fußboden wieder genauso aussah wie vorher. Er klopfte ein paarmal fest auf den Boden, um Little John zu signalisieren, daß alles in Ordnung war. Eine ganze Weile stand er dann reglos da und lauschte ins Dunkel. Als in der Küche über ihm alles still blieb, nahm er drei kleine Tontöpfe von einem Regal und folgte dem Weg, den Laurel ihm genau beschrieben hatte, wobei er entgegen seines leichtfertigen Verhaltens gegenüber John und den anderen äußerste Vorsicht walten ließ.

In einem dunklen Winkel versteckt, von dem aus er den gesamten oberen Burghof überblicken konnte, wartete Robin auf dem Burgwall den passenden Zeitpunkt ab. Der Himmel war wolkenverhangen und der Mond spendete nur ein schwaches Licht, so daß der Weg schlecht zu erkennen war. Robin hatte bereits ein langes und ein kurzes Seil an geeigneten Stellen befestigt. Das längere Seil führte über die Brustwehr hinunter zu dem Platz, wo für den Notfall ein zusätzliches Pferd angebunden war. Sollte er überrascht werden, so würde dies seine Rückzugsmöglichkeit sein. Auch wenn alles gutging, würde dieser Fluchtweg Spekulationen darüber anheizen, wie es den Gefangenen gelungen war, unbemerkt zu entkommen. Besser, er lenkte des Sheriffs Verdacht auf eine verwegene Flucht über die Burgmauern, als daß Sir Godfrey auf die Idee kam, nach einem unterirdischen Gang zu suchen. Oder – was noch schlimmer wäre – daher eine Querverbindung zwischen der Flucht der Gefangenen und bestimmten Bewohnern von Nottingham Castle herstellte.

Das zweite Seil war an einem Vorsprung befestigt und baumelte an der Mauer loser herunter, die den oberen von dem mittleren Burghof trennte. Die Dämmerung hatte noch nicht eingesetzt, und in dem fahlen Mondlicht konnte Robin nicht genau sehen, an welcher Stelle er am besten an dem Wachhäuschen am äußeren Ende der Mauer vorbei in den mittleren Hof gelangen sollte. Sowohl Laurel als auch Cobb hatten den Weg eines Morgens inspiziert, doch keiner von beiden war in der Lage gewesen, den idealen Punkt zu bestimmen. Und nun war es dazu zu dunkel. Entschlossen verdrängte Robin dieses Problem vorübergehend aus seinen Gedanken, da er wußte, daß sich die Lösung – wie schon so oft – ganz von selbst ergeben würde, wenn es erst einmal soweit war.

Unwillkürlich mußte er an Marian denken, die sich irgendwo über ihm in der Burg befand. Wenn ihm schon das Vergnügen verwehrt blieb, mit seinen Händen sanft über ihren Körper zu streichen, so konnte er sich doch wenigstens den Luxus gestatten, sich in seiner Fantasie mit ihr zu beschäftigten. Er blickte zu den vor ihm aufragenden Mauern empor und versuchte, das Fenster auszumachen, das wahrscheinlich zu ihrem Zimmer gehörte. Dann überlegte er, ob es wohl möglich wäre, dort hinaufzuklettern; suchte die Mauer Stück für Stück nach Ritzen und Vorsprüngen ab, an denen er sich festhalten konnte, und stellte sich genüßlich die Sinnesfreude vor, die ihn, war er erst einmal glücklich angekommen, dort erwarten könnte. Allerdings mußte er zugeben, daß der Versuch, im Dunkeln diese steile Wand zu erklimmen, von vorneherein zum Scheitern verurteilt war. Außerdem hielt er dieses Wagnis innerhalb von Sir Godfreys Bollwerk ohnehin für zu gefährlich. Doch am meisten bedrückte ihn, daß er durch eigenes Verschulden bei Marian gar nicht willkommen wäre. Bei diesem Gedanken schoß ein scharfer Schmerz durch sein Innerstes und trübte die Freude an seinen Träumereien beträchtlich, dennoch wollte sich ein ungewisser Hoffnungsschimmer nicht ganz ersticken lassen.

»Du Narr«, schalt Robin sich selbst, doch als das Bild von Marians kühler Schönheit vor ihm entstand, floß sein Blut eine Spur rascher durch seine Adern.

Kurz vor Einbruch der Morgendämmerung kehrte er zu seinem Ausgangspunkt zurück. Er schlich den schmalen Wehrgang der zinnenbewehrten Burgmauer entlang und huschte dann lautlos in die Unterkunft der Wachposten. Dort holte er weit aus und schmetterte den ersten Topf mit aller Gewalt gegen die hölzerne Tür, wobei er aus vollem Halse brüllte: »Obacht, Männer! Robin Hood ist hier! Ihm nach! Packt ihn!« Er schleuderte den nächsten Topf gegen eine andere Tür und schrie erneut: »Robin Hood! Es ist Robin Hood! Ihm nach!« Im selben Moment hörte er, wie drinnen ein Tumult ausbrach. Er warf den letzten Topf zu Boden, stieß noch einige gellende Schreie aus und machte sich schleunigst aus dem Staube. Mit einem Satz war er wieder auf der Mauer und rannte innerlich frohlockend davon, während die aufgeschreckten Wachposten sich formierten, um die Verfolgung aufzunehmen.

Laurel hatte recht gehabt. Nachts wurde die Mauer von keiner Wachstreife kontrolliert, doch der Sheriff hatte an mehreren strategisch wichtigen Stellen Posten aufstellen lassen. Während Robin auf eines der Wachhäuser zurannte, machte er ein kurzes Seil wurfbereit. Der Wachposten kam mit gezücktem Schwert herausgestürmt und rannte auf ihn zu. Robin sprang zur Seite, als der Mann zum tödlichen Streich ausholte, wich dem Schwert aus und brachte den Angreifer mit einem Schlag zu Fall. Der Mann blinzelte benommen, dann versuchte er, sich mühsam hochzurappeln. Robin schlug einen Bogen um ihn und streckte ihn mit einem gezielten Ellbogenhieb erneut nieder. Der Mann ging zu Boden und blieb regungslos liegen.

Robin griff nach seinem Seil, um sich über das Wachhaus zu schwingen, doch als er durch die weit offenstehende Tür spähte, erkannte er eine Gelegenheit, die zu günstig war, als daß er sie ungenützt hätte verstreichen lassen können. Er lief hinein, stieß den zweiten Wächter unsanft gegen die Wand und fesselte ihn rasch und geschickt mit seinem Strick, dann stürzte er durch die Hintertür hinaus auf den mittleren Burghof, wobei er wieder und wieder seinen Namen brüllte und mit seinem Geschrei die gesamte Umgebung aufweckte. Ein glühendes Triumphgefühl erfüllte ihn, als er alles, was ihm im Weg stand, umwarf, Steine aufsammelte und gegen die Wände schleuderte und dabei die ganze Zeit aus Leibeskräften brüllte.

Nach und nach erwachte die ganze Burg. Als Robin sich flüchtig umdrehte, sah er, wie die Männer in den Hof strömten, doch sie wußten weder, welchen Weg sie nun einschlagen sollten, noch, was eigentlich vor sich ging. Robin rannte weiter und stieß unaufhörlich schrille Schreie aus, um auch den letzten Schläfer zu wecken. Plötzlich hatte sich eine Gruppe von Verfolgern an seine Fersen geheftet, und von allen Seiten kamen neue hinzu, um ihre Beute jetzt gezielt zu hetzen. Robin jagte unaufhaltsam weiter, vorbei am Tor, am Rand des quadratisch angelegten Innenhofes entlang, und grinste übermütig, da er wußte, daß seine Häscher ihn nicht einholen würden. Keiner von ihnen konnte es an Schnelligkeit mit ihm aufnehmen, obwohl er noch sein letztes Seil bei sich trug.

Mit federnden Schritten lief er unterhalb der Außenmauer entlang, als oben auf der Treppe zwei Wächter mit gezogenen Schwertern auftauchten. Robin rannte an ihnen vorbei. Die zweite Treppe war leer, die darunterliegende ebenfalls. Ungehindert gelangte er bis nach oben. Einige der schnelleren Läufer versuchten, ihn von hinten einzukesseln, während er sein Seil um ein Türmchen schlang und verknotete. Plötzlich kam ein weiterer Mann den Wehrgang entlang auf ihn zugestürmt. Er hätte sich jetzt zwar mit einem Satz mühelos über die Mauer schwingen können, aber wenn sein Widersacher das Seil durchtrennte, während er noch daran hing, würde er ziemlich unsanft unten auf dem Boden landen. Also wartetet er, sein eigenes Schwert kampfbereit gezückt, ruhig ab, obwohl immer mehr Gegner näherkamen.

Die Zeit, bis der Mann endlich bei ihm angelangt war und sein Schwert hob, erschien ihm endlos. Doch dann sprang er mit einer einzigen anmutigen Bewegung nach vorn und stieß dem Angreifer seine Klinge durch den Leib, zog die Waffe sofort wieder heraus und versetzte dem Leichnam einen Fußtritt, so daß er die Stufen herunterrollte und Robins Verfolgern den Weg versperrte. Aus den Augenwinkeln heraus bemerkte er, wie einer der Männer seinen Bogen spannte. Robin duckte sich rasch, und der Pfeil prallte von der Mauer ab, genau dort, wo er noch vor einer Sekunde gestanden hatte.

Ein gewagter Sprung, und er hatte die Mauer überwunden und ließ sich an dem Seil hinunter, wobei er sich immer wieder von der Wand abstieß und dabei das Seil vorsichtig durch seine Hände gleiten ließ. Auf einmal sah er einen der Wachposten, dann einen zweiten auf der Brustwehr direkt über seinem Kopf auftauchen. Unmittelbar darauf erschien ein dritter, der seinen Bogen schußbereit spannte. Robin schwang sich zur Seite, so daß der Pfeil haarscharf an ihm vorbeischwirrte, und hangelte, so schnell er konnte, weiter abwärts, bis seine Hände brannten. Als er sah, daß sein Gegner erneut auf ihn anlegte, ließ er das Seil fahren, sprang die letzten Meter in die Tiefe, landete sicher und rollte sich über die Schulter ab, um die Wucht des Aufpralls zu mindern. Dann sprang er auf die Füße – und hatte auf einmal alle Zeit der Welt. Er lief den an die Burgmauer angrenzenden Hügel hinab, wobei er die Bäume als Schutz vor den unaufhörlich auf ihn herniederprasselnden Pfeilen benutzte. Ihm war, als könne er sie mit bloßen Händen aus der Luft fangen.

Jester, der hinter einer kleinen Kate angebunden war, schnaubte einen leisen Gruß, als Robin auf ihn zukam. Der Outlaw schwang sich in den Sattel und riß das Pferd herum, dann schrie er den auf der Mauer versammelten Gestalten eine letzte höhnische Beleidigung zu und galoppierte nach Nottingham hinein, wohl wissend, daß ihn auf diesem Pferd – einem seiner schnellsten – keiner von den Sheriffs Schergen würde einholen können. Robin donnerte die engen Straßen entlang, deren Bewohner sich gerade zu regen begannen. Fenster wurden geöffnet und bei seinem Anblick hastig wieder zugeworfen. Absichtlich wählte er den längsten Weg durch die Stadt, um größtmögliche Unruhe zu stiften, war jedoch immer auf der Hut vor drohenden Gefahren. Er liebte es, bei seinen Abenteuern alleine unterwegs zu sein, da dann keiner seiner Männer und kein langsameres Pferd sein wahnwitziges Tempo drosseln konnte.

Am Stadtrand angelangt zügelte er Jester vor dem letzten Wachhaus, dessen Tür sich vorsichtig öffnete. Robin schickte einen Pfeil durch den Spalt. Drinnen erklang ein unterdrückter Schmerzensschrei, und Robin ließ zwei weitere Pfeile folgen, die zitternd in der hölzernen Tür steckenblieben. Dann streifte er den weißen Überwurf ab, trieb Jester vorwärts und jagte durch eine verschlafene Gasse. Die Freude über die gelungene Flucht versetzte ihn in eine euphorische Rauschstimmung, als er, Marians Bild stets vor Augen, in Richtung Sherwood davongaloppierte.

16. Kapitel

»Wie könnt Ihr es wagen, mich der Beihilfe zur Flucht des Gefangenen zu bezichtigen! Ihr selbst hattet mich doch in meinen Räumen festgehalten und bewachen lassen, während sich Alan a Dale im Kerker befand.« Marian musterte den Sheriff voll eisiger Verachtung, obwohl ihr vor Furcht und Beklemmung beinahe übel wurde.

Wieder stand sie in dem großen Saal, in dem sich jetzt aber nur wenige Höflinge aufhielten. Sir Guy war nirgendwo zu sehen, und Marian fragte sich, ob er wohl noch auftauchen würde. Da sie von der geplanten Entführung schon vorher gewußt hatte, hatte sich Marian auf die Unterredung mit Sir Godfrey vorbereitet und sich sorgfältig und mit großem Aufwand zurechtgemacht. Sie trug ihr reich gefälteltes lavendelfarbenes Gewand und einen feinen, mit Silberfäden durchwirkten und mit milchweißen Staubperlen und glitzernden Amethysten verzierten Schleier. Ihre Hände waren mit kostbaren Ringen geschmückt; die Saphire, Mondsteine und Diamanten funkelten bei jeder Bewegung. Äußerlich gefaßt präsentierte sich Marian in dieser seidenen Rüstung, die von Wohlstand und Bedeutung zeugte, ohne sich ihre nagende Angst anmerken zu lassen. Sie hatte Agatha angewiesen, in ihrem Zimmer zu bleiben, da sie fürchtete, der Sheriff könne seinen Zorn an ihrer Dienerin auslassen, da er sie, Marian, selbst nicht belangen konnte.

Sir Godfrey, der eine prunkvolle zinnoberrote Brokatrobe trug, die mit juwelenbesetzten breiten Ketten zusammengehalten wurde, beäugte sie bösartig. »Euer Troubadour ist letzte Nacht entkommen. Da liegt es nahe, daß ich Euch verdächtige, dabei Eure Hand im Spiel gehabt zu haben, Lady Marian. Immerhin hattet Ihr auch Kontakt mit Robin Hood.«

»Kontakt? Oh ja, ich hatte Kontakt mit diesem Menschen. Er hat mich beleidigt und gegen meinen Willen geküßt. Mit meinen eigenen Händen hätte ich ihn umgebracht, wenn sich eine Gelegenheit dazu ergeben hätte. Wenn Ihr jemanden die Schuld in die Schuhe schieben wollt, dann fangt bei

Euch an, denn Euch ist es bisher nicht gelungen, den Outlaw zu ergreifen.« Marian ließ ihrer Wut freien Lauf. Es war ein gewagtes Spiel, das wußte sie selbst nur zu gut, denn Sir Godfreys Reaktionen konnte man schwer vorhersagen. Doch im allgemeinen stürzte er sich hauptsächlich auf schwache, wehrlose Opfer. Marians Willenskraft und ihr Mut versetzten ihm bestenfalls Nadelstiche; als eigentliche Waffe hatte sie nur die Macht ihrer Familie in der Hand. »Ich werde es nicht hinnehmen, daß Ihr mich einer Tat beschuldigt, die ein anderer begangen hat.«

Einen Augenblick lang leuchtete nackter Wahnsinn in Sir Godfreys Augen auf. Marian war sich sicher, daß ihr Großvater sie rächen würde, falls der Sheriff wirklich wagte, Hand an sie zu legen. Der Gedanke trug jedoch wenig zu ihrer Beruhigung bei. Just in diesem Moment betrat Sir Guy die Halle. Sein glühender Blick ruhte eine Sekunde lang auf ihrem Gesicht, dann konzentrierte er seine Aufmerksamkeit auf den Sheriff. Nun, da sie endlich einen mächtigen Beschützer an ihrer Seite wußte, stieg große Erleichterung in Marian auf. Sir Guy von Guisbourne ging gemessenen Schrittes auf Sir Godfrey zu und nahm den Platz zu seiner Rechten ein. In seiner schimmernden bronzefarbenen Tunika mit Fledermausärmeln und den achatbesetzten Goldketten, die über seine Brust verliefen, wirkte er imposant und zugleich auf unterschwellige Weise bedrohlich. Bei seinem Anblick erstarb das rachsüchtige Funkeln in den blauen Augen des Sheriffs langsam.

Marian bemühte sich, kühl und gelassen weiterzusprechen. »Nachdem der Outlaw uns ausgeraubt hat, begeisterte sich Alan a Dale mehr und mehr für die sagenumwobene Gestalt Robin Hoods. Einmal sprach er sogar davon, ihm einige Balladen zu widmen und dadurch in ganz England berühmt zu werden. Auch beim Bankett erzählte er solch törichte Dinge. Ich sagte ihm, daß tapfere Ritter weitaus passendere Helden für seine Lieder abgeben würden, doch er wollte sich nicht belehren lassen.«

»Hinter dieser Sache muß noch entschieden mehr stecken«, knurrte der Sheriff. »Aus welchem Grund sollte Robin

Hood sonst wohl einen so unbedeutenden Troubadour retten?«

Marian zuckte verärgert die Achseln. »Vielleicht hat Alan sich häufiger mit den Outlaws unterhalten, als er mir gegenüber zugeben wollte, und ist so in seinen Bann geraten. Dieser Robin Hood scheint mir ein durchtriebener Schurke voller Listen und Tricks zu sein.« Allein daß es ihm gelungen war, Lady Claire dem Sheriff quasi unter der Nase weg zu entführen, bewies Robins Einfallsreichtum, doch diese Bemerkung behielt Marian wohlweislich für sich.

»Ihr werdet Nottingham unverzüglich verlassen«, herrschte der Sheriff sie an.

Wenn sie sich auf flehentliche Bitten verlegte, würde er sich erst recht nicht umstimmen lassen. Marian sah nur noch eine Möglichkeit, und die nutzte sie, indem sie den Kopf hob und Sir Guy eindringlich anblickte. Dieser beugte sich vor und flüsterte dem Sheriff etwas ins Ohr. Sir Godfrey runzelte zwar finster die Stirn, doch sein Zorn schien abzuklingen. Er warf Guisbourne einen Blick zu, welcher deutlich besagte, daß er eine Gegenleistung für die Erfüllung dieses Wunsches erwartete. Dann sagte er zu Marian: »Ihr dürft die Arbeiten an Eurem Gut und den umliegenden Ländereien noch beenden, bevor Ihr abreist.«

Marian dankte dem Sheriff mit soviel Höflichkeit, wie sie aufzubringen vermochte, und verließ den Raum, als er sie mit einer herablassenden Handbewegung entließ. Eilig stieg sie die Treppe empor, wobei sie unaufhörlich halblaute Verwünschungen ausstieß, und klopfte an die Tür zu ihrem Gemach. Agatha ließ sie hinein, und Marian umriß kurz, was geschehen war, während sie den lästigen Schleier löste und ihr Haar ausschüttelte. »Sir Godfrey wünscht, daß wir Nottingham verlassen, aber er gestattet mir, die verbleibenden Arbeiten in Fallwood Hall noch durchzuführen.«

Agatha wußte nur zu gut, wie wenig noch zu tun war. Sie gab ein verächtliches Schnauben von sich. »Trotz allem müssen wir noch dankbar sein, daß wir nicht verbannt oder zu Hackfleisch verarbeitet worden sind.« Sie nahm den bestickten Schleier auf, faltete ihn sorgsam zusammen und legte ihn in eine Truhe, dann ergriff sie ihren Kamm und bedeutete Marian, sie solle sich auf die Bettkante setzen. »Euer Haar ist ganz zerzaust.«

Marian, deren Wut langsam verrauchte, ließ sich auf dem Bett nieder, und Agatha begann, die schweren Flechten zu entwirren. Gemeinsam schmiedeten sie Pläne, um die Arbeiten in Fallwood Hall unauffällig in die Länge zu ziehen. So standen die Tributzahlungen einiger Vasallen noch aus, und Marian mußte einen größeren Kornvorrat anlegen, wenn sie das Vieh durch den Winter bringen wollte. Alles in allem würden diese Maßnahmen höchstens eine knappe Woche in Anspruch nehmen. Marian erwähnte allerdings nicht, daß ihr geschicktester Schachzug darin bestand, ihre heimlichen Treffen mit Sir Guy auszuweiten. Sie fragte sich, was er wohl von ihr denken mochte. Obwohl sie ihn noch nie direkt um seine Hilfe gebeten hatte, war sie ihm bereits in vielerlei Hinsicht zu Dank verpflichtet. Das Gefühl, in seiner Schuld zu stehen, verursachte ihr Unbehagen.

»Der Sheriff könnte uns beobachten lassen, um zu erfahren, mit wem wir sprechen und mit wem wir uns treffen«, gab Agatha zu bedenken.

»Wenn wir uns nicht weitgehend so verhalten wie vorher auch, wird er erst recht Verdacht schöpfen«, entgegnete Marian. »Aber ich stimme dir zu, wir müssen sehr vorsichtig sein.«

Jemand klopfte an die Tür. Marian und Agatha wechselten einen flüchtigen Blick, dann erhob sich die ältere Frau und öffnete. Guy von Guisbourne trat ein, ohne hereingebeten worden zu sein. An Marian gewandt sagte er: »Ich muß unter vier Augen mit Euch sprechen.«

Wenn das alles gewesen wäre, was er von ihr wollte, dann hätte er sie auch im Rosengarten treffen können. Da er unaufgefordert in ihre Räume kam, nahm sie an, daß er noch andere Beweggründe hatte. Agathas Gesicht verriet nichts von ihren Gedanken, als sie Marian fragend ansah. »Lady Marian?« Marian nickte bestätigend. »Ich bin in einer Stunde wieder da«, sagte Agatha ruhig, ehe sie lautlos den Raum verließ. Guy verriegelte sofort die Tür hinter ihr, was Marian schweigend duldete. Schließlich hatte sie ein solches Verhalten selbst herausgefordert, indem sie ihn in seiner Eigenschaft als ihr Liebhaber um Hilfe gebeten hatte. Bereits jetzt ging sein Schutz mit einer gewissen herrischen Dominanz Hand in Hand.

»Ich bin mit äußerster Diskretion vorgegangen«, versicherte Guy ihr. »Niemand hat mich kommen sehen.«

Agatha hat dich gesehen, dachte Marian. Aber natürlich ging Guisbourne davon aus, daß ihre Zofe von der Affäre ihrer Herrin wußte. Nur wenige Frauen konnten ohne die Unterstützung einer Verbündeten eine Liebschaft eingehen, und Marian hatte nur gesagt, daß sie bei Hof nicht ins Gerede kommen wollte. »Wir waren in der Höhle verabredet«, erinnerte sie Sir Guy ein wenig unwillig.

»In den nächsten Tagen wird der Sheriff dich beschatten lassen, und jeder Versuch, seine Männer abzuhängen, würde Verdacht erregen. Zur Zeit ist es sicherer, uns hier zu treffen, wenn wir unser Geheimnis bewahren wollen. Seit ich damals Wolvertons schändlichen Plan vereitelt habe, glaubt Sir Godfrey ohnehin, daß wir ein Verhältnis haben, aber im Gegensatz zu seinen Leuten ist er nicht der Mann, der Klatschgeschichten verbreitet.«

»Ich hoffe, er wird dieses absurden Spielchens bald überdrüssig«, fauchte Marian, die innerlich vor Zorn kochte.

Guy trat nah zu ihr. Seine goldenen Augen umwölkten sich. »Sei auf der Hut. Ich möchte nicht, daß du Nottingham verläßt, aber Godfrey gefällt die Vorstellung, daß du irgendwie an der Flucht der Gefangenen beteiligt bist.«

Im Augenblick fürchtete sich Marian weniger vor dem, was der Sheriff vermuten mochte, als vor möglichen Verdächtigungen, die Guisbourne hegen könnte. In der Hoffnung, ihn abzulenken, gab sie einen kleinen Teil der Wahrheit preis. »Nun, ich habe nichts damit zu tun, obwohl ich Alan gerettet hätte, wenn es mir gefahrlos möglich gewesen wäre.«

Guy hob die Augenbrauen und gab mit einer anmutigen Handbewegung zu: »Ich hätte ihn selbst befreit ... wenn ich dabei kein Risiko hätte eingehen müssen.«

Marian bedachte ihn mit einem bitteren Lächeln. »Und wenn sich dieses Risiko vielleicht in Grenzen gehalten hätte?«

Guys Lächeln wirkte noch sardonischer als das ihre. »Man soll sein Glück nicht herausfordern.«

»Ich selbst war ja bereit, einiges zu wagen ... aber soviel denn doch wieder nicht.« Ihre Lüge wurde von einem ironischen Achselzucken begleitet. »Alans Verhalten hat mich in große Schwierigkeiten gebracht, aber ich bin trotzdem froh, daß er frei ist.«

»Der Sheriff denkt außerdem – und diese Vermutung ist nicht von der Hand zu weisen – daß Alan a Dale versuchen wird, dir seinen Aufenthaltsort mitzuteilen.«

Marian fragte sich, ob er das, was sie sagte, an den Sheriff weitergeben würde und ob Sir Godfrey ihren Worten eher Glauben schenken würde, wenn sie aus Guys Mund kamen. »Wenn Alan a Dale mich ins Vertrauen gezogen hätte, dann wäre ich jetzt nicht in dieser mißlichen Lage. Ich nehme an, daß er sich in Sherwood aufhält und Lady Claire ebenfalls. Zweifellos ist sie dort glücklicher als in ihrem goldenen Käfig, auch wenn sie nach Wurzeln graben und Beeren pflücken muß.«

»Dann kann man nur hoffen, daß dein hübscher Troubadour imstande ist, sie zu beschützen«, erwiderte Sir Guy. »Sonst wird sie Robin Hoods gesamter Halunkenschar zu Willen sein müssen und ist auch nicht besser dran als vorher.«

»Sie hat im Augenblick gar keine andere Wahl«, meinte Marian. Sie hütete sich, näher auf seine Bemerkung einzugehen.

»Wie wahr. Solange der Sheriff am Leben ist, gibt es für sie kaum einen sicheren Platz auf der Welt.«

Marian wußte, daß sich jetzt eine günstige Gelegenheit bot, ihm all die Fragen zu stellen, die ihr auf der Seele lagen. Er würde den Grund dafür in den entsetzlichen Verbrechen sehen, die der Sheriff begangen hatte. Oder er würde annehmen, daß Dankbarkeit und Verlangen sie dazu trieben. Außerdem würde es dann so aussehen, als ob ihr das Angebot, welches sie ihm schon lange unterbreiten wollte, gerade eben erst in den Sinn gekommen sei. Ohne Guys Blick auszuweichen fragte sie herausfordernd: »Wie bringst du es nur über dich, einem solchen Mann wie Sir Godfrey weiterhin zu dienen?«

Er schenkte ihr ein schwer zu deutendes Lächeln, und sie fragte sich, ob ihm wohl in letzter Zeit schon einmal jemand die gleiche Frage gestellt oder ob er aufgrund der jüngsten Ereignisse bereits selbst darüber nachgedacht hatte. »Im Moment ist es mir unmöglich, mich von ihm loszusagen. Sir Godfrey würde einen derartigen Treuebruch als Affront und mich fortan als Feind betrachten. Er kann mir sehr schaden. Nein, noch hängt die Stellung, die ich hier bekleide, und die damit verbundene Macht von Godfreys Wohlwollen ab.«

»Und später einmal?«

Er betrachtete sie nachdenklich, dann sagte er zögernd: »Ich möchte selbst Sheriff von Nottingham werden.«

Was bedeutete, daß Guisbourne Sir Godfrey töten mußte, wenn er dessen Amt übernehmen wollte. Einen so gefährlichen Widersacher durfte er nicht am Leben lassen. Kein Wort fiel zwischen ihnen, doch jeder las dieses Wissen in den Augen des anderen. Marian konnte Guy keinen Vorwurf machen. Sie wünschte nur, er hätte sein Vorhaben schon Monate zuvor in die Tat umgesetzt.

»Aber Prinz John wird mich nur dann zu Sir Godfreys Nachfolger bestimmen, wenn ich mich in irgendeiner Weise als nützlich erwiesen habe.«

»Und wie?« fragte sie, obwohl sie wußte, daß er dieser Frage nur ausweichen oder mit einer Lüge antworten konnte. Als er die Antwort vermied, indem er lächelnd den Kopf schüttelte, bohrte sie zufrieden weiter. »Was geschieht, wenn König Richard zurückkehrt?«

»Ich glaube, daß die Seite, die ich gewählt habe, den Sieg davontragen wird«, murmelte er, aber der Schleier, der sich plötzlich vor seine Augen legte, verriet ihr, daß er weitaus komplexere Pläne hatte.

Dennoch ließ sie nicht locker. »Wenn Richard zurückkommt, könntest du alles verlieren, was du unter Prinz Johns Herrschaft erreicht hast.«

Die lässige Geste, mit der er abwinkte, paßte nicht zu einem so ehrgeizigen Mann. Doch seine Stimme klang eine Spur schärfer, als er erwiderte: »Ich würde nicht unbedingt all meinen Besitz hier verlieren. Aber selbst wenn dieser Fall eintreten sollte, so habe ich immer noch einige Ländereien in Brittany.«

Marian sah ihn unverwandt an. »Es ist noch nicht zu spät, um dich zu dem rechtmäßigen König zu bekennen. Ich könnte in deinem Namen mit meinen Großeltern sprechen, wenn du einverstanden bist. Sie haben großen Einfluß und können sich für dich verwenden. Ich stehe tief in deiner Schuld, also laß mich dir in diesem Punkt helfen.« Mit diesen Worten gestand sie nur ein, was er ohnehin schon wußte, nämlich daß ihre Familie dem König die Treue hielt, und doch schwang eine Verheißung von Macht darin mit.

Seine seltsamen goldenen Augen hielten die ihren fest. »Sollte sich einmal die Notwendigkeit ergeben, deine Dankbarkeit in Anspruch nehmen zu müssen, so würde ich dein Angebot nicht zurückweisen. Aber was ich von dir will, hat mit Dankbarkeit wenig zu tun.«

Marian senkte den Blick. Sie ärgerte sich über sich selbst. Ihre Enttäuschung über seine unbestimmte Antwort war eine ganz natürliche Reaktion, aber darüber hinaus baute sich in ihr noch eine Art von Widerwillen auf. Wenn sie jetzt versuchte, ihn mit typisch weiblicher spröder Zimperlichkeit hinzuhalten, würde er ernsthaft Verdacht schöpfen. Er war an ihre direkte, unverblümte Art gewöhnt, und nun hob er ihr Kinn an, bis ihre Blicke sich trafen, und hob fragend die Brauen. *Sag ihm die Wahrheit*, dachte sie. *Oder wenigstens einen Teil davon.* »Ich habe diese Situation selbst heraufbeschworen«, gab sie schließlich zu. »Ich habe dich gebeten, mir zu helfen, aber trotzdem komme ich mir jetzt so vor, als säße ich in einer Falle.«

»Es gibt eine Reihe von Gefühlen, die ich gerne in dir erwecken möchte, Marian, aber die Vorstellung, daß du in einer Falle sitzt, gehört nicht dazu – es sei denn, es handelt sich um die der Leidenschaft zwischen uns, in die auch ich mich verstrickt habe.«

Das unerwartete Eingeständnis und die heiße, verlangende Flamme, die in Guisbournes Augen brannte, brachten Marian ein wenig aus der Fassung. Widerstandslos ließ sie zu, daß Guy die Arme um sie legte und sie an sich zog. Das, was sie zu ersehnen geglaubt hatte, schien ihr unaufhaltsam durch die Finger zu gleiten. Schon spürte sie tief in ihrem Inneren den Verlust von etwas, das sie nicht genau erklären konnte, daher klammerte sie sich beinahe verzweifelt an Guisbourne fest, der wieder und wieder ihren Namen flüsterte, während er mit geschickten Händen ihr Gewand aufschnürte und über ihre Schultern streifte. Im Gegenzug begann sie, nun ihn zu entkleiden; löste die goldenen Ketten und legte sie beiseite, ehe sie ihm die Tunika aus raschelnder, metallisch glänzender Seide über den Kopf zog.

Guy drückte sie auf das Bett nieder und küßte sie wie ein Verdurstender. »Du hast viel zuviel Mut«, murmelte er, ehe er ihren Mund erneut eroberte, und Marian hörte eine ehrliche Sorge um ihr Wohlergehen aus seiner Stimme heraus. Dann lächelte er sie mit vor Erregung leuchtenden Augen an. »Und du wirkst entschieden zu aufreizend auf mich.« Seine heißen Lippen glitten über ihren Körper und hinterließen überall, wo sie verweilten, segende Male, dann wanderten sie weiter nach unten, bis sie die empfindliche Stelle zwischen Marians Schenkeln fanden. Seine Zunge liebkoste die geschwollene Knospe, und als Marian sich erregt zu winden begann, drang er mit einem einzigen heftigen Stoß in sie ein und gelangte fast im gleichen Moment gemeinsam mit ihr zum Höhepunkt. Guy preßte sein Gesicht gegen ihren Hals und legte ihr eine Hand über den Mund, um ihren lustvollen Aufschrei zu ersticken. Lange Zeit lagen sie so da und genossen den beseligenden Zustand der Erfüllung, doch der Anflug von Melancholie, der sie beide überkam, trübte das Glücksgefühl beträchtlich.

Als Agatha zurückkehrte, waren beide wieder vollständig angekleidet und wirkten nach außen hin vollkommen gefaßt. Sir Guy verabschiedete sich mit formvollendeter Höflichkeit von beiden Frauen und verließ den Raum ebenso diskret, wie er ihn betreten hatte. Nachdem Agatha die Tür hinter ihm verriegelt hatte, blickte sie Marian stirnrunzelnd an. Ihr Gesicht drückte höchste Mißbilligung aus. »Hat uns Alans unselige Affäre nicht schon genug Unheil beschert? Ich hätte nicht erwartet, daß Ihr den gleichen Fehler begeht, Lady Marian.«

»Für uns besteht keinerlei Gefahr.«

»Keine Gefahr?« Agatha zog ungläubig die Brauen zusammen. »Seid Ihr so sicher, daß Ihr Euch nicht einmal aus Versehen verratet, während Ihr darauf hofft, daß ihm das gleiche passiert?«

»Ich wollte damit sagen, daß eine mögliche Entdeckung keinerlei Risiko mit sich bringt«, erwiderte Marian scharf. »Außerdem ist mir kein Fehler unterlaufen.«

»Nun, was habt Ihr denn in Erfahrung bringen können?« drängte Agatha, deren Tonfall verriet, daß sie noch nicht völlig überzeugt war.

»Nichts von Bedeutung. Ich wagte nicht, ihn allzu auffällig auszuhorchen.«

Agatha nickte. »Eine weise Entscheidung. Er würde sofort mißtrauisch werden.«

Wieder empfand Marian eine Art bitteren Stolzes ob des Vertrauens, welches ihr entgegengebracht wurde. Sie entschied sich, Agatha die naheliegendste Erklärung für ihr Verhalten zu geben. »Ich dachte, es bestünde die Möglichkeit, ihn wieder für König Richards Sache zu gewinnen.«

»Und Ihr hofftet, daß Eure diesbezüglichen Bemühungen mit einem gewissen Vergnügen verbunden sein würden?« Agatha musterte sie eindringlich. »Liebt Ihr ihn?«

»Vielleicht. Ich weiß es nicht.« Marian schüttelte den Kopf. Schließlich entschloß sie sich zu einem Geständnis. »Meine Großeltern erwarten von mir, daß ich heirate, sowie ich nach Hause zurückgekommen bin. Es gibt nur sehr wenige Männer, die ich auf Dauer ertragen kann. Ich glaube, er ist einer davon.«

Agatha nickte und blickte sie erneut forschend an. »Vielleicht habt Ihr recht«, meinte sie endlich. »Obwohl ich der

Meinung bin, daß Ihr und Sir Guy Euch zu ähnlich seid, um miteinander glücklich werden zu können.«

In den darauffolgenden Wochen bemühten sich Marian und Agatha, nicht von ihrem normalen Tagesablauf abzuweichen. Marian besuchte Topaz, die langsam aus der Mauser herauskam, etwas häufiger als sonst. Die Abstecher zur Falknerei gaben ihr die Möglichkeit, die Aktivitäten von Sir Godfreys Rittern im Auge zu behalten. Die Männer waren ständig mit Kampfübungen beschäftigt und verließen die Burg häufig, um in den umliegenden Wäldern zu trainieren, doch Guisbourne hatte sie schon seit Prinz Johns Abreise auf diese Weise gedrillt. Ab und zu ritt Marian nach Fallwood Hall oder unternahm kleinere Ausflüge innerhalb der Grenzen von Nottingham – nicht zuletzt deshalb, weil sie testen wollte, inwieweit der Sheriff sie beobachten ließ. Die Anwesenheit seiner Spione, die ihr ständig folgten, reizte sie bis aufs Blut. Solange sie beschattet wurde, mußte sie auf ihre Übungsstunden mit Sir Ralph verzichten und konnte auf keinen Fall Robin aufsuchen, um ihm zu danken und sich zu vergewissern, daß Alan und Claire wohlauf waren. Weder Laurel noch jemand anderes hatte ihr eine Nachricht von ihnen überbracht. Gegen Ende der Woche schien Sir Godfrey des Spielchens überdrüssig zu werden, obgleich Marian nach wie vor auf der Hut war. Sie ging mit Topaz auf die Jagd und folgte dem Sperberweibchen, wohin es sich auch wandte, während sie nach etwaigen Verfolgern Ausschau hielt. Weder sie noch Sir Ralph konnten irgend etwas Verdächtiges entdecken.

Des weiteren schickte Marian Agatha häufig mit einer Reihe von Aufträgen fort, von denen keiner besonders wichtig war – bis auf die Anweisung, eine weitere Länge Tuch zu Cobbs Mutter zu bringen. Als Agatha zurückkam, schüttelte sie bedauernd den Kopf. »Ich weiß nicht mehr weiter, Mylady. Seit Lady Margarets Tod lebt die Mutter in ständiger Angst, und der Junge blickt grimmiger drein denn je. Ich glaube, sie hat ihm verboten, uns weiterhin zu helfen. Jetzt können wir nur noch abwarten, ob er gehorcht und ob er überhaupt noch einmal die Gelegenheit bekommt, eine Botschaft abzufangen.«

Doch als dies dann geschah, geschah es zu einem denkbar ungünstigen Zeitpunkt. Eines Tages, als Marian auf dem Weg zur Falknerei war, begegnete ihr Cobb auf der Treppe. Da er keine Seidenbahn über dem Arm trug, konnte sie das zusammengefaltete Pergament in seiner Hand deutlich erkennen. Der Junge warf ihr einen flüchtigen, verzweifelten Blick zu, denn einige der Wachposten standen ganz in ihrer Nähe. Marian dachte daran, sich rasch in ihr Gemach zurückzuziehen, doch in diesem Moment rief einer der Wächter nach Cobb, und der Junge hinkte mit der Botschaft, die sie nun nie zu Gesicht bekommen würde, an ihr vorbei. Immerhin bewies allein die Tatsache, daß der Prinz überhaupt eine Nachricht geschickt hatte, daß etwas im Gange war. Der Zeitpunkt für einen Überfall auf den Lösegeldtransport war günstig.

Ausgerechnet Sir Guy lieferte ihr die Bestätigung für ihre Vermutung. Diesmal wartete er ab, bis Marian Agatha fortschickte. Die ältere Frau verschwand, ohne ein Wort zu sagen, und Guy verriegelte unverzüglich die Tür hinter ihr. Als er sich zu Marian umdrehte, versetzte seine düstere Miene sie in Alarmbereitschaft.

»Was ist passiert?« wollte sie wissen.

Guy trat neben sie an das Fenster und betrachtete ihr Gesicht im kühlen Morgenlicht. »Ich denke, du solltest ein paar Tage in Fallwood Hall verbringen. Ich werde nicht in Nottingham sein, und ich möchte nicht, daß du während meines Aufenthaltes in Winterclere mit Sir Godfrey allein in der Burg bist. Sein Hirn ist eine Kloake voller Perversitäten und krankhaften Gelüsten. Ich glaube zwar nicht, daß er dumm genug ist, Hand an dich zu legen, aber wenn er es doch tut, kann ich es nicht verhindern.« Sacht streichelte er ihre Wange; eine Geste, die zärtlich und besitzergreifend zugleich wirkte.

In Winterclere. Keiner seiner bisherigen Ausflüge hatte ihn bislang über Nacht von der Burg ferngehalten oder so weit nach Norden geführt. Und die Straße südlich von Winterclere ging um Sherwood herum. Doch es war die Energie, die in ihm brodelte, die Mischung aus Erregung und Besorgnis, die sie letztendlich von dem wahren Grund seiner Abwesenheit überzeugte. Ihre Freude über diese Erkenntnis wurde jedoch davon überschattet, daß gerade Guy es sein mußte, der ihr die dringend benötigte Information lieferte. Doch die Freude überwog. Marian nahm sich zusammen und antwortete ihm so gelassen wie möglich: »Du hast recht. Ich werde sofort aufbrechen.«

»So eilig ist es nun auch wieder nicht.« Er lächelte. »Morgen ist früh genug. Ich mache mich erst morgen früh auf den Weg.«

Da sie sein Begehren spürte, versuchte sie, ihm auszuweichen. Sie brannte darauf, diese Nachricht an Robin weiterzuleiten, und jetzt mit Guy zu schlafen, erschien ihr wie ein Betrug. »Dann ist es besser, wenn ich heute, noch vor dir, Nottingham Castle verlasse.«

»Nun gut, dann heute nachmittag«, murmelte er.

Als er die Hand nach ihr ausstreckte, sträubte sich jeder Nerv in Marians Körper gegen das, was nun folgen würde. Jede Lüge, die ihr einfiel, klang in ihren eigenen Ohren so hohl wie das Läuten einer Totenglocke. Anstatt ihn zurückzustoßen zog sie ihn an sich und bot sich ihm mit fiebrigen Küssen an, die er gierig erwiderte. Doch seine Berührung löste zu viele verschiedene Gefühle in ihr aus. Zorn flammte in ihr auf; Zorn auf ihn wie auch auf sich selbst. Sie drückte ihn noch fester an sich und ließ diese unterdrückte Wut in die Umarmung mit einfließen. *Du hättest mir nicht trauen sollen*, dachte sie schmerzerfüllt, als sie die Zähne in seine muskulöse Schulter schlug, bis sie den Geschmack seines Blutes auf der Zunge spürte. Keuchend zog er sie noch enger an sich, und seine kundigen Hände erforschten ihren Körper mit einer Wildheit, die sie bis jetzt nicht an ihm kannte. Marian bemühte sich, alle quälenden Gedanken aus ihrem Kopf zu vertreiben, sich voll und ganz ihren Empfindungen hinzugeben und in die Erfüllung bloßer fleischlicher Lust zu flüchten. Voll ungezügelter Leidenschaft erwiderte sie Guys Zärtlichkeiten, bis die Welt um sie herum in einem feurigen roten Flammenmeer versank ...

Danach hielt Guy sie lange in den Armen, ohne ein Wort

zu sagen, dann erschauerte er und gab sie frei. Er hob den Kopf und sah sie aus seinen dunkelgoldenen Augen ernst an. Die Gefühle, die er in ihr weckte, verwirrten und erschreckten sie zugleich, und sie konnte weder das eine noch das andere ganz verbergen. Schlimmer noch, sein unergründlicher Blick wirkte auf sie plötzlich wie eine stumme Anklage. Doch dann huschte ein ironisches Lächeln über sein Gesicht, und er flüsterte: »Du versetzt mich immer wieder in Erstaunen, Marian.«

Später erhob er sich und suchte seine wie auch ihre Kleidungsstücke zusammen. Beide waren sie wieder angekleidet und Guisbourne zum Aufbruch bereit, bevor Agatha zurückkam. An der Tür blieb er stehen und musterte Marian ein letztes Mal. »Wir sehen uns bald wieder«, sagte er leise.

Auf einmal wurde Marian bewußt, daß auch er sterblich war.

»Sei vorsichtig«, flüsterte sie, denn sie wünschte ihm eine sichere Heimkehr, wenn sie auch nicht wollte, daß seine Reise von Erfolg gekrönt wurde. Insgeheim verwünschte sie die Wirrungen des Schicksals, die sie beide zu Gegnern gemacht hatten. Er mochte ja ihr Feind sein, aber zugleich war er auch Freund, Verbündeter und Geliebter.

Als er die Tür hinter sich geschlossen hatte, ging Marian zum Baderaum, um ein Bad zu nehmen. Obwohl ihr Körper befriedigt worden war, vibrierten ihre Nerven noch vor Anspannung. *Bald ist alles vorüber*, dachte sie. Doch die Flucht aus Nottingham würde sie weder von den Zweifeln, die sie plagten, noch von den Entscheidungen, die es zu treffen galt, befreien.

Nachdem sie gebadet hatte, gab Marian Agatha Anweisungen, was eingepackt werden sollte, und befahl Sir Ralph, drei Pferde bereitzuhalten. Gemeinsam ritten sie durch das schwere Burgtor und wandten sich Richtung Süden. Als Marian sicher war, daß sie nicht verfolgt wurden, schickte sie Agatha mit einer Liste von Anordnungen, die den neuen Verwalter und die Arbeiter in Trab halten sollten, allein nach Fallwood Hall weiter. Außerdem trug sie ihr auf, sich nur unklar zu äußern, wenn sie gefragt würde, wann mit ihrer Herrin zu rechnen sei. »Sag einfach, ich hätte davon gesprochen, nach Lincoln zu reisen«, schlug sie vor. Diese Ausrede verschaffte ihr und Sir Ralph zugleich etwas Spielraum, falls sie länger als geplant in Sherwood bleiben mußten. Dann ritten sie am Waldrand entlang zurück, schlugen einen Bogen um Nottingham und galoppierten auf direktem Weg nach Sherwood.

17. Kapitel

Genau an der Markierung, die Robin ihr beschrieben hatte, bogen Marian und Sir Ralph ab und ritten in den Wald hinein. Einen Augenblick später tauchte einer von Robins Männern auf und führte sie bis zum nächsten Posten. Sherwood Forest war einer der schönsten Jagdgründe, den sie je gesehen hatte. Helle Birkenhaine wechselten sich mit dunkleren, schattigen Eichenwäldern ab, und dazwischen lagen immer wieder kleine Lichtungen, die in strahlendes Sonnenlicht getaucht waren. Überall inmitten des üppigen hellgrünen Grases blühte pinkfarbenes Heidekraut, dazwischen wucherten breitgefächerte Farngewächse, und Stieglitze, Spatzen und Drosseln pickten an buschigen Distelköpfen herum. Als sie von einer dieser Lichtungen wieder in den Wald gelangten, mischte sich das leise Klimpern einer Laute mit dem Rascheln der Blätter. Dann sprang Alan a Dale, der in grünes Lincolntuch gekleidet war und eine Fasanfeder an seine Kappe gesteckt hatte, von einer hohen Eiche herab. Während er sie das letzte Stück bis zum Lager begleitete, erzählte er ihnen die Geschichte seiner Rettung in allen Einzelheiten.

»Das ist doch König Richards Jagdhütte!« Marian blickte sich ungläubig um. Robins Unverfrorenheit versetzte sie immer wieder in Erstaunen. Das kleine Holzhaus war von Hütten und Schlafstellen umringt, und die Outlaws eilten geschäftig umher. Einige beseitigten die Überreste des Mittagsmahles, andere säuberten eifrig ihre Waffen. In einer

Ecke waren ein paar Männer in ein wüstes, ausgelassenes Spiel vertieft, bei dem ein am Boden kniender Kamerad, der eine Augenbinde trug, solange auf den Kopf geschlagen wurde, bis er seinen Angreifer zu erraten vermochte.

Alan grinste. »Ganz recht. Rob sagt, dies ist der bequemste aller Lagerplätze, die sie sich in Sherwood eingerichtet haben. Claire kann hier ihre Privatsphäre weitgehend wahren und sich zudem leicht mit den Örtlichkeiten vertraut machen. Die königlichen Jagdaufseher haben bislang noch nicht gewagt, sich darüber zu beschweren, daß wir die Hütte benutzen. Die Männer des Sheriffs übrigens auch nicht.«

»Ihr seid schon ebenso unverschämt wie Robin«, tadelte Marian ihn, als sie und Sir Ralph vom Pferd stiegen. »Vermutlich haben die Jagdaufseher gerade einmal Mut genug, ab und zu am Rand von Sherwood einen oder zwei Wilddiebe festzunehmen.«

»Und auch das sollte nicht zu häufig vorkommen, sonst müssen sie Robin Hood Rede und Antwort stehen«, lachte Alan, dessen flinke Finger über die Saiten seiner Laute tanzten. Die Töne verschmolzen mit dem Klang einer anderen Laute zu einem lockenden Duett, als sie die Hütte erreichten. Lady Claire saß ganz in der Nähe im Schatten einer großen Eiche, umgeben von einigen Outlaws, die ihrem Spiel hingebungsvoll lauschten. Claires dunkles Haar war mit Maßliebchen geschmückt, und ihr Gesicht strahlte vor Freude. Beides hatte sie vermutlich Alan zu verdanken, nahm Marian an. Sie wartete, bis die Liebenden ihr Duett beendet hatten, dann begrüßte sie Claire, die aufsprang und sie umarmte. Marian erwiderte die herzliche Geste und wunderte sich über die Welle der Zuneigung, die sie plötzlich überflutete.

»Ich muß unbedingt mit Robin Hood sprechen«, meinte sie dann bedauernd. »Aber wir treffen uns sicher später noch einmal.«

»Und ich habe meinen Freunden hier wenigstens ein Dutzend Balladen versprochen.« Claire lachte und lehnte sich vorsichtig zurück. Marians Blick huschte flüchtig über die Gesichter der Männer, die um sie herum saßen, aber sie bemerkte nichts Ungebührliches. Alle schienen äußerst liebevoll mit Claire umzugehen.

Alan redete leise auf Marian ein, während er mit ihr in die Hütte ging. »Robin sorgt dafür, daß sie immer einen Beschützer hat, dem er vorbehaltlos vertrauen kann. Ich halte es dennoch für das Beste, sie aus Sir Godfreys Herrschaftsgebiet fortzubringen, an einen Ort, wo sie sich ohne größere Probleme zurechtfinden kann. Aber ich bin sicher, daß Sir Godfrey seine Spione auf meine Familie ansetzen wird.«

»Auf meine Großeltern ebenfalls«, fügte Marian hinzu und warf ihr Gepäck auf den Boden der Hütte.

»Eine blinde Frau fällt überall auf. Der Sheriff wird erfahren, wo sie sich befindet, ganz gleich wie gut sie sich versteckt.«

»Wenn Sir Godfrey davon ausgeht, daß sie in Sherwood Forest lebt, dann läßt er vielleicht nicht überall sonst in der Gegend nach ihr suchen. Ich dachte, sie könnte eventuell in einem Kloster Unterschlupf finden«, sagte Marian, woraufhin Alan ein langes Gesicht zog. »Nur fürchte ich, daß der Sheriff noch nicht einmal davor zurückschreckt, ein Gotteshaus zu entweihen. Ich werde meinen Großvater bitten, Claire Zuflucht zu gewähren und sie zu beschützen, aber ich kann Euch nicht versprechen, daß er mir diese Bitte erfüllt.«

»Ich danke Euch.« Alan sah sie mit einem Ausdruck an, der Erleichterung und Unmut zugleich widerspiegelte.

»Wenn der Sheriff sich Prinz Johns Wohlwollen erhalten will, dann wird er nichts tun, was dieses Bündnis gefährden könnte«, erklärte Marian. »Ihr, Alan, und Lady Claire, Ihr müßt auf die Rückkehr des Königs hoffen.«

»Ich fürchte nur, daß Claire mich niemals verlassen wird, noch nicht einmal um einer sicheren Zufluchtsstätte willen«, sagte Alan trübe.

»Dann müßt Ihr ihr die Vor- und Nachteile darlegen und sie dann selbst entscheiden lassen.« Marian faßte den Troubadour scharf ins Auge. »Oder ist sie Euch schon zu einer Last geworden?«

Aus Alans verdutztem Gesichtsausdruck schloß sie, daß seine Liebe auch trotz der schwierigen Aufgabe, Claire zu versorgen, noch nicht erloschen war. Alan bestätigte ihre Vermutung, als er leise wiederholte: »Ich möchte nur, daß sie sich sicher fühlt. Daß sie in Sicherheit *ist*.«

»Nun, ich kann nicht leugnen, daß es Orte gibt, wo sie besser aufgehoben wäre. Aber ich glaube, daß sie sich nur mit Euch an ihrer Seite sicher und geborgen fühlt.«

Alan sah sie zweifelnd an. Man merkte ihm an, daß sich seine Liebe zu Claire und der gesunde Menschenverstand einen erbitterten Kampf lieferten. Dann zuckte er betont lässig die Achseln, und Marian erkannte, daß die Liebe den Sieg davongetragen hatte.

Alan schwieg, bis Will Scarlett die Hütte betrat. Über dem Arm trug er die Jagdkleidung, die Marian schon einmal zuvor getragen hatte. »Ich dachte, Ihr würdet Euch vielleicht gerne umziehen, Lady Marian«, meinte er schüchtern.

»Danke, Will.« Marian nahm sein Angebot an, ohne sich weiter zu zieren. Es behagte ihr überhaupt nicht, sich in ihrem langen Seidenkleid, welches ihre Bewegungsfreiheit beträchtlich einschränkte, durch den Wald kämpfen zu müssen.

Sowie die Männer sie alleine gelassen hatten, schlüpfte sie in die weiche Lederkleidung, die sich wie eine zweite Haut an ihren Körper schmiegte. Als sie wieder ins Freie trat, rief Will lächelnd nach ihr und deutete auf einen schmalen Pfad, der in den Wald führte. »Rob, John und Tuck sind alle zu der großen Eiche gegangen. Ihr werdet sie dort sicher noch antreffen, falls Ihr sie sprechen wollt.«

Mit gemischten Gefühlen machte sich Marian auf den Weg. Ihr Unbehagen wuchs mit jedem Schritt, da sie nicht wußte, wohin der Pfad sie letztendlich führen würde – obwohl Will ihr gesagt hatte, daß Robin nicht allein war. Dennoch folgte sie entschlossen den Krümmungen und Windungen des Waldweges, vorbei an den mächtigen Eichen und silbrig schimmernden Birken von Sherwood Forest; vorbei an wucherndem Straußengras und hoch aufgeschossenen Farnen, zwischen denen hier und da die zartrosa leuchtenden Blüten vereinzelter Heidekrautpflanzen hervorlugten. Nach ungefähr fünf Minuten kam ihr Bruder Tuck entgegen, der gleich einem wandelnden Bierfaß in seinen Sandalen einhertrottete und dabei ein flottes Liedchen summte.

»Robin sitzt unten bei der großen Eiche«, sagte er, als er bei ihr angelangt war. Vor Freude darüber, ihr behilflich sein zu können, strahlte er über das ganze Gesicht. »Wenn Ihr ihn sehen wollt, dann folgt nur diesem Weg.«

»Ist Little John bei ihm?«

»Oh nein, John ist auf die Jagd gegangen. Robin sitzt ganz allein da. Ich würde Euch ja begleiten, aber Rob hat mir aufgetragen, mich um die Fäßchen mit dem frischgebrauten Ale zu kümmern.« In seinen Augen glomm ein gieriger Funke auf, und er winkte ihr noch einmal grüßend zu, ehe er auf dem Weg zum Lager hinter einer Biegung verschwand.

Marian blieb unschlüssig mitten auf dem Pfad stehen. Ihr war klar, daß sie sich an einem Scheideweg befand.

Unwillkürlich drehte sie sich um und heftete den Blick auf den Punkt, wo sie den Mönch aus den Augen verloren hatte. Sie konnte ihm folgen, oder sie konnte die entgegengesetzte Richtung einschlagen, die sie zu Robin führen würde. Es war einzig und allein ihre freie Wahl. Sogar Tucks unschuldige Freundlichkeit verhalf ihr dazu, sich frei zu entscheiden, denn wenn sie statt seiner den wortkargen Little John mit seinen allwissenden Augen getroffen hätte, dann hätte sie auf der Stelle kehrtgemacht und wäre mit einem kühlen Lächeln auf den Lippen zum Lager zurückgegangen, das wußte Marian genau. Alles andere wäre ein zu verräterisches, ein zu intimes Eingeständnis gewesen.

Aber sie war alleine und nur sich selbst Rechenschaft schuldig. Frei und dennoch in der Notwendigkeit, eine Entscheidung treffen zu müssen, stand sie da und starrte blicklos ins Leere. Sie wußte nun, was sie am anderen Ende des Weges erwartete. Diesmal würde es keine überraschende Begegnung mit Robin geben. Diesmal konnte sie ihr Tun auch nicht mit der Behauptung entschuldigen, über die Grenzen ihrer Selbstkontrolle hinausgetrieben worden zu sein. Wenn über der großen Eiche der gleiche Zauber lag wie einst über dem magischen Plätzchen am Wasserfall, dann betrat sie dieses Königreich diesmal mit dem Wissen um das, was geschehen würde. Wenn nicht ...

Wenn ich Robin dort vorfinde, dann ist auch dieser Baum verwunschen, dachte Marian. Es war an ihr, dieses Geschenk – und Robin – anzunehmen oder abzulehnen.

Noch konnte sie ihn zurückweisen. Noch konnte sie sich vielleicht zwingen, einen anderen Mann zu lieben, soweit Liebe sich überhaupt erzwingen ließ. Einst hatte sie all ihren Mut, ihre Selbstdisziplin und ihren Geist darauf verwandt, sich bedingungslos dem Haß zu verschreiben. Wie aus weiter Ferne schien plötzlich Robins Stimme an ihr Ohr zu dringen: *Du hattest demnach den Tod zum Gefährten. Ich weiß, wie das ist.* Diese Worte beinhalteten Verständnis für ihr Dilemma ... und verhießen ihr ein neues Leben.

Ich habe mich ja schon entschieden. Diese Erkenntnis durchzuckte Marian wie ein Blitzschlag. *Ich habe Robin gewählt ... mit einem Teil meines Wesens, der mir selbst noch unbekannt ist und der dennoch zu mir gehört.* Und diesen Teil mußte sie erst noch kennenlernen, denn er existierte nur in Robins Umarmung. Alles endete schließlich bei Robin, der das Portal zu einer neuen, unbekannten Welt bildete, welche ihr bislang verwehrt geblieben war. Aber um durch dieses Portal treten zu können, mußte sie sich erst einmal für ihre eigenen Gefühle öffnen.

Langsam ging sie weiter und gelangte an den Rand einer idyllischen kleinen Lichtung. Dichtes Straußengras wiegte sich im Wind; die üppige grüne Fläche war mit rotem Mohn, zartblauen Glockenblumen und violetten wilden Stiefmütterchen reich übersät. Auf den ersten Blick konnte Marian weder Robin noch besagte Eiche entdecken, doch dann trat sie aus dem Schatten der Bäume heraus ins Freie, drehte sich um und sah, was sie suchte. Am anderen Ende der Lichtung türmte sich eine gewaltige, uralte Eiche auf, ein Überbleibsel aus längst vergangenen Zeiten, als die Erde noch von Riesen bevölkert war.

Der ungeheure Baumkoloß überragte seine gesamte Umgebung und übte einen unwiderstehlichen Reiz auf Marian aus. Wie von unsichtbaren Fäden gezogen, ging sie quer über die Lichtung auf die Eiche zu und blickte zu der dichtbelaubten Baumkrone empor, deren raschelnde grüne Blätter und ausladende Äste einen natürlichen Baldachin bildeten.

Von seinem Sitz hoch oben im Geäst blickte Robin auf sie herab. Nur sein Kopf und seine Schultern waren zu sehen, als er sich über eine mitten zwischen den Zweigen angebrachte Plattform beugte. Er begrüßte sie nicht, da allein ihre Gegenwart und ihr Gesichtsausdruck ihm verrieten, daß das unsichtbare Band zwischen ihnen sie endlich doch zu ihm geführt hatte. Unaufhaltsam begann Marian, die Eiche zu erklimmen, zog sich an den enormen Ästen hoch und zwängte sich durch das dichte Laub. Robin wich von der Kante zurück, als Marian bei ihm angekommen war, auf die Plattform kletterte und sich Rindenbröckchen von den Händen abwischte. Robin, der immer noch auf den mit weichen Fellen bedeckten Holzplanken lag, sah sie wortlos an. In seinem Blick las sie Freude, Wachsamkeit und eine unausgesprochene Frage. Dann sprang er mit einer einzigen fließenden Bewegung auf. Wie er so vor ihr stand, wirkte Robin wie eine aus Fleisch und Blut geschaffene Statue, der ein Elf Leben eingehaucht hatte. Das Licht fing sich im goldenen Gewirr seines Haares, und die Zipfel seiner Tunika umrahmten seine Schultern wie eine Girlande aus dunklen Blättern.

Langsam streifte Marian die ledernen Reithosen und die Tunika ab, obwohl er weder ein Wort gesagt noch sie berührt hatte. Sie empfand die Kleidung plötzlich als schützende Hülle, als einen Panzer, der abgelegt werden mußte, damit die dahinter verborgene Verletzlichkeit sichtbar wurde. Reglos stand sie vor ihm, vollkommen nackt und eines jeglichen Schutzschildes beraubt und spürte, wie eine ungeheure Kraft sie durchströmte. Ihre Haut prickelte unter der Liebkosung der warmen Brise und unter Robins glühendem Blick, der über ihren Körper wanderte und in ihren Brüsten und ihrem Unterleib eine pulsierende Hitze auslöste.

Robin begann seinerseits, sich zu entkleiden. Er wich ihrem Blick nicht aus, während er seine Lederbekleidung Stück für Stück ablegte, bis er nackt dastand und ihr sowohl seinen Körper als auch seine Seele anbot, wie sie es zuvor auch getan hatte. Marians Augen priesen Robins Schönheit, und sie sah, wie sein Geschlecht zuckte und sich langsam aufrichtete. Die laubverhangenen Zweige der Eiche schirmten sie gegen die Außenwelt ab und beherbergten sie in einer verborgenen Kammer mitten im grünen Herzen des Waldes, wo Sonnenstrahlen durch das Blätterdach fielen und ihre Körper in ein warmes goldenes Licht tauchten. In Robins Augen leuchtete eine Flamme verzehrender Leidenschaft auf, die Marian zu durchdringen schien und jede Faser ihres Seins mit Leben erfüllte. In diesem Moment wußte sie, daß es für eine Flucht zu spät war. Sie hatte sich ihm und ihren Gefühlen unwiderruflich ausgeliefert.

Der Herzschlag des Waldes schien sich zu beschleunigen und übertrug sich auf Marian, deren eigenes Herz plötzlich so heftig in ihrer Brust hämmerte, daß sie meinte, es müsse jeden Augenblick zerspringen. Mühsam versuchte sie, den letzten Rest ihrer Selbstbeherrschung zu wahren. Was sie tat, sollte aus freien Stücken heraus geschehen. Wie gebannt sah Robin sie an, als sie eine Hand ausstreckte und ihn sacht berührte. Ihre Finger strichen wie ein Hauch über sein Gesicht, folgten dem Schwung der Augenbrauen und den hohen, ausgeprägten Wangenknochen, dann glitt sie über die Nasenflügel hinweg zu seinem Mund und zogen die Konturen der Lippen nach, die nun nicht spöttisch verzogen waren. Mit einem leisen Seufzen stieß er den Atem aus, so daß der warme Hauch ihre Fingerspitzen streichelte und sich dann mit der leichten Frühlingsbrise mischte. Fasziniert ließ Marian ihre Hände über sein kantiges Kinn und an seinem Hals hintergleiten, wo sein beschleunigter Pulsschlag unter ihren Fingerspitzen vibrierte, und umfaßte schließlich verzückt die samtige Haut seiner Schultern; fühlte, wie sich die Muskeln unter ihrer Berührung spannten und kostete den Kontakt mit seinem Körper mit allen Sinnen aus. In Robin vereinigten sich die reine physische Schönheit, die nur wenigen Menschen zu eigen war, mit dem lockenden Zauber eines Waldgeistes. Und die überwältigende Helligkeit, die er ausstrahlte, blendete sie so sehr, daß sie voll ungläubigen Staunens dastand und dieses vollendete Werk der Schöpfung bewunderte.

Robin sah sie immer noch schweigend an; beobachtete, wie ihre Fingerspitzen über seine Brust strichen und schließlich eine bronzefarbene Brustwarze lockend umkreisten. Als sich die Warze unter ihren Zärtlichkeiten verhärtete, zog er scharf den Atem ein. Marian erbebte und spürte, wie ihr Blut gleich flüssigem Feuer durch ihre Adern zu strömen begann. Robin streckte die Hand aus und umschloß ihre Brust, die sich in seine Handfläche schmiegte, als sei sie für ihn geschaffen. Sachte strich er über die vor Erregung beinahe schmerzende Warze und fuhr mit der anderen Hand durch das dichte blaßgoldene Vlies zwischen ihren Schenkeln, ehe er mit zwei Fingern sacht in ihr Innerstes eindrang und die feuchte, geschwollene Knospe liebkoste. Marian wurde von einem unerträglichen Wonnegefühl überschwemmt. Sie stieß einen leisen Schrei aus und lehnte sich an ihn, als ihre Beine unter ihr nachzugeben drohten.

Robin fing sie auf, sank auf die Knie und zog sie mit sich auf die weichen Felle nieder. Widerstandslos folgte Marian seinen Bewegungen, vertraute sich vorbehaltlos seiner Kraft und Zärtlichkeit an. Sie fühlte sich in seinen Armen so sicher und geborgen, als habe sie sich vor drohender Gefahr in einen sicheren Hafen gerettet, und ihr war, als würde der Wald selbst eine schützende Hand über sie breiten. Dann schlossen sich Robins Arme fester um sie, und die wohlige sinnliche Trägheit wich einem sengenden Feuer, das sie zu verbrennen schien. Zweimal hatte sie diesen Mann zurückgewiesen, der sie nun voll ungezügelter Gier in die Felle drückte. Marians Verlangen stand dem seinen in nichts nach. Hungrig umschlang sie ihn mit Armen und Beinen und zog ihn an sich, als wolle sie mit ihm verschmelzen, bis sie beide eine unzertrennliche Einheit bildeten. Ein Schauer des Entzückens schüttelte sie, als sich sein hoch aufgerichtetes Geschlecht gegen ihren pochenden Venushügel bohrte.

Robin wich gerade so weit zurück, um ihr ins Gesicht sehen zu können. Seine Augen funkelten wie zwei tiefgrüne Smaragde, die sich tief in ihr Fleisch brannten. Marian schrie auf, als er in sie eindrang und sie mit einem einzigen wilden Stoß in Besitz nahm, der alles in ihr auslöschte, was jemals gegen ihn angekämpft hatte. Wie von Sinnen hob sie die Hüften an, kam ihm gierig entgegen und gab sich seiner Raserei mit Leib und Seele hin. Schweißperlen glitzerten auf ihrer Haut, ihre ineinander verschlungenen Leiber zuckten ekstatisch, während er mit jedem Stoß tiefer und tiefer in sie drang, bis sie sich ihm voll und ganz geöffnet hatte. Marian gab unaufhörlich leise, keuchende Geräusche von sich. Das Wunder, ihn endlich in sich zu spüren, versetzte sie in einen nie gekannten Taumel der Sinne, bis endlich die letzte eisige Schale, die ihr Herz noch umschloß, in tausend Stücke zersprang und nur ein Gefühl unendlicher Erleichterung hinterließ.

Sein tiefer, kehliger Schrei mischte sich mit dem ihren, als sie gemeinsam zum Höhepunkt gelangten. Heiser rief er ihren Namen, sein Rücken spannte sich wie ein Bogen, und er stieß ein letztes Mal in sie hinein, dann spürte sie, wie sich der heiße Strom seines Samens in sie ergoß. Marian klammerte sich an ihn und verschmolz mit ihm, wurde eins mit den Elementen der Natur, wurzelte in der Erde, schwebte im Wasser, erhob sich in die Lüfte und brannte im Feuer. Die strahlende Helligkeit, die von ihm ausging, vertrieb auch den letzten Rest der Finsternis, in der sie bislang gefangen gewesen war.

Danach klammerte sie sich an ihn und wußte nicht, ob sie nun in Tränen ausbrechen oder vor Glück aus vollem Halse lachen sollte. Sie fühlte sich ermattet und benommen, doch gleichzeitig spürte sie, wie eine ungeheure Energie durch ihren Körper floß, die sie erblühen ließ wie eine Blume, die nach einem langen, kalten Winter endlich den nahenden Frühling begrüßt. Robin hörte nicht einen Augenblick auf, sie liebevoll zu streicheln, ihren Namen zu flüstern oder mit den Fingern sanft durch ihre glänzende Haarflut zu kämmen. Dann beugte er sich über sie und bedeckte ihre Stirn, ihre Wangen und schließlich ihre Lippen mit glühenden Küssen, ehe er sich aufrichtete, sie ansah und sich an ihrer Lust weidete. Ein langanhaltender Schauer überlief ihn, und er stieß einen tiefen Seufzer der Befriedigung aus.

»Marian«, flüsterte er, und immer wieder: »Marian ... Marian ...«

»Robin«, antwortete sie, obwohl sie ihre eigene Stimme nicht hören konnte.

Doch er mußte seinen Namen vernommen haben, denn er begann von neuem mit seinem Liebesspiel. Nun, da der erste Hunger gestillt war, ließ er sich viel Zeit, küßte sie lange und ausdauernd, trank von ihren Lippen, bis sie sich unter ihm aufbäumte und sich für ihn öffnete. Sein hartes Glied glitt in ihre warme, feuchte Höhle und bewegte sich dort hin und her, schneller und immer schneller, bis sie erneut gemeinsam Erfüllung fanden.

Und als sie endlich wie erlöst und von einem tiefen inneren Frieden durchdrungen in seinen Armen lag, schoß ihr nur noch ein einziger Gedanke durch den Kopf. *Die Liebe hat uns erwählt.*

»In meinem Namen und im Namen aller meiner Männer gelobe ich hiermit feierlich, Königin Eleanor an König Richards Stelle treu zu dienen«, verkündete Robin gewichtig, obwohl das kaum merklich spöttische Lächeln, welches um seine Lippen spielte, verriet, daß er sich über seine eigene geschwollene Redeweise lustig machte.

Tosender Beifall erklang, als Marian ihm Königin Eleanors Unterpfand, den weißen, mit Goldfäden durchwirkten Seidenschal um den Arm schlang und verknotete. Dann geleitete er sie durch die Reihen der jubelnden Männer zu der vorbereiteten Festtafel, die unter demselben Baum auf sie wartete, unter dem Claire nur wenige Stunden zuvor musiziert und gesungen hatte. Der Tisch war mit allem, was der Wald zu bieten hatte, reich gedeckt. Da gab es gebratenes Wildbret, Hasen, die sich am Spieß drehten, Fasane und eine Pastete aus Staren und Pilzen. Frischgebackenes Brot, geschmorte Früchte und Ale im Überfluß rundeten das Mahl ab. Robin selbst trank nur mäßig. Daß er dennoch berauscht wirkte, lag nicht an dem starken dunklen Bier, sondern an der ausgelassenen Stimmung sowie an der Glut, die noch immer zwischen ihm und Marian schwelte und die sie wie ein unsichtbares Band aneinander fesselte.

Während des Mahles unterhielten Alan und Claire die

Anwesenden mit Musik und Gesang – übermütigen und traurigen Liedern, Liebesballaden und Kampfgesängen. Danach befahl Robin Little John und einige andere auserwählte Männer in die Hütte, um ihnen die nötigen Anweisungen für den nächsten Tag zu erteilen. Marian, die immer noch unter dem Gefühl litt, einen Verrat begangen zu haben, teilte ihnen nur mit, daß sie gehört hätte, Winterclere sei der Ausgangspunkt für den Überfall, und daß Guy von Guisbourne die Aktion leitete. Robin und John nickten zustimmend, da sie beide diese Route selbst schon als Möglichkeit in Betracht gezogen hatten. Sie nahmen an, daß Guisbourne einen Tag benötigen würde, um Sherwood zu umgehen und Position zu beziehen. Robin hatte bereits Much und ein paar andere gen Norden geschickt, um der Lösegeldkarawane auf ihrem Weg durch die letzten Städte um Nottingham zu folgen und genau aufzupassen, wo sie die Richtung änderte. Nun wies er Will an, Guisbourne und dessen Männer zu verfolgen, sowie sie sich dem Trupp näherten, einen Kreis um sie zu schlagen und Boten zum Hauptlager zurückzusenden, falls er es für nötig hielt. »Obwohl wir die Route kennen, sollten wir nicht versäumen, an mehreren strategisch wichtigen Stellen ein paar Leute zu postieren. Von Winterclere aus führt mehr als nur eine Straße fort. Aber meine Männer sind schneller und beweglicher als die des Gegners. Sowie wir ganz genau wissen, welchen Weg sie letztendlich einschlagen, versammeln wir uns an einem vorher festgelegten Treffpunkt.«

Außer Robin und Little John verließen alle anderen die Hütte, nachdem die Besprechung zu Ende gegangen war. »Es ist zu spät, um noch zurückzureiten, Mylady«, stellte der hochgewachsene Mann fest. »Außerdem liegt Regen in der Luft. Ich kann ihn schon riechen.«

»Ich habe Agatha für den Notfall entsprechende Instruktionen erteilt. Sie soll sagen, ich hätte davon gesprochen, nach Lincoln reiten zu wollen«, erklärte Marian. »Das sollte eigentlich reichen, es sei denn, jemand überprüft diese Behauptung – was ich dem Sheriff durchaus zutraue. Er sucht nach einem Vorwand, um mich für Alans Flucht zu bestrafen.«

»Marian wird heute nacht bei Claire schlafen«, sagte Robin zu John. »Und ich werde den jungen Harry zum Wirt der ›Sieben Rösser‹ schicken. Er soll sich für den Fall, daß jemand nachfragt, eine hieb- und stichfeste Geschichte ausdenken.«

Little John beugte sich vor und blickte abwechselnd von Robin zu Marian. »Verknüpfe doch lieber die Lüge mit der Wahrheit, Rob. Laß Lady Marian nach Lincoln reiten, während wir unseren Teil der Abmachung mit der Königin erfüllen. Und wenn alles vorüber ist und Lady Marian sich sicher außerhalb der Mauern von Nottingham Castle aufhält, dann laß uns durch den Geheimtunnel in die Burg zurückkehren und uns um den Sheriff und seinen Folterknecht kümmern.«

Trotz ihres eigenen schwärenden Hasses auf Godfrey von Crowle äußerte Marian Bedenken. »Wenn es ihm nicht gelingt, sich des Lösegeldes zu bemächtigen, dann sind seine Tage ohnehin gezählt. Warum wollt ihr dann ein solches Risiko eingehen?«

»Jeder dieser beiden Männer stellt erst dann keine Gefahr mehr dar, wenn er tot ist«, widersprach Robin. »Wenn Godfrey seine Vormachtsstellung in Nottingham verliert, dann wird er sich nach einem anderen Wirkungsbereich umsehen. Und vielleicht nimmt er seinen Folterknecht mit.«

»Jeder Sheriff beschäftigt auch einen Folterknecht«, sagte Marian leise. »Dagegen kann man nicht das geringste unternehmen.«

»Das vielleicht nicht«, antwortete Robin, »aber gerade diese beiden Ungeheuer, die jetzt im Amt sind, spornen sich gegenseitig zu immer ausgefeilteren Grausamkeiten an.«

Bislang war zwar nur davon die Rede gewesen, den Sheriff und seinen Handlanger zu beseitigen, aber würden Robin und John nicht auch versuchen, Guy zu vernichten, wenn sich ihnen die Gelegenheit dazu bot? Marian spürte, daß er wie ein Gespenst zwischen ihr und Robin stand: Er war weder Freund noch Feind, sondern eher eine seltsame, beunruhigende Mischung aus beidem. »Der nächste Sheriff könnte noch schlimmer sein«, behauptete sie daher kühn, obwohl noch nicht einmal sie selbst daran glaubte.

Little John senkte den Kopf. »Ich habe den alten Sheriff umgebracht, weil er meine Tochter geschändet hat, und nun seht euch einmal das Scheusal an, das seinen Platz eingenommen hat. So kann es doch nicht weitergehen.«

»Seitdem der neue Folterknecht eingetroffen ist, hat sich die Situation mehr und mehr verschlimmert«, stimmte Robin zu. »Wir können nicht zulassen, daß er die Menschen noch länger in Angst und Schrecken versetzt.«

»Monatelang haben sich der Braumeister und seine Leute wie die Maulwürfe mitten ins Herz von Nottingham Castle gewühlt«, brummte John. »Ich bin wirklich froh, daß wir Alan und Claire retten konnten, aber ich möchte doch noch erleben, daß dieser Tunnel Sir Godfreys Tod herbeiführt.«

Ja, da ist auch noch Claire, dachte Marian. *Solange der Sheriff lebt, werden Alan und Claire niemals völlig frei sein.* Schließlich verlieh sie ihrer geheimen Besorgnis Ausdruck. »Der Mord an einem Sheriff ist ein schwerwiegendes Verbrechen, und man wird euch in jedem Fall dafür zur Rechenschaft ziehen. König Richard nimmt derartige Vorfälle nicht auf die leichte Schulter.«

»Das weiß ich selbst nur zu gut. Richard hat meinen Vater dafür bestraft, daß er sich auf seine Seite geschlagen hat, statt dem alten König die Treue zu halten. Dann hat er fast jedes hohe Amt in England an den Meistbietenden verschachert, um seine Kreuzzüge zu finanzieren.« Robin lächelte bitter. »Aber seit ich auf Begnadigung hoffen kann, bin ich vorsichtig geworden. Ich bin nämlich auch der Meinung, daß Richard ein Mord mißfallen würde – es sei denn, das Opfer hätte sich offen gegen ihn aufgelehnt.«

»Richtig«, stimmte Marian sofort zu. »Besser, ihr wartet, bis Sir Godfrey König Richard gegen sich aufbringt.«

»Und wenn er das nicht tut? Vielleicht hat er bereits so viele Schätze zusammengeraubt, daß er sich Richards Gunst erkaufen und auch weiterhin in Nottingham herrschen kann. All diese Fragen werden erst beantwortet werden, wenn König Richard zurückkommt – und bis dahin können noch viele Monate ins Land gehen. Der Sheriff jedenfalls wird seine perversen Triebe in der Zwischenzeit bestimmt nicht zügeln, und wenn er das nächste wehrlose Opfer quält, dann werde ich mir vorkommen, als würde ich selbst einen Teil der Schuld daran tragen.«

Marian fiel das tragische Schicksal der Lady Margaret wieder ein, und sie nickte grimmig. Dann hob sie den Kopf und erklärte laut und vernehmlich: »Wir werden uns die Verantwortung teilen. Wenn es König Richard mißfällt, daß ein Sheriff von England sozusagen in Selbstjustiz hingerichtet worden ist, dann werde ich sagen, daß dies auf meinen Befehl hin geschah. Ich möchte die Welt ebenso gern von ihm befreien wie jeder einzelne von euch.«

»Sehr schön, Mylady«, lächelte Little John. »Mit dieser Tat dienen wir der Krone ebensosehr wie mit unserem Versuch, das Lösegeld zu retten.«

»Wir werden das Lösegeld retten«, versicherte ihm Marian im Brustton der Überzeugung. Sie warf John einen forschenden Blick zu, dann sah sie Robin in die Augen. »Ich lasse mich nicht nach Lincoln verbannen. Ich werde mit euch reiten und mit euch kämpfen. Mein Platz ist jetzt an deiner Seite, Robin.«

18. Kapitel

Robin stand zwischen Marian und Little John im Nieselregen neben einem riesigen Felsbrocken hoch oben auf dem Cooper's Mount. Mit einer Hand schützte er seine Augen, während er den Reiter beobachtete, der in gestrecktem Galopp durch das Tal auf sie zukam. Aufgrund des trüben Wetters konnte er aus dieser Entfernung noch nicht erkennen, um wen es sich handelte. Der Mann jagte in einem aberwitzigen Tempo über die Hänge und zwischen den Bäumen hindurch, verschwand kurz aus Robins Blickfeld, als er einen ausgetrockneten Wasserlauf durchquerte, und tauchte dann wieder auf. Er hielt geradewegs auf sie zu.

»Das kann keiner von den Männern des Sheriffs sein«, überlegte Little John laut. »Die müssen jetzt noch auf der anderen Seite des Flusses sein. Und einer unserer Kundschafter ist es auch nicht, weil wir alle in das Gebiet westlich der Straße und nicht zum Fluß geschickt haben.«

Robin bekundete seine Zustimmung durch ein stummes Nicken und drehte sich um, um Tuck zu begrüßen. Der Mönch war nur noch ein lästiges Nervenbündel, nichtsdestotrotz lächelte Robin ihm freundlich zu.

Marian wandte sich zu ihm um und blickte ihn aus ihren blaugrauen Augen fragend an. »Ist es möglich, daß wir falsche Informationen erhalten haben, Robin? Vielleicht hat die Königliche Leibgarde einen anderen Weg eingeschlagen und wir warten viel zu weit südlich.«

»Much selbst hat die Truppen des Königs vor zwei Tagen noch gesehen. Sie haben die Route eingehalten. Seine Botschaft stimmte, aber vielleicht habe ich mich ja geirrt.«

Robin starrte zu dem Reiter hinüber, der immer noch ziemlich weit weg war. Ein ungutes Gefühl beschlich ihn und begann immer stärker an ihm zu nagen. Das Unbehagen ließ für einen Moment nach, als sein Blick wie von selbst zu Marian wanderte, die Flut ihres langen blonden Haares liebkoste, die ihr über den Rücken fiel, und über ihren Rücken hinweg zu ihren langen, wohlgeformten Beinen glitt. Erinnerungen stiegen in ihm auf ... die mächtige Eiche, der Wind, der ihre erhitzte Haut streichelte, die lustvollen Seufzer. Er spürte, wie Marians Körper sich unter dem seinen spannte, wie sie sich ihm bedingungslos hingab, wie sich ihre Leiber und Seelen vereinigten. Wieder fühlte er, wie die Glut der Erregung ihn zu übermannen drohte ...

Energisch riß er sich aus seinen Tagträumen los. Er mußte jetzt unter allen Umständen einen kühlen Kopf bewahren.

Kopfschüttelnd wandte er seine Aufmerksamkeit wieder dem auf ihn zustürmenden Reiter zu und überlegte, welcher Narr wohl sein Pferd trotz des unebenen Bodens so erbarmungslos antreiben mochte. Soweit er sehen konnte, hatte der Mann keinen unmittelbaren Verfolger auf den Fersen, trotzdem galoppierte er unbeirrbar voran. Plötzlich erkannte Robin, daß er beileibe keinen Narren vor sich hatte.

»Es ist Will«, sagte er leise, aber bestimmt.

»Will? Wie kannst du das denn von dieser Entfernung aus erkennen?« erkundigte sich Bruder Tuck und spähte angestrengt in den Nieselregen hinaus. »Er ist doch viel zu weit weg, auch für jemanden, der solche scharfen Augen hat wie du. Sein Pferd ist zwar ein Rotbrauner, aber das sind tausend andere Gäule auch.«

»Ich kann ihn nicht deutlicher sehen als du, aber ich weiß, daß irgend etwas schiefgegangen sein muß. Bei diesem Reiter kann es sich nur um Will Scarlett handeln. Die Leute des Sheriffs müssen sich vor uns auf der anderen Seite des Flusses befinden, und Will bringt uns nun die denkbar schlimmsten Neuigkeiten.«

»Dann befinden wir uns also nicht zwischen Sir Guy und seiner Beute?« wollte Marian wissen. »Aber sie können unmöglich die Brücke überquert und uns überholt haben. Sie hatten gar nicht genug Zeit dazu, und außerdem hätten wir sie sehen müssen. Die Furt liegt viel zu weit nördlich von hier.«

Little John drehte sich mit skeptischer Miene zu Robin um, dann schien ihm die Entschiedenheit, mit der dieser sprach, zu überzeugen, und er rief Much zu sich, der weiter unten am Fuße des Hügels bei einer Gruppe von Männern stand. »Erzähl uns alles noch einmal ganz von vorne, mein Junge«, forderte er ihn auf. »Was genau hast du gesehen?«

»Eigentlich nichts Besonderes«, erwiderte Much verwirrt. »Nur die Königliche Leibgarde. Und die Wagen. Wir haben an der letzten Furt gewartet, und alles war so, wie du gesagt hat. Nur die Männer des Königs kamen vorbei. Wie sollten auch die Ritter des Sheriffs hierhergelangt sein?«

»Ganz ruhig jetzt«, mahnte John. »Ist es möglich, daß des Sheriffs Leute die Furt vor euch erreicht haben?«

»Nein, mit Sicherheit nicht. Wir hatten unsere Augen überall. Wills Bote kam zu uns und berichtete, daß sie Nottingham verlassen hätten und über die Winter Road auf uns zukämen. Damit waren sie nicht weit genug im Norden, um die Furt rechtzeitig erreichen zu können, und auch nicht weit genug südlich, um die Brücke zu benutzen. Und dazwischen gibt es keine einzige geeignete Stelle, wo Ritter den Fluß überqueren könnten.«

Marian schaute Robin an und stellte sachlich fest: »*Wir* könnten den Fluß überall überqueren, nicht wahr?«

»Warum bin ich bloß davon ausgegangen, daß sie nicht aus ihrer Haut heraus können?« fragte Robin ins Leere. »Warum sollten sie nicht schließlich doch noch lernen, sich so zu verhalten, wie wir es in Sherwood tun?«

Mit diesen Worten rannte er den Hügel hinab zu dem Platz, wo die Pferde angebunden waren. Er sprang in Jesters Sattel, beschrieb einen engen Kreis und rief: »Aufsteigen! Alle Mann aufsteigen!«

Eilig schwärmten die Männer aus und liefen zu ihren Pferden. Marian schwang sich in den Sattel ihrer Stute und hielt sich dicht an Robins Seite. Little John schloß zu ihnen auf. »Laß zwei Dutzend Männer auf dem Hügel zurück, John, und schick Kundschafter aus, während wir unterwegs sind.«

Pferdeleiber wogten überall um sie herum. Reiter richteten ihr Geschirr, und die Anführer einer jeden Gruppe brüllten nach den ihnen zugewiesenen Leuten und warteten auf das Signal zum Aufbruch. »Reitet los!« schrie Robin ihnen zu. »Haltet direkt auf Will zu.« Auf seinen Befehl hin donnerten neunzig berittene Outlaws den Hügel hinunter, so daß die Hufe ihrer Pferde Staubwolken aufwirbelten.

Robin hielt sein Reittier gerade soweit zurück, daß der Trupp nicht den Anschluß verlor. Keine Gruppe konnte auf Dauer das Tempo durchhalten, welches der schnellste Reiter vorgab, und Jester war nun einmal das schnellste Pferd von allen. Normalerweise fiel es Robin immer schwer, sich der gemäßigten Geschwindigkeit anzupassen, er wurde dann zunehmend gereizter – nur heute nicht. Er horchte in sich hinein. Wo war jener kleine Teufel heute nur geblieben, jener wohlvertraute Dämon, der ihn dazu trieb, allen anderen davonzujagen? Wie oft hatte John ihn deswegen gerügt! Es führte zu nichts, lange vor allen anderen am Ziel anzukommen, es war dumm und überflüssig, die egoistische Laune eines verwöhnten Kindes. Und warum machte es ihm dann heute nichts aus, sich dem Tempo seiner Männer anpassen zu müssen?

Die Reiter trieben ihre Pferde bis an die Grenze ihrer Kraft an, mehr war aus den Tieren nicht herauszuholen. Robin blickte zu Marian hinüber, und schlagartig wurde ihm klar, warum ihn diese seltsame Ruhe überkommen hatte. Sie konnten ohnehin nichts ausrichten, bevor sie Will erreicht hatten. Keinem der Reiter mußten Anordnungen erteilt, keiner brauchte ermutigt zu werden. John nickte dem einen oder anderen gelegentlich aufmunternd zu, und wieder einmal bewunderte Robin im stillen, wie gut sein Freund all die Männer kannte und mit welch unfehlbarer Sicherheit er beurteilte, was jeder einzelne von ihnen leisten konnte. Er sah Marian an, die wieder an seiner Seite ritt und ihm im Dahinjagen zulächelte, und er verspürte zum ersten Mal ins einem Leben nicht den Wunsch, sich an die Spitze des ganzen Trupps zu setzen. Heute wollte er nur dicht neben ihr bleiben und eins mit ihr, dem Pferd unter ihm, dem Wind und dem kühlen, erfrischenden Regen werden.

Die Reiter an der Spitze teilten sich, bildeten eine Gasse für Will und jubelten ihm zu, als er hindurchritt und sein Pferd zügelte. Robin lenkte Jester nach links, und die Männer formten einen engen Kreis um Will, der seine Faust hob und laut ausrief: »Sei gegrüßt, Robin!« Wieder erklangen Jubelrufe, dennoch blieb Wills Gesicht grimmig und hart. Unwillkürlich mußte Robin daran denken, daß, sollte er im Kampf fallen, Little John die Führung übernehmen und Will zu seinem Nachfolger ausbilden würde. Somit war gewährleistet, daß sich die Outlaws auch in Zukunft auf einen Felsen in der Brandung stützen konnten. Sie würden auch nach Robins Tod ein Licht haben, dem sie folgen konnten.

»Ich grüße auch Euch, Lady Marian«, sagte Will etwas leiser, rang sich jedoch noch nicht einmal ihr zuliebe ein schwaches Lächeln ab.

»Und für einen wie mich hast du wohl kein freundliches Wort übrig, wie?« grollte Little John in gespieltem Ärger.

»Nein, kein einziges, Burschen wie dich würde ich höchstens mit einem hocherhobenen Bierkrug begrüßen«, scherzte Will, wurde aber sofort wieder ernst. Verbittert fuhr er fort: »Wenn ihr meine Neuigkeiten erst einmal gehört habt, wird ohnehin niemand mehr in der Stimmung sein, etwas anderes als sein Schwert zu erheben.«

»Weil die Männer des Sheriffs das Lösegeld in ihre Gewalt gebracht haben und die Königliche Leibgarde tot im Staub liegt«, bemerkte Robin sachlich. Auf Wills Gesicht zeichnete sich pures Erstaunen ab. Er hatte nicht damit gerechnet, daß Robin erraten würde, was er zu sagen hatte, doch er nickte bestätigend. Robin sah ihn fest an. In seinen Augen stand eine stumme Frage, und Will wußte, daß alle anderen sich in diesem Moment just dieselbe Frage stellten.

»Wenigstens zwölf der Unsrigen sind gleichfalls gefallen«, antwortete er leise.

»Der Teufel soll diese Schlächter holen«, murmelte Robin in die bedrückte Stille hinein, und einen Moment später wiederholte er seine Worte mit erheblich lauterer Stimme, der man seine Wut und seinen Schmerz deutlich anhörte. »Der Teufel soll sie holen, alle miteinander!« Er konnte den brennenden Wunsch nach Vergeltung, der plötzlich in der Luft lag, beinahe riechen.

»Erzähl uns alles, was du weißt«, befahl er Will.

»Wir haben sie schon gesehen, bevor sie den Wald erreichten. Es waren zwar die Männer des Sheriffs, aber Sir Godfrey selbst befand sich nicht unter ihnen. Wie wir hörten, ist er sicherheitshalber in Nottingham geblieben. Guy von Guisbourne führte die Männer an.«

»Er selbst sollte den Plan durchführen?« wunderte sich Marian stirnrunzelnd. »Will Sir Godfrey ihn zum Sündenbock machen, falls die Sache schiefgeht?«

»Wenn der Überfall mißlingt, wird Guisbourne die Verantwortung dafür tragen müssen«, sagte Robin. »Und wenn er gelingt, dann wird Sir Godfrey den Ruhm ganz allein für sich beanspruchen.«

»Er ist doch bereits gelungen«, bemerkte Bruder Tuck niedergeschlagen.

»Noch ist gar nichts entschieden«, fauchte Robin, der den Mönch am liebsten geohrfeigt hätte. Tuck sah ihn erschrocken an und duckte sich unter seinem wütenden Blick, woraufhin Robin mühsam sein Temperament zügelte. »Sprich weiter, Will.«

»Guisbourne befehligte dreißig Ritter auf Schlachtrössern und zehnmal soviel bewaffnetes Fußvolk. Ich sage dir, Rob, mir hat das Ganze von Anfang an nicht gefallen. Die große Zahl der Männer war ja nicht außergewöhnlich, wohl aber ihre Aufstellung und ihre körperliche Verfassung. Bislang waren sie zwar gut geschult, aber langsam und schwerfällig. Unter Guisbourne aber legten sie eine verblüffende Gewandtheit an den Tag.«

»Sir Guy hat die Burg häufig für längere Zeit verlassen, um die Soldaten auszubilden«, warf Marian nachdenklich ein.

»Und er hat auf diese Weise dafür gesorgt, daß sie Woche für Woche ein bißchen gefährlicher wurden«, fügte Robin hinzu. »Haben sie euch gesehen, Will?«

»Nein, zu diesem Zeitpunkt noch nicht, aber sie haben sicherlich vermutet, daß wir in der Nähe sein würden. Sie hatten an jeder Flanke Wachposten aufgestellt, und wir wagten nicht, zu dicht an sie heranzukommen. Sie wirkten zu diesem Zeitpunkt nicht allzu bedrohlich – wie Ritter in voller Rüstung eben so aussehen. Sowie sie die Winter Road erreicht hatten, habe ich Boten zu dir und zu der Furt geschickt.«

Robin nickte, woraus Will schloß, daß die Boten sicher angekommen waren.

»Guisbourne und seine Männer sind die Winter Road in nördlicher Richtung entlanggeritten und haben dabei ein ziemlich rasches Tempo angeschlagen, obwohl sie die Furt gar nicht mehr vor der Karawane erreichen konnten. Dann haben sie auf einmal die Geschwindigkeit verringert und am frühen Nachmittag – viel zu früh eigentlich – ihr Lager aufgeschlagen, und zwar bei Three Oaks Hill. Das kam mir ausgesprochen merkwürdig vor, und am nächsten Morgen wußte ich dann auch, warum.

Beim ersten Tageslicht ließ Guisbourne seine Männer antreten und kehrte mit den Rittern Richtung Nottingham um. Die anderen liefen, so schnell sie konnten, zum Fluß, und dieser Satan in Menschengestalt, dieser Bruno, führte sie an. Sie waren so gekleidet wie wir, genau wie du gesagt hast. Die meisten trugen grünes Lincolntuch. In diesem Moment habe ich erkannt, daß sie ihre Rolle wirklich bis zum letzten einstudiert hatten. Sie sahen nicht nur so aus wie wir, sie handelten auch so. Three Oaks Hill liegt genau in der Mitte der kürzesten Verbindungsstrecke zwischen der Winter Road hier und der Great Road auf der anderen Seite des Flusses. Die Anwesenheit der Ritter war nur ein Ablenkungsmanöver, um uns zu täuschen. Sie wollten die Königliche Leibgarde auf genau diegleiche Weise angreifen, wie wir es an ihrer Stelle getan hätten, nämlich im Wald und zu Fuß. Die Reiter waren lediglich dazu da, die Seiten zu decken.

Zu diesem Zeitpunkt war unsere Gruppe dreißig Mann stark. Wir sind von vorne und von zwei Seiten auf sie losgegangen und haben einen wahren Hagel von Pfeilen auf sie niederregnen lassen, aber sie sind in kleineren Trupps vorgerückt, so daß sie sich gegenseitig Deckung geben konnten. Ich hatte gehofft, wir würden noch vor ihnen über den Fluß kommen, dann hätten wir sie niedermachen können, während sie zum Ufer schwammen, aber, Robin ...« Will hielt inne und schüttelte ungläubig den Kopf. »Rob, sie hatten Männer am Fluß postiert, die sie dort mit Booten erwarteten.«

»Die zweifellos von York und Gainsborough hochgeschickt worden sind«, vermutete Marian. »Oder von Lincoln jenseits des Flusses. Der Sheriff hat dort einige einflußreiche Männer für seine Verschwörung gewinnen können. Ich habe zwar ihre Namen erfahren, weiß aber nicht, welche Aufgaben ihnen zugeteilt worden sind.«

»Boote?« fragte Robin erstaunt. In seiner Stimme schwang eine Art widerwilliger Anerkennung mit.

»Ja, eine ganze Reihe kleiner, gut getarnter Boote. Wir sind dem Feind praktisch direkt in die Arme gelaufen. Glaub mir, Robin, ich hätte nie damit gerechnet, daß sie sich vor uns befinden könnten. Dieser Irrtum hat uns drei Männer gekostet, und wir haben es nur mit knapper Not geschafft, vor ihnen über den Fluß zu kommen und uns am anderen Ufer bereitzuhalten. Aber sowie die Boote abgelegt haben,

haben sich die Insassen hinter Schutzschilden verschanzt, die so dicht geflochten waren, daß unsere Pfeile ihnen nichts anhaben konnten. Es ging alles furchtbar schnell. In Windeseile waren sie am Ufer und griffen uns an, und sie waren uns zahlenmäßig weit überlegen. Wir hatten keine andere Wahl, wir mußten zum Rückzug blasen und den Haupttrupp ungehindert ziehen lassen.«

»Die Boote«, wiederholte Robin. »Was haben sie dann mit den Booten gemacht?«

»Nichts. Sie haben sie am Ufer gelassen und sind auf uns losgegangen. Wir mußten uns den ganzen Weg bis zur Great Road erbittert gegen sie zur Wehr setzen. Zwar konnten wir ihre besten Schützen unschädlich machen, aber das hat uns auch nicht viel geholfen. Wieder mußten vier tapfere Männer ihr Leben lassen.«

»Habt ihr denn jemanden losgeschickt, um der Königlichen Leibgarde Bescheid zu geben?« fragte Little John im Ton eines Lehrers, der überzeugt ist, daß sein Schüler die richtige Antwort geben wird.

»Ja, zwei Männer, und beide wurden erschossen, als sie losritten, um die Garde zu warnen.«

»Was geschah dann?«

»Danach begann das große Morden. Bruno überraschte die Ritter, die im Wald nicht die Möglichkeit hatten, sich zu formieren, und metzelte sie nieder. Es dauerte nicht lange. Wir haben zwar versucht, ihnen zu Hilfe zu kommen, indem wir von den Seiten auf die Feinde schossen. Eine Weile haben sie uns in Ruhe gelassen, aber bald waren alle Wächter tot, und Bruno wandte sich wieder gegen uns. Wir wurden auseinandergetrieben, und ich befahl den Männern, aufzugeben und sich in Sicherheit zu bringen. Zwei der Unsrigen weigerten sich. Sie harrten aus und kämpften, bis sie schließlich von Lanzen durchbohrt wurden.« Will verstummte und senkte den Kopf. Seine Stimme brach, als er fast unhörbar fortfuhr: »Dann nahm ich das Pferd eines der Gefallenen und ritt so schnell wie möglich nach Cooper's Mount, um dir die schreckliche Nachricht zu überbringen.«

Ein bestürztes Murmeln ging durch die Reihen der Reiter,

die ihre Pferde nah an Will herangedrängt hatten, damit ihnen nur kein Wort entging. Robin, der ihre Wut und ihren Kummer spürte, nahm sich zusammen. Er wußte, daß sie ihm, angetrieben von einem unstillbaren Rachedurst, blindlings folgen würden, aber er durfte nicht zulassen, daß sie vorschnell handelten. Robin lenkte sein Pferd an das von Will heran, legte dem jungen Mann eine Hand auf die Schulter und sah ihm ins Gesicht. »Will, du hast deine Sache ausgezeichnet gemacht. Ich bin derjenige, der einen folgenschweren Fehler begangen hat. Ich habe mich geirrt, und wir alle müssen jetzt die furchtbaren Konsequenzen tragen. Aber wir dürfen uns gerade jetzt nicht von der Trauer um unsere Kameraden überwältigen lassen, sondern wir müssen zur Tat schreiten. Wir stehen einem übermächtigen Gegner gegenüber, den wir nun nicht mehr im Wald überrumpeln können. Will, du mußt uns zu den Booten führen, und zwar auf der Stelle.«

»Ja!«, rief Marian, die sofort verstand, worauf er hinauswollte. »Wir müssen an die Boote herankommen, denn Guisbournes Männer sind nur auf der offenen Brücke verwundbar.«

»Will«, erkundigte sich Robin, »wieviele Boote hätten wir denn zur Verfügung, und wie groß sind sie?«

»Es sind zehn Boote, von denen ein jedes Platz für sieben oder acht Mann bietet.«

»In wie vielen Truhen wird das Lösegeld transportiert?«

»In vier.«

»Wenn sie sich unsere Taktik zunutze machen, dann müssen wir sie eben mit ihren eigenen Waffen schlagen«, sagte Robin seelenruhig und wandte sich dann an Little John. »Schick die Hälfte unserer Leute nach Cooper's Mount zurück. Die Wahl des Anführers überlasse ich dir. Von diesem Punkt aus sollen sie in kleinen Gruppen die Straße hinunterreiten und Bruno und seine Männer so lange wie möglich aufhalten, sich aber auf keinen Fall in ernsthafte Kämpfe verwickeln lassen. Wir müssen nur Zeit gewinnen. Ich will nicht noch mehr Verluste zu beklagen haben. Und sag ihnen, sie sollen auf die Brücke achtgeben, denn da kommt Guisbourne mit einem Dutzend Rittern entlang.«

»Der Fluß führt in einem weiten Bogen um Sherwood herum«, gab Little John zu bedenken. »Wir brauchen einen Punkt zum Übersetzen – wenn wir nicht schon vorher untergegangen sind.«
»Skull Hollow«, sagte Robin.

»Höher! Zieht das dritte Boot noch ein Stück höher. Es ist immer noch zu sehen«, rief Marian und deutete mit einer Handbewegung die richtige Position an.
»Wenn dieses Boot auch nur einen Fuß höher gezogen wird, dann könnt ihr mir gleich den Kopf abschlagen, dann passe ich nämlich nicht mehr hinein.«
»Gute Idee, John«, lachte Robin. »Das würde deinem Lehnsherrn viel Ärger ersparen.«
»Ich habe keinen Lehnsherren über mir«, dröhnte Johns Stimme vom Wasser herauf. »Der einzige Herr, dem ich diene, ist der König. Jetzt zieht, Jungs. Zieht das Boot so hoch, wie die Lady es euch sagt.«
Langsam wurde das Boot dichter und dichter unter die hölzernen Brückenbalken gezogen. Marian blickte flußaufwärts zu der nächsten Biegung und gab weitere Anweisungen, bis das Boot nicht mehr zu erkennen war. »Gut so!« rief sie laut und wedelte mit dem Handrücken durch die Luft. »Bindet es fest.«
Robin stand auf der Brücke und bestimmte, welche Männer in die Boote steigen und welche sich mit ihren Bögen im Dickicht ein Stück flußabwärts verbergen sollten. Als Little John sich über das Geländer zog, übertrug Robin ihm diese Aufgabe und winkte den Reiter, der soeben an der Brücke angelangt war, zu sich heran.
»Wie weit sind sie noch entfernt?« fragte er ihn.
»Keine halbe Stunde mehr.«
»Und die Wagen? Wann werden die Wagen eintreffen?«
»Noch einmal zehn Minuten später.«
»Zwei Wagen und vier Truhen?«
»Ja, stimmt.«
»Will, was gibt es Neues von der Nottingham Road?«
»Guisbourne wird noch in dieser Stunde hier sein.«

Robin bemerkte, wie sich Much mit enttäuschter Miene von Little John abwandte und in der Nähe stehenblieb. Aufgrund seiner Jugend war er den Bogenschützen zugeteilt worden, und Robin sah ihm an, daß ihm die Entscheidung nicht gefiel, er jedoch nicht zu widersprechen wagte. Er drehte sich zu dem Jungen um und sagte tröstend: »John hat recht, Much. Das hier ist Arbeit für Schwertkämpfer. Dich und deinen Bogen brauchen wir dort drüben, um uns Deckung zu geben. Ermahne bitte die anderen noch einmal, erst dann zu schießen, wenn sich die Wagen direkt über den Booten befinden. Wir greifen die Männer an, die die Wagen bewachen. Eure Aufgabe ist es, dafür zu sorgen, daß niemand ihnen zu Hilfe kommen kann.«

»Gut, Robin. Ich werde schießen, bis mir die Pfeile ausgehen.«

»Noch etwas, Much«, rief John ihm nach. »Denk nur nicht, daß deine Aufgabe ein Kinderspiel sein wird. Wir können auf dem Wasserweg gefahrlos entkommen, aber dich wird man wie einen tollen Hund durch Sherwood hetzen.«

Robin stellte fest, daß Much diese Vorstellung offensichtlich gefiel, denn sein Gesicht hellte sich merklich auf, als er die Brücke verließ.

Lange Zeit kauerten sie in den Booten, die unter dem Brückenboden hingen, und warteten ab. Aus Gras geflochtene Matten bedeckten ihre Körper. Einige Männer hockten auch auf den Querstreben des Brückengebälks. Robin fühlte, wie ihn eine herrliche Ruhe überkam. Die anderen schienen zum größten Teil recht nervös zu sein, doch er mochte diese Zeit des Wartens. Da war er nicht gezwungen, nachzudenken oder Pläne zu schmieden, sondern konnte sich ganz in sich selbst zurückziehen und die Erregung auskosten, die vielleicht der eines Raubtieres kurz vor dem Sprung glich. Marian saß so dicht neben ihm, daß sich ihre Schenkel berührten, aber das lenkte ihn weit weniger ab, als er befürchtet hatte, weil auch sie in jenem körperlosen Zustand zwischen Geduld und Erwartung schwebte. Sie hatte sich geweigert, ihn zu verlassen. Sie würde bis zuletzt an seiner Seite ausharren und jede Gefahr mit ihm teilen. Eigentlich hätte er um ihr Leben fürchten müssen, aber die Freude, sie zur Waffengefährtin zu haben, war so überwältigend, daß kein Raum für andere Gefühle blieb. Sie alle schwebten in großer Gefahr, wie sie da zusammengekrümmt in den wackeligen Booten kauerten, trotzdem merkte Robin, wie seine Anspannung nachließ, wie die Verkrampfungen in seinen Schultern sich lockerten und wie alles, was ihn bislang bedrückt hatte, von ihm wich, bis ihn eine wundervolle Leichtigkeit erfüllte.

Das Boot schwankte ein wenig, als sie sich zu ihm umdrehte und mit ruhiger Stimme fragte: »Glaubst du, daß wir verraten worden sind?«

»Nein, verraten worden sind wir wohl nicht, aber Guisbourne hat unser Vorhaben erraten. Der Mann ist listig wie eine Schlange. Er hat mit unserem Erscheinen gerechnet. Weißt du, er konnte einen Überfall auf den Lösegeldtransport nur dann riskieren, wenn es einen Weg gab, die Schuld auf uns abzuwälzen, und er hat genau an der Grenze meines Territoriums zugeschlagen, außerhalb des Schutzes von Sherwood.«

Marian nickte. »Auf diese Weise mußte sein Plan aufgehen, egal ob wir die Route nun kannten oder nicht.«

»Ich bin von den Ereignissen völlig überrascht worden, weil ich den Männern des Sheriffs derlei Aktionen gar nicht zugetraut hätte. Bislang waren sie nichts weiter als ein Haufen schwerfälliger, ungelenker Ritter, die man leicht beobachten oder in einen Hinterhalt locken konnte. Das hat sich nun grundlegend geändert. Guisbourne ist sehr wohl imstande, mich zu überlisten, und ich traue ihm durchaus zu, innerhalb kürzester Zeit ein brauchbares Heer auf die Beine zu stellen. Zwar befinden wir uns in Sherwood Forest immer noch im Vorteil, aber ein großes, gut ausgebildetes Heer kann einen Schaden anrichten, dessen Ausmaß nicht zu ermessen ist. Hier bahnt sich ein Krieg an, den ich lieber nicht führen möchte. Da ist es doch besser, wenn wir uns alle an Richard halten, vielleicht gewinnen wir dann endgültig unsere Freiheit zurück.«

»Es scheint dir jetzt nicht mehr gar so schwer zu fallen, in seinem Namen zu kämpfen«, stellte Marian gelassen fest. Ihr Kettenhemd glitzerte in dem schwachen Licht, und ihr Helm lag griffbereit neben ihr.

Robin bedachte sie mit einem trägen Lächeln, welches sie in gleicher Weise erwiderte. Der Same der Hoffnung, den sie vor einigen Wochen gesät hatte, war aufgegangen und begann nun, Früchte zu tragen. *Liebe und Freiheit*, dachte er versonnen. Sicher, es gab noch mehr, wonach er sich sehnte, aber im Moment war er mit dem, was er hatte, vollauf zufrieden. Er badete sich im warmen Licht von Marians Lächeln, während um sie herum der Regen unaufhörlich leise zur Erde fiel. Marian machte Anstalten, etwas zu sagen, doch er gebot ihr mit erhobener Hand Schweigen. »Ich höre Pferdehufe.«

Ohne Anzeichen von Nervosität zu zeigen setzte Marian ihren Helm auf und legte die Hand an den Griff ihres Schwertes. Gemeinsam warteten sie auf den Beginn des Kampfes. Robins Schenkel preßte sich noch immer dicht gegen den ihren, und durch die Lederbekleidung hindurch spürte er die Hitze ihres Körpers, die sich auf ihn übertrug.

Das Wissen um das, was ihnen bevorstand, schweißte Robins Männer zu einer Einheit zusammen, während sie beobachteten, wie die feindlichen Reiter über den Hügel herangaloppiert kamen und über die Brücke ritten. Männer und Pferde trabten direkt über Robins Kopf hinweg. Dieser spähte durch die Matten und durch die Ritzen in dem Brückengebälk hindurch nach oben und sah über sich nur trampelnde Hufe und Füße. Obwohl er genau wußte, daß die Reiter sie nicht bemerken würden, falls sie durch die Ritzen nach unten blickten, kam es ihm so vor, als müßten sie alle jeden Moment entdeckt werden. Er schob sein grünes Halstuch tiefer in den Nacken und fühlte wieder, wie ihn das altbekannte innere Glühen durchströmte, das ihn vor jedem Kampf überkam. In diesen Sekunden blieb kein Raum zum Nachdenken, weil seine gesamte Welt nur noch auf die letzten Momente des Wartens, auf die letzten Herzschläge vor der Entscheidung zusammenschrumpfte.

Ein vielstimmiger Aufschrei erscholl, als die im Dickicht

verborgenen Bogenschützen die erste Pfeilsalve losschickten. Guisbournes Männer wurden vollkommen überrumpelt und brüllten wild durcheinander. In diesem Augenblick gab Robin das verabredete Zeichen, woraufhin seine Männer aus den Booten krochen und über das Geländer hinweg auf die Brücke kletterten und ihre Schwerter zückten. Guisbournes Leute waren von dem unerwartet auf sie herabprasselnden Pfeilhagel so überrascht worden, daß sie zunächst nicht begriffen, welche Gefahr unter ihren Füßen lauerte, doch sie gewannen ihre Fassung rasch zurück. Die ersten zwei Männer, die sich über das Geländer schwangen, wurden von den Wächtern, die die Wagen schützen sollten, entdeckt und sofort getötet, aber dann zwängte sich Robin zwischen den anderen hindurch und sprang mit einem Satz als erster auf die Brücke. Er erschlug einen der Wächter und hielt zwei weitere in Schach, bis erst Marian und dann Will an seiner Seite auftauchten. Gemeinsam bahnten sich die drei einen Weg durch die Menge der Feinde und erstürmten den vorderen Wagen. Am gegenüberliegenden Geländer erschien Little John und schlug dem Wächter, der ihm am nächsten stand, mit einem einzigen Streich den Kopf ab. Hinter ihm kletterten immer mehr Männer über das Geländer, kämpften sich bis zum hinteren Wagen durch und überwältigten dessen Bewacher.

Trotz des Lärms, der Verwirrung und der tödlichen Pfeile aus dem Dickicht schlugen sich die Männer des Sheriffs tapfer. Die Bogenschützen waren perfekt plaziert, sie hielten die beiden Wagen von vorne und von hinten ständig unter Beschuß. Ein Wächter nach dem anderen wurde von ihren Pfeilen niedergestreckt und die, die entkommen konnten, fielen den Schwertern von Robin, John und einem kleinen Teil ihrer Leute zum Opfer, die sie eingekesselt hatten.

Marian und Will trieben die letzten drei noch lebenden Wächter auf die Wagen. Robin sah, wie Marian einem gegen sie gerichteten Hieb geschickt auswich, doch der nächste bewirkte, daß ihr das Schwert aus der Hand flog. Sofort riß sie ihr langes Messer aus der Scheide und stieß es dem Gegner mitten ins Herz. Will parierte den Angriff eines Soldaten neben ihr und wirbelte dann herum, da ein weiterer von der Seite her auf ihn zukam. Wieder drehte sich Robin zu Marian um, und eine entsetzliche Sekunde lang schien die Welt stillzustehen, als er sah, wie der letzte Wächter sein Schwert über ihren Kopf hob. Will war zu weit entfernt, als daß er ihr hätte beistehen können. Marian versuchte verzweifelt, ihr Messer aus dem Leichnam des Wächters zu lösen, doch es saß fest. Ihr Gegner holte aus; sie riß ein letztes Mal an dem Messer, und tatsächlich gelang es ihr, es herauszuziehen. Mit einer katzengleichen Bewegung sprang sie zur Seite, um der todbringenden Klinge zu entgehen, ihr Arm fuhr blitzschnell hoch, und sie schlitzte dem Mann die Kehle auf.

Guisbournes Leute rannten nun auf das Dickicht am Ende der Brücke zu, so daß die Bogenschützen, die Robin dort postiert hatte, ihre Pfeile auf einmal dazu verwenden mußten, sich selbst zu verteidigen. Der Pfeilhagel, der dazu bestimmt war, die restlichen Wächter von den Wagen fernzuhalten, ebbte merklich ab, und auf der Brücke schlugen sich immer mehr von Robins Leuten zu den Wagen durch.

Die restlichen Boote legten unverzüglich ab und hielten flußabwärts auf die Brücke zu. Die Insassen schützten sich durch ihre Schilde, während sie Pfeil um Pfeil abschossen. Zwar war es ihnen vom Wasser aus nicht möglich, ihr Ziel genau zu treffen, aber allein der Überraschungseffekt, von der anderen Seite her unter Beschuß genommen zu werden, verschaffte Robins Männern ein wenig Luft. Robin selbst kletterte mit einigen anderen auf die Wagen, wo sie damit begannen, die Schatztruhen mit langen Seilen zu verschnüren.

Auf Robins Kommando hin wurden die drei Boote, die unter der Brücke hingen, zu Wasser gelassen und warteten nun direkt unter ihnen. Will und Marian verschnürten inzwischen die beiden Truhen auf dem zweiten Wagen, dann ließen sechs von Robins kräftigsten Männern sie langsam an den Seilen in die Boote hinab. Bei den ersten beiden Truhen verlief alles glatt, aber die dritte kollidierte mit einem Brückenpfeiler und geriet außer Kontrolle.

»Vergeßt sie!« schrie Marian und schnitt das Seil durch.

Die Truhe fiel platschend ins Wasser und versank. »Holt lieber die letzte!«

Robin lachte voll wilder Freude auf, als die vierte Truhe herabgelassen wurde, dann gab er ein weiteres Zeichen, woraufhin sich alle Männer, die sich noch in der Nähe der Wagen befanden, zu den Booten begaben. Die Bogenschützen im Dickicht schossen noch eine letzte Salve ab, da sich die Gegner anschickten, sich einen Weg durch die Leichenberge zu bahnen. Da stürmte plötzlich Sir Guy von Guisbourne an der Spitze eines Trupps von Rittern auf die Brücke. Rücksichtslos stießen sie sogar ihre eigenen Leute beiseite, um zu den Wagen zu gelangen.

Mit einemmal fürchtete Robin um Marians Leben. Nur mit enormer Willenskraft gelang es ihm, die Panik niederzukämpfen, die ihn einzuhüllen drohte und die ihn blind und unvorsichtig werden lassen würde. Er warf ihr einen flüchtigen Blick zu, rechnete mit dem Schlimmsten, doch sie erschien ihm merkwürdig ruhig und gefaßt, wie sie so dastand und den Angriff Guisbournes und seiner Männer beobachtete. Dann trafen sich einen Moment lang ihre Blicke, und sie erwachte aus ihrer Starre und griff mit unverminderter Kühnheit den nächsten Gegner an.

»Robin!« rief Little John plötzlich warnend, und Robin schwang sein Schwert, obgleich er den Angreifer, der von der Seite auf ihn losging, eher erahnte denn sah.

Der Mann neben ihm wurde zu Boden gestreckt. »Spring!« brüllte Robin über die Schulter hinweg, während er in einem Anfall rasender Wut auf seinen Widersacher einschlug.

Die anderen Männer wichen zur Seite, und Robin und Little John bewegten sich rückwärts aufeinander zu, um sich gegenseitig wenigstens ein Mindestmaß an Deckung zu geben. Die Gegner, die nur mühsam vorankamen, drangen einer nach dem anderen auf sie ein, nur um schließlich niedergemetzelt zu werden. Robin parierte Hieb um Hieb, bis ihm einer von Guisbournes Männern mit der flachen Seite seines Schwertes gegen die Schläfe schlug. Einen Moment lang verschwamm alles um ihn herum, er blinzelte benommen ins

Licht, aber dann stellte er fest, daß er nicht ernsthaft verwundet worden war.

Bruchteile von Sekunden später wurde Little John von einem Pfeil in die Schulter getroffen. Der Anblick des Blutes, welches aus der Wunde kam, schmerzte Robin mehr als seine eigene Verletzung.

»Spring!« schrie er seinem Freund zu, während er auf die beiden Männer losging, die Little John am nächsten waren. Es gelang ihm, sie ein Stück zurückzutreiben, aber sie setzten sich mit erhobenen Schwertern erbittert zur Wehr.

»Spring!« brüllte er noch einmal aus Leibeskräften.

Blutüberströmt und leicht schwankend blieb Little John stehen, und das Schwert entglitt seiner Hand. Trotzdem sprang er nicht, sondern packte Robin mit seinem unversehrten Arm am Gürtel, wirbelte ihn mit seinen Riesenkräften durch die Luft und schleuderte ihn dann über das Brückengeländer.

Robin landete unmittelbar neben dem letzten Boot im Wasser. Noch während man versuchte, ihn an Bord zu hieven, sah er, wie Guisbourne sein mächtiges Schlachtroß herumriß. Little John sprang immer noch nicht. Statt dessen hob er sein Schwert auf und taumelte auf seinen Feind zu. Guisbourne stürmte vorwärts und schwang drohend sein eigenes Schwert, dann bemerkte Robin, wie die blutende Klinge auf Little John herabfuhr und – nun blutbesudelt – wieder gehoben wurde, um abermals zuzuschlagen, wieder und wieder, bis Little John zu Boden stürzte und unter die Hufe des riesigen Pferdes geriet.

Als eine Reihe von Bogenschützen oben am Brückengeländer auftauchten, hoben zwei der Männer im Boot rasch die Schilde, und die anderen begannen, so schnell sie konnten flußabwärts zu paddeln. Es war Marian, die Robin schließlich ganz ins Boot zerrte. Robin starrte sie an, aber es gelang ihm nicht, sich auf ihr Gesicht zu konzentrieren. Der Schlag auf den Kopf schwächte ihn, und sein Blick trübte sich mehr und mehr, während er langsam in die Dunkelheit hinüberglitt. Wie aus weiter Ferne hörte er das leise Zischen der Pfeile und dann den dumpfen Laut, mit dem sie gegen die Schilde prallten. Es war ein ganz anderes Geräusch als das Getrappel von Pferdehufen über seinem Kopf.

»John«, flüsterte er voller Kummer. Er konnte den Verlust seines Freundes noch gar nicht fassen.

Direkt an seinem Ohr hörte er Marian sagen: »Ich verspreche dir, daß der König den heutigen Tag nie vergessen wird, ebensowenig wie ich.«

»Er war zehn von deinen Königen wert«, entgegnete Robin schwach, ehe der Schmerz ihn überwältigte.

19. Kapitel

Marian verbrachte eine weitere Nacht in Sherwood, um den bewußtlosen Robin zu pflegen, den man in König Richards Jagdhütte untergebracht hatte. Am nächsten Morgen blieb sie noch so lange, bis Robin kurz das Bewußtsein wiedererlangt hatte. Sie versprach, so schnell wie möglich zurückzukehren, dann ritt sie mit Sir Ralph nach Fallwood Hall, wo Agatha ihr versicherte, daß sich niemand nach ihrem Verbleib erkundigt hatte. »In der Burg glaubt man, Ihr würdet Euch hier aufhalten, und was Euren neuen Verwalter angeht – seiner Meinung nach wart Ihr in der Zwischenzeit in Lincoln.« Danach berichtete Marian Agatha von Guisbournes geglücktem Überfall auf den Lösegeldtransport, von dem darauffolgenden Kampf, der so viele Menschenleben gekostet hatte, und von Robins List mit den Booten. »So gesehen ist die Mission ein Erfolg. Inzwischen dürfte sich das Lösegeld sicher im Keller des Wirtshauses befinden. Bruder Tuck ist bereits auf dem Weg nach London, um der Königin Bericht zu erstatten.«

»Wenn nichts dazwischenkommt, wird das Geld auch bald in London eintreffen.«

»Ich habe mein Versprechen gegenüber Königin Eleanor eingelöst«, sagte Marian. »Jetzt ist es an der Zeit, Nottingham zu verlassen.«

»Ich habe nicht das geringste dagegen einzuwenden,

Lady Marian. Ich wäre beileibe nicht traurig, wenn ich das Gesicht des Sheriffs nie wieder sehen müßte«, entgegnete Agatha. Diesmal wurde der grimmige Ton in ihrer Stimme nicht durch ihren üblichen trockenen Humor gemildert. »Aber ich werde nicht mit Euch nach Norden reiten. Eine besondere Erklärung hierfür brauchen wir uns wohl nicht zurechtzulegen. Nach allem, was geschehen ist, habe ich mehr als einleuchtende Gründe, um aus Euren Diensten zu treten. Außerdem kann ich mich in London nützlich machen.«

Marian stimmte ihr zu. Da sie nur noch den Wunsch verspürte, so schnell wie möglich nach Sherwood zurückzukehren, arbeitete sie bis in die Nacht hinein. Stundenlang besprach sie mit dem neuen Verwalter die letzten noch offenen Fragen und gab Anweisungen, die sie bislang noch bewußt zurückgehalten hatte, um Zeit zu gewinnen. Der Mann grollte ein wenig, weil er sich um seine Nachtruhe gebracht sah, bekundete jedoch seine Zufriedenheit, nachdem endlich alles geklärt war. Nach ein paar Stunden unruhigen Schlafes stand sie früh auf und ritt mit ihren Begleitern nach Nottingham. Am Stadtrand fand sich für Agatha eine Mitreisegelegenheit; sie konnte sich einer Karawane anschließen, die auf Umwegen über London nach Canterbury reiten wollte, und es wurde vereinbart, sich später an derselben Stelle wiederzutreffen. »Wir kommen sofort hierher zurück, sowie wir unsere Sachen gepackt haben«, versicherte Marian Agatha. »Ich möchte dich nicht allein in Nottingham wissen, wenn ich nicht mehr da bin.«

Als sie in den mittleren Burghof von Nottingham Castle einritten, spürten sie alle drei, daß die Luft vor Spannung förmlich knisterte. Den Männern des Sheriffs war das Unbehagen so deutlich vom Gesicht abzulesen, daß Marian dem Pferdeknecht gegenüber eine dementsprechende Bemerkung wagte. Der Mann nickte weise. »Da habt Ihr recht, Mylady. Es hat ein Kampf stattgefunden. Robin Hood und seine Bande haben das Lösegeld für den König gestohlen. Unsere Männer versuchten, es ihnen wieder abzunehmen, aber es gelang ihnen nicht. Viele sind verwundet oder getötet worden. Der Sheriff schäumte geradezu vor ... ist ziemlich aufgeregt. Auch Sir Guys Laune war schon einmal besser.«

Marian schickte Ralph zur Falknerei, um Topaz abzuholen, während sie mit Agatha zum oberen Burghof ging. Sie teilte dem Haushofmeister mit, daß sie abzureisen gedachte, und bat ihn, eine Audienz bei Sir Godfrey zu arrangieren. Oben in ihren Gemächern angekommen, begannen Agatha und sie augenblicklich mit dem Packen. Eine kribbelnde Nervosität breitete sich in Marian aus. Es war unerläßlich, daß sie dem Sheriff noch einmal ihre Aufwartung machte, und sie konnte nur hoffen, daß er froh war, sie loszuwerden, dann würde er ihr wohl kaum Schwierigkeiten bei ihrer Abreise machen. Sie freute sich zwar nicht gerade auf ihre letzte Begegnung mit Sir Godfrey, aber die Aussicht, sich von Guy verabschieden zu müssen, war ungleich unangenehmer.

Marian entsann sich ihres Zögerns auf der Brücke. Da sie sich voll und ganz auf Robin eingestellt hatte und auf die Notwendigkeit eines Kampfes vorbereitet gewesen war, hatte sie angenommen, daß der Anblick Guisbournes keinen Gefühlsaufruhr in ihrem Inneren auslösen würde. Aber die Wirkung, die seine Anwesenheit auf sie ausgeübt hatte und ihr eigener glühender Wunsch, daß er überleben möge, hatten sie selbst in Erstaunen versetzt. Eine Sekunde lang war sie zur Salzsäule erstarrt, doch diese Sekunde hatte die peinigende Intensität eines Alptraumes gehabt. Das Blatt hatte sich gewendet, sowie Goisbourne auf die Brücke geritten war, und sie wurde das Gefühl nicht los, daß ihr eigenes Zögern zu dieser Wende und allem, was dann folgte, beigetragen hatte. Guy lebte, aber Little John war tot, und sein Schicksal lastete schwer auf ihrer Seele. Insgeheim fragte sie sich, wie sie wohl reagiert hätte, wenn John Guy getötet hätte. Sie hatte den riesigen Mann respektiert und bis zu einem gewissen Grad auch gern gehabt, doch wenn ihre Gefühle für Little John auch nicht allzu tief gegangen waren, so waren sie wenigstens auch nicht so paradox wie die, die Guisbourne in ihr erweckte. Sie hatte sich zwingen wollen, Guy zu lieben, und beinahe wäre ihr das auch gelungen. Wenn es Robin Hood nicht gäbe ...

Aber es gab Robin nun einmal, und Marian konnte es nicht mit ihrem Gewissen vereinbaren, nun, da sie wußte, wen von beiden sie liebte, beide Affären fortzusetzen. Robin trauerte um seinen Freund, und sie wollte bei ihm sein, um ihn zu trösten. Sie hatte getan, was Eleanor von ihr verlangt hatte, und nun würde sie ihrer Wege gehen. Die Zeit der Intrigen war für sie vorbei.

Gemeinsam mit Agatha packte sie ihre Habseligkeiten zusammen und gab Anweisung, die Truhen zu den Stallungen zu schaffen. Guy erschien an der Tür, als die Diener gerade das Gepäck die Treppe hinunterbrachten. Agatha warf Marian einen fragenden Blick zu und verschwand, als ihre Herrin zustimmend nickte.

»Wie du siehst, habe ich mich zur Abreise entschlossen.« Marian wies auf das Gepäck. »Aber ich hätte mich noch persönlich von dir verabschiedet.« Das war noch nicht einmal gelogen. Sie hätte sich niemals wie ein Feigling ohne Abschied davongestohlen, das verbot ihr ihr Stolz.

»Warum denn jetzt schon?«

»Ich kann keinen Vorwand mehr erfinden, um die Arbeiten in Fallwood Hall in die Länge zu ziehen. Außerdem möchte ich mir selbst auch nichts mehr vormachen.«

»War die Sache zwischen uns auch nur ein Vorwand? Ich dachte immer, wir würden uns prächtig verstehen.« Seine Stimme klang ironisch, doch seine Augen umwölkten sich plötzlich vor Schmerz.

Seine Worte trafen sie bis ins Mark, trotzdem sah sie ihm fest ins Gesicht. »Du hast es selber einmal gesagt. Uns beide verbindet lediglich die Freude an der Fleischeslust, und in diesem Punkt haben wir uns wirklich gegenseitig Vergnügen bereitet. Aber trotz alledem muß ich wieder nach Hause zurückkehren und meinen Verpflichtungen nachkommen. Und es hat keinen Sinn, wenn ich mir einrede, daß du zu diesem Teil meines Lebens gehören könntest.«

»Warte doch noch ein Weilchen mit deiner Abreise«, bat er leichthin, aber er rückte unauffällig ein Stück näher an sie heran, und sie spürte, daß er auf ihr Einverständnis hoffte.

Marian schüttelte den Kopf. »Nein, mein Entschluß steht

fest. Ich habe meiner erotischen Begierde auf Kosten meiner Sicherheit und meines Seelenfriedens nachgegeben, aber damit ist jetzt Schluß. Ich muß gehen, ich habe meine Familie schon zu lange nicht mehr gesehen.«

Guy trat einen Schritt auf sie zu, schloß beide Hände um ihre Arme und zog sie an sich. Seine Lippen preßten sich hungrig auf die ihren und entzündeten eine Flamme heißen Verlangens; ein dunkles Feuer, das sie zu verbrennen drohte – und so schnell erlosch, wie es aufgeflackert war. Ruhig, aber bestimmt machte sie sich von ihm los. Guisbourne starrte sie an, seine Augen glühten wie goldene Kohlen. »Ich begehre dich mehr, als ich je eine Frau begehrt habe.« Seine Stimme klang leise und eindringlich, und er blickte sie mit einem leicht verwunderten Gesichtsausdruck an – so, als sei ihm diese Erkenntnis eben erst gekommen und als könne er sie selbst noch nicht fassen.

Marian spürte, wie etwas in ihr danach verlangte, die Hand auszustrecken und nach dem zu greifen, was er ihr anbot, doch ein anderer, stärkerer Teil von ihr sträubte sich dagegen. Der gefühlsmäßige Zwiespalt, in den sie geraten war, löste einen seltsamen Schmerz tief in ihrem Inneren aus. Was würde sie tun, wenn sich Guy nun doch noch bereiterklärte, auf ihre Bedingungen einzugehen? Sein Versuch, das Lösegeld an sich zu bringen, war fehlgeschlagen, und dieser Mißerfolg würde ihn in Prinz Johns Gunst gewiß nicht höher steigen lassen. Vielleicht sah er ja in der Verbindung mit ihr und einem neuerlichen Treuegelübde gegenüber König Richard die beste Möglichkeit, das zu retten, was noch zu retten war. Sie hatte ihm bereits angeboten, sich für ihn zu verwenden. Sie hatte ihm im Grunde genommen ihre eigene Person angeboten, aber das war, bevor er alles darangesetzt hatte, den König zu bestehlen.

Und bevor sie sich für Robin entschieden hatte.

Zu spät. Doch sie konnte ihm vom Gesicht ablesen, daß er fest entschlossen war, sie umzustimmen. Da sie wußte, daß dieses Unterfangen von vornherein zum Scheitern verurteilt war, fiel ihr ein Stein vom Herzen, als es an der Tür klopfte und der Haushofmeister sie zum Sheriff bestellte.

»Lebt wohl, Sir Guy«, sagte sie leise.

Er gab keine Antwort, ließ ihr Gespräch absichtlich unbeendet. Marian drehte sich um, verließ den Raum und folgte dem Haushofmeister die Treppe zur Halle hinunter, wo sie der Sheriff Gift und Galle speiend erwartete. Seine Worte prallten jedoch wirkungslos an ihr ab. Marian ließ ihn toben, bis ihm die Luft ausging, dann dankte sie ihm für seine Gastfreundschaft und verabschiedete sich. Agatha, die darauf brannte, sich ihrer Reisegruppe anzuschließen, wartete draußen vor der Tür. Ohne einen weiteren Gedanken an Sir Guy zu verschwenden, ging Marian direkt zu den Stallungen und bestieg ihr Pferd. Das Gepäck war bereits auf die Maultiere geladen worden, und Sir Ralph hatte Topaz geholt, ihr die Fußriemen angelegt und sie auf ihre Stange gesetzt. Marian gab das Zeichen zum Aufbruch, und sowie sie zum Tor hinausgeritten waren, hob sich die gedrückte Stimmung, die sie alle ergriffen hatte, merklich.

Guy blieb noch lange am Fenster stehen und wartete. Er hoffte verzweifelt, Marian möge zurückkommen, aber nichts geschah. Schließlich machte er sich auf den Weg zu den Stallungen, um sich davon zu überzeugen, daß ihre Pferde verschwunden waren. Auch ihr Sperber war aus der Falknerei abgeholt worden. Insgeheim verwünschte Sir Guy seinen Stolz. Es hatte ihn tief getroffen, daß sie so kurz nach seinem gescheiterten Überfall auf den Lösegeldtransport abreisen wollte. Er hätte draußen vor der Halle auf sie warten und dann versuchen sollen, sie zum Bleiben zu überreden. Marian hatte sich verabschiedet, sie war fest entschlossen, Nottingham zu verlassen, und er kannte ja ihren unbeugsamen Willen. Verglichen mit der Leidenschaft, die sie beide füreinander empfanden, war das ganze Gerede von Lagerwechsel und Loyalität doch bedeutungslos. Falls Richard nicht zurückkehrte, war Marian gut beraten, einen Mann zu heiraten, dem Prinz Johns Wohlwollen gewiß war.

Die Sache hatte leider nur einen Haken. Prinz John würde wenig erbaut sein, wenn er von dem Fiasko mit dem Lösegeld erfuhr, und er würde ihn, Guy, dafür verantwortlich machen. Er hatte die Warnungen des Prinzen hinsichtlich der Outlaws ruhig angehört, jedoch nicht ernst genug genommen. Nichts war bisher nach Plan verlaufen, aber wenigstens lag sein Leben noch nicht ganz in Scherben. Viel fehlte allerdings nicht mehr. Unruhig strich Guy an der Brustwehr entlang, während er darüber nachgrübelte, was nun zu tun sei. Godfreys Gejammer hätte er gerade jetzt am wenigsten ertragen können.

Seine Gedanken kehrten zu Marian zurück, und ihm fiel die Mischung aus Bedauern und Entschlossenheit in ihrem Blick, mit dem sie sich von ihm verabschiedet hatte, wieder ein. Ihre Affäre war beendet, aber dennoch war Marian für ihn noch nicht verloren. Falls sie ihrem Vorsatz treu blieb, dann konnte er sie nur zurückgewinnen, wenn er die Seiten wechselte oder wenn Prinz John an die Macht kam. Außerdem hielt sie nach einem Ehemann Ausschau, nicht nach einem Liebhaber. Er würde sie also zur Frau nehmen müssen, aber hatte er nicht beinahe seit dem Tag ihrer ersten Begegnung mit diesem Gedanken gespielt? Guy beschloß, ihr nicht sofort zu folgen. Er mußte sich seine nächsten Schritte sehr sorgfältig überlegen, aber erst, wenn er sich etwas beruhigt hatte. Er hielt es ohnehin für ratsamer, ihr nicht auf der Stelle nachzureiten. Besser, er gab ihr Zeit, ihn zu vermissen, um den Schutzwall, den sie gegen ihn errichtet hatte, wieder einzureißen. Wenn er sich schon gestattete, die Leidenschaft zu einem treibenden Element in seinem Leben werden zu lassen, dann wollte er sie auch erwidert wissen. Aber wie lange durfte er warten?

Von unten her drang Lärm an sein Ohr und riß ihn aus seinen Gedanken. Als er in den mittleren Burghof hinunterblickte, stellte er fest, daß dort ein ziemlicher Tumult herrschte. So schnell er konnte rannte er die Stufen hinunter. Die Männer, die ihn kommen sahen, wichen zur Seite, damit er ungehindert mit dem keuchenden Wächter sprechen konnte, der offensichtlich eine wichtige Meldung zu machen hatte. »Was ist geschehen?«

»Sir Guy, ich bin sicher, daß wir den Tunnel gefunden haben – den Tunnel, den Robin Hood benutzt haben muß, um in das Verlies zu gelangen. Harry und ich haben ihn entdeckt und bestimmt zehn Minuten lang versucht, den Stein vor dem Einstieg zu lockern, aber er ist von der anderen Seite zu fest verkeilt worden. Dann haben wir nach Hilfe geschickt ...«. Der Mann hielt inne, und der triumphierende Ausdruck auf seinem Gesicht wich einem Anflug von Besorgnis.

»Wen habt ihr denn gebeten, Hilfe herbeizuholen?« Guys Nerven waren zum Zerreißen gespannt. Er ahnte, daß sich eine Katastrophe anbahnte.

»Wir haben Laurel losgeschickt, Sir Guy. Sie trieb sich zufällig in unserer Nähe herum und war genauso erstaunt wie wir, als wir diese Steintür im Vorratsraum entdeckten. Beinahe hätten wir sie übersehen, sie lag nämlich hinter einigen Ballen Sackleinwand versteckt, aber zufälligerweise bewegte sich der Stein unter Harrys Füßen ein wenig. Also haben wir Laurel angewiesen, Euch alles zu berichten und uns Werkzeuge zu holen, damit wir den Stein aus seiner Verankerung brechen konnten.«

»Ich hab' Laurel zum Tor des mittleren Burghofes hinausgehen sehen«, warf einer der Umstehenden ein. »Das war vor ungefähr zehn Minuten.«

»Und wer ist Laurel?«

Der Mann starrte Guisbourne überrascht an und zeichnete dann mit beiden Händen den Umriß eines Frauenkörpers in die Luft. »Sie ist die hübsche kleine Dunkelhaarige, die oft bei den Mahlzeiten bedient und in der Küche aushilft, Sir Guy. Die Nichte des Braumeisters.«

Guy schloß die Augen. Mit glasklarer Deutlichkeit sah er die Brauerei und das Pilgrim, das daran anschließende Wirtshaus vor sich, Seite an Seite am Fuß der Klippe, und die Rückseiten beider Häuser schlossen bündig mit dem Felsgestein ab. Als er die Augen wieder öffnete, bemerkte er, daß die Männer, die um ihn herumstanden, das Ausmaß des Komplotts noch gar nicht erfaßt hatten, obwohl sie ahnten, daß irgend etwas nicht stimmte. Einzig dem Tor, der ausgerechnet die Nichte des Braumeisters losgeschickt hatte, um Hilfe zu holen, dämmerte, was er angerichtet hatte. Betreten blickte er zu Boden und hoffte, daß ihm diesmal die Prügelstrafe erspart blieb.

»Zehn Hiebe«, ordnete Guy an und bedeutete einem seiner Soldaten, den Mann abzuführen. »Und fünf für seinen Freund Harry.«

Die Männer um ihn herum erstarrten bei dieser Drohung. Mit einem grimmigen Lächeln begann Guisbourne, Befehle zu bellen, und innerhalb von zwei Minuten hatte er eine bewaffnete und berittene Truppe um sich versammelt. Die Wächter des Sheriffs waren seinen eigenen Leuten zwar weit unterlegen, würden aber ihren Zweck erfüllen. Guy führte die Truppe den Hügel hinunter, aber als sie unten angelangt waren, mußten sie feststellen, daß sowohl die Brauerei als auch das Pilgrim verwaist dalagen. Damit war zu rechnen gewesen, trotzdem hatte er insgeheim die Hoffnung genährt, daß die Habgier dem Braumeister und seinen Helfershelfern zum Verhängnis werden würde.

Aber die Furcht war stärker gewesen als die Gier. Verständlich genug, schließlich hatten sie sich gegen den Sheriff von Nottingham verschworen, und was eine Entdeckung bedeutete, konnte sich jeder einzelne von ihnen in lebhaften Farben ausmalen.

Guy wandte sich an seine Männer. »Wer von euch verkehrt häufig hier und ist in der Lage, die in der Brauerei beschäftigten Arbeiter wiederzuerkennen?«

Wie es aussah, kamen sie alle regelmäßig in die Wirtschaft, wo sie zweifellos die neuesten Klatschgeschichten austauschten. Wutschnaubend wählte Guy diejenigen aus, die ihm am vertrauenswürdigsten erschienen, damit sie ihm bei der Suche halfen, und schickte die anderen in das Wirtshaus und die Brauerei. »Untersucht die hinteren Wände und den Fußboden, aber gründlich! Ihr müßt den Eingang zu einem Tunnel finden.

Der Rest teilt sich in Gruppen auf und durchkämmt die Umgebung. Überprüft jedes nur denkbare Versteck. Wenn ihr die Arbeiter aus der Brauerei oder aus dem Wirtshaus entdeckt, nehmt ihr sie sofort fest.«

Er wies jeder Gruppe ihre Aufgabe zu und schickte sie

los. Zwanzig Minuten später kam einer der Männer, die den Auftrag hatten, das Wirtshaus zu durchsuchen, angstschlotternd auf ihn zu und meldete, daß der Braumeister tot war. »Er war zu Pferde unterwegs. Sir Guy, und kam wohl vom Fluß zurück. Offenbar war er nicht in der Brauerei, als seine Kameraden gewarnt worden sind. Er hat uns schon von weitem gesehen und ist davongaloppiert, ehe wir reagieren konnten, und da er ein schnelles Pferd und einen beachtlichen Vorsprung hatte ... nun, da haben wir unsere Bögen genommen und ihn erschossen.«

»Wer ist ›wir‹?«

Der Mann zögerte, dann nannte er widerwillig den Namen seines Kommandanten. Guisbourne zweifelte nicht daran, daß dieser den Befehl zum Schießen gegeben hatte. »Ich habe euch doch extra eingeschärft, daß ihr Gefangene machen sollt.«

Der Mann konnte vor lauter Furcht kaum nicken. Guy ließ ihn noch eine Weile schmoren, dann durfte er gehen. Es war schließlich der Kommandant gewesen, der den Befehl mißachtet und dann seinen Untergebenen vorgeschickt hatte, um die Strafe von sich selbst abzuwenden, aber mit dieser Sache wollte er sich später befassen. Ihm persönlich wäre es lieber gewesen, seine Männer hätten versucht, den Braumeister gefangen zu nehmen. Nun, jetzt konnte er dem Sheriff zumindest den Leichnam eines der Verschwörer vor die Füße werfen. Guy setzte seine eigene Suche fort, wobei er genau nach dem Plan verfuhr, den er seinen Leuten vorgelegt hatte. Auf einmal erblickte er das Pferd eines der Wachposten, ein riesiges Tier mit einer sternförmigen Blesse, das in einer schmalen Gasse an einem verdorrten Baum festgebunden war. Guy zog sein Schwert, stieg ab und befahl seinem eigenen Pferd mit einer Handbewegung, sich nicht von der Stelle zu rühren. Geräuschlos schlich er auf das Häuschen am Rand der Gasse zu. Dies war ein möglicher Unterschlupf, den der Braumeister auf dem Weg vom Fluß zur Burg benutzt haben könnte.

Als er sich der Tür der Hütte näherte, hörte er Schluchzen und gedämpfte Grunzlaute. Mit einem Fußtritt stieß er die

Tür auf und erblickte einen der Wächter, der gerade auf einer kleinen dunkelhaarigen Frau lag. Laurel, vermutete Guy aufs Geratewohl, obgleich er keinen Beweis dafür hatte. Die halbnackte Frau wand sich verzweifelt unter ihrem Peiniger, wagte jedoch nicht, um Hilfe zu rufen, da dieser ihr ein Messer gegen die Kehle drückte. Der Mann starrte den Eindringling dümmlich an, dann grinste er lüstern. Seine Augen signalisierten Guy, sich an der Vergewaltigung zu beteiligen.

»Laß sie sofort los!« befahl Guisbourne streng. Im Burghof würde in Kürze eine ganze Reihe von Auspeitschungen stattfinden. Guy hätte sich nicht gewundert, anstelle einer wertvollen Gefangenen einen weiteren Leichnam vorzufinden.

»Das ist Laurel«, sagte der Wächter, als ob diese Tatsache eine Rechtfertigung sei.

»Das habe ich mir schon gedacht. Laß sie los, oder muß ich nachhelfen?«

Der Mann, dem der Spaß inzwischen vergangen war, ließ von seinem Opfer ab und richtete seine Kleidung. Laurel sprang sofort auf und warf sich in Guys Arme. Dieser setzte ihr im selben Moment sein Schwert an die Kehle, nur einen knappen Zoll oberhalb der dünnen Schnittwunde, wo das Messer ihre Haut geritzt hatte. Blut rann ihr über den Hals und über ihre entblößten Brüste. Vorsichtshalber bedeckte Guy mit der freien Hand sein eigenes Messer, aber Laurel machte keine Anstalten, danach zu greifen. Statt dessen flüsterte sie ihm ins Ohr: »Ich muß mit euch allein sprechen. Ich habe Euch etwas Wichtiges zu sagen.«

Guy musterte sie aus schmalen Augen. Worum mochte es sich handeln? Um einen weiteren geheimen Tunnel? Das nützte ihm jetzt auch nichts mehr. Oder hatte sie den Sheriff dabei belauscht, wie er plante, ihn, Guy, zu beseitigen? Wenn dies ein Trick war, dann würde er es schnell genug herausfinden.

»Hinaus«, befahl er dem Wächter, der ihm einen aufsässigen Blick zuwarf, da er davon ausging, daß Guisbourne die Beute nun für sich allein beanspruchen würde. Mürrisch verließ er die Hütte, blieb jedoch in Hörweite stehen, weil er sich das zu erwartende Keuchen und Stöhnen nicht entgehen lassen wollte. »Du wartest bei deinem Pferd!« herrschte Guy, der sich inzwischen wie ein kompletter Narr vorkam, ihn an. Widerwillig stapfte der Mann zu seinem Pferd hinüber, und Guy zerrte Laurel in eine Ecke der Hütte. Ihre blanken Brüste wogten auf und ab. »Bring deine Kleider wieder in Ordnung«, forderte er sie auf, und sie begriff, da er nicht in Versuchung zu führen war.

Laurel schnürte rasch ihr Mieder zu, was ihr Angreifer ihr zwar heruntergezerrt, aber nicht zerrissen hatte. Trotz ihres kecken Gehabes zitterte sie innerlich vor Furcht. Sie sah Guy trotzig in die Augen, hatte jedoch Verstand genug, ihre Stimme zu dämpfen, als sie sagte: »Gebt mir Euer Wort, daß Ihr mich laufen laßt, dann erzählte ich Euch etwas, das Euch bestimmt interessieren wird.«

Guisbourne musterte sie abschätzig. »Der Folterknecht des Sheriffs wird alles aus dir herausbekommen, was du weißt.«

»Und alles an den Sheriff weitergeben. Vielleicht weiß ich ja etwas, das Euch betrifft und das Sir Godfrey besser nicht erfährt.«

Guy lachte spöttisch auf. »Wie kommst du denn auf die Idee, daß ich mein Wort halten würde?«

»Ganz sicher bin ich mir dessen nicht. Aber Dienstboten können im allgemeinen recht gut beurteilen, welche ihrer Herren zur schlimmsten und welche zur besseren Sorte gehören. Ihr seid nicht wie Sir Walter, der eher sterben würde als sein Wort zu brechen, aber Ihr seid auch kein solcher Teufel wie der Sheriff. Nur Ihr allein wißt, was Euch Euer Wort wert ist. Und meine einzige Chance besteht darin, es Euch abzuverlangen.« Laurel lächelte leicht. »Ich traue Euch schon allein deshalb, weil Ihr nicht sofort über mich hergefallen seid.«

»Aber ich zahle nicht für wertlose Informationen«, warnte er sie.

»Gebt mir Euer Wort«, forderte sie mit leiser, aber bestimmter Stimme.

»Ich gebe dir mein Wort«, sagte er vorsichtig, »daß ich

dich gehen lasse, wenn du mir etwas verrätst, von dem ich nicht will, daß der Sheriff es erfährt.«

»Lady Marian ist eine Spionin«, flüsterte Laurel ihm zu.

Guy runzelte die Stirn. Marian hatte nie ein Hehl daraus gemacht, auf wessen Seite ihre Familie stand. Der Sheriff protzte damit, daß er Nottingham völlig unter Kontrolle hatte, und die Chance, ihre Familie zu stürzen, war es wohl wert, ihr zu gestatten, kleinere Bröckchen von Informationen aufzuschnappen, wenn sie den an einer Festtafel geführten lockeren Diskussionen lauschte. Guy selbst hatte ihr gegenüber nie eine Bemerkung fallengelassen, die sie hätte verwenden können, und nach ihrem ersten Gespräch auf dem Jahrmarkt hatte sie nie wieder Anstrengungen unternommen, ihn auszuhorchen. Er war der Meinung gewesen, sie beide hätten sich an die Spielregeln gehalten. »Es gibt verschiedene Arten von Spionen«, erwiderte er leichthin.

Ein ärgerlicher Funke glomm in Laurels Augen auf. »Lady Marian ist nach Sherwood geritten und hat Robin Hood dazu gebracht, in die Dienste der Königin zu treten. Sie stecken alle unter einer Decke – sie, ihre Kammerzofe und ihr Troubadour. Robin will seine Ländereien zurückhaben, und sie hat ihm als Gegenleistung für seine Hilfe versprochen, daß er seinen Besitz wiederbekommt und daß er und alle seine Männer begnadigt werden.«

Guy starrte sie nur ungläubig an. Konnte sie sich diese Geschichte einfach aus den Fingern gesogen haben, weil sie bemerkt hatte, daß er sich zu Marian hingezogen fühlte?

Laurel, die anscheinend seine Gedanken las, lächelte höhnisch. »Lady Marian hat auch dafür gesorgt, daß Robin Hood Euch das Lösegeld stahl.«

In diesem Moment fiel Guy ein, daß er Marian unwissentlich doch Informationen geliefert hatte. Er hatte ihr erzählt, wohin er reiten wollte, um den Lösegeldtransport abzufangen. Leise murmelte er Verwünschungen vor sich hin, dann entsann er sich, daß Robin Marian einmal auf der Straße nach Nottingham geküßt hatte.

»Haben sie eine Affäre miteinander?«

Als Laurel nur verdrossen zu Boden blickte und schwieg,

schüttelte er sie grob durch, daß ihr Kopf nach hinten flog. »Ob er ihr Liebhaber ist, will ich wissen!«

»Ihr meint, ob er gleichfalls ihr Liebhaber ist.«

Guy holte schon aus, um sie zu schlagen, aber sie zuckte mit keiner Wimper. Er krallte seine Finger fester in ihre Arme, woraufhin sie ihn böse anfunkelte, doch als sie schließlich antwortete, klang ihre Stimme traurig. »Ich weiß es nicht. Ich weiß nur, daß er mich nicht mehr angerührt hat, seit sie nach Sherwood gekommen ist, und er ist kein Mann, der lange ohne eine Frau auskommt.«

Sie sprach die Wahrheit, davon war Guy jetzt überzeugt.

»Laßt mich gehen«, forderte Laurel und versuchte, sich aus seinem eisernen Griff zu befreien.

Er packte noch fester zu, dann stieß er sie auf die Pritsche nieder.

»Ihr habt mir Euer Wort gegeben«, flüsterte sie.

Guy kostete ihre offensichtliche Furcht noch eine Minute länger aus, ehe er schließlich sagte: »Leg dich hin und tu so, als ob ich mich eben mit dir vergnügt hätte.«

Laurel legte sich rücklings auf die Pritsche, schob ihren Rock hoch und spreizte die Beine, dann packte sie eine Handvoll von dem Stoff und preßte ihn zwischen ihre Schenkel.

Inzwischen schlenderte Guy zu Tür, lehnte sich lässig gegen den Pfosten und beobachtete den Wächter unauffällig. Wenn Laurel die Flucht gelang, solange sie sich in seinem, Guys, Gewahrsam befand, dann würde ihm der Sheriff einige sehr unangenehme Fragen stellen. Godfrey war auch ohne ein neuerliches Mißgeschick schon wütend genug, da hätte ein solches Ereignis gerade noch gefehlt. Und diesem Schwächling da draußen traute er nicht über den Weg. Der Mann würde früher oder später reden, ob er ihn nun einschüchterte oder mit Geld zu bestechen versuchte.

Als der Wächter zu ihm hinsah, setzte Guy ein lüsternes Lächeln auf und nickte auffordernd in Laurels Richtung. Der Mann, der sein Glück kaum fassen konnte, lief eilig auf die Tür zu. Als er an Guy vorbeikam, zog dieser rasch sein Messer und schlitzte ihm die Kehle auf. Der Mann taumelte nach vorne, fing sich noch einmal und sank dann leblos in sich zusammen. Eine Blutfontäne spritzte aus der klaffenden Wunde. Guy säuberte sein Messer und schob es in seinen Gürtel zurück, dann nahm er dem Toten den Dolch ab und warf ihn in die Blutlache, die sich auf dem Boden gebildet hatte.

Danach winkte er Laurel zu sich. Sie erhob sich von der Pritsche, strich ihre Kleider glatt und starrte voll tiefer Befriedigung auf den Leichnam herab. Guy wies auf das Pferd des Mannes. »Laß das Tier im Schritt gehen, bis du aus der Stadt heraus bist, dann reite los, so schnell du kannst. Die Männer haben die Suche in diesem Gebiet vermutlich schon beendet, also reite anfangs am besten in östlicher Richtung. Wenn du gefaßt wirst ...« Er deutete mit einer Kopfbewegung auf den Toten und bedachte Laurel mit einem zynischen Grinsen. »Dann mußt du dich auch für den Mord an diesem Mann verantworten, denn ich habe dich natürlich nie gesehen.«

Laurel blickte zu ihm auf. »Robin wird von alldem nichts erfahren«, sagte sie. »Ich werde ihm nur erzählen, daß Lady Marian auch Eure Geliebte war. Dann werde ich Nottinghamshire verlassen. Hier hält mich nichts mehr.«

Obwohl es vor allem in ihrem Interesse lag, den Verrat nicht zu beichten, las Guisbourne ihr vom Gesicht ab, daß sie ihr Schweigen als Gegenleistung für den Tod ihres Vergewaltigers betrachtete. Er nickte zustimmend. »Geh jetzt. Ich wünsche dir viel Glück«, sagte er leise und erkannte im selben Moment, daß er tatsächlich nur ihr Bestes wollte. Ihm gefielen ihr Mut und ihre Fähigkeit, in einer Notsituation einen kühlen Kopf zu bewahren.

»Ich gebe Euch mein Wort«, versicherte sie ihm ernst.

»Oh, ich glaube dir«, antwortete er lächelnd. »Obwohl mir gerade bewiesen worden ist, daß mein Urteilsvermögen in Bezug auf Frauen nicht gerade zuverlässig ist.«

Robin saß, die Arme um die Knie geschlungen, neben Johns Grab. Eine tiefe innere Leere hatte sich in ihm ausgebreitet, er fühlte sich hohl und ausgebrannt. Die Blätter über ihm begannen bereits leuchtende Herbstfarben anzunehmen; überall flammte es golden und rot inmitten des satten Grüns auf. Bald würde der ganze Wald einem Feuermeer gleichen. »Alle werde ich sie auf dein Grab legen«, murmelte Robin. »Es wird der schönste Scheiterhaufen sein, der je zu Ehren eines Toten angezündet worden ist.«

Er hörte, wie sich Schritte näherten, achtete jedoch nicht weiter darauf, sondern wünschte nur, daß seine Männer genug Verstand hätten, ihn in Ruhe zu lassen. *John wäre gekommen, um nach dir zu sehen,* flüsterte eine innere Stimme ihm zu, und er antwortete kaum vernehmlich: *John war mir auch immer willkommen.* Der ungebetene Besucher blieb mit leise raschelnden Röcken hinter ihm stehen.

»Ich hatte keine Ahnung, daß Little John tot ist. Man hat es mir eben erst gesagt.« Laurels Stimme klang merkwürdig gepreßt.

Robin reagierte nicht. Mochte es auch besser sein, die Last der Trauer mit jemandem zu teilen, Laurel war nicht die geeignete Person dafür. Sie würde immer mehr verlangen, als er zu geben bereit war.

»Deine Männer haben mir verraten, wo du steckst«, erklärte die junge Frau weiter. »Sie dachten, du hättest vielleicht Hunger.«

»Nein«, knurrte er, ohne sie anzusehen.

»Du solltest aber etwas essen. Ich habe ganz besondere Neuigkeiten für dich. Du sollst sie als erster erfahren, und ich möchte, daß du dich vorher stärkst.«

Also hatte sie sich doch noch entschlossen, den Hufschmied zu heiraten. Er brachte noch nicht einmal genug Interesse auf, um ihr Glück zu wünschen oder sich zu freuen, daß er sie dann endlich los war. Robin drehte sich noch weiter von ihr weg, hüllte sich stärker in den kalten grauen Mantel seines Schmerzes und wünschte, sie würde verschwinden. Es half nichts. Statt dessen setzte sie sich neben ihn auf den Boden, warf ihm einen Weinschlauch vor die Füße und ließ ein Bündel mit Fleisch und Brot vor seinem Gesicht baumeln. Der Geruch nach blutigem Wildbret, altbackenem Brot und saurem Wein stieg ihm in die Nase und verursachte ihm Übelkeit. »Laß das!« herrschte er sie an.

»Sie hat es dir gut besorgt, dein blonder Eiszapfen, nicht wahr?« fauchte Laurel erbost zurück.

In ihrer Stimme schwang keine Eifersucht mit, wie er zuerst vermutet hatte, sondern nackte Wut. Robin blickte auf und sah sie ungläubig an. Ein kalter Ring schien sich auf einmal um sein Herz zu schließen.

»Ich kann nur hoffen, daß es sich für dich gelohnt hat, den Tunnel für einen lauteklimpernden Troubadour zu verschwenden, nur um dieser falschen Schlange einen Gefallen zu tun. War sie wenigstens gut? Hoffentlich bleiben dir ein paar schöne Erinnerungen, weil sie just in diesem Augenblick vermutlich mit Goisbourne im Bett liegt, während du hier am Grab sitzt und den Tod deines Freundes beklagst. Vielleicht sollte ich mich danebensetzen, mein Onkel ist nämlich auch nicht mehr am Leben.«

»Was war mit Guisbourne?« fragte er gedankenverloren.

Laurel spie ihm ins Gesicht.

Robin wischte sich den Speichel von der Wange. »Dein Onkel ist tot?« fragte er endlich, obwohl ihm seine erste Frage nicht aus dem Kopf ging und seine Fantasie ihm eine Reihe häßlicher Bilder vorgaukelte. Dann sah er Laurel genauer an. »Du hast ja eine Schnittwunde am Hals.«

Laurel hob trotzig das Kinn. »Ich habe mich versteckt, weil ich versuchen wollte, meinen Onkel zu warnen. Einer der Männer des Sheriffs spürte mich auf und vergewaltigte mich. Nun ist er tot, und sein Messer liegt in seinem eigenen Blut.«

Jetzt stieg doch Mitleid in Robin auf, und er streckte eine Hand nach ihr aus, um sie zu trösten, doch sie wich zurück. »Ich will dein Mitgefühl nicht. Ich brauche Geld, damit ich in London ein neues Leben anfangen kann. Das bist du mir schuldig.«

»Natürlich«, erwiderte er, obwohl niemals zuvor von Schuld oder von Bezahlung die Rede gewesen war, sondern nur von einem gemeinsamen Ziel. »Ich schulde dir das und noch viel mehr. Jetzt erzähl mir, was geschehen ist, Laurel.«

»Die Wächter haben den Tunnel gefunden und versucht, den Eingang aufzubrechen. Da ich wußte, wo der Gang hinführt und wie lange sie brauchen würden, um hindurchzukriechen, habe ich mich so auffällig wie möglich aus der Burg gestohlen und bin zum Wirtshaus gerannt. Ich konnte die Arbeiter alle warnen, aber mein Onkel war gerade unterwegs, um Ale zu verkaufen. Trotzdem hat er noch Glück gehabt. Er bekam einem Pfeil – eigentlich drei, wie ich hörte – in den Rücken und war sofort tot. Anderenfalls hätte ihm der Folterknecht sicherlich bei lebendigem Leibe die Haut abgezogen, und dann wäre jeder, der für dich gearbeitet hat, mit ins Verderben gerissen worden.«

Robin schwieg. Nicht alle seine Spione kannten sich untereinander. Er hatte versucht, die Gefahr so gering wie möglich zu halten, ohne daß es zu Kommunikationsproblemen kam, aber der Braumeister hatte die Namen aller, die innerhalb der Burgmauern für ihn tätig waren, gewußt, da es relativ ungefährlich war, das Pilgrim als Umschlagplatz für Botschaften zu benutzen. Außerdem erfüllte die Tatsache, daß dies quasi unter der Nase des Sheriffs geschah, alle Beteiligten mit stiller Freude.

»Sie hätten ihn gefoltert, bis er jeden ihm bekannten Namen herausgebrüllt hätte, und dann hätten sie solange weitergemacht, bis er auch noch Namen erfunden hätte, nur um seinen Qualen ein Ende zu bereiten. Also ist sein Tod eigentlich ein Glücksfall, nicht wahr – wenn man einmal davon absieht, daß mein Onkel noch am Leben wäre, wenn du dein Versprechen gehalten und den Sheriff umgebracht hättest. Nur deswegen hat er sich einverstanden erklärt, diesen Tunnel zu graben, obwohl er wußte, daß er damit sein Leben aufs Spiel setzte. Und nun? Nun hat er den Preis für deine Dummheit zahlen müssen«, schloß sie verbittert.

Wenn der Braumeister tot war, mußten weder Marian noch Cobb noch all die anderen befürchten, der Mittäterschaft beschuldigt zu werden. Aber Marian war ohnehin in Sicherheit, wenn Guisbourne sie beschützte. Robin fuhr sich mit der Hand durchs Haar, und seine Finger krallten sich in die Kopfhaut, bis der Schmerz ihn zur Besinnung brachte. Vor seinem inneren Auge entstand das Bild des Braumeisters, aus dessen Rücken drei Pfeile ragten, dann sah er noch einmal Little John vor sich, wie er von Guisbournes Schwert zu Boden gesteckt und dann unter den Hufen seines Schlachtrosses zertrampelt wurde.

»Woher willst du das wissen?« fragte er scharf.

»Du weißt so gut wie ich, daß ...« setzte Laurel an.

Robin sprang auf, packte sie und schüttelte sie heftig, doch sie lachte ihm nur frech ins Gesicht. »Woher weißt du, daß Guisbourne ihr Liebhaber war?«

»Woher ich weiß, daß er *auch* ihr Liebhaber war?« höhnte sie. »Weil ich sie gehört habe. Ich bin an ihrer Tür vorbeigekommen und habe sie stöhnen gehört, zwar nur gedämpft, aber ich wußte sofort, um was für Laute es sich handelte. Und ich konnte erraten, wer da bei ihr war, weil ich gesehen habe, wie sie sich beim Essen mit den Augen geradezu verschlungen haben. Also schlich ich um die Ecke und wartete, bis ich hörte, wie die Tür sich öffnete, dann riskierte ich einen Blick. Es war Guisbourne. Er blieb stehen, und sie küßten sich noch einmal, ehe er sie verließ, um die Männer des Sheriffs gegen die deinen zu führen. Und um John Little zu töten.«

Robin senkte den Kopf, und sein Blick fiel auf den Weinschlauch. Der scharfe, würzige Geruch, der davon ausging, verhieß zumindest vorübergehend Vergessen. Er bückte sich und hob ihn auf, obwohl Little Johns Stimme in seinem Kopf ihm davon abriet. Aber Little John war tot; Little John, den er mehr geliebt hatte als den Vater, den er vor langer Zeit verloren hatte, war nicht mehr da.

»Oh ja, trink ein Schlückchen, Robin«, schnaubte Laurel verächtlich. »Das wird all deine Probleme lösen.«

»Zumindest das der Nüchternheit«, entgegnete er und nahm einen tiefen Schluck.

Marian kehrte, erfüllt von einer freudigen Erregung, nach Sherwood zurück. Agatha dürfte das Gasthaus inzwischen beinahe erreicht haben, dachte sie.

»Rob ist dort unten bei der großen Eiche, wo wir John begraben haben, Lady Marian«, sagte Will zu ihr. »Er meinte, das wäre der einzig angemessene Platz für sein Grab, und er rührt sich kaum noch dort weg. Wir haben ...« Er zögerte und wirkte plötzlich leicht verlegen. »Wir haben Laurel, die Nichte des Braumeisters, vor einer Weile mit Essen zu ihm geschickt. Sie ist noch nicht zurückgekommen.«

Also ist sie seine Geliebte, ist es vielleicht die ganze Zeit über gewesen. Marian empfand einen Anflug von Eifersucht, gemischt mit Ärger, obwohl sie im Grunde genommen gar kein Recht dazu hatte, schließlich war er ebensowenig ihr Eigentum wie sie das seine. Und sie hatte lange gegen die Anziehungskraft, die er auf sie ausübte, angekämpft – bis zu ihrer Begegnung bei der großen Eiche. Dieses Erlebnis hatte alles verändert, für sie jedenfalls, aber das hieß ja nicht, daß es ihm genauso gehen mußte. Sie selbst hatte nie zuvor eine derartige Harmonie im Zusammensein mit einem anderen Menschen erlebt, aber vielleicht war diese Erfahrung wirklich ein Geschenk, welches er jeder beliebigen Frau machen konnte und es auch tat, so wie die Sonne ohne Unterschied auf alle Menschen gleichermaßen herniederschien.

Niemand konnte die Sonne allein für sich beanspruchen.

Marian spürte, daß Will sie nur ungern gehen ließ. Mit seinem feinen Empfindungsvermögen spürte er, daß etwas nicht in Ordnung war, aber er wußte nicht genau, was vor sich ging, sonst hätte er wohl trotz seiner Jugend versucht, sie zurückzuhalten. Marian mahnte sich zur Vernunft. Robin trauerte um seinen Freund, und Laurel hatte ihm Essen gebracht. Mehr mußte gar nicht dahinterstecken.

Sie hatte sich kaum auf den Weg gemacht, als ihr Laurel auch schon entgegenkam. Die dunkelhaarige Frau zuckte bei Marians Anblick leicht zusammen, und ihre Augen blitzten zornig auf. Dann trat ein unverschämtes Lächeln auf ihr Gesicht, ihre Augen verengten sich, und ihre Lippen kräuselten sich selbstzufrieden. Hüftschwenkend stolzierte sie an Marian vorbei und rückte dabei das Mieder ihres Kleides zurecht. Marian nickte ihr kühl zu und ging weiter, folgte dem gewundenen Pfad durch den Wald bis hin zu der großen Eiche.

Sie fand Robin am Fuß des Baumes sitzend, das Gesicht in den Händen verborgen, einen leeren Weinschlauch neben sich. Er wirkte vollkommen aufgelöst. Sein Haar war zerzaust, seine Kleider in Unordnung, aber das mochte einzig und allein auf Schlafmangel und übermäßiges Trinken zurückzuführen sein. Marian hatte Menschen, die Zuflucht im Alkohol suchten, immer als Schwächlinge verachtet, aber sie wußte um das Ausmaß von Robins Kummer.

»Robin«, rief sie leise.

Er hob den Kopf, und Marian trat unwillkürlich einen Schritt zurück. Nackter Haß verzerrte sein Gesicht, und in seinen Augen brannte eine schwarze Flamme unkontrollierter Wut. Er rappelte sich hoch, kam unsicher auf die Füße und stand schwankend da, während er sie haßerfüllt anstarrte. Dann kam er auf sie zu. Marian witterte Gefahr, reagierte aber nicht schnell genug, um der brutalen Ohrfeige zu entgehen, die er ihr versetzte.

»Du Hure!«

Er packte sie grob am Arm und stieß sie zu Boden, dann schlug er ihr erneut mit der flachen Hand ins Gesicht. die körperliche Mißhandlung und die bösartigen Verwünschungen, mit denen er sie bedachte, überraschten sie so, daß sie gar nicht an Gegenwehr dachte. Einen Moment lang war sie vor Schock wie gelähmt, dann durchzuckte sie ein greller Schmerz, und gleichzeitig war ihr, als würde ihr das Herz aus der Brust gerissen. Robin warf sie ins Gras und zerrte wie wild an ihrer Kleidung, schob mit einer Hand ihre Tunika hoch und riß mit der anderen den Bund ihrer Reithose auf.

»Du hast mit Guisbourne herumgehurt!«

Er krallte die Finger in ihr Leinenhemd, riß es ihr mit einem Ruck von Leibe und knetete mit einer Hand roh ihre Brust. Langsam breitete sich eine eiskalte Wut in ihr aus und erstickte jedes andere Gefühl. Unter Aufbietung all ihrer Willenskraft und Selbstdisziplin konzentrierte sie sich, spannte die Muskeln an und stieß ihm dann mit aller Kraft das Knie in den Unterleib. Robin kippte mit einem heiseren Aufschrei vornüber und preßte beide Hände krampfhaft gegen seine Genitalien. Vor Schmerz keuchend hob er den Kopf und starrte sie aus seinen vor rasendem Zorn und Abscheu verdunkelten Augen an. Als sie nach ihrem in ihrem Stiefel verborgenen Messer greifen wollte, ging er von neuem auf sie los. Marian sprang zur Seite, stemmte die Beine in den Boden und schmetterte ihm die geballte Faust gegen die Schläfe. Er taumelte unter der Wucht des Schlages, dann verlor er das Gleichgewicht und blieb einige Sekunden lang reglos am Boden liegen. Beim Versuch, sich aufzurichten, stöhnte er gequält auf und übergab sich heftig. Der säuerliche Geruch nach Erbrochenem und Wein stieg Marian in die Nase, und sie wandte angewidert den Kopf ab. Robin versuchte erneut, auf die Beine zu kommen, sackte jedoch sofort wieder in sich zusammen und blickte starr ins Leere.

Marian zitterte wie Espenlaub. Ihr Herz hämmerte wild gegen ihre Rippen, ihr Körper schmerzte von Robins Schlägen, und eine eisige Kälte breitete sich in ihr aus. Langsam drehte sie sich um und ging zum Lager zurück, wobei sie all ihre Beherrschung aufbieten mußte, um nicht blindlings loszurennen. Sie schlich leise um die Hütte herum und huschte fast ungesehen zur Hintertür hinein. Rasch streifte sie die lederne Jagdkleidung ab, schlüpfte in ihr eigenes Gewand, suchte ihre Waffen zusammen und griff nach ihren sonstigen Habseligkeiten.

Ihr Gesicht pochte, begann anzuschwellen und sich an einigen Stellen zu verfärben. Jeder, der sie ansah, würde sofort wissen, daß Robin sie geschlagen hatte. Nun, daran ließ sich nichts ändern. Sie hatte immer geahnt, daß er zur Gewalttätigkeit neigte, doch mit solch rasendem Zorn hätte sie nie gerechnet. Trotzdem flüsterte ihr eine zaghafte Stimme in ihrem Inneren ständig Entschuldigungen zu. Sie wußte, wie tief ihn der Tod seines väterlichen Freundes getroffen hatte. John Little war der ruhende Pol in Robins Leben gewesen, und Guisbourne hatte ihn getötet. Nun hatte Robin erfahren, daß Guisbourne ihr Liebhaber war, und zwar von Laurel, die die Wahrheit kannte oder zumindest erahnte – und die vermutlich während der gesamten Zeit sein Bett geteilt hatte. Sollte Laurel doch seine Schläge einstecken. Sie konnte sich nicht an einen Mann binden, der sie mißhandelte. Genausogut hätte er versuchen können, sie umzubringen.

Nie wieder würde sie Robin vertrauen können, und sie bezweifelte, daß er ihr jemals wieder trauen würde.

Als sie die Hütte verließ, sah sie Sir Ralph einige Meter entfernt mit Alan und Claire schwatzen. Sie winkte ihn zu sich, und er kam lächelnd auf sie zu, doch seine Miene verfinsterte sich, als er ihr Gesicht näher betrachtete. »Wir reiten los«, sagte sie, ohne eine Erklärung abzugeben, und ging ihm voran quer über die Lichtung zu den Pferden. Diese waren bereits aufgezäumt und halb gesattelt, als Will in Begleitung von vier anderen Männern erschien. Marian ignorierte ihn und fuhr fort, den Sattelgurt festzuziehen, ehe sie sich umdrehte.

Will blickte sie feindselig an, doch in seinen Augen las sie eine stumme Frage, und sie spürte, daß er gekränkt und enttäuscht war und sich um eine Illusion betrogen fühlte. Also hatte Laurel ihnen allen erzählt, was sie wußte oder was sie sich zusammengereimt hatte. Marian erwog flüchtig, zu einer Lüge zu greifen, verwarf die Idee jedoch sofort, da sie nicht wußte, was Laurel gesehen oder erfunden hatte. Wieder durchbrach ein Anflug von Schuldgefühlen den Panzer ihres Zornes. Will hatte guten Grund, sie zu hassen. Als sie weder von sich aus Erklärungen abgab noch Fragen stellte, verhärtete sich sein Gesicht, und zum ersten Mal zeigten sich darin die Züge des Mannes, der er einmal sein würde.

Rasch schwang sie sich in den Sattel, und Sir Ralph tat es ihr nach. Doch ehe sie nur eine Bewegung machen konnte, griff Will ihr in die Zügel und hielt ihr Pferd fest. Inzwischen waren weitere Männer hinter Will aufgetaucht, die bedrohlich näherrückten und einen Kreis um sie bildeten. Ralph lenkte sein Pferd neben das ihre und legte eine Hand leicht auf den Griff seines Schwertes. Er würde sie nach Kräften beschützen, obwohl er gegen diese Übermacht nicht viel ausrichten konnte. Auch eine Flucht schien sinnlos zu sein, denn sie würden nicht weit kommen, da sie sich in Sherwood Forest kaum auskannten. »Ihr werdet erst dann gehen, wenn Robin es Euch erlaubt«, sagte Will zu Marian. Diese sah ihn fest an, ohne seinem Blick auszuweichen, und auf einmal wirkte Will wieder wie ein schüchterner Jüngling, dem die Schamröte ins Gesicht stieg. Aber er senkte weder den Blick, noch ließ er die Zügel los.

»Ich sehe, daß ihr mir nicht mehr traut«, sagte sie laut und deutlich. »Aber ich habe euch nicht betrogen, und ich werde mein Wort halten. Ihr alle habt der Königin genauso treu gedient wie ich, und ihr werdet eure Belohnung erhalten.«

Plötzlich fiel ihr ein, daß Robin und seine Männer das Lösegeld noch immer in ihrer Gewalt hatten. Vor Schreck krampfte sich ihr Magen schmerzhaft zusammen. Die Königin konnte unmöglich schon jetzt von den jüngsten Ereignissen erfahren haben und hatte sicherlich noch keine neue bewachte Karawane zusammengestellt, um das Gold und Silber nach London zu schaffen. Robin war durchaus imstande, sein Versprechen zu brechen und die Beute für sich zu behalten, sei es auch nur, um sich an ihr, Marian, zu rächen. Und sie hatte Agatha weismachen wollen, daß ihre Affäre mit Guy keinerlei Gefahr mit sich bringen würde!

Auf einmal wichen die Männer ein Stück zurück, und Robin erschien zwischen den Bäumen. Er wirkte verhärmt, seine Haut schimmerte fahl und sein Haar klebte vor Schweiß. Ohne den Blick von ihr abzuwenden, kam er über die Lichtung auf sie zu und blieb vor ihr stehen. In seinen Augen las sie Bitterkeit und eine stumme Anklage, aber der durch die Trunkenheit hervorgerufene Wahnsinn war daraus verschwunden. Marian begegnete seinem Blick mit kalter Verachtung. Ihre Blutergüsse sprachen für sich.

Ihr Pferd begann unruhig unter ihr zu tänzeln. Da erst bemerkte Robin, daß Will die Zügel festhielt, und sah die feindseligen Gesichter der Männer, die um sie herumstanden. Mit gedämpfter Stimme befahl er Will: »Laß sie gehen.«

Will gehorchte, doch Marian rührte sich nicht vom Fleck, sondern sah Robin durchdringend an. »Ich habe mein Wort Euch gegenüber gehalten. Werdet Ihr nun auch das Versprechen halten, welches Ihr mir und der Königin gegeben habt?«

Seine Augen bezichtigten sie der Lüge. Einen Moment lang verzerrte sich sein Gesicht, und sie sah sich einem verschlagenen Gegner gegenüber, der nach einem Weg suchte, sie zu übervorteilen. Doch dann verwandelte sich dieser Feind wieder in Robin zurück, den Ehrenmann, dem sie vorbehaltlos trauen konnte, und dieser Mann versicherte ihr: »Ja, ich werde zu meinem Wort stehen.«

»So lebt wohl, Robin von Locksley«, sagte Marian leise und bot ihm mit diesen Worten an, was ihr noch zu geben blieb.

»Noch bin ich Robin Hood«, entgegnete er. »Wir werden sehen, ob ich als solcher sterbe.«

Seine Männer begleiteten sie und Sir Ralph durch Sherwood zurück. Als die Sonne unterging und die Nacht sie verschluckte, zündeten sie Fackeln an, um den Weg erkennen zu können. Sie brachten sie bis zu einem kleinen Gasthaus am Stadtrand von Edwinstowe, dann kehrten sie in den Wald zurück. Marian mietete zwei Lagerstätten und sank alsbald in einen unruhigen Schlaf. Im Morgengrauen brachen sie und Sir Ralph auf und ritten im gestreckten Galopp nach Nordwesten, nach Lincoln. Das Bildnis ihrer Großeltern, der einzige Lichtblick in der Dunkelheit, die sie umgab, stand ihr wie ein Leitstern vor Augen und trieb sie voran. Doch dann erinnerte sie sich mit einem nagenden Gefühl der Angst im Magen an die Anweisung ihres Großvaters, nach einem Ehegatten Ausschau zu halten, sowie sie wieder zu Hause wäre. Der Gedanke daran entlockte ihr ein bitteres Lachen, denn Robins Schläge brannten immer noch auf ihrer Haut. Marian fragte sich wieder einmal – wie sie es schon getan hatte, ehe sie sich einen Liebhaber genommen hatte – ob sie wohl jemals wieder die Berührung eines Mannes ertragen könnte. Eine törichte Überlegung, schalt sie sich sofort. Schließlich hatte sie bereits die Erfahrung gemacht, *daß* sie es konnte, nachdem sie die natürliche Furcht eines noch unberührten Mädchens erst überwunden hatte. Sie wünschte nur von ganzem Herzen, daß sie nie wieder solche Sehnsucht nach der Umarmung eines Mannes verspüren würde. Im Moment gab es für sie nichts Erstrebenswerteres, als von dieser Begierde befreit zu sein. Nur die Freiheit als solche war ein noch kostbareres Gut.

20. Kapitel

Topaz schlug die Krallen in Marians Handschuh und breitete ihre Schwingen aus. Dem Sperberweibchen war es gelungen, ein Rebhuhn zu erlegen, und es war sich dieses Triumphes anscheinend bewußt. Bislang waren Waldtauben die größten Beutetiere gewesen, die Topaz je geschlagen hatte, und selbst diese hatten sie an Körpergewicht schon übertroffen. Marian befestigte die Fußriemen wieder, dann streifte sie dem Sperber geschickt seine Haube über den Kopf und zog die Bänder mit den Zähnen fest. Topaz beruhigte sich langsam und blieb friedlich auf Marians Handschuh sitzen, als diese ihre Stute wendete und durch die Wälder, die sich an die kahlen felsigen Klippen anschlossen, heimwärts ritt. Die Falkenjagd war eines der wenigen Mittel, die ihr halfen, die Angst vor der Zukunft und das brennende Bedauern, das sie jedesmal überkam, wenn sie an die Vergangenheit dachte, zu vergessen. Doch obwohl sie ihre Tage so weit wie möglich mit Reiten und Jagen ausfüllte, blieben ihr die langen, qualvollen Nächte nicht erspart. Regelmäßig wurde sie von Alpträumen heimgesucht, in denen Robin sie stets wüst beschimpfte und mit argen Schlägen traktierte. Trotz allem empfand sie diese Träume noch als weniger schmerzlich als die, in denen sie noch einmal die verzehrende Leidenschaft ihrer Vereinigung erlebte, sich in seiner Umarmung verlor – um dann wieder in ihrem einsamen, kalten Bett zu erwachen.

Entschlossen riß sich Marian von diesen trüben Gedanken los. Ihren Träumen konnte sie zwar nicht entkommen, aber wenigstens bot ihr der Wald tagsüber einen Zufluchtsort. Sie atmete einmal tief ein, sog die frische, klare Luft und den würzigen Duft der Nadelbäume in sich auf. Überall inmitten des üppigen Grüns winterharter Fichten und Kiefern, Schierlingstannen und Eiben zeigten sich die kahlen Äste von Lärchen und Platanen, deren ausgeblichene Blätter den Waldboden bedeckten. Nur die Eichen prunkten noch mit einem dichten raschelnden Kleid bronzefarbenen und goldenen Laubes. Man schrieb November – den Blutmonat, wie die

Sachsen ihn des Winterschlachtens wegen nannten. Aber auch das tiefe Blutrot des Herbstlaubes trug mit zu dieser Bezeichnung bei.

Nachdem sie den Wald verlassen hatte, ritt Marian an dem Zwillingswasserfall vorbei, der gurgelnd eine zerklüftete Bergschlucht herunterströmte, und dann am Fuße der turmhoch über ihr aufragenden Sandsteinklippen entlang, bis sie zu der Straße gelangte, die nach Norford Castle führte. Marian lenkte ihr Pferd die steil ansteigenden Serpentinen hinauf, bis ganz nach oben, wo die mächtige Festung ihres Großvaters lag, von der aus man die umliegenden Wälder, Flüsse, Wiesen und Felder bis weit ins Land hinein überblicken konnte. Sie ritt durch das Tor der hölzernen Palisade, die den unteren Burghof umgab, und weiter bis zu dem steinernen Wall des oberen Hofes, der auf dem höchsten Punkt der Klippe angelegt worden war. Hier stieg sie ab, übergab einem Pferdeknecht die Zügel und trug ihm auf, das Rebhuhn in die Küche zu schicken, ehe sie mit Topaz auf der Faust die Burg betrat. Ihr Großvater ging vor ihr die Treppe hinauf. Als er ihre Schritte hörte, drehte er sich um und blickte auf sie hinab. Mit seiner ungewöhnlichen Statur und der dichten weißen Haarmähne ähnelte William von Norford eher einem Wikingergott als einem normannischen Lord. Er schenkte seiner Enkelin ein rätselhaftes Lächeln und deutete mit einer Kopfbewegung auf den Bogengang neben ihr. Neugierig folgte Marian seiner Geste und trat in die Halle.

Guy von Guisbourne stand vor dem prasselnden Feuer und wartete auf sie. Marian, die mit seiner Anwesenheit nicht im entferntesten gerechnet hatte, blieb wie angewurzelt stehen und starrte ihn an. Er war wie immer elegant gekleidet und wirkte so attraktiv und gebieterisch wie eh und je. Sein mit Zobelfell gesäumter Mantel aus zimtfarbener Wolle war reich bestickt und wurde an der Schulter von einer großen edelsteinbesetzten Spange gehalten. Reithosen und Tunika waren aus feinstem Leder gefertigt, dessen Braun leicht ins Rötliche spielte, und von untadeligem Sitz. Mit einem Blick erfaßte Marian seine Erscheinung, ehe sie ihm ins Gesicht sah und bemerkte, daß hinter dem dunklen durchsichtigen Bernsteingold seiner Augen eine heiße Flamme aufloderte, die sie magisch anzog.

Guy musterte sie schweigend von Kopf bis Fuß. Abgesehen von ihrem blauen, mit Eichhörnchenpelz gefütterten Umhang war Marian genauso gekleidet wie er selbst – in lederne Reithosen und Tunika. Er lächelte leicht, als sein Blick an ihrem Körper hinunterwanderte und schließlich anerkennend an ihren wohlgeformten Beinen hängenblieb. Als sie den Umhang ablegte, neigte er den Kopf und stellte beinahe bewundernd fest: »Fürwahr, eine echte Amazone.«

Trotz ihrer inneren Anspannung mußte Marian bei dieser Bemerkung lächeln. Sie trat näher ans Feuer, setzte Topaz auf ihre Stange und wandte sich dann an Guisbourne. »Nun, Sir Guy?«

Ihrer gelassenen Stimme war nicht anzumerken, daß ihr das Herz bis zum Hals schlug. Wenn Guisbourne ihren Verrat entdeckt hätte und sie töten wollte, so würde er nicht gerade die Burg ihres Großvaters als Ort des Geschehens auswählen. Ob der Sheriff oder Prinz John ihn geschickt hatten, um ihr einen Handel vorzuschlagen – in der Hoffnung, daß sie bei William von Norford Fürbitte einlegen würde? Aber Guy kannte sie gut genug, um zu wissen, daß alle Versuche nichts fruchten würden – es sei denn, der Sheriff hätte aus sicherer Quelle erfahren, daß Richard weiterhin in Haft bleiben würde oder bereits tot war. All diese Gedanken schossen ihr durch den Kopf, doch als er den Kopf hob und sie ansah, war es ihr, als stünden sie immer noch in jenem Raum in Nottingham Castle, wo ihr letztes Gespräch mit Absicht nicht beendet worden war. Nun bestimmte Guisbourne, wann und wie es fortgesetzt werden sollte.

»Ich weiß nicht, ob ich hier willkommen bin«, hob Guy an. »Falls nicht, so sehe ich keinen Grund, länger hierzubleiben.«

Seine Offenheit verblüffte sie – und auch wieder nicht. Eigentlich gehörten sie beide nicht zu der Sorte Mensch, die gerne um den heißen Brei herumredeten. Selbst wenn sie in Gesellschaft anderer gezwungenermaßen nur Belanglosigkeiten ausgetauscht hatten, so hatte doch fast jede Bemerkung eine tiefere Bedeutung gehabt. Aber jetzt fehlten ihr im Umgang mit ihm zum ersten Mal die Worte. Sie war für dieses Gespräch noch nicht bereit. Doch er war nun einmal hier, also mußte sie sprechen.

»Auf was für einen Empfang habt Ihr denn gehofft?« Dieser Satz ließ mehrere Deutungen zu, aber vielleicht war eine zweideutige Antwort in diesem Fall die beste Lösung.

Guy hielt ihrem Blick stand. »Ich habe deinem Großvater unmißverständlich klargemacht, daß ich um dich werben möchte, Marian. Im Gegenzug hat er mir klargemacht, daß die endgültige Entscheidung bei dir liegt.«

Marian ließ sich auf einem Schemel vor dem Feuer nieder, und Guisbourne nahm ihr gegenüber Platz. Sie fragte sich, ob er inzwischen erfahren hatte, wie rasch sie sich entscheiden mußte. *Zu rasch*. Ein ironisches Lächeln zuckte um ihre Mundwinkel. »Das hat er mir auch gesagt.«

Seine Antwort bestand in einem leichten, verständnisvollen Nicken. »In Nottingham hast du mir zu verstehen gegeben, daß das Vergnügen an der körperlichen Liebe nicht länger ausreicht, um die Tatsache zu überbrücken, daß wir verschiedenen Lagern angehören. Außerdem sagtest du, du müßtest an die Zukunft denken und könntest nicht nur für den Augenblick leben. Wenn du allerdings von mir verlangst, mich offen zu einem neuen Bündnis zu bekennen, dann muß ich vorher wissen, ob du meine Werbung ernsthaft in Betracht ziehst. Dein Großvater erzählte mir, daß dir bereits mehrere Männer den Hof gemacht haben, du aber an keinem von ihnen Interesse zeigst.«

»Ich würde den Antrag eines jeden von ihnen sofort ablehnen.«

Ihr Großvater hatte ihr eine ganze Reihe potentieller Heiratskandidaten vorgestellt, konnte sich aber selbst ganz offensichtlich für keinen von ihnen besonders erwärmen. Marian hegte den Verdacht, daß er sie dazu bringen wollte, früher als geplant nach London zu gehen und dort auf eigene Faust weiterzusuchen. Dabei wäre jeder einzelne der Männer, mit denen er sie bekanntgemacht hatte, eine durchaus annehmbare Partie gewesen, und sie durfte auch nicht vergessen, daß es außer ihnen in der ganzen Umgebung keine weiteren Bewerber mehr gab. Der erste, der um ihre Hand angehalten hatte, war fast noch ein Knabe, fünf Jahre jünger als sie, den sie vielleicht nach ihren Vorstellungen formen konnte, wenn er nicht eines Tages aufbegehrte, weil er sich einen anderen Mann zum Vorbild genommen hatte. Dann gab es noch einen gut dreißig Jahre älteren Witwer, der ganz in der Nähe ein Landgut besaß und dessen Söhne von Löwenherz' Kreuzzug nicht zurückgekehrt waren, und schließlich hatten zwei junge Ritter um sie geworben, die über kleine, aber ertragreiche Lehen verfügten und alles daransetzten, ihren Besitz zu vergrößern. Marian konnte sich zwar vorstellen, im Laufe der Zeit für jeden dieser Männer ein gewisses Maß an Respekt zu entwickeln, spürte aber schon bei der ersten Begegnung, daß sie mit keinem von ihnen viel gemein hatte. Sie hatte bewußt jedesmal ihre Jagdkleidung angelegt, wenn sie sich mit einem Bewerber traf, und war jedesmal mit betonter Höflichkeit behandelt worden, aber die dahinter verborgene Bestürzung ob ihres unweiblichen Verhaltens war ihr nicht entgangen. Keiner der Männer konnte oder wollte sie so akzeptieren, wie sie war, also kam keiner von ihnen für sie in Frage. Und Marian bezweifelte, daß sie an Eleanors Hof mehr Glück haben würde.

Guy hingegen hatte nur gelächelt und sie eine Amazone genannt, als er sie in diesem Aufzug zu Gesicht bekommen hatte. Ihre für eine Frau ausgesprochen ungewöhnlichen Eigenschaften und Fertigkeiten hatten ihn noch nie abgestoßen oder seinen Unwillen erregt, sondern ihn im Gegenteil nur noch mehr zu ihr hingezogen. Von Anfang an hatte zwischen ihnen beiden eine Art Seelenverwandtschaft bestanden. Guy von Guisbourne war der einzige Mann, den sie kannte, in dessen Gegenwart sie sich völlig gelöst fühlte, weil sie sich nicht zu verstellen brauchte. Im Umgang mit ihm konnte sie ganz sie selbst sein, und außer ihm war es nur Robin bislang gelungen, sie noch weiter über die Grenzen ihres Ichs hinauszutreiben.

»Ich habe dich vermißt, Marian«, sagte Guy leise.

»Ich dachte, für uns würde es keine gemeinsame Zukunft geben«, erwiderte Marian ruhig. »Daher habe ich versucht, Nottingham und alles, was damit zusammenhängt, zu vergessen.«

»Du sagst, du hast es versucht. Ist es dir gelungen?«

Zwischen Wahrheit und Lüge schwankend, schüttelte Marian den Kopf. Die trostlose schwarze Leere, die sie umgab, seit sie Robin verlassen hatte, wollte nicht von ihr weichen, und sie trauerte immer noch um ihr verlorenes Glück. Aber Guys Anblick brachte eine Reihe anderer Erinnerungen an die Oberfläche zurück, wobei der Gedanke an frühere sinnliche Freuden nur eine untergeordnete Rolle spielte. Zusammen mit der natürlichen Befangenheit gegenüber einem nicht zu unterschätzenden Feind verspürte sie auch eine abgrundtiefe Erleichterung – so, als habe sie einen verlorengeglaubten Freund zurückgewonnen. Aber Guisbourne ahnte ja nicht, welchen Schaden sie ihm indirekt zugefügt hatte.

»Nein. Es ist mir nicht gelungen, alles zu verdrängen, aber ich weiß nicht, ob es ertragen kann, ständig daran erinnert zu werden.«

Guy sah ihr fest in die Augen. »In Nottingham ist nichts so gelaufen wie geplant, Marian, und deswegen werde ich wohl unter Prinz John nicht das erreichen, was ich mir erhofft habe. Ich leugne ja gar nicht, daß sich eine Verbindung mit dir als für mich vorteilhaft erweisen könnte. Andererseits ist es ebensogut möglich, daß ich alles verliere, was ich besitze, wenn ich mich dem König verpflichte. Richard hegt keine übermäßige Sympathie für mich. Vermutlich stehe ich immer noch besser da, wenn ich John die Treue halte – und es besteht noch Hoffnung, daß er den Sieg davonträgt. Dann ist da noch der Sheriff. Ich bezweifle zwar, daß Sir Godfrey es wagt, all meinen Besitz zu konfiszieren, aber wenn ich jetzt aus seinen Diensten scheide, wird er alles daran setzen um mich zu vernichten.«

»Du würdest in jedem Fall von einem Bündnis mit meinem Großvater profitieren«, bemerkte Marian geradeheraus, »selbst wenn Richard dich leer ausgehen läßt oder John am Ende siegreich bleibt.«

»Möglich. Ich kenne zwar die Höhe deiner Mitgift nicht, aber ich weiß, daß William von Norford über Autorität und großen Einfluß verfügt. Ein Verbündeter seines Ranges ist für jeden König von unschätzbarem Wert, und hat man ihm zum Feind, dann ist eine Belagerung seiner Burg nur unter großen Opfern möglich. Aber du hast Prinz John ja kennengelernt. Er läßt sich von seiner Eitelkeit ebenso sehr leiten wie von der Vernunft. Dein Vorschlag ist indes durchaus verlockend, und ich habe in der Tat erwogen, darauf einzugehen. Aber habt ihr, du und deine Familie, schon einmal bedacht, daß es euren Untergang bedeuten könnte, wenn Prinz John den Thron an sich reißt?«

Marian nickte. Diese Möglichkeit bestand tatsächlich.

»Ich behaupte ja nicht, daß meine eigene Loyalität ein überaus kostbares Gut ist. Trotzdem habe ich sie in meinem ganzen Leben nur ein einziges Mal einem Mann geschenkt, der nicht zu meiner Familie gehörte, und dieser Mann war Geoffrey Plantagenet. Ich hoffte, ihn zum König von England machen zu können. Nun ist er tot ...« Guisbournes Augen verdunkelten sich einen Moment lang, spiegelten einen Verlust wider, den er immer noch nicht ganz verwunden hatte. Dann zuckte er lässig die Achseln und setzte ein sardonisches Lächeln auf. »Seitdem habe ich mich bemüht, mich leichter zu verwirklichenden Zielen zuzuwenden. Beide Plantagenets, sowohl der Prinz als auch der König, verlassen sich nur auf die Gunst des Schicksals, und was dabei für ihre Anhänger abfällt, wird meist ebenfalls vom Zufall bestimmt. Für den Fall, daß es zum Schlimmsten kommt und mir in England nichts mehr bleibt, habe ich noch eine kleine Burg nebst Ländereien in Brittany. Zumindest das kann ich dir bieten, was auch immer die Zukunft bringen mag.«

Er beugte sich vor und sprach eindringlich auf sie ein. »Aber du sollst wissen, daß *du* es bist, die mir ein neues Bündnis erstrebenswert erscheinen läßt, obwohl mir die Person Sir Godfreys von Tag zu Tag unerträglicher wird. Du hattest damals recht, es widert mich an, einem solchen Mann zu dienen. Er ist seit deiner Abreise nicht noch tiefer in die Abgründe des Schreckens hinabgetaucht, aber ich kann seine willkürliche Grausamkeit einfach nicht mehr widerspruchslos hinnehmen. Ich fühle mich durch die Verbindung mit ihm selbst besudelt, und der Lohn, den er mir verspricht, wiegt den Ekel vor ihm nicht mehr auf. Ehe du nach Nottingham kamst, war ich abgestumpft; das Leben in der Burg hatte mich gegen derlei Dinge abgehärtet. Nun hat sich alles geändert.«

Marian erwiderte nichts, obgleich sie wußte, daß sie sich mit jedem Moment, den sie schwieg, stärker auf den von ihm eingeschlagenen Kurs festlegte. Ihr Herzschlag beschleunigte sich erneut, als er ihre Hand in die seine nahm.

»Ich habe mich in dich verliebt, und das gehörte eigentlich nicht zu meinem Plan«, sagte Guy mit schonungsloser Offenheit, als hätte sie ihm keine andere Wahl gelassen, als sich ihr zu erklären, und vielleicht war dem ja auch so. Nun konnte sie ebenso ehrlich antworten.

Marian zwang sich, seinem Blick standzuhalten. Ihr war nicht entgangen, daß hinter der glatten, unverbindlichen Fassade immer wieder kleine Flammen von Schmerz und hilfloser Wut aufzüngelten. Wieder erinnerte sie sich an das, was zwischen ihnen gewesen war, und an die Möglichkeiten, die ihnen vielleicht noch offenstanden. War ihr eigener Kummer nur ein Ausdruck von Hoffnung, oder rührte er von einem tiefempfundenen Bedauern her?

»Soll ich gehen?« Guys Hand schloß sich fester um die ihre, dann lockerte er seinen Griff wieder, gab ihre Hand jedoch nicht frei.

Einen Moment lang wünschte Marian verzweifelt, er würde wirklich gehen, auch um seiner selbst willen. Sie hatte ihn bereits verletzt, und sie hatte ihn bereits betrogen. Nun forderte er mehr von ihr, als sie im Augenblick geben konnte, aber vielleicht würde sie, wenn die Zeit erst einmal ihre Wunden geheilt hatte, zu mehr bereit sein. Der dunkle Reiz, den Guy auf sie ausübte, war schwächer geworden, aber noch nicht ganz erstorben. Je länger sie ihn ansah, desto stärker verlangte es sie danach, die Hand nach einem der wenigen Menschen auszustrecken, die imstande waren, sie zu verstehen. Doch das, was sie ihm jetzt sagen mußte, würde seinen Schmerz und seinen Zorn nur noch verstärken, aber es ließ sich nicht vermeiden. Wenn schon sonst nichts anderes, so konnte sie ihm doch wenigstens seine Freiheit wiedergeben.

»Noch nicht.« Marian holte tief Atem. Die Zeiten, wo sie ihn zum Gehen aufgefordert hätte, waren vorbei. Sie hatte ihn und sich selbst unbeirrbar auf diesen einen Moment vorbereitet; auf den Augenblick, in dem ihre Vergangenheit und ihre Zukunft miteinander verschmolzen. Ihre momentane Situation glich einem Falkenei, es konnte neues Leben daraus entstehen, oder alles zerbrach in tausend Stücke.

»Du weißt, daß ich gehofft habe, dich für Richards Sache gewinnen zu können. Aber trotz unserer konträren Ansichten habe ich nicht nur mit dir geschlafen, weil ich dachte, dich auf diese Weise beeinflussen zu können, sondern weil ich es selbst so wollte.«

»Genau wie ich.« Guy vollführte eine abwinkende Geste.

»Aber du weißt nicht, daß ich während meines Aufenthaltes in Nottingham Informationen an die Königin weitergeleitet habe.«

»Aus deiner Ergebenheit gegenüber Eleanor hast du nie ein Hehl gemacht.« Guisbournes Ton blieb kühl und distanziert, aber sein Gesicht verhärtete sich, und er musterte sie aus schmalen Augen abschätzend. »Du hattest keinen Zugang zu Informationen, die anderen verwehrt geblieben sind. Wenn König Richard zurückkehrt, kann der Sheriff Nottingham nicht länger halten. Also liegt es in Sir Godfreys Interesse, die Macht, die er zur Zeit ausübt, so weit wie möglich zu untermauern.«

»Hör dir die Geschichte zu Ende an«, entgegnete sie. »Und dann geh, wenn du willst.«

So erzählte sie ihm, daß sie Robin Hood angeworben hatte und daß dieser nun in Eleanors Diensten stand. Sie erzählte ihm, wie sie Prinz John im Rosengarten belauscht und Alan mit den Neuigkeiten nach London geschickt hatte. Und zu guter Letzt erzählte sie ihm von dem Hinweis, den er ihr unabsichtlich gegeben und den sie an Robin Hood weitergeleitet hatte.

Seine Augen flammten zornig auf, und er sprang auf die Füße. »Ich habe dich unterschätzt«, sagte er mit einem bösen Lächeln. »Aber das war wohl auch der Sinn der Sache.«

»Das ist noch nicht alles«, erwiderte sie und gestand ihm schließlich, daß Robin ihr Liebhaber gewesen war. Sie hätte diese Tatsache lieber für sich behalten, aber Robin, Will sowie noch ein paar andere wußten von ihrer Beziehung zu Guy. Guisbourne würde ihr nie vergeben, wenn er aus anderer Quelle erfuhr, was sich zwischen Robin und ihr abgespielt hatte, und sie wollte keinen weiteren Treuebruch auf ihr Gewissen laden.

»Ein Outlaw?« Guys Gesicht verzerrte sich zu einer höhnischen Grimasse.

»Er ist der Sohn eines Ritters und in jeder Hinsicht ein Edelmann«, antwortete sie scharf, obwohl sie insgeheim dachte: *Er ist ein Waldgeist.*

»Also spionierst du nicht nur für die Königin, sondern hurst auch noch für sie.«

»Das ist nicht wahr!« Seine Worte trafen sie bis ins Mark, obwohl sie gewußt hatte, daß er so denken würde – Robin hatte genauso reagiert. »Ich habe ihn aus freien Stücken gewählt, so wie ich dich gewählt habe – weil ich ihn begehrte. Es war nicht geplant, und unsere Affäre dauerte auch nicht lange.« In Wahrheit hatte sie sich Robin nur ein einziges Mal freiwillig und mit Leib und Seele hingegeben, aber das behielt sie für sich. »Mehr habe ich dazu nicht zu sagen.«

Als sie Guisbourne in die Augen blickte, sah sie, wie sich die Wut darin fast zur Raserei zu steigern begann. Seine Hand fuhr kurz an sein Schwert, dann drehte er sich auf dem Absatz herum und verließ mit steifen Schritten die Halle. Marian folgte ihm in den Hof, wo er seinen Hengst bestieg. Er drehte sich noch einmal zu ihr um und bedachte sie mit einem Blick voll unversöhnlichen Hasses, dann riß er sein Pferd herum und galoppierte davon. Marian sah ihm nach, bis er außer Sichtweite war, und erkannte, daß ihre innere Leere größer war als je zuvor. Ihr war von vornherein klargewesen, daß sie mit ihrer Enthüllung höchstwahrscheinlich jede Möglichkeit, doch noch eine gemeinsame Zukunft mit ihm aufzubauen, endgültig zerstört und sich zudem noch einen gefährlichen Feind geschaffen hatte. Ein grimmiges Lächeln spielte um ihre Lippen, als sie in die Burg zurückkehrte und ihre Großeltern aufsuchte, um ihnen kurz und knapp mitzuteilen, was sich soeben ereignet hatte.

In dieser Nacht schlief sie schlecht und träumte von goldäugigen Falken, die erbarmungslos auf ihre Beute herabstießen, und von blutdurchtränktem Herbsturlaub.

Bei Tagesanbruch kam Guisbourne wieder. Marian, die von ihrer Großmutter von seiner Ankunft unterrichtet worden war, traf ihn draußen im Hof. »Reite ein Stück mit mir«, forderte er sie auf. Sein Tonfall ließ keinen Zweifel daran, daß es sich um einen Befehl handelte.

Er verlangte Vertrauen von ihr, obgleich er sehr wohl wußte, daß sie es ihm nicht schenken konnte. Marian nickte wortlos und gab Anweisung, ihr Pferd zu satteln. Guy wartete, bis sie aufgestiegen war, dann wendete er seinen Hengst und ritt zum Tor hinaus. Sie folgte ihm. »Wo entlang?« fragte sie, als er anhielt. Ihr Atem bildete in der kühlen Luft kleine Wölkchen.

»Reite, wohin du willst«, gab er schroff zurück.

Marian überlegte kurz, dann führte sie ihn zu dem Zwillingswasserfall, dessen lange, silbrig glänzende Kaskaden sich schäumend über das zerklüftete Klippengestein ergossen. Guisbourne war ihr beim Absteigen behilflich, gab sie aber nicht sofort wieder frei, sondern schloß seine Hände mit eisernem Griff um ihre Oberarme, und Marian spürte, welche nur mühsam gezügelte primitive Wildheit in ihm tobte. Die Falkenaugen, die sie in ihrem Traum gesehen hatte, starrten sie an, nur brannte jetzt eine allzu menschliche Lust darin.

Mit einem Ruck riß sie sich los und funkelte ihn böse an. »Nein. Wenn du Rache an mir nehmen willst, so nimm sie mit dem Schwert. Vermutlich wirst du mich töten, aber versprechen kann ich es dir nicht.«

»Ich wünsche nicht, dich tot zu sehen.« Der bösartige Unterton in seiner Stimme beschwor Bilder von Greueltaten herauf, die denen des Folterknechtes von Nottingham Castle in nichts nachstanden.

»Ich mußte vor langer Zeit mit ansehen, wie meine Mutter geschändet und dann grausam ermordet wurde«, sagte sie rauh. »Ich weiß, daß du guten Grund hast, mich zu hassen, aber körperlicher Gewalt seitens eines Mannes kann und werde ich nicht hinnehmen.«

Guy musterte sie prüfend. »Davon war auch gar nicht die Rede. Aber jemand, der mit dem Feuer spielt, muß damit rechnen, sich zu verbrennen. Laß uns gemeinsam Rache nehmen, Marian, Rache am Leben.«

Marian nahm die Herausforderung an, lieferte sich der unbekannten Gefahr aus, ohne einen Gedanken an mögliche Folgen zu verschwenden. Als Guy sie an sich zog, erwachte die zwischen ihnen schwelende Glut zu neuem Leben, flackerte auf und vertrieb die Dunkelheit aus ihren Herzen. Die verzehrende Hitze, die Marian entgegenschlug, bot ihr Vergessen, und so überließ sie sich willig dem Feuer, das er in ihr entfachte.

Guy breitete ihre pelzgefütterten Umhänge auf dem kalten Steinboden aus, dann drückte er Marian auf das provisorische Lager nieder, riß ihr mit einem Ruck die ledernen Reithosen herunter und nahm sie unter freiem Himmel. Die kühle Morgenluft strich über ihre erhitzten Leiber, während Marian seine heftigen Stöße mit gleicher Wildheit erwiderte; so, als würden sie beide alles daransetzen, das Feuer stärker und stärker zu schüren, bis die Flamme schließlich heiß genug war, die Eisschicht, die sich über die Vergangenheit gelegt hatte, zum Schmelzen zu bringen.

Hinterher lag er neben ihr auf dem harten Boden und sah sie lange an. Sein Gesicht wirkte immer noch angespannt, als er leise sagte: »Gestern wußte ich noch nicht zu schätzen, was du mir angeboten hast – die Wahrheit.« Ein bitteres Lächeln spielte um seine Lippen. »Auch heute gefallen mir deine Enthüllungen nur wenig besser.«

»Du weißt noch nicht, ob du mir vergeben kannst«, stellte Marian sachlich fest, dann kam sie auf ihr eigentliches Anliegen zu sprechen. »Vergib mir wenigstens so weit, daß du mich heiraten kannst.«

»Ich wünschte, ich würde dich stärker hassen. Oder dich

zumindest weniger lieben.« Die Maske von Guisbournes Selbstbeherrschung bekam feine Sprünge, und seine Augen hielten die ihren fest.

Einen Moment lang fragte Marian sich, ob er wohl aus purer Berechnung handelte. War es möglich, daß er aus seinem verletzten Stolz heraus nun einen ähnlichen Verrat, wie sie ihn begangen hatte, an ihrer Person plante? Eine Vergewaltigung der Seele, nicht des Körpers. Sie zweifelte nicht daran, daß er zu einer solch ausgeklügelten Grausamkeit fähig war. Sollte er jetzt einfach aufstehen und gehen, so würde sie nichts dagegen unternehmen. Doch plötzlich lief ihr ein eiskalter Schauer über den Rücken, als ihr ein anderer Gedanke kam. *Wenn er sich an mir rächen will, dann wird er dafür sorgen, daß ich ebenso oder stärker leide als er. Aber er kann mich nur dann so tief treffen, wenn ich ihn liebe. Ob er es wohl darauf anlegt?*

Wenn sie sein Vertrauen zurückgewinnen wollte, mußte sie ihm gegenüber so aufrichtig wie möglich sein. Im Augenblick gab es für sie keine passendere Verbindung, und Guy und sie ergänzten sich in vieler Hinsicht hervorragend. Sorgfältig wählte sie ihre nächsten Worte. »Bleib bei uns, bis Richard zurückkehrt. Danach können wir denn entscheiden, ob es für uns noch eine gemeinsame Zukunft gibt. Wenn Richard siegt, werde ich dafür sorgen, daß zu zumindest das behältst, was du im Augenblick besitzt. Die Königin selbst wird dir ihr Wort geben.«

Diese Worte kamen einer Einwilligung zur Heirat so nahe, wie es nur eben möglich war, und ließen ihnen beiden noch ein wenig Bedenkzeit, die er ihrer Meinung nach ebenso dringend brauchte wie sie selbst.

Marian blickte zu den mächtigen Klippen empor, die über ihnen aufragten; eine natürliche steinerne Bastion, die weit beeindruckender wirkte als alles, was von Menschenhand geschaffen worden war. Das klare Wasser sprudelte wie kaltes geschmolzenes Silber über das rauhe Gestein, und sie erinnerte sich plötzlich mit schmerzhafter Klarheit an ihre Begegnung mit Robin bei dem Wasserfall im Wald und an die üppige Blumen- und Pflanzenpracht, die den Zauber dieses

Fleckchens Erde ausgemacht hatte. Nun, Robin war für sie verloren, der Sommer vorbei, und den Winter galt es noch zu überstehen. Vielleicht gelang es ihr und Guy danach, einen gemeinsamen Frühling zu finden.

»Ich habe meine Wahl getroffen«, sagte Guisbourne bestimmt. »Und ich komme nicht mit leeren Händen. Ich habe wertvolle Informationen für die Königin, die du ihr in meinem Namen überbringen kannst.«

»Du kannst ihr persönlich mitteilen, was du zu sagen hast«, entgegnete Marian. »Ich bin zu ihr befohlen worden. Königin Eleanor wünscht, daß ich sie nach Österreich begleite. Es ist an der Zeit, den König nach Hause zu holen.«

»Erhebt Euch, Sir Guy.« Eleanor beobachtete, wie Guisbourne der vor ihr niedergekniet war, anmutig aufstand. Marian hatte zwei Stühle neben Eleanors Sessel gestellt, aber die Königin zog es vor, Guisbourne stehen zu lassen. »Marian sagte mir, daß Ihr Neuigkeiten für mich habt. Ihrem Tonfall nach zu schließen sind sie alles andere als erfreulich.«

»In der Tat.« Guisbourne blickte der Königin gerade in die Augen. »Prinz John und König Philip haben einen Plan ausgeheckt, um König Richards Freilassung zu verhindern.«

»Und wie lautete dieser Plan?« fragte Eleanor. Die Einzelheiten der Verschwörung waren weitaus wichtiger als ihre eigenen Sorgen.

»Sie werden dem Kaiser eine Summe Silber anbieten, die der Lösegeldforderung entspricht, damit er Löwenherz bis Michaeli im Kerker festhält«, erklärte Guisbourne. »Oder sie zahlen ihm tausend Silbermünzen für jeden weiteren Monat, den Richard in Haft verbringt. Angeblich soll diese monatliche Zahlung enden, sobald König Philip die Entschädigung erhalten hat, auf die er Anspruch erhebt, aber ...«

»Aber im Grunde genommen zielen beide darauf ab, daß der König für den Rest des Lebens im Kerker bleibt oder möglichst bald stirbt«, beendete Eleanor den Satz für ihn.

»Richtig«, stimmte Guisbourne ihr zu. »Letzteres wäre ihnen lieber.«

Eleanor lächelte bitter. »Als der Kaiser den letzten Vertrag mit Richard schloß, da schwor er bei seinem Seelenheil, sich daran zu halten. Nun aber schert er sich herzlich wenig um seine Seele, da ihn der Glanz des Silbers blendet. Er würde sogar mit dem Teufel persönlich Geschäfte machen, vorausgesetzt, er verspräche sich einen Vorteil davon.«

»Zweifellos ist der Kaiser darauf spricht, sowohl das Löse- als auch das Bestechungsgeld zu kassieren«, warf Marian ein.

»Zweifellos« stimmte Eleanor zu. »Aber wenn er zu einer Entscheidung gezwungen wird, so ist das Lösegeld für König Richard bereits aufgebracht, und er kann sofort darüber verfügen. Wenn der Kaiser sein Wort hält, bekommt er das Silber und hält sich überdies an die Abmachungen mit König Richard – zumindest nach außen hin.«

»Das ist richtig«, bemerkte Guisbourne. »Aber wenn der Kaiser auf König Philips Vorschlag eingeht, dann ist er nicht mehr an seine Versprechen gebunden, einen Teil des Silbers an den Herzog von Österreich abzutreten, der Richard einst gefangengenommen und ihn an Heinrich VI. ausgeliefert hat. Dieses neue Angebot würde ihm also noch größeren Reichtum bescheren. Er wird auf jeden Fall versucht sein, es anzunehmen.«

»Aber Ihr glaubt nicht, daß er der Versuchung erliegt«, spottete Eleanor. Die Frage, warum er sonst wohl hier sei, lag unausgesprochen in der Luft.

Guisbournes Blick ruhte kurz auf Marian, ehe er fortfuhr: »Eure Majestät, ich glaube, daß der Ausgang dieses Spiels im Ungewissen liegt. Im schlimmsten Fall werden König Philip und Prinz John ihren Plan erfolgreich durchführen, und Löwenherz wird Österreich nicht mehr lebend verlassen. Wenn Ihr aber Glück habt, dann wird der Kaiser nur noch erbitterter um den Preis für König Richards Freilassung feilschen.«

»Was also ratet Ihr mir, Sir Guy?« In Eleanors schneidender Stimme schwang eine deutliche Herausforderung mit.

Guisbournes Verhalten blieb unvermindert ernsthaft und offen, als er antwortete: »Der Kaiser läßt sich zwar vornehmlich von seiner Habgier leiten, aber er ist kein Narr. Er weiß, welches Risiko er eingeht, wenn der König Richard noch länger festhält. Trotzdem wird er nach König Philips Angebot auf dem Standpunkt stehen, er müsse noch mehr erhalten, als ihm bereits versprochen wurde, und wenn Ihr ablehnt, wird er Löwenherz nicht freilassen. Ihr müßt überlegen, welche Forderungen der Kaiser stellen könnte und was er Euch anbietet. Wägt die einzelnen Möglichkeiten gut gegeneinander ab, denn Ihr müßt Euch letztendlich für eine davon entscheiden.«

Er hatte ihr in der Tat einen Vorteil verschafft und baute nun darauf, daß seine Offenheit ihm ihre Gunst eintrug

Eleanor musterte Guisbourne kritisch, wobei sie nicht zu verbergen trachtete, daß es sich dabei um eine Prüfung handelte. Trotz der Verdachtsmomente, die noch immer gegen ihn bestanden, war sie mit dem Ergebnis recht zufrieden. Sir Guy hatte knapp und präzise zusammengefaßt, was er zu sagen hatte, und keine überflüssigen Entschuldigungen in seine Rede eingeflochten. Er hatte auch nicht versucht, sie mit seinem Charme einzuwickeln, sondern hatte sie lediglich mit der ihr zukommenden Ehrerbietung behandelt. Was er zu seinen Gunsten in die Waagschale warf, waren wache Intelligenz und wertvolle Informationen. Beides wußte Eleanor durchaus zu schätzen. Sie hatte nicht damit gerechnet, da es ihrem jüngeren Sohn gelingen könnte, heimlich so viel Silber zu horten. Zwar wogen die Neuigkeiten, die Guy ihr übermittelt hatte, seine Beteiligung am Überfall auf den Lösegeldtransport nicht auf, aber der Überfall war immerhin fehlgeschlagen, deswegen würde sie ihm keine Steine in den Weg legen, wenn er einen neuen Anfang wagen wollte. War ihr junger goldener Löwe erst einmal zurückgekehrt, dann würde sie zweifellos noch mehr reumütige Speichellecker Johns dulden müssen, die zudem noch weniger anzubieten hatten.

Da gab es jene, die ihrem Herrscher bis zum Tode die Treue halten würden und jene, die ihr Mäntelchen nach dem Wind richteten. Die meisten schlugen sich stets auf die Seite desjenigen, der die besten Aussichten auf einen Sieg zu haben schien. Auch Guy hatte verschiedene Wege beschritten, sich dabei aber immer von den Umständen leiten lassen.

Longchamp hatte ihm einst seine englischen Ländereien bewilligt, aber diese lagen mitten im Herzen von Prinz Johns Herrschaftsgebiet. Marian hatte gesagt, Guisbourne sei der Verbindung mit dem Sheriff überdrüssig geworden, weil Sir Godfrey ihn anwiderte. Das sprach in Eleanors Augen für ihn.

Und Guisbourne hatte ihrem Sohn Geoffrey bis zu dessen Tod treu gedient. Auch dies mußte sie ihm zugute halten.

Ihr war klar, daß Sir Guys Loyalität vornehmlich Marian galt, aber Marian war ihrer Königin sehr ergeben, und das reichte Eleanor aus. In Wahrheit hatte sie ihre Entscheidung bereits am Morgen getroffen, Marian wußte nur noch nichts davon. Heute früh war die Nachricht eingetroffen, daß der Sheriff von Nottingham Guisbournes Ländereien beschlagnahmt hatte. Eleanor empfand es als beunruhigend, daß Johns Verbündete sich ihres Sieges so sicher waren. Aber der Sheriff war von Anfang an darauf bedacht gewesen, seine Macht zur Schau zu stellen. Wenn John unterlag, riß er Sir Godfrey mit ins Verderben. Aber selbst Richards Rechtsbeistände würden nichts gegen ihn unternehmen, solange sie nicht sicher waren, wer England in Zukunft regieren würde. So fragwürdig seine Motive auch sein mochten, Guisbourne hatte für Richard einiges aufs Spiel gesetzt. Eleanor würde nicht zulassen, daß ihm aus seinem Entschluß ein Schaden erwuchs – nicht, wenn sie es verhindern konnte.

»Ich bin Euch sehr zu Dank verpflichtet, Sir Guy. Ihr habt mir die notwendige Zeit verschafft, um einen neuen Feldzug zu planen. Wenn Richard siegt, werdet Ihr für Eure Dienste belohnt werden.«

Nun lächelte er sie zum ersten Mal an; ein Lächeln, daß seiner Dankbarkeit Ausdruck verleihen sollte, obwohl seine Augen ihr verrieten, daß er um die Schwierigkeiten wußte, die ihm noch bevorstanden. Er verstand vollkommen, was er in dieses neue Bündnis einbrachte und was nicht. »Ich danke Euch, Eure Majestät.«

»Wenn der Kaiser auf seine wahren Absichten zu sprechen kommt, müssen wir mit Überraschung und Bestürzung reagieren.« Eleanor plante im Geiste bereits die letzten Züge ihres Schachspiels mit Heinrich VI. »Der Kaiser hat nicht einen Funken Ehre im Leib, aber ist nicht verblendet genug, zu glauben, daß seine Macht keine Grenzen kennt oder daß andere Menschen ehrenhafter handeln als er selbst. Seine Barone sind an den gleichen Eid gebunden wie er selbst, vielleicht kann man etwas Druck auf sie ausüben.« Sie wußte, daß sie rasch zu Werke gehen mußte. Der November neigte sich seinem Ende zu.

»Gut«, sagte Guy. »Sie sind stolz auf ihre Ehre und fürchten die Machenschaften des Kaisers, und beides könnte sich für uns als vorteilhaft erweisen.«

»Einige mögen sogar um ihre unsterblichen Seelen fürchten«, spottete Eleanor und wurde mit einem strahlenden Lächeln belohnt. Es war ein Lächeln, bei dem sich die Königin plötzlich daran erinnerte, daß auch sie eine Frau und zur Leidenschaft fähig war. Ihr Blick wanderte von Marian zu Guisbourne, und sie beschloß, Großzügigkeit walten zu lassen. »Sir Guy, Ihr werdet uns nach Österreich, an den Hof des Kaisers begleiten. Wir reisen Anfang Dezember ab. Ich möchte das Weihnachtsfest mit meinem Sohn verbringen.«

Die Ketten klirrten leise, als König Richard vor dem Heiligen Römischen Kaiser niederkniete. Mit einer würdevollen Geste nahm er seine Kopfbedeckung ab und überreichte sie seinem Feind.

Löwenherz spielt seine Rolle meisterhaft, dachte Guy, der das Schauspiel gebannt verfolgte. Richard war sich stets seines Publikums bewußt. Marian, die neben ihm stand, warf ihm einen verstohlenen Blick zu. Sie wirkte zwar freudig erregt und ergriffen zugleich, aber trotzdem blitzte in ihren Augen ein ironischer Funke auf. Auch ihr war bewußt, wie lächerlich dieses ganze Schauspiel im Grunde genommen war. Eleanor hielt sich an ihrer Seite, und Guy stellte fest, daß jeder der die beiden Frauen nicht kannte, Marian für die Königin halten würde. Eine Feenkönigin, dachte er, anmutig und majestätisch in ihrem weißen, silberbestickten Brokatgewand und dem Kranz aus silbernen, mit milchigen Perlen besetzten Blättern, der ihre blaßgoldene Haarflut hielt.

Lange genug hatte die Gesellschaft auf diesen Moment warten müssen. Der Kaiser hatte die englischen Abgesandten über einen halben Monat lang immer wieder vertröstet. Weihnachten war bereits vorbei und das Dreikönigsfest ebenso. Sie hatten wieder Hoffnung geschöpft, als der Kaiser versprach, Richard am 17. Januar freizulassen, aber dann hatte er sie ohne Angabe von Gründen noch bis Februar hingehalten. Königin Eleanor, deren Geduldsfaden zu reißen drohte, nutzte ihre geheimen Verbindungen, um ihren Einfluß an den Stellen geltend zu machen, von denen sie sich die meiste Hilfe versprach.

Vor zwei Tagen, an Lichtmeß, war der Hof in Mainz zusammengetreten, und dort hatte der Kaiser ihnen endlich reinen Wein eingeschenkt und von König Philips Bestechungsangebot gesprochen. Mit der Miene eines Mannes, der sich keinerlei Schuld bewußt ist, rechtfertigte Heinrich VI. einen Eidbruch. Wenn er Richard nicht freigab, brachte er die Engländer gegen sich auf, aber wenn er Philip vor den Kopf stieß, war seine Bündnis mit Frankreich hinfällig. Als Entschuldigung für diesen Verlust verlangte er von Richard, ihm, dem Heiligen Römischen Kaiser, den Lehnseid zu leisten und sich von Frankreich loszusagen. Die englischen Barone waren angesichts dieser unverschämten Forderung zu Recht empört, denn das hieß nichts anderes, als daß die einmalige Lösegeldzahlung in einen jährlichen Tribut umgewandelt werden würde. Aber Eleanor und König Richard hatten diese Möglichkeit bereits in Betracht gezogen und ihre Entscheidung getroffen. Die Freiheit Richard Löwenherz' hatte absoluten Vorrang. Alles andere konnte man später regeln.

Und nun kniete König Richard in Ketten vor dem Kaiser, kündigte mit volltönender Stimme der doppelzüngigen Kapetingerdynastie die Gefolgschaft auf und schwor statt dessen denen von Hohenstaufen die Treue. Die englischen Barone enthielten sich wohlweislich eines jeglichen Kommentares, während die Vasallen des Kaisers einen ergriffenen Gesichtsausdruck zur Schau trugen und einige sogar ein paar Freudentränen hervorpreßten. Mit einer allumfassenden Geste, die seine großherzige Gesinnung verdeutlichen sollte, befahl der Kaiser, Richards Ketten zu lösen. Löwenherz erhob sich und schritt zu seiner Mutter hinüber, die sich schluchzend in seine Arme warf. Guisbourne, der die Szene beobachtete, hielt ihre Tränen für echt, aber dennoch erfüllten sie in politischer Hinsicht den gleichen Zweck wie die, die wie auf Kommando über die Gesichter der Umstehenden flossen. *Welch glorreicher Augenblick,* dachte er und bemühte sich angestrengt, seine Lippen zu einem weniger zynischen Lächeln zu verziehen.

Noch während das Ritual von Richards Freilassung vollzogen wurde, wanderte die Lösegeldsumme bereits in die Schatzkammern des Kaisers, und die englischen Geiseln wurden in österreichische Hände übergeben. Wer konnte schon vorhersagen, wie lange sie warten mußten, bis sie ihre Heimat wiedersahen? Länger jedenfalls als Richard Löwenherz, vermutete Guy. Der Kaiser überreichte König Richard den Brief, der ihm freies Geleit zusicherte, und Guisbourne fragte sich unwillkürlich, wann er damit beginnen würde, im Geiste das französische Silber zu zählen, das ihm entgangen war. Guy wußte nur zu gut, daß sich Abgesandte König Philips schon bereithalten würden, um den Kaiser zu überreden, den Geleitbrief zu widerrufen und den gefährlichen Löwen, den er gerade in Freiheit gesetzt hatte, wieder einzufangen.

Der Bischof von Köln näherte sich dem königlichen Grüppchen. Guy rückte unauffällig ein Stückchen näher heran, um besser lauschen zu können, und hörte mit an, wie der Bischof Königin Eleanor und König Richard einlud, auf ihrem Weg rheinabwärts zum Meer in seiner Burg zu übernachten. Die Einladung wurde dankend angenommen. Während Guy mit halbem Ohr zuhörte, wie die Einzelheiten besprochen wurden, stellte er bereits eigene Überlegungen an. Er hatte nicht genug Zeit, um diese Information an Prinz John weiterzuleiten, doch wenn sie in Köln angelangt waren, würde er die weitere Reiseroute genau kennen und einen Weg finden, eine Botschaft nach England zu schicken. Wenn Prinz John und König Philip die Gruppe von vorn angriffen und der Kaiser ihr in den Rücken fiel, würde Löwenherz nach menschlichem Ermessen England nie wiedersehen.

Doch Fortuna schien Richard im Moment hold zu sein, und Guy wäre nicht überrascht, wenn sich das Blatt noch nicht so bald wenden würde. Im Moment hoffte er beinahe selbst, Richard möge entkommen. Stirnrunzelnd grübelte er darüber nach, wie er es anstellen sollte, König Richard die Rückkehr nach England zu ermöglichen, ohne dabei allzu offenkundig die Vereinbarung zu brechen, die er mit Prinz John und König Philip getroffen hatte.

Meine eigene List scheint sich gegen mich zu wenden, dachte er.

Guisbourne fragte sich nur, wie er es bewerkstelligen sollte, im Falle eines Sieges von Prinz John sein altes Amt wieder zu übernehmen, ohne Marians Verdacht zu erwecken. Er würde ihr weismachen, er habe mit dem Prinzen ein ernstes Wort über die geistige Labilität des Sheriffs und seiner Abscheu vor Sir Godfreys Exzessen gesprochen. Er könnte ferner behaupten, John davon überzeugt zu haben, daß der Sheriff ganz allein die Schuld am Scheitern des Überfalls auf den Lösegeldtransport trug, weil er Prinz Johns Warnungen hinsichtlich Robin Hoods mißachtet hatte. Marian wußte, wie anfällig John für derartige Schmeicheleien war, ob sie nun der Wahrheit entsprach oder nicht. Das sowie seine neue Freundschaft mit William von Norford würden reichen, um sie von der Ehrlichkeit seiner Absichten zu überzeugen.

Guy lächelte in sich hinein. Vielleicht sollte er sogar Königin Eleanor bitten, sich für ihn einzusetzen. Prinz John würde an diesem Doppelspiel großen Gefallen finden, da er seine Mutter ebenso haßte, wie er sie liebte. Das war im Augenblick wohl die beste Idee. Auf diese Weise würde er nicht einmal selbst in Erscheinung treten und auf Prinz John zugehen müssen. Doch als er die Königin beobachtete, die nach ihrem Gefühlsausbruch langsam wieder ihre Beherrschung zurückgewann, meldete sich unerwartet sein Gewissen zu Wort. Guy hegte ehrliche Bewunderung für Eleanor und stellte fest, daß ihm der Gedanke, sie als eine Marionette zu benutzen, nicht behagte. Sofort schalt er sich einen Narren. Die Königin versuchte ja bereits jetzt, ihn nach ihrer Pfeife tanzen zu lassen. Aber wie Guy gehofft hatte, war sein Plan, durch die vorgetäuschte Beschlagnahmung seines Besitzes durch Sir Godfrey sowohl sein Überlaufen glaubhafter erscheinen zu lassen, als auch in Marian und Eleanor ein gewisses Schuldgefühl zu erwecken, voll und ganz aufgegangen. In Nottingham hatte Marian der Königin gedient, und Eleanor würde nun dazu beitragen, daß er Rache an ihr nehmen konnte.

Seit Marians Geständnis hatte er Stunde um Stunde damit verbracht, sich noch einmal jede Begegnung, jedes einzelne Gespräch ins Gedächtnis zu rufen und war schließlich zu dem Schluß gekommen, daß sie ihn nicht vorsätzlich in die Falle gelockt hatte, sondern nur eine Information verwertet hatte, die ihm leichtsinnigerweise entschlüpft war. Das machte zwar keinen großen Unterschied, aber nur deswegen war sie noch am Leben. Deswegen und wegen der aufrichtigen Leidenschaft, die sie füreinander empfanden.

Er war von Anfang an entschlossen gewesen, sich zu rächen, hatte aber nicht gewußt, wie er das anstellen sollte – bis er von einem der Spione Prinz Johns erfuhr, daß Eleanor vorhatte, Marian in das Gefolge einzugliedern, welches sie nach Österreich begleiten sollte. Sowie der Sheriff von dieser Auszeichnung erfahren hatte, wurde sein alter Verdacht gegen Marian wieder wach, und er bestürmte Guy mit Fragen. Dieser gab zwar zu, daß sie versucht hatte, ihn auf König Richards Seite zu ziehen, versicherte Sir Godfrey jedoch, daß dieser Versuch ihn nur in seinem Entschluß, im Gespräch mit ihr äußerste Vorsicht walten zu lassen, bestärkt hatte. Er hatte gleichfalls zu bedenken gegeben, wie unwahrscheinlich es anmutete, daß eine Dame ihres Standes in irgendeiner Weise mit Robin Hood in Verbindung stand. Als der Sheriff daraufhin den amourösen Ruf des Outlaws anführte, gab Guy stirnrunzelnd zu, daß Marian vielleicht mit ihrem Troubadour gemeinsame Sache gemacht haben könnte, und schlug vor, sich ihr unter dem Vorwand, von Prinz John enttäuscht zu sein, erneut zu nähern. »Ich werde schon herausfinden, ob ihr Interesse an mir echt oder vorgetäuscht war. Wenn es mir gelingt, die Affäre wieder aufleben zu lassen, bekomme ich vielleicht Zugang zu Informationen, die uns von Nutzen sein können.«

Guy war sich nicht darüber im klaren gewesen, wie sehr er sich – abgesehen von dem Wunsch nach Rache – auch von seinem Verlangen nach Marian hatte treiben lassen, bis er sie wiedersah. Er liebte sie immer noch, doch nun gereichte ihm diese Verwundbarkeit, die ihn vorher immer in Rage gebracht hatte, zum Vorteil. Sie glaubte an die Aufrichtigkeit seiner Gefühle und somit auch an alles andere. Er hatte nicht damit gerechnet, daß sie so offen mit ihm sprechen würde, und ihr Geständnis hatte seinen Zorn noch geschürt, ebenso wie die schonungslose Ehrlichkeit, mit der sie es abgelegt hatte. Er dürstete immer noch nach Vergeltung, und wenn es sich auch nur um die Befriedigung handelte, sie gerade dann hintergangen zu haben, als sie ihm ihr volles Vertrauen geschenkt hatte. Nur so konnte er den Schmerz über ihren Verrat lindern. Seine Liebe zu ihr machte es erforderlich, daß er eine verborgene Macht über sie besaß, trotzdem sehnte er sich immer noch nach ihrem bedingungslosen Vertrauen, obwohl er voller Bitterkeit erkannte, daß er ihr nie wieder voll und ganz würde trauen können. Nur eines war sicher – er hatte nicht länger vor, ihr seinen Betrug ins Gesicht zu schleudern und sie dann zu verlassen. Er würde sie heiraten und seine dunklen Geheimnisse für sich behalten.

Die Sonne tauchte die Wölkchen am strahlendblauen Märzhimmel in ein rosiges Gold. Eine frische Brise bauschte die Banner des Königs, als sein Schiff in den Hafen von Sandwich einlief. Wie ein zum Leben erwachtes goldenes Götzenbild stand Löwenherz an Deck, und die Männer, die um Guisbourne herumstanden, flüsterten sich gegenseitig etwas von guten Vorzeichen zu. Alle blickten den König voller Verehrung an, denn Richard war während der gesamten Reise bei blendender Laune gewesen, hatte sogar die zurückhaltendsten unter den Männern mit seiner Jovialität und seinem umgänglichen Wesen eingewickelt und sich dann in ihrer Bewunderung gesonnt. Guy gehörte zu den wenigen, an die er seinen Charme noch nicht einmal ansatzweise verschwendet hatte. Zwar war er stets betont höflich geblieben, doch sein Benehmen verhieß für die Zukunft nichts Gutes. Richards kühle Reserviertheit weckte Guys Mißtrauen, und als er nun bemerkte, daß der Blick des Königs gleichgültig über ihn hinwegschweifte, begann er zu wünschen, daß Löwenherz' Feinde ihn auf dem Rückweg nach England gefangengenommen hätten.

Ihr Entkommen war nicht allein auf Glück zurückzuführen gewesen. König Richard verfügte über das schnellste Schiff und den besten Kapitän, der sie immer außer Sichtweite der Feinde gehalten hatte. Nun ließ sich an der Situation nichts mehr ändern. Sowie Löwenherz wieder englischen Boden betreten hatte, würde er die Ritter und Barone des Landes um sich versammeln und für seine Sache gewinnen, und diese würden dem heroischen Kreuzritter bereitwillig in den Tod folgen. Vielleicht würden sich die fanatischsten von Prinz Johns Anhängern auf eine Schlacht einlassen, aber falls Löwenherz nicht selbst im Kampf fiel, war sein Sieg vom vornherein gesichert.

Guy hatte John und König Philip in Frankreich korrekte Informationen übermittelt, obgleich er einen Teil seines Wissens für sich behalten hatte. Außerdem hatte er eine gefälschte Nachricht an den Sheriff gesandt. Longchamp, der um das Leben des Königs fürchtete, hatte vorgeschlagen, einen Lockvogel nach England vorzuschicken, um eventuelle Attentäter abzulenken. Doch Richard, immer auf Ruhm und Ehre aus, hatte diese vernünftige Idee als Feigheit vor dem Feind abgetan. Nach diesem Zwischenfall hatte Guisbourne eine kodierte Botschaft an den Sheriff verfaßt, die besagte, daß nicht der wahre König nach England zurückkäme. Wenn Sir Godfrey das glaubte und sich weigerte, König Richard Nottingham Castle auszuliefern, um so besser.

Als Guy Sir Godfrey zum ersten Mal seinen Plan, Marian zu hintergehen, unterbreitete, hatte dieser ihn des Seitenwechsels beschuldigt. Guy hatte daraufhin bereitwillig zugegeben, daß er sich für den Fall, daß Prinz Johns Versuch, den

Thron an sich zu bringen, scheiterte, eine Hintertür aufhalten wollte. Aber er hatte auch wiederholt erklärt, daß er mehr gewinnen würde, wenn John doch noch zum König gekrönt würde. Außerdem wies er darauf hin, daß er in der Lage sein würde, Godfrey unter Richards Herrschaft wieder zu der Macht zu verhelfen, die er vorher sein eigen genannt hatte.

Guisbourne beabsichtigte nichts dergleichen, aber Godfreys Tod mußte warten, bis Guy wieder in der Position war, ihn als Sheriff von Nottingham ersetzen zu können. Bislang hatten er und Sir Godfrey gut zusammengearbeitet, und so hatte der Sheriff auch nicht weiter nachgefragt. Godfrey war beruhigt gewesen oder hatte zumindest so getan. Sicher, Guy hatte es seit jeher verabscheut, dem Sheriff schöntun zu müssen, aber er hatte stets darauf geachtet, sich diesen Abscheu nie anmerken zu lassen, und hatte an jeder Besprechung teilgenommen, die für die Sicherheit Nottinghams wichtig war. Niemals hatte er direkt die Pläne des Sheriffs durchkreuzt – außer wenn es um Marian ging. Vielleicht hatte ja allein das ausgereicht, um Sir Godfrey zu reizen, trotzdem hatte der Sheriff eingeräumt, daß Guys Vorschlag ihm unabhängig vom Ausgang des Bruderzwistes nur Vorteile einbrachte. Er hatte ihre Absichten Prinz John unterbreitet, als dieser noch einmal nach Nottingham gekommen war.

Gemeinsam hatten sie besprochen, was zu tun sei, und waren übereingekommen, daß die Einladung der Königin, Guy möge sie nach Österreich begleiten, einen unschätzbaren Glücksfall für sie bedeutete. Dann hatte der Sheriff in Prinz Johns Gegenwart vorgeschlagen, daß Guy König Richard ermorden sollte, falls sich die Gelegenheit dazu ergab. Guy wußte nicht, ob John den Sheriff angewiesen hatte, dieses Thema zur Sprache zu bringen, aber er witterte Gefahr. So hatte er unverzüglich und entschieden abgelehnt, indem er sich direkt an Prinz John wandte. »Wenn es darum ginge, Euer Leben zu verteidigen, Sire, dann würde ich es ohne Zögern tun. Aber ich bin kein Königsmörder.«

War Sir Godfrey schon so von Sinnen, daß er den Ausgang eines solchen Unternehmens nicht vorhersehen konnte, oder strebte er einen Triumph des Bösen an? Guy fragte sich, für wie dumm sie ihn eigentlich hielten. Niemand würde ihm jemals wieder Vertrauen schenken, wenn bekannt würde, daß er einen König auf dem Gewissen hatte. John oder Philip würden ihn so rasch wie möglich beseitigen lassen. Ihnen allen war klar, daß die Informationen, die Guy ihnen zu verschaffen versprochen hatte, sehr wohl zu Richards Tod führen konnten, aber Guy wollte keinesfalls königliches Blut an *seinen* Händen kleben haben. Prinz John nahm seine Weigerung mit finsterer Miene zur Kenntnis, aber Guy hoffte, trotzdem ein Quentchen mehr an Vertrauen erlangt zu haben.

Mit einem auf eigene Faust geplantem und durchgeführtem Attentat verhielt es sich natürlich anders. Zwar durfte er dann nicht mit Dankbarkeit rechnen, hatte dafür aber auch keine Vergeltungsmaßnahmen zu erwarten. Aber im Augenblick sah er keine Veranlassung, einen so drastischen Schritt zu unternehmen. Ihm standen so viele Möglichkeiten offen. Wenn Prinz John unterlag und Richard aufgrund alter Animositäten seine Dienste nicht belohnen wollte, so blieb Guy immer noch Marians Mitgift, die, davon war er inzwischen überzeugt, reichlich ausfallen würde. Außerdem wollte er Marian zur Frau. Selbst wenn sie ihn nicht liebte, so kannte er doch keine andere Frau, die ihm so viel zu bieten hatte wie sie: wache Intelligenz, Schönheit, ein leidenschaftliches Wesen und angeborene Aufrichtigkeit, auch wenn sie mit ihm ein falsches Spiel gespielt hatte. Wenn er all diese Eigenschaften für sich nutzte, was konnte er dann alles erreichen.

Seltsam. Als er in England angekommen war, hatte er das Land augenblicklich als wild und unzivilisiert abgestempelt und nur den einen Wunsch gehabt, so schnell wie möglich nach Frankreich zurückzukehren. Nun war gerade dieses Vorhaben in weite Ferne gerückt. Und doch – wenn alle seine Pläne scheiterten und sein Doppelspiel aufflog, konnte er in Frankreich Zuflucht suchen. König Philip hatte ihm versichert, daß er zurückkehren und die Ländereien, die ihm versprochen worden waren, damit er die Plantagenets bespitzelte, beanspruchen konnte, sobald entweder Richard oder

John fest auf Englands Thron saßen. Oder er konnte, falls ihm das lieber war, in England bleiben und dort weiterhin heimlich dem französischen König dienen.

21. Kapitel

Marian war auf dem Weg zu ihm. Diese Nachricht wurde in Windeseile von den Außenposten an das Lager weitergegeben. Robin bedeutete seinen Leuten, zurückzubleiben, und zwang sich, am Rand der Lichtung zu warten, während er sich vorstellte, wie sie durch den immer noch seiner Blätterpracht beraubten Wald zu ihm geführt wurde. Das Wissen um ihre Nähe ließ ihn erzittern, und er spürte, wie die Schale aus Zorn und Verbitterung, die er im Laufe der langen Wintermonate um sein Herz gelegt hatte, feine Risse bekam. Im selben Moment, als er Marian auf sich zureiten sah, durchzuckte ihn eine Flamme heißer Begierde; ein drängendes Verlangen, von dem er gehofft hatte, daß es längst erloschen sei. Feuer und Eis bekämpften sich in seinem Inneren; entgegengesetzte Elemente, die einander zu verzehren suchten. Die kalte Hand, die ihn umklammert hielt, drückte fester und fester zu, bis er meinte, er müsse zerspringen.

Und genau das geschah. Wut und Bitterkeit lösten sich in nichts auf, und der eisige Panzer, der ihn umgab, zerbarst. Robin rang keuchend nach Luft, der erste Atemzug brannte schmerzhaft in seinen Lungen. Ohne seinen Schutzpanzer fühlte er sich nackt und verletzlich, da er ohne ihn hilflos seiner Leidenschaft und seinem Kummer preisgegeben war. Verzweifelt versuchte er, sich all das, was sie ihm angetan hatte, wieder ins Gedächtnis zu rufen – Johns Tod, ihr Verhältnis mit Guisbourne – dennoch schmolz sein Haß auf sie dahin wie Schnee in der Sonne. Also bot er all seine Willenskraft auf, um sich für die Begegnung mit ihr zu wappnen, und betete, daß er die unbeteiligte Fassade so lange aufrechterhalten konnte, bis sie wieder gegangen war.

Nichts hatte sich geändert. Er wollte sie nicht lieben. Er durfte sie nicht lieben. Aber er tat es trotzdem.

Als sie näherkam, meinte er, in ihrem Gesicht einen seltsamen Ausdruck wahrzunehmen; irgendeine Reaktion auf seinen Anblick, und sein Herz begann, ein paar Takte schneller zu schlagen. Schließlich stand sie vor ihm; ihr Gesicht war eine undurchdringliche Maske, und er sah sich gezwungen, ihrem kühlen, distanzierten Verhalten in gleicher Weise zu begegnen. Marian stieg vom Pferd, straffte sich und sah ihm fest in die Augen.

»Ich bringe Euch eine Botschaft vom König«, sagte sie ohne Umschweife. »Alles, was Eleanor versprochen hat, ist Euer, wenn Ihr und Eure Männer Richard bei der Belagerung von Nottingham Castle unterstützt. Kommt morgen zu der großen Wiese südlich der Stadt, und dort werdet Ihr aus den Händen des Königs Eure Begnadigung, Euer Land und Freiheit für alle, die Ihr mitbringt, erhalten.«

Wir haben bereits genug getan, dachte Robin bitter, *aber König Richard wird immer noch mehr verlangen.* Dennoch hatte er mit dieser Aufforderung gerechnet, wenn auch nicht aus Marians Munde. Richard sah einer bedeutenden Schlacht entgegen, da war es verständlich, daß er einen sichtbaren Beweis für die Treue seiner Untertanen wünschte.

Als er in Marians klare, kühle Augen blickte, dachte Robin, daß er all das, was ihm soeben zugesagt worden war, gegen das eintauschen würde, was sie ihm einst versprochen hatte. Trotzdem nickte er zustimmend und geleitete sie über die Lichtung hinweg zu seinen am Waldrand versammelten Männern. Er durfte deren Begnadigung nicht leichtfertig aufs Spiel setzen.

Während sie schweigend nebeneinander hergingen, bemerkte Robin plötzlich, unter welch starker Anspannung Marian stand. Die mühsam aufrechterhaltene Beherrschung, die sich in ihren abgehackten Bewegungen ausdrückte, verriet viel mehr als ihr steinerner Gesichtsausdruck. Als sie bei den wartenden Männern angelangt waren, lief ein unwilliges Raunen durch die Menge. Marians Affäre mit Guy von Guisbourne war zu rasch nach Little Johns Tod bekanntgeworden. Robin ließ den Blick über die Gruppe schweifen und stellte fest, daß einige seiner Männer sie noch immer haßten und sie vielleicht immer hassen würden. Doch andere hatten, wie er selbst, nie aufgehört, sie zu lieben. Über das zornige Geflüster legte sich das freudige Gemurmel derer, die in Marian noch immer einen Lichtstreif in der Dunkelheit sahen. Die meisten warteten mit feindseliger Miene ab, waren jedoch bereit, ihr zu vergeben, wenn sie ihr Versprechen einlöste.

Mit weithin vernehmlicher Stimme verkündete sie nun: »Es ist wahr. Ich komme im Auftrag König Richards. Löwenherz braucht Euch. Jeder Mann hier, der für England kämpft, wird begnadigt werden.« Jubelrufe erklangen aus sämtlichen Kehlen, und als sie verebbten fuhr Marian fort: »Und das ist noch nicht alles. Königin Eleanor bat mich, euch mitzuteilen, daß die Jagdvorschriften für Sherwood Forest gelockert werden. Die Gesetze bleiben zwar bestehen, aber die Strafen sollen weniger streng ausfallen.«

»Wir hörten, daß Richard sämtliche Burgen Johns belagert hat«, rief ein Mann ihr zu.

»Das ist richtig.« Marian hielt einen Moment inne, um ihr Publikum auf die Neuigkeiten einzustimmen, ehe sie weitersprach. »Allerdings hat der König keinen Befehl dazu gegeben. Edelleute aus allen Teilen des Landes haben sich freiwillig dazu erboten.«

»Natürlich. Die meisten hoffen, daß sie in Zukunft das Sagen haben, wenn sie den Preis zahlen, den der König verlangt«, sagte Robin mit einem Unterton von Schärfe, um den Überschwang der Gefühle, den Marian so schnell in seinen Leuten ausgelöst hatte, ein wenig zu dämpfen. Richard besaß die Gabe, den Träumen der Menschen Gestalt zu verleihen, und er wollte vermeiden, daß seinen Männern ein böses Erwachen beschieden war.

»Vielleicht plündern sie deswegen ihre neuen Herren aus«, lachte Will. »Sie hoffen, genug zusammenzurauben, um den Beitrag, den sie leisten mußten, wieder hereinzuholen.«

»Was zu erwarten war.« Marian lächelte. Sie schien ihm diese zynische Bemerkung nicht übelzunehmen.

»Und was war mit Saint Michael's Mount?« fragte Much neugierig. »Stimmt es, daß der Wärter vor Angst gestorben ist, noch ehe die Männer des Königs dort ankamen?«

»Es stimmt, daß er tot ist«, antwortete sie. »Wer kann schon sagen, ob er vor Furcht oder an Schuldgefühlen gestorben ist?«

Bruder Tuck lachte. »Und diese Bischöfe, die wie ein Heuschreckenschwarm bei Hof eingefallen sind und die mit hocherhobenen Kreuzen durch das Land marschieren? Werden sie auch zahlen müssen?«

»Wenn ich ehrlich sein soll, Tuck, so glaube ich, daß sie ihre Kreuze nur heben, wenn sie sich in Sichtweite des Königs befinden. Aber ja, auch sie werden ihren Tribut zahlen müssen.«

Für Richard mußten und müssen wir nur zahlen, zahlen und nochmals zahlen, dachte Robin. Aber was sollte er sich beklagen, wo er doch selbst auch Richard seinem Bruder John vorzog? Zumindest sah es so aus, als würde seinen Männern die Freiheit winken, wenn sie kämpften, und es war besser, diese Freiheit mit gestohlenem Gold zu erkaufen als mit ihrem Leben. Er konnte nur hoffen, daß der Sheriff kein allzu schwer zu überwindender Gegner war.

»Uns ist zu Ohren gekommen, daß nicht der König selbst, sondern ein Hochstapler das Land einnehmen will. Einige behaupten, daß König Richard sein Leben nicht aufs Spiel setzen will, andere sind sicher, daß er bereits tot ist. Was ist von diesem Gerede zu halten?« fragte Much.

»Das sind bösartige Gerüchte, weiter nichts«, erwiderte Marian. »Ich selbst bin mit dem König von Österreich nach England gereist und weiß, daß Löwenherz persönlich zurückgekommen ist.«

Robin fiel auf, daß Marian sich wieder in die Herzen seiner Männer stahl, indem sie je nach Bedarf Lady oder Kameradin spielte.

»Löwenherz hat es noch nie an Mut gefehlt.« Er entschloß sich, ihr beizuspringen. Wenn seine Männer schon für den König in den Krieg zogen, dann sollten sie es frohen Herzens tun.

»Haben nicht all diese Gerüchte ihren Ursprung in Nottingham?« meinte Marian. »Paßt so ein Verhalten nicht zum Charakter des Sheriffs? Seit zwei Wochen verkriecht er sich schon in seiner Burg, wird belagert und wagt keinen Gegenangriff. Nun naht der König höchstpersönlich, um dem ein Ende zu machen.«

»Was wird denn der Sheriff zu zahlen haben?« erkundigte sich Robin, woraufhin die Hochstimmung sofort verflog und Stille eintrat. Alle warteten gespannt auf Marians Antwort.

»Der König ist äußerst ergrimmt. Allein Nottingham stellt sich noch gegen ihn, und so wird sein Zorn den Sheriff mit voller Härte treffen.«

Bruder Tuck meldete sich zu Wort. »Wie sieht es mit neuerlichen Kreuzzügen aus?«

»Ich kenne die Zukunftspläne des Königs nicht bis in alle Einzelheiten«, erwiderte Marian diplomatisch. »Ich weiß nur, daß er England jetzt endlich den Frieden bringt.«

Sie blickte von einem der Umstehenden zum anderen. »Wie lautet eure Antwort?« fragte sie mit schallender Stimme. »Seid ihr für euren König, der euch wieder zu freien Männern machen wird?«

»Ja!« erscholl die Antwort wie aus einem Munde, und Robin staunte wieder einmal, welche Macht sie über seine Männer hatte. Die Vergangenheit schien vergessen, die Zukunft lag verheißungsvoll vor ihnen. Hoffnung erstrahlte in allen Gesichtern.

Wenn er nicht Obacht gab, würden sie diese neue Hoffnung nur allzu bald in Wein ertränken. Robin wollte sie für den morgigen Kampf frisch, ausgeruht und gut gerüstet sehen, aber trotzdem mußte gefeiert werden, da einige von ihnen nicht mehr in den Genuß ihrer Freiheit kommen würden. So gab er Order, Wein und Ale für alle zu bringen, achtete aber darauf, daß niemand den Getränken im Übermaß zusprach. Dann wurden die Speisen aufgetragen: Brot, Käse, Pökelfleisch, frisch gebratenes Wildbret und Äpfel. Robin führte Marian zu der Eiche neben der Jagdhütte, wo sie sich niedersetzten.

»Vielleicht solltest du dir eine andere Lagerstätte suchen«, murmelte sie und schenkte ihm ein leichtes, ironisches Lächeln, dennoch zog sich sein Herz vor Freude darüber, überhaupt ein Lächeln auf ihren Lippen zu sehen, schmerzhaft zusammen.

»Ja«, sagte er leise. »Ich verspreche, daß der König seine Jagdhütte verlassen und in gutem Zustand vorfinden wird.« Dann musterte er sie neugierig und fragte: »Wirst du auch an Richards Seite kämpfen?«

Diesmal wirkte ihr Lächeln bitter. »Hier in Nottingham vertrete ich immer noch meinen Großvater, und da ich vorhatte, seine Truppen in den Kampf zu führen, trug ich natürlich mein Kettenhemd. Der König hielt das für unpassend. Zwar bewunderte er meinen Mut, sähe ihn aber lieber in wallende Seide gekleidet. Er hält mich für eine äußerst brauchbare Symbolfigur für seine Streiter. Also hat er mir befohlen, dies hier zu tragen …« Mit einer abfälligen Handbewegung deutete sie auf ihren reinweißen, mit seidigem Eichhörnchenpelz gefütterten Mantel und die schwere, mit schimmernden Opalen, Mondsteinen und Perlen besetzte Silberspange, die ihn zusammenhielt. Darunter trug sie ein blaßgraues, aus feinster Wolle gewebtes Gewand. Ihre Stimme klang schneidend, als sie fortfuhr: »Ferner hat er mich angewiesen, die Truppen meines Großvaters der Befehlsgewalt eines Mannes zu übergeben. Ich habe mich seinen Wünschen gefügt. Sir Ralph wird sie gegen Nottingham Castle führen.«

Einer der Männer trat zu ihnen und reichte jedem einen großen Becher. Robin bemerkte, daß Marian, während sie an ihrem Wein nippte, immer wieder forschend zu seinem Becher schielte. Er trank einen großen Schluck, dann stellte er den Becher ab. »Zur Zeit trinke ich nur Ale«, sagte er, ihr geradewegs in die Augen schauend. »Ich habe festgestellt, daß ich für den Genuß von Wein einen zu hohen Preis zahlen muß.«

Marian zuckte bei seinen Worten leicht zusammen, und Robin wußte nicht, ob er weitersprechen sollte oder nicht. Just in diesem Moment tauchten Alan und Claire auf der Lichtung auf und kamen auf die Eiche zu, um sich zu ihnen zu gesellen. Claire bewegte sich auf den ihr mittlerweile vertrauten Wegen völlig sicher. Marian umarmte zwar beide herzlich, doch trotz ihrer Zuneigung zu den jungen Liebenden konnte sie sich in deren Gegenwart nicht gelöst und unverkrampft geben. Robin bemerkte, daß ihre Gestik und Mimik immer noch gezwungen wirkten.

Alan ließ sich unter der Eiche nieder und lächelte Marian an. »Ich wäre ja sofort herausgekommen, um Euch zu begrüßen, aber ich war gerade dabei, meinem neuesten Lied den letzten Schliff zu geben«, entschuldigte er sich.

»Und aus Eurem selbstzufriedenen Lächeln entnehme ich, daß es Euch großartig gelungen ist, obwohl ich es noch gar nicht kenne«, gab Marian mit einem leisen Lachen zurück.

Alan machte es sich unter dem Baum bequem, zupfte sacht an den Saiten seiner Laute und entlockte ihr eine süße, wehmütige Melodie, dann begann er zu singen.

> *Kehr doch zurück zu mir, mein Leben,*
> *dann schreckt der Winter mich nicht mehr,*
> *dann werden Rosen, Lilien, Nelken*
> *erblüh'n in einem Farbenmeer.*
>
> *Dann werden kahle Bäume grünen,*
> *die Welt ist nicht mehr öd und leer.*
> *Kehr doch zurück zu mir, mein Leben,*
> *dann schreckt der Winter mich nicht mehr.*
>
> *Dann ist mein Herz frei von den Fesseln,*
> *die es bedrückten gar so schwer,*
> *dann zieht der Frühling ein ins Lande,*
> *zu feiern deine Wiederkehr.*
>
> *Kehr doch zurück zu mir, mein Leben,*
> *dann schreckt der Winter mich nicht mehr.*

Die Wahrheit, die in diesen Worten enthalten war, und die sehnsuchtsvolle Musik versetzten Robin einen Stich ins Herz. Der Schmerz verstärkte sich noch, als er merke, daß

Marian sich während Alans Vortrag mehr und mehr in sich zurückzog und sich eine dünne Eisschicht über ihr ehedem so warmes Lächeln zu legen schien. Trotzdem lobte sie, nachdem der Troubadour geendet hatte, das Lied und erklärte, er müsse es unbedingt der Königin vorspielen.

Marian teilte Wein und Speisen mit ihnen, unterhielt sich angeregt mit den Männern und berichtete ihnen in allen Einzelheiten von König Richards Freilassung, dann erhob sie sich und sagte, sie müsse zurückreiten und Löwenherz Robins Zusage überbringen. Robin stand gleichfalls auf und begleitete sie zu ihrem Pferd.

Sie saß bereits im Sattel, als er sich überwand und die Frage stellte, die ihm schon lange auf der Zunge brannte. »Was ist mit Guisbourne? Wir haben erfahren, daß auch er mit nach Österreich gereist ist, um den König heimzuholen.«

»Das ist richtig«, erwiderte Marian mit fester Stimme. Sie sah ihn an, ihr Gesicht blieb unbewegt, doch in ihren Augen flackerten unzählige verschiedene Emotionen auf. Hinter der grauen Eisschicht loderte ein blaßblaues Feuer. Robin versuchte zu ergründen, was in ihr vor sich ging, aber sie hatte sich sofort wieder in der Gewalt, und ihre Augen verloren jeglichen Ausdruck. Sie hatte sich die besten Männer ausgesucht, die ihr helfen sollten, ihrer Königin zu dienen, nämlich Guisbourne und ihn selbst, dachte er. Trotz der unbestreitbar vorhandenen Anziehungskraft, die zwischen ihnen bestand, hatte Marian sich gegen ihn gewandt. Robin glaubte auch nicht, daß sie sich aus purer Berechnung mit Guisbourne eingelassen hatte. Sie begehrte ihn. Oder sie liebte ihn sogar. Und es war Guisbourne, der sie am Ende besitzen würde.

Robins Blick fiel auf ein Büschel weißer Waldveilchen, die sich an den Stamm einer Birke schmiegten. Aus einem Impuls heraus bückte er sich und pflückte sie. Der süße Duft der zarten, anmutigen Blumen verursachte ihm Höllenqualen, und beinahe hätte er sie in seiner Hand zerdrückt, als der Schmerz übermächtig zu werden drohte. Doch statt dessen ließ Robin die hellen Blüten in Marians Handfläche fallen und schloß ihre Finger darum.

»Leb wohl, Marian«, flüsterte er.

Der Tag war kalt und klar, die Sonne stand hell wie eine polierte Goldmünze am Himmel. Auf der offenen Wiese reckten sich die sternförmigen goldenen Blüten des Schöllkrauts und sattgelbe Narzissen zum Licht, nur um unter Pferdehufen und bestiefelten Füßen zertrampelt zu werden. Eine riesige, bunt durcheinandergewürfelte Menschenmenge wartete geduldig auf die Ankunft des Königs. Mitten unter ihnen saß Robin ruhig im Sattel und beobachtete die endlose Schlange bewaffneter Männer, die sich die Straße entlang auf Nottingham zuwälzte. Einmal begrüßte Will Scarlett einen Burschen, der aus seinem Heimatdorf stammte, und die beiden unterhielten sich eine Weile und priesen den König dabei in höchsten Tönen, aber sonst standen Robins Männer meist in kleinen Gruppen beisammen und harrten der Dinge, die da kommen sollten, oder sie saßen entspannt auf ihren Pferden, erfüllt von Kameradschaftsgeist und der glühenden Hoffnung, nicht länger als Geächtete ihr Leben im Wald fristen zu müssen. Robin konnte nicht umhin, sich zu fragen, ob König Richard die in seinem Namen abgegebenen Versprechen auch wirklich einhalten würde. Löwenherz war dafür bekannt, all jene, die ihm irgendwie in die Quere kamen, rücksichtslos in seiner riesigen Pranke zu zermalmen, und er hatte fest umrissene Vorstellungen von Loyalität. Er mochte sehr wohl imstande sein, sich erst einer Horde von Outlaws zu bedienen, damit sie seine Schlacht für ihn schlugen, und ihnen dann die verheißene Begnadigung zu verweigern. Robin wollte seinen Männern beileibe nicht die frohe Stimmung verderben, aber er wünschte sich sehnlichst, Little John wäre bei ihm, und er könnte wie früher mit dem Freund Eindrücke austauschen und mögliche Gefahren abwägen.

Ein Trupp Ritter in voller Rüstung ritt an ihm vorbei. Robin schnappte nach Luft, als sein Blick eine weiche, wehende Masse erhaschte, dann erkannte er ernüchtert, daß es sich um eine hellgelbe Fahne und nicht um Marians schimmernde Haarflut handelte. Sie hatte ihm erzählt, daß der König ihr untersagt hatte, sich an dem Kampf zu beteiligen, also würde sie wohl kaum inmitten der Soldaten zu finden sein.

Robin hatte noch nicht einmal sich selber eingestehen wollen, wie sehr er immer noch hoffte, Marian würde von sich aus zu ihm kommen, und er fürchtete einen Wortbruch seitens des Königs weit weniger als die endgültige Zerstörung jenes Hoffnungsschimmers, den er nie ganz aus seinem Herzen hatte verbannen können. Es war ein Fehler, Marian zu begehren, aber er tat es trotzdem. Schlimmer noch, er begehrte etwas, was er nie bekommen würde.

Immer mehr teilweise prächtig ausgerüstete Kämpen kamen an ihm vorbei. Er zwang sich, seine Aufmerksamkeit den Pferden zuzuwenden, verglich jedes einzelne mit dem seinen und kam zu dem Schluß, daß er Jester gegen keines der prachtvollen Tiere, die an ihm vorbeizogen, je eintauschen würde. »Du bist nicht nur schnell wie der Wind, sondern verfügst außerdem noch über Fähigkeiten, die man unter deinesgleichen kein zweitesmal findet«, flüsterte er dem Rotschimmel ins Ohr und wurde mit einem zufriedenen Schnauben belohnt. Bilder seiner eigenen militärischen Ausbildung kamen Robin in den Sinn, gefolgt von Szenen, die er während des Kreuzzuges mit angesehen hatte. Damals hatte jeder Tag ihm all seinen Mut und all seine Geschicklichkeit abgefordert. Nun musterte er die vorüberreitenden Ritter scharf, merkte sich die, die den besten Eindruck hinterließen, und verglich ihr Können mit dem seinen. In Sherwood hatte er sich nach Kräften bemüht, seine alten Fertigkeiten nicht zu verlernen und hatte notgedrungen neue hinzuerworben, da er sich an eine ganz neue Kampfweise gewöhnen mußte. Als er sich jetzt umsah, stellte er fest, daß nur wenige so gut zu Pferde saßen wie er, und er wußte, daß er es im Umgang mit Pfeil und Bogen mit den besten Schützen Englands aufnehmen konnte.

Auf einmal erblickte er einen Ritter, der alle anderen bei weitem übertraf. Heiße Wut stieg in ihm auf und schnürte ihm die Kehle zu, als er den Mann erkannte. Es war Guy von Guisbourne, der da eine größere Gruppe schwerbewaffneter Soldaten anführte. Robin musterte ihn prüfend. Im Kampf mit dem Schwert, Mann gegen Mann, konnte er Guisbourne nicht das Wasser reichen und würde nur mit einer gehörigen

Portion Glück siegen. Während seiner Zeit als Outlaw hatte er zwar viele Kniffe und Tricks gelernt, aber diese Fähigkeiten würden ihm gegen einen so perfekt geschulten Ritter wie Guisbourne kaum einen Vorteil verschaffen. Dieser Mann war der stärkste Gegner, mit dem er sich je hatte messen müssen. Wenn er es mit Guisbourne auf engem Raum zu tun bekam, wo er sich nicht nur auf seine Gewandtheit verlassen konnte, würde er sich nur retten können, wenn er Guisbourne mit irgendeiner List überrumpelte. Robin lächelte, als er sich die Rettung von Muchs Vater und das darauffolgende heillose Durcheinander auf dem Jahrmarkt wieder ins Gedächtnis rief. Damals hatte er Guisbourne zum Narren gehalten, aber leider hatte dasselbe Ereignis Sir Guy auch gelehrt, seinen Gegner nicht zu unterschätzen.

Endlich sah Robin König Richard an der Spitze einer kleinen Truppe rasch näherkommen. Der König ritt in weichem Galopp vor seinen Leibwächtern her und winkte ab und zu gnädig der jubelnden Menge zu. Löwenherz überragte alle seine Mitstreiter und bestach durch die kraftvolle Anmut, mit der er zu Pferde saß. Er trug einen reinweißen Mantel über seinem freimaschigen Kettenhemd und strahlte eine so majestätische Würde aus, daß Guisbourne und alle anderen Ritter daneben völlig in den Hintergrund traten. Im Laufe der Jahre war König Richards Bild in Robins Gedächtnis verblaßt und geschrumpft, doch als er den Mann nun in Fleisch und Blut vor sich sah, traf ihn die Macht seiner Persönlichkeit mit voller Wucht. Robin holte tief Atem. Die Erinnerung an das unverschuldete Elend seines Vaters wurde wieder in ihm wach und verdunkelte den Glanz, den der König verbreitete. Da Robin Richards Fehler kannte, lief er nicht Gefahr, dessen Zauber zu verfallen, aber er verstand, warum andere ihn geradezu anbeteten und vor seinem Thron so ehrfürchtig knieten wie vor einem Altar. *Wärst du nur halb der König, der du zu sein scheinst, dann würde auch ich freudig vor dir niederknien*, dachte er. Nun, freudig oder nicht, er würde auf jeden Fall vor Richard auf die Knie fallen, wenn er dadurch seine Begnadigung und die seiner Männer erlangen konnte.

Auf einmal spürte er Marians Gegenwart so deutlich, als habe sie ihn berührt, und er suchte die Menge nach ihr ab, bis er sie entdeckt hatte. Sie ritt im Damensitz auf einer grauen Stute und vermittelte in ihrem weißen Wollmantel und dem blaßgrünen, weichfließenden Kleid genau den Eindruck, den Richard erzielen wollte. Robin selbst hatte ihre königlich anmutende Ausstrahlung ja dazu benutzt, seine Männer zu beeindrucken. In diesem Moment blickte Marian ihn direkt an, doch von ihrem ausdruckslosen Gesicht konnte er nicht ablesen, was sie bewegte. Zumindest wandte sie sich nicht sofort ab, sondern hielt seinem Blick stand und nickte knapp. Sofort verblaßte die blendende Erscheinung des Königs, und nichts außer ihrer bleichen, vollkommenen Schönheit existierte mehr für ihn. Er fühlte sich an eine sonnenüberflutete Schneedecke erinnert, unter der die ersten Boten des Frühlings schlummerten. Bald würden sie aus ihrem Schlaf erwachen, und dann war der Sommer nicht mehr fern. Robin erging es ähnlich. Neue Hoffnung keimte in ihm auf und erfüllte ihn mit beseligender Wonne, während die Zeit stillzustehen schien. Dann wandte Marian sich ab, und der Zauber war vorbei.

Immer noch in seinem Traum gefangen, wendete Robin sein Pferd und sah, daß Guisbourne, dem seine offenkundige Bewunderung anscheinend nicht behagte, ihn finster anstarrte. Wieder nagte die Bitterkeit darüber, daß ausgerechnet sein Erzfeind ihm die Geliebte genommen hatte, mit scharfen Zähnen an ihm. *Und ich habe sie ihm auch noch in die Arme getrieben,* dachte er und wünschte verzweifelt, sie beide gleichermaßen hassen zu können.

Nun fiel der Blick des Königs auf ihn und seine wartenden Männern. Löwenherz wendete sein riesiges Schlachtroß und trabte auf sie zu. Als er näherkam, stiegen Robins Männer ab und knieten vor ihm nieder. Robin selbst wartete noch einen Moment mit stolz erhobenen Kopf ab, wohl wissend, daß Richards Augen auf ihm ruhten. Dann vollführte er aus purem Trotz noch im Sattel eine knappe Verbeugung, die Respekt vor einem Höhergestellten ausdrücken sollte, und glitt dann erst aus dem Sattel, um seine Knie vor dem

König zu beugen. Löwenherz blickte schweigend auf ihn hinab, und sein gesamtes Gefolge verstummte plötzlich.

»Ich hörte, daß Ihr zum Schrecken von Sherwood geworden seid, Robin, Herrscher des Waldes«, sagte König Richard schließlich.

Robin, der noch immer vor ihm kniete, hob den Kopf.

»Nur in Eurer Abwesenheit, Sire, und nur zum Wohle Englands.«

»Ich sehe es nicht gern, wenn in meinen Wäldern Unwesen getrieben wird, und unbefugtes Eindringen in meine Burgen pflege ich gleichfalls streng zu ahnden. Beides habt Ihr Euch in Nottingham zuschulden kommen lassen, wie ich hörte.« Die blauen Augen des Königs glitzerten gefährlich, dann aber klarten sie auf. »Dennoch ist mir bewußt, daß Ihr mir große Dienste erwiesen habt, und Eure Anwesenheit beweist Euren ehrlichen Willen, mir zur Seite zu stehen, wenn ich mir zurückhole, was mein ist. Bei Hof haben sich viele Personen, darunter Königin Eleanor selbst, sehr beredt für Euch verwandt, und auch das englische Volk steht auf Eurer Seite.«

»Ihr seid zu gütig, Sire. Ich habe nur den Wunsch, Euch als freier Mann zu dienen.«

»Ihr habt in einer Zeit, in der Ihr alles andere als frei wart, England gegenüber die Treue gehalten. Werdet Ihr Euch auch mir gegenüber loyal verhalten, wenn Ihr in meinen Diensten steht?«

»Jawohl, Mylord. Ich schwöre feierlich, daß ich und alle meine Männer Euch jetzt und immerdar als unseren König verehren und Euch nach Kräften dienen werden.«

»Dann erhebt Euch, Robin, und nennt Euch von nun an wieder Robin von Locksley.«

Auf Geheiß des Königs erhob Robin sich, und Löwenherz ließ seinen Blick über die bunte Schar der Outlaws schweifen, die bereits sein Lösegeld gerettet hatten. »All jene, die sich Robin Hood angeschlossen haben, sind ab sofort begnadigt. Tretet als freie Männer in meine Dienste.«

Eine Welle der Freude lief durch die versammelten Männer, doch alle blickten, während sie noch auf den Knien lagen, wie auf Kommando zu Robin hin. Dieser lächelte und forderte sie auf, sich zu erheben.

Der König wirkte ob dieser Demonstration nicht sonderlich erfreut, das harte Glitzern war in seine Augen zurückgekehrt. »Ich sehe, daß all diese Männer Euch sehr ergeben sind, Robin. Ich weiß Disziplin durchaus zu schätzen, aber Loyalität geht mir über alles.«

»Ich versichere Euch, Mylord, daß sowohl ich als auch alle meine Männer Euch treu zur Seite stehen werden.« Robin trat zur Seite, als Richard gebieterisch den Arm hob und den ehemaligen Outlaws bedeutete, sich unter seine Männer zu mischen.

Ein großes Jubelgeschrei erhob sich unter den Yeomen, die um den König herumstanden, als sie Robins Männer willkommen hießen, und setzte sich unter den Kriegern des Königs fort, die die Leute von Sherwood mit offenen Armen empfingen. Richard nahm die Zurschaustellung von Zuneigung mit einer Mischung aus Wohlwollen und Mißbilligung zur Kenntnis. Er zog leicht an den Zügeln, lenkte sein Schlachtroß weiter die Straße hinunter und mengte sich unter die Edelleute, Ritter, kirchlichen Würdenträger und Bürgerlichen, die inzwischen erschienen waren und lautstark um seine Aufmerksamkeit buhlten.

Während der König je nach Situation Tadel und Lob, Gunstbezeugungen und Strafen verteilte, marschierten die Yeomen, die Bogenschützen und die anderen bewaffneten Streiter weiter auf die Burg zu. Gleichzeitig wurde auf mehreren Wagen schweres Kriegsgerät mitbefördert, unter anderem zwei Katapulte auf Rädern, die gegenüber den sperrigen unhandlichen Vorrichtungen, die Robin im Heiligen Land gesehen hatte, eine deutliche Verbesserung darstellten. Robin gab seinen eigenen Leuten ein Zeichen, wieder aufzusteigen, und jagte ihnen voran an dem gesamten Zug vorbei. Hier wurde lediglich Politik betrieben. Er dagegen wollte wissen, was sie in Nottingham erwartete.

Am Ziel angelangt stellte Robin fest, daß die Burg bereits von einem Heer von Bewaffneten umzingelt war. Die Männer konzentrierten sich vornehmlich auf das Tor des äußeren Burghofes und bemühten sich nach Kräften, dort größtmögliche Verwirrung zu stiften. Robin bedeutete seinen Leuten, ihm zu folgen, und ritt in einem weiten Boden einmal um die Burg herum. Überall waren die Männer des Königs am Werk, sie brachen sogar den Eingang des geheimen Tunnels auf, den der Sheriff hatte versiegeln lassen. Robin sah wenig Sinn in dieser Aktion, da sich der Gang ohne den Überraschungseffekt unweigerlich in eine Todesfalle verwandeln würde. Der Sheriff hatte überall an den hohen Steinmauern Bogenschützen postiert, die gelegentlich durch die Schießscharten hindurch einen wahren Pfeilhagel losschickten. An bestimmten Stellen zeigten sie sich auch kurz oben auf dem Wall, schossen auf ihre Angreifer und gingen sofort wieder in Deckung, nur um kurz darauf an einer anderen Ecke aufzutauchen und die nächste Salve abzuschießen. Will, der Robins Blick auffing, verzog angewidert das Gesicht, und Robin bestätigte ihm mit einer geringschätzigen Handbewegung, daß auch er den größten Teil der Bogenschützen für zweitklassig hielt.

Der Kampfgeist und die Disziplin der restlichen Männer ließ gleichfalls zu wünschen übrig, da Guisbourne sie seit Monaten nicht weiter ausgebildet hatte. Pech für sie, dachte Robin. Dem riesigen Heer, mit dem Richard Nottingham Castle angreifen wollte, standen vergleichsweise wenige Männer zum Schutze der Burg gegenüber, aber wenn sie sich ausschließlich in der Defensive hielten, konnten sie lange Zeit Widerstand leisten. Die massiven Mauern schützten sie vor direkten Angriffen, und die Vorratskammern waren, wie Robin mit eigenen Augen gesehen hatte, bis oben hin gefüllt. So konnten sie eine monatelange Belagerung überstehen – wenn sie den festen Willen dazu hatten. Der Sheriff hatte in ganz Nottingham das Gerücht in Umlauf gesetzt, daß nicht Löwenherz selbst, sondern ein Betrüger nach England zurückgekehrt war. Jeder außerhalb der Burgmauern wußte, daß es sich dabei um eine Lüge handelte, und Robin fragte sich, wie lange die Ritter und Soldaten, die die Burg verteidigten, noch ihre Augen vor der Tatsache verschließen konnten, daß es wirklich der König war, den sie in all seiner Pracht vor sich sahen.

Nottingham Castle wurde hauptsächlich durch die hohen Steinmauern des mittleren Burghofes geschützt. Der obere Hof war zwar nur schwer einzunehmen, und dort befanden sich auch die Wohngebäude, aber wenn es zum alles entscheidenden Gefecht kam, dann war der mittlere Burghof der geeignete Ort dafür. Eine hölzerne Palisade begann an einem Ende des oberen Hofes, verlief rund um den äußeren und endete schließlich am anderen Ende des mittleren Burghofes. Diese Palisade überblickte einen breiten Graben und war an jedem Ende mit einer kleinen Geheimpforte versehen. Genau in der Mitte war ein schweres Tor eingelassen, und vor diesem Tor hatte sich der Haupttrupp der Belagerer versammelt.

Der äußere Burghof stellte für die Belagerer kein allzu schwer zu überwindendes Hindernis dar, da die hölzernen Mauern den vereinten Anstrengungen einer zu allem entschlossenen Armee unmöglich lange standhalten konnten, geschweige denn der zerstörerischen Kraft der Steine, die von den Katapulten abgeschossen wurden. Aber dafür bildete er einen ausgezeichneten Schutzwall für Bogenschützen, die hinter der Mauer in Deckung gehen und so den Belagerern empfindliche Verluste zufügen konnten. Die weitläufige freie Fläche dahinter bot genug Platz für Ausfallattacken berittener Kämpfer, die wie aus dem Nichts auftauchten, die vorderen Reihen der feindlichen Truppen lichteten und sich sofort wieder in Sicherheit brachten. Der König würde sicherlich einen Großteil seiner Männer dort am Tor des äußeren Burghofes verlieren, auch wenn es ihm letztendlich unter Aufbietung aller verfügbaren Truppen gelingen mußte, die Burg einzunehmen.

Der größte Teil besagter Truppen war noch Stunden von Nottingham Castle entfernt, und die Katapulte würden sogar noch später eintreffen, trotzdem hatte der Angriff bereits begonnen. Eine Gruppe von Männern hatte sich vor dem Tor zusammengerottet, legte an verschiedenen Stellen Feuer und versuchte gleichzeitig, sich mit Schilden vor dem heimtückischen Pfeilhagel, der von der Palisade auf sie herabregnete, zu schützen. Immer mehr Soldaten eilten zu ihrer Verstärkung herbei, aber sie mußten solch verheerende Verluste hinnehmen, daß die Lebenden die Toten nur kurze Zeit ersetzten. Schlimmer noch, die Anhänger des Sheriffs löschten mit Hilfe von Wasserfässern, die sie in großer Anzahl bereitgestellt hatten, die Feuer schneller, als sie entfacht werden konnten. Eine Gruppe von Bogenschützen, die sich eng zusammenhielt, nahm die Männer des Sheriffs immer wieder kurzfristig unter Beschuß, ehe sie sich wieder unter ihre Schilde duckte, konnte dem Gegner allerdings kaum Schaden zufügen.

Robin überließ Will den Oberbefehl, dirigierte Jester durch das Menschengewimmel rund um die Burg herum und stellte fest, daß inzwischen noch mehr Ritter eingetroffen waren. Guy von Guisbourne und einige andere diskutierten mit Sir Edwin, dem Mann, dem es oblag, den Angriff auf das Burgtor zu organisieren. Robin wußte, daß er seine Rolle in der bevorstehenden Schlacht von vornherein festlegen mußte, sonst würde Guisbourne sie ihm zuweisen – und dann würde er den Kampf vermutlich nicht überleben. Also lenkte er Jester auf die Gruppe zu und drängte dabei Guisbournes Pferd zur Seite. Dann wandte er sich an Sir Edwin und erklärte: »Der König hat mich mit meinen besten Bogenschützen zu Euch gesandt. Sie unterstehen ab sofort Eurem Kommando.« Guisbourne machte Anstalten, etwas zu sagen, doch Robin schnitt ihm mit einer schwungvollen Geste das Wort ab und lenkte das Augenmerk aller Anwesenden auf den Hügel. »Wenn meine Männer von dort aus schießen«, sagte er, wobei er sich langsam umdrehte und die Flugbahn eines Pfeiles andeutete, »wird jeder, der sich oberhalb der Mauer zeigt, diesen Versuch mit dem Leben bezahlen.«

»Tatsächlich?« Guisbournes spöttischer Gesichtsausdruck bewies, daß er ihm keinen Glauben schenkte. »Ich könnte sie besser unten an der Mauer gebrauchen.«

Sir Edwin musterte Robin schweigend, dann blickte er skeptisch von den Männern auf dem Hügel hin zum Burgtor. Ganz offensichtlich zweifelte er deren Fähigkeit an, auf eine solche Distanz ihr Ziel genau zu treffen. Robin erkannte, daß er einem Mann gegenüberstand, der nicht nur zur Selbstüberschätzung neigte, sondern auch noch vom Ehrgeiz zerfressen wurde. Sir Edwin würde sich nicht mit einer Nebenrolle zufriedengeben. Ihn gelüstete es nach Blut, nach Gefechten und nach Ehre – egal in welcher Reihenfolge. Robin fuhr fort: »Wenn Ihr die Feinde nicht davon abhalten könnt, das Feuer immer wieder zu löschen, dann werden sie Euch so lange aufhalten, bis die Katapulte hergebracht werden.«

Er wartete ab, während Sir Edwin angestrengt überlegte und dann herausfordernd sagte: »Vielleicht überlasse ich Eure Leute doch lieber Guisbourne. Ich vermag nicht zu glauben, daß sie so sichere Schützen sind, wie Ihr behauptet.«

Robin drehte sich zu Will um und deutete auf drei von des Sheriffs Anhängern, die damit beschäftigt waren, Wasserfässer auszukippen, um die Flammen einzudämmen. Will gab den Befehl zum Schießen, die Pfeile schwirrten von den Sehnen, und alle drei Männer stürzten tödlich getroffen hintenüber. Sir Edwin wandte sich an Robin und nickte anerkennend. »Laßt Eure Bogenschützen dort, wo sie sind, und setzt Eure restlichen Männer nach Gutdünken ein«, knurrte er und trieb sein Pferd an. Er hatte seine Aufmerksamkeit bereits anderen Problemen zugewandt. Guisbournes Blick kreuzte den Robins; seine hellgoldenen Augen leuchteten zornig auf, dann trat ein Lächeln auf sein Gesicht, ein Anflug von Spott, der besagte, daß er Robins Sieg in diesem Punkt zur Kenntnis nahm und die Kunstfertigkeit der Bogenschützen bewunderte. Er riß sein Pferd herum und galoppierte ebenfalls davon.

Eine Zeitlang versuchten weitere Männer, von der Mauer aus Wasser in die Flammen zu schütten, doch sie wurden von Robins Männern so schnell niedergestreckt, wie sie auftauchten. Daraufhin hielten sie sich hinter den Mauern versteckt, kippten die Fässer aufs Geratewohl an mehreren Stellen aus, ohne aber das Feuer löschen zu können, und schleuderten blindlings Steine in Richtung der Brandstifter, ohne ihnen allzuviel anhaben zu können. Bald flackerte das

Feuer an zahlreichen Stellen auf und konnte nicht mehr unter Kontrolle gebracht werden.

In der nächsten halben Stunde gewann das Feuer beträchtlich an Kraft, und Sir Edwin schickte weitere bewaffnete Männer zum Tor, hinter denen sich eine Anzahl von Rittern zu Pferde formierte. Die Bogenschützen des Sheriffs empfingen sie mit einem wahren Pfeilregen, gegen den auch die hocherhobenen Schilde nicht mehr schützen konnten. Robins Männer und die Soldaten des Königs erwiderten zwar den Angriff, aber die Palisade gab Sir Godfreys Bogenschützen Deckung. Viele von König Richards Leuten mußten ihr Leben lassen, während sie in dem unaufhörlich auf sie niederprasselnden Pfeilhagel versuchten, die Flammen stärker anzufachen.

Plötzlich schleppen die Männer des Königs einen mächtigen Rammbock heran, der eine neuerliche Pfeilflut auslöste. Nicht alle Männer fanden unter den Schilden Schutz, und viele von denen, die den Rammbock vorantrugen, wurden von Pfeilen durchbohrt. Die Yeomen, die die Aktion leiteten, stießen die Leichname zur Seite, und Sir Edwin ersetzte die Gefallenen sogleich. Einige der Angreifer gerieten ins Straucheln, während sie ihre Last über den tückischen Untergrund des mit Steinen gefüllten Grabens beförderten, und wurden mitgeschleift. Der massive Rammbock krachte gegen das brennende Tor, das Donnern der Balken, die unter der Wucht des Zusammenpralls erzitterten, pflanzte sich in der Luft fort, aber das Tor hielt. Der Rammbock prallte ab, und durch den Rückstoß wurden die beiden Männer ganz am hintersten Ende förmlich zerquetscht. Wieder und wieder donnerte der Rammbock mit Macht gegen das schwelende Tor, das allmählich nachzugeben begann.

»Konnten diese Narren denn nicht abwarten, bis das Feuer seine Arbeit getan hat?« fragte Will, an Robin gewandt.

»Sir Edwin kann seine Ungeduld kaum zügeln«, erwiderte Robin. »Er fürchtet, daß der König oder sonst jemand ihn um seinen Ruhm bringen könnte.«

»Ein zweifelhafter Ruhm«, gab Will gelassen zurück und feuerte einen weiteren Pfeil ab.

Brennende Balken krachten funkensprühend zu Boden. Die Männer, die die Spitze des Rammbockes dirigierten, liefen mitten in die Flammen hinein und blieben dort eine Sekunde lang stehen. Ihre Kleider fingen Feuer, während sie den Rammbock ausrichteten und dann mit einem mächtigen Stoß das Tor durchbrachen. Sofort schickte Sir Edwin fünfzig mit dicken Lederhandschuhen und Eisenhaken bewehrte Männer in das höllische Inferno aus lodernden Flammen und sirrenden Pfeilen, die ihre Haken in das brennende Holz schlugen, Balken um Balken lockerten und die durch den Rammbock hervorgerufene Öffnung verbreiterten. Unterdessen wurde der Rammbock dazu benutzt, die Mauer neben dem Tor gleichfalls einzurennen. Ein Mann versuchte, sich vor der sengenden Hitze in Sicherheit zu bringen, doch sein Haar stand bereits in Flammen, und er brach schreiend zusammen und wurde vom Rauch verschluckt.

Ungeachtet der Glut, die den empfindlichen Pferdehufen schmerzhafte Wunden zufügen konnte, sandte Sir Edwin nun eine berittene Truppe in den Burghof. Die Ritter des Königs, Guy von Guisbourne an der Spitze, galoppierten durch die Flammen und schwärmten, begleitet von einer Gruppe von Schwertkämpfern, quer über den äußeren Hof. Die auf diese Attacke nicht vorbereiteten, völlig aus dem Konzept geratenen Verteidiger konnten sich kaum noch zur Wehr setzen, sondern schlugen nur wild um sich. Die Ritter brachen mühelos durch ihre Reihen und metzelten ihre Opfer gnadenlos nieder. Bald erlahmten die Kräfte der Anhänger des Sheriffs, sie wurden auseinandergetrieben und in mehrere voneinander isolierte Gruppen zersprengt, die alle verzweifelt versuchten, sich in den mittleren Burghof zurückzuziehen.

Als das Tor endgültig in sich zusammenfiel und in Flammen aufging, brach unter den Leuten des Sheriffs Panik aus, und wie auf Kommando wandten sie sich zur Flucht. Die königlichen Truppen brachen in Jubelgeschrei aus und stürmten blindlings hinterher. Dadurch angestachelt drangen auch die vor dem Tor verbliebenen Soldaten in den äußeren Burghof, verfolgten die Flüchtigen und metzelten wie von Sinnen jeden nieder, dessen sie habhaft werden konnten. Sir Edwin hatte die Kontrolle über sie vollkommen verloren. Auch Robins Männer, die von der allgemeinen Aufregung angesteckt wurden, brannten darauf, sich an der Jagd zu beteiligen, doch Robin sah keinen Sinn darin, Kräfte darauf zu verschwenden, einem fast vernichteten, im Rückzug befindlichen Feind den Garaus zu machen, und so hielt er seine Leute zurück.

Die Ritter des Königs trieben ihre Gegner auseinander und schlachteten sie unter tatkräftiger Mithilfe des Fußvolkes erbarmungslos ab, bis sich plötzlich das Tor zum mittleren Burghof öffnete und eine Schar gut berittener und bewaffneter Ritter ausspie, die mit äußerster Disziplin agierten und die auf einmal verwundbaren Männer des Königs zum Tor zurückdrängten. Die anscheinend zu allem entschlossenen Ritter griffen ihre überraschten Gegner wütend an, während ihre in die Enge getriebenen Kameraden sich freikämpften und in den mittleren Burghof stürmten.

Ein Trompetenstoß erscholl. Die Ritter fuhren herum und jagte, so schnell sie konnten, zum mittleren Hof zurück, gefolgt von dem zu Tode verängstigten Fußvolk, dem die Männer des Königs dicht auf den Fersen waren. Als der letzte der Ritter das Tor passiert hatte, wurden die schweren Flügel zugeschlagen, die nun einem großen Teil der Männer den Fluchtweg versperrten.

Von ihren eigenen Kameraden im Stich gelassen, wandten sich die restlichen Anhänger des Sheriffs um und sahen sich voller Entsetzen einer blutrünstigen Übermacht von Feinden gegenüber. Die meisten ließen auf der Stelle ihre Waffen fallen und wollten sich ergeben, aber Sir Edwins Männer kesselten sie ein und begannen, sie förmlich in Stücke zu hakken, bis Guisbourne auftauchte und ihnen mit schallender Stimme Einhalt gebot. »Nehmt sie gefangen. Wir brauchen unbedingt Gefangene. Tot nutzen sie uns nichts.«

Es dauerte einen Augenblick, bis der Blutrausch der Sieger eingedämmt war, aber dann beugten sie sich Guisbournes Macht und befolgten den Befehl. Mißmutig trieben sie die Gefangenen vorwärts, da sie sich um eine leichte Beute betrogen sahen.

Eine halbe Stunde später saßen Will Scarlett und Robin auf dem Hügel beisammen und teilten eine einfache Mahlzeit aus Brot, Käse und Wein. Ihre Schatten wurden länger und fielen über den Hügel, als die Sonne langsam zu sinken begann. Von ihrem Aussichtspunkt aus hielt Robin immer wieder nach Marian Ausschau, konnte sie jedoch nirgendwo entdecken. Dann trat König Richard, der erst vor kurzem eingetroffen war, aus einem hastig aufgestellten Zelt und bestieg sein Pferd. Er ritt durch den Tumult, der in dem etwas abseits der Burg aufgeschlagenen Lager herrschte, zur Belagerungsfront, dann galoppierte er über die immer noch glimmenden Überreste des Tores hinweg. Kurz vor der Zugbrücke zum mittleren Burghof zügelte er sein Pferd. »Was soll das denn heißen? Immer noch verbarrikadiert?« donnerte Richard erzürnt. »Die Burg wurde angegriffen, jedoch nicht eingenommen? Mir wurde mitgeteilt, Nottingham Castle sei mein! Wo befindet sich der Kommandant dieses mißratenen Schauspiels?«

»Wir haben sie zurückgetrieben, Sire, und dabei nicht einen einzigen Ritter verloren ...« stotterte Sir Edwin, verstummte jedoch, als Richard ihn mit einem durchdringenden Blick durchbohrte.

»Fort mit Euch!« befahl er. »Bewacht Waffen und Ausrüstung und kommt mir ja nicht mehr unter die Augen! Guisbourne, Ihr übernehmt jetzt den Oberbefehl.«

Sir Edwin schlich bedrückt von dannen, und Sir Guy machte sich daran, die Treppen neu einzuteilen. König Richard rief seine Leibwächter zu sich, ritt näher an den mittleren Burghof heran und blickte finster zu der Mauer empor.

Robin entschied, daß er einen besseren Beobachtungspunkt brauchte, und schlenderte den Hügel hinab. Trotz Löwenherz' offenkundigen Zornes vermutete er, daß er sich im Grunde genommen geschmeichelt fühlte, weil seine Anwesenheit zur endgültigen Bereinigung der Angelegenheit unerläßlich war. Dann, als Löwenherz noch die Befestigungsanlagen der Burg studierte, tauchte auf der Mauer über ihm eine Gruppe von Bogenschützen auf und schoß eine Salve von Pfeilen auf den König ab. Vier seiner Begleiter sanken zu

Boden, zwei davon tödlich getroffen. Außer sich vor Wut entriß Richard dem ihm am nächsten stehenden Mann die Armbrust, legte an und schoß einem der Bogenschützen mitten in die Brust. Der Mann griff sich ans Herz und stürzte über die Zinnen.

»Wißt ihr nicht, mit wem ihr es zu tun habt?« brüllte Richard mit mächtiger Stimme. Sein gesamtes Gefolge verstummte erschrocken, und Robin bemerkte erstaunt, daß sogar die Feinde oben auf der Mauer angesichts dieser Stimmgewalt ehrfürchtig schwiegen. »Wie könnt ihr es wagen, auf euren König zu schießen?« röhrte Löwenherz, dann fuhr er im Sattel herum und rief nach einem Zimmermann. »Ich will einen Galgen an dieser Stelle sehen, innerhalb einer Stunde steht er, verstanden? Ich werde alle Verräter hängen lassen.«

Der Zimmermann eilte an die Seite des Königs und wartete nervös weitere Befehle ab.

»Guisbourne«, erkundigte sich Richard gereizt, »wie viele Gefangene haben wir?«

»Achtzehn sind noch am Leben, Mylord.«

»Einen Galgen für sie alle, Zimmermann. Bei Sonnenuntergang ist er fertig!«

»Aber Sire«, wagte der Mann einzuwenden, »das ist nicht zu schaffen. Entweder bauen wir den Galgen für weniger Personen oder wir brauchen mehr Zeit. Sechs, Sire, sechs. Innerhalb einer Stunde können wir einen Galgen für sechs Männer errichten.«

Richard musterte ihn ungnädig, sagte jedoch nichts.

Sein Gegenüber holte tief Luft. »Acht, Sire, acht. Innerhalb einer Stunde.«

Richard nickte zustimmend. »Dann nutzt das letzte Tageslicht aus. Beeilt euch!«

Der Zimmermann blickte dem davonreitenden König nach, dann wandte er sich an Guisbourne. »Bitte, Sir Guy, können wir zuerst die Kleinsten der Gefangenen nehmen?«

Guisbourne lächelte grimmig und stimmte zu. Der Zimmermann machte sich eilig davon.

Es folgte eine Stunde hastiger Geschäftigkeit. Viele der

Männer des Sheriffs verfolgten von den Mauern aus, wie ein roh gezimmerter Galgen errichtet wurde. Unter den Augen der Zuschauer wurden acht Gefangene herbeigezerrt, denen man Schlingen um den Hals legte. Eine Trompetenfanfare ertönte, woraufhin der König aus seinem Zelt trat. Er blickte zu jenen hoch, die ihn aus sicherer Entfernung beobachteten, und hob eine Hand gen Himmel. »So wird es allen Verrätern ergehen«, donnerte er mit weithin vernehmlicher Stimme und ballte zornig eine Faust. Auf dieses Signal hin zogen die Henker an den Seilen, und die acht Männer wurden mit einem Ruck in die Höhe gerissen. Sie baumelten zuckend in der Luft, ihre Gesichter liefen blauviolett an, und die Zungen quollen ihnen aus dem Mund. Langsam wich das Leben aus ihnen, während die Männer des Königs begeisterten Beifall spendeten. Schließlich verebbten die Todeszuckungen, und König Richard befahl, die Leichen zur Abschreckung vor den Mauern von Nottingham hängenzulassen.

Die Leute des Sheriffs verschwanden von ihren Beobachtungsposten, doch das Tor wurde nicht geöffnet. Robin kehrte zu seinem Platz auf dem Hügel zurück, sah zu, wie die Soldaten des Königs Kampfübungen abhielten, ab und zu Pfeile über die Mauern schickten und mit viel Getöse ihre Schwerter schwangen, aber niemand reagierte auf ihre Provokationen. Die Sonne versank hinter den Hügeln und verwandelte den Himmel in ein Farbenmeer – Blutrot und Stahlgrau bekämpften einander, als würde auch hoch oben am Himmel ein Krieg toben. Dann brach die Nacht herein, Lagerfeuer wurden entfacht, und eine unnatürliche Stille legte sich über das Lager.

Auch am folgenden Morgen gab es keinerlei Anzeichen für eine Kapitulation, und so wurde alles nur Erdenkliche getan, um die Zuschauer auf der Mauer zu zermürben. Zwei Bischöfe trafen in Begleitung ihrer jeweiligen Privatarmeen ein. Der Erzbischof von Canterbury exkommunizierte mit feierlichem Ernst all jene, die weiterhin Widerstand leisteten. Die restlichen Gefangenen endeten ebenfalls am Galgen, und ständig patrouillierten bewaffnete Einheiten rund um die

Burg. Außerdem zeigte sich der König selbst häufig außerhalb des Lagers und starrte das Tor lange drohend an.

Robin dachte, daß, wenn es dem König nicht gelang, das Tor durch schiere Willenskraft zu sprengen, der Schrecken, den er so eifrig verbreitete, ohne weiteres zum selben Ziel führen mochte. Die Katapulte wurden herangeschafft und an sorgfältig berechneten Stellen aufgestellt, obwohl Robin es für unwahrscheinlich hielt, daß sie je zum Einsatz kommen würden. Richard hatte sicherlich nicht die Absicht, der Festung, die sein Vater erst vor kurzem ausgebaut und verstärkt hatte, noch weitere Schäden zuzufügen.

Der zweite Tag des Königs in Nottingham endete damit, daß er noch immer wutschnaubend in seinem Zelt saß und keinen Schritt weitergekommen war. Nach Sonnenuntergang wurde das Tor jedoch kurz geöffnet und gab eine Delegation unbewaffneter Unterhändler frei. Sie traten ins Freie, und ihr Anführer rief laut: »Wir sind gekommen, um mit dem Ranghöchsten unter euch zu verhandeln!«

Die Männer wurden nach Waffen durchsucht und dann zum Zelt des Königs gebracht. Dort ließ Richard sie unter strenger Bewachung über eine Stunde lang warten. Robin, der möglichst viel von der Unterredung mitbekommen wollte, rückte so nah wie möglich an das Lagerfeuer des Königs heran. In dem flackernden Licht konnte er erkennen, daß den Unterhändlern der Angstschweiß auf der Stirn stand. Sie wirkten eingeschüchtert und vollkommen verunsichert, und als der König schließlich erschien, sanken alle vor ihm auf die Knie.

»Was wollt ihr hier?« herrschte Richard sie an.

»Wir wollen uns davon überzeugen, daß Ihr wirklich der König selbst seid«, antwortete der Anführer beherzt.

»So, so. Und wie lautet eure Meinung, nun, da ihr mich gesehen habt?« fragte Löwenherz.

»Ich bin sicher, daß Ihr tatsächlich der König seid, Mylord«, erhielt er zur Antwort. Die anderen nickten zustimmend.

»Warum wagt ihr es dann, die Burgtore vor mir zu verschließen und mir die Stirn zu bieten? Warum riskiert ihr die Exkommunikation und Schlimmeres?«

»Wir tun es nicht aus freiem Willen, Sire. In Nottingham Castle herrscht große Furcht. All jene, die Euch das Tor öffnen wollten, sind getötet worden. Außerdem behauptet der Sheriff, Ihr wärt nicht der wahre König.« Die Stimme des Unterhändlers zitterte vor Angst.

Einige von Richards Leibwächtern machten Anstalten, den Mann zu ergreifen, doch der König gebot ihnen mit einer Handbewegung Einhalt. »Und nun?« fragte er mit unheilverkündender Ruhe.

»Nun möchten wir nur noch hierbleiben und Euch dienen.«

Richard musterte sie schweigend, bis die Männer die Köpfe senkten, um seinem Blick auszuweichen.

»Nein, ihr werdet nicht hierbleiben«, sagte er schließlich und beobachtete, wie die Unterhändler erbleichten. »Und ich werde euch auch nicht in meine Dienste nehmen, es sei denn, ihr kehrt in die Burg zurück und sorgt dafür, daß sie mir morgen zur Mittagszeit kampflos übergeben wird.«

»Aber Sire, der Sheriff ...« hob der Anführer an.

Richard schnitt ihm ungeduldig das Wort ab. »Jeder Verräter endet am Galgen. Stellt eure Loyalität unter Beweis, sonst ereilt euch dasselbe Schicksal.«

Abrupt drehte er sich um und marschierte zu seinem Zelt, während einer seiner Leibwächter die verängstigten Unterhändler zum Tor begleitete und sich dann zurückzog. Die Männer wagten kaum zu atmen und standen regungslos da, bis das Tor wieder geöffnet wurde und sie verschluckte.

Ein neuer Morgen brach an, doch es zeigte sich niemand oben auf den Burgmauern; weder um zu kämpfen noch um sich zu ergeben. Über dem Schlachtfeld lag eine tödliche Stille. Schließlich erschien am späten Vormittag einer der Unterhändler auf der Brustwehr.

»Wir übergeben dem rechtmäßigen König die Burg Nottingham Castle!«

Das Tor wurde langsam geöffnet. Robin sah einen hochaufgetürmten Waffenberg im Hof liegen, dahinter standen die Truppen des Sheriffs, bereit, sich zu ergeben. Guisbourne ließ augenblicklich eine Vorhut, bestehend aus Rittern zu Pferde und bewaffnetem Fußvolk, das die Seiten decken sollte, aufmarschieren. Sie stießen auf keinerlei Widerstand und hatten innerhalb von fünfzehn Minuten den gesamten mittleren Burghof unter Kontrolle. Kurz darauf kam Guisbourne zum Tor zurückgeritten. »Der Sheriff ist nicht aufzufinden«, meldete er. »Niemand weiß, ob er fliehen konnte oder ob er sich irgendwo versteckt hält, aber meine Leute suchen jeden Winkel nach ihm ab.«

Er hat den geheimen Tunnel benutzt, vermutete Robin, sagte jedoch nichts.

Im äußeren Burghof brach erneut ein Tumult aus. Robin und seine Männer bestiegen ihre Pferde und beobachten, wie Richard sich in den Sattel schwang und sich den Helm vom Kopf riß, um sich seinem Volk zu zeigen. Die überschäumende Siegesfreude, die er ausstrahlte, übertrug sich sofort auf seine Männer. Dann endlich erschien auch Marian, die sich bislang in einem Zelt am äußersten Ende des Lagers aufgehalten hatte, und ritt den Hügel hinauf auf das zerstörte Tor zu. Robin folgte ihr. Marian war der Rolle, die der König ihr zugedacht hatte, entsprechend gekleidet; schlicht und doch elegant. Inmitten der verkohlten Trümmer wirkte sie wie ein kostbares Juwel. Robins Herz zog sich schmerzhaft zusammen, als er an die Kriegerin dachte, die jetzt unter weicher Seide verborgen war, aber er erkannte, daß sie trotz dieser Kleidung nichts von ihrem Mut und ihrer Stärke eingebüßt hatte. Sie war und blieb eine Amazone, die ihren Stolz auf ihr Geschick und ihre Kampfkunst nie verlieren würde. Das lebhafte Karminrot ihres Gewandes stand sinnbildlich für das im Namen des Königs vergossene Blut, und ihr zu einer Krone geflochtenes, mit einem Schleier bedecktes blondes Haar erinnerte an einen goldenen Helm. Sowie Marian an seiner Seite angelangt war, trieb Löwenherz sein Pferd an. Robin, der der Versuchung nicht widerstehen konnte, lenkte Jester durch das Gedränge und trabte hinterher.

Die Königliche Leibgarde ritt vorneweg. Die Hufe der Pferde klapperten laut auf dem Holz, als sie die Zugbrücke des mittleren Burghofes überquerten und plötzlich vom hellen Licht des Morgens in die dunkle Unterführung zwischen den steinernen Wachtürmen gelangten. Als Robins Augen sich an das Dämmerlicht gewöhnt hatten, lief ihm ein kalter Schauer über den Rücken. Im ersten Moment dachte er, das Frösteln würde von der merklich kühleren Luft herrühren, doch dann vernahm er über sich ein leises Geräusch, das in dem Hufgetrappel beinahe unterging. Gerade als der König sich in der Mitte des Durchganges befand, blickte Robin nach oben und sah eine Pfeilspitze aus einem Loch in der Decke hervorlugen. Ohne zu zögern sprang er den König mit einem Satz von hinten an und stieß ihn im selben Moment, als der Pfeil von der Sehne schwirrte, aus dem Sattel. Noch während sie gemeinsam zu Boden stürzten, spürte Robin einen brennenden Schmerz im Rücken, doch er ließ den König auch dann nicht los, als sie hart auf den Steinen aufschlugen und der Aufprall ihm beinahe das Bewußtsein raubte.

Marian mußte inzwischen auch vom Pferd gesprungen sein, denn er fühlte, wie ihre Arme ihn umschlangen und wußte, daß sie sowohl den König als auch ihn mit ihrem Körper schützte. Der Duft nach süßen Kräutern, der sie umgab, verdrängte den ekelhaften Gestank nach Blut und Rauch, der über der Burg lag. Nun scharte sich auch die Königliche Leibgarde um sie, und Guisbournes mächtige Stimme erhob sich über alle anderen. »Dort oben! Der Pfeil kam aus dem Loch in der Decke!« Einige Männer zerrten den König rasch unter Robin hervor, weg von der tödlichen Falle. Robin stöhnte gequält auf, als er unsanft zur Seite gestoßen wurde, ein roter Schleier legte sich vor seine Augen, und ein sengender Schmerz schoß durch seinen gesamten Körper. Marian hielt ihn noch immer in den Armen, und er reagierte auf ihre tröstliche Gegenwart ebenso heftig wie damals auf den Anblick der heimatlichen Ufer, als er der Hölle entronnen und sicher nach England zurückgekehrt war: mit reiner, überströmender Freude.

Trotz seiner Wundschmerzen hob Robin vorsichtig den Kopf, als über ihm ein schlurfendes Geräusch, gefolgt von einem schrillen Schrei, ertönte. Sofort richteten die Männer, die um ihn herumstanden, ihre Speere auf das dunkle Loch in dem steinernen Bogen über ihren Köpfen. Die Kampfgeräusche brachen ab, ein greller Entsetzensschrei, ähnlich dem Quieken eines abgestochenen Schweines, erscholl, und dann sah Robin, wie eine zweiköpfige Kreatur aus dem Loch stürzte und direkt neben ihm zu Boden fiel. Es dauerte einen Moment, bis er erkannte, daß es sich bei dem unheimlichen Geschöpf um zwei Männer – oder einen und einen halben – handelte. Der Sheriff lag, den Bogen immer noch mit seinen Händen umklammert, tot im Staub, und Bogo, der Zwerg, krallte sich an seinem Rücken fest und stach wieder und wieder auf ihn ein. Robin fühlte sich zu schwach, um einzugreifen, und so konnte er nur tatenlos zusehen, wie die Ritter Bogo von dem Leichnam wegzerrten.

Der Zwerg starrte, noch immer in seinem Blutrausch gefangen, eine Sekunde lang wild um sich, dann wurde sein Blick wieder klar, aber er richtete ihn nicht auf den König, sondern auf eine andere Person. Robin versuchte, diesem intensiven, glühenden Blick zu folgen, und in seinem schmerzbenebelten Zustand schien es ihm, als würde Bogo zu Guisbourne, der am Ende des Torweges auf seinem Pferd saß, hinüberschauen. Aber vielleicht täuschte er sich in diesem Fall, denn Guisbourne nahm Bogo überhaupt nicht zur Kenntnis. Statt dessen starrte er wie gebannt auf Marian, die sich noch immer an Robin klammerte. Robin drehte den Kopf und sah sie zum ersten Mal voll an. In ihrem tränenüberströmten Gesicht las er die Bestätigung, nach der er sich gesehnt hatte.

»Du liebst mich«, hauchte er leise.

»Ja, ich liebe dich«, flüsterte sie zurück.

Doch dann richtete Robin wie unter Zwang den Blick wieder auf seinen Rivalen. Der nackte Haß, der ihm aus Guisbournes Augen entgegenschlug, traf ihn wie ein Schlag. Die Welt verschwamm um ihn herum, und er verlor in Marians Armen das Bewußtsein.

22. Kapitel

»Nur eine harmlose Schulterwunde«, brummte der Arzt nachdenklich, während er Robin untersuchte. »Allerdings hätte der Pfeil König Richard mitten ins Herz getroffen.«

Marian verfolgte mißtrauisch jeden seiner Handgriffe, während der Mann die Wunde säuberte und nähte. Sie hatte Robin selbst versorgen wollen, aber Löwenherz hatte seinen Leibarzt herbeigerufen. Trotzdem hätte sie Einspruch erhoben, wenn der Mann ein Scharlatan gewesen wäre, doch er wußte offenbar genau, was er tat. Rasch und geschickt nähte er die zerfetzte Haut an den Wundrändern zusammen, und auch gegen den Kräuterumschlag, den er seinem Patienten anschließend anlegte, hatte sie nichts einzuwenden. Robin stöhnte manchmal in seiner Bewußtlosigkeit auf, erwachte aber erst, als der Arzt mit seiner Behandlung fertig war und ihn mit Hilfe seines Assistenten auf das Bett legte. Er schlug die Augen auf und starrte einen Moment lang blicklos ins Leere, dann konzentrierte er sich erst über den über ihn gebeugten Arzt und dann auf Marian.

»Laßt uns allein«, sagte er zu den beiden Männern. Seine Stimme klang heiser und kraftlos, doch als die beiden zögerten, wandte er den Blick kurz von Marians Gesicht und funkelte sie gebieterisch an. Der Arzt und sein Assistent scharrten unbehaglich mit den Füßen, dann beugten die sich seinem Wunsch und verließen den Raum.

Marian blieb reglos stehen und sah ihn an. Einen Augenblick lang fürchtete sie, er würde sie trotz dem, was sie in seinen Augen gelesen hatte, trotz der Liebe, die sie sich im Angesicht des Todes geschworen hatten, doch noch zurückweisen. Aber die vergangenen Stunden hatten den letzten Rest noch vorhandener Feindseligkeit endgültig ausgelöscht.«

Eigentlich war alles so einfach. Robin hatte ihr vergeben. Robin liebte sie. Für sie gab es nur noch einen einzigen Weg.

»Wird er dich freigeben?« fragte Robin.

Sie war also nicht die einzige, die von quälenden Ängsten geplagt wurde. »Ich bin frei. Es gab lediglich ein Einverständnis zwischen uns, aber der Bund wurde noch nicht besiegelt.«

»Dann wirst du mich heiraten?« Der eindringliche Tonfall verriet ihr, wieviel von ihrer Antwort abhing.

Wenn sie einwilligte, würde sie damit Verrat an Guisbourne begehen, doch wenn sie Guy heiratete, so würde sie Robin, sich selbst und ihre Liebe verraten. Außerdem mußte Guy bereits Verdacht geschöpft haben oder gar Bescheid wissen, denn sie war hier bei Robin und nicht bei ihm.

Marian setzte sich neben ihn auf das Bett und strich ihm die schweißnassen Haare aus der Stirn. »Ja«, antwortete sie. »Ja, Robin, ich will deine Frau werden.«

Und sie besiegelte ihr Versprechen, indem sie mit ihren Lippen zart die seinen berührte.

Als sie den Kopf wieder hob, sah sie, daß die Furcht und die Qual, die ihn erfüllt hatten, einem heiteren Frieden gewichen waren. »Ich liebe dich«, flüsterte er. »Und ich schwöre dir bei allem, was mir heilig ist, daß ich nie wieder meine Hand gegen dich erheben werde.«

»Ich glaube dir«, erwiderte sie, Vertrauen gegen Vertrauen setzend, und derselbe Friede, den sie in seinen Augen las, spiegelte sich in den ihren wider.

Mit einem tiefen Seufzer schloß Robin die Augen und war im nächsten Moment fest eingeschlafen. Eine Weile blieb sie noch beim ihm sitzen, beobachtete ihn, streichelte ihm sacht über das Gesicht, dann erhob sie sich vom Bett und huschte leise zur Tür hinaus.

Marian ging direkt auf die Treppe zu, da sie Guy von Guisbourne suchen wollte, schrak aber trotzdem unwillkürlich zusammen, als er ihr auf den Stufen entgegenkam. Sein Gesicht wirkte verspannt und zeugte von unterdrücktem Zorn. Sie wußte nicht, was sonst noch alles schiefgegangen war, hatte aber weder tröstende Worte noch sonstigen Zuspruch für ihn. Im Gegenteil, das, was sie ihm sagen mußte, würde ihm den Todesstoß versetzen. Aber Worte waren gar nicht nötig. Wie Robin verstand auch Guisbourne sie mit einem Blick und erkannte, daß alles, was sie in den vergangenen Monaten aufgebaut hatten, mit einem Schlag dahin war.

Seine Augen verdunkelten sich vor Schmerz, dann flammt nackte Wut darin auf, und er drehte sich auf dem Absatz um und hastete die Treppe hinauf.

Marian blieb einen Moment stehen und zwang sich zur Ruhe. Dann kam ihr ein entsetzlicher Gedanke, sie fuhr herum und rannte durch die Halle zurück. Guisbourne war nirgends zu sehen. Sie riß die Tür zu Robins Zimmer auf und fand ihn friedlich schlafend vor, genau so, wie sie ihn verlassen hatte. Benommen ließ sie sich gegen die Tür sinken und atmete tief aus, als ihre Angst einem Gefühl der Erleichterung Platz machte. Dann ging sie langsam zum Fenster hinüber und setzte sich auf die Brüstung. Es war wohl ratsam, Wachen vor Robins Tür zu postieren. Obwohl die sich nun, da sie wieder klar denken konnte, nicht vorstellen konnte, daß Guisbourne einem hilflosen Mann etwas zuleide tat, zweifelte sie nicht daran, daß sie in ihm von nun an einen gefährlichen Feind hatte.

Als es leise an der Tür klopfte, öffnete Guy sofort, und Bogo schlüpfte in den kleinen Raum, eine der armseligsten Gästekammern von ganz Nottingham Castle, aber Guisbourne war selbst für das Minimum an Ungestörtheit dankbar, das sie ihm bot. Er verriegelte die Tür hinter Bogo, dann fragte er: »Hat dich jemand gesehen?«

»Nein, ich war sehr vorsichtig«, erwiderte Bogo.

Guy spielte mit den Fingern nervös an dem schweren Medaillon herum, das er um den Hals trug, und bedeutete dem Zwerg, auf der hölzernen Sitzbank Platz zu nehmen. Er selbst setzte sich auf das andere Ende der schmalen Bank und musterte Bogo lange forschend. Der Zwerg gab den Blick ungerührt zurück und ergriff dann das Wort. »Löwenherz gibt einen prächtigen König ab, und er ist längst nicht so dumm wie sein Bruder John. Aber er ist Euch nicht sonderlich gewogen, wie ich hörte.«

»Nein, das ist er wahrlich nicht«, antwortete Guy bitter. »Gestern nach der Schlacht lobte König Richard meine Verdienste bei der Belagerung. Er lächelte nur und meinte, dies würde die Intrigen, die ich gegen ihn angezettelt hätte, wieder aufwiegen, und er gab mir lediglich die Ländereien zurück, die ich auch vorher besessen hatte. Und obwohl ich ihm anbot, einen ebenso hohen Preis zu entrichten wie mein Rivale, hat er das Sheriffsamt an den Narren verkauft, der Lady Alix ins Netz gegangen ist. Wenn sie ihn heiratet, verfügt sie über beträchtliche Macht und wird einen Weg finden, mich zu ruinieren.«

»Außerdem werdet Ihr jetzt auch Lady Marian nicht mehr zur Frau nehmen können, deren Landbesitz Euch immerhin ein wenig entschädigt hätte«, sagte Bogo mit seiner rauhen Stimme.

Guy zuckte mit keiner Wimper. Er blickte dem Zwerg in die allzu wissenden Augen und bestätigte: »Nein, ich werde auch Marian nicht bekommen.«

Marian hatte ihm zwar quasi ihr Wort gegeben, ihn zu heiraten, aber er würde nicht versuchen, sie zu halten. Der König würde sie gewiß nicht zu einer Ehe mit ihm zwingen, und nur ihr Ehrgefühl konnte sie noch veranlassen, zu ihm zurückzukehren. Aber er hatte gesehen, wie sie Robin Hood – jetzt wieder Robin von Locksley – angeschaut hatte, diesen ehemaligen Outlaw, der nicht nur sein Gut, sondern auch all seinen Landbesitz zurückerhalten hatte, da er den für den König bestimmten Pfeil mit seinem Körper abgefangen hatte. Ein Teil von Guisbourne sehnte sich noch immer danach, Marian zu besitzen, koste es, was es wolle, doch sein Stolz überwog. Sie liebte ihn nicht und würde ihn auch niemals lieben, und so sehr er sie auch begehrte, er wollte weder zum Sklaven unerfüllbarer Hoffnungen werden, noch wollte er sie als Robins abgelegte Geliebte. Ihre Affäre war endgültig beendet.

Nun blieb ihm nur noch der Wunsch nach Rache.

Guisbourne hatte beschlossen, den sächsischen Emporkömmling zum Duell zu fordern. Er hatte bereits die Klinge mit ihm gekreuzt und wußte, daß er der bessere Schwertkämpfer von ihnen beiden war. Wenn Guy sich nicht von seinem Haß überwältigen und zu einer Dummheit verleiten ließ, würde er Locksley töten. Es brachte ihn zwar zur Weißglut, daß er abwarten mußte, bis sein Gegner wieder vollkommen gesund war, weil Robin dann vielleicht noch Zeit hatte, Marian zu heiraten, ehe er starb, aber sterben würde er in jedem Fall. Dann war Marian entweder Witwe oder immer noch ledig. Doch zuerst würde er all ihre Zukunftspläne durchkreuzen und zusehen, wie ihre heile Welt aus den Fugen geriet, so wie seine Welt nun in Trümmern lag.

Wenn dies vollbracht war, würde es ihm nichts mehr ausmachen, England nie wiederzusehen. Er würde in die Welt zurückkehren, die ihn jenseits des Kanals erwartete. Aber dazu brauchte er Bogos Hilfe.

»König Richard hat dir eine große Gunst erwiesen, wie ich bemerke.« Guy verlieh seinen Worten bewußt einen sarkastischen Unterton. »Aber ich muß gestehen, daß mir die Belohnung recht kläglich erscheinen will. Wenn du nicht eingegriffen hättest, hätte der Sheriff Löwenherz umbringen können.«

»Ich dachte zuerst auch, es wäre ihm trotzdem gelungen«, gab Bogo in demgleichen zynischen Tonfall zurück »Aber es stimmt, der König hat mich tatsächlich ausgezeichnet.« Er zog einen feingearbeiteten Goldring mit einem eckig geschliffenen Karneol hervor. »Ein nettes Schmuckstück, findet Ihr nicht? Er hat mir wie einem Hund den Kopf getätschelt, als er es mir überreichte, und genauso mitgesprochen. *Guter Bogo, braver Junge!*«

Guy, der die Szene verfolgt hatte, vermutete, daß Richards Gönnerhaftigkeit Bogos Stolz empfindlich verletzt hatte. Verglichen mit dem Dienst, den der Zwerg dem König erwiesen hatte, war das Geschenk äußerst bescheiden ausgefallen, dennoch hatte sich Löwenherz viel auf seine Großzügigkeit eingebildet.

»Ihr seid also mit dem Ergebnis Eurer Bemühungen auch nicht zufrieden. Habt Ihr vor, etwas daran zu ändern?« fragte Bogo beiläufig. Seine schwarzen Augen hefteten sich fest auf Guy. Dieser wich dem Blick nicht aus. Stumme Fragen wurden ausgetauscht und beantwortet, bis schließlich das Wort ›Mord‹ fast greifbar im Raum stand. Aber Bogo schien auch davor nicht zurückzuscheuen.

»Wir werden es ändern«, erwiderte Guy und beobachtete,

wie sich die dunklen Augen weiteten und wortlos Zustimmung bekundeten. Trotzdem flackerte ein Anflug von Mißtrauen darin auf. Guy beugte sich vor und sprach eindringlich auf den Zwerg ein. »Ich gebe zu, daß ich unter anderem auch aus einem Rachebedürfnis heraus handele, aber dennoch werden wir beide von der Tat profitieren. Übernimm die Aufgabe nur, wenn du sicher bist, daß du die Last auch tragen kannst. Ich werde deine Dienste in jedem Fall belohnen.«

Aber Bogo verlangte mehr als Gold und Silber. Er wollte eine Freundschaft aufbauen, und der Mordplan bildete ein starkes Band zwischen ihnen. Eine Weigerung war nicht ungefährlich, denn die Aufforderung konnte weder zurückgenommen noch einfach vergessen werden. Der Zwerg musterte Guy nachdenklich, während sich Schuld, Dankbarkeit, Furcht und Loyalität in ihm stritten. »Ihr habt demnach vor, König Richard durch Prinz John zu ersetzen und auf diese Weise doch noch Sheriff zu werden?«

»Das ist eine Möglichkeit.« Als er Bogos fragenden Blick bemerkte, enthüllte Guy schließlich seinen eigenen Plan. »Wir können aber auch nach Frankreich gehen, wenn dir das lieber ist. Auch König Philip ist mir noch etwas schuldig. Ich finde England barbarisch und kann es kaum erwarten, in zivilisiertere Gefilde zu gelangen.«

Langsam breitete sich ein Lächeln auf dem Gesicht des anderen Mannes aus, und Guy wußte, daß er gewonnen hatte. »Ich würde Frankreich England bei weitem vorziehen«, meinte Bogo. »Und was kümmert es mich, wer hier reagiert, wenn ich erst einmal in Frankreich lebe?«

»Dann bleibt uns hier nur noch eines zu erledigen.« Guy strich mit den Fingerspitzen über die Goldkette und liebkoste die goldene Filigranarbeit des Medaillons und die kühle, polierte Oberfläche des darin eingelassenen Onyx.

»Ihr habt zweifellos bereits einen Plan ausgearbeitet. Sagt mir, was ich dabei zu tun habe, und ich überlege, ob es sich bewerkstelligen läßt.«

»Die Furcht ist unser größter Feind. Fortuna verteilt ihre Gunst äußerst willkürlich, aber du hast die besten Voraussetzungen, die Tat durchzuführen, denn du verfügst über körperliche Gewandtheit, geschickte Hände und einen eisernen Willen. Ich verlange nicht von dir, das Unmögliche möglich zu machen. Unternimm keinen Versuch, wenn du merkst, daß man dich beobachtet.« Guys Lippen krümmten sich zu einem bösen Lächeln, und er vollführte eine anmutige Handbewegung. »Wenn du ertappt wirst, bedeutet das für uns beide den sicheren Tod.«

Bogo erwiderte das Lächeln. »Das kann ich nicht verantworten, Mylord, und ich werde es um jeden Preis zu vermeiden suchen. Aber was soll ich eigentlich tun?«

Guy löste die Kette von seinem Hals und legte sie zwischen ihnen auf die Bank. Der mit dunkelroten Granaten eingefaßte Onyx in der Mitte des Medaillons schimmerte so schwarz wie die Augen des Zwerges. »Versuche, es zu öffnen.«

Bogo machte sich unverzüglich ans Werk. Seine geschickten Finger glitten über das Schmuckstück hinweg, suchten nach Druckverschlüssen und verborgenen Sicherungen, fanden aber nichts. Nach einer Weile bedeutete Guy ihm lächelnd, aufzuhören. »Eine ausgezeichnete Konstruktion«, sagte Bogo. »Wenn ich das Prinzip schon nicht durchschaue, wird schwerlich jemand anderes das Medaillon öffnen können.«

Guisbourne erklärte ihm den Mechanismus – vier Teile der goldenen Fassung mußten gleichzeitig mit einer Hand verschoben und zwei Granaten mit der anderen niedergedrückt werden, dann sprang die Rückwand des Medaillons auf und der Hohlraum in dem Onyx wurde sichtbar. Darin lag eine weiche Kugel aus einer geleeartigen Masse verborgen. »Auf diese Weise läßt sich Gift gut verstecken, löst sich aber trotzdem in Wein schnell auf. Richard hat für morgen ein Bankett angekündigt. Du wirst dort auftreten. Führ deinen Balanceakt vor und trage ein Tablett mit Richards Weinkelch auf den Fußsohlen, oder trag sonst irgendwie zur Erheiterung bei.« Guy verweigerte ihrem Opfer bewußt den ihm zustehenden Titel. Einen Mann tötete man leichter als einen König.

»Trotzdem ... wenn er stirbt, wird man einen Giftmord vermuten«, gab Bogo zu bedenken, »und dann wird man all jene befragen, die Zugang zu seinem Wein oder den Speisen hatten.«

Leise lächelnd zog Guy eine kleine grüne Glasphiole aus der Tasche. »Du hast noch eine weitere Aufgabe – dies hier einem Gericht beizumengen, von dem voraussichtlich alle Gäste essen werden. Ein jeder, der es zu sich nimmt, wird krank werden, aber nicht unbedingt daran sterben. Richard leidet immer noch an einer Krankheit, die er sich im Heiligen Land zugezogen hat. Wenn nun noch andere die gleichen Symptome aufweisen, sollte sein Tod eigentlich auf natürliche Ursachen zurückgeführt werden. Eine Sauce wäre für unser Vorhaben am geeignetsten. Wenn man dir von diesem Gericht anbieten sollte, iß in deinem eigenen Interesse ein wenig davon. Es ist besser, einige Stunden Übelkeit und Erbrechen zu ertragen, als eine Krankheit vorzutäuschen und so vielleicht Verdacht zu erregen.«

Dann reichte er dem Zwerg ein blauseidenes Taschentuch von Lady Alix, um das Gift darin einzuwickeln. »Sehr passend«, bemerkte Bogo mit einem bitteren Lächeln.

Guy zuckte die Achseln. »Mir ist keine Möglichkeit eingefallen, sie in diese Sache zu verwickeln, die nicht gleichzeitig uns selbst in Gefahr gebracht hätte.«

»Und wenn Prinz John zum König gekrönt wird, wird sie sich durch sämtliche Betten hindurch bis ganz nach oben schlafen können.« Mit flinken Fingern faltete Bogo das Seidenquadrat zusammen und verstaute es in seinem Ärmel.

»Wenn du Vergeltung für ihre Mißhandlungen verlangst, werden wir uns etwas einfallen lassen. Aber je mehr wir unternehmen, desto vorsichtiger müssen wir vorgehen.« Guy runzelte leicht die Stirn, aber er würde Bogo nicht daran hindern, sich an seiner Herrin zu rächen, wenn er das wollte.

Doch Bogo winkte ab. »Ich habe den Sheriff umgebracht, das reicht mir. Aber wie steht es mit Locksley?«

»Ich brauche keine List anzuwenden, um mit Robin Hood fertigzuwerden. Ich werde ihm in einem offenen, ehrlichen Kampf gegenübertreten.«

»Und Lady Marian?«

Guy fuhr zusammen, dann hob er den Kopf. Bogo zog die buschigen Augenbrauen hoch. »Wenn es nötig ist, werde ich sie eigenhändig töten«, murmelte Guisbourne. Er würde Bogo eine solche Tat niemals verzeihen. Obwohl ein Teil von ihm danach verlangte, Marian tot zu sehen, mußte er zugeben, daß er sie allein im Zustand rasender Wut würde umbringen können. »Sie ist mir gegenüber so aufrichtig gewesen, wie es ihr möglich war.«

»Dann weiß ich, daß auch ich von Euch nichts zu befürchten habe«, sagte Bogo leise.

Guy sah ihm in die Augen. »Nein, du hast nichts zu befürchten, ob du nun Erfolg hast oder versagst. Ich werde dich nicht mit dem Tod, sondern mit Reichtum und Ansehen belohnen, soweit es in meiner Macht steht. Mein Respekt ist dir bereits sicher.«

»Und ich diene nur Euch allein.« Bogo verbeugte sich und verließ den Raum.

Guy starrte ihm nach. Wenn sie ihr Vorhaben erfolgreich durchführen konnten, würde Bogo erhalten, was Guy ihm versprochen hatte, auch wenn er ihm nur die Verwaltung der Burg, die er nun in Brittany besaß, übertrug. Seine eigene Zukunft jedoch war weniger gesichert. Er bezweifelte nicht, daß König Philip ihn für seine Dienste belohnen würde. Aber die Höhe der Belohnung hing von der Stimmung des französischen Herrschers ab, und diese Stimmung würde sich durch Richards Tod beträchtlich verbessern, selbst wenn Guy nach außen hin mit diesem Ereignis nichts zu tun hatte. König Philip hatte Geoffrey Plantagenet sehr geschätzt und hielt Guisbourne für dessen treuen Gefolgsmann. Nach Geoffreys Tod hatte sich Philip mit seinen Anhängern, die größtenteils von edler Geburt waren und über großen Einfluß verfügten, zusammengetan und sich Guy gegenüber seitdem freundlich, aber distanziert verhalten. Guy stellte fest, daß der Funke zwischen ihnen nicht übersprang, und er sah kaum eine Chance, daß sich daran je etwas ändern würde – es sei denn, er fand Zugang zu diesem erlesenen Kreis.

Auf der Suche nach einem neuen Weg zur Macht hatte

Guy dann Longchamp kennengelernt. Der kleine Kerl stand Richard damals bereits sehr nah. Guy stellte fest, daß seine bemerkenswerte Häßlichkeit ihn für Schmeicheleien hinsichtlich seiner Geistesgaben besonders anfällig machte. Longchamp war zwar intelligent, aber es mangelte ihm an Fantasie. Er neigte dazu, sich die Ideen anderer zu eigen zu machen und dann ein paar geringfügige Änderungen vorzunehmen, um deren Gedanken später als die seinen auszugeben. Guy ließ ihn gewähren, wie er ihn auch beim Schachspiel gewinnen ließ. Insgeheim amüsierte er sich darüber, daß die wenigen Ratschläge, die Richard überhaupt annahm, oft von ihm stammten und nur von Longchamp verfeinert worden waren. Ihr Bündnis war eng genug, daß Longchamp Guy anbot, einen großen Teil englischer Ländereien zu erwerben, die Richard veräußern wollte, um seinen Kreuzzug zu finanzieren. Guisbourne dachte über den Vorschlag nach. Er wußte zwar, daß seine Mittel für dieses Risiko nicht ausreichten, aber er fand, daß er in Frankreich nicht weiterkam.

Dann ließ König Philip nach ihm schicken und murmelte nach dem üblichen Austausch von Höflichkeitsfloskeln, daß er sich über jedwede Neuigkeit über Richard und John freuen würde, sofern sie von einem Frankreich freundlich gesinnten Ritter stammten. Philip hatte ihn mit Verschwörermiene zugestanden, daß weder er noch Sir Guy Grund hatten, Richard übermäßige Zuneigung entgegenzubringen. Guy hatte unverbindlich genickt und sich gefragt, welche Version des Streites um den Knaben Löwenherz dem König gegenüber wohl zum besten gegeben hatte. Philip, das wußte er, war Richard einst sehr zugetan gewesen, bis Haß an die Stelle der Liebe getreten war. Also hatte Philip Guy genug Geld gegeben, um das Land in Nottingham zu kaufen. Guisbournes Gespräch mit Philip hatte nicht lange gedauert, aber während ihrer gemeinsamen Planung einer Strategie hatte sich der König zumindest von den Möglichkeiten überzeugen lassen, die Guy offenstanden. Ob Philip sich aber erkenntlich zeigen würde, wenn Guisbourne nun nach Frankreich zurückkehrte, hing im wesentlichen von dessen Erfolg hier in England ab.

Und nun lag dieser Erfolg allein in Bogos Händen.

23. Kapitel

Marian blickte sich frohgemut um und genoß Robins Lachen, während eine Anzahl von Akrobaten in einem Gewirr von Armen und Beinen um die Tafel herumtollte und die Gäste unterhielt, bis das Mahl begann. Sie vermutete, daß ihn das Lachen schmerzte, denn er sog scharf den Atem ein, lehnte sich zurück und begnügte sich mit einem anerkennenden Lächeln. Robin wirkte in ihren Augen immer noch wie ein Waldgott, obwohl er heute in kostbaren Brokat von der Farbe sonnenüberfluteter junger Blätter gekleidet war. Dasgleiche intensive Grün blitzte jetzt in seinen Augen auf, als er vorsichtig seinen Kelch hob und den Akrobaten mit seinem unverletzten Arm zuprostete. Marian fiel auf, daß er am Wein nur nippte; sein Gesicht glühte vor Vergnügen, jedoch nicht aufgrund von Trunkenheit. Die stille Freude, die sie beide teilten, entsprang einer weitaus intimeren Quelle als die Heiterkeit, die die Menschen um sie herum erfüllte, dennoch konnten sie sich der Stimmung des Augenblicks nicht entziehen.

In der großen Halle herrschte reine, unverfälschte Fröhlichkeit, die sich aus purer Ausgelassenheit und der Erleichterung darüber, daß der Kampf beendet war und wieder Hoffnung auf dauerhaften Frieden bestand, zusammensetzte. Die zwei Tage, die seit der Schlacht um Nottingham Castle verstrichen waren, hatten nicht ausgereicht, um ein Bankett von der Art, wie man es zu Ehren des Bischofs und Prinz Johns veranstaltet hatte, vorzubereiten. Aber ganz Nottinghamshire und Umgebung hatten dazu beigetragen, ein Fest zu gestalten, das eines Königs würdig war. Sowohl der Adel als auch die Bauern hatten große Opfer gebracht, um die Rückkehr ihres Herrschers zu feiern.

Marian warf Guisbourne, der die Jongleure beobachtete, einen flüchtigen Blick zu. Ihre eigene Hochstimmung wurde durch das Wissen um Sir Guys nur mühsam unterdrückten Zorn getrübt, dabei hatte sie Guisbourne im Grunde genommen nicht mehr versprochen, als er von König Richard erhalten hatte: die Rückgabe der Ländereien, die der Sheriff konfisziert hatte. Wenn sie ganz ehrlich war, mußte Marian zugeben, daß er ihrer Meinung nach auch nicht mehr verdient hatte, hatte er doch in der Vergangenheit nach Kräften gegen den König intrigiert. Sie hatte nur gehofft, daß Richard die Fähigkeiten eines Ritters, der sich nicht opportunistischer verhalten hatte als viele andere auch, würdigen und seine Dienste dementsprechend belohnen würde. Obwohl sie wußte, daß er ihr nun feindlich gegenüberstand, wünschte sie ihm nur das Beste, doch sie fürchtete immer noch, er könne versuchen, ihr Leben zu zerstören.

Marian musterte ihn unauffällig und bemühte sich, die Spuren zu deuten, die die Ereignisse der letzten Tage in seinem Gesicht hinterlassen hatten. Wie immer war er elegant gekleidet, heute in zinnoberroten Brokat, und trug ein schweres Onyxmedaillon um den Hals. Auch seine Manieren waren untadelig, doch Marian kannte ihn inzwischen gut genug, um die Anzeichen von innerer Anspannung hinter der Fassade formeller Höflichkeit zu entdecken. Guy lachte ohnehin nur selten, doch heute abend wirkte jedes Lächeln aufgesetzt und berechnend, und nichts erinnerte mehr an die spöttische Ironie, derer er sich sonst zu bedienen pflegte. Lady Alix, die in der Nähe des Königs saß, lachte laut auf; ein Lachen, in dem unverhohlener Triumph mitschwang. Marian wußte nicht, ob Löwenherz die Abneigung, die zwischen Sir Guy und Lady Alix bestand, aufgefallen war, aber er hatte den Wert der Gabe, die er Guisbourne zukommen ließ, allein dadurch geschmälert, daß er Lady Alix' Verehrer den Posten des Sheriffs übertragen hatte.

Inzwischen hatte sie auch erfahren, daß er aus diesem Grund so verärgert gewesen war, als sie ihn auf der Treppe getroffen hatte, und sie fühlte sich nun, da auch der König ihn in gewisser Hinsicht betrogen hatte, doppelt schuldig. Marian hatte zwar niemals eingewilligt, ihn zu heiraten, aber ihr Drängen, er solle bleiben, konnte als indirekte Zusage gewertet werden. Auch wenn sie ihn nicht lieben gelernt hatte, so war doch während der Reise nach Österreich das Band zwischen ihnen immer stärker geworden, und nur eine so übermächtige Leidenschaft wie die, die sie für Robin empfand, hatte es zerreißen können. Guisbourne hatte guten Grund, sie für treulos zu halten, aber die zwischen ihnen entstandene Kluft ließ sich nun nicht mehr überbrücken, eine Tatsache, die sie aufrichtig bedauerte, die jedoch ihr eigenes Glück nicht trüben konnte.

Sie wandte sich ab und verfolgte die Darbietung der Akrobaten, die in dem Bemühen, einander zu übertreffen, die tollkühnsten Kunststücke aufführten. Keiner von ihnen konnte es mit Bogo aufnehmen, der just in diesem Augenblick mit einer Vielzahl der unterschiedlichsten Gegenstände jonglierte: einem grünen Apfel, seinen beiden Schuhen, dem Handschuh eines der Ritter und einem juwelenbesetzten Messer, welches ihm eine Lady zugeworfen hatte. Nacheinander fing er die Sachen wieder auf, wischte den Apfel ab und legte ihn in die Obstschale zurück, gab den geliehenen Handschuh und das Messer den jeweiligen Besitzern zurück, schlüpfte in seine Schuhe, verbeugte sich und begann mit einem Wirbel von Handstandüberschlägen.

Die ausgelassene Fröhlichkeit um ihn herum schien ihn angesteckt zu haben. Bogo schlug einen Salto, landete auf dem Tisch und schlängelte sich im Handstand geschmeidig wie eine Katze zwischen den silbernen und hölzernen Trinkgefäßen hindurch auf den König zu. Niemand sonst hätte eine solche Dreistigkeit gewagt, doch Richard lachte nur dröhnend, als Bogo sich nach einem allerletzten Überschlag übertrieben tief verneigte. Die kühne Landung drohte sich zur Katastrophe auszuwachsen, als er mit einer Hand König Richards Weinkelch streifte und ihn beinahe umgestoßen hätte. Der Zwerg konnte den goldenen Becher gerade noch auffangen, hob ihn hoch und balancierte ihn vorsichtig auf der Stirn; ein neuer Trick, mit dem er seine Ungeschicklichkeit wettmachen wollte. Danach setzte er den Kelch mit einer schwungvollen Geste wieder vor dem König ab. Gelächter und Applaus erklangen, als Löwenherz ihn ergriff und hochhob, um einen Trinkspruch auszubringen.

»Sire, trinkt nicht aus diesem Kelch!« rief Robin plötzlich und sprang auf. Bei der abrupten Bewegung wich ihm das

Blut aus dem Gesicht, doch der herrische Tonfall bewirkte, daß die ganze Gesellschaft sofort verstummte. Alle im Saal, Marian eingeschlossen, waren so verblüfft, daß sie wie erstarrt auf ihren Plätzen sitzenblieben. Dann deutete Robin mit einem Kopfnicken auf Bogo und fügte ruhig hinzu: »Ich habe gesehen, wie dieser Mann etwas in den Wein getan hat.«

König Richard setzte den Kelch wieder ab, während die Gäste gespannt den Atem anhielten. Der Zwerg rührte sich nicht von der Stelle, erst als Löwenherz die Wachposten herbeiwinkte, packte er das schwere Gefäß mit beiden Händen und hielt es fest. Alle Augen hingen an ihm, als ob er die Macht besitzen würde, Wein in Säure zu verwandeln. Bogo drehte sich um und ließ den Blick über die Anwesenden schweifen. In den Tiefen seiner schwarzen Augen las Marian den nahenden Tod und ein unerbittliches Urteil, welches der Zwerg in diesem Augenblick über sie und über all die anderen im Saal gefällt hatte. Dann blitzte für den Bruchteil einer Sekunde noch etwas anderes darin auf – eine Art flehentlicher Bitte? Ein Hunger, der nie gestillt werden würde? Der merkwürdige Ausdruck verschwand sofort wieder, und Bogo setzte den Kelch an die Lippen und leerte ihn bis auf den letzten Tropfen.

Marian wußte selber nicht, warum sie zu Guy hinüberschaute, während Bogo trank. Ihr kam es so vor, als würde der Zwerg versuchen, Guisbournes Blick auf sich zu lenken, und als sie Guy verstohlen musterte, sah sie die Antwort in seinem Gesicht. In seinen Augen schien sich plötzlich ein Spalt zu öffnen, durch den man in eine andere Welt blicken konnte – eine Welt, die nur aus Kummer und Enttäuschungen bestand. Dann schloß sich der Spalt wieder, und Guisbournes Miene drückte in abgeschwächter Form die gleiche Bestürzung aus, die sich auch auf den Gesichtern der anderen Gäste zeigte. Bogo ließ den leeren Kelch fallen, und Marian rechnete damit, daß er im nächsten Moment zusammenbrechen und sich in Todeskämpfen winden würde, doch er blieb hocherhobenen Hauptes stehen und blickte grimmig in die Runde.

»Bringt ihn in den Kerker«, befahl König Richard. »Er soll einem strengen Verhör unterzogen werden.«

Die Wachposten stürmten vorwärts, packten Bogo, der sich widerstandslos festnehmen ließ, und zerrten ihn vom Tisch, wobei sie einen großen Teil der Trinkgefäße umstießen, so daß sich deren Inhalt über die Gäste ergoß. Einige Frauen kreischten, als wären sie tatsächlich vergiftet worden, andere erhoben sich mit bleichen, schweißüberströmten Gesichtern und verließen hastig den Saal – um den Wein wieder zu erbrechen, vermutete Marian, da einer der Ritter, der offenbar einen schwachen Magen hatte, nur bis zur Ecke des Saales kam. Rücksichtslos drängte sich die Menge an den Wachposten, die Bogo immer noch festhielten, vorbei. Der Zwerg versuchte aufzustehen, wurde aber grob daran gehindert und fortgeschleift.

»Niemand verläßt die Burg, ehe der Zwerg nicht befragt worden ist«, ordnete der König mit schallender Stimme an.

»Ich glaube nicht, daß noch Anlaß zur Furcht besteht«, meinte Robin leise. »Aber wer weiß, ob der Wein das einzige ist, an dem sich jemand zu schaffen gemacht hat?«

König Richards Blick fiel auf den würgenden Ritter, und er verzog angeekelt das Gesicht, ehe er befahl: »Alle Speisen, die für dieses Bankett zubereitet worden sind, sollen vernichtet werden.« Mit einer gebieterischen Geste schickte er einen Teil seiner Männer hinaus, um im Hof für Ordnung zu sorgen und darauf zu achten, daß sich niemand davonstahl. »Ihr übernehmt das Kommando«, sagte er, an Robin gewandt. »Und zum Dank für den Dienst, den Ihr mir soeben erwiesen habt, werde ich Euch zum Earl ernennen.«

Marian befand sich in einer Art Schockzustand. Guisbourne hatte den Saal verlassen, ohne daß sie ihn daran gehindert hatte. Sie wußte, was geschehen war, da sie es mit eigenen Augen gesehen hatte, doch sie konnte es einfach nicht glauben. Der Anschlag erschien ihr so ... so niederträchtig und feige. Sie wußte, daß Guy eine teuflische Freude an ausgefeilten Intrigen hatte; wußte aber auch, daß er ein mutiger und ehrgeiziger Mann war, der stets nach Perfektion strebte.

Die betrügerischen Machenschaften eines Feindes in gleicher Weise zu beantworten war eine Sache, aber diese hinterhältige Tat paßte nicht zu einem Ehrenmann. Sie verstand auch nicht, wie der Zwerg so rasch vom Helden zum Mörder hatte absteigen können – um dann den Giftbecher selbst zu leeren ...

Guisbourne hatte mit diesem Akt der Selbstaufopferung nicht gerechnet. Mehr als alles andere war es die Überraschung angesichts dieser unerwarteten Geste gewesen, die ihn als Drahtzieher des Komplotts entlarvt hatte. Sie war die einzige, die den Ausdruck in seinen Augen richtig gedeutet hatte, aber Marian wußte nicht, ob sie es über sich bringen würde, ihn dem König auszuliefern, selbst wenn sie handfeste Beweise hätte. Der Gedanke an seinen Tod verursachte ihr geradezu physische Pein.

Und Bogo? Der Zwerg war immer noch am Leben. Da er sicherlich gehofft hatte, mit heiler Haut davonzukommen, mußte er ein Mittel gewählt haben, bei dem der Tod nicht auf der Stelle eintrat, also ein schleichendes Gift. Aber bei Bogo, der nur halb so groß und noch nicht einmal annähernd so schwer war wie König Richard, mußte die Wirkung früher einsetzen als es bei Löwenherz der Fall gewesen wäre. Er würde sterben, aber vorher noch die Qualen der Folter zu erdulden haben. Ob er wohl seinem Entschluß treu bleiben und den Namen seines Auftraggebers für sich behalten konnte? Oder würde der Folterknecht ihm sein Geheimnis entreißen, ehe das Gift ihn tötete?

Was, wenn Bogo sein Wissen mit ins Grab nahm? Sie allein kannte die Wahrheit. Was sollte sie nur tun? So kaltblütig die Tat auch geplant worden war, wenn Guisbourne ihr sein Ehrenwort gab, daß er ... aber konnte sie seinem Wort jetzt überhaupt noch trauen?

Marian blickte sich um. Der große Saal leerte sich rasch, Panik lag in der Luft. Das Bankett, das eigentlich zur Feier eines großen Sieges gedacht gewesen war, hatte ein vorzeitiges Ende gefunden. Und dabei hatte König Richard nach dem fehlgeschlagenen Mordversuch des Sheriffs den Eindruck erweckt, als sei er unverwundbar. Die Höflinge benahmen sich, als könne kein Pfeil dem König je etwas anhaben – als ob nicht Robins Mut und Geistesgegenwart oder Bogos Eingreifen ihn vor dem Tod bewahrt hätten, sondern göttliche Vorsehung. Aber nun wirkte allein die Angst, einem heimtückischen Giftmörder zum Opfer fallen zu können, wie ein sich rasch ausbreitendes Gift. Auf einmal war dem gesamten Hofstaat bewußt geworden, daß sowohl der König als auch sie selbst nichts als gewöhnliche Sterbliche waren, und dieser Gedanke zerfraß sie innerlich.

Marian bahnte sich einen Weg durch die Halle und stieg die Treppe hoch, die zu Guisbournes Raum führte. In ihrem Kopf summte es wie in einem Hornissennest, unzählige Fragen quälten sie. Hatte sich Guy erst zu der Tat entschlossen, nachdem der König ihm die erhoffte Belohnung verweigert hatte? Aber er konnte dadurch nichts gewinnen, nur sein glühendes Bedürfnis nach Rache befriedigen – ein Gefühl, das Marian ebenso vertraut war wie Hunger und Durst. Oder hatte Guisbourne sie die ganze Zeit über getäuscht und heimlich einem anderen Lehnsherrn gedient? Aber wenn er von Anfang an geplant hätte, den König zu ermorden, dann hätte er sein Vorhaben schon längst in die Tat umgesetzt. Es hatten sich bereits zahlreiche weitaus günstigere Gelegenheiten ergeben. Erwartete er vielleicht von einer anderen Seite her größere Reichtümer? Prinz John war imstande, ihm mit der einen Hand einen Beutel Gold zu reichen und mit der anderen sein Todesurteil zu unterzeichnen, das dürfte gerade Guisbourne nur zu gut wissen. Aber der Anschlag mußte ja nicht zwingend auf Johns Geheiß hin erfolgt sein. Richards Tod würde Guy nun, da all seine anderen Pläne gescheitert waren, auf jeden Fall Vorteile verschaffen. Marian wußte, daß er immense Verluste hatte hinnehmen müssen, aber reichte das aus, um ihn zu so einem abscheulichen Verbrechen zu treiben? Wenn er sich auf die Seite des Sheriffs gestellt hätte, hätte er seine Ländereien verloren und vermutlich auch noch sein Leben. Falls er es als bedrohlich empfand, daß ausgerechnet Alix' zukünftiger Gatte der neue Sheriff von Nottingham werden würde, so blieb ihm doch immer noch die Möglichkeit, durch eine entsprechende Heirat zu noch größerer Macht zu gelangen.

Aber er hatte ja nicht nur Macht und Ansehen eingebüßt. Er hatte sie, Marian, geliebt, und ihre Liebe war für ihn ebenfalls verloren. Konnte er die Intensität seiner Gefühle nur vorgetäuscht haben? Marian vermochte dies nicht recht zu glauben. Er war nicht der Mann, der sich freiwillig eine Blöße gab. Und ihre Leidenschaft für ihn war ja auch nicht nur gespielt gewesen.

Vor der Tür zu seiner Kammer blieb sie stehen, da sich ihre Gedanken überschlugen. Was wollte sie eigentlich erreichen? Wozu sollte diese Konfrontation dienen, außer dazu, ihn zu warnen? Niemals würde er freiwillig ein Geständnis ablegen. Im Gegenteil, er würde sie gleichfalls töten, weil sie für ihn nun eine große Gefahr darstellte. Und sie hatte nur das Messer aus Kristall und Silber bei sich, welches sie zum Bankett getragen hatte. Die Klinge war zwar kurz, aber scharf geschliffen, denn Marian besaß kein Messer, das sich nicht auch als Waffe benutzen ließ. Sie holte einmal tief Luft und klopfte vorsichtig an. Als sich drinnen nichts rührte, schob sie die Tür auf. Als erstes fiel ihr Blick auf Guys braunen bestickten Mantel, der über das Bett gebreitet worden war. Einen Moment lang verschwamm ihr alles vor Augen, und die kunstvoll ineinander verschlungenen Ranken schienen sich in zischende goldene Schlangen zu verwandeln.

Marian erstarrte, als sie draußen Schritte hörte, die sich aber rasch wieder entfernten. Mit vor Aufregung zitternden Fingern durchsuchte sie Guys Habseligkeiten. Von seinem eigenen Landgut hatte er zwei kleine Truhen mitgebracht. In einer davon entdeckte sie ein Geheimfach und dahinter noch ein zweites, aber das erste war leer und das zweite enthielt nur ein paar Edelsteine von minderer Qualität. Da sie vermutete, daß auch das zweite Geheimfach nur ein Blindgänger war, suchte sie noch eine Weile weiter, aber ohne Erfolg. Wenn es noch weitere verborgene Fächer gab, so waren sie zu gut versteckt. Sie würde die Truhen in kleine Stücke hacken müssen, um sie zu finden. Außerdem hatte Guy genug Zeit gehabt, um das Beweismaterial zu vernichten und seine Spuren zu verwischen. Marian bezweifelte, daß Guisbourne die Tat von langer Hand geplant hatte. Er hatte den Entschluß vermutlich erst gefaßt, als sie zu Robin zurückgekehrt war und König Richard ihm das Amt des Sheriffs vorenthalten hatte – ein doppelter Schlag ins Gesicht, der viele seiner Hoffnungen zunichte gemacht hatte. Aber dennoch mußte er das Gift schon vorher besessen haben – und bereit gewesen sein, einen Königsmord zu begehen.

Ein entsetzlicher Gedanke beschlich sie. War nicht Geoffrey Plantagenet auch nach einem Bankett wie diesem gestorben? Sir Guy war damals der engste Freund des Counts von Brittany gewesen. War dessen Tod ein bloßer Zufall? Ihr waren keine Gerüchte über einen möglichen Mord zu Ohren gekommen. Vielleicht hatte Guy ja bei Geoffreys Tod gar nicht die Hand mit im Spiel gehabt, sondern sich nur an die Ereignisse erinnert und eine ähnlich günstige Gelegenheit beim Schopf gepackt. Sie konnte in dieser Hinsicht nur Vermutungen anstellen, aber die Ähnlichkeit der beiden Begebenheiten sprang ihr geradezu ins Auge. Voller Beklemmung erinnerte sie sich daran, daß Sir Guy Geoffreys Namen nur ein einziges Mal ausgesprochen hatte. »Nun ist er tot …« Ihr fiel ein, welche Abgründe von Bitterkeit, stärker noch als jede Trauer, sich dabei in seinen Augen aufgetan hatten.

Marian hatte immer geglaubt, Guy und sie seien aus demselben Holz geschnitzt. Sie hatte gemeint, ihn zu verstehen, doch nun mußte sie einsehen, daß das Labyrinth seiner Seele weitaus verschlungener und düsterer war, als sie angenommen hatte.

Ich selbst hätte Prinz John auch getötet, wenn er mich gegen meinen Willen genommen hätte, gestand sie sich selbst ein. *Und auch ich hätte Gift gewählt, damit kein Verdacht auf mich fällt und ich meine Rache genießen kann. Ich hätte mir eingeredet, er würde es nicht besser verdienen und sein Tod wäre diese ehrlose Tat wert.*

War sie denn wirklich soviel besser als er? Hätte sie ihre Tat wirklich mit tugendhaften Motiven zu rechtfertigen versucht, zum Beispiel damit, daß sie ihrer Familie Leid ersparen wollte? Guy und sie waren sich in der Tat sehr ähnlich. Er hatte sich nur tiefer in den Netzen des Bösen verstrickt als sie.

Dennoch wurde ihr nun klar, daß sie Guisbourne nicht verschonen durfte. Im Augenblick ging es für ihn um das nackte Überleben; doch einmal jeglicher Aussicht auf Macht und Wohlstand beraubt, mochte er zu dem Schluß gekommen sein, daß Rache das einzige sei, was noch zählte. Solange Guy lebte, würden sich weder König Richard noch Robin noch sie selbst je wieder sicher fühlen können. Sie mußte ihn finden, bevor er erneut zuschlug.

Sie verließ seine Kammer und durchquerte die Halle. Zwei Ritter kamen, in ein angeregtes Gespräch vertieft, an ihr vorbei, und sie fing einige Sätze davon auf. »Ich weiß nicht, wer es ist. Ich habe nur gehört, daß der Zwerg einen Namen verraten hatte.«

Wenn ich solches Gerede mitbekomme, muß es ihm gleichfalls zu Ohren kommen. Für Guisbourne hatte bislang der sicherste Weg darin bestanden, abzuwarten und zu hoffen, daß Bogo starb, ohne seinen Namen preiszugeben. Wenn Bogo geredet hatte, mußte Guy fliehen – es sei denn, man hätte ihn bereits in Gewahrsam genommen. Marian verließ die Burg durch einen Seitenraum und lief zum Wehrgang. Von dort aus blickte sie über die Zinnen, die von der untergehenden Sonne angestrahlt wurden. Bewaffnete Truppen patrouillierten an den Burgmauern entlang und sicherten die Tore. Sie hielten auf dem äußeren Burghof jeden an, ob Bürger oder Edelmann, und befragten ihn eindringlich. Guisbourne war nirgendwo zu sehen. Falls er sich noch auf freiem Fuß befand, würde er sicher nicht versuchen, unter aller Augen die Burg zu verlassen, noch nicht einmal unter dem Vorwand, für Sicherheit sorgen zu wollen. Selbst wenn er die äußeren Tore erreichte – es war niemandem gestattet, sie zu passieren. Wohin würde er sich also wohl wenden?

Die Erkenntnis traf sie wie ein Blitz. Marian eilte in die Burg zurück, rannte die leeren Korridore entlang, die Treppe hinunter, an den Wohnräumen und dem riesigen Bankettsaal vorbei nach unten zur Küche. Überall auf den Fluren verhörten Wachposten die verängstigten Dienstboten. Die Küche selbst war fast leer, die Speisen bereits fortgeräumt, um verbrannt zu werden. Zwei Frauen wischten die Tische ab, putzten die Küchengeräte und unterhielten sich bei der Arbeit halblaut. Eine brachte gerade einen Satz zu Ende: »Lady Alix? Bist du sicher?«

»Ganz sicher. Der Pförtner hat mir verraten, daß der Zwerg gesagt hat, Lady Alix hätte ihm den Befehl zum Mord gegeben. Ihr Taschentuch steckte in seinem Ärmel. Dann kippte die häßliche Kröte vornüber und rollte mit Schaum vor dem Mund quer durch den Raum.« Die beiden Frauen blickten auf, als Marian die Küche betrat, knicksten automatisch und sahen sich dann unsicher an.

Marian hielt nach Wachposten Ausschau, doch es war keiner in der Nähe. »Wo sind die Wächter?« fragte sie.

»Außer uns ist niemand hier, Mylady«, erwiderte eine der Frauen. »Die Wächter verhören alle anderen. Wir hatten mit den Vorbereitungen für das Festmahl nichts zu tun.«

Marian ging durch die Küche, gelangte in einen Korridor, wo sich eine Vorratskammer an die andere reihte, und blieb vor der ersten Tür stehen. Eine der Dienstmägde begann, hinter ihren Rücken unverblümt weiterzusprechen. »Der Folterknecht wird seine helle Freude an ihr haben.« Der kalte Ton verriet Marian, daß die Frau für die Arroganz des Adels wenig übrighatte. Besser, es traf eine Lady als eines der Küchenmädchen. »Hat nicht Lady Alix damals gesagt, der Folterknecht sei ein fähiger Mann und sollte in Nottingham Castle bleiben. Ob sie sein Loblied auch dann noch singt, wenn er sich näher mit ihr befaßt?«

Dieses furchtbare Schicksal hatte Marian Alix nun doch nicht gewünscht, aber darüber wollte sie nicht näher nachdenken. Die erste Tür stand einen Spaltbreit offen. Sie zog das kleine scharfe Messer aus der bestickten Scheide, stieß die Tür mit dem Fuß auf und blieb auf der Schwelle stehen, um sich in dem engen Raum umzuschauen, ehe sie vorsichtig eintrat. Ihr erster Verdacht wurde bestätigt, als ihr Blick auf einen großen verschobenen Stein und ein gähnendes Loch im Fußboden fiel und sie außerdem keinen Wächter entdecken konnte. Der König hatte angeordnet, beide Enden des Tunnels wieder zu öffnen, da er den Gang genau inspizieren wollte, aber er hatte mit Sicherheit dort Wachposten aufgestellt. Marian schlich langsam näher und bemerkte Fußabdrücke im Staub. Sie spähte in den dunklen Tunnel hinab. Die draußen vor der Vorratskammer an der Wand angebrachte Fackel spendete nur wenig Licht, aber sie konnte trotzdem die Umrisse eines menschlichen Fußes erkennen. Der dazugehörige Körper war fast völlig außer Sichtweite gezerrt worden. Marian nahm die Fackel aus ihrer Halterung und leuchtete damit in den Tunnel hinab. Der Wachposten war tot, sein Hals nur noch eine klaffende Wunde. Ein zweiter lag mit schwarz verkohltem Gesicht ein Stück weiter hinten, sein Umhang wies große leuchtendrote Blutflecken auf.

Nun ist es genug, dachte sie dumpf. *Ich muß reden, sonst habe ich diese Männer mit auf dem Gewissen.*

Entschlossen wandte sie sich zur Tür und rief den Frauen in der Küche laut zu: »Der Verräter ist Sir Guy von Guisbourne, nicht Lady Alix. Er ist durch den Tunnel geflohen. Holt rasch Hilfe und schickt sie mir nach.«

Sie ging zum Rand des Tunnels zurück, beugte sich vor und blickte angestrengt in die Dunkelheit, die sich vor ihr auftat, konnte aber außer den beiden Leichen und dem Geröllhaufen, der von der Mauer stammte, die der König hatte einreißen lassen, nichts erkennen. Marian schob ihr silbernes Messer in die Scheide zurück und hob die am Boden liegenden Schwerter hoch, um sie zu untersuchen. Beide Männer waren von kräftiger Statur gewesen, und ihre Schwerter fühlten sich sperrig und unhandlich an. Der eine trug außerdem ein langes Messer bei sich, das gut in der Hand lag. Marian kroch in den Tunnel und schlich gebückt vorwärts, bis sie zu dem Geröllhaufen kam. Sie streckte den Arm aus und beleuchtete mit der Fackel ihre Umgebung, dann runzelte sie die Stirn. Es war nicht ungefährlich, mit der brennenden Fackel durch die engen Gänge zu kriechen, sie würde sie eher behindern, als ihr nützen. Außerdem würde Guisbourne sie kommen sehen und auf der Lauer liegen. Besser, sie versuchte, im Dunkeln zurechtzukommen, dann würde sie das Licht seiner Fackel vor sich sehen. Also befestigte sie ihre Fackel sorgfältig in dem Geröllhaufen und ging weiter in den Tunnel hinein, wo das Licht immer schwächer wurde, bis sie schließlich von schwarzer Dunkelheit umgeben war. Sie blieb einen Moment lang stehen, ihre Pupillen weiteten sich und suchten nach einer nicht vorhandenen Lichtquelle, dann ging sie, eine Hand tastend vorgestreckt, die andere um den Griff des Messers geklammert, langsam weiter.

Überraschenderweise roch die Luft trocken und frisch. Marian spürte, daß sie von unten her zu ihr hinaufwehte, und ließ sich von dem leisen kühlen Luftzug leiten. Der Tunnel verzweigte sich häufig in mehrere schmale Durchgänge, aber der eigentliche Weg führte offenbar weiter geradeaus. Je nach Deckenhöhe kroch oder ging sie aufrecht weiter durch die Dunkelheit, und nachdem sie sich einige Male an tief herabhängenden Felsen empfindlich den Kopf gestoßen hatte, hob sie die linke Hand auf Kopfeshöhe an und strich damit an der Wand des Ganges entlang. An einer Öffnung im Gestein entdeckte sie eine aus Latten und Stricken angefertigte provisorische Leiter. Unaufhörlich das Gestein abtastend, eilte sie weiter, so schnell sie konnte, immer darauf bedacht, so wenig Geräusche wie möglich zu verursachen. *Er darf nicht merken, wie nahe ich ihm bin.*

Plötzlich spürte sie zu ihrer Linken keine Felswand mehr und blieb unschlüssig stehen. Der Tunnel hatte sich zu einer Höhle verbreitert. Marian hatte keine Vorstellung davon, wie groß sie sein mochte, aber die Luft roch hier strenger, und der Luftzug war stärker geworden. *Warum habe ich bloß nicht auf Hilfe gewartet? Und warum habe ich nur die Fackel zurückgelassen?* Sie lauschte ins Dunkel, vernahm aber vor sich keinen Laut. Schlimmer noch, sie hörte auch hinter sich niemanden, der ihr zu Hilfe kam. Vielleicht waren die Wachposten ja zur Brauerei hinuntergelaufen und hatten Guisbourne beim Verlassen des Tunnels festgenommen. Vielleicht war er aber auch bereits entkommen.

Marian huschte vorsichtig quer über die freie Fläche, streckte die linke Hand tastend vor und drang tiefer in die Dunkelheit ein. *Sehe ich dort hinten wirklich Licht, oder handelt es sich nur um eine optische Täuschung?* Auf einmal griff ihre Hand ins Leere, und sie prallte zurück. Vor ihr tat sich ein Loch im Boden auf, und unter ihr ertönte ein leises Klirren.

Marian spähte nach unten und sah in der Ferne, am Ende eines Ganges, einen schwachen Lichtschimmer. Sie konnte nicht ausmachen, wie tief es bis zum Boden dieses Ganges hinabgehen mochte, und hinter dem Lichtschein war nichts mehr zu sehen. Sie hatte keine Ahnung, was sich unter ihr befand, wie der Boden beschaffen war und worauf sie landen würde, trotzdem wagte sie den Sprung, landete einige Fuß tiefer auf hartem Felsgestein und verlor beinahe das Gleichgewicht, dann fing sie sich wieder. Wie angewurzelt blieb sie am Boden hocken, bis sie erneut weiter vorne ein leises Klirren hörte, den Laut, mit dem Metall auf Stein traf.

Marian rappelte sich hoch und setzte sich in Bewegung. Die Decke war so hoch, daß sie beinahe stehen konnte, und so kam sie rasch voran. Der Gang wand sich tiefer in den Felsen hinein, doch ihre Augen hatten sich inzwischen an die Dunkelheit gewöhnt, außerdem spendete ihr die Fackel vor ihr ein wenig Licht. Nun mußte sie sich nicht mehr allein auf ihren Tastsinn verlassen und stieß nirgendwo mehr an, da sie im Dämmerlicht die Felsvorsprünge gut erkennen konnte.

Gedämpfte Geräusche drangen an ihr Ohr, hastige Fußschritte, was bedeutete, daß Guisbourne sie nicht aus dem Hinterhalt angreifen würde. *Ich bin schneller. Ich kann sehen, was sich vor mir befindet, und er weiß nicht, daß ich hinter ihm her bin.* Dann sah sie in einiger Entfernung die Umrisse von Guys Gestalt, und ihre Hand schloß sich fester um das Messer, welches sie dem toten Wachposten abgenommen hatte. Die Waffe war recht handlich, hatte jedoch leider keine allzu große Reichweite. Eilig hastete Marian weiter und verringerte die Entfernung zu Guisbourne stetig.

Doch dieser mußte irgend etwas gehört haben, denn er blieb stehen und zückte sein Schwert. Marian preßte sich flach gegen die Wand. Das Blut gefror ihr in den Adern, als er sich umdrehte und mit der Fackel in ihre Richtung leuchtete. »Wer ist da?« verlangte er zu wissen. »Wer möchte diese Klinge kosten?« Wild fuchtelte er mit der Fackel herum, ohne jedoch in der Dunkelheit etwas entdecken zu können.

»Lady Alix«, antwortete Marian fest. »Diesen Namen hat Bogo dem Folterknecht genannt. Aber ich weiß es besser.«

»Marian!« rief Guy verblüfft, als er ihre Stimme erkannte. Er hielt die Fackel mit ausgestrecktem Arm von sich ab, näherte sich ihr bis auf wenige Schritte, blieb dann stehen und zischte sie zornig an: »Halt. Geh zurück, Marian. Glaub ja nicht, daß ich es nicht fertigbringe, dich zu töten.«

Daran hatte sie nie gezweifelt, dennoch berührte sie der hilflose Ärger in seiner Stimme schmerzlich. Er wünschte ihr ebensowenig den Tod wie sie ihm, doch nun gab es kein Zurück mehr. Marian wich ein Stück zurück, legte Dunkelheit zwischen sich und ihn und schloß aus seinen stolpernden Schritten, daß er sehr viel schlechter sehen konnte als sie. »Hast du Geoffrey Plantagenet auf dem Gewissen?« fragte sie, erhielt jedoch keine Antwort. Sein Schweigen war ein klares Geständnis.

Schließlich hob er zu sprechen an. »Du bist allein. Ich kann sonst niemanden hören, Marian. Absolut niemanden.«

Sie wich noch weiter zurück. Er kam ihr nach, sein Schwert glitzerte im Schein der Fackel.

»Kein Sir Robin, der um dich herumschleicht«, rief Guy ihr zu. Seine von den Wänden widerhallende Stimme klang so merkwürdig, daß ihr ein kalter Schauer über den Rücken lief. »Wir drei sind ganz unter uns, Marian. Du, ich und ...« Er hielt inne und schlug mit dem Schwert gegen das Felsgestein. »Nur wir drei.«

Der Wahnsinn, der in seiner Stimme mitschwang, erschreckte sie so sehr, daß sie immer weiter zurückwich, bis sie auf eine kleine Öffnung stieß, eine natürliche Kammer mitten im Felsen, gerade groß genug, um darin zu sterben, dachte sie bitter. Guisbourne kam immer näher, und so zwängte sie sich instinktiv in den engen Raum, verhielt sich ganz still und hielt ihr Messer bereit.

Wieder ließ Guisbourne sein Schwert erklirren. »Wo ist denn deine Fackel, Marian? Oder interessierst du dich nur noch für die goldene Fackel deines Liebhabers? Meinst du, du könntest ohne sie besser sehen?« Er stieß ein meckerndes Lachen aus. »Dann nimm diese«, kreischte er und schleuderte seine Fackel in den Gang.

Sie sah sie am Eingang ihrer kleinen Höhle vorbeifliegen.

»Hoffentlich ist das Licht nicht zu grell für dich, Marian«, spottete er. Er war jetzt ganz nah.

Die Spitze seines Schwertes kam in Sicht und schob sich vorwärts, dann erschien der Rest der Klinge im Schein der Fackel. *Seine Stimme täuscht zwar Irrsinn vor, aber er bewegt sich äußerst umsichtig.* Marian sah, wie er vorsichtig einen Fuß aufsetzte, dann kam seine um das Heft seines Schwertes geklammerte Hand in ihr Blickfeld. Noch zwei Schritte ...

»Ist sonst noch jemand hier?« Erneut klirrte die Klinge gegen die Wand. Fast hätte er den Fels verfehlt und ihre Höhle entdeckt. »Hast du dein Amazonenschwert geholt, ehe du dich aufgemacht hast, mich zu jagen?«

Noch ein Trick. Er mußte wissen, daß sie ihm nie unbewaffnet gegenübertreten würde.

»Oder hast du das Messer bei dir, welches ich dir geschenkt habe? Möchtest du mir gerne die tödliche Klinge ins Herz stoßen?«

Sie sah ihn den zweiten Fuß aufsetzen und dann innehalten. *Er hat das Versteck entdeckt. Ich muß ihm zuvorkommen.* Mit einem Satz stürzte Marian aus dem Loch und stieß ihm ihr Messer mit aller Kraft zwischen die Rippen. Die Klinge glitt jedoch ab, und sie erkannte, daß sie ihn nicht ernsthaft verletzt hatte. Guisbourne schrie vor Schmerz auf und versetzte ihr mit dem Ellbogen einen solch heftigen Stoß, daß sie hinter ihm auf den felsigen Untergrund stürzte. Er tastete nach der Wunde, riß das Messer heraus und warf es den Gang hinunter, dann drehte er sich blitzschnell um und holte zu einem gewaltigen Hieb aus, der sie mit Sicherheit enthauptet hätte, hätte sie sich nicht sofort geduckt und gegen seine Beine geworfen. Als das Schwert über ihren Kopf hinwegzischte, zog Marian ihr silbernes Messer aus der Scheide, packte seinen Gürtel, zog sich daran hoch und stieß ihm die Klinge direkt neben dem Herzen tief in die Brust.

Guy schrie einmal auf und brach dann zusammen. Er blieb reglos auf dem Boden liegen und sah zu ihr auf. Im flackernden Licht der Fackel tanzten gespenstische Schatten über sein Gesicht; seine Augen glänzten, erfüllt von einem eigenen Feuer, doch das Wissen um seinen nahen Tod stand allzu deutlich darin zu lesen.

Marian brachte kein Wort hervor, aber sie zwang sich, den Blick nicht von ihm abzuwenden.

»Zieh das Messer heraus, Marian«, flüsterte er. »Bring zu Ende, was du begonnen hast.«

Sie kniete neben ihm nieder, überzeugte sich jedoch zuvor davon, daß sich keine Waffe innerhalb seiner Reichweite befand.

»Sehr weise«, murmelte er, ergriff ihre Hände und legte sie um den Griff des Messers. »Ich hätte dich getötet, wenn ich gekonnt hätte.«

»Ich hätte dich lieben können«, gab sie zur Antwort und erkannte im selben Moment, daß ihre Worte der Wahrheit entsprachen.

»Aber du hast es nicht getan.«

Marian schwieg. Sie beugte sich nur vor und küßte ihn um dessen, was hätte sein können, sacht auf die Lippen. Seine Hände schlossen sich fester um die ihren, so daß sich der Messergriff in ihr Fleisch bohrte. Sie wich zurück, sah ihm in die Augen und schmeckte sein Blut auf ihren Lippen.

»Es ist besser so. Du hättest sonst nur gelernt, mich zu hassen.« Guys Stimme klang heiser vor Schmerz.

Er sah sie lange an, legte sein Leben und seinen Tod in ihre Hand, bis sie schließlich seinen Wunsch erfüllte und das Messer aus seiner Brust zog. Ein stechender Schmerz durchzuckte ihr Herz, als er stöhnte und ihr der metallische Geruch seines Blutes in die Nase stieg. Sie blieb neben ihm sitzen, während das Leben aus ihm hinausströmte, und wandte nicht ein einziges Mal den Blick von ihm ab. Langsam erstarb die sengende Flamme in seinen Augen, und als sie endgültig verloschen war, schloß Marian ihm behutsam die Lider. Sie konnte es nicht ertragen, das einst so hell strahlende Gold so matt und trübe zu sehen.

24. Kapitel

König Richard saß in einem mächtigen, mit reichem Schnitzwerk verzierten Sessel, Königin Eleanor in dessen etwas kleinerem Gegenstück. Beide, Mutter und Sohn, strahlten majestätische Würde aus. Robin verneigte sich ehrerbietig und blieb, Marian an seiner Seite, abwartend stehen. Am Tag zuvor, dem achten Tag nach Ostern, war Richard in Winchester, der ehemals bedeutendsten Stadt Englands, noch einmal offiziell zum König gekrönt worden. Ein geschickter politischer Schachzug in diesen unsteten Zeiten, dachte Robin von Locksley, Earl von Huntingdon. Er hatte es für angemessen gehalten, der Zeremonie beizuwohnen, obgleich er des Prunkes und der übertriebenen Pracht, die den König umgab, längst überdrüssig geworden war. Obwohl sich Richard äußerst großzügig gezeigt und ihm gegenüber ein freundliches umgängliches Gebaren an den Tag gelegt hatte, hatte Robin nicht erwartet, zu dieser Privataudienz befohlen zu werden.

»Kommt näher, meine lieben Freunde«, forderte der König sie mit einer einladenden Geste auf und bot ihnen zwei Stühle an der Seite eines kleinen Tisches an, auf dem eine Weinkaraffe und mehrere Kelche bereitstanden.

»Vielleicht möchtet Ihr eine kleine Erfrischung zu Euch nehmen?« schlug die Königin lächelnd vor. »Schenkt uns doch bitte allen etwas Wein ein, Lady Marian.«

Robin sah zu, wie Marian zuerst die Kelche von König und Königin füllte und dann für sie beide dunkelroten Wein eingoß. Die Kelche bestanden aus purem Gold, stellte Robin fest, und waren mit Perlen und schillernden Edelsteinen besetzt. Demnach waren nicht sämtliche Schätze Englands eingeschmolzen worden, aber alle dienten immer noch allein den Zwecken des Königs. Robin hob seinen Kelch und prostete dem König zu. »Auf eine lange und ruhmreiche Herrschaft, Sire. Möge England in Euch seinen größten König finden.«

Gemeinsam erhoben sie ihre Becher und tranken auf Richards Wohl. Der Wein war süß und schwer, und Robin stellte ihn nach dem ersten Schluck beiseite.

Löwenherz hielt es nicht länger auf seinem Platz. Mit vor Siegesfreude und Erregung gerötetem Gesicht sprang er auf und lief im Raum auf und ab.

Robin hörte ruhig zu, während er sprach, seine Pläne für England umriß und ab und zu um Rat fragte, nur um ihn dann wieder zu verwerfen. Nach den obligatorischen Höflichkeitsfloskeln ignorierte der König Marian völlig und wandte sich ausschließlich an Robin. Dieser bemerkte, wie Marian Eleanor einen verstohlenen fragenden Blick zuwarf, den die Königin jedoch nicht zur Kenntnis nahm, da sie ihre Aufmerksamkeit einzig und allein auf ihren Sohn richtete. Worauf auch immer dieses Spiel hinauslief, es war der König, der die Regeln bestimmte. Robin blickte flüchtig zu Marian hinüber, die unmerklich nickte. Im Verlauf des Gesprächs mit dem König stellte Robin klar, daß sowohl er als auch Marian die Geiseln so schnell wie möglich aus Österreich nach Hause holen und die Schatzkammern Englands bald wieder gefüllt sehen wollten. Letzteres lag ganz in Richards Sinn – weil er sie erneut zu leeren gedachte. Dann geschah, was Robin schon befürchtet hatte. Der König wechselte abrupt das Thema und kam dann von dem Verkauf verschiedener Ämter und der Einführung neuer Steuern auf seine Pläne zur Fortsetzung des Kreuzzuges zu sprechen.

Welch ein Narr, dachte Robin. Zurückhaltend beobachtete er, wie Löwenherz durch den Raum schritt, seine Visionen in den glühendsten Farben schilderte und sich an seinen Worten berauschte, bis er von seinen Träumen von Ruhm und Ehre wie trunken wirkte.

Plötzlich fuhr der König herum, kam auf ihn zu und legte ihm lächelnd die Hände auf die Schultern. »Kommt mit mir, Robin. Ich brauche Männer wie Euch an meiner Seite. Wir werden erst nach Frankreich und von dort aus nach Jerusalem segeln. Gemeinsam werden wir für Gottes Königreich auf Erden kämpfen.« In seinen Augen brannte ein leidenschaftliches Feuer. Der König war sicher, Robin ein unwiderstehliches Angebot unterbreitet zu haben.

»Wenn Ihr England wieder verlaßt, Sire, bin ich hier wohl von größerem Nutzen.« Bei diesen Worten gab Richard seine

Schultern frei und blickte Robin stirnrunzelnd an. Ehe der König, dessen Begeisterung sich rasch in Entschlossenheit zu verwandeln drohte, ihn weiter bedrängen konnte, fügte Robin hinzu: »Als ich Jerusalem verließ, habe ich einen Schwur geleistet – niemals mehr dorthin zurückzukehren.«

Löwenherz zog ein finsteres Gesicht. Er liebte es nicht, wenn seine Pläne durchkreuzt wurden. »Das ist nicht Euer Ernst.«

»Doch, Sire. Ihr seid Kreuzritter mit Leib und Seele; das ist allgemein bekannt. Ich kann nur beten, daß Eure Mission von Erfolg gekrönt wird. Aber für mich ist England mein Heiliges Land, mein Gral, den ich mein Leben lang gesucht habe. Nur hier trage ich Gott in meinem Herzen.«

Trotz seiner äußerlichen Gelassenheit fürchtete Robin, der König werde sich nicht erweichen lassen und er wäre dann gezwungen, seinen Herrscher in die Hölle zu begleiten, der er einst entronnen war. Da war es fast besser, als Outlaw in den Wäldern zu leben. Er fühlte, wie Marian kerzengerade und gespannt neben ihm saß und fragte sich, wie sie wohl reagieren würde, wenn ihr frischgebackener Earl nach Sherwood floh und seine Schlösser aus Zweigen und Ranken errichtete. Wie konnte er all das zerstören, wofür sie so hart gearbeitet hatte?

Robin hielt dem herausfordernden Blick des Königs stand. Er war nur dankbar dafür, daß es sich bei ihrem Treffen um eine Privataudienz handelte, so konnte Löwenherz' Stolz nicht allzu stark verletzt werden. Robin hätte nur gern gewußt, welche Rolle Königin Eleanor bei alldem spielte. Ihre Zuneigung zu Marian zählte nichts im Vergleich zu der Liebe, die sie für ihren Sohn empfand. Sie mochte nur wenige von Richards Ratgebern, und sie wollte ganz offensichtlich, daß er den König begleitete. Dieser Wunsch hatte sie auch davon abgehalten, Marian in die Augen zu sehen. Aber die Entscheidung lag bei Löwenherz, und Löwenherz, ebenso großzügig wie stolz, entging nicht, daß Robins Worte aus tiefster Seele kamen. Daher hörte er dieses eine Mal aufmerksam zu.

»Wie Ihr schon sagtet, Sir Robin – ich brauche vertrauenswürdige Männer, die das Königreich beschützen, ebenso dringend wie tapfere Kreuzritter, die mich ins Heilige Land begleiten und dort das Christentum verkünden.« Der König kräuselte belustigt die Lippen. »Außerdem muß ja auch jemand meinen mißratenen kleinen Bruder davon abhalten, zu weit außerhalb seines eigenen Territoriums herumzustreifen, während ich fort bin.«

Also waren Prinz Johns Missetaten vergeben und vergessen. Trotz alldem, was geschehen war, sah der König seinen Bruder immer noch als ein dummes, habgieriges Kind an, das von anderen zu seinem Tun verleitet worden war. Robin unterdrückte die Bitterkeit, die in ihm aufkeimte. Jetzt zählte nur, daß er weder zu einem Dienst gezwungen wurde, den er verabscheute, noch sich genötigt sah, erneut zu fliehen. Impulsiv kniete er vor dem König nieder, da er ehrliche Dankbarkeit verspürte. »Ich danke Euch, Sire. Ich verspreche Euch, daß ich Euch hier in England treu dienen werde.«

König Richard lächelte ihn an. Es war ein Lächeln, das schlichte menschliche Wärme ausdrückte und ihn königlicher erscheinen ließ, als sein gebieterisches Wesen, seine außerordentliche Tapferkeit oder gar sein fanatischer Missionseifer. Richard strahlte einen Augenblick lang wie ein goldener Gott, und obwohl Robin immer gedacht hatte, gegen seinen Zauber immun zu sein, spürte er, wie Löwenherz ihn in seinen Bann schlug. Er mußte all seine Willenskraft aufbieten, die Augen niederzuschlagen, den Kopf zu senken und der Versuchung zu widerstehen, Richard zu folgen. Als er den Kopf wieder hob, war das Lächeln verblaßt, und der König verabschiedete ihn mit einem freundlichen, aber etwas abwesenden Lächeln. Löwenherz war auf der Suche nach Männern, die seine Träume teilten, und er konnte seine Zeit nicht an die verschwenden, die ihren eigenen Visionen folgten. Robin verbeugte sich tief, kehrte an Marians Seite zurück, und sie verließen gemeinsam den Raum.

Von den Stufen der kleinen Kapelle aus beobachtete Marian, wie ein neuer Maimorgen anbrach. Der Horizont färbte sich zartrosa, und die weichen Wolken, die über den Himmel zogen, schienen die Gestalt erblühender Rosen anzunehmen, die in helles Gelb, Korallenrot, Blaßlila und Pink getaucht waren. Die Apfelbäume und Weißdorne auf den Feldern rund um Edwinstowe waren mit blassen Blüten übersät, als ob die Wolken vom Himmel gefallen und von ihren ausladenden Ästen aufgefangen worden wären. Die kühle Morgenbrise trug den süßen Duft des Geißblatts über das Land, und um die Teiche herum wuchsen Büschel von Ringelblumen und wilden Veilchen.

Frühlingsblumen bildeten leuchtende Farbtupfer auf den sattgrünen Wiesen – rosafarbener Wiesenklee mischte sich mit roten Lichtnelken, lebhaft blauen Glockenblumen und lavendelfarbenem Wiesenschaumkraut. Helle Primeln und tiefrote Anemonen blühten bereits im Überfluß, während die Hyazinthen gerade erst ihre Knospen öffneten. Es schien, als ob die Natur ihr Füllhorn über England ausgeschüttet hatte. Golden blühende Schlüsselblumen, Kuckucksnelken und Hahnenfußgewächse reckten ihre Köpfchen zur Sonne, Geißklee und Tausendschönchen wiegten sich im Wind und nickten über dicht zusammengedrängte Grüppchen von Löwenzahn, Butterblumen und samtäugigen Stiefmütterchen hinweg. In den Hecken tummelten sich die Vögel, zwischen denen bunte Tagpfauenaugen, Zitronenfalter und andere Schmetterlinge umherflatterten. Marian mußte lachen, als zwei der munteren Geschöpfe um Robins Kopf herumtanzten. Er sah ihnen eine Weile zu, bis sie über den Kirchhof davonschwebten.

Da sie beide des Prunkes am königlichen Hof überdrüssig waren, hatten sie beschlossen, sich in der bescheidenen Kapelle von Edwinstowe, einem kleinen Dorf am Rande von Sherwood Forest, trauen zu lassen. Am heutigen Morgen herrschte im ganzen Dorf geschäftiges Treiben, die Vorbereitungen für die Maifeierlichkeiten waren in vollem Gange. Robin lächelte Marian zu. »Ganz England feiert unsere Hochzeit.«

Gemeinsam betraten sie die Kapelle, um sich noch um die zahlreichen Kleinigkeiten zu kümmern, die noch in letzter Minute erledigt werden mußten. Agatha traf kurz nach ihnen ein und machte sich voller Eifer daran, die Kirche mit pastellfarbenen, mit Bändern geschmückten Blumengewinden zu dekorieren. Am späten Morgen erschienen nach und nach weitere Gäste.

»Beim Schwert des heiligen Hugh!« rief Bruder Tuck freudig erregt. »Ist es nicht ein herrlicher Tag für eine Hochzeit, Lady Marian?«

»Niemand hat Hugh bis jetzt heiliggesprochen«, rügte ihn Agatha.

»Ein Heiliger auf Erden – und auch nach dem Tode, wartet es nur ab.« Tuck blickte sich um und seine gutmütig blickenden Augen begannen gierig zu funkeln. »Kann man hier irgendwo einen Schluck Ale bekommen und vielleicht etwas Ingwerbrot dazu?«

Einige Sekunden später kamen Will und Much zu Tür herein, und Tuck strahlte vor Freude über das ganze Gesicht.

»Wird der König tatsächlich zur Hochzeit erwartet, Rob?« fragte Will, nachdem er Robin umarmt hatte. »Much ist schon ganz aus dem Häuschen.«

»Nein, er wird uns wohl nicht mit seiner Gegenwart beehren.«

Will grinste. »Und das, nachdem du den ganzen langen Weg nach Winchester zu seiner Krönung auf dich genommen hast!«

»Ja, er ritt in all seiner königlichen Pracht unter einem seidenen Baldachin einher«, nickte Robin.

»Aber er war doch vorher schon König von England«, stotterte Much verwirrt.

Robin lächelte sarkastisch. »Er wollte sichergehen, daß sich die englischen Barone auch daran erinnern, nachdem er dem Heiligen Römischen Kaiser seine Krone überreicht hat.«

Much schüttelte nur betrübt den Kopf. »Ich hatte so gehofft, der König würde bei der Zeremonie anwesend sein.«

»Königin Eleanor ist eigens hergekommen, um uns ihren Segen zu erteilen«, tröstete Marian ihn. »Letzte Nacht kam sie an, aber sie muß sofort nach der Hochzeit wieder aufbrechen, um dem König zu folgen.«

»Wird er denn zurückkehren? England braucht seinen König hier«, sagte Will.

»Nicht allzu bald«, erwiderte Robin. »Es scheint, als hätte er auch anderswo einiges zu regeln.«

»Und als nächstes vergibt er dann Prinz John all seine Sünden«, knurrte Will.

»Die Thronfolge ist immer noch ungewiß«, sagte Marian ruhig und wechselte einen Blick mit Robin und dem geknickt dreinschauenden Will. Ihr war es egal, wo sich König Richard aufhielt, solange Eleanor während seiner Abwesenheit auf dem Thron saß. In ihr hatte England eine würdige Herrscherin, und Prinz Johns Macht wurde drastisch beschnitten.

Die bunte Schar der Hochzeitsgäste wuchs ständig; Sir Ralph, schweigsam wie eh und je, war da, der alte Sir Walter aus Nottingham, Cobb und seine Familie. Immer mehr von Robins Männern strömten in die Kirche, dann traten Alan und Claire ein und begrüßten ihre alten Freunde freudig. Das Liebespaar war in Winchester getraut worden, und Eleanor hatte sie an ihrem Hof aufgenommen, wo Claires einzige Pflicht und größte Freude darin bestand, gemeinsam mit Alan zu musizieren. Nachdem Alan einen Platz in der vorderen Reihe für seine Frau ausgesucht hatte, ging er zurück, um die Königin und Marians Großeltern in die Kirche zu geleiten.

Robin und Marian verließen die Gesellschaft, um die von Cobbs Mutter angefertigten Hochzeitsgewänder anzulegen, und kehrten gerade rechtzeitig zurück, um die Königin zu begrüßen. Robin trug leuchtendblauen Damast, der mit der Farbe des Maihimmels wetteiferte. Seine Brust zierte ein Geschenk Königin Eleanors, eine schwere, mit Saphiren, Smaragden, Türkisen und Turmalinen besetzte Goldkette. Marian trug ein schillerndes Gewand aus kostbarem weißem Brokat mit feingefälteltem Rock und engem Mieder, das am Halsausschnitt und am Saum mit winzigen Perlen, glitzernden Mondsteinen und fast durchsichtigen wasserhellen Aquamarinen bestickt war. Das Haar floß ihr lose über den Rücken, frische Blumen bekränzten ihre Stirn und verströmten einen süßen Duft, der sie wie ein exotisches Parfüm umgab.

Als endlich alle Gäste versammelt waren, bedeutete Robin dem Priester, mit der Zeremonie zu beginnen. Sie hatten sich auf eine möglichst schlichte Trauung geeinigt, und nun zeigte sich, daß dies ein weiser Entschluß gewesen war, denn der kleine, verschüchterte Priester war angesichts der ungewöhnlichen, aus Vertretern des Königshauses, Adeligen und ehemaligen Outlaws bestehenden Hochzeitsgesellschaft völlig aus der Fassung geraten. Anfangs stammelte er nur unverständliche Worte, dann sprach er auf einmal langsam und stockend und legte immer wieder Pausen ein. Marian bemerkte, daß er ab und zu nervös über ihre Schulter schielte. Zuerst nahm sie an, daß er zu Königin Eleanor hinschaute, doch dann schloß sie aus seinen Lippenbewegungen und dem deutlich vernehmlichen Geflüster hinter ihr, daß Bruder Tuck ihm die Worte vorsagte. Sie hörte, wie Robin scharf den Atem einsog und hoffte nur, er würde nicht laut loslachen. Sie selbst schlug sittsam die Augen nieder und bemühte sich, das belustigte Zucken um ihre Mundwinkel herum zu unterdrücken.

Dennoch floß ihr Herz vor Freude förmlich über, als der kleine Priester sie zu Mann und Frau erklärte, und ein Tränenschleier legte sich vor ihre Augen. Robin lächelte sie an, und seine grünen Augen leuchteten auf, als er sie in die Arme schloß und zärtlich küßte.

Nun, Lords und Ladies, hört mich an,
im ganzen Land herrscht eitle Freud.
Drum singt und tanzt und seid vernügt,
denn Robin Hood hält Hochzeit heut.

Alan a Dales geschmeidige Finger tanzten über die Saiten seiner Laute, als er die letzte Strophe seiner neuen Ballade vortrug und sich dann tief verbeugte. Sein Publikum applaudierte begeistert und überschüttete ihn mit einem Regen von Apfelblüten. Er kam allerdings nicht mehr dazu, noch weitere Lieder zum besten zu geben, denn Königin Eleanor knabberte an dem Rest ihres würzigen Ingwerbrotes, stellte ihren Weinkelch ab und rief Alan zu sich. Sie war so lange geblieben, wie der Anstand es ihr befahl, aber nun versammelte sie ihr Gefolge um sich und verabschiedete sich von Robin und Marian. Die Hochzeitsgäste beobachteten, wie die Königin in Richtung London aufbrach, und der verzagte Priester verbeugte sich wieder und wieder, bis die Karawane außer Sichtweite war, dann eilte er davon, um sich mit einem großen Krug Ale zu stärken.

Die noch verbleibenden Gäste beteiligten sich mit an dem Dorffest und begannen, vergnügt um den Maibaum herumzutanzen. Will Scarlett schien von der hübschen Maikönigin äußerst angetan zu sein, und auch sie gab ihm vor all den anderen Galanen, die sie umschwärmten, eindeutig den Vorzug. Gegen Mittag wurde das Festmahl aufgetragen: Lammbraten, mit Honig gewürzt, frische Gemüse, Käse, frischgebackenes Brot und knusprige Pasteten. Zunächst wurde ein Toast auf das junge Paar ausgebracht, dann machten sich die Gäste mit Appetit über die schmackhaften Speisen her. Als das Mahl beendet war, gab Robin Will ein Zeichen und nahm Marian bei der Hand. So unauffällig wie möglich verließen sie die Gesellschaft, vertauschten ihre Hochzeitsgewänder gegen lederne Jagdkleidung und trafen Will, der sie mit ihren bereits gesattelten Pferden erwartete, hinter der Kirche. Will lächelte Marian zu und umarmte Robin zum Abschied, dann bestiegen sie die Pferde und galoppierten davon.

Die Straße führte sie geradewegs in die schützenden Arme von Sherwood Forest. Die jungen Blätter der Eichen leuchteten in frischem Grün; Drosseln, Schwalben, Zaunkönige, Amseln und Buchfinken schossen, eifrig mit dem Nestbau beschäftigt, zwischen den Ästen hin und her. Überall im Wald und auf den Lichtungen erwachte neues Leben. Hohe Farne mit zusammengerollten Wedeln ragten im Unterholz auf, und Unmengen von blauen Glockenblumen und leuchtendroter Klatschmohn blühten auf den Wiesen. Schweigend ritten Robin und Marian nebeneinander her und genossen die friedliche Idylle, die sie umgab. Schließlich erreichten sie die Jagdhütte des Königs und schlugen den Weg ein, der sie zu der Lichtung führte, an deren Rand die riesige Eiche stand. Dort stiegen sie ab.

Robin lehnte sich gegen den dicken Stamm und strich mit beiden Händen über die Rinde. Ein gedankenverlorener Ausdruck trat auf sein Gesicht, als er leise sagte: »Ich habe mich nach der Belagerung von Nottingham Castle wieder in Robin von Locksley zurückverwandelt, und zum Dank dafür, daß ich ihm das Leben gerettet habe, ernannte mich der König zum Earl von Huntingdon. Aber trotz alldem steckt immer noch viel von Robin Hood in mir.«

»Wirst du dich denn je ganz von ihm freimachen können?« fragte Marian. »Und willst du das überhaupt?«

Robin legte seine Wange an den Stamm der Eiche und schloß die Augen, als würde er tief drinnen den Herzschlag des Baumes vernehmen. »Als ich krank war ... fast schon dem Tode nahe ... damals im Heiligen Land, da erschien mir Sherwood in meinen Träumen als eine lebensspendende Quelle. Dieser Wald war das Heim, in das ich zurückkehrte, nicht etwa Locksley Hall. Aber dann, als man mich für vogelfrei erklärt hatte, wurde der Wald gleichzeitig zu meinem Gefängnis. Während der ganzen Zeit, in der ich hier lebte, wollte ich Locksley zurückhaben – ich wollte das Land, das man mir genommen hatte, um wenigstens ein greifbares Vermächtnis meines Vaters in den Händen zu halten. Und nun, da ich all das und noch mehr erreicht habe, fühle ich mich, als hätte man mich zum zweiten Mal aus meiner Heimat vertrieben.« Er drehte sich zu Marian um und lächelte, als würde er sich über sich selbst lustig machen. »Aber diesmal kann ich zumindest ab und zu zu Besuch kommen.«

»Ich glaube nicht, daß du jemals ein bloßer Besucher in diesen Wäldern sein wirst«, entgegnete sie ruhig und sah ihn an. Seine Augen schimmerten jetzt so dunkel wie Blattwerk an einem schattigen Tag, aber sie hatte das immerwährende Grün des Waldes, das zuvor darin aufgeleuchtet war, wohl bemerkt. »Du wirst immer ein Teil von Sherwood sein.«

»Vielleicht.« Er musterte sie eindringlich. »König Richard hat sich aufgemacht, neue Schlachten zu schlagen. Ruhm kann ebenso süchtig machen wie Mohnsaft, und Richard wird nicht von dieser Droge lassen, obwohl er weiß, daß sie ihm den Tod bringen kann. Wenn Löwenherz fallen sollte, wird John doch noch König ... und John könnte auf den Gedanken kommen, daß ich mich besser zum Outlaw als zum Earl eigne. Vielleicht müssen wir uns schneller wieder an ein Leben in den Wäldern gewöhnen, als uns lieb ist.«

»Dann werde ich mich eben Marian von Sherwood nennen«, gab sie zurück.

Wieder lächelte Robin spitzbübisch, wobei sich das Licht in seinen Augen fing. »Und wir gehen in die Geschichte ein.«

Sie lachte. »Alan a Dale wird schon dafür sorgen, egal, wer nun König von England ist.«

»Daran hege ich nicht die geringsten Zweifel«, sagte er. »Komm mit. Ich habe eine Überraschung für dich.«

Robin schwang sich in die Eiche empor, und Marian folgte ihm, kletterte die mächtigen Äste empor, bis sie an der hölzernen Plattform angelangt war. Erstaunt hielt sie den Atem an, als sie sah, daß die Plattform mit dengleichen Blumengewinden geschmückt war, mit denen man die Kirche dekoriert hatte, und daß sie dort ein einladendes Liebeslager erwartete. Sowohl der Holzboden als auch die mit Pelzen ausgelegten Schlafstellen waren mit einer Flut von pastellfarbenen Apfelblüten übersät und daneben lag ein Bündel mit Brot, Käse und Früchten. Auch Ale und Wein standen bereit, damit sie sich erfrischen konnten. Aber im Augenblick verlangte es Marian allein nach Robin und als sie ihm in die Augen sah, erkannte sie, daß es ihm nicht anders erging.

Langsam streiften sie ihre Kleider ab, boten ihre Körper den Blicken des anderen dar und kosteten die knisternde Begierde aus, die wie ein Funke zwischen ihnen übergesprungen war. Beide gingen gleichzeitig einen Schritt aufeinander zu und versanken in einer Umarmung, die sie das drängende Verlangen vorübergehend vergessen ließ. Jeder wie zeitlos erscheinende Moment brachte seine eigene Erfüllung mit sich, während sie einander zärtlich berührten. Marian spürte den kühlen Hauch des Windes und die letzte Wärme der sinkenden Sonne auf ihrer bloßen Haut, und ihr war, als würde der Wald selbst sie liebkosen, während zugleich Robins Hände und Lippen über sie hinwegglitten. Seine Zunge stieß heiß und feucht über ihre Haut, bis sie wohlig erschauerte und begann, nun ihrerseits mit Mund und Händen seinen Körper zu erkunden. Unwillkürlich zuckte sie zusammen, als ihre Finger auf die rauhe Narbe trafen, die die Pfeilwunde auf seinem Rücken hinterlassen hatte, obwohl ihr dieser Fremdkörper auf seiner sonnengebräunten Haut inzwischen vertraut war.

Eng umschlungen sanken sie auf das weiche Lager aus Pelzen und Blütenblättern nieder. Langsam, wie von einer sanften Woge getragen, bewegten sie sich in einem trägen Rhythmus und genossen voll bebenden Entzückens die Wonne, einander so nahe zu sein. Ihr Mund glitt an seinem Körper hinunter bis zu seinen Schenkeln, ihre Zunge fuhr lockend an seinem hochaufgerichteten Schaft entlang bis zu der seidigen Spitze. Genüßlich, als koste sie edlen Wein, sog Marian den kleinen Tropfen auf, der dort schimmerte. Robin stöhnte vor Lust, als die Erregung ihn fortzutragen drohte wie ein reißender Strom, um dann in einem Wasserfall zu enden.

Er drehte sich so, daß er ihr ins Gesicht sehen konnte, zog sie eng an sich und knetete mit den Fingerspitzen ihren glatten Rücken. Sie schlang die Arme um ihn, spreizte die Schenkel und führte die geschwollene Spitze seines Gliedes behutsam an den Eingang ihrer feuchten, heißen Grotte, wo er sich lockend bewegte und die empfindliche Knospe zwischen ihren Beinen massierte, bis sie sich wie von Sinnen unter ihm wand. Robin flüsterte leise ihren Namen, und sie antwortete mit einem kehligen Schluchzen der Begierde. Dann drang er in sie ein, seine Hüften hoben und senkten sich rhythmisch, langsam zuerst, dann immer schneller. Ihr keuchender Atem mischte sich mit dem sanften Flüstern des Windes, und ihr rasender Herzschlag klang wie ein dröhnendes Echo in ihrem Kopf wider.

Robin schrie auf, als er ein letztes Mal in sie hineinstieß; ein Laut, der im Wald und in Marian selbst widerzuhallen schien. Sie spürte, wie sein heißes, pulsierendes Glied in ihr zuckte, als wolle es sich dem hämmernden Pulsschlag des Waldes anpassen, dann bäumte er sich auf und ergoß sich in sie. Marian wurde von einer Welle schier unerträglicher Wonne überflutet und mitgerissen. Als sie den Gipfel der Lust erreichte, war ihr, als würde sie im Taumel der Sinne in tausend kleine Stücke zerspringen. Ein heiseres Keuchen entrang sich ihrer Kehle, und sie wurde eins mit Robin, mit der Sonne und mit dem allgegenwärtigen Wald.

Nachdem ihre Lust gestillt war, lagen sie gesättigt im Nachklang der Ekstase Seite an Seite auf dem Lager aus zerdrückten Blütenblättern. Marians Haut prickelte, als Robin mit den Fingerspitzen zärtlich über ihren Körper strich. Das goldene Licht des Tages verblaßte allmählich, die Dämmerung brach herein und verwischte die Farben und Konturen des Waldes. In diesem rasch dunkler werdenden blauen Nebel schien die schimmernde Aura purer Freude, die sie beide umgab, wie ein helles Licht zu strahlen. Einen Moment lang hielt der Wald den Atem an; schien zu erstarren, als sich die Pforte zwischen dem Land der Sterblichen und dem uralten Reich der Feen ein Stück weit auftat. Der einzige Laut inmitten dieser unwirklich anmutenden Stille war das unaufhörliche leise Rascheln der Blätter im Abendwind. Marian kam es so vor, als würden sie zu ihr sprechen, ihr in einer fremdartigen Sprache geheimnisvolle Worte zumurmeln.

»Hörst du es?« fragte Robin mit schläfriger, sehnsuchtsvoller Stimme, schloß sie erneut in die Arme und wob sein magisches Netz um sie.

»Ja«, erwiderte sie. »Ich höre es.« Und ihr war, als würde sie im nächsten Moment verstehen, was die Blätter ihr zuflüsterten ... teile das Geheimnis ... tritt durch die Pforte.

»Wo immer ich jetzt auch sein mag, immer höre ich ihr Flüstern. Mir ist, als würden sie nach mir rufen.«

»Ja«, wiederholte sie, als sich der Druck seiner Umarmung unmerklich verstärkte und sie einlud, ihm zu folgen.

Marian schloß die Augen und betrat mit ihm zusammen ihr ureigenstes Paradies.

Alexandra Ripley

Ihre Romane leben von der Spannung und der melancholischen Atmosphäre des amerikanischen Südens und wurden von der Kritik immer wieder mit »Vom Winde verweht« verglichen.

Charleston
01/8339

Auf Wiedersehen, Charleston
01/8415

Scarlett
01/8801

New Orleans
01/8839

01/8801

Heyne-Taschenbücher

Jane Austen

Verstand und Gefühl
01/9362

Stolz und Vorurteil
01/10004

Sie ist eine der bedeutendsten englischen Schriftstellerinnen des 19. Jahrhunderts.

Ihre Klassiker verzaubern weltweit ein neues Lesepublikum.

01/9362

Heyne-Taschenbücher

HEYNE BÜCHER

Große historische Romane

Eine Auswahl:

Tariq Ali
Im Schatten des Granatapfelbaums
Ein Roman aus dem maurischen Spanien
01/9405

01/10548

Michael Ennis
Die Herzogin von Mailand
01/9454

Colin Falconer
Die Sultanin
01/9925

George Herman
Die Straße der Gaukler
Ein Roman aus der italienischen Renaissance
01/9845

Ellen Jones
Die Königin und die Hure
01/10098

Dacia Maraini
Die stumme Herzogin
01/10021

Peter Motram
Myron
Ein Roman aus dem antiken Griechenland
01/9723

Mariella Righini
Die Florentinerin
01/10266

Stephen J. Rivelle
Der Kreuzritter
Das Tagebuch des Roger von Lunel
01/10548

Barry Unsworth
Das Sklavenschiff
01/9681

Heyne-Taschenbücher

HEYNE BÜCHER

Drei Namen, eine Autorin:

Victoria Holt
Jean Plaidy
Philippa Carr

*Geheimnisvoll.
Dramatisch.
Leidenschaftlich.*

Victoria Holt:

Das Haus der tausend Laternen
01/5404

Die Braut von Pendorric
01/5729

Das Zimmer des roten Traums
01/10484

Jean Plaidy:
Die Tochter des Königs
01/9448

In einer dunklen Zeit
01/9614

Die Blutnacht von Paris
01/10349

Philippa Carr:

Der Zigeuner und das Mädchen
01/7812

Das Licht und die Finsternis
01/8450

Das Geheimnis im alten Park
01/8608

Der schwarze Schwan
01/8787

Zeit des Schweigens
01/8833

Das Geheimnis von St. Branok
01/9061

Wiedersehen in Cornwall
01/9958

Ein hauchdünnes Band
01/10552

**Geheimnis im Kloster
Der springende Löwe**
Zwei historische Frauenromane – ungekürzt!
23/125

Heyne-Taschenbücher